MICHAEL MOORCOCK

A SAGA DE ELRIC

Prefácio de Neil Gaiman

Tradução de Marcia Maria Men

Volume 1 de 3

PIPOCA & NANQUIM

A SAGA DE ELRIC – volume um

Michael Moorcock

Arte da capa: MICHAEL WHELAN
Ilustrações internas: GERALD BROM
Tradução: MARCIA MARIA MEN
Preparação de texto: ANGÉLICA ANDRADE e ALEXANDRE CALLARI
Revisão: RODRIGO COZZATO
Diagramação e projeto gráfico: ARION WU
Assistentes de arte: CAMILA SUZUKI, DANILO DE ASSIS e DIEGO ASSIS
Design da capa: GUILHERME BARATA
Assistentes editoriais: RODRIGO GUERRINO, GABRIELA KATO, LUCIANE YASAWA e RÔMULO LUIS
Editor: ALEXANDRE CALLARI
Gerente editorial: BERNARDO SANTANA
Direção de arte: ARION WU
Direção editorial: ALEXANDRE CALLARI, BRUNO ZAGO e DANIEL LOPES

Impressão e acabamento: IPSIS GRÁFICA
Dezembro de 2024

Dados Internacionais de Catalogação na Publicação (CIP)

M819s Moorcock, Michael

A saga de Elric - volume 1 / Michael Moorcock ; tradução por Marcia Maria Men. – São Paulo : Pipoca & Nanquim, 2024.
700 p. : il.

ISBN: 978-65-5448-087-1

1. Literatura inglesa – contos fantásticos. I. Men, Marcia Maria. II. Título.

CDD: 820
CDU: 821.111

André Felipe de Moraes Queiroz – Bibliotecário – CRB-4/2242

pipocaenanquim.com.br
youtube.com/pipocaenanquim
instagram.com/pipocaenanquim
editora@pipocaenanquim.com.br

Neil Gaiman é um dos escritores mais amados do mundo. Sua obra abrange desde graphic novels *como* Sandman *e* Stardust *até livros como* Deuses Americanos, O Livro do Cemitério *e* Lugar Nenhum, *além de roteiros e dúzias de contos que, combinados, ressoaram junto aos leitores por conta da verdade que transmitem utilizando-se do Fantástico. Quando solicitada ao autor permissão para reimprimir seu prefácio feito para uma coleção de Elric publicada anteriormente, Neil sugeriu que, em vez disso, utilizássemos a breve história a seguir, de sua autoria, "que não é uma história de fato".*

Uma vida, mobiliada com os primeiros trabalhos de Moorcock

De Neil Gaiman

O pálido príncipe albino levantou bem alto sua larga espada negra.

— Esta é Stormbringer — disse ele. — E ela suga sua alma na hora.

A princesa suspirou.

— Muito bem! — disse ela. — Se é disso que você precisa para obter a energia necessária para combater os Guerreiros Dragões, então me mate e deixe que sua espada se alimente de minha alma.

— Não quero fazer isso.

— Tudo bem — disse ela e, com isso, rasgou a camisola fina e expôs o peito. — Eis aqui meu coração — continuou, apontando com o dedo. — E é aqui que você precisa enfiar a espada.

Ele nunca passou daí. Aquele fora o dia em que o avisaram que ele seria adiantado em um ano, o que tirava o sentido de tudo. Ele aprendera a não tentar usar histórias de um ano em outro. No momento, tinha doze anos.

Mas era uma pena.

O tema da redação era "Conhecendo meu personagem literário preferido", e ele escolhera Elric. Havia refletido sobre a possibilidade de colocar Corum, ou Jerry Cornelius, ou até Conan, o Bárbaro, mas Elric de Melniboné ganhou de lavada, como sempre.

Richard tinha lido *Stormbringer* pela primeira vez três anos antes, aos nove. Ele guardou dinheiro para comprar um exemplar de *A Cidadela Cantante* (ao terminar, concluiu que fora meio que tapeado: apenas uma história de Elric) e a seguir pegou mais emprestado com o pai para comprar

A Feiticeira Adormecida, encontrado numa estante giratória quando a família estava de férias na Escócia, no verão anterior. Em *A Feiticeira Adormecida*, Elric conhece Erikose e Corum, dois outros aspectos do Campeão Eterno, e todos eles se unem.

Ao terminar o livro, ele se deu conta de que isso queria dizer que os livros sobre Corum e sobre Erikose, e até mesmo os livros sobre Dorian Hawkmoon, também eram livros sobre Elric; logo, começou a comprá-los e apreciá-los.

Mas não eram tão bons quanto Elric. Elric era o melhor.

Às vezes ele se sentava e desenhava Elric, imaginando como ele seria. Nenhuma das pinturas de Elric nas capas dos livros se parecia com o Elric que vivia na mente de Richard. Ele desenhava os Elrics com uma caneta tinteiro em livros escolares de exercícios que obtivera por meio de fraude. Na capa, escrevia seu nome: *Richard Grey. Não roube.*

Às vezes, pensava que devia voltar e terminar de escrever sua história sobre Elric. Talvez pudesse até vendê-la para uma revista. Mas e se Moorcock descobrisse? E se Richard se metesse em encrenca?

A sala de aula era grande, cheia de mesas de madeira. Cada mesa era entalhada, marcada e manchada de tinta por seu ocupante, um marco importante. Havia um quadro-negro na parede com um desenho a giz: uma representação bem fiel de um pênis masculino, rumando para a forma de um Y, que pretendia representar a genitália feminina.

A porta do térreo bateu, e alguém subiu a escada correndo.

— Grey, seu tapado, o que você tá fazendo aí em cima? Era pra estarmos lá no Acre Inferior. Você vai jogar futebol hoje.

— Era? Eu vou?

— Foi anunciado na assembleia de alunos hoje cedo. E a lista tá pregada no mural de avisos dos jogos.

J.B.C. MacBride tinha cabelos cor de areia, usava óculos e era apenas levemente mais organizado do que Richard Grey. Havia dois J. MacBride, e foi assim que ele conquistou o conjunto completo de iniciais.

— Ah.

Grey apanhou um livro (*Tarzan no Centro da Terra*) e saiu atrás do colega. As nuvens estavam cinza-escuras, prometendo chuva ou neve.

As pessoas estavam sempre anunciando coisas em que ele não reparava. Richard entrava em salas de aula vazias, perdia jogos organizados e ia para a escola em dias nos quais todo mundo ficava em casa. Às vezes, sentia que vivia num mundo diferente do das outras pessoas.

Foi jogar futebol, com *Tarzan no Centro da Terra* enfiado na parte de trás do short azul e áspero.

***

Ele odiava as duchas e banheiras. Não conseguia entender por que tinham que usar as duas, mas as coisas eram assim.

Estava congelando e não era bom em esportes. Dentro dele, começava a se formar um tipo de orgulho perverso por, até ali, em seus anos de escola, não ter marcado um gol sequer, acertado uma só rebatida, vencido ninguém no boliche ou feito qualquer coisa além de ser o último escolhido para qualquer time.

Elric, o orgulhoso príncipe pálido dos melniboneanos, jamais teria que ficar num campo de futebol, no meio do inverno, desejando que a partida terminasse.

Vapor do banheiro, e a parte interna de suas coxas estava assada e vermelha. Os meninos ficavam numa fila, nus e tremendo, esperando para entrar debaixo dos chuveiros e ir de lá para as banheiras.

O sr. Murchison, de olhos frenéticos e rosto coriáceo e enrugado, velho e quase careca, postava-se nos vestiários direcionando meninos nus para as duchas, depois para sair das duchas, e então para entrar nas banheiras.

— Você, menino. Menininho tonto. Jamieson. Para o chuveiro, Jamieson. Atkinson, seu bebezão, se lave direito. Smiggins, vá para a banheira. Goring, para o chuveiro que Smiggins desocupou...

As duchas eram quentes demais. As banheiras, congelantes e turvas.

Quando o sr. Murchison não estava por perto, os meninos batiam uns nos outros com as toalhas e faziam piadas sobre os pênis e sobre quem tinha pelos pubianos ou não.

— Não seja idiota — sibilou alguém perto de Richard. — E se o Murch voltar? Ele vai te matar!

Houve algumas risadinhas nervosas.

Richard se virou e olhou. Um menino mais velho estava com uma ereção e esfregava a mão para cima e para baixo nela, debaixo do chuveiro, exibindo-a orgulhosamente para o recinto.

Richard virou de costas.

***

Falsificação era algo fácil demais.

Richard sabia fazer uma imitação passável da assinatura de Murch, por exemplo, e uma versão excelente da caligrafia e assinatura de seu bedel. O bedel era um homem alto, careca e seco, chamado Trellis. Eles sentiam antipatia um pelo outro havia anos.

Richard usava as assinaturas para conseguir livros de exercícios em branco no departamento de papelaria, que distribuía papel, lápis, canetas e réguas com a apresentação de um bilhete assinado por um professor.

Richard escrevia histórias e poemas e desenhava naqueles livros de exercícios.

***

Depois do banho, Richard se enxugou e se vestiu apressadamente; tinha um livro para o qual voltar, um mundo perdido ao qual retornar.

Saiu do prédio devagar, com a gravata torta e o franzido da camisa sacudindo, lendo sobre lorde Greystoke e perguntando-se se realmente existia um mundo dentro do mundo, onde dinossauros voavam e nunca anoitecia.

A luz do dia começava a sumir, mas ainda havia vários meninos do lado de fora da escola, brincando com bolinhas de tênis: dois jogavam conkers junto ao banco. Richard se apoiou na parede de tijolinho e leu; o mundo lá fora bloqueado, as indignidades dos vestiários, esquecidas.

— Você é uma vergonha, Grey.

Eu?

— Olha só pra você. Sua gravata tá toda torta. Uma vergonha pra escola. É isso que você é.

O nome do menino era Lindfield, dois anos escolares mais velho, mas já com o físico de um adulto.

— Olha sua gravata. Sério, olha isso. — Lindfield puxou com firmeza a gravata verde de Richard, apertando um nó pequeno e duro. — Patético.

Lindfield e seus amigos foram embora.

Elric de Melniboné estava de pé junto às paredes de tijolinho, olhando fixamente para ele. Richard puxou o nó da gravata, tentando afrouxá-lo. Estava sufocando-o.

Suas mãos se atrapalharam em volta do pescoço.

Ele não conseguia respirar, mas não estava preocupado em respirar. Estava preocupado com se levantar. De repente, Richard se esquecera de como fazer isso. Foi um alívio descobrir o quão macio o caminho de tijolos sobre o qual estava de pé havia ficado, quando ele lentamente o abraçou.

Estavam de pé sob um céu noturno lotado com mil estrelas imensas, junto às ruínas do que talvez tivesse sido um dia um templo antigo.

Os olhos de rubi de Elric o encaravam. Richard pensou que pareciam os olhos de um coelho branco particularmente violento que ele teve, antes que o animal roesse o arame da gaiola e fugisse para o interior de Sussex, para aterrorizar raposas inocentes. A pele de Elric era perfeitamente branca; sua armadura, ornada e elegante, decorada com desenhos intrincados, preta por completo. O cabelo branco e fino ondulava sobre seus ombros, como numa brisa, mas o ar estava parado.

— *Então você quer ser um companheiro de heróis?* — perguntou ele. Sua voz era mais gentil do que Richard imaginara.

Richard assentiu.

Elric colocou um longo dedo sob o queixo de Richard, levantando o rosto do garoto. Olhos de sangue, pensou Richard. Olhos de sangue.

— *Você não é um companheiro, menino* — disse ele, na Linguagem Culta de Melniboné.

Richard sempre soube que compreenderia a Linguagem Culta quando a ouvisse, mesmo que sempre tivesse sido ruim em latim e francês.

— *Bem, o que eu sou, então?* — perguntou ele. — *Me diga, por favor. Por favor!*

Elric não deu nenhuma resposta. Ele se afastou de Richard, entrando no templo em ruínas.

Richard correu atrás dele.

No interior do templo, Richard descobriu uma vida à sua espera, toda pronta para ser experimentada e vivida; e, dentro dessa vida, mais uma. Ele mergulhava em cada vida que vivia, e elas o puxavam para dentro, para mais longe do mundo de onde ele viera; uma por uma, existência após existência, rios de sonhos e campos de estrelas, um falcão com um pardal seguro em suas garras voa baixo sobre a relva, e então pessoas pequeninas e intrincadas esperando que ele encha a mente delas de vida, e milhares de anos se passam, e ele está realizando um trabalho estranho de muita importância e aguda beleza, então ele é amado, e depois honrado, e aí um tranco, um puxão brusco e...

...foi como emergir do fundo das profundezas de uma piscina. Estrelas apareceram acima, depois caíram e se dissolveram em azul e verde, e foi com uma imensa decepção que ele se tornou Richard Grey de novo e voltou a si, tomado por uma emoção desconhecida. A emoção era específica, tão específica que, mais tarde, ele ficou surpreso ao se dar conta de que não tinha um nome: uma sensação de desgosto e arrependimento por ter que voltar a algo que ele pensara estar, havia muito tempo, abandonado, esquecido e morto.

Richard estava deitado no chão, e Lindfield puxava o minúsculo nó da gravata dele. Havia outros garotos ao redor, os rostos o encarando, preocupados, aflitos e assustados.

Lindfield soltou a gravata. Richard lutou para inspirar, sorvendo o ar em grandes goles, enfiando-o nos pulmões à força.

— Pensamos que estava fingindo. Você simplesmente apagou — disse alguém.

— Cala a boca — retrucou Lindfield. — Você tá bem? Desculpa. Desculpa mesmo. Meu Deus. Por favor, desculpa.

Por um momento, Richard pensou que o colega estava se desculpando por tê-lo chamado de volta do mundo além do Templo.

Lindfield estava aterrorizado, solícito, desesperadamente preocupado. Era óbvio que nunca havia quase matado alguém. Enquanto acompanhava Richard na subida dos degraus de pedra até a enfermaria, Lindfield explicava que tinha voltado da cantina da escola, encontrado Richard inconsciente no caminho, cercado por garotos curiosos, e percebido o que havia de errado. Richard descansou por algum tempo na enfermaria, onde recebeu uma aspirina solúvel amarga, tirada de uma jarra enorme, num copinho plástico, e então foi conduzido para o escritório do diretor.

— Meu Deus, como você está desarrumado, Grey! — apontou o diretor, pitando seu cachimbo, irritadiço. — Não culpo o jovem Lindfield, de modo algum. Enfim, ele salvou sua vida. Não quero ouvir mais nenhuma palavra sobre isso.

— Desculpa — disse Grey.

— Podem sair — falou o diretor, em sua nuvem de fumaça perfumada.

***

— Você já escolheu uma religião? — perguntou sr. Aliquid, capelão da escola.

Richard balançou a cabeça.

— Há muitas opções — admitiu.

O capelão da escola também era o professor de biologia de Richard. Certa vez, havia levado a classe inteira, quinze garotos de treze anos e Richard, com doze, até o outro lado da rua, para sua casinha em frente à escola. No jardim, o sr. Aliquid matou, esfolou e desmembrou um coelho com uma faquinha pequena e afiada. Em seguida, pegou uma bomba de ar e inflou a bexiga do coelho como um balão até estourar, respingando sangue nos meninos. Richard vomitou, mas foi o único.

— Hmm — murmurou o capelão.

O escritório do capelão era forrado de livros. Era um dos poucos escritórios dos mestres que era, de alguma forma, confortável.

— E masturbação? Você tem se masturbado em excesso? — Os olhos do sr. Aliquid brilhavam.

— O que é em excesso?

— Ah. Mais do que três ou quatro vezes por dia, creio eu.

— Não. Não em excesso — respondeu Richard.

Ele era um ano mais novo do que todo mundo em sua classe; as pessoas às vezes se esqueciam disso.

***

Todo final de semana ele viajava para o norte de Londres, onde ficava com os primos para aulas de bar mitzvah, ministradas por um preceptor magro e ascético, extremamente devoto, um cabalista e mantenedor de mistérios ocultos, para os quais ele podia ser desviado com uma questão bem-colocada. Richard era especialista em questões bem-colocadas.

Devoto era judeu ortodoxo, linha-dura. Nada de leite com carne e duas lava-louças para os dois conjuntos de pratos e talheres.

Não deverás cozinhar o filho no leite da mãe.

Os primos de Richard no norte de Londres eram *devotos*, embora comprassem *cheeseburgers* em segredo depois da escola e se gabassem disso entre si.

Richard suspeitava que seu corpo já estava irremediavelmente poluído. Mas seu limite era comer coelho. Ele já tinha experimentado e detestara, mas levou anos até descobrir do que se tratava. Toda quinta-feira, no almoço da escola, havia algo que ele acreditava ser um cozido de frango um tanto quanto desagradável. Certa quinta, ele encontrou uma pata de coelho boiando no cozido, e a ficha caiu. Depois disso, toda quinta-feira, ele enchia a barriga de pão com manteiga.

No metrô para o norte de Londres, ele analisava os rostos dos outros passageiros, perguntando-se se algum deles era Michael Moorcock.

Se encontrasse Moorcock, pediria para voltar ao templo arruinado.

Se encontrasse Moorcock, ficaria envergonhado demais para falar.

***

Algumas noites, quando seus pais saíam, ele tentava telefonar para Michael Moorcock.

Ligava para o serviço de auxílio à lista e pedia o número de Moorcock.

— Não posso dar esse número para você, meu amor. Está fora da lista.

Tentava bajular e persuadir, mas sempre fracassava, para seu alívio. Não sabia o que diria a Moorcock se fosse bem-sucedido.

***

Ele colocava marcadores em seus romances de Moorcock, na página "Do Mesmo Autor", para os livros que queria ler.

Naquele ano, parecia haver um livro novo de Moorcock toda semana. Ele os comprava na estação Victoria, a caminho das aulas de bar mitzvah.

Havia alguns que simplesmente não conseguia achar — *Ladrão de Almas*, *Café da Manhã nas Ruínas* — e, no final, com nervosismo, ele os encomendou no endereço impresso na parte de trás dos livros. Convenceu o pai a assinar um cheque para ele.

Quando os livros chegaram, continham uma fatura cobrando 25 centavos: os livros custavam mais caro do que o valor listado originalmente. Ainda assim, Richard havia conseguido um exemplar de *Ladrão de Almas* e um de *Café da Manhã nas Ruínas*.

Na contracapa de *Café da Manhã nas Ruínas*, havia uma biografia de Moorcock dizendo que o autor tinha morrido de câncer no pulmão no ano anterior.

Richard ficou chateado por semanas. Isso queria dizer que não haveria mais livros, nunca mais.

***

Aquela merda de biografia. Pouco depois de ela ser publicada, eu estava num show da banda Hawkwind, chapado e loucão, e um pessoal ficava me abordando, e eu pensei que estava morto. Eles ficavam dizendo "Você tá morto, você tá morto". Mais tarde, me dei conta de que, na verdade, estavam falando: "Mas nós pensamos que você estava morto".

Michael Moorcock, em conversa. Notting Hill, 1976

***

Havia o Campeão Eterno, e havia o Companheiro dos Campeões. Moonglum era o companheiro de Elric, sempre alegre, o contraste perfeito para o príncipe pálido dado a mudanças de humor e surtos depressivos.

Existia um multiverso lá fora, cintilante e mágico. Existiam os agentes do equilíbrio, os Deuses do Caos e os Senhores da Ordem. Existiam as raças mais antigas, altas, pálidas e élficas, e os Reinos Jovens, cheios de gente como ele. Gente estúpida, tediosa e normal.

Às vezes, ele torcia para que Elric conseguisse encontrar paz longe da Espada Negra. Mas não funcionava assim. Era preciso existir os dois — o príncipe branco e a Espada Negra.

Uma vez desembainhada, a espada desejava sangue e precisava ser mergulhada em carne trêmula. Então, sugava a alma da vítima, transferindo a energia da pessoa para a frágil estrutura de Elric.

Richard estava ficando obcecado por sexo; até tivera um sonho no qual estava fazendo sexo com uma garota. Pouco antes de acordar, sonhou como seria ter um orgasmo — era uma sensação intensa e mágica de amor, concentrada no coração; foi assim que ocorreu no sonho dele.

Uma sensação de êxtase espiritual, profundo e transcendente.

Nada que tivesse vivenciado na vida real se equiparara àquele sonho.

Nada nem sequer chegara perto.

***

O Karl Glogauer de *Contemple o Homem* não era o mesmo Karl Glogauer de *Café da Manhã nas Ruínas*, decidira Richard; no entanto, sentia um orgulho estranho, blasfemo, ao ler *Café da Manhã nas Ruínas* na capela da escola, nos estandes do coro. Desde que fosse discreto, ninguém se importaria.

Ele era o menino com o livro. Sempre e para sempre.

Sua cabeça era tomada pelas religiões: os finais de semana estavam entregues aos padrões e linguagem intrincados do judaísmo; todas as manhãs dos dias úteis eram dedicadas às solenidades com vitrais e aroma de madeira da Igreja da Inglaterra; e as noites pertenciam à sua própria religião, aquela que criara para si mesmo, um panteão estranho e multicolorido no qual os Senhores do Caos (Arioch, Xiombarg e o restante deles) topavam com o Vingador Fantasma da DC Comics, Sam, o Buda trapaceiro de *Senhor da Luz*, de Zelazny, e com vampiros, gatos falantes, ogros e todas as coisas dos livros de fadas coloridos de Lang, nos quais todas as mitologias existiam simultaneamente numa anarquia de crenças magnífica.

Contudo, Richard havia, por fim, desistido (é preciso admitir, com um pouco de remorso) de sua crença em Nárnia. Desde os seis anos — metade de sua vida —, acreditara devotamente em todas as coisas narnianas, até que, no ano anterior, ao reler *A Viagem do Peregrino da Alvorada* talvez pela centésima vez, concluiu que a transformação do desagradável Eustáquio Mísero num dragão e sua subsequente conversão à crença em Aslan, o leão, era terrivelmente semelhante à conversão de São Paulo na estrada para Damasco; isso se sua cegueira fosse um dragão...

Depois de pensar isso, Richard encontrou correspondências em todo canto; muitas para ser simples coincidência.

Deixou os livros de Nárnia de lado, convencido, tristemente, de que eram uma alegoria; que um autor (em quem ele confiava) havia tentado lhe transmitir algo despercebido. Sentira o mesmo desgosto com as histórias do professor Challenger quando o velho de pescoço curto e grosso se converteu ao espiritualismo; não que Richard tivesse problemas com a crença em fantasmas — acreditava em tudo, sem nenhum problema ou contradição —, mas Conan Doyle estava pregando, e isso transparecia em suas palavras. Richard era jovem e, à sua maneira, inocente, e acreditava que autores deveriam ser confiáveis, e que não deveria haver nada escondido sob a superfície de uma história.

Ao menos as histórias de Elric eram honestas. Não havia nada acontecendo abaixo da superfície ali: Elric era o príncipe estiolado de uma raça morta, ardendo de autocomiseração, agarrado a Stormbringer, sua espada de lâmina negra — uma lâmina que clamava por vidas, que devorava almas humanas e transmitia a força delas para o albino debilitado e condenado.

Richard lia e relia as histórias de Elric e sentia prazer toda vez que Stormbringer mergulhava no peito de um inimigo, obtendo, de alguma forma, uma satisfação compassiva quando Elric retirava sua força da espada das almas, como um viciado em heroína num suspense barato conseguindo um novo suprimento da droga.

Richard estava convencido de que, um dia, o pessoal da Mayflower Books viria atrás dele cobrar seus 25 centavos. Nunca mais ousou comprar livros pelo correio.

***

J.B.C. MacBride tinha um segredo.

— Você não pode contar pra ninguém.

— Tá bom.

Richard não tinha problemas com a ideia de guardar segredos. Anos mais tarde, ele perceberia que era um repositório ambulante de segredos antigos, dos quais os confidentes originais provavelmente já tinham se esquecido há muito tempo.

Os dois estavam andando com os braços passados por cima dos ombros um do outro até a floresta atrás da escola.

Richard, sem ter pedido por isso, havia sido agraciado com mais um segredo naquela floresta: era ali que os colegas de escola tinham encontros com as garotas do vilarejo, e era onde, disseram-lhe, mostravam sua genitália uns para os outros.

— Não posso falar quem me contou isso.

— Tudo bem — disse Richard.

— Sério, é verdade. E é um segredo mortal.

— Tá bom.

Recentemente, MacBride vinha passando muito tempo com o sr. Aliquid, o capelão da escola.

— Bem, todo mundo tem dois anjos. Deus dá um, e Satã, o outro. Então, quando você é hipnotizado, o anjo de Satã assume o controle. E é assim que as tábuas ouija funcionam. É o anjo de Satã. E você pode implorar ao seu anjo de Deus para que ele fale por meio de você. Mas a iluminação de verdade só acontece quando você consegue conversar com seu anjo. Ele te conta segredos.

Era a primeira vez que ocorria a Grey que a Igreja da Inglaterra pudesse ter o próprio esoterismo, a própria cabala oculta.

O outro garoto piscou lentamente, feito uma coruja.

— Você não pode contar isso a ninguém. Eu estaria enrascado se soubessem que falei pra você.

— Tudo bem.

Fez-se uma pausa.

— Você já bateu uma pra um adulto? — perguntou MacBride.

— Não.

O segredo de Richard era que ele ainda não começara a se masturbar. Todos os seus amigos se masturbavam, continuamente, sozinhos, aos pares ou em grupos. Ele era um ano mais novo e não entendia o motivo de tanto fuzuê. A ideia toda o deixava desconfortável.

— Porra pra todo lado. É espessa e grudenta. Eles tentam fazer você botar o pau deles na boca quando vão gozar.

— Eca.

— Não é tão ruim assim. — Ele faz uma pausa. — O sr. Aliquid acha que você é muito esperto, sabia? Se quiser se juntar ao grupo fechado de discussão religiosa dele, talvez ele deixe.

O grupo fechado de discussão se reunia na casa de solteiro do sr. Aliquid, do outro lado da rua da escola, à noite, duas vezes por semana depois da preparação.

— Não sou cristão.

— E daí? Você ainda é o primeiro da sala em Teologia, judeuzinho.

— Não, obrigado. Ei, consegui um Moorcock novo. Um que você ainda não leu. É um livro do Elric.

— Não conseguiu, não. Não existe um livro novo dele.

— Existe, sim. Chama-se *Os Olhos do Homem de Jade*. É impresso em tinta verde. Eu o encontrei numa livraria em Brighton.

— Posso pegar emprestado depois que você terminar?

— Claro.

Estava esfriando, e os dois caminharam de volta, de braços dados. Como Elric e Moonglum, pensou Richard, e aquilo fez tanto sentido quanto os anjos de MacBride.

***

Richard tinha devaneios nos quais sequestrava Michael Moorcock e o forçava a contar seu segredo para ele.

Se forçado, Richard seria incapaz de dizer que tipo de segredo era esse. Tinha algo a ver com a escrita; algo a ver com deuses.

Richard se perguntava de onde Moorcock tirava suas ideias.

Provavelmente do templo arruinado, concluiu, embora não pudesse mais se lembrar da aparência do lugar. Ele se lembrava de uma sombra e de estrelas, e da sensação de dor ao voltar a algo que pensava ter terminado havia muito tempo.

Ele se perguntava se era de lá que todos os escritores tiravam suas ideias, ou se era só Michael Moorcock.

Se alguém tivesse dito a ele que os escritores simplesmente inventavam tudo, que as tiravam das próprias cabeças, ele jamais teria acreditado. Tinha que existir um lugar de onde vinha a magia.

Não tinha?

***

Um camarada me ligou dos Estados Unidos na outra noite e disse: "Escuta, cara, eu tenho que conversar com você sobre a sua religião". Respondi: "Não sei do que você está falando. Eu não tenho nenhuma porra de religião".

Michael Moorcock, em conversa, Notting Hill, 1976

***

Seis meses se passaram. Richard já havia comemorado seu bar mitzvah e, em breve, mudaria de escola. Ele e J.B.C. MacBride estavam sentados na grama do lado de fora da escola no início da noite, lendo. Os pais de Richard estavam atrasados para buscá-lo.

Richard lia *O Assassino Inglês*. MacBride estava absorto em *As Bodas de Satã*.

Richard se flagrou semicerrando os olhos para enxergar a página. Ainda não tinha escurecido por completo, mas ele já não conseguia mais ler. Tudo estava ficando acinzentado.

— Mac? O que você quer ser quando crescer?

A noite estava morna, e a grama, seca e confortável.

— Não sei. Escritor, talvez. Tipo Michael Moorcock. Ou T.H. White. E você?

Richard se sentou e pensou. O céu estava cinza-violeta e uma lua espectral pendia lá no alto, como a fatia de um sonho. Ele arrancou uma folha de grama e lentamente a despedaçou entre os dedos, pouco a pouco. Não podia dizer *escritor* também. Pareceria que estava copiando Mac. E ele não queria ser escritor, não de verdade. Havia outras coisas para ser.

— Quando eu crescer, quero ser um lobo — respondeu por fim, pensativo.

— Nunca vai acontecer — disse MacBride.

— Talvez não. Vamos ver — concluiu Richard.

As luzes se acenderam nas janelas da escola, uma por uma, tornando o céu violeta mais escuro do que antes, e a noite de verão estava gentil e pacata. Naquela época do ano, o dia durava uma eternidade e a noite nunca chegava de fato.

— Eu gostaria de ser um lobo. Não o tempo todo. Só às vezes. No escuro. Eu correria de noite pela floresta na forma de lobo — explicou Richard, mais para si mesmo. — Nunca machucaria ninguém. Não seria esse tipo de lobo. Só correria e correria para sempre sob o luar, em meio às árvores, e nunca me cansaria nem ficaria sem fôlego, e nunca teria que parar. É isso o que eu quero ser quando crescer...

Ele arrancou outra longa folha da grama, habilmente tirando as laterais dela e, devagar, começou a mascar o caule.

As duas crianças ficaram ali sentadas, sozinhas no crepúsculo cinzento, lado a lado, e esperaram o futuro começar.

A Saga de Elric

volume um

Elric de Melniboné

Ao falecido Poul Anderson, por *A Espada Quebrada* e *Três Corações e Três Leões*. Ao falecido Fletcher Pratt, por *O Poço do Unicórnio*. Ao falecido Bertolt Brecht, por *A Ópera dos Três Vinténs*, que, por razões obscuras, eu ligo aos outros livros, considerando-os como sendo uma das maiores influências sobre as primeiras histórias de Elric.

Elric de Melniboné

Sumário

Livro três

Prólogo

Esta é a história de Elric antes de ele ser chamado de Assassino de Mulheres e antes do colapso final de Melniboné. Esta é a história da rivalidade com seu primo, Yyrkoon, e do amor por sua prima, Cymoril, antes que essa rivalidade e esse amor fizessem com que Imrryr, a Cidade dos Sonhos, desmoronasse em chamas, violentada pelos salteadores dos Reinos Jovens. Esta é a história das duas espadas negras, Stormbringer e Mournblade, de como foram descobertas e de qual papel desempenharam no destino de Elric e de Melniboné — um destino que viria a moldar outro ainda maior: o do próprio mundo. Esta é a história de quando Elric era um rei, comandando dragões, frotas e todas as pessoas daquela raça semi-humana que governou o mundo durante dez mil anos.

É uma história trágica a história de Melniboné, a Ilha Dragão. Esta é uma história de emoções monstruosas e grandes ambições. Esta é uma história de feitiços e traições e ideais dignos, de agonias e prazeres temíveis, de amor amargo e ódio doce. Esta é a história de Elric de Melniboné. Boa parte dela, o próprio Elric relembraria apenas em seus pesadelos.

— Crônicas da Espada Negra

Livro um

No reino insular de Melniboné, todos os antigos rituais ainda são seguidos, embora o poder da nação tenha esmaecido ao longo de quinhentos anos, e seu padrão de vida seja mantido agora apenas pelo comércio com os Reinos Jovens e pelo fato de que a cidade de Imrryr tornou-se um ponto de encontro para mercadores. Será que esses rituais já não são mais úteis? Será que podem ser renegados e a ruína evitada? Alguém que governasse no lugar do Imperador Elric preferiria pensar que não. Ele diria que Elric trará a destruição de Melniboné por sua recusa em honrar todos os rituais (Elric honra vários deles). E agora se inicia a tragédia que se encerrará daqui a muitos anos e precipitará a destruição deste mundo.

1

Um rei melancólico: uma corte se empenha em honrá-lo

É da cor de um crânio desbotado, sua carne; e o cabelo comprido que escorre abaixo dos ombros é branco feito leite. Da cabeça bela e afilada, encaram dois olhos oblíquos, escarlates e temperamentais, e das mangas largas do manto amarelo, emergem duas mãos esguias, também cor de osso, que repousam nos apoios de braço de um assento esculpido de um único e imenso rubi.

Os olhos carmesins estão preocupados e, de vez em quando, uma das mãos se levanta para mexer no elmo leve assentado sobre as mechas brancas; elmo este feito de uma liga escura, esverdeada, e moldado primorosamente à semelhança de um dragão prestes a levantar voo. Na mão que acaricia distraidamente a coroa, há um anel com uma rara pedra Actorios fixada, cujo cerne às vezes se move devagar e muda de forma, como se fosse fumaça senciente; tão irrequieta em sua inestimável prisão quanto o jovem albino em seu Trono de Rubi.

Ele olha para o longo lance de degraus de quartzo onde sua corte se diverte, dançando com tamanha delicadeza e elegância sussurrante, que poderia muito bem ser uma corte de fantasmas. Em sua mente, debate questões morais, e essa atividade em si o separa da maioria de seus súditos, pois essas pessoas não são humanas.

São os habitantes de Melniboné, a Ilha Dragão, que governou o mundo por dez mil anos e deixou de governá-lo há menos de quinhentos. Eles são cruéis e espertos, e, para eles, a "moralidade" é pouco mais do que nutrir algum respeito pelas tradições milenares.

Para o jovem, o quadringentésimo vigésimo oitavo na linha de descendência direta do primeiro Imperador Feiticeiro de Melniboné, tais presunções parecem não só arrogantes, mas tolas; é evidente que a Ilha Dragão perdeu a maior parte de seu poder e, em breve, dali a um ou dois séculos, será tragada por um conflito direto com as nações humanas emergentes a quem eles chamam, de forma um tanto condescendente, de Reinos Jovens. Frotas piratas já haviam feito ataques malsucedidos a Imrryr, a Bela, a Cidade dos Sonhos, capital da Ilha Dragão de Melniboné.

No entanto, até os amigos mais próximos do imperador se recusam a discutir a possibilidade da queda de Melniboné. Não ficam contentes quando ele menciona essa ideia e consideram que os comentários do imperador são não apenas impensáveis, como também uma violação ímpar ao bom gosto.

Assim, sozinho, o imperador rumina. Lamenta que o pai, Sadric, o Octagésimo Sexto, não tenha gerado mais filhos, pois, assim, talvez um monarca mais adequado estivesse disponível para assumir seu lugar no Trono de Rubi. Sadric morreu há um ano; parecendo sussurrar uma mensagem alegre de boas-vindas àquilo que viera reivindicar sua alma. Durante a maior parte da vida, Sadric nunca conhecera outra mulher que não a esposa, pois a imperatriz havia morrido trazendo ao mundo seu único herdeiro de sangue fraco. Porém, dono de emoções melniboneanas (estranhamente diferentes daquelas dos recém-chegados humanos), Sadric amara a esposa e fora incapaz de encontrar prazer em outras companhias, mesmo a do filho que a matara e que era tudo o que restava dela. Por poções mágicas, pelo cântico das runas e por ervas raras o filho da imperatriz fora nutrido, e sua força, artificialmente sustentada por todas as artes conhecidas pelos Reis Feiticeiros de Melniboné. E ele sobreviveu — e ainda sobrevive — graças unicamente à feitiçaria, pois é lasso por natureza, e, sem suas drogas, mal seria capaz de levantar a mão pela maior parte de um dia comum.

Se o jovem imperador encontrou alguma vantagem em sua debilidade perpétua, sem dúvida foi no fato de que, forçosamente, leu muito. Antes de completar quinze anos, já havia lido todos os volumes da biblioteca do pai, alguns mais de uma vez. Seus poderes de feitiçaria, aprendidos de início com Sadric, são agora maiores do que aqueles possuídos por seus ancestrais há muitas gerações. Seu conhecimento do mundo para além das praias de Melniboné é profundo, a despeito de ter tido pouca experiência direta até então. Caso assim o quisesse, poderia ressuscitar o poderio anterior da Ilha Dragão e governar tanto o próprio território quanto os Reinos Jovens como um tirano invulnerável. Contudo, suas leituras também lhe ensinaram a questionar a forma como o poder é utilizado e suas motivações, e a perguntar se tal poder deveria sequer ser utilizado, qualquer que fosse a causa. As leituras o levaram a tal "moralidade", que ele mesmo mal compreende. Dessa forma, para os súditos, ele é um enigma e, para alguns, uma ameaça, pois não pensa nem age segundo a concepção geral de como um melniboneano de verdade — e mais, um imperador melniboneano — deveria pensar e agir. Seu primo Yyrkoon, por exemplo, foi ouvido mais de uma vez dando voz a fortes dúvidas sobre o direito do imperador de governar o povo de Melniboné. "Esse erudito frágil trará a ruína para todos nós", disse ele certa noite para Dyvim Tvar, o Senhor das Cavernas-Dragão.

Dyvim Tvar é um dos poucos amigos do imperador e relatou devidamente a conversa, mas o jovem ignorou os comentários, considerando-os "apenas uma traição trivial", enquanto qualquer um de seus ancestrais teria recompensado tais sentimentos com uma execução pública extremamente lenta e refinada.

A atitude do imperador complica-se ainda mais pelo fato de Yyrkoon — que faz pouquíssimo segredo sobre seus sentimentos de que ele mesmo é quem deveria ser o governante — ser irmão de Cymoril, uma garota a quem o albino considera sua amiga mais próxima e que, um dia, se tornará sua imperatriz.

Mais abaixo, no piso de mosaico da corte, o príncipe Yyrkoon pode ser visto em suas sedas e peles mais requintadas, joias e brocados, dançando com uma centena de mulheres, sobre todas as quais correm boatos de terem sido suas amantes em algum momento. As feições sombrias do príncipe, ao mesmo tempo belas e sombrias, são emolduradas por cabelos compridos e escuros, ondulados e oleosos, e sua expressão, como sempre, é sardônica, enquanto a postura é arrogante. O pesado manto de brocado oscila para lá e para cá, atingindo outros dançarinos com certa força. Ele o veste quase como se fosse uma armadura ou talvez uma arma. Entre muitos dos cortesãos existe mais do que um respeito básico pelo príncipe Yyrkoon. Poucos se ressentem de sua arrogância, e aqueles que o fazem ficam em silêncio, pois Yyrkoon é famoso por ser um feiticeiro de habilidade considerável. Além disso, seu comportamento é aquilo que a corte espera e aplaude em um nobre melniboneano; é o que aplaudiriam em seu imperador.

O imperador sabe disso. Queria poder agradar sua corte, que se empenha em honrá-lo com danças e sagacidade, mas não consegue se forçar a tomar parte daquilo que considera, em particular, como uma sequência cansativa e irritante de posturas ritualísticas. Nisso, ele é, talvez, um tanto mais arrogante do que Yyrkoon, que ao menos é um grosseirão convencional.

Das galerias, a música fica mais alta e mais complexa conforme os escravos, em especial os treinados e cirurgicamente alterados para que cantem apenas uma única nota perfeita, são estimulados a esforços mais apaixonados. Até o jovem imperador é comovido pela harmonia sinistra da canção, que pouco lembra qualquer coisa já proferida pela voz humana. "Por que a dor deles deveria produzir uma beleza tão maravilhosa?", pergunta-se o imperador. Ou será que toda beleza é criada por meio da dor? Será esse o segredo da grande arte, tanto humana quanto melniboneana?

O imperador Elric fecha os olhos.

Há uma agitação no salão lá embaixo. Os portões se abrem e os cortesãos que dançavam interrompem seus movimentos, recuando e fazendo uma mesura enquanto soldados entram. Eles estão vestidos de azul-claro, os elmos ornamentais moldados em formatos fantásticos e suas compridas lanças de lâminas largas são decoradas com fitas e pedras preciosas. Eles cercam uma jovem cujo vestido azul combina com seus uniformes e cujos braços desnudos estão cingidos por cinco ou seis braceletes de diamantes, safiras e ouro. Cordões de diamantes e safiras estão entremeados aos cabelos da jovem. Ao contrário da maioria das mulheres da corte, seu rosto não tem nenhum desenho pintado sobre as sobrancelhas ou os malares. Elric sorri. É Cymoril. Os soldados são sua guarda cerimonial pessoal, que, de acordo com a tradição, deve escoltá-la até a corte. Eles sobem os degraus que conduzem ao Trono de Rubi. Elric se levanta lentamente e estende as mãos.

— Cymoril. Pensei que tinha decidido não agraciar a corte esta noite.

Ela corresponde ao sorriso.

— Meu imperador, eu percebi que estava disposta a conversar, no final das contas.

Elric sente-se grato. Cymoril sabe que o imperador está entediado e que ela é uma das poucas pessoas em Melniboné cuja conversa o interessa. Se o protocolo permitisse, ele lhe ofereceria o trono, mas, do jeito que as coisas são, ela deve se sentar aos pés dele, no degrau mais alto.

— Sente-se, por favor, doce Cymoril. — Ele retoma seu lugar no trono e se inclina para frente. Ela se senta e olha nos olhos do imperador com uma expressão mista de humor e ternura. Fala baixo, enquanto sua guarda se retira para confraternizar nas laterais dos degraus com a guarda de Elric. Apenas o imperador consegue ouvir sua voz.

— O senhor vai cavalgar para a região selvagem da ilha comigo amanhã, meu senhor?

— Há alguns assuntos aos quais devo dedicar minha atenção... — Ele é atraído pela ideia. Faz semanas desde que saiu da cidade e cavalgou com ela; a escolta de ambos mantendo uma distância discreta.

— São urgentes?

Ele dá de ombros.

— Que assuntos são urgentes em Melniboné? Depois de dez mil anos, a maioria dos problemas pode ser vista sob certa perspectiva. — O sorriso de Elric é quase escancarado, um tanto semelhante ao de um jovem estudante que planeja matar aula e escapulir do seu tutor. — Muito bem... de manhã cedinho partiremos, antes que os outros acordem.

— O ar além de Imrryr estará límpido e fresco. O sol estará quente para esta época. O céu estará azul e sem nuvens.

Elric ri.

— Quanta feitiçaria você deve ter feito!

Cymoril abaixa o olhar e traça um desenho no mármore da plataforma do trono.

— Bem, talvez um pouquinho. Não sou destituída de amigos entre os elementais mais fracos...

Elric se estica para tocar o cabelo escuro e fino dela.

— Yyrkoon sabe disso?

— Não.

O príncipe Yyrkoon proibiu a irmã de se envolver com magia. Os amigos dele estão entre os mais sombrios seres sobrenaturais, e o príncipe sabe que são perigosos; portanto, presume que todas as relações feiticeiras carreguem um elemento similar de perigo. Além disso, odeia pensar que outras pessoas possuam o mesmo poder que ele. Talvez seja isso, acima de tudo, que odeie em Elric.

— Vamos torcer para que toda Melniboné precise de bom clima para amanhã — diz Elric.

Cymoril o encara, curiosa. Ainda é uma melniboneana. Não lhe ocorreu que sua feitiçaria possa não ser bem-vinda para alguns. Em seguida, encolhe os ombros adoráveis e toca de leve a mão de seu senhor.

— Essa "culpa" — diz ela. — Essa análise da consciência. Seu propósito está além de meu cérebro simplório.

— E do meu também, devo admitir. Parece não ter uma função prática. Entretanto, mais de um de nossos ancestrais previu uma mudança na natureza da nossa terra. Uma mudança espiritual, assim como física. Talvez eu tenha lampejos dessa mudança quando me ocorrem esses estranhos pensamentos não melniboneanos...

A música se avoluma. A música se esvai. Os cortesãos continuam dançando, embora muitos olhos estejam sobre Elric e Cymoril, que conversam no topo da plataforma do trono. Há especulação. Quando Elric anunciará Cymoril como sua futura imperatriz? Será que retomará o costume que Sadric dispensou de sacrificar doze noivas e seus noivos aos Senhores do Caos para assegurar um bom casamento para os governantes de Melniboné? É óbvio que a recusa de Sadric em permitir que o costume continuasse foi a causa do seu sofrimento e da morte de sua esposa; dando-lhe um filho doente e ameaçando a continuidade da monarquia. Elric deve retomar o costume. Até ele deve temer uma repetição do destino que visitou o pai. Porém, alguns dizem que o imperador não seguirá nenhum dos costumes da tradição e que ameaça não apenas a própria vida, mas a existência de Melniboné e tudo o que ela representa. E aqueles que afirmam isso com frequência são vistos como em bons termos com príncipe Yyrkoon, que segue dançando, parecendo alheio ao diálogo ou, na verdade, alheio ao fato de que a irmã conversa discretamente com o primo sentado no Trono de Rubi; que ele está na beira de seu assento, esquecido da dignidade, e sem exibir nada daquele orgulho feroz e desdenhoso que, no passado, marcou praticamente todos os outros imperadores de Melniboné; que conversa animadamente, ignorando o fato de que a corte está supostamente dançando para o seu entretenimento.

E então, de súbito, o príncipe Yyrkoon congela em meio a uma pirueta e levanta os olhos escuros para o imperador. Em um canto do salão, a atenção de Dyvim Tvar é atraída pela postura calculada e dramática de Yyrkoon, e o Senhor das Cavernas-Dragão franze o cenho. Sua mão recai para onde a espada normalmente ficaria, mas ninguém porta espadas num baile da corte.

Dyvim Tvar olha para o príncipe Yyrkoon com atenção e cautela, e o nobre alto começa a ascender os degraus até o Trono de Rubi. Muitos olhos acompanham o primo do imperador e agora quase ninguém mais dança, embora a música fique cada vez mais selvagem, conforme os mestres dos escravos da música incitam seus pupilos a esforços ainda maiores.

Elric levanta a cabeça e vê Yyrkoon de pé um degrau abaixo daquele onde Cymoril se encontra. Yyrkoon faz uma mesura, o que é sutilmente insultante.

— Eu me apresento a meu imperador — diz.

2

Um príncipe arrivista: ele confronta seu primo

— Está gostando do baile, primo? — perguntou Elric, ciente de que a apresentação melodramática de Yyrkoon fora projetada para pegá-lo desprevenido e, se possível, humilhá-lo. — A música está do seu agrado?

Yyrkoon baixou os olhos e deixou que os lábios formassem um sorriso sutil e misterioso.

— Tudo está ao meu agrado, meu soberano. Mas e o senhor? Algo não está ao seu gosto? O senhor não se juntou à dança.

Elric levou um dedo pálido ao queixo e encarou os olhos ocultos de Yyrkoon.

— Mesmo assim, eu a estou apreciando, primo. Certamente é possível ter prazer com o prazer dos outros, não?

Yyrkoon pareceu genuinamente atônito. Seus olhos se abriram de todo e encontraram os de Elric. O imperador sentiu um leve choque e a seguir desviou o próprio olhar, indicando as galerias de música com um gesto lânguido.

— Ou talvez seja a dor dos outros que me traga prazer. Não tema por mim, primo. Estou satisfeito. Estou satisfeito. Pode continuar dançando, confiante de que seu imperador desfruta do baile.

Yyrkoon, porém, não desistiria.

— Certamente, se não quer que seus súditos se retirem entristecidos e preocupados por não terem agradado seu soberano, o imperador deveria demonstrar sua satisfação, não...?

— Devo lembrá-lo, primo — disse Elric, em voz baixa —, que o imperador não tem nenhum dever para com seus súditos, exceto o de governá-los. Eles é que têm um dever para com o imperador. Essa é a tradição de Melniboné.

Yyrkoon não esperava que Elric utilizasse tais argumentos contra ele, mas se recuperou com a réplica seguinte.

— Concordo, milorde. O dever do imperador é governar seus súditos. Talvez seja por isso que muitos deles não desfrutem do baile tanto quanto poderiam.

— Não acompanho seu raciocínio, primo.

Cymoril havia se levantado e encontrava-se com as mãos pressionando uma à outra no degrau acima de Yyrkoon. Estava tensa e ansiosa, preocupada com o tom galhofeiro e a postura desdenhosa do irmão.

— Yyrkoon... — alertou ela.

Ele olhou para Cymoril.

— Irmã. Vejo que compartilha da relutância do nosso imperador para dançar.

— Yyrkoon, você está indo longe demais. O imperador é tolerante, mas...

— Tolerante? Ou descuidado? Ele descuida das tradições da nossa grande raça? Despreza nosso orgulho?

Dyvim Tvar subiu os degraus. Estava claro que também sentia que Yyrkoon escolhera aquele momento para testar o poder de Elric.

Cymoril, perplexa, disse com urgência:

— Yyrkoon. Se você quiser viver...

— Eu não gostaria de viver se a alma de Melniboné perecesse. E a tutela da alma da nossa nação é responsabilidade do imperador. E se tivermos um imperador que fracassasse nessa responsabilidade? Um imperador que fosse fraco? Um imperador que não se importasse nem um pouco com a grandeza da Ilha Dragão e seus habitantes?

— Uma pergunta hipotética, primo. — Elric recuperara a compostura, e sua voz era calma e gelada. — Pois um imperador assim jamais se sentou no Trono de Rubi, e jamais se sentará.

Dyvim Tvar havia chegado ao topo e tocou no ombro de Yyrkoon.

— Príncipe, se valoriza sua dignidade e sua vida...

Elric ergueu a mão.

— Não há necessidade disso, Dyvim Tvar. O príncipe Yyrkoon está meramente nos entretendo com um debate intelectual. Temeroso de que eu estivesse entediado com a música e a dança, o que não é o caso, pensou em providenciar um assunto para um debate estimulante. Estou certo de que estamos bem-estimulados, príncipe Yyrkoon. — Elric permitiu que um toque de condescendência transparecesse na última frase.

Yyrkoon corou de raiva e mordeu os lábios.

— Mas continue, querido primo Yyrkoon — prosseguiu Elric. — Estou interessado. Estenda seu argumento.

Yyrkoon olhou ao redor como se buscasse apoio. No entanto, todos os seus partidários estavam no piso do salão. Apenas Dyvim Tvar e Cymoril, amigos de Elric, encontravam-se por perto. Mesmo assim, Yyrkoon sabia que seus seguidores ouviam cada palavra e que ele ficaria malvisto se não retaliasse. Elric percebeu que Yyrkoon teria preferido se retirar do confronto e escolher outro dia e outro terreno para continuar a batalha, mas que isso não era possível. O próprio Elric não desejava continuar com aquela galhofa idiota que era, não importa o quão disfarçada, pouco melhor do que a querela de duas menininhas sobre quem deveria brincar com os escravos primeiro. Ele decidiu pôr um fim àquilo.

Yyrkoon começou:

— Então permita-me sugerir que um imperador que fosse fisicamente fraco também poderia ser fraco em sua vontade de governar como convém...

Elric levantou a mão.

— Já é o bastante, caro primo. Mais do que o bastante. Você se cansou com esta conversa, quando teria preferido dançar. Fico lisonjeado por sua preocupação. Mas agora eu, também, sinto um cansaço se abater sobre mim. — Elric gesticulou para seu velho criado, Tanglebones, que estava na extremidade oposta da plataforma do trono, em meio aos soldados. — Tanglebones! Meu manto.

O imperador ficou de pé.

— Agradeço novamente por sua consideração, primo. — Ele se dirigiu à corte em geral. — Fui entretido. Agora me retiro.

Tanglebones trouxe o manto de pele de raposa branca e o colocou em torno dos ombros do mestre. O criado era muito velho e bem mais alto que Elric, embora suas costas estivessem corcundas e todos os seus membros parecessem nodosos e retorcidos, como os galhos de uma árvore forte e antiga.

Elric atravessou a plataforma e passou pela porta que dava para o corredor que levava a seus aposentos privativos.

Yyrkoon ficou onde estava, enfurecido. Então deu meia-volta na plataforma e abriu a boca como se fosse se dirigir aos cortesãos que o observavam. Alguns, que não o apoiavam, sorriam quase que abertamente. Ele cerrou os punhos nas laterais do corpo, furioso. Olhou feio para Dyvim Tvar e abriu os lábios finos para falar. Dyvim Tvar devolveu a encarada friamente, desafiando Yyrkoon a prosseguir.

Então, Yyrkoon jogou a cabeça para trás, como para que as mechas encaracoladas e oleadas de seu cabelo balançassem contra as costas. E riu. O som áspero tomou o salão. A música parou. O riso continuou.

Yyrkoon subiu mais um pouco até estar na plataforma. Arrastou o manto pesado ao seu redor para que esse engolfasse seu corpo.

Cymoril adiantou-se.

— Yyrkoon, por favor, não...

Ele a empurrou para trás com um movimento do ombro.

Andou rigidamente para o Trono de Rubi. Ficou claro que estava prestes a sentar-se nele e, assim, realizar um dos atos mais pérfidos possíveis segundo o código de Melniboné. Cymoril correu os poucos degraus que a separavam do irmão e puxou seu braço.

A risada de Yyrkoon aumentou.

— É Yyrkoon quem eles gostariam de ver no Trono de Rubi — disse ele à irmã. Ela resfolegou e olhou horrorizada para Dyvim Tvar, cuja expressão era sombria e raivosa.

Dyvim Tvar acenou para os guardas e, de súbito, havia duas fileiras de homens em armaduras entre Yyrkoon e o trono.

O príncipe encarou ferozmente o Senhor das Cavernas-Dragão.

— É melhor torcer para perecer com seu mestre — sibilou ele.

— Esta guarda de honra o acompanhará para fora do salão — disse Dyvim Tvar, sem se abalar. — Todos ficamos estimulados por sua conversação esta noite, príncipe Yyrkoon.

Yyrkoon fez uma pausa, olhou ao redor e então relaxou. Deu de ombros.

— Há tempo de sobra. Se Elric não abdicar, então terá de ser deposto.

O corpo esguio de Cymoril estava rígido. Seus olhos ardiam. Ela disse para o irmão:

— Se você causar qualquer mal a Elric, eu mesma vou matá-lo, Yyrkoon.

Ele ergueu as sobrancelhas afiladas e sorriu. Naquele momento, parecia odiar a irmã ainda mais do que odiava o primo.

— Sua lealdade àquela criatura assegurou sua própria ruína, Cymoril. Eu preferiria vê-la morta a parindo a prole dele. Não aceitarei que o sangue da nossa casa seja diluído, maculado ou sequer tocado pelo sangue dele. Tema pela própria vida, minha irmã, antes de ameaçar a minha.

E desceu os degraus furiosamente, empurrando aqueles que se aproximaram para parabenizá-lo. Sabia que tinha perdido, e os murmúrios de seus bajuladores apenas o irritavam ainda mais.

As grandes portas do salão se fecharam com um estrondo. Yyrkoon havia deixado o grande salão.

Dyvim Tvar levantou ambos os braços.

— Continuem dançando, cortesãos. Desfrutem de tudo o que o salão oferece. Isso é o que mais agradará ao imperador.

Mas estava claro que haveria pouca dança naquela noite. Os cortesãos já estavam mergulhados em conversas e debatendo os eventos, empolgados.

Dyvim Tvar se voltou para Cymoril.

— Elric se recusa a compreender o perigo, princesa Cymoril. A ambição de Yyrkoon pode trazer o desastre sobre todos nós.

— Até para Yyrkoon. — Cymoril suspirou.

— Exato, até para Yyrkoon. Porém, como podemos evitar isso, Cymoril, se Elric não dá ordens para a prisão do seu irmão?

— Ele acredita que pessoas como Yyrkoon deveriam ter permissão para dizer o que querem. Faz parte da sua filosofia. Eu mal a entendo, mas isso parece parte integral de toda a sua crença. Se ele destruir Yyrkoon, destruirá a base sobre a qual sua lógica está fundamentada. É isso o que ele tentou me explicar, Mestre de Dragões.

Dyvim Tvar suspirou e franziu a testa. Incapaz de compreender Elric, temia que às vezes pudesse se solidarizar com o ponto de vista de Yyrkoon. Ao menos os motivos e argumentos de Yyrkoon eram relativamente simples. Entretanto, conhecia bem demais o caráter de Elric para acreditar que o imperador agia assim por fraqueza ou lassidão. O paradoxo era que Elric tolerava a traição de Yyrkoon por ser forte, por ter o poder para destruí-lo quando quisesse. E o caráter de Yyrkoon era tal que ele devia constantemente testar a força de seu primo, pois sabia por instinto que se Elric fraquejasse e ordenasse sua morte, então teria vencido. Era uma situação complicada, e Dyvim Tvar desejava encarecidamente que não estivesse embrenhado nela. Mas sua lealdade à linhagem real de Melniboné era forte, e sua lealdade pessoal a Elric, grande. Ele cogitou a ideia de fazer com que assassinassem Yyrkoon em segredo, mas sabia que um plano assim quase certamente não daria em nada. Yyrkoon era um feiticeiro de imenso poder e, sem dúvida, seria alertado quanto a qualquer atentado contra sua vida.

— Princesa Cymoril — disse Dyvim Tvar —, eu só posso orar para que seu irmão engula tanto da própria ira que ela o acabe envenenando.

— Eu me unirei a você nessa prece, Senhor das Cavernas-Dragão.

Juntos, os dois deixaram o salão.

3

Cavalgando pela manhã: um momento de tranquilidade

A luz do início da manhã tocava as altas torres de Imrryr e as fazia cintilar. Cada uma tinha uma tonalidade diferente; mil cores suaves. Havia rosados claros e amarelos em tom de pólen; havia púrpuras e verdes-claros; malvas, marrons e alaranjados; azuis difusos, brancos e dourados polvilhados, todos adoráveis à luz do sol. Dois cavaleiros deixaram a Cidade dos Sonhos para trás e se afastaram das muralhas, passando pela relva verde na direção de uma floresta de pinheiros onde, em meio aos troncos sombreados, um pouco da noite parecia permanecer. Esquilos se agitavam e raposas rastejavam de volta para casa; pássaros cantavam e flores da floresta abriam as pétalas e enchiam o ar com seu perfume delicado. Alguns insetos vagavam pelo ar preguiçosamente. O contraste entre a vida na cidade e aquela rusticidade indolente era enorme e parecia espelhar alguns dos contrastes existentes na mente de ao menos um dos cavaleiros, aquele que agora desmontava e puxava seu cavalo, caminhando por uma massa de flores azuis que lhe chegavam aos joelhos. O outro cavaleiro, uma amazona, na verdade, parou seu animal, mas não desmontou. Em vez disso, apoiou-se casualmente no alto pomo melniboneano e sorriu para o homem, seu amante.

— Elric? Vai parar ainda tão perto de Imrryr?

Ele sorriu para Cymoril por cima do ombro.

— Por enquanto. Nossa fuga foi apressada. Eu gostaria de organizar meus pensamentos antes de prosseguirmos com a cavalgada.

— Como foi sua noite de sono?

— Razoável, Cymoril, embora deva ter sonhado sem saber, pois havia... pequenas sugestões em minha mente quando acordei. Por outro lado, o encontro com Yyrkoon não foi agradável...

— Acha que ele planeja usar feitiçaria contra você?

Elric deu de ombros.

— Eu saberia se ele utilizasse um feitiço contra mim. E ele conhece meu poder. Duvido que ousaria empregar magia.

— Ele tem motivos para crer que você talvez não venha a usar o seu poder. Ele questiona sua personalidade há tanto tempo... Será que não existe perigo de que comece a questionar suas habilidades? Testar sua feitiçaria como tem testado sua paciência?

Elric franziu o cenho.

— É, suponho que esse perigo exista. Mas creio que ainda não.

— Ele não ficará feliz até que você esteja arruinado, Elric.

— Ou que ele mesmo esteja, Cymoril. — Elric se abaixou e apanhou uma das flores. Sorriu. — Seu irmão tem uma inclinação por absolutos, não é? Como o fraco odeia a fraqueza.

Cymoril entendeu o que ele queria dizer. Desmontou e se aproximou do imperador. Seu vestido fino combinava quase que perfeitamente com a cor das flores em meio às quais se movia. Ele lhe entregou a flor e ela a aceitou, tocando nas pétalas com os lábios perfeitos.

— E como o forte odeia a força, meu amor. Yyrkoon é meu parente, mas mesmo assim, eu lhe dou este conselho: use sua força contra ele.

— Eu não poderia matá-lo. Não tenho o direito. — O rosto de Elric voltou a estampar o típico traço taciturno.

— Poderia exilá-lo.

— O exílio não equivale à morte para um melniboneano?

— Você mesmo já falou em viajar pelas terras dos Reinos Jovens.

Elric riu um tanto amargamente.

— Mas talvez eu não seja um melniboneano de verdade. Yyrkoon já disse isso, e outros ecoam esse pensamento.

— Ele o odeia porque você é contemplativo. Seu pai era contemplativo, e ninguém negava que ele fosse um imperador adequado.

— Meu pai optou por não aplicar os resultados de suas contemplações em seus atos pessoais. Governou como um imperador deve governar. Yyrkoon, devo admitir, também governaria como um imperador deve governar. Também tem a oportunidade de tornar Melniboné grandiosa outra vez. Se ele fosse imperador, embarcaria numa campanha de conquista para restabelecer nosso comércio ao volume antigo, estender nosso poder por toda a terra. E é isso que a maioria do nosso povo desejaria. É direito meu negar esse desejo?

— É direito seu fazer o que achar melhor, pois você é o imperador. Todos os que lhe são leais pensam como eu.

— Talvez a lealdade deles seja equivocada. Talvez Yyrkoon esteja certo e eu vá trair essa lealdade e trazer a ruína para a Ilha Dragão. — Os olhos escarlates e temperamentais dele se focaram diretamente nos dela. — Talvez eu devesse ter morrido assim que deixei o ventre da minha mãe. Yyrkoon teria se tornado o imperador. Será que o Destino foi contrariado?

— O Destino nunca é contrariado. O que aconteceu, aconteceu porque o Destino assim o quis. Se é que existe mesmo algo como o Destino e as ações dos homens não são meramente uma resposta às ações de outros homens.

Elric respirou fundo e ofereceu à princesa uma expressão tingida de ironia.

— Se acreditarmos nas tradições de Melniboné, sua lógica a leva quase à heresia, Cymoril. Talvez fosse melhor você se esquecer da sua amizade comigo.

Ela riu.

— Você começa a soar como meu irmão. Está testando meu amor por você, meu senhor?

Ele tornou a montar em seu cavalo.

— Não, Cymoril, mas eu a aconselharia a testar seu amor por si mesma, pois sinto que há uma tragédia implícita no nosso amor.

Ela sorriu e balançou a cabeça ao se endireitar na sua sela.

— O senhor vê ruína em tudo. Será que não consegue aceitar os bons presentes que lhe são dados? Já são tão poucos, meu senhor.

— É. Com isso, devo concordar.

Os dois se viraram nas selas ao ouvirem cascos atrás deles. A alguma distância, viram um grupo de cavaleiros vestidos de amarelo galopando, confusos. Era a guarda de ambos, que haviam deixado para trás ao desejarem passear sozinhos.

— Venha! — gritou Elric. — Vamos atravessar a floresta e passar por aquela colina, e eles nunca vão nos encontrar!

Esporearam suas montarias pela floresta perfurada pelo sol e subiram pelas laterais da colina mais além, descendo do outro lado e atravessando uma planície onde cresciam moitas de *noidel*, com seus frutos abundantes e venenosos brilhando num azul arroxeado, uma cor noturna que nem a luz do dia conseguia dispersar. Existiam muitos pequenos frutos e ervas peculiares em Melniboné, e era a algumas delas que Elric devia sua vida. Outras eram utilizadas em poções mágicas e tinham sido semeadas gerações antes, por seus ancestrais. Naquela época, poucos melniboneanos deixavam Imrryr para coletá-las. Apenas escravos visitavam a maior porção da ilha, à procura de raízes e arbustos que faziam os homens terem sonhos monstruosos e magníficos, pois era em seus sonhos que os nobres de Melniboné encontravam a maioria de seus prazeres; eles sempre tinham sido uma raça mal-humorada e introvertida, e era por essa qualidade que Imrryr fora nomeada a Cidade dos Sonhos. Lá, até os escravos mais vis mascavam tais frutos para alcançar o esquecimento, e eram assim facilmente controlados, pois acabavam dependentes dos sonhos. Apenas Elric recusava tais drogas, talvez por necessitar de tantas outras simplesmente para garantir que continuasse vivo.

Os guardas de amarelo ficaram para trás e, uma vez tendo atravessado a planície onde as moitas de *noidel* cresciam, a dupla desacelerou em sua fuga e alcançou os desfiladeiros e, então, o mar.

O oceano brilhava, ofuscante, e lavava languidamente as praias brancas sob os penhascos. Pássaros marinhos rodopiavam no céu limpo e seus gritos soavam distantes, servindo apenas para enfatizar a sensação de paz que tanto Elric quanto Cymoril compartilhavam. Em silêncio, os apaixonados conduziram os cavalos por trilhas íngremes, descendo até a praia, e lá prenderam os corcéis e começaram a caminhar pela areia, seus cabelos — os dele, brancos, e os dela, pretos como azeviche — ondulando ao vento que soprava do leste.

Os dois encontraram uma caverna grande e seca que captava os sons emitidos pelo mar e os replicava num eco sussurrante. Retiraram seus trajes de seda e fizeram amor ternamente nas sombras da caverna. Ficaram deitados nos braços um do outro enquanto o dia esquentava e o vento diminuía. Em seguida, foram se banhar nas águas, enchendo o céu vazio com seu riso.

Quando estavam secos e se vestindo, notaram um escurecimento no horizonte, e Elric disse:

— Vamos nos molhar de novo antes de voltarmos a Imrryr. Não importa a rapidez com que cavalguemos, a tempestade nos alcançará.

— Talvez devêssemos continuar na caverna até passar... — sugeriu ela, aproximando-se e encostando o corpo no dele.

— Não — disse ele. — Devo regressar logo, pois há poções em Imrryr que devo tomar se quero que meu corpo mantenha sua força. Mais uma ou duas horas, e começarei a enfraquecer. Você já me viu fraco, Cymoril.

Ela afagou o rosto de Elric, os olhos compassivos.

— Sim. Eu já o vi fraco, Elric. Venha, vamos encontrar os cavalos.

Quando chegaram aos cavalos, o céu estava cinzento e tomado por uma escuridão fervilhante ao leste, não muito longe. Eles ouviram o ronco do trovão e o estrondo do raio. O mar se agitava como que infectado pela histeria do céu. Os cavalos bufavam e pateavam a areia, ansiosos para voltar. Ao que Elric e Cymoril subiram nas selas, grandes gotas de chuva começaram a cair em suas cabeças e a se espalhar sobre seus mantos.

Então, subitamente, os dois estavam cavalgando a toda velocidade de volta para Imrryr enquanto raios lampejavam ao redor e o trovão rugia como um gigante furioso, como algum antigo Senhor do Caos tentando irromper no Reino da Terra sem ser convidado.

Cymoril olhou de esguelha para o rosto pálido de Elric, iluminado por um instante pelo clarão de fogo no céu, e sentiu um calafrio percorrê-la naquele momento; um calafrio que não tinha nada a ver com o vento nem a chuva, pois parecera a ela, naquele segundo, que o gentil erudito que tanto amava tinha sido transformado pelos elementos num demônio infernal, um monstro quase sem nenhum traço de humanidade. Os olhos vermelhos ardiam na brancura do crânio como as chamas do Inferno Superior; o cabelo chicoteava para o alto de tal forma que se tornara como a crista de um sinistro elmo de guerra e, devido à luz da tempestade, sua boca parecia retorcida numa mistura de fúria e agonia.

E, de súbito, Cymoril soube.

Ela soube, lá no fundo, que a cavalgada daquela manhã era o último momento de paz que os dois viveriam. A tempestade era um sinal dos deuses: um alerta de outras tempestades vindouras.

Ela tornou a olhar para seu amante. Elric ria. Tinha virado o rosto para o alto, para que a chuva quente caísse sobre ele, para que a água respingasse dentro da boca aberta. Sua risada era o riso fácil e sem sofisticação de uma criança feliz.

Cymoril tentou rir de volta, mas teve que desviar o rosto para que ele não notasse. Pois tinha começado a chorar.

Ainda chorava quando Imrryr entrou no campo de visão; uma silhueta preta e grotesca em contraste a uma linha de claridade que era o horizonte a oeste, ainda imaculado.

4

Prisioneiros: segredos são arrancados

Quando Elric e Cymoril se aproximaram do menor portão oriental, os homens de armadura amarela os avistaram.

— Finalmente nos encontraram — disse Elric, sorrindo em meio à chuva. — Porém um pouco atrasados, não, Cymoril?

Cymoril, ainda sitiada pela sensação de ruína, meramente assentiu e tentou sorrir em resposta.

Elric entendeu aquilo como uma expressão de decepção, nada mais, e chamou os guardas:

— Ei, homens! Em breve estaremos todos secos outra vez!

No entanto, o capitão da guarda o abordou a cavalo com urgência, gritando:

— O senhor imperador é chamado à Torre de Monshanjik, onde estão os espiões.

— Espiões?

— Sim, senhor. — O rosto do homem estava pálido. Água cascateava do elmo e escurecia o manto fino. Seu cavalo era difícil de controlar e ficava dando passos para o lado, pisando nas poças d'água que haviam se formado nos vãos da estrada. — Foram pegos no labirinto hoje pela manhã. Bárbaros sulistas, pelos trajes xadrezes. Estamos mantendo-os presos até que o imperador os interrogue pessoalmente.

Elric acenou.

— Então vá na frente, capitão. Vamos ver os bravos tolos que ousam enfrentar o labirinto marinho de Melniboné.

A Torre de Monshanjik fora nomeada em homenagem ao feiticeiro-arquiteto que projetara o labirinto marinho, milênios antes. O labirinto era o único meio de chegar ao grande porto de Imrryr, e seus segredos tinham sido guardados zelosamente, pois era a maior das proteções contra ataques súbitos. O labirinto era complicado, e os navegadores precisavam receber treinamento especial para conduzir navios por ali. Antes de sua construção, o porto era um tipo de laguna interna alimentada pelo mar, que entrava por um sistema de cavernas naturais no imenso penhasco que se erguia entre a laguna e o oceano. Havia cinco rotas diferentes para atravessar, e cada piloto conhecia apenas uma. Na parede externa do penhasco, havia cinco entradas. Ali, os navios dos Reinos Jovens aguardavam até que um navegador embarcasse. Em seguida, um dos portões para uma das entradas era levantado, todos a bordo eram vendados e enviados para baixo do convés, exceto por um remador-mestre e o timoneiro, que também eram mascarados com pesados elmos de aço para que não pudessem enxergar nem fazer nada além de obedecer às complicadas instruções do navegador. E se um navio dos Reinos Jovens falhasse em obedecer a qualquer uma dessas instruções e se chocasse contra as muralhas de rocha, Melniboné não lamentava, sendo que quaisquer sobreviventes da tripulação eram levados como escravos. Todos que buscavam fazer comércio com a Cidade dos Sonhos compreendiam os riscos, mas dúzias de mercadores vinham todo mês para desafiar os perigos do labirinto e negociar suas mercadorias inferiores pelas esplêndidas riquezas de Melniboné.

A Torre de Monshanjik se erguia com vista para o porto e o enorme molhe que se projetava para o meio da laguna. Era uma torre verde-mar, atarracada quando comparada à maioria das torres em Imrryr, apesar de ainda ser uma construção bela e afilada, com janelas amplas que davam vista para todo o porto. A maioria dos negócios era conduzida na Torre de Monshanjik, e quaisquer prisioneiros que rompessem uma das miríades de regras que regiam o funcionamento do porto iam parar em celas nos porões. Elric liberou Cymoril, que voltou ao palácio com um guarda, e entrou na torre passando a cavalo pela grande arcada, abrindo passagem por diversos mercadores que esperavam permissão para começar suas permutas, pois todo o piso térreo estava lotado de marujos, comerciantes e oficiais melniboneanos engajados no comércio, embora não fosse ali que as mercadorias fossem, de fato, expostas. O grande e ecoante falatório de mil vozes envolvidas em milhares de aspectos da barganha parou aos poucos, conforme Elric e sua guarda cavalgavam arrogantemente para outro arco escuro na ponta oposta do salão. Tal arco se abria para uma rampa que fazia uma curva, descendo para as entranhas da torre.

Os cavaleiros se deslocaram ruidosamente por ela, passando por escravos, serviçais e oficiais que se desviavam apressados, fazendo uma mesura profunda ao reconhecer o imperador. Grandes tochas iluminavam o túnel, tremeluzindo, soltando fumaça e lançando sombras distorcidas nas paredes de obsidiana lisas. Havia frio e umidade no ar, pois a água batia contra as paredes externas abaixo dos embarcadouros de Imrryr. A rampa descia ainda mais, atravessando a rocha vítrea, e por ela o imperador continuou a cavalgar. Então, uma onda de calor os encontrou e houve uma mudança na luz adiante. Eles entraram numa câmara tomada pela fumaça e pelo cheiro de medo. Correntes pendiam do teto baixo e, de oito delas, penduradas pelos pés, quatro pessoas oscilavam. Suas roupas tinham sido arrancadas, mas os corpos estavam vestidos pelo sangue de pequenos ferimentos, precisos, porém graves, feitos pelo artista que ali se encontrava, com um escalpelo na mão, supervisionando sua obra.

O artista era alto e muito magro, quase esquelético em seus trajes brancos manchados. Tinha lábios finos, olhos como fendas, dedos mirrados e o cabelo ralo. O escalpelo que segurava também era fino, quase invisível, exceto quando refletia à luz do fogo que irrompia de um fosso, no lado mais distante da caverna. O artista se chamava Doutor Gracejo, e a arte que praticava era performática, em vez de criativa (embora ele pudesse argumentar o contrário com certa convicção): a arte de arrancar segredos daqueles que os guardavam. Doutor Gracejo era o Interrogador-Chefe de Melniboné. Ele voltou-se sinuosamente quando Elric entrou, o escalpelo seguro entre o polegar e o indicador magros da mão direita; postou-se, equilibrado e cheio de expectativa, quase como um dançarino, e dobrou-se ao meio numa mesura.

— Meu querido imperador!

Sua voz era tênue. Saía apressada da garganta magra como se determinada a fugir, e um ouvinte poderia se inclinar a perguntar se havia mesmo ouvido aquelas palavras, de tão depressa elas haviam surgido e desaparecido.

— Doutor. Esses são os homens do sul pegos hoje cedo?

— De fato, são, milorde. — Outra mesura sinuosa. — Para seu deleite.

Elric inspecionou friamente os prisioneiros. Não sentia nenhuma compaixão por eles. Eram espiões. Seus atos os haviam levado até aquele ponto. Sabiam o que lhes aconteceria caso fossem pegos. Entretanto, pelo jeito, um deles era um menino e outro, uma mulher, embora se contorcessem tanto nas correntes que era bem difícil dizer apenas com um primeiro olhar. Era uma lástima. Então, a mulher estalou o que lhe restava de dentes e sibilou para o imperador:

— Demônio!

Elric recuou, dizendo:

— Eles falaram o que estavam fazendo em nosso labirinto, doutor?

— Ainda estão me provocando com alusões. Têm gosto refinado pelo drama, o que aprecio. Eu diria que estão aqui para mapear uma passagem pelo labirinto, para que uma força de invasores possa seguir a rota. Mas, até agora, omitiram os detalhes. Este é o jogo. Todos nós entendemos como deve ser jogado.

— E quando vão lhe contar, Doutor Gracejo?

— Ah, muito em breve, meu senhor.

— Seria bom saber se devemos esperar por invasores. Quanto antes descobrirmos, menos tempo perderemos lidando com o ataque quando acontecer. Não concorda, doutor?

— Concordo, meu senhor.

— Muito bem. — Elric estava irritado por aquela interrupção em seu dia. Ela havia estragado o prazer do passeio, deixando-o cara a cara com seus deveres rápido demais.

O Doutor Gracejo voltou aos seus encargos e, estendendo a mão livre, habilmente capturou os genitais de um dos homens prisioneiros. O escalpelo moveu-se como um raio. Ouviu-se um grunhido. Doutor Gracejo jogou algo no fogo. Elric se sentou na cadeira que lhe fora preparada. Estava entediado, em vez de enojado pelos rituais empregados na coleta de informações, e os gritos dissonantes, o retinir das correntes, os sussurros tênues do Doutor Gracejo, tudo servia para arruinar a sensação de bem-estar que ele havia conseguido manter, mesmo enquanto se dirigia àquela câmara. Mas um de seus deveres régios era comparecer a tais rituais, e estar presente naquele era o que ele precisava fazer até que a informação lhe fosse apresentada. Então ele poderia parabenizar seu Interrogador-Chefe e emitir ordens informando como lidar com qualquer ataque. Porém, mesmo quando isso tivesse terminado, ele teria que conferenciar com almirantes e generais, provavelmente por todo o resto da noite, escolhendo entre argumentações e decidindo sobre a disposição de homens e navios. Com um bocejo maldisfarçado, recostou-se e assistiu, enquanto o Doutor Gracejo deslizava dedos, escalpelo, agulhas, tenazes e pinças sobre os corpos. Logo estava pensando em outras questões: problemas filosóficos que ainda não conseguira solucionar.

Não que Elric fosse desumano; mas ainda era um melniboneano. Tinha se habituado a tais visões desde a infância. Não poderia ter salvado os prisioneiros, nem se o quisesse, sem contrariar todas as tradições da Ilha Dragão. E, nesse caso, era a simples questão de uma ameaça estar sendo enfrentada com os melhores métodos disponíveis. Ele se acostumara a desligar emoções que entrassem em conflito com seus deveres como imperador. Se houvesse algum sentido em libertar os quatro que dançavam ao bel-prazer do Doutor Gracejo, ele os teria libertado, mas não havia sentido algum. E os quatro teriam ficado espantados caso recebessem qualquer outro tratamento que não aquele. No que dizia respeito a decisões morais, Elric era, em geral, pragmático. Tomava decisões dentro do que cada contexto em particular permitia. Naquele caso, não podia fazer nada. Tal reação havia se tornado uma segunda natureza para ele. Seu desejo não era reformar Melniboné, mas a si mesmo; não iniciar uma ação, mas saber qual a melhor forma de responder às ações de terceiros. Ali, a decisão era fácil de tomar. Um espião era um agressor. E uma pessoa se defendia de agressores da melhor maneira possível. Os métodos empregados pelo Doutor Gracejo eram os melhores.

— Senhor?

Absorto, Elric levantou a cabeça.

— Agora temos a informação, senhor — murmurou o Doutor Gracejo, e sua voz tênue ecoou pela câmara.

Dois conjuntos de correntes estavam vazios e escravos recolhiam coisas do chão, arremessando-as ao fogo. Os dois volumes disformes restantes faziam Elric se lembrar de carne cuidadosamente preparada por um chefe de cozinha. Um deles ainda estremecia levemente, mas o outro estava imóvel.

O Doutor Gracejo escorregou seus instrumentos para dentro de uma caixinha fina que carregava num estojo em seu cinto. Seus trajes brancos estavam quase completamente cobertos de sangue.

— Parece que houve outros espiões antes destes — contou Doutor Gracejo ao seu mestre. — Estes vieram apenas para confirmar a rota. Mesmo que eles não regressem a tempo, os bárbaros ainda navegarão.

— Mas certamente saberão que estamos à espera, não? — disse Elric.

— Provavelmente não, milorde. Há boatos circulando entre os mercadores e marinheiros dos Reinos Jovens de que quatro espiões foram vistos no labirinto e trespassados... Mortos enquanto tentavam escapar.

— Entendo. — Elric franziu o cenho. — Então nosso melhor plano seria preparar uma armadilha para os invasores.

— Exato, meu senhor.

— Você sabe qual rota eles escolheram?

— Sei, senhor.

Elric se virou para um de seus guardas.

— Envie mensagens para todos os nossos generais e almirantes. Que horas são?

— A hora do crepúsculo acaba de passar, meu soberano.

— Diga a eles para se reunirem diante do Trono de Rubi duas horas depois do crepúsculo.

Elric se levantou, cansado.

— Você agiu muito bem, como sempre, Doutor Gracejo.

O artista magro fez uma mesura profunda, parecendo se dobrar ao meio. Um suspiro breve e um tanto servil foi a resposta.

5

Uma batalha: o rei prova sua habilidade na guerra

Yrkoon foi o primeiro a chegar, todo coberto em adornos marciais, acompanhado por dois guardas enormes, cada um segurando um dos estandartes de guerra ornamentados do príncipe.

— Meu imperador! — O grito de Yrkoon era orgulhoso e desdenhoso. — O senhor me permitiria comandar os guerreiros? Isso o aliviará dessa preocupação, uma vez que, sem dúvida, o senhor tem tantos outros assuntos com os quais ocupar seu tempo.

Elric respondeu, impaciente:

— Você é muito atencioso, príncipe Yrkoon, mas não tema por mim. Comandarei os exércitos e navios de Melniboné, pois esse é o dever do imperador.

Yrkoon olhou feio e se afastou para o lado quando Dyvim Tvar, Senhor das Cavernas-Dragão, entrou. Não trazia consigo nenhum guarda e parecia ter se vestido com pressa. Carregava o elmo debaixo do braço.

— Meu imperador, trago notícias dos dragões…

— Eu lhe agradeço, Dyvim Tvar, mas espere até que todos os meus comandantes estejam reunidos para que a notícia seja transmitida a eles também.

Dyvim Tvar fez uma reverência e foi para o lado oposto ao qual estava o príncipe Yrkoon.

Gradualmente, os guerreiros chegaram, até que diversos grandes capitães estivessem aguardando ao pé dos degraus que levavam ao Trono de Rubi em que Elric se sentava. Ele próprio ainda trajava as mesmas roupas com que fora cavalgar naquela manhã. Não tivera tempo para se trocar e ficara, até há pouco, consultando mapas dos labirintos — mapas que só ele podia ler e que, em tempos normais, ficavam ocultos, por meios mágicos, de qualquer um que pudesse tentar encontrá-los.

— Os homens do sul roubariam toda a riqueza de Imrryr e nos matariam a todos — começou Elric. — Acreditam ter encontrado uma passagem por nosso labirinto marinho. Uma frota de cem navios está a caminho de Melniboné agora mesmo. Amanhã, ela aguardará além da linha do horizonte até o pôr do sol, quando então navegará para o labirinto e entrará. Até a meia-noite, esperam alcançar o porto e tomar a Cidade dos Sonhos antes do alvorecer. Seria possível, eu me pergunto?

— Não! — disseram muitos, em uníssono.

— Não. — Elric sorriu. — Mas qual seria a melhor forma de desfrutarmos dessa pequena guerra que eles nos oferecem?

Yyrkoon, como sempre, foi o primeiro a gritar.

— Vamos sair para enfrentá-los agora, com dragões e barcas de batalha. Vamos persegui-los até sua própria terra e levar a guerra a eles. Vamos atacar suas nações e queimar suas cidades! Vamos conquistá-los e assim garantir nossa própria segurança!

Dyvim Tvar se pronunciou:

— Sem dragões — disse.

— O quê? — Yyrkoon deu meia-volta. — O quê?

— Sem dragões, príncipe. Eles não serão despertados. Os dragões dormem nas cavernas, exaustos por causa da última batalha em seu nome.

— Meu nome?

— Você quis utilizá-los em nosso conflito contra os piratas vilmirianos. Eu avisei que preferiria poupá-los para uma batalha maior, mas você os fez voar contra os piratas para queimar seus barquinhos. Agora os dragões dormem.

Yyrkoon amarrou a cara. Levantou o olhar para Elric.

— Eu não esperava que...

Elric ergueu a mão.

— Nós não precisamos usar os dragões até que sejam realmente necessários. Esse ataque da frota sulista não é nada. Mas devemos poupar nossas forças e aguardar o momento certo. Que pensem que estamos despreparados. Que entrem no labirinto. Assim que todos os cem estiverem dentro, nos aproximaremos, bloqueando todas as rotas de entrada e saída. Presos, eles serão esmagados por nós.

Yrkoon olhava para os próprios pés, apequenado, evidentemente desejando poder encontrar alguma falha no plano. O alto e velho almirante Magum Colim, em sua armadura verde-mar, deu um passo adiante e fez uma mesura.

— As barcas de batalha douradas de Imrryr estão prontas para defender a cidade, meu soberano. Levará tempo, entretanto, para manobrá-las em posição. É duvidoso que todas caibam no labirinto de uma só vez.

— Então conduza algumas para fora agora e as esconda em torno da costa para que possam ficar à espera de quaisquer sobreviventes que venham a fugir do nosso ataque — instruiu Elric.

— Um plano útil, meu soberano.

Magum Colim fez outra reverência e retornou à multidão, entre seus pares.

O debate continuou por algum tempo, e então eles estavam prontos e prestes a partir. Porém, naquele momento, o príncipe Yyrkoon berrou novamente:

— Repito minha oferta ao imperador. Sua pessoa é valiosa demais para se arriscar em batalha. Minha pessoa... não tem valor algum. Permita que eu comande os guerreiros de terra e mar, enquanto o imperador permanece no palácio, imperturbado pela batalha, confiante de que ela será vencida e que os homens do sul serão trucidados. Talvez haja algum livro que ele deseje terminar?

Elric sorriu.

— Mais uma vez agradeço sua preocupação, príncipe Yyrkoon. Mas um imperador deve exercitar o corpo, assim como a mente. Comandarei os guerreiros amanhã.

Quando Elric voltou a seus aposentos, descobriu que Tanglebones já havia separado seu equipamento de guerra, pesado e preto. Ali estava a armadura que servira a cem imperadores melniboneanos; uma armadura que fora forjada por feitiçaria para ter uma força inigualável no Reino da Terra, e que podia até, ou assim diziam os rumores, suportar a investidas das míticas lâminas rúnicas, Stormbringer e Mournblade, forjadas pelos mais perversos dentre os muitos perversos governantes de Melniboné, antes de serem tomadas pelos Senhores dos Mundos Superiores e escondidas para sempre num reino onde até mesmo tais senhores raramente se aventuravam.

O rosto do homem retorcido estava cheio de alegria ao tocar cada peça da armadura, cada arma elegantemente equilibrada, com seus dedos compridos e nodosos. Seu rosto vincado se ergueu para observar as feições de Elric, devastadas pela apreensão.

— Ah, meu senhor... Meu soberano! Em breve o senhor conhecerá o júbilo do combate!

— Sim, Tanglebones... e vamos torcer para que seja um júbilo.

— Eu lhe ensinei todas as habilidades... A arte da espada e do punhal... A arte do arco... A arte da lança, tanto a cavalo quanto a pé. E o senhor aprendeu bem, por mais que digam que o senhor é fraco. Com exceção de uma pessoa, não existe espadachim melhor em Melniboné.

— O príncipe Yyrkoon poderia ser melhor do que eu — disse Elric, pensativo. — Não poderia?

— Eu disse "com exceção de uma pessoa", meu senhor.

— E Yyrkoon é essa pessoa. Bem, talvez um dia possamos testar essa questão. Tomarei um banho antes de vestir todo esse metal.

— Melhor ser ligeiro, mestre. Pelo que ouvi, há muito a se fazer.

— E vou dormir depois de ter me banhado. — Elric sorriu ante a consternação de seu velho amigo. — Será melhor assim, pois não posso conduzir pessoalmente as barcas para suas posições. Sou necessário para comandar o combate, e isso eu farei melhor depois de descansar.

— Se o senhor acha que é bom, lorde soberano, então é bom.

— E você está atônito. Parece ansioso demais, Tanglebones, para me enfiar em todo esse equipamento e me ver desfilar por aí como se eu fosse o próprio Arioch...

A mão de Tanglebones voou para a boca como se ele tivesse dito aquelas palavras, em vez de seu mestre, e estivesse tentando bloqueá-las. Os olhos do servo se arregalaram.

Elric riu.

— Você acha que eu digo heresias atrevidas, não é? Bem, já falei coisa pior sem que nada de mal me acontecesse. Tanglebones, em Melniboné, são os imperadores que controlam os demônios, não o contrário.

— Assim o senhor diz, meu soberano.

— É a verdade. — Elric saiu do cômodo, chamando seus escravos. A febre da guerra o preenchia e ele estava exultante.

***

Elric estava todo trajado com seu equipamento preto: o grande peitoral, o gibão acolchoado, as grevas compridas e as manoplas de cota de malha. A seu lado estava uma espada larga, de um metro e meio de comprimento, que diziam ter pertencido a um herói humano chamado Aubec. Repousando no convés contra a amurada dourada da ponte estava o grande anteparo de guerra, seu escudo, ostentando o símbolo do dragão mergulhando. E vestia seu elmo; um capacete preto, com uma cabeça de dragão à frente, asas de dragão abertas em seu topo e a cauda de um dragão descendo, sinuosa, na parte de trás. Apesar de ser todo preto, dentro do elmo havia uma sombra branca da qual encaravam dois orbes escarlates, e das laterais se espalhavam mechas de cabelo branco como leite, quase como fumaça escapando de um edifício em chamas. Conforme o elmo virava sob a pouca luz vinda do lampião pendurado na base do mastro principal, a sombra branca se definia para revelar feições delicadas e bonitas; um nariz reto, lábios curvados e olhos levemente inclinados para cima. O rosto do Imperador Elric de Melniboné fitava a penumbra do labirinto enquanto tentava ouvir os primeiros sons da aproximação dos saqueadores marítimos.

Ele estava de pé sobre a ponte elevada da grande barca de batalha dourada que, como todas do mesmo tipo, lembrava um zigurate flutuante equipado com mastros, velas, remos e catapultas. O navio era chamado de O Filho de Pyaray e era a nau capitânia da frota. O grão-almirante Magum Colim encontrava-se ao lado de Elric. Como Dyvim Tvar, o almirante era um dos poucos amigos próximos do imperador. Conhecera Elric sua vida toda, e o incentivara a aprender tudo o que fosse possível sobre a gestão de navios e frotas de combate. Em particular, Magum Colim poderia temer que Elric fosse erudito e introspectivo demais para governar Melniboné, mas aceitava que o imperador tinha o direito de governar e encarava com raiva e impaciência a conversa de gente do tipo de Yyrkoon. O príncipe Yyrkoon também estava a bordo da nau capitânia, embora naquele momento estivesse abaixo do convés, inspecionando as máquinas de guerra.

O Filho de Pyaray estava ancorado numa gruta imensa, uma das centenas embutidas nas paredes do lugar quando o labirinto fora construído, todas elas projetadas especificamente para tal finalidade: esconder uma barca de batalha. Havia altura suficiente para os mastros e largura para os remos se moverem com liberdade. Cada uma das barcas de batalha douradas era equipada com bancos de remos, cada banco contendo por volta de vinte e trinta remos de cada lado. Os bancos tinham quatro, cinco ou seis conveses de altura e, como no caso de O Filho de Pyaray, podiam ter três sistemas independentes de navegação, na proa e na popa. Todas blindadas com ouro, as naus eram virtualmente indestrutíveis e, apesar do enorme tamanho, podiam se mover com agilidade e manobrar com delicadeza quando a ocasião exigia. Não era a primeira vez que esperavam por seus inimigos naquelas grutas. E não seria a última (embora, na vez seguinte, as circunstâncias fossem se apresentar de modo muito diferente).

As barcas de batalha de Melniboné quase nunca eram vistas em mar aberto naqueles dias, mas, antigamente, velejavam pelos oceanos do mundo como temíveis montanhas flutuantes de ouro, levando terror sempre que eram avistadas. A frota era maior naquela época, abrangendo centenas de embarcações. Agora havia menos de quarenta. Mas quarenta bastariam. Na escuridão úmida, elas aguardavam seus inimigos.

Ouvindo a batida oca da água contra as laterais do navio, Elric desejou ter sido capaz de conceber um plano melhor. Tinha certeza de que aquele funcionaria, mas lamentava o desperdício de vidas, tanto melniboneanas quanto bárbaras. Teria sido melhor se fosse possível elaborar alguma forma de amedrontá-los, afastando-os, em vez de prendê-los no labirinto marinho. A frota do sul não era a primeira a ter sido atraída pela fabulosa riqueza de Imrryr. As tripulações sulistas não eram as primeiras a acreditar que os melniboneanos, por já não se aventurarem para longe da Cidade dos Sonhos, haviam se tornado decadentes e incapazes de defender seus tesouros. Assim, para poder deixar clara a lição, os sulistas tinham de ser destruídos. Melniboné ainda era forte. Forte o bastante, na visão de Yyrkoon, para retomar seu antigo domínio sobre o mundo; forte em feitiçaria, se não em soldados.

— Ouçam! — O almirante Magum Colim esticou o pescoço adiante. — Isso foi o som de um remo?

Elric anuiu.

— Creio que sim.

Agora ouviam respingos regulares, como de fileiras de remos submergindo e emergindo da água, e escutavam o estalo de madeira. Os sulistas estavam chegando. O Filho de Pyaray era o navio mais próximo da entrada e seria o primeiro a sair, mas apenas quando o último dos navios inimigos tivesse passado. O almirante Magum Colim se abaixou, apagou o lampião e então, rápida e silenciosamente, desceu para informar a tripulação sobre a chegada dos invasores.

Não muito antes, Yyrkoon usara sua feitiçaria para invocar uma névoa peculiar, que escondeu as barcas douradas, mas em meio à qual as pessoas nos navios melniboneanos conseguiam enxergar. Elric via tochas ardendo no canal adiante, enquanto os salteadores atravessavam o labirinto com cuidado. Em poucos minutos, dez das galés tinham passado pela gruta. O almirante Magum Colim tornara a se juntar a Elric na ponte, e o príncipe Yyrkoon estava com ele. Yyrkoon também usava um elmo de dragão, embora menos magnífico que o de Elric, pois Elric era o primeiro dentre os poucos Príncipes Dragões de Melniboné sobreviventes. Yyrkoon sorria na penumbra, e seus olhos reluziam em antecipação ao derramamento de sangue vindouro. Elric queria que o príncipe tivesse escolhido outro navio, mas era direito dele estar a bordo da nau capitânia, direito que o imperador não lhe podia negar.

Metade da centena de naus tinha passado.

A armadura de Yyrkoon rangia enquanto ele esperava, impaciente, andando de um lado para o outro na ponte, sua mão protegida pela manopla pousada no punho da espada larga.

— Em breve — repetia para si. — Em breve.

Então a âncora deles gemeu ao subir e seus remos mergulharam dentro da água, enquanto o último navio do sul passava, e eles dispararam para fora da gruta, entrando no canal e abalroando a galera inimiga a meia-nau, partindo-a ao meio.

Um grande grito emergiu da tripulação bárbara. Homens foram jogados em todas as direções. Tochas dançavam erraticamente nos restos de convés, e guerreiros tentavam se salvar de escorregar para dentro das águas escuras e geladas do canal. Algumas bravas lanças atingiram as laterais da nau capitânia melniboneana, quando esta começou a girar em meio aos detritos, mas os arqueiros imrryrianos responderam aos disparos e os poucos sobreviventes tombaram.

O som desse rápido conflito foi o sinal para as outras barcas de batalha. Em perfeita ordem, elas vieram de ambos os lados das altas paredes de pedra e, para os bárbaros atordoados, deve ter sido como se os grandes navios dourados de fato emergissem da pedra sólida; navios fantasmas, cheios de demônios, que faziam chover lanças, flechas e tochas sobre eles. Todo o canal contorcido explodiu em confusão, gritos de guerra ecoavam e ribombavam, o choque de aço contra aço era como o sibilar selvagem de alguma serpente monstruosa, e a frota invasora em si lembrava uma cobra partida em cem partes pelos navios dourados altos e implacáveis de Melniboné. Tais navios pareciam quase serenos ao se mover contra os inimigos, os arpéus de abordagem faiscando ao se prenderem em conveses de madeira e amuradas, arrastando as galés mais para perto para que fossem destruídas.

Mas os sulistas eram corajosos e mantiveram a cabeça no lugar depois do susto inicial. Três de suas galés se dirigiram diretamente para O Filho de Pyaray, reconhecendo-o como a capitânia. Flechas em chamas voaram alto e caíram nos conveses, que eram de madeira e não dispunham da proteção da blindagem dourada, iniciando incêndios onde caíam, ou levando a morte chamuscante aos homens atingidos.

Elric levantou o escudo acima da cabeça e duas flechas o golpearam, ricocheteando, ainda acesas, para um convés inferior. Ele saltou sobre a amurada e as seguiu, descendo para o convés mais amplo e mais exposto, onde seus guerreiros se agrupavam, prontos para combater as galés agressoras. O som das catapultas foi ouvido, e bolas de fogo azul chiaram pela escuridão, errando por pouco todas as três galés. Outra saraivada se seguiu e uma massa de fogo acertou o mastro da nau mais distante, explodindo sobre o convés e esparramando chamas azuis imensas por todo lugar. Arpéus foram lançados e prenderam a primeira embarcação, arrastando-a para perto, e Elric foi um dos primeiros a saltar para o convés, correndo adiante para onde tinha visto o capitão sulista, vestido numa rústica armadura xadrez, uma casaca xadrez jogada sobre ela, e uma espada larga nas duas mãos enormes, berrando com seus homens para que resistissem aos cães melniboneanos.

Conforme Elric se aproximou da ponte, três bárbaros armados com espadas curvas e escudos pequenos e oblongos correram em sua direção. Seus rostos estavam cheios de medo, mas também de determinação, como se soubessem que fossem morrer, mas planejassem causar o máximo de destruição possível antes que suas almas fossem ceifadas.

Deslocando o escudo para o braço, Elric pegou a espada larga com as duas mãos e atacou os marinheiros, derrubando um com a borda do escudo e esmagando a clavícula de outro. O bárbaro restante pulou de lado e estocou com a espada curva o rosto de Elric, que por pouco escapou da arremetida. A lâmina afiada roçou sua bochecha, retirando uma ou duas gotas de sangue. Elric golpeou com a espada larga como se fosse uma foice e ela cortou fundo a cintura do bárbaro, quase partindo-o ao meio. Ele reagiu por um momento, incapaz de acreditar que estava morto, mas, quando Elric libertou a espada com um puxão, fechou os olhos e tombou. O homem que fora atingido pelo escudo de Elric se levantava tropegamente quando o imperador rodopiou, o viu e esmagou seu crânio com a larga lâmina. O caminho para a ponte estava livre. Elric começou a subir a escada, notando que o capitão o vira e o aguardava no topo.

Elric levantou o escudo para receber o primeiro ataque do capitão. Em meio a todo o escarcéu, achou ter ouvido o homem gritando para ele.

— Morra, seu demônio da cara branca! Morra! Você não tem mais lugar nesta terra!

Quase se distraiu de se defender por conta daquelas palavras. Elas lhe soaram verdadeiras. Talvez ele não tivesse lugar naquela terra. Talvez fosse por isso que Melniboné estava lentamente entrando em colapso, por isso cada vez menos crianças nasciam todo ano, por isso os próprios dragões não estavam mais se reproduzindo. Ele deixou o capitão acertar outro golpe no escudo e a seguir estendeu o braço por baixo dele e atacou as pernas do sujeito. Mas seu oponente antecipou esse movimento e pulou para trás. Isso, contudo, deu a Elric tempo para subir correndo os poucos degraus que faltavam e se postar no convés, de frente para o capitão.

O rosto do homem estava quase tão pálido quanto o de Elric. Ele suava e ofegava, e seus olhos estavam cheios de sofrimento, assim como de um medo fora de controle.

— Vocês deveriam nos deixar em paz — disse Elric. — Nós não lhes fizemos mal algum, bárbaro. Quando foi que Melniboné navegou contra os Reinos Jovens pela última vez?

— Vocês nos causam mal apenas por existirem, Carabranca. Sua feitiçaria existe. Seus costumes existem. E sua arrogância existe.

— É por isso que vieram aqui? Seu ataque foi motivado por asco? Ou se serviriam de nossa riqueza? Admita, capitão: a ganância trouxe vocês a Melniboné.

— Pelo menos a ganância é uma qualidade honesta, compreensível. Mas vocês, criaturas, não são humanas. Pior. Não são deuses, mas se comportam como se fossem. Seus dias chegaram ao fim e vocês devem ser exterminados, sua cidade, destruída e suas feitiçarias, esquecidas.

Elric assentiu.

— Talvez você tenha razão, capitão.

— Eu tenho razão. Nossos homens santos assim o dizem. Nossos videntes predizem a queda de vocês. E os próprios Senhores do Caos a quem vocês servem causarão essa queda.

— Os Senhores do Caos não têm mais nenhum interesse nos assuntos de Melniboné. Retiraram seus poderes há quase mil anos. — Elric observou o capitão com cuidado, calculando a distância entre eles. — Talvez seja por isso que o nosso próprio poder minguou. Ou talvez nós simplesmente tenhamos nos cansado do poder.

— Seja como for — disse o capitão, enxugando a testa suada —, sua época terminou. Vocês devem ser destruídos, de uma vez por todas. — Então grunhiu, pois a espada de Elric havia penetrado sob seu peitoral tosco e subido pela barriga, chegando aos pulmões.

Com um joelho dobrado e uma perna estendida para trás, Elric começou a retirar a espada longa, olhando para o rosto do bárbaro, que havia assumido uma expressão de reconciliação.

— Isso foi injusto, Carabranca. Nós mal havíamos começado a conversar e você interrompeu o diálogo. Você é muito habilidoso. Que se retorça para sempre no Inferno Superior. Adeus.

Elric não soube por quê, mas depois que o capitão caiu no convés com o rosto para baixo, o golpeou duas vezes no pescoço até a cabeça sair rolando para longe do corpo, indo para um lado da ponte, onde foi chutada por cima da amurada para afundar na água fria e profunda.

Yyrkoon surgiu por trás de Elric, ainda sorrindo.

— O senhor luta bem e ferozmente, meu senhor imperador. Aquele homem morto estava certo.

— Certo? — Elric encarou o primo, carrancudo. — Certo?

— Sim... na análise que fez da sua destreza.

Rindo, Yyrkoon foi supervisionar seus homens, que estavam acabando com os poucos invasores restantes.

Elric não sabia por que havia se recusado a odiar Yyrkoon antes. Naquele momento, porém, o odiava. Ele o teria matado com alegria. Foi como se

Yyrkoon tivesse olhado no fundo da alma de Elric e expressado desprezo pelo que vira lá.

De súbito, Elric foi esmagado por uma infelicidade raivosa e desejou, de todo coração, não ser um melniboneano, não ser um imperador e que Yyrkoon jamais tivesse nascido.

6

Perseguição: uma traição deliberada

Como arrogantes leviatãs, as grandes barcas douradas de batalha navegaram pelos destroços da frota salteadora. Alguns navios queimavam e outros ainda estavam afundando, mas a maioria já tinha descido às profundezas imensuráveis do canal. Os navios em chamas produziam sombras estranhas que dançavam contra as muralhas úmidas das cavernas marinhas, como se os fantasmas dos assassinados oferecessem uma última saudação antes de partir para as profundezas marítimas, onde se dizia que um rei do Caos ainda governava, compondo suas assustadoras frotas com as almas daqueles que morriam em conflito nos oceanos pelo mundo. Ou talvez fossem para um destino mais gentil, servindo a Straasha, Senhor dos Elementais da Água, que governava a superfície do mar.

Mas alguns tinham escapado. De alguma maneira, os marujos sulistas haviam passado pelas enormes barcas de batalha, navegado pelo canal e deviam, naquele mesmo instante, estar chegando ao mar aberto. Isso foi reportado à nau capitânia onde Elric, Magum Colim e príncipe Yyrkoon se encontravam mais uma vez na ponte, supervisionando a destruição que haviam causado.

— Então devemos persegui-los e acabar com eles — disse Yyrkoon. Ele suava e seu rosto sombrio brilhava; os olhos estavam alertas e febris. — Devemos segui-los.

Elric encolheu os ombros. Estava fraco. Não trouxera medicamentos a mais consigo para repor suas forças. Desejava voltar a Imrryr e repousar. Estava cansado da matança, cansado de Yyrkoon e cansado, acima de tudo, de si mesmo. O ódio que sentia por seu primo o esgotava ainda mais — e ele odiava o ódio; essa era a pior parte.

— Não. Deixe que partam — disse.

— Deixar que partam? Impunes? Como assim, meu senhor rei?! Isso não faz parte de nossos costumes! — O príncipe Yyrkoon se voltou para o almirante envelhecido. — É esse o nosso costume, almirante Magum Colim?

Magum Colim deu de ombros. Ele também estava cansado, mas, particularmente, concordava com o príncipe Yyrkoon. Um inimigo de Melniboné deveria ser punido por sequer ousar pensar em atacar a Cidade dos Sonhos. Entretanto, o almirante disse:

— O imperador deve decidir.

— Deixem que partam — repetiu Elric. Ele se inclinou pesadamente na amurada. — Deixe que levem as notícias de volta para suas terras bárbaras. Deixe que digam como os Príncipes Dragões os derrotaram. A notícia vai se espalhar. Acredito que não voltaremos a ser incomodados por invasores por um bom tempo.

— Os Reinos Jovens são cheios de tolos — retrucou Yyrkoon. — Não acreditarão nas notícias. Sempre haverá invasores. O melhor jeito de adverti-los é garantir que nenhum sulista continue vivo ou livre.

Elric respirou fundo e tentou lutar contra a tontura que ameaçava dominá-lo.

— Príncipe Yyrkoon, você está testando minha paciência...

— Mas, meu imperador, eu penso apenas no bem de Melniboné. Certamente o senhor não quer que seu povo diga que o senhor é fraco, que teme uma luta contra apenas cinco galés sulistas...

Dessa vez, a raiva de Elric lhe trouxe forças.

— Quem dirá que Elric é fraco? Será você, Yyrkoon? — Ele sabia que sua declaração seguinte seria insensata, mas não havia nada que pudesse fazer para contê-la. — Muito bem, vamos então perseguir esses barquinhos e afundá-los. E vamos depressa. Estou cansado disso tudo.

Havia um brilho misterioso nos olhos de Yyrkoon quando ele se virou para transmitir as ordens.

O céu passava de preto para cinza quando a frota melniboneana chegou a mar aberto e voltou suas proas para o sul, em direção ao Mar Fervente e ao continente sulista, mais além. Os navios bárbaros não navegariam pelo Mar Fervente — era dito que nenhum navio mortal conseguiria fazer isso —, mas o contornariam. Não que os navios bárbaros fossem chegar sequer aos limites do Mar Fervente, pois as imensas barcas de batalha eram capazes de alcançar altas velocidades. Os escravos que as remavam haviam ingerido uma droga que aumentava sua velocidade e força por cerca de vinte horas antes de matá-los. E agora as velas estavam infladas, capturando a brisa. Os navios eram como montanhas douradas, deslizando rapidamente sobre o mar; seu método de construção era um segredo perdido até para os próprios melniboneanos (que haviam esquecido muito sobre suas tradições). Era fácil imaginar como os homens dos Reinos Jovens odiavam Melniboné e suas invenções, pois, conforme se aproximavam das galés em fuga que agora apontavam no horizonte, parecia de fato que as barcas de batalha pertenciam a uma era mais antiga e exótica.

O Filho de Pyaray vinha na liderança do restante da frota e já preparava as catapultas bem antes do que qualquer um dos seus camaradas tivesse avistado o inimigo. Escravos perspirando manejavam com cautela a substância viscosa das bolas de fogo, colocando-as nos lançadores de bronze das catapultas com pinças compridas em formato de colher. A substância tremeluzia na penumbra que precedia a aurora.

Outros servos subiam os degraus para a ponte e levavam comida e vinho em bandejas de platina para os três Príncipes Dragões, que haviam permanecido ali desde que a perseguição começara. Elric não conseguia reunir forças para comer, mas pegou uma taça alta de vinho amarelo e a drenou. O líquido era forte e o reviveu um pouco. Ele mandou servir outra taça e a tomou quase tão depressa quanto a primeira. Olhou adiante. Estava quase amanhecendo. Havia uma linha de luz púrpura no horizonte.

— Ao primeiro sinal do disco solar, disparem as bolas de fogo — disse o imperador.

— Eu darei a ordem — respondeu Magum Colim, enxugando os lábios e largando o osso carnudo que estava roendo. Ele deixou a ponte. Elric ouviu seus pés batendo pesadamente nos degraus. De súbito, o albino se sentiu cercado de inimigos. Havia algo de estranho no comportamento de Magum Colim durante a discussão com o príncipe Yyrkoon. Tentou ignorar aqueles pensamentos tolos, porém a fadiga, a insegurança e a zombaria descarada do primo tinham conseguido potencializar a sensação de que ele estava só e sem amigos no mundo. Até Cymoril e Dyvim Tvar eram, no final, melniboneanos e não podiam entender as preocupações peculiares que o moviam e ditavam seus atos. Será que não seria sábio renunciar a tudo que viesse de Melniboné e vagar pelo mundo como um mercenário anônimo, servindo a quem quer que precisasse de sua ajuda?

O semicírculo vermelho e opaco do sol surgiu acima da distante linha negra da água. Houve uma série de estampidos dos conveses na proa da nau capitânia conforme as catapultas efetuavam seu disparo flamejante; ouviu-se um sibilar alto que ia sumindo e foi como se uma dúzia de meteoros cruzassem o céu, zunindo na direção das cinco galés que estavam a menos de trinta navios de distância.

Elric viu duas delas se incendiarem, mas as três restantes começaram a navegar em zigue-zague para evitar as bolas de fogo, que caíam na água e queimavam de modo irregular por um tempo antes de afundarem (ainda em chamas) nas profundezas.

Mais bolas de fogo foram preparadas e Elric ouviu Yyrkoon gritar do outro lado da ponte, ordenando que os escravos se esforçassem ainda mais. Em seguida, os navios em fuga mudaram de tática, evidentemente percebendo que não poderiam permanecer a salvo por muito tempo, e, espalhando-se, navegaram direto para O Filho de Pyaray, exatamente como os outros navios haviam feito no labirinto marinho. Não era apenas a coragem deles que Elric admirava, mas sua habilidade de manobra e a velocidade com a qual tomaram essa decisão desesperada, porém lógica.

O sol apareceu atrás dos navios sulistas quando estes se viraram. Três silhuetas corajosas se aproximavam da nau capitânia melniboneana assim que o carmim manchou o mar, como se antecipando a carnificina que estava por vir.

Outra saraivada de bolas de fogo foi lançada do navio principal, e a galé líder tentou dar uma guinada para evitá-las, mas dois dos globos de fogo se despedaçaram no seu convés, e logo o navio inteiro ardia. Homens em chamas saltavam para dentro da água. Homens em chamas disparavam flechas contra a nau capitânia. Homens em chamas caíam lentamente de seus postos no cordame. Os homens em chamas morriam, mas o navio continuava em seu caminho; alguém tinha travado o leme e direcionado a galé para O Filho de Pyaray. Ela se chocou na lateral dourada da barca de batalha e um pouco do fogo respingou no convés, onde as catapultas principais estavam a postos.

Um caldeirão contendo o material inflamável pegou fogo e imediatamente homens saíram correndo de todos os alojamentos do navio para tentar apagar o incêndio. Elric sorriu ao ver o que os bárbaros tinham feito. Talvez aquele navio tivesse permitido deliberadamente que lhe ateassem fogo. Agora a maior parte da tripulação da nau capitânia estava engajada em apagar as chamas, enquanto os navios sulistas se aproximavam pela lateral e, arremessando seus arpéus de abordagem, começavam a embarcar.

— Alerta, intrusos! — gritou Elric, muito depois do momento em que poderia ter alertado sua tripulação. — Os bárbaros estão atacando.

Ele viu Yyrkoon virar-se, perceber a situação e descer correndo os degraus da ponte.

— O senhor fique aí, meu soberano. Claramente, está cansado demais para lutar — gritou para Elric, enquanto desaparecia.

Mas Elric invocou todas as forças que lhe restavam e saiu trôpego atrás do primo para ajudar na defesa do navio.

Os bárbaros não estavam lutando por suas vidas; sabiam que estas já tinham sido tomadas. Lutavam por seu orgulho. Queriam levar um navio melniboneano com eles, e esse navio tinha de ser a própria nau capitânia. Era difícil desprezar tais homens. Eles sabiam que, mesmo que tomassem a nau capitânia, os outros navios da frota dourada em breve os esmagariam.

No entanto, esses ainda estavam a certa distância. Muitas vidas se perderiam antes que eles os alcançassem.

No convés mais baixo, Elric se viu enfrentando um par de bárbaros altos, ambos armados com uma lâmina curva e um escudo pequeno e oblongo. Ele avançou, mas seus membros pareciam arrastar sua armadura; o escudo e a espada tão pesados que ele mal conseguia erguê-los. Duas espadas golpearam seu elmo quase simultaneamente. Ele contra-atacou e acertou um dos homens no braço, batendo no outro com o escudo. Uma lâmina curva retiniu nas costas de sua armadura, quase desequilibrando-o. Havia fumaça sufocante ao redor, calor e o tumulto da batalha. Ele golpeou ao redor em desespero, e sentiu sua espada acertar carne. Um dos oponentes tombou, gorgolejando, o sangue brotando da boca e do nariz. O outro atacou. Elric deu um passo para trás, tropeçou no cadáver do sujeito que havia matado e caiu, com a larga espada erguida à sua frente com apenas uma das mãos. E, ao que o bárbaro triunfante avançou para acabar com o albino, Elric o pegou com a ponta da sua espada, transpassando-o. O morto caiu sobre o imperador, que não sentiu o impacto, pois já havia desmaiado. Não era a primeira vez que seu sangue deficiente, por não estar mais enriquecido pelas drogas, o traía.

***

Sentiu gosto de sal e pensou, a princípio, tratar-se de sangue. Mas era água marinha. Uma onda surgira por sobre o convés e o revivera em instantes. Elric se esforçou para sair de baixo do morto e então escutou uma voz que reconheceu. Virou a cabeça e olhou para cima.

O príncipe Yyrkoon estava ali, de pé. Sorria. Estava feliz diante da situação de Elric. Uma fumaça preta e oleosa vagava por toda parte, mas os sons de combate haviam morrido.

— Fomos... fomos vitoriosos, primo? — perguntou Elric, dolorosamente.

— Sim. Os bárbaros estão mortos. Estamos prestes a navegar para Imrryr.

Elric ficou aliviado. Começaria a fenecer em breve se não chegasse ao seu estoque de poções.

Seu alívio deve ter sido evidente, pois Yyrkoon riu.

— Ainda bem que a batalha não se estendeu por mais tempo, senhor, ou ficaríamos sem nosso líder.

— Ajude-me a levantar, primo. — Elric odiava pedir qualquer favor ao príncipe Yyrkoon, mas não tinha escolha. Estendeu a mão. — Estou bem o bastante para inspecionar o navio.

Yyrkoon adiantou-se como se para segurar a mão do imperador, mas então hesitou, ainda sorrindo.

— Mas, senhor, eu discordo. O senhor estará morto quando este navio se voltar para o leste.

— Bobagem. Mesmo sem as drogas, posso sobreviver por um tempo considerável, embora seja difícil me mover. Ajude-me a levantar, Yyrkoon, eu lhe ordeno.

— Você não pode me ordenar nada, Elric. Veja, eu sou o imperador agora.

— Cuidado, primo. Eu posso ignorar tal traição, mas outros não o farão. Serei forçado a...

Yyrkoon passou por cima do corpo de Elric e foi até a amurada. Ali havia ferrolhos que prendiam cada seção da amurada no lugar quando esta não era usada como prancha de embarque. Yyrkoon soltou lentamente os ferrolhos e chutou a seção para o mar.

Os esforços de Elric para se soltar se tornaram mais desesperados. Porém, ele mal conseguia se mover.

Yyrkoon, por outro lado, parecia possuir uma força sobrenatural. Ele se abaixou e, com facilidade, jogou o cadáver para longe de Elric.

— Yyrkoon, isso é imprudente da sua parte — disse Elric.

— Eu nunca fui um sujeito cauteloso, primo, como bem sabe. — Ele colocou a bota contra as costelas de Elric e começou a empurrar. Elric deslizou na direção do vão na amurada. Podia ver o mar escuro se agitando abaixo. — Adeus, Elric. Agora um melniboneano de verdade vai sentar-se no Trono de Rubi. E, quem sabe, talvez possa até fazer de Cymoril sua rainha? Não seria algo inédito...

Elric sentiu seu corpo rolar, sentiu-se cair, sentiu-se atingir a água e sentiu a armadura puxá-lo para o fundo. E as últimas palavras de Yyrkoon martelavam em seus ouvidos como o estrondo persistente das ondas contra a lateral da barca dourada de batalha.

Livro dois

Mais inseguro do que nunca em relação a si e seu destino, o rei albino deve necessariamente utilizar seus poderes de feitiçaria, ciente de estar embarcando em atos que farão de sua vida algo diferente do que ele talvez desejasse. E, agora, problemas devem ser resolvidos. Ele precisa começar a governar. Precisa se tornar cruel. Contudo, até nisso se verá frustrado.

1

As cavernas do Rei do Mar

Elric afundou depressa, tentando desesperadamente segurar o pouco de ar que lhe restava. Não tinha forças para nadar, e o peso da armadura negava qualquer esperança de subir à superfície e ser avistado por Magum Colim ou algum dos outros que ainda eram leais a ele.

O rugido em seus ouvidos foi sumindo aos poucos até virar um murmúrio, de modo que soava como se vozes falassem baixinho com ele, as vozes dos elementais da água com quem, em sua juventude, ele tivera algo semelhante à amizade. E a dor em seus pulmões desvaneceu; a névoa vermelha sumiu de seus olhos, e ele pensou ver o rosto de seu pai, Sadric de Cymoril, e, de forma fugaz, de Yyrkoon. Yyrkoon, aquele idiota: por mais que ele se orgulhasse de ser um melniboneano, faltava-lhe a sutileza melniboneana. Era tão brutal e direto quanto alguns dos bárbaros dos Reinos Jovens, que tanto desprezava. E, naquele momento, Elric começara a sentir-se quase grato ao primo. Sua vida estava terminada. Os conflitos que dilaceravam sua mente não o preocupariam mais. Os temores, os tormentos, os amores e os ódios jaziam todos no passado, restando apenas o esquecimento diante dele. Ao que o último alento deixava seu corpo, ele se entregou totalmente ao mar; a Straasha, Senhor de todos os Elementais da Água, que outrora fora companheiro do povo melniboneano. E, ao fazer isso, lembrou-se do feitiço antigo que seus ancestrais usavam para invocar Straasha. O feitiço brotou espontaneamente em sua mente moribunda.

Águas do mar, vós nos destes à luz
E foram tanto nosso leite como nossa mãe
Nos dias em que os céus estavam encobertos
Vocês, que foram as primeiras, deverão ser as últimas.

Governantes do mar, pais de nosso sangue,
Vosso auxílio é buscado, vosso auxílio é buscado,
Vosso sal é sangue, nosso sangue, vosso sal,
Nosso sangue, o sangue do Homem.

Straasha, rei eterno, mar eterno
Vosso auxílio é buscado por mim;
Pois inimigos meus e vossos
Buscam derrotar nosso destino e drenar nosso mar.

Ou as palavras tinham um significado antigo e simbólico, ou se referiam a algum incidente na história melniboneana que nem Elric tinha lido a respeito. As palavras tinham pouco significado para ele e, no entanto, continuaram a se repetir conforme seu corpo afundava cada vez mais nas águas verdes. Mesmo quando a escuridão o esmagou e seus pulmões se encheram de água, as palavras continuaram a sussurrar pelos corredores de sua mente. Era estranho estar morto e ainda assim ouvir o encantamento.

Parecia que muito tempo havia se passado quando seus olhos se abriram e revelaram água rodopiando e, por ela, imensos e indistintos vultos deslizavam até ele. Pelo visto, a morte demorava a chegar e, enquanto morria, ele sonhava. O vulto que vinha na frente tinha barba e cabelos azul-turquesa, pele verde--clara que parecia feita do próprio mar e, quando falou, sua voz soava como a maré avançando. Ele sorriu para Elric.

— Straasha atende ao seu chamado, mortal. Nossos destinos estão unidos. Como posso auxiliá-lo e, auxiliando-o, ajudar a mim mesmo?

A boca de Elric estava cheia de água e, mesmo assim, ele ainda parecia capaz de falar (provando assim que estava sonhando).

Ele disse:

— Rei Straasha. As pinturas na Torre de D'a'rputna... na biblioteca. Quando eu era menino, eu as vi, rei Straasha.

O rei do mar estendeu as mãos verde-mar.

— Sim. Você enviou o chamado. Precisa do nosso auxílio. Nós honramos nosso pacto antigo com seu povo.

— Não. Eu não pretendia invocá-lo. O chamado surgiu espontaneamente em minha mente moribunda. Estou feliz em me afogar, rei Straasha.

— *Isso não pode ser. Se sua mente nos invocou, significa que você deseja viver. Nós o ajudaremos.* — A barba do rei Straasha flutuava com a maré, e seus olhos verdes e profundos eram gentis, quase ternos, ao fitarem o albino.

Elric fechou os olhos de novo.

— Estou sonhando — disse. — Estou me enganando com fantasias de esperança. — Ele sentia a água nos pulmões e sabia que não respirava mais. Era razoável, portanto, supor que estava morto. — Mas, se você fosse real, velho amigo, e quisesse me auxiliar, me devolveria a Melniboné para que eu pudesse cuidar do usurpador, Yyrkoon, e salvar Cymoril, antes que fosse tarde demais. Esse é meu único arrependimento... o tormento que Cymoril sofrerá, caso o irmão dela se torne imperador de Melniboné.

— *Isso é tudo o que você pede dos elementais da água?*

O rei Straasha soava quase decepcionado.

— Não peço nem sequer isso do senhor. Apenas dou voz ao que eu teria desejado, se esta fosse a realidade e eu estivesse falando, o que sei que é impossível. Agora, devo morrer.

— *Isso não pode ser, senhor Elric, pois nossos destinos estão verdadeiramente entrelaçados e sei que ainda não é o seu perecer. Portanto, vou auxiliá-lo conforme sugeriu.*

Elric ficou surpreso com a nitidez dos detalhes de sua fantasia. Disse a si mesmo:

"A que tormento cruel eu me sujeito. Agora, devo me preparar para admitir minha morte..."

— *Você não pode morrer. Ainda não.*

De repente, era como se as mãos gentis do rei do mar o segurassem e carregassem por corredores sinuosos de delicada textura em rosa coral, levemente sombreados, não mais na água. Elric sentiu a água desaparecer dos pulmões e do estômago, e respirou. Seria possível que ele realmente tivesse sido levado à lendária dimensão do povo elemental, um plano que se cruzava com o da terra, onde eles ainda moravam na maior parte do tempo?

Ao chegarem a uma caverna grande e circular, que brilhava com madrepérola rosa e azul, finalmente descansaram. O rei do mar depositou Elric no chão, que parecia coberto de uma areia branca finíssima, que, no entanto, não era areia, pois cedia e voltava à posição anterior quando ele se movia.

Quando o rei Straasha se movimentava, era com um som como o da maré se recolhendo sobre os seixos da praia. O rei atravessou a areia branca, caminhando para um trono grande de jade leitoso. Sentou-se e apoiou a cabeça verde no punho verde, observando Elric com olhos intrigados, porém compassivos.

Elric ainda estava fisicamente fraco, mas conseguia respirar. Era como se a água do mar o tivesse preenchido e, em seguida, purificado quando fora expulsa. Sentia a mente lúcida. Naquele momento, teve menos certeza de que estava sonhando.

— Ainda não compreendo por que o senhor me salvou, rei Straasha — murmurou ele, deitado na areia.

— A runa. Nós a ouvimos nesta dimensão e fomos ao seu auxílio. Isso é tudo.

— Sim, mas a prática de feitiçaria exige mais do que isso. Há cantos, símbolos, rituais de todo tipo. Sempre foi assim até hoje.

— Talvez os rituais tomem o lugar da necessidade urgente, como a que enviou seu chamado até nós. Embora diga que deseja morrer, é evidente que esse não é seu desejo verdadeiro, ou a Invocação não teria sido tão clara nem teria nos alcançado tão rapidamente. Mas esqueça tudo isso agora. Quando você tiver repousado, faremos o que nos pediu.

Dolorosamente, Elric pôs-se sentado.

— Você falou mais cedo de "destinos entrelaçados". Sabe alguma coisa sobre meu destino, então?

— Um pouco, acho. Nosso mundo está envelhecendo. Antigamente, os elementais eram poderosos em sua dimensão, e todo o povo de Melniboné compartilhava desse poder. Agora, porém, nossa força míngua, assim como a sua. Algo está mudando. Há indícios de que os Senhores dos Mundos Superiores estejam desenvolvendo um interesse em seu mundo outra vez. Talvez temam que o povo dos Reinos Jovens tenha se esquecido deles. Talvez o povo dos Reinos Jovens ameace trazer uma nova era, na qual deuses e seres como eu não tenham mais lugar. Suspeito que haja certa inquietação nas dimensões dos Mundos Superiores.

— Você não sabe de mais nada?

O rei Straasha levantou a cabeça e olhou diretamente nos olhos de Elric.

— Não há mais nada que eu possa lhe contar, filho de meus velhos amigos, exceto

que você será mais feliz se abraçar totalmente o seu destino quando compreendê-lo.

Elric suspirou.

— Acho que sei do que o senhor está falando, rei Straasha. Vou tentar seguir o seu conselho.

— *E, agora que descansou, está na hora de regressar.*

O rei do mar se levantou do trono de jade leitoso e fluiu na direção de Elric, erguendo-o nos fortes braços verdes.

— *Nos encontraremos outra vez antes que sua vida chegue ao fim, Elric. Espero que eu seja capaz de auxiliá-lo de novo. E lembre-se de que nossos irmãos do ar e do fogo também tentarão lhe ajudar. E lembre-se das feras... elas também podem ser úteis para você. Não é necessário desconfiar da ajuda delas. Mas cuidado com os deuses, Elric. Cuidado com os Senhores dos Mundos Superiores e lembre-se de que a ajuda deles e seus presentes sempre terão de ser pagos.*

Essas foram as últimas palavras que Elric ouviu o rei do mar dizer antes que ambos estivessem percorrendo novamente os túneis sinuosos daquele outro plano, movendo-se a tal velocidade que Elric não conseguia distinguir nenhum detalhe; sem nem sequer saber às vezes se continuavam no reino de Straasha ou se haviam retornado às profundezas do mar de seu próprio mundo.

2

Um novo imperador e um imperador renovado

Nuvens estranhas enchiam o céu e, atrás delas, o sol pendia, pesado, imenso e vermelho. O oceano estava negro, enquanto as galés douradas voltavam para casa à frente da nau capitânia danificada, O Filho de Pyaray, que se movia lentamente com escravos mortos nos remos, velas esfarrapadas e frouxas nos mastros, homens encardidos de fumaça nos conveses e um novo imperador na ponte destruída pela batalha. O novo imperador era o único homem exultante na frota, e estava, de fato, exultante. Era seu estandarte, não o de Elric, que tomara o lugar de honra no mastro da bandeira, pois ele não havia perdido tempo em anunciar que Elric havia tombado, proclamando a si mesmo governante de Melniboné.

Para Yyrkoon, o céu peculiar era uma profecia de mudança, de um retorno aos velhos costumes e ao antigo poder da Ilha Dragão. Quando proferiu ordens, sua voz era um verdadeiro solfejo de prazer, e o almirante Magum Colim, que sempre fora cauteloso com Elric, mas que agora tinha de obedecer às ordens de Yyrkoon, perguntou-se se talvez não fosse preferível ter lidado com Yyrkoon da mesma maneira que, Colim suspeitava, Yyrkoon havia lidado com Elric.

Dyvim Tvar se debruçou na amurada do próprio navio, A Satisfação Particular de Terhali, e prestou atenção ao céu; embora visse presságios de ruína, pois lamentava por Elric e ponderava sobre como poderia se vingar do príncipe Yyrkoon, caso viesse à tona que este havia assassinado o primo pela posse do Trono de Rubi.

Melniboné surgiu no horizonte, uma silhueta taciturna de penhascos, um monstro escuro acocorado sobre o mar, chamando os seus de volta aos prazeres quentes de seu útero, a Cidade dos Sonhos, Imrryr. Os grandes rochedos se avultavam, o portão central do labirinto marinho se abriu, e as águas batiam ruidosamente conforme as proas douradas as perturbavam e os navios dourados eram engolidos pela escuridão úmida dos túneis, onde fragmentos de naufrágios ainda flutuavam por conta do embate da noite anterior, e cadáveres pálidos e inchados podiam ser vistos quando a luz das tochas os tocava. As proas passavam arrogantemente pelos destroços de suas presas, mas não havia alegria a bordo das barcas douradas de batalha, pois traziam a notícia da morte de seu antigo imperador em batalha; Yyrkoon contara a todos o que havia acontecido. Na noite seguinte, e por sete noites no total, a Dança Selvagem de Melniboné lotaria as ruas. Poções e pequenos feitiços garantiriam que ninguém dormisse, pois o sono era proibido a todo melniboneano, velho ou jovem, durante o luto por um imperador morto. Nus, os Príncipes Dragões espreitariam pela cidade, tomando qualquer moça que encontrassem e preenchendo-as com sua semente, pois a tradição dizia que, se um imperador morresse, os nobres de Melniboné deveriam gerar quantas crianças de sangue aristocrático fosse possível. Musicistas escravos uivariam do topo de cada torre. Outros servos seriam mortos e alguns comidos. Era uma dança terrível, a Dança do Sofrimento, e consumia tantas vidas quanto criava. Uma torre seria derrubada e outra, erigida nesses sete dias, e tal torre seria nomeada como Elric VIII, o Imperador Albino, morto no mar ao defender Melniboné contra os piratas do sul.

Morto no mar e seu corpo levado pelas ondas. Isso não era um bom portento, pois significava que Elric tinha ido servir Pyaray, o Sussurrador Tentaculado de Segredos Impossíveis, o Senhor do Caos que comandava a Frota do Caos — navios mortos, marinheiros mortos, eternamente sob sua influência —, e não convinha que tal sina recaísse sobre um membro da linhagem real de Melniboné. Ah, mas o luto seria longo, pensou Dyvim Tvar. Ele amara Elric, por mais que às vezes desaprovasse seus métodos para governar a Ilha Dragão. Em segredo, iria para as Cavernas-Dragão naquela noite e passaria o período de luto com os dragões adormecidos que, com Elric morto, eram tudo o que lhe restara para amar. Então Dyvim Tvar pensou em Cymoril, que esperava pelo regresso do imperador.

Os navios começaram a emergir à meia-luz do início da noite. Tochas e braseiros já ardiam nos cais de Imrryr, desertos, exceto pelo reduzido grupo de figuras de pé em torno de uma carruagem que havia seguido até o final do porto central. Um vento frio soprava. Dyvim Tvar sabia que era a princesa Cymoril quem esperava, com seus guardas, pela frota.

Embora a nau capitânia fosse a última a passar pelo labirinto, o restante dos navios teve que esperar até que ela fosse rebocada para a posição de liderança e atracasse primeiro. Se isso não fosse uma exigência da tradição, Dyvim Tvar teria deixado seu navio e ido até Cymoril, escoltado-a para longe do cais e contado a ela o que sabia sobre as circunstâncias da morte de Elric. Mas era impossível. Antes mesmo que A Satisfação Particular de Terhali tivesse lançado âncora, a plataforma de desembarque principal de O Filho do Pyaray já havia sido baixada e o imperador Yyrkoon, cheio de orgulho e vanglória, descia com os braços erguidos em uma saudação triunfante à irmã, que, ainda naquele momento, vasculhava os conveses dos navios em busca de um sinal do seu amado albino.

De súbito, Cymoril soube que Elric estava morto e desconfiou que Yyrkoon havia, de alguma forma, sido o responsável pela sua morte. Ou permitira que Elric fosse sobrepujado por um grupo de saqueadores sulistas, ou havia conseguido assassiná-lo com as próprias mãos. Ela conhecia o irmão, e reconhecia aquela expressão. Ele estava contente consigo mesmo, como sempre ficava quando era bem-sucedido em algum tipo de traição. A raiva faiscou nos olhos cheios de lágrimas dela, e Cymoril lançou a cabeça para trás, gritando para o céu cambiante e agourento:

— Ah! Yyrkoon o destruiu!

Os guardas levaram um susto. O capitão falou, solícito:

— Senhora?

— Ele está morto, e meu irmão o assassinou. Prenda o príncipe Yyrkoon, capitão. Mate o príncipe Yyrkoon, capitão.

Desgostosamente, o capitão levou a mão direita ao punho da espada. Um jovem guerreiro, mais impetuoso, sacou sua lâmina, murmurando:

— Eu o matarei, princesa, se esse é seu desejo. — O jovem guerreiro amava Cymoril com uma intensidade considerável e irrefletida.

O capitão ofereceu um olhar de alerta ao guerreiro, mas este estava cego. Dois outros deslizaram suas espadas das bainhas conforme Yyrkoon, enrolado num manto vermelho, com o brasão de seu escudo captando a luz das tochas tremulando ao vento, adiantava-se a passos largos e gritava:

— Yyrkoon é o imperador agora!

— Não! — berrou a irmã de Yyrkoon. — Elric! Elric! Onde está você?

— Servindo ao novo mestre dele, Pyaray do Caos. Suas mãos mortas puxam o longo remo de um navio do Caos, irmã. Seus olhos mortos não enxergam nada. Seus ouvidos mortos escutam apenas o estalo dos chicotes de Pyaray, e sua carne morta se encolhe, sentindo nada além do açoite sobrenatural. Elric afundou ainda em sua armadura até o fundo do mar.

— Assassino! Traidor! — Cymoril começou a soluçar.

O capitão, que era um homem pragmático, disse em voz baixa para seus guerreiros:

— Embainhem as armas e saúdem o novo imperador.

Apenas o jovem integrante da guarda que amava Cymoril desobedeceu.

— Mas ele matou o imperador! Minha senhora Cymoril assim o disse!

— E daí? Ele é o imperador agora. Ajoelhe-se ou você morrerá em um piscar de olhos.

O jovem guerreiro deu um grito selvagem e saltou na direção de Yyrkoon, que deu um passo para trás, tentando soltar os braços das dobras do manto. Ele não esperava por aquilo.

Mas foi o capitão quem se adiantou com a espada desembainhada e golpeou o rapaz de tal forma que ele ofegou, começou a se virar e então caiu aos pés de Yyrkoon.

Essa demonstração do capitão foi a confirmação de seu poder real, e Yyrkoon quase sorriu de satisfação ao olhar para o corpo aos seus pés. O capitão dobrou um joelho no chão, a espada sangrenta ainda na mão.

— Meu imperador — disse ele.

— Você exibe a lealdade apropriada, capitão.

— Minha lealdade é ao Trono de Rubi.

— Deveras.

Cymoril tremia de dor e fúria, mas estava impotente. Sabia que não tinha mais amigos.

Com um olhar lascivo, o imperador Yyrkoon se apresentou diante dela. Ele estendeu a mão e acariciou seu pescoço, o rosto, a boca. Deixou a mão cair e, na descida, roçou o seio da irmã.

— Irmã, agora você é totalmente minha — disse.

Cymoril foi a segunda a cair aos pés dele, pois havia desfalecido.

— Peguem-na — ordenou Yyrkoon à guarda. — Levem-na de volta para sua torre e certifiquem-se de que permaneça lá. Dois guardas ficarão com ela o tempo todo e, mesmo em seus momentos mais privados, devem observá-la, pois ela pode planejar alguma traição ao Trono de Rubi.

O capitão fez uma reverência e então um sinal a seus homens para que obedecessem ao imperador.

— Sim, senhor. Assim será feito.

Yyrkoon olhou para trás, para o cadáver do jovem guerreiro.

— E sirvam-no como alimento aos escravos dela esta noite, para que ele possa continuar a servi-la. — Ele sorriu.

O capitão também sorriu, apreciando a piada. Ele sentia que era bom ter novamente um imperador respeitável em Melniboné. Um imperador que sabia como se comportar, como tratar seus inimigos e que aceitava a lealdade inabalável como seu direito. Imaginou que o futuro reservava tempos bons e belicosos para Melniboné. As barcas douradas de batalha e os guerreiros de Imrryr poderiam sair para buscar espólios novamente e instilar nos bárbaros dos Reinos Jovens uma sensação doce e satisfatória de medo. Em sua mente, o capitão já se servia dos tesouros de Lormyr, Argimiliar e Pikarayd, de Ilmiora e Jadmar. Ele poderia até ser nomeado governador, digamos, da Ilha das Cidades Púrpuras. Que tormentos poderia levar àqueles lordes do mar arrivistas, particularmente o conde Smiorgan Careca, que naquele momento começava a tentar tornar sua ilha um porto comercial rival de Melniboné! Enquanto escoltava a inerte princesa Cymoril de volta à torre dela, o capitão olhou para aquele corpo e sentiu a luxúria inflar-se dentro de si. Yyrkoon recompensaria sua lealdade, não havia dúvidas quanto a isso. Apesar do vento frio, o capitão começou a suar em antecipação. Ele mesmo vigiaria a princesa Cymoril. Seria um prazer.

Marchando à frente de seu exército, Yyrkoon desfilou até a Torre de D'a'rputna, a Torre dos Imperadores, e o Trono de Rubi dentro dela. Preferiu ignorar a liteira que fora levada até ele e ir a pé, para saborear cada pequeno instante de seu triunfo. Aproximou-se da torre, mais alta do que as demais no centro exato de Imrryr, como se aproximaria de uma mulher amada. Abordou-a com um senso de delicadeza e sem pressa, pois sabia que ela lhe pertencia.

Olhou ao redor. Seu exército marchava atrás dele. Magum Colim e Dyvim Tvar lideravam a procissão. As pessoas forravam as ruas tortuosas e faziam mesuras profundas. Escravos se prostravam. Mesmo as bestas de carga eram forçadas a se ajoelhar conforme ele passava. Yyrkoon podia quase sentir o gosto do poder, como se fosse uma fruta exuberante. Respirava em arfadas profundas. Até o ar lhe pertencia. Toda Imrryr lhe pertencia. Toda Melniboné. Em breve, todo o mundo seria seu. E ele esbanjaria tudo. Como esbanjaria! Que terror formidável traria de volta à terra; que munificência de medo! Foi em êxtase quase cego que o imperador Yyrkoon entrou na torre. Hesitou ao lado das grandes portas da sala do trono. Gesticulou para que fossem abertas e, enquanto isso era feito, estudou a cena minuciosamente. As paredes, os estandartes, os troféus, as galerias... tudo era dele. A sala do trono estava vazia, mas logo ele a encheria de cores, celebração e entretenimentos melniboneanos de verdade. Fazia tempo demais desde que o sangue adoçara o ar daquele lugar. Ele deixou seus olhos se demorarem sobre os degraus que levavam ao Trono de Rubi em si, contudo, antes que olhasse para o trono, ouviu Dyvim Tvar arfar atrás de si. Então, seu olhar rumou subitamente para o Trono de Rubi, e seu queixo afrouxou ante o que viu. Arregalou os olhos incrédulos.

— Uma ilusão!

— Uma aparição — disse Dyvim Tvar, com certa satisfação.

— Heresia! — gritou o imperador Yyrkoon, adiantando-se tropegamente com o dedo apontando para a silhueta coberta por um manto encapuzado, que estava inerte, sentada sobre o Trono de Rubi. — Meu! Meu!

A figura não respondeu.

— É meu! Vá embora! O trono pertence a Yyrkoon. Yyrkoon é o imperador agora! O que é você? Por que me contraria desse jeito?

O capuz caiu para trás, e um rosto pálido feito osso foi revelado, cercado por cabelos esvoaçantes e brancos como leite. Olhos vermelhos fitavam friamente a coisa vacilante e queixosa que vinha na direção deles.

— Você está morto, Elric! Eu sei que está morto!

A aparição não deu resposta, mas um sorriso fino tocou os lábios pálidos.

— Você *não poderia* ter sobrevivido. Você se afogou. Não pode voltar. Pyaray é o dono da sua alma!

— Existem outros que governam no mar — disse a figura no Trono de Rubi. — Por que você me assassinou, primo?

A astúcia de Yyrkoon o desertara, abrindo espaço para o terror e a confusão.

— Porque é meu direito governar! Porque você não era forte o bastante, nem cruel o bastante, nem jocoso o bastante...

— Esta não é uma boa piada, primo?

— Vá embora! Vá! Vá! Eu não serei deposto por um espectro! Um imperador morto não pode governar Melniboné!

— Veremos — disse Elric, fazendo um sinal para Dyvim Tvar e seus soldados.

3

Uma justiça tradicional

— Agora vou, de fato, governar como você gostaria que eu governasse, primo. — Elric observou os soldados de Dyvim Tvar cercarem o aspirante a usurpador e segurarem seus braços, destituindo-o de suas armas.

Yyrkoon ofegava feito um lobo capturado. Ele olhou ao redor, como se esperasse encontrar apoio dos guerreiros reunidos, mas eles o fitaram de volta com neutralidade ou desprezo aberto.

— E você, príncipe Yyrkoon, será o primeiro a se beneficiar desse meu novo governo. Está contente?

Yyrkoon abaixou a cabeça. Começou a tremer. Elric riu.

— Fale, primo.

— Que Arioch e todos os Duques do Inferno o atormentem pela eternidade — rosnou Yyrkoon. Ele jogou a cabeça para trás, os olhos desvairados se revirando, os lábios retorcidos. — Arioch! Arioch! Amaldiçoe esse albino débil! Arioch! Destrua-o ou veja Melniboné cair!

Elric continuou a rir.

— Arioch não o escuta. O Caos está fraco na terra agora. É preciso uma feitiçaria maior do que a sua para trazer os Senhores do Caos de volta para auxiliá-lo, como auxiliaram nossos ancestrais. Agora, Yyrkoon, diga-me, onde está lady Cymoril?

Mas Yyrkoon havia mais uma vez retomado um silêncio rabugento.

— Ela está em sua própria torre, meu imperador — informou Magum Colim.

— Uma criatura de Yyrkoon a levou para lá — disse Dyvim Tvar. — O capitão da guarda de Cymoril... ele matou um guerreiro que tentou defender sua senhora contra Yyrkoon. Pode ser que a princesa esteja em perigo, milorde.

— Então vá depressa para a torre. Leve uma horda de soldados. Traga-me os dois, Cymoril e o capitão da guarda dela.

— E Yyrkoon, milorde? — perguntou Dyvim Tvar.

— Deixe que continue aqui até que sua irmã volte.

Dyvim Tvar fez uma mesura e, selecionando um grupo de soldados, deixou a sala do trono. Todos notaram que o passo de Dyvim Tvar estava mais leve, e sua expressão, menos sombria do que quando se aproximara da sala do trono antes, seguindo o príncipe Yyrkoon.

Yyrkoon levantou a cabeça e olhou ao redor da corte. Por um momento, parecia uma criança patética e perplexa. Todas as linhas de ódio e raiva tinham desaparecido, e Elric sentiu a empatia pelo primo crescer novamente dentro de si. Desta vez, porém, suprimiu o sentimento.

— Fique grato, primo, que por algumas horas você foi poderoso e desfrutou do domínio sobre todo o povo de Melniboné.

Yyrkoon disse, numa voz baixa e confusa:

— Como escapou? Você não teve tempo para lançar um feitiço, não tinha forças para isso. Mal podia mover os membros, e sua armadura deve tê-lo arrastado para o fundo do mar, de modo que deveria ter se afogado. É injusto, Elric. Você deveria ter se afogado.

Elric deu de ombros.

— Eu tenho amigos no mar. Eles reconhecem meu sangue real e meu direito de governar, ainda que você não o faça.

Yyrkoon tentou disfarçar o espanto que sentia. Evidentemente, seu respeito por Elric tinha crescido, assim como seu ódio pelo imperador albino.

— Amigos.

— Sim — respondeu Elric, com um sorriso fino.

— Eu... Eu também pensei que você havia jurado não usar seus poderes de feitiçaria.

— E achava que esse era um juramento inapropriado para um monarca melniboneano, não? Bem, concordo com você. Está vendo, primo? Você conquistou uma vitória, no final.

Yyrkoon fitava Elric com olhos estreitados, como se tentando adivinhar um sentido oculto por trás das palavras do imperador.

— Você trará os Senhores do Caos de volta?

— Nenhum feiticeiro, não importa o quão poderoso seja, pode invocar os Senhores do Caos... E, aliás, nem os Senhores da Lei, caso eles não queiram ser invocados. Isso, você sabe. Deve saber, Yyrkoon. Você mesmo não tentou? E Arioch não veio, certo? Ele lhe deu o prêmio que você queria, o prêmio das duas espadas negras?

— Você sabe sobre isso?

— Não sabia, supunha. Agora eu sei.

Yyrkoon tentou falar, mas não conseguia formar palavras de tanta raiva. Um rosnado estrangulado escapou de sua garganta e, por alguns momentos, ele lutou contra o controle dos guardas.

Dyvim Tvar regressou com Cymoril. A garota estava pálida, mas sorrindo. Correu para dentro da sala do trono.

— Elric!

— Cymoril! Está ferida?

Ela olhou de soslaio para o cabisbaixo capitão de sua guarda, que fora trazido com ela. Uma expressão de repulsa passou pelo belo rosto da mulher, e ela balançou a cabeça.

— Não estou ferida.

O capitão de guarda de Cymoril tremia de pavor. Ele olhou para Yyrkoon, implorando, como se esperando que seu colega prisioneiro pudesse ajudá-lo. Yyrkoon, contudo, continuou a encarar o chão.

— Tragam esse aí mais para perto.

Elric apontou para o capitão da guarda. O sujeito foi arrastado ao sopé dos degraus do Trono de Rubi. Ele gemeu.

— Mas que traidor mesquinho você é — disse Elric. — Ao menos Yyrkoon teve a coragem de tentar me matar. E as ambições dele eram elevadas. Sua ambição era meramente se tornar um dos patifes de estimação dele. Para tanto, traiu sua senhora e matou um dos seus próprios homens. Qual é seu nome?

O homem teve dificuldade para falar, mas finalmente murmurou:

— Meu nome é Valharik. O que eu poderia fazer? Eu sirvo ao Trono de Rubi e seja lá quem se sentar nele.

— Então o traidor afirma que a lealdade o motivou. Eu não acho.

— Foi, sim, milorde. Foi, sim. — O capitão começou a choramingar. Caiu de joelhos. — Mate-me rapidamente. Não me puna mais.

O impulso de Elric era atender ao pedido do sujeito, mas olhou para Yyrkoon e em seguida se lembrou da expressão no rosto de Cymoril quando ela olhara para o guarda. Sabia que devia assegurar sua posição nesse momento, enquanto fazia do capitão Valharik um exemplo. Portanto, balançou a cabeça em negação.

— Não. Vou puni-lo mais. Esta noite, você morrerá aqui, de acordo com as tradições de Melniboné, enquanto meus nobres se fartam num banquete para celebrar esta nova era de meu governo.

Valharik começou a soluçar. Em seguida, conteve-se e, aos poucos, pôs-se de pé, tornando a ser um melniboneano. Fez uma reverência profunda e deu um passo para trás, entregando-se ao domínio dos guardas.

— Devo considerar uma forma pela qual sua sina possa ser compartilhada com aquele a quem desejava servir — prosseguiu Elric. — Como você matou o jovem guerreiro que tentou obedecer a Cymoril?

— Com minha espada. Eu o talhei. Foi um único golpe certeiro. Só um.

— E o que foi feito do cadáver?

— O príncipe Yyrkoon me disse para servi-lo como alimento para os escravos da princesa Cymoril.

— Entendo. Muito bem, príncipe Yyrkoon: você poderá se juntar a nós no banquete esta noite, enquanto o capitão Valharik nos entretém com sua morte.

O rosto de Yyrkoon estava quase tão pálido quanto o de Elric.

— Como assim?

— Os pedacinhos da carne do capitão Valharik, que nosso Doutor Gracejo esquartejará, será o alimento com o qual você se fartará. Pode dar instruções de como quer que a carne do capitão seja preparada. Não devemos esperar que você a coma crua, primo.

Até Dyvim Tvar parecia atônito ante a decisão de Elric. Certamente, era bem ao espírito de Melniboné e uma fina ironia baseada em uma ideia do próprio príncipe Yyrkoon, mas era muito diferente do Elric que ele conhecera até um dia antes.

Ao ouvir seu destino, o capitão Valharik deu um enorme grito de terror e encarou o príncipe Yyrkoon, como se o aspirante a usurpador já estivesse provando da sua carne. Yyrkoon tentou desviar o olhar, os ombros tremendo.

— E isso será só o começo — disse Elric. — O banquete terá início à meia-noite. Até lá, confinem Yyrkoon em sua própria torre.

Após o príncipe Yyrkoon e o capitão Valharik serem levados, Dyvim Tvar e a princesa Cymoril vieram se postar ao lado de Elric, que havia afundado de novo em seu grande trono e fitava um ponto distante, amargamente.

— Isso foi de uma crueldade sagaz — afirmou Dyvim Tvar.

Cymoril disse:

— É o que ambos merecem.

— É — murmurou Elric. — É o que meu pai teria feito. É o que Yyrkoon teria feito, se nossas posições fossem invertidas. Eu apenas sigo as tradições. Não finjo mais que sou um homem independente. Aqui permanecerei até morrer, preso sobre o Trono de Rubi. Servindo ao Trono de Rubi, como Valharik declarou servir.

— Você não poderia matar os dois rapidamente? — indagou Cymoril. — Você sabe que não pleiteio por meu irmão por ele ser meu irmão. Eu o odeio mais do que ninguém. Mas seguir com seu plano até o fim pode destruir você, Elric.

— E daí se destruir? Que eu seja destruído. Que eu me torne somente uma extensão irrefletida dos meus ancestrais. A marionete de fantasmas e memórias, dançando segundo cordas que se estendem no tempo, recuando por dez mil anos.

— Talvez se você dormisse... — sugeriu Dyvim Tvar.

— Sinto que não vou dormir por muitas noites. Mas seu irmão não vai morrer, Cymoril. Depois da punição dele, depois de ter comido a carne do capitão Valharik, pretendo enviá-lo para o exílio. Ele irá sozinho para os Reinos Jovens e não terá permissão de levar consigo seus grimórios. Ele terá que usar os próprios meios para prosperar nas terras bárbaras. Essa não é uma punição excessivamente severa, creio eu.

— É excessivamente leniente — disse Cymoril. — Seria mais sensato matá-lo. Envie soldados agora mesmo. Não dê tempo para que ele planeje contragolpes.

— Não temo os contragolpes dele. — Elric se levantou, cansado. — Agora, gostaria que vocês dois me deixassem até uma hora, mais ou menos, antes do início do banquete. Tenho que pensar.

— Retornarei à minha torre e me prepararei para esta noite — disse Cymoril. Ela beijou Elric de leve na testa pálida. Ele levantou a cabeça, cheio de amor e ternura. Estendeu a mão e tocou o cabelo e o rosto dela. — Lembre-se de que eu o amo, Elric — disse ela.

— Cuidarei para que você seja escoltada a salvo até em casa — disse Dyvim Tvar para ela. — E precisa escolher um novo comandante para sua guarda. Posso ajudar nisso?

— Eu ficaria agradecida, Dyvim Tvar.

Eles deixaram Elric sentado no Trono de Rubi, ainda olhando para o vazio. A mão que ele erguia de tempos em tempos para sua cabeça pálida tremia um pouco e, agora, o tormento transparecia em seus estranhos olhos escarlates.

Depois ele se levantou do Trono de Rubi e foi devagar até seus aposentos, a cabeça abaixada, seguido pelos seus guardas. Hesitou na porta que levava aos degraus que subiam para a biblioteca. Por instinto, buscou o consolo e o esquecimento de certo tipo de conhecimento, mas, naquele instante, odiou seus pergaminhos e livros. Culpava-os por suas preocupações ridículas a respeito de "moralidade" e "justiça"; culpava-os pelos sentimentos de culpa e desespero que o preenchiam como resultado de sua decisão de se comportar como era de se esperar de um monarca melniboneano. Assim, passou pela porta da biblioteca e prosseguiu para seus aposentos, mas até eles o desagradavam. Eram austeros. Não tinham sido mobiliados segundo os gostos luxuosos de todos os melniboneanos (exceto seu pai), com seu deleite em misturas exuberantes de cor e design bizarro. Mudaria tudo assim que possível. Ele se entregaria àqueles fantasmas que o governavam. Por algum tempo, vagou de um cômodo a outro, tentando rechaçar aquela parte de si que demandava que ele fosse piedoso com Valharik e Yyrkoon — no mínimo, que os matasse e terminasse logo com aquilo, ou, melhor ainda, que enviasse ambos para o exílio. Mas era impossível reverter sua decisão.

Finalmente, afundou-se num divã ao lado de uma janela que dava vistas para toda a cidade. O céu ainda estava cheio de nuvens turbulentas, mas a lua brilhava em meio a elas, como o olho amarelo de alguma fera doentia. Parecia encará-lo com certa ironia triunfante, como se refestelando-se na derrota da sua consciência. Elric afundou a cabeça nos braços.

Mais tarde, os criados vieram lhe dizer que os cortesãos estavam se reunindo para o banquete de celebração. Permitiu que o vestissem em seus trajes amarelos oficiais e colocassem a coroa de dragão sobre sua cabeça, e retornou à sala do trono, onde foi saudado por aplausos potentes, mais sinceros do que qualquer um que ele já tivesse recebido até então. Ele reconheceu a saudação e se sentou no Trono de Rubi, olhando para as mesas do banquete que lotavam o salão. Uma mesa foi trazida e montada diante dele, e dois lugares a mais foram instalados, pois Dyvim Tvar e Cymoril se sentariam ao seu lado. Porém, ambos ainda não estavam presentes, e o renegado Valharik também ainda não tinha sido trazido. E onde estava Yyrkoon? Eles deviam, naquele momento, estar no centro do salão — Valharik em grilhões e Yyrkoon sentado abaixo dele. O Doutor Gracejo estava lá, esquentando seu braseiro sobre o qual se encontravam as panelas, testando e afiando as facas. O salão estava cheio de uma balbúrdia empolgada, enquanto a corte aguardava para ser entretida. A comida já estava sendo servida, embora ninguém pudesse comer até que o imperador o fizesse primeiro.

Elric gesticulou para o comandante de sua guarda.

— A princesa Cymoril ou lorde Dyvim Tvar já chegaram à torre?

— Não, milorde.

Cymoril raramente se atrasava e Dyvim Tvar, nunca. Elric franziu o cenho. Talvez não gostassem do entretenimento.

— E os prisioneiros?

— Já foram buscá-los, senhor.

Doutor Gracejo levantou a cabeça, cheio de expectativa, o corpo magro retesado pela expectativa.

Então Elric ouviu um som acima da algazarra das conversas. Um gemido que parecia vir de todo o entorno da torre. Abaixou a cabeça e escutou atentamente.

Outros também ouviam. Pararam de falar e prestaram muita atenção. Logo, todo o salão estava em silêncio e o gemido ficou mais alto.

A seguir, de uma só vez, todas as portas para a sala do trono se escancararam e lá estava Dyvim Tvar, ofegante e sangrento, as roupas retalhadas e sua carne ferida. E, seguindo-o, entrou uma névoa — uma névoa rodopiante, feita de roxos escuros e azuis desagradáveis, e era essa névoa que gemia.

Elric se levantou do trono num salto e derrubou a mesa de lado. Desceu os degraus num pulo, indo na direção do amigo. A névoa gemente começou a rastejar mais para dentro da sala do trono, como se buscasse Dyvim Tvar.

Elric envolveu o amigo nos braços.

— Dyvim Tvar! Que feitiçaria é essa?

O rosto de Dyvim Tvar estava cheio de horror e seus lábios pareciam congelados, mas, enfim, bradou:

— É feitiçaria de Yyrkoon. Ele conjurou a névoa para ajudá-lo em sua fuga. Tentei segui-lo para fora da cidade, mas a névoa me engolfou e perdi os sentidos. Fui à torre dele para trazer ele e seu cúmplice para cá, mas a feitiçaria já tinha sido feita.

— Cymoril? Onde está ela?

— Ele a levou, Elric. Ela está com ele. Valharik está com ele, assim como uma centena de guerreiros que permaneceram secretamente leais a Yyrkoon.

— Então devemos persegui-lo. Logo o capturaremos.

— Você não pode fazer nada contra a névoa gemente. Ah! Lá vem ela!

E, de fato, a névoa começava a cercá-los. Elric tentou dispersá-la abanando os braços, mas ela o havia cercado firmemente, e seu gemido melancólico encheu os ouvidos do imperador, enquanto as cores medonhas cegaram seus olhos. Ele tentou atravessá-la, mas ela permanecia ao seu redor. Começou então a achar que estava ouvindo palavras em meio aos gemidos. *Elric é fraco. Elric é tolo. Elric deve morrer!*

— Pare com isso! — gritou. Ele trombou com outro corpo e caiu de joelhos. Começou a rastejar, tentando desesperadamente enxergar em meio à névoa. Rostos se formavam em meio a ela: rostos apavorantes, mais terríveis do que qualquer um que ele já tivesse visto, mesmo em seus piores pesadelos.

— Cymoril! — gritou. — Cymoril!

E um dos rostos se tornou o rosto de Cymoril — uma Cymoril que o olhava com malícia e troçava dele; uma cujo rosto lentamente envelheceu até que ele enxergasse uma velha imunda e, no final, um crânio no qual a carne apodrecia. Fechou os olhos, mas a imagem perdurou.

— *Cymoril* — cochicharam as vozes. — *Cymoril.*

E Elric enfraquecia conforme se desesperava cada vez mais. Gritou por Dyvim Tvar, mas escutava apenas um eco zombeteiro do nome, como tinha ouvido o de Cymoril. Fechou os lábios e olhos, e, ainda se arrastando, tentou se libertar da névoa. Horas pareceram passar até que os gemidos se tornassem lamentos, e os lamentos, tênues fios de sons. Enfim, tentou se levantar e abriu os olhos, vendo a névoa se desvanecer, mas então suas pernas cederam. Ele caiu contra o primeiro degrau que levava ao Trono de Rubi. Mais uma vez, ignorara o conselho de Cymoril a respeito do irmão dela, e, mais uma vez, ela estava em perigo. O último pensamento de Elric foi simples:

— Não sou digno de viver.

4

Convocando o Senhor do Caos

Assim que se recuperou do golpe que o deixou inconsciente e que o fizera perder ainda mais tempo, Elric mandou chamar Dyvim Tvar. Estava ansioso por notícias. No entanto, Dyvim Tvar não tinha nada a relatar. Yyrkoon invocara a ajuda mágica para se libertar, ajuda mágica para efetuar sua fuga.

— Ele deve ter deixado a ilha por algum meio místico, pois não poderia ter partido de navio — explicou Dyvim Tvar.

— Envie expedições — ordenou Elric. — Mande mil destacamentos, se for preciso. Mande todos os homens em Melniboné. Empenhe-se para despertar os dragões, para que possam ser usados. Equipe as barcas douradas de batalha. Cubra o mundo com nossos homens se for necessário, mas encontre Cymoril.

— Já fiz tudo isso — explicou Dyvim Tvar —, contudo, ainda não encontramos Cymoril.

Um mês se passou, e guerreiros imrryrianos marcharam pelos Reinos Jovens à procura de notícias a respeito dos renegados.

— Eu me preocupei mais comigo mesmo do que com Cymoril, e chamei isso de "moralidade" — ponderou o albino. — Agi com base no que sentia, e não na minha consciência.

Outro mês se passou, e dragões imrryrianos viajavam pelos céus para o sul e o leste, oeste e norte; contudo, embora cruzassem montanhas, mares, florestas e planícies e, involuntariamente, levassem o terror a muitas cidades, não encontraram nenhum sinal de Yyrkoon e seu bando.

— Pois, no final, só é possível julgar alguém por seus próprios atos — ponderou Elric. — Olhei para o que fiz, não para o que pretendia fazer, nem pensei no que gostaria de fazer, e o que fiz foi, principalmente, ser tolo, destrutivo e irracional. Yyrkoon estava certo em me desprezar, e era por isso que eu o odiava tanto.

Um quarto mês chegou e navios imrryrianos pararam em portos remotos e marinheiros imrryrianos questionavam outros viajantes e exploradores em busca de notícias de Yyrkoon. Porém a feitiçaria do príncipe tinha sido forte, e ninguém o vira (ou se lembrava de tê-lo visto).

— Devo agora considerar as implicações de todos esses pensamentos — disse Elric para si mesmo.

Exaustos, os mais ligeiros entre os soldados começaram a regressar a Melniboné, trazendo notícias inúteis. E, conforme a fé desaparecia e a esperança minguava, a determinação de Elric crescia. Ele se fez forte, tanto física quanto mentalmente. Experimentou novos medicamentos, que elevaram sua energia. Leu muito na biblioteca, embora desta vez, apenas certos grimórios, os quais lera várias e várias vezes.

Tais grimórios estavam escritos na Linguagem Culta de Melniboné — a antiga linguagem da feitiçaria, a qual os ancestrais de Elric utilizaram para se comunicar com os seres sobrenaturais que haviam invocado. E, enfim, Elric ficou satisfeito por os haver compreendido por completo, embora suas leituras por vezes ameaçassem conter seu plano de ação atual.

E, uma vez satisfeito — pois os perigos de entender mal as implicações das coisas descritas nos grimórios eram catastróficos —, dormiu por três noites num sono dopado.

Então, Elric estava pronto. Ordenou a todos os escravos e criados que fossem para seus alojamentos. Colocou guardas nas portas com instruções de que não deixassem ninguém entrar, não importando a urgência do assunto. Retirou de uma grande câmara toda a mobília, para que ficasse totalmente vazia, exceto por um grimório, que posicionara no centro exato da sala. Em seguida, sentou-se ao lado do livro e começou a pensar.

Quando havia meditado por mais de cinco horas, Elric pegou um pincel e um pote de tinta e pintou tanto as paredes quanto o piso com símbolos complicados, alguns tão intrincados que pareciam desaparecer num ângulo em relação à superfície em que haviam sido colocados. Por fim, quando acabou, deitou-se de braços e pernas abertos no centro da imensa runa, de rosto para baixo, uma das mãos sobre o grimório e a outra (com o Actorios nela) estendida com a palma para baixo. A lua estava cheia. Um raio de sua luz caía diretamente sobre a cabeça de Elric, transformando seu cabelo em prata. A seguir, a Invocação teve início.

Elric lançou a mente em túneis sinuosos de lógica, cruzou planos infinitos de ideias, atravessou montanhas de simbolismo e universos infinitos de verdades alternativas; lançou a mente cada vez mais e mais longe, e, conforme avançada, enviava palavras emitidas por seus lábios retorcidos — palavras que poucos de seus contemporâneos teriam entendido, embora seu som gelasse o sangue de qualquer ouvinte. Elric arfava, mas forçava o corpo a continuar na posição, e, de tempos em tempos, um gemido lhe escapava. Em meio a tudo isso, algumas palavras ocorriam várias e várias vezes.

Uma dessas palavras era um nome.

— Arioch.

Arioch, o demônio patrono dos ancestrais de Elric; um dos mais poderosos dentre todos os Duques do Inferno, que era chamado de Cavaleiro das Espadas, Senhor dos Sete Escuros, Lorde do Inferno Superior e muitos outros além desses.

— Arioch!

Era Arioch que Yyrkoon havia chamado, pedindo ao Senhor do Caos que amaldiçoasse Elric. Era Arioch quem Yyrkoon buscara invocar para ajudá-lo em sua investida ao Trono de Rubi. Era Arioch quem era conhecido como o Guardião das Duas Espadas Negras — as espadas da fabricação sobrenatural e poder infinito que já tinham sido empunhadas pelos imperadores de Melniboné.

— Arioch! Eu te invoco.

Runas, tanto ritmadas quanto fragmentadas, saíam agora como um uivo da garganta de Elric. Seu cérebro tinha alcançado o plano no qual Arioch residia. Agora ele buscava o próprio Arioch.

— Arioch! É Elric de Melniboné quem te invoca.

Elric vislumbrou um olho o encarando do alto. O olho flutuou, juntou-se a outro. Os dois olhos o observaram.

— Arioch! Meu Senhor do Caos! Ajude-me!

Os olhos piscaram... e desapareceram.

— Ah, Arioch! Venha a mim! Venha a mim! Ajude-me, e eu o servirei.

Uma silhueta que não era uma forma humana virou-se lentamente até que uma cabeça preta e sem rosto olhasse para Elric lá do alto. Um halo de luz vermelha cintilava atrás dela.

Mas isso também desapareceu.

Exausto, o imperador deixou a imagem desvanecer. Sua mente correu de volta por plano após plano. Seus lábios já não cantavam mais as runas e os nomes. Ele jazia exausto no chão da câmara, incapaz de se mover, em silêncio. Tinha certeza de que havia fracassado.

Fez-se um som baixinho. Dolorosamente, ele ergueu a cabeça cansada. Uma mosca tinha entrado na câmara. Ela zumbia por ali, errática, parecendo quase seguir as linhas das runas que Elric pintara tão recentemente.

A mosca se assentou primeiro em uma runa, depois em outra.

Devia ter entrado pela janela, pensou Elric. Ele estava aborrecido pela distração, mas ainda assim fascinado por ela.

A mosca se assentou na testa de Elric. Era uma mosca preta e grande, e seu zumbido era alto, obsceno. Esfregava os bracinhos um no outro e parecia se interessar particularmente pelo rosto de Elric enquanto se movia. Ele estremeceu, mas não tinha forças para espantá-la. Quando ela entrava em seu campo de visão, a observava. Quando não estava visível, sentia as pernas do inseto cobrindo cada centímetro de seu rosto. A seguir, a mosca saiu voando e, ainda zumbindo ruidosamente, pairou a uma curta distância do nariz de Elric. Então, ele pôde ver os olhos e reconheceu algo ali. Eram os olhos — e, no entanto, não eram — que vira naquele outro plano.

Começou a lhe ocorrer que aquela mosca não era uma criatura comum. Tinha feições que, de alguma forma, pareciam levemente humanas.

A mosca sorriu.

Com a garganta rouca e os lábios ressequidos, Elric foi capaz de emitir apenas uma palavra:

— Arioch?

E um belo jovem se revelou de pé onde a mosca havia pairado. O belo jovem falou com uma voz linda; suave, compassiva, contudo, masculina. Estava vestido num manto que era como uma joia líquida e que, ainda assim, não deslumbrou Elric, pois, de algum modo, parecia não emitir nenhuma luz. Havia uma espada estreita no cinto, e o jovem não trazia elmo, mas um diadema vermelho fogo. Seus olhos eram sábios e velhos, e quando se olhava para eles com atenção, era possível ver que continham um mal antigo e confiante.

— Elric.

Foi tudo o que o jovem disse, mas isso reviveu o albino para que ele pudesse se erguer até estar de joelhos.

— Elric.

E Elric agora podia ficar de pé. Estava cheio de energia.

O jovem era mais alto do que Elric. Olhava de cima para baixo para o Imperador de Melniboné e sorria o mesmo sorriso da mosca.

— Apenas você é digno de servir a Arioch. Já faz muito tempo desde que fui convidado para este plano, mas agora que estou aqui, vou ajudá-lo, Elric. Eu me tornarei seu patrono. Eu o protegerei e lhe darei forças e a fonte da força, embora eu seja o mestre e você, o escravo.

— Como devo servir ao senhor, duque Arioch? — perguntou Elric, tendo exercido um esforço monstruoso de autocontrole, pois estava cheio de terror pelas implicações das palavras dele.

— Você me servirá servindo a si mesmo, no momento. Mais tarde, chegará a hora em que o convocarei para me servir de maneiras específicas, mas, por enquanto, peço pouco: apenas que jure servir a mim.

Elric hesitou.

— Você deve jurar — disse Arioch, com ar ponderado —, ou não posso ajudá-lo na questão do seu primo, Yyrkoon, nem da irmã dele, Cymoril.

— Eu juro servir ao senhor — disse Elric, e seu corpo foi inundado com um fogo extasiante.

Ele tremeu de alegria e caiu de joelhos.

— Então posso dizer-lhe que, de tempos em tempos, poderá pedir minha ajuda e eu virei se você precisar desesperadamente. Virei na forma que for apropriada, ou em forma alguma, se isso for o melhor a ser feito. E agora você pode me fazer uma pergunta antes que eu parta.

— Preciso de resposta para duas perguntas.

— Sua primeira pergunta eu não posso responder. Não vou responder. Você deve aceitar que agora jurou me servir. Não lhe direi o que o futuro reserva. Mas não precisa temer, se me servir bem.

— Então minha segunda pergunta é esta: onde está o príncipe Yyrkoon?

— O príncipe Yyrkoon está no sul, em uma terra de bárbaros. Por meio de feitiçaria, armas superiores e inteligência, ele efetuou a conquista de duas nações médias, uma das quais é chamada de Oin e a outra de Yu. Agora mesmo, treina os homens de Oin e os de Yu para marchar contra Melniboné, pois sabe que suas forças estão espalhadas, à procura dele. Faça uma terceira pergunta.

— Como ele se escondeu?

— Ele não se escondeu. Entretanto, ganhou posse do Espelho da Memória, um dispositivo mágico cujo esconderijo descobriu com suas feitiçarias. Aqueles que olham para esse espelho têm suas memórias retiradas. O espelho contém um milhão de memórias: as lembranças de todos que já olharam para ele. Assim, qualquer um que se aventure para Oin ou Yu, ou que viaje por mar para a capital que serve a ambas, é confrontado pelo espelho e se esquece de ter visto o príncipe Yyrkoon e seus imrryrianos naquelas terras. É a melhor forma de permanecer oculto.

— De fato. — Elric franziu as sobrancelhas. — Portanto, seria sábio cogitar destruir o espelho. Mas o que aconteceria então, eu me pergunto...

Arioch levantou a bela mão.

— Embora eu tenha respondido questões que, poder-se-ia argumentar, fazem parte da mesma pergunta, não responderei a mais nada. Poderia ser do seu interesse destruir o espelho, mas poderia ser melhor considerar outros meios de contrabalançar seus efeitos, pois, eu relembro, ele contém muitas memórias, algumas aprisionadas há milhares de anos. Agora devo partir. E você deve ir para as terras de Oin e Yu, que ficam a vários meses de jornada daqui, ao sul e muito além de Lormyr. O melhor jeito de alcançá-las é com o Navio que Navega Sobre Terra e Mar. Adeus, Elric.

Uma mosca zumbiu na parede por um momento, e então desapareceu. Elric saiu apressado do recinto, gritando por seus escravos.

5

O Navio que Navega Sobre Terra e Mar

— E quantos dragões ainda dormem nas cavernas?

Elric andava de um lado para o outro na galeria que dava vistas para a cidade. Era de manhã, mas nenhum feixe de sol atravessava as nuvens foscas que flutuavam baixas sobre as torres da Cidade dos Sonhos. A vida de Imrryr continuava inalterada nas ruas lá embaixo, exceto pela ausência da maioria dos soldados, que ainda não haviam retornado de suas jornadas infrutíferas e não estariam em casa ainda por muitos meses.

Dyvim Tvar debruçou-se no parapeito da galeria e encarou as ruas sem nada ver. Seu rosto estava cansado e os braços, cruzados sobre o peito, como se tentasse conter o que lhe restava de força.

— Dois, talvez. Seria preciso muito esforço para acordá-los, e, mesmo assim, duvido que eles nos seriam úteis. O que é esse tal "Navio que Navega Sobre Terra e Mar" de que Arioch falou?

— Eu já li sobre ele, no Grimório Prateado e em outros tomos. Um navio mágico. Usado por um herói melniboneano antes mesmo que existisse uma Melniboné e um império. Mas onde ele existe, e se existe, isso eu não sei.

— Quem saberia?

Dyvim Tvar aprumou as costas e virou-as para o cenário lá embaixo.

— Arioch? — Elric deu de ombros. — Mas ele não me contou.

— E seus amigos, os elementais da água? Eles não lhe prometeram ajuda? E não seriam entendidos nesse assunto de navios?

Elric franziu o cenho, aprofundando as linhas que marcavam seu rosto.

— Sim, Straasha talvez saiba. Mas reluto em pedir a ajuda dele outra vez. Os elementais da água não são as criaturas poderosas que os Senhores do Caos são. Sua força é limitada e, além do mais, são inclinados a serem voluntariosos, à maneira dos elementos. E mais, Dyvim Tvar, hesito em usar feitiçaria, exceto quando for absolutamente imperativo...

— Você é um feiticeiro, Elric. Provou recentemente sua grandeza nesse aspecto, envolvendo a mais poderosa de todas as feitiçarias, a invocação de um Senhor do Caos... E ainda se contém? Eu sugeriria, meu soberano, que reconsidere essa lógica e a julgue infundada. Você resolveu usar feitiçaria em sua perseguição ao príncipe Yyrkoon. O dado já foi lançado. Seria sábio usá-la agora.

— Você não tem como conceber os esforços mentais e físicos envolvidos...

— Posso, sim, senhor. Sou seu amigo. Não desejo vê-lo sofrer. No entanto...

— Também há a dificuldade, Dyvim Tvar, da minha fraqueza física — lembrou Elric ao amigo. — Por quanto tempo posso continuar a usar essas poções fortíssimas que me sustentam agora? Elas me fornecem energia, sim... Mas fazem isso esgotando meus parcos recursos. Eu posso morrer antes de encontrar Cymoril.

— Considere-me repreendido.

Porém Elric se adiantou e colocou a mão branca no manto em tom amanteigado de Dyvim Tvar.

— Mas o que tenho a perder, hã? Não, você tem razão. Sou um covarde em hesitar quando a vida de Cymoril está em risco. Repito minhas idiotices, as mesmas que fizeram com que tudo recaísse sobre todos nós. Você vem comigo para o mar?

— Vou.

Dyvim Tvar começava a sentir o fardo da consciência de Elric se assentando também sobre ele. Era uma sensação peculiar para ocorrer a um melniboneano, e Dyvim Tvar sabia muito bem que não gostava nem um pouco dela.

Elric havia cavalgado por essas trilhas pela última vez quando ele e Cymoril estavam felizes. Parecia fazer muito tempo. Ele fora um tolo em confiar naquela felicidade. Virou seu garanhão branco na direção dos penhascos e do mar mais além. Caía uma chuva fina. O inverno descia rapidamente sobre Melniboné.

Eles deixaram os cavalos nos penhascos para não serem perturbados pela feitiçaria de Elric e desceram até a praia. A chuva caía no mar. Uma neblina pendia acima da água a pouco mais de cinco navios de distância da praia. Tudo estava mortalmente quieto e, com o paredão de névoa diante deles, pareceu a Dyvim Tvar que tinham adentrado um mundo inferior silencioso onde poderiam facilmente encontrar as almas melancólicas daqueles que, nas lendas, haviam cometido suicídio por um processo de lenta automutilação.

O som das botas dos dois sobre o cascalho era alto e, ainda assim, abafado pela neblina que parecia sugar os ruídos e engoli-los vorazmente, como se sua vida se sustentasse com o som.

— Agora — murmurou Elric. Aparentemente não reparara nos arredores melancólicos e deprimentes. — Agora, devo lembrar-me da runa que me veio à mente com tanta facilidade, sem ser invocada, não muitos meses atrás. — Deixou Dyvim Tvar e desceu até o local onde a água gelada lambia a terra e lá, cautelosamente, sentou-se de pernas cruzadas. Seus olhos fitavam a névoa sem nada enxergar.

Para Dyvim Tvar, o alto albino pareceu encolher conforme se sentou. Era como se ele tivesse se tornado uma criança vulnerável, e o coração de Dyvim Tvar se comoveu por Elric como se comoveria por um menino corajoso e ansioso. Pensou em sugerir que abandonassem a feitiçaria e buscassem as terras de Oin e Yu por meios ordinários.

Mas Elric já levantava a cabeça como um cachorro faria para mirar a lua. Palavras estranhas e excitantes começaram a sair de seus lábios e ficou claro que, mesmo que Dyvim Tvar falasse, Elric não o escutaria.

Dyvim Tvar não desconhecia a Linguagem Culta — como nobre melniboneano, ela lhe fora ensinada como algo natural —, mas as palavras ainda assim lhe soavam estranhas, pois Elric usava ênfases e inflexões peculiares, dando a elas um peso especial e secreto, cantando-as numa voz que variava de um grunhido grave a um berro em falsete. Não era agradável ouvir tais ruídos vindos de uma garganta mortal, e Dyvim Tvar teve uma compreensão mais clara do motivo de Elric relutar tanto em usar feitiçaria. O Senhor das Cavernas-Dragão, apesar de melniboneano, sentiu-se inclinado a recuar um ou dois passos, ou até afastar-se para o topo dos desfiladeiros e proteger Elric de lá, então teve que se forçar a manter sua posição enquanto a Invocação prosseguia.

Por um bom tempo, o canto das runas continuou. A chuva caía mais forte sobre os pedregulhos na praia, fazendo-os brilhar. As gotas se chocaram com mais ferocidade no mar escuro e parado, açoitando a cabeça frágil da figura de cabelos pálidos cantando, e fizeram com que Dyvim Tvar estremecesse e puxasse o manto contra os ombros.

— Straasha... Straasha... Straasha...

As palavras se misturavam ao som da chuva. Mal eram palavras, mas, sim, sons que o vento poderia formar ou uma linguagem que o mar poderia falar.

— *Straasha...*

Mais uma vez Dyvim teve o impulso de se mover, mas, desta feita, quis ir até Elric e pedir para o imperador parar e considerar outros meios de chegar às terras de Oin e Yu.

— *Straasha!*

O grito ressoou com uma agonia críptica.

— *Straasha!*

O nome de Elric se formou nos lábios de Dyvim Tvar, mas ele descobriu que não podia falar.

— *Straasha!*

A figura de pernas cruzadas oscilou. A palavra tornou-se o chamado do vento passando pelas Cavernas do Tempo.

— *Straasha!*

Estava claro para Dyvim Tvar que a runa, por algum motivo, não estava funcionando, e que Elric usava toda a sua força em vão. Entretanto, não havia nada que o Senhor das Cavernas-Dragão pudesse fazer. Sua língua estava congelada. Seus pés pareciam também congelados no chão.

Ele olhou para a neblina. Será que ela havia rastejado mais para junto da praia? Tinha mesmo assumido um tom verde estranho, quase luminoso? Observou com mais atenção.

Houve uma grande perturbação na água. O mar avançou até a praia. Os cascalhos estalaram. A neblina se retirou. Luzes vagas tremularam no ar e Dyvim Tvar pensou ter visto a silhueta brilhante de uma figura gigantesca emergindo do mar e se deu conta de que o canto de Elric havia cessado.

— Rei Straasha — Elric dizia com algo que se aproximava de seu tom normal. — O senhor veio. Eu agradeço.

A silhueta falou, e a voz pareceu a Dyvim Tvar como o som de ondas lentas e pesadas rolando sob um sol amistoso.

— *Nós, elementais, estamos preocupados, Elric, pois há rumores de que você convidou Senhores do Caos de volta ao nosso plano, e os elementais nunca tiveram afinidade com os Senhores do Caos. Entretanto, sei que, se fez isso, é porque está destinado a fazê-lo, e, portanto, não guardamos nenhuma inimizade com você.*

— A decisão foi forçada sobre mim, rei Straasha. Não havia outra que eu pudesse tomar. Portanto, se o senhor estiver relutante em me auxiliar, eu compreenderei e não o chamarei mais.

— *Eu vou ajudá-lo, embora seja mais difícil agora, não pelo que acontecerá no futuro imediato, mas pelo que se diz que se dará daqui a anos. Agora, você deve me contar rapidamente como nós, da água, podemos ser-lhe úteis.*

— O senhor sabe alguma coisa sobre o Navio que Navega Sobre Terra e Mar? Preciso desse navio para poder cumprir meu juramento de encontrar meu amor, Cymoril.

— *Eu sei muito sobre esse navio, pois ele me pertence. Grome também reivindica sua posse. Mas ele é meu. Com justiça, ele é meu.*

— Grome da Terra?

— *Grome da Terra Abaixo das Raízes. Grome do Chão e de tudo o que vive abaixo dele. Meu irmão, Grome. Já há muito, mesmo segundo a contagem que nós elementais fazemos do tempo, Grome e eu construímos aquele navio para podermos viajar entre os reinos da Terra e da Água sempre que quiséssemos. No entanto, nós discutimos (que sejamos amaldiçoados por tal tolice) e brigamos. Houve terremotos, maremotos, erupções vulcânicas, tufões e batalhas às quais todos os elementais se juntaram, com o resultado sendo todos os novos continentes dispersados e os antigos, afogados. Não era a primeira vez que lutávamos um contra o outro, mas foi a última. E, finalmente, para que não destruíssemos um ao outro por completo, fizemos as pazes. Eu entreguei a Grome parte dos meus domínios e ele me deu o Navio que Navega Sobre Terra e Mar. Mas ele o cedeu um tanto a contragosto e, assim, ele navega pelo mar melhor do que pela terra, pois Grome impede seu progresso sempre que pode. Mesmo assim, se o navio lhe for útil, você o terá.*

— Eu lhe agradeço, rei Straasha. Onde posso encontrá-lo?

— *Ele virá. E agora estou cansado, pois quanto mais me aventuro para longe do meu reino, mais difícil é sustentar minha forma mortal. Adeus, Elric, e tenha cuidado. Você tem um poder maior do que tem consciência, e muitos o usariam para seus próprios fins.*

— Devo esperar aqui pelo Navio que Navega Sobre Terra e Mar?

— *Não...* — A voz do rei do mar ia sumindo conforme sua forma desvanecia. Uma névoa cinzenta vagou para onde a silhueta e as luzes verdes tinham estado. O mar ficou imóvel outra vez. — *Espere. Espere em sua torre... Ele virá...*

Algumas marolas lamberam a praia e, então, foi como se o rei dos elementais da água nunca tivesse estado ali. Dyvim Tvar esfregou os olhos. Devagar, começou a se mover para onde Elric ainda estava sentado. Gentilmente, abaixou-se e ofereceu a mão ao albino. Elric levantou a cabeça com certa surpresa.

— Ah, Dyvim Tvar. Quanto tempo se passou?

— Algumas horas, Elric. Em breve, será noite. O pouco de luz que ainda resta começa a ir embora. É melhor voltarmos para Imrryr.

Rigidamente, Elric pôs-se de pé, com a assistência de Dyvim Tvar.

— Sim... — murmurou ele, distraído. — O rei do mar disse...

— Eu ouvi o rei do mar, Elric. Ouvi o conselho dele e ouvi o alerta. Você deve se lembrar de levar ambos em consideração. Não gostei muito da história desse barco mágico. Assim como a maioria das coisas de origem na feitiçaria, o navio parece ter vícios além de virtudes, como uma faca de dois gumes que você levanta para apunhalar seu inimigo e que, em vez disso, apunhala você...

— Isso é de se esperar quando há feitiçaria envolvida. Foi você quem me incentivou, meu amigo.

— Foi — disse Dyvim Tvar, quase para si mesmo, enquanto seguia na frente, subindo o penhasco na direção dos cavalos. — Foi, sim. Eu não me esqueci disso, meu soberano.

Elric sorriu debilmente e tocou no braço de Dyvim Tvar.

— Não se preocupe. A Invocação terminou e agora temos a embarcação de que precisamos para nos levar rapidamente até o príncipe Yyrkoon e as terras de Oin e Yu.

— Esperemos que sim.

Dyvim Tvar estava pessoalmente cético a respeito dos benefícios a ganhar com o Navio que Navega Sobre Terra e Mar. Eles alcançaram os cavalos, e Dyvim Tvar começou a enxugar a água dos flancos de seu ruão.

— Lamento — disse ele — que mais uma vez tenhamos permitido que os dragões despendessem sua energia numa empreitada inútil. Com um esquadrão de meus animais, poderíamos fazer muita coisa contra o príncipe Yyrkoon. E seria bom e selvagem, meu amigo, cavalgar pelos céus novamente, lado a lado, como costumávamos fazer.

— Quando tudo isto estiver terminado e a princesa Cymoril for trazida para casa, faremos isso — prometeu Elric, erguendo-se cansadamente para a sela de seu garanhão branco. — Você soprará a Trombeta do Dragão e nossos irmãos dragões a ouvirão.Você e eu cantaremos a Canção dos Mestres de Dragões, nossos aguilhões soltarão faíscas quando montarmos Presachama e sua companheira, Garradoce. Ah, será como nos velhos tempos de Melniboné, quando não mais igualarmos liberdade com poder, mas deixaremos os Reinos Jovens seguirem seu próprio rumo, tendo a certeza de que eles deixarão que sigamos o nosso!

Dyvim puxou as rédeas do seu cavalo. O semblante dele estava tempestuoso.

— Oremos para que esse dia chegue, milorde. Mas não consigo evitar a sensação persistente que me diz que os dias de Imrryr estão contados e que minha própria vida se aproxima do fim...

— Bobagem, Dyvim Tvar. Você viverá mais do que eu. Há pouca dúvida disso, embora você seja mais velho.

Dyvim Tvar falou, enquanto ambos galopavam de volta naquele dia que chegava ao fim:

— Eu tenho dois filhos. Você sabia disso, Elric?

— Você nunca os mencionou.

— Eles nasceram de amantes antigas.

— Fico feliz por você.

— Eles são ótimos melniboneanos.

— Por que menciona isso, Dyvim Tvar?

Elric tentou interpretar a expressão do amigo.

— É que eu os amo e gostaria que desfrutassem dos prazeres da Ilha Dragão.

— E por que não desfrutariam?

— Não sei. — Dyvim Tvar olhou de modo severo para Elric. — Eu poderia sugerir que é sua responsabilidade o destino dos meus filhos, Elric.

— Minha?

— Parece-me, pelo que entendi das palavras do elemental das águas, que suas decisões poderiam afetar o destino da Ilha Dragão. Eu lhe peço para que se lembre dos meus filhos, Elric.

— Eu lembrarei, Dyvim Tvar. Tenho certeza de que eles crescerão para serem Mestres de Dragões soberbos, e de que um deles o sucederá como Senhor das Cavernas-Dragão.

— Acho que você não entendeu o que eu quis dizer, meu soberano.

Elric olhou solenemente para seu amigo e balançou a cabeça.

— Entendi, sim, velho amigo. Mas penso que você me julga com muita severidade, se acha que farei qualquer coisa que ameace Melniboné e tudo o que ela é.

— Perdoe-me, então.

Dyvim Tvar abaixou a cabeça. Todavia, a expressão em seus olhos não mudou.

Em Imrryr, eles trocaram de roupa, tomaram vinho quente e pediram comidas bem-temperadas. Elric, apesar de todo o cansaço, encontrava-se mais animado do que estivera em meses. Contudo, ainda havia um toque de algo por trás de seu humor superficial que sugeria que ele se encorajava a falar alegremente e colocava vitalidade em seus movimentos. Sem dúvida, pensou Dyvim Tvar, a perspectiva tinha melhorado e logo eles estariam confrontando o príncipe Yyrkoon. Porém, os perigos que os aguardavam eram desconhecidos, e as armadilhas, provavelmente consideráveis. Mas ele não queria dissipar o bom humor de Elric, por empatia para com o amigo. Estava contente, de fato, pelo imperador aparentar estar num estado mental mais positivo. Havia conversas sobre o equipamento de que precisariam em sua expedição às misteriosas terras de Yu e Oin, especulação a respeito da capacidade do Navio que Navega Sobre Terra e Mar — quantos homens ele levaria, que provisões deveriam colocar a bordo e assim por diante.

Quando Elric foi para a cama, não caminhou com o cansaço arrastado que previamente acompanhara seus passos, e, mais uma vez, ao lhe dar boa noite, Dyvim Tvar foi atingido pela mesma emoção que o preenchera na praia, assistindo a Elric começar sua runa. Talvez não fosse por acaso que usara o exemplo de seus filhos ao conversar com o imperador mais cedo naquele dia, pois tinha uma sensação que era quase protetora, como se Elric fosse um menino ansioso por um regalo que talvez não lhe trouxesse a alegria esperada.

Dyvim Tvar esforçou-se para afastar tais pensamentos e foi para a cama. Elric podia se culpar por tudo o que ocorrera na questão de Yyrkoon e Cymoril, mas Dyvim Tvar se perguntava se ele também não era responsável, ao menos em parte. Talvez pudesse ter oferecido seus conselhos de modo mais convincente — mais veemente, até — e insistido em influenciar o jovem imperador. Mas, ao modo melniboneano, descartou essas dúvidas e questionamentos como se fossem sem sentido. Havia apenas uma regra: buscar o prazer de todas as formas possíveis. Mas será que esse sempre fora o estilo melniboneano? Perguntou-se subitamente se Elric não teria sangue regressivo, em vez de deficiente. Será que ele poderia ser a reencarnação de um de seus ancestrais mais distantes? Será que sempre estivera no caráter melniboneano pensar apenas em si mesmo e na própria gratificação?

E, mais uma vez, Dyvim Tvar rejeitou as questões. De que serviriam, afinal? O mundo era o mundo. Um homem era um homem. Antes de se deitar, foi visitar suas duas amantes antigas, acordando-as e insistindo para ver seus filhos, Dyvim Slorm e Dyvim Mav. Quando eles, desnorteados, olhos sonolentos, foram trazidos à sua presença, encarou-os por um bom tempo e então os mandou de volta para a cama. Não disse nada a nenhum dos dois, mas franziu o cenho, esfregou o rosto e balançou a cabeça, e, quando os dois se foram, disse para Niopal e Saramal, suas amantes, que estavam tão desconcertadas quanto sua prole:

— Que eles sejam levados para as Cavernas-Dragão amanhã e comecem seu aprendizado.

— Tão já, Dyvim Tvar? — disse Niopal.

— Sim. Temo que reste pouco tempo.

Ele não elaboraria esse comentário, porque não podia. Era meramente uma sensação que tinha. Mas uma sensação que estava se tornando uma obsessão muito depressa.

De manhã, Dyvim Tvar regressou à torre de Elric e encontrou o imperador andando de um lado para o outro na galeria acima da cidade, perguntando ansiosamente por qualquer notícia de um navio avistado na costa da ilha. Mas tal navio não fora visto. Criados respondiam com honestidade que, se o imperador pudesse descrever a embarcação, ficaria mais fácil para saber o que procurar, mas ele não podia, e apenas insinuou que talvez ela nem fosse vista na água, mas em terra firme. Ele estava vestido em seus trajes pretos de guerra, e ficou óbvio a Dyvim que Elric se permitira quantidades ainda maiores das poções que recuperavam seu sangue. Os olhos escarlates cintilavam com uma vitalidade quente, a fala era rápida e as mãos brancas feito osso se moviam com uma velocidade artificial quando Elric fazia o menor dos gestos.

— O senhor está bem esta manhã, milorde? — perguntou o Mestre de Dragões.

— Com um ânimo excelente, obrigado, Dyvim Tvar. — Elric sorriu. — Embora fosse me sentir ainda melhor se o Navio que Navega sobre Terra e Mar estivesse aqui agora.

Ele foi até a balaustrada e se debruçou sobre ela, olhando por cima das torres e além das muralhas da cidade, fitando primeiro o mar e depois a terra.

— Onde ele pode estar? Eu queria que o rei Straasha tivesse sido mais específico.

— Tenho que concordar com isso.

Dyvim Tvar, que não tomara o desjejum, serviu-se da variedade de comidas suculentas dispostas sobre a mesa. Estava claro que Elric não comera nada.

O Mestre de Dragões começou a se perguntar se o volume de poções não afetara o cérebro do velho amigo; talvez a loucura, causada por seu envolvimento com feitiçaria complexa, sua ansiedade por Cymoril, seu ódio por Yyrkoon, tivessem começado a sobrepujar Elric.

— Não seria melhor descansar e esperar até que o navio seja avistado? — sugeriu, limpando discretamente os lábios.

— Sim, seria razoável — concordou Elric. — Mas não consigo. Tenho o desejo de partir, Dyvim Tvar, de ficar cara a cara com Yyrkoon, de exercer minha vingança sobre ele, de me unir a Cymoril mais uma vez.

— Eu compreendo. Entretanto...

A risada de Elric foi alta e cansada.

— Você se preocupa com meu bem-estar como Tanglebones. Eu não preciso de duas amas de leite, Senhor das Cavernas-Dragão.

Com esforço, Dyvim Tvar sorriu.

— Tem razão. Bem, eu oro para que essa embarcação mágica... O que é aquilo? — Ele apontou para o outro lado da ilha. — Um movimento na floresta lá longe. Como se o vento a atravessasse. Mas não há sinal de vento em nenhum outro lugar.

Elric seguiu o olhar dele.

— Você está certo. Eu me pergunto...

E então viram algo emergir da floresta e a terra pareceu ondular. Era algo que reluzia em branco, azul e preto. O objeto se aproximou.

— Uma vela — disse Dyvim Tvar. — Creio que seja seu navio, milorde.

— É — murmurou Elric, esticando o pescoço para frente. — Meu navio. Prepare-se, Dyvim Tvar. Ao meio-dia, partiremos de Imrryr.

6

O que o Deus da Terra queria

O navio era alto, esguio e delicado. As amuradas, os mastros e os baluartes eram finamente esculpidos, e era óbvio que não eram obra de um artesão mortal. Embora construído em madeira, esta não era pintada, mas brilhava de modo natural em azul, preto, verde e um vermelho-escuro e esfumaçado; o cordame tinha a cor das algas marinhas e, nas tábuas do convés polido, havia veios que lembravam raízes de árvores. As velas dos três mastros afilados eram grossas, brancas e leves feito nuvens num belo dia de verão. O navio era tudo o que havia de agradável na natureza; poucos olhariam para ele e não ficariam deleitados como se avistassem uma paisagem perfeita. Em uma palavra, ele irradiava harmonia, e Elric não conseguia pensar em uma embarcação melhor para navegar contra o príncipe Yyrkoon e os perigos das terras de Oin e Yu.

O navio navegava gentilmente no solo como se estivesse sobre a superfície de um rio, e a terra sob a quilha ondeava como se transformada, por um momento, em água. Onde a quilha tocava, e alguns metros em torno dela, esse efeito ficava evidente, embora logo que o navio tivesse passado, o chão voltasse à sua típica condição estável. Era por isso que as árvores da floresta tinham oscilado quando a embarcação passou por entre elas, partindo-se diante da quilha do navio que seguia rumo a Imrryr.

O Navio que Navega Sobre Terra e Mar não era particularmente grande. Com certeza, era consideravelmente menor do que uma barca de batalha melniboneana e um pouco maior do que uma galé sulista. Mas sua graça; a curva das linhas; o orgulho do porte... Nisso, ele não tinha absolutamente nenhum rival.

As plataformas de embarque já tinham sido abaixadas e ele já estava sendo preparado para a jornada. Elric, com as mãos nos quadris estreitos, encontrava-se de pé, olhando para o presente do rei Straasha. Dos portões da muralha da cidade, escravos carregavam provisões e armas pelas plataformas. Enquanto isso, Dyvim Tvar reunia os guerreiros imrryrianos e lhes designava patentes e deveres que deveriam desempenhar durante a expedição. Não havia muitos deles. Apenas metade da força disponível podia embarcar na viagem, pois a outra metade teria que ficar para trás sob o comando do almirante Magum Colim, protegendo a cidade. Era improvável que ocorresse alguma grande investida contra Melniboné após o castigo infligido à frota bárbara, mas era sábio tomar precauções, uma vez que príncipe Yyrkoon prometera conquistar Imrryr. Além disso, por algum estranho motivo que nenhum dos espectadores pôde adivinhar, Dyvim Tvar havia pedido voluntários — veteranos que compartilhavam de uma invalidez comum — e compôs um destacamento especial com esses homens que, conforme pensavam os espectadores, não seriam úteis à expedição em nada. Contudo, eles também não eram úteis no que tangia à defesa da cidade, logo, poderiam muito bem ir. Esses veteranos foram embarcados primeiro.

O último a subir na rampa de embarque foi Elric. Uma figura orgulhosa em sua armadura preta, ele caminhou lenta e pesadamente até alcançar o convés. Em seguida virou-se, saudou sua cidade e ordenou que levantassem a rampa.

Dyvim Tvar esperava por ele no tombadilho. O Senhor das Cavernas-Dragão havia retirado uma das manoplas e passava a mão exposta sobre a madeira de cor estranha da amurada.

— Este não é um navio feito para a guerra, Elric — disse ele. — Eu não gostaria de vê-lo danificado.

— Como ele poderia ser danificado? — perguntou o imperador, calmo, enquanto imrryrianos começavam a escalar os cordames e ajustar as velas. — Straasha permitiria que ele fosse destruído? Grome permitiria? Não tema pelo Navio que Navega Sobre Terra e Mar, Dyvim Tvar. Tema apenas por nossa própria segurança e pelo sucesso da nossa expedição. Agora vamos consultar os mapas. Relembrando o alerta de Straasha a respeito de seu irmão Grome, sugiro que viajemos por mar até onde for possível, parando aqui... — disse ele, apontando para um porto marítimo na costa ocidental de Lormyr — ...para nos orientarmos e descobrir o que pudermos sobre as terras de Oin e Yu e como são defendidas.

— Poucos viajantes já se aventuraram além de Lormyr. Dizem que a borda do mundo fica não muito além das fronteiras mais ao sul daquele país.

— Dyvim Tvar franziu o cenho. — Eu me pergunto se essa missão toda poderia ser uma armadilha... Uma armadilha de Arioch. E se ele estiver em conluio com o príncipe Yyrkoon e nós tivermos sido completamente enganados para embarcar numa expedição que vai nos matar?

— Eu considerei essa possibilidade — disse Elric. — Mas não há escolha. Temos que confiar em Arioch.

— Suponho que sim. — Dyvim Tvar sorriu, irônico. — Outra questão me ocorre agora. Como este navio se move? Não vi âncoras que pudéssemos levantar e não há marés, até onde eu sei, que se agitem sobre a terra. O vento enche as velas, está vendo?

Era verdade. As velas estavam infladas, e os mastros estalavam levemente ao sustentar a tensão.

Elric deu de ombros e abriu as mãos.

— Suponho que devamos falar com o navio — sugeriu ele. — Navio, estamos prontos para partir.

Elric sentiu certo prazer na expressão de assombro de Dyvim Tvar quando, com um solavanco, o navio começou a se mover. A embarcação navegou tranquilamente, como se estivesse em mar calmo, e Dyvim Tvar por instinto se agarrou à amurada, gritando:

— Mas estamos indo diretamente para a muralha da cidade!

Elric atravessou depressa para o centro do tombadilho, onde havia uma alavanca grande, presa horizontalmente a uma cremalheira, que, por sua vez, conectava-se a um eixo. Aquilo era, quase com certeza, a engrenagem de direção. Segurou a alavanca como alguém seguraria um remo e a empurrou de leve para os lados. Imediatamente, o navio respondeu e virou na direção de outra parte da muralha! Elric puxou a alavanca com força e o navio se inclinou, protestando um pouco ao sair da rota e começar a seguir rumo ao outro lado da ilha. Deliciado, o albino riu.

— Vê, Dyvim Tvar? É fácil. Só foi preciso um pequeno esforço de lógica!

— Ainda assim — disse Dyvim Tvar, desconfiado —, eu preferiria que fôssemos cavalgando dragões. Pelo menos eles são animais e podem ser compreendidos. Mas essa feitiçaria... me preocupa.

— Essas palavras não são dignas de um nobre de Melniboné! — gritou Elric, por cima do barulho do vento no cordame, dos rangidos da madeira do navio e do estalo das grandes velas brancas.

— Talvez não — respondeu Dyvim Tvar. — Talvez isso explique por que eu estou do seu lado agora, milorde.

Elric dardejou um olhar confuso para o amigo e desceu ao convés inferior para procurar um timoneiro a quem pudesse ensinar como pilotar o navio.

O navio deslizava depressa sobre encostas rochosas e subia por colinas cobertas de arbustos; cortava caminho por florestas e navegava majestosamente sobre planícies de relva. Movia-se como um falcão voando baixo, mantendo-se perto do solo, mas progredindo com velocidade e precisão incríveis ao procurar sua presa, alterando o trajeto com um movimento imperceptível da asa. Os soldados de Imrryr lotavam os conveses, ofegando de espanto com o progresso do navio sobre terra firme, e muitos dos homens tiveram que apanhar para voltar a seus postos nas velas ou em outros pontos do navio. O guerreiro imenso que atuava como contramestre parecia ser o único membro da tripulação imune àquele milagre. Ele se comportava como faria a bordo de uma das barcas douradas de batalha; dando conta de seus deveres e cuidando para que tudo fosse feito de modo apropriado a um marinheiro. O timoneiro que Elric selecionara, por outro lado, estava de olhos arregalados e um tanto nervoso em relação ao navio que guiava. Era possível ver que ele sentia que, a qualquer momento, poderia ser esmagado contra um paredão de rocha ou despedaçar a embarcação num emaranhado de pinheiros de troncos grossos. Estava sempre umedecendo os lábios e enxugando suor da testa, apesar de o ar estar cortante e sua respiração vaporar ao deixar a garganta. No entanto, era um bom timoneiro e, aos poucos, acostumou-se a lidar com o navio, embora seus movimentos fossem, forçosamente, mais rápidos, pois havia pouco tempo para deliberar sobre uma decisão, uma vez que o navio viajava com muita velocidade sobre a terra. A velocidade era de tirar o fôlego; eles seguiam mais depressa do que qualquer cavalo, mais depressa até do que os amados dragões de Dyvim Tvar. Contudo, o movimento era também extasiante, como demonstravam as expressões no rosto de todos os imrryrianos.

A gargalhada satisfeita de Elric soou por todo o navio e contagiou muitos outros membros da tripulação.

— Bem, se Grome das Raízes está tentando bloquear nosso progresso, eu nem tentarei supor a velocidade com que viajaremos quando chegarmos à água! — gritou para Dyvim Tvar.

O Mestre de Dragões perdera um pouco do mau humor anterior. Os cabelos finos e longos revoavam em torno do rosto quando ele sorriu para o amigo.

— Sim... Todos seremos arrancados do convés e lançados ao mar!

E então, como em resposta às palavras deles, o navio começou subitamente a corcovear e ao mesmo tempo oscilar de um lado para o outro, como se pego em poderosas correntes cruzadas. O timoneiro empalideceu e se agarrou à alavanca, tentando colocar o navio de volta sob controle. Houve um grito breve e apavorado, e um marinheiro caiu do vau mais alto no mastro principal e se chocou no convés, quebrando todos os ossos do corpo. O navio balançou uma ou duas vezes, deixou a turbulência para trás, e eles continuaram no curso.

Elric olhou fixamente para o corpo do marujo caído. De súbito, o clima de alegria o abandonou por completo. Ele segurou a amurada com as mãos protegidas pelas manoplas pretas e cerrou seus fortes dentes, com os olhos vermelhos reluzindo e os lábios contorcidos, zombando de si mesmo.

— Mas que tolo eu sou. Que tolo sou para tentar os deuses assim!

Contudo, embora o navio se movesse quase tão depressa quanto antes, parecia haver algo pesando sobre ele, como se os asseclas de Grome se agarrassem ao fundo como cracas o fariam no mar. E Elric sentiu algo no ar, algo no farfalhar das árvores por onde passavam, algo no movimento da grama, dos arbustos e das flores, algo no peso das rochas, no ângulo das colinas. E sabia que o que estava sentindo era a presença de Grome do Chão, Grome da Terra Abaixo das Raízes, que desejava possuir aquilo de que ele e seu irmão, Straasha, já tinham sido donos conjuntamente; o que ambos haviam feito como um sinal de união e algo pelo que tinham, desde então, lutado. Grome queria muito retomar o Navio que Navega Sobre Terra e Mar. E Elric, encarando a terra enegrecida, teve medo.

7

Rei Grome

Mas enfim, com a terra puxando a quilha, eles chegaram ao mar, deslizaram para dentro da água e ganharam velocidade a cada segundo, até que Melniboné ficasse para trás e eles avistassem as espessas nuvens de vapor que flutuavam eternamente sobre o Mar Fervente. Elric julgou que seria insensato arriscar até mesmo aquele navio mágico naquelas águas peculiares, de modo que as contornou e seguiu para a costa de Lormyr, a mais doce e tranquila das nações dos Reinos Jovens, e ao porto de Ramasaz, na costa ocidental. Se os bárbaros do sul com quem tinham recentemente lutado fossem de Lormyr, Elric teria considerado se dirigir a algum outro porto, mas aqueles bárbaros quase com certeza haviam vindo do sudeste, do outro extremo do continente, para além de Pikarayd. Os lormyrianos, sob o governo de seu rei Fadan, gordo e cauteloso, tinham pouca probabilidade de se unir a uma incursão, a menos que seu sucesso fosse garantido. Navegando lentamente para Ramasaz, Elric deu instruções para que o navio fosse atracado de modo convencional e tratado como qualquer outra embarcação. Mas a nau atraía a atenção mesmo assim por sua beleza, e os habitantes do porto ficaram aturdidos ao ver que melniboneanos tripulavam a nave. Embora estes fossem detestados por todos os Reinos Jovens, também eram temidos. Portanto, ao menos de modo superficial, Elric e seus homens foram tratados com respeito e servidos de comida e vinho razoavelmente bons nas hospedarias em que entraram.

Na maior estalagem da orla, um lugar chamado de Indo Longe e Voltando Para Casa a Salvo, Elric encontrou um anfitrião loquaz que havia, até comprar a estalagem, sido um pescador próspero e que conhecia bem os litorais mais ao sul. Ele seguramente conhecia as terras de Oin e Yu, mas não tinha nenhum respeito por elas.

— O senhor acha que eles podem estar se preparando para a guerra, milorde? — Ele levantou as sobrancelhas para Elric antes de esconder a cara na caneca de vinho. Enxugando os lábios, balançou a cabeça ruiva. — Devem guerrear contra pardais, então. Oin e Yu mal são nações. Sua única cidade mais ou menos decente é Dhoz-Kam, e esta é compartilhada entre ambas, metade de um lado do rio Ar e metade do outro. Quanto ao resto de Oin e Yu... é habitado por camponeses que são, em sua maioria, tão mal-educados e cheios de superstições que são atingidos pela pobreza. Não há um só soldado em potencial entre eles.

— Você não ouviu nada sobre um renegado melniboneano que conquistou Oin e Yu e começou a treinar esses camponeses para guerrear? — Dyvim Tvar se debruçou no bar ao lado de Elric. Bebericava fastidiosamente de uma grossa caneca de vinho. — Príncipe Yyrkoon é o nome do renegado.

— É ele que vocês procuram? — O estalajadeiro ficou mais interessado. — Uma disputa entre os Príncipes Dragões, hein?

— Isso é conosco — disse Elric, altivo.

— Mas é claro, senhores.

— Não sabe de nada sobre um grande espelho que rouba as lembranças dos homens? — perguntou Dyvim Tvar.

— Um espelho mágico! — O estalajadeiro jogou a cabeça para trás e riu com gosto. — Duvido que exista um espelho decente sequer em toda Oin ou Yu! Não, senhores, acho que estão equivocados se temem perigo daquelas terras!

— Sem dúvida, você tem razão — disse Elric, fitando o próprio vinho intocado. — Mas seria sábio se fôssemos conferir pessoalmente... e seria do interesse de Lormyr também, caso encontrássemos o que estamos buscando e alertássemos vocês nesse sentido.

— Não temam por Lormyr. Podemos cuidar facilmente de qualquer tentativa tola de guerra vinda daquela área. Mas, se quiserem ver com os próprios olhos, devem seguir a costa por três dias até chegar a uma grande baía. O rio Ar desemboca nela e, nas margens, fica Dhoz-Kam, uma cidade um tanto sórdida, ainda mais para uma capital que serve a duas nações. Os habitantes são corruptos, sujos e cheios de doenças, mas felizmente também são preguiçosos e, assim, causam poucos problemas, em especial se você anda com uma espada. Quando tiverem passado uma hora em Dhoz-Kam, perceberão que é impossível para aquele povo se tornar uma ameaça para qualquer um, a menos que se aproximem o suficiente de vocês para infectá-los com uma de suas várias pestes! — Mais uma vez, o estalajadeiro riu com gosto da própria sagacidade. Quando parou de chacoalhar com o riso, acrescentou: — Ou a menos que temam a marinha deles. Ela consiste de mais ou menos uma dúzia de pesqueiros imundos, a maioria dos quais se encontra em condições tão precárias que ousam pescar apenas nos baixios do estuário.

Elric empurrou sua caneca de vinho para o lado.

— Nós lhe agradecemos, senhorio — E colocou uma moeda de prata melniboneana em cima do balcão.

— Vai ser difícil de dar o troco — disse o estalajadeiro, astucioso.

— No que depende de nós, não precisa — retrucou Elric.

— Eu vos agradeço, mestres. Passariam a noite em meu estabelecimento? Posso lhes oferecer as melhores camas em Ramasaz.

— Acho que não — respondeu Elric. — Vamos dormir a bordo do nosso navio esta noite, para podermos estar preparados para velejar ao amanhecer.

O senhorio observou a partida dos melniboneanos. Por instinto, mordeu a moeda de prata e, desconfiando sentir um gosto estranho, retirou-a da boca. Encarou a moeda, virando-a de um lado para o outro. "Será que prata melniboneana poderia ser venenosa para um mortal comum?", pensou. Era melhor não correr riscos. Guardou a moeda na bolsa e coletou as duas canecas de vinho que eles tinham deixado para trás. Embora odiasse desperdício, decidiu que seria mais sábio jogar as canecas fora, só para prevenir, caso estivessem de algum modo maculadas.

O Navio que Navega Sobre Terra e Mar alcançou a baía ao meio-dia do dia seguinte e se encontrava perto da costa, escondido da cidade distante por um curto istmo no qual cresciam folhagens espessas, quase tropicais. Elric e Dyvim Tvar avançaram pela água transparente e rasa até a praia, e entraram na floresta. Tinham decidido ser cautelosos e não deixar que sua presença fosse notada até que determinassem quanto havia de verdade na descrição desdenhosa que o estalajadeiro fizera de Dhoz-Kam. Perto da ponta do istmo havia uma colina razoavelmente alta e várias árvores de bom tamanho crescendo ao longo dela. Elric e Dyvim Tvar usaram as espadas para abrir uma trilha pela vegetação rasteira e subir a colina até se encontrarem sob as árvores, escolhendo a mais fácil de escalar. O imperador selecionou uma cujo tronco se entortava e depois voltava a endireitar. Embainhou a espada, colocou as mãos no tronco e içou-se para cima, escalando até atingir uma sucessão de galhos grossos que podiam sustentar seu peso. Nesse ínterim, Dyvim Tvar escalou uma árvore vizinha até que, enfim, ambos pudessem ter uma boa visão do outro lado da baía, onde a cidade de Dhoz-Kam podia ser vista com clareza. Sem dúvida a cidade em si merecia a descrição feita pelo estalajadeiro. Era atarracada, suja e evidentemente pobre. Decerto Yyrkoon a escolhera por isso, pois as terras de Oin e Yu não deviam ter sido difíceis de conquistar com a ajuda de um punhado de imrryrianos bem-treinados e alguns dos feiticeiros aliados de Yyrkoon. De fato, poucos teriam se dado ao trabalho de conquistar tal lugar, uma vez que sua riqueza era, claro, virtualmente inexistente, e sua posição geográfica, desprovida de importância estratégica. Yyrkoon escolhera bem, ao menos para fins de sigilo. Mas o senhorio estava errado sobre a frota de Dhoz-Kam. Mesmo dali, Elric e Dyvim Tvar podiam divisar ao menos trinta navios de guerra de bom tamanho no cais, e parecia haver mais ancorados rio acima. Porém, as naus não os interessavam tanto quanto o objeto que faiscava e cintilava acima da cidade; algo que tinha sido montado em pilares imensos que sustentavam um eixo que, por sua vez, sustentava um espelho vasto e circular colocado numa moldura cuja fabricação era tão evidentemente não mortal quanto a do navio que trouxera os melniboneanos até ali. Não havia dúvidas de que estavam olhando para o Espelho da Memória, e de que qualquer um que tivesse navegado por aquele porto depois que ele fora erguido, devia ter tido a memória do que vira instantaneamente roubada.

— Parece-me, milorde — disse Dyvim Tvar de seu poleiro a um ou dois metros de Elric —, que seria insensato de nossa parte entrar diretamente no porto de Dhoz-Kam. De fato, poderíamos estar em perigo se navegássemos pela baía. Creio que só estamos conseguindo olhar para o espelho agora porque ele não está apontado diretamente para nós. No entanto, note que existe um maquinário para virá-lo em qualquer direção que seu usuário escolher... exceto uma. Ele não pode ser virado para o interior, atrás da cidade. Não há necessidade, pois quem abordaria Oin e Yu vindo dos ermos além das fronteiras, e quem, além dos habitantes de Oin e Yu, precisaria vir para sua capital por terra firme?

— Acho que entendo o que quer dizer, Dyvim Tvar. Você sugere que seria sábio usar as propriedades especiais do nosso navio e...

— E ir por terra firme até Dhoz-Kam, atacando de súbito e fazendo uso pleno daqueles veteranos que trouxemos conosco. Nos moveremos rápido, ignorando os novos aliados do príncipe Yyrkoon, e procuraremos pelo príncipe em pessoa e por seus renegados. Poderíamos fazer isso, Elric? Invadir a cidade, prender Yyrkoon, resgatar Cymoril, sair de lá depressa e irmos embora?

— Como temos poucos homens para fazer um ataque direto, isso é tudo o que podemos fazer, embora seja perigoso. Claro que, uma vez que tentemos, a vantagem da surpresa estaria perdida. Se fracassarmos da primeira vez, ficaria muito mais difícil atacar uma segunda. A alternativa seria nos esgueirarmos para dentro da cidade de noite e torcer para localizarmos Yyrkoon e Cymoril sozinhos, mas, nesse caso, não faríamos uso de nossa mais importante arma, o Navio que Navega Sobre Terra e Mar. Acho que seu plano é o melhor, Dyvim Tvar. Vamos virar o navio para o interior agora, e torcer para que Grome leve um tempo para nos encontrar... pois ainda me preocupo que ele vá tentar seriamente tirar o navio de nossa posse à força.

Elric começou a descer.

De pé sobre o tombadilho do adorável navio, ele ordenou que o timoneiro virasse a embarcação mais uma vez para a terra firme. Com as velas a meio mastro, o navio se movimentou com elegância pela água e subiu pela curva da margem. Os arbustos floridos da floresta se abriram diante da proa e, então, eles estavam navegando pelo verde-escuro da selva, enquanto pássaros espantados grasnavam e estridulavam, e pequenos animais paravam perplexos para observar do alto das árvores o Navio que Navega Sobre Terra e Mar, alguns quase perdendo o equilíbrio conforme o barco gracioso progredia calmamente pelo chão da floresta, desviando apenas dos troncos mais largos.

Assim, abriram caminho para o interior daquela terra chamada Oin, que ficava ao norte do rio Ar, a fronteira entre Oin e a terra chamada Yu, com a qual Oin dividia uma única capital.

Oin era um país que consistia em grande parte de selva desflorestada e planícies inférteis onde os habitantes plantavam, pois temiam a floresta e não entravam nela, apesar de ser lá onde a riqueza de Oin podia ser encontrada.

O navio navegava bem pela floresta e sobre a planície, e, em pouco tempo, eles viram um grande rio cintilando adiante. Dyvim Tvar, olhando de relance para o mapa grosseiro que conseguira em Ramasaz, sugeriu que tornassem a virar na direção sul e abordassem Dhoz-Kam fazendo um amplo semicírculo. Elric concordou, e o navio começou a circundar.

Foi aí que a terra começou a se erguer novamente e imensas ondas de terreno relvado se ergueram em torno do navio, encobrindo o panorama ao redor. A embarcação oscilou fora de controle, para cima e para baixo, de um lado para o outro. Mais dois imrryrianos caíram do cordame e morreram ao colidir com o convés. O contramestre gritava bem alto — embora, na verdade, toda a turbulência estivesse acontecendo em silêncio. Mas era o silêncio que fazia a situação parecer ainda mais ameaçadora. O contramestre berrou para seus homens se amarrarem a seus postos.

— E todos que não estiverem fazendo nada, vão para baixo agora mesmo! — acrescentou.

Elric tinha passado uma echarpe em torno da amurada e amarrado a outra ponta ao seu pulso. Dyvim Tvar usara um cinto comprido para o mesmo fim. Contudo, ainda estavam sendo arremessados em todas as direções, com frequência perdendo o equilíbrio enquanto o navio corcoveava para lá e para cá, e cada osso no corpo de Elric parecia prestes a quebrar, e cada centímetro de sua carne parecia contundido. O navio estalava e protestava, ameaçando partir-se sob o terrível esforço de cavalgar a terra arfante.

— Isto é obra de Grome, Elric? — ofegou Dyvim Tvar. — Ou será alguma feitiçaria de Yyrkoon?

Elric balançou a cabeça.

— Não é Yyrkoon. É Grome. E não sei de nenhum jeito para aplacá-lo. Não Grome, que é o menos inteligente de todos os reis dos elementos, mas que talvez seja o mais poderoso deles.

— Mas ele não rompe a barganha com o irmão ao fazer isso conosco?

— Não, não creio. O rei Straasha nos alertou que isto poderia acontecer. Podemos apenas torcer para que Grome gaste toda a sua energia e o navio sobreviva, como sobreviveria a uma tempestade natural no mar.

— Isto é pior do que uma tempestade no mar, Elric!

Elric assentiu, mas não pôde dizer nada, pois o convés se inclinava num ângulo ensandecido, e ele teve que se agarrar às amuradas com as duas mãos para poder manter algum equilíbrio.

Então o silêncio cessou.

Em vez dele, ouviram um ribombar e um rugido que parecia algo semelhante a um riso.

— Rei Grome! — gritou Elric. — Rei Grome! Deixe-nos em paz! Nós não lhe fizemos mal algum!

Mas o riso aumentou e fez o navio todo estremecer conforme a terra subia e descia, e árvores, colinas e rochas arremetiam contra a embarcação, então voltavam a se afastar, sem nunca chegar a engolfá-los, pois Grome sem dúvida queria seu navio intacto.

— Grome! O senhor não tem nenhuma desavença com mortais! — Elric tornou a gritar. — Deixe-nos em paz! Peça-nos um favor, se quiser, mas faça-nos esse favor em troca!

Elric gritava quase qualquer coisa que lhe viesse à cabeça. Realmente, não tinha esperanças de ser ouvido pelo deus da terra e não esperava que o rei Grome se incomodasse em prestar atenção, mesmo que pudesse ouvir. Mas não havia mais nada a fazer.

— *Grome! Grome! Grome!* Ouça-me!

A única resposta de Elric foi a risada ainda mais alta, que fez cada nervo seu tremer. A terra se ergueu ainda mais e afundou a seguir. O navio rodopiou e rodopiou, até Elric ter certeza de que perderia os sentidos por completo.

— *Rei Grome! Rei Grome!* É justo matar aqueles que nunca lhe fizeram mal?

E então, lentamente, a terra arfante cedeu e o navio parou. Uma figura marrom imensa surgiu, olhando para o navio de cima para baixo. Ela era da cor da terra e parecia um carvalho vasto e antigo. O cabelo e a barba eram da cor das folhas, e os olhos, da cor do minério de ouro. Os dentes tinham cor de granito, os pés eram como raízes, a pele parecia coberta de brotos verdes no lugar de cabelos, e ele tinha um cheiro forte, bolorento e agradável. Era o rei Grome, dos Elementais da Terra. Ele farejou, franziu o cenho e disse numa voz suave e potente que era, contudo, rouca e rabugenta:

— Eu quero meu navio.

— O navio não é nosso para dar, rei Grome — disse Elric.

O tom de petulância de Grome aumentou.

— Eu quero meu navio — exigiu ele, lentamente. — Quero essa coisa. É minha.

— De que ele vai servir para o senhor, rei Grome?

— Servir? Ele é meu.

Grome bateu o pé e a terra ondulou.

Elric falou em desespero:

— O navio é do seu irmão, rei Grome. É o navio do rei Straasha. Ele lhe deu parte dos seus domínios e você permitiu que ele ficasse com o navio. Essa foi a barganha.

— Não sei de nada sobre barganha nenhuma. O navio é meu.

— O senhor sabe que, se pegar o navio, o rei Straasha terá que tomar de volta o território que lhe deu.

— Eu quero meu navio. — A figura gigantesca mudou de posição e torrões de terra caíram dela, aterrissando com baques distintamente audíveis no chão lá embaixo e no convés do navio.

— Então terá que nos matar para obtê-lo — disse Elric.

— Matar? Grome não mata mortais. Não mata nada. Grome constrói. Grome dá vida.

— O senhor já matou três de nossa companhia — observou Elric. — Três estão mortos, rei Grome, porque o senhor fez a tempestade em terra.

Grome juntou as grandes sobrancelhas e coçou a cabeçorra, fazendo um farfalhar imenso ressoar.

— Grome não mata — repetiu.

— Rei Grome matou, sim — disse Elric, com ar sensato. — Três vidas perdidas.

Grome grunhiu.

— Mas eu quero meu navio.

— O navio nos foi emprestado por seu irmão. Não podemos dá-lo ao senhor. Além disso, navegamos nele por uma causa. Uma causa nobre, creio eu. Nós...

— Não sei de nada sobre "causas" e não me importo com vocês. Eu quero meu navio. Meu irmão não deveria tê-lo emprestado a vocês. Eu tinha quase me esquecido dele. Mas, agora que me lembrei, eu o quero.

— O senhor não aceitaria alguma outra coisa no lugar no navio, rei Grome? — disse Dyvim Tvar, de súbito. — Algum outro presente?

Grome balançou a cabeça monstruosa.

— Como um mortal poderia me dar alguma coisa? São os mortais que tomam de mim, o tempo todo. Roubam meus ossos, meu sangue e minha carne. Vocês poderiam me devolver tudo o que sua espécie tomou?

— Não há nada? — disse Elric.

Grome fechou os olhos.

— Metais preciosos? Joias? — sugeriu Dyvim Tvar. — Temos muito disso em Melniboné.

— Eu tenho isso de sobra — disse rei Grome.

Elric deu de ombros, em pânico.

— Como podemos barganhar com um deus, Dyvim Tvar? — Deu um sorriso amargo. — O que o Senhor do Solo pode desejar? Mais sol, mais chuva? Esses não nos pertencem para lhe dar.

— Sou um deus rude — disse Grome —, se é que sou deus de fato. Mas eu não pretendia matar seus camaradas. Tenho uma ideia. Dê-me os corpos dos que tombaram. Enterrem-nos em minha terra.

O coração de Elric deu um pulo.

— Isso é tudo o que deseja de nós?

— Parece muito para mim.

— E, em troca disso, o senhor permitirá que continuemos navegando?

— Na água, sim — rosnou Grome. — Mas não vejo por que eu deveria permitir que naveguem sobre meu território. É muito a se esperar de mim. Vocês podem ir até aquele rio mais adiante, mas, a partir de agora, esse navio possuirá somente as propriedades cedidas a ele por meu irmão Straasha. Não deverá mais cruzar meus domínios.

— Mas, rei Grome, precisamos dele. Estamos aqui para tratar de um assunto urgente. Precisamos navegar para aquela cidade mais adiante. — Elric apontou na direção de Dhoz-Kam.

— Vocês podem ir até o rio, mas, depois disso, o navio só navegará na água. Agora me dê o que peço.

Elric chamou o contramestre que, pela primeira vez, pareceu espantado pelo que estava testemunhando.

— Traga os corpos dos três falecidos aqui para cima.

Os corpos foram buscados nos conveses inferiores. Grome estendeu uma das mãos grandes e terrosas e os apanhou.

— Eu lhes agradeço — rosnou ele. — Adeus.

Devagar, Grome começou a descer para o solo, toda a silhueta imensa sendo, átomo por átomo, absorvida pela terra, até ele desaparecer.

O navio voltou a se mover lentamente em direção ao rio, na última viagem curta que faria sobre a terra.

— E assim nossos planos são frustrados — disse Elric.

Dyvim Tvar olhava para o rio reluzente, desapontado.

— É. Lá se vai aquele plano. Eu hesito em sugerir isso a você, Elric, mas temo que teremos que recorrer à feitiçaria novamente se quisermos ter alguma chance de alcançar o nosso objetivo.

Elric suspirou.

— Temo que sim — disse ele.

8

A cidade e o espelho

O príncipe Yyrkoon estava contente. Seus planos iam bem. Ele espiou pela cerca alta que contornava o telhado achatado de sua casa (com três andares de altura, a melhor em Dhoz-Kam); olhava na direção do porto, para sua esplêndida frota capturada. Todo navio que havia chegado a Dhoz-Kam sem o estandarte de uma nação poderosa fora tomado com facilidade após sua tripulação olhar para o grande espelho que ocupava os pilares acima da cidade. Os pilares haviam sido construídos por demônios, a quem o príncipe Yyrkoon havia pago com as almas de todos aqueles que resistiram a ele em Oin e Yu. Havia apenas uma última ambição a realizar, e então ele e seus novos seguidores se colocariam a caminho de Melniboné...

Ele se virou e falou com a irmã. Cymoril estava deitada num banco de madeira fitando o céu, absorta, usando o mesmo vestido imundo e em farrapos de quando Yyrkoon a abduzira de sua torre.

— Veja nossa frota, Cymoril! Enquanto as barcas douradas estão espalhadas, velejaremos sem entraves para Imrryr e declararemos a cidade como nossa. Elric não pode se defender de nós agora. Ele caiu na minha armadilha com tanta facilidade... É um tolo! E você foi tola por entregar a ele sua afeição!

Cymoril não respondeu. Ao longo de todos os meses que esteve distante, Yyrkoon drogara a comida e a bebida da irmã, deixando-a em uma lassidão que rivalizava com a condição de Elric quando sem acesso a suas drogas. Os experimentos do próprio Yyrkoon com feitiçaria o haviam deixado esquelético, com os olhos um pouco loucos e um tanto quanto macilento; ele deixou de fazer qualquer esforço para manter uma aparência física decente. Cymoril, porém, tinha um ar devastado e assombrado, apesar da beleza ainda estar presente.

Era como se a torpeza e degradação de Dhoz-Kam tivessem infectado a ambos de formas diferentes.

— Mas não tema pelo seu futuro, irmã — prosseguiu Yyrkoon. Ele deu uma risadinha. — Você ainda será imperatriz e se sentará ao lado do imperador em seu Trono de Rubi. Só que eu serei o imperador, e Elric morrerá aos poucos, ao longo de muitos dias, de um jeito mais inventivo do que qualquer coisa que ele tenha pensado em fazer comigo.

A voz de Cymoril soou oca e distante. Ela não virou a cabeça ao falar.

— Você está insano, Yyrkoon.

— Insano? Ora, irmã, isso é palavra que um melniboneano de verdade devesse usar? Nós, melniboneanos, não julgamos nada como são ou insano. O que um homem é, ele é. O que ele faz, ele faz. Talvez você tenha ficado por tempo demais nos Reinos Jovens e os juízos deles estejam se tornando os seus. Em breve, porém, isso será corrigido. Retornaremos à Ilha Dragão em triunfo, e você se esquecerá de tudo isso, exatamente como se tivesse olhado para o Espelho da Memória. — Ele lançou uma espiadela nervosa para o alto, meio como se esperasse que o espelho estivesse voltado para ele.

Cymoril fechou os olhos. Sua respiração estava pesada e muito lenta; ela suportava aquele pesadelo com fortitude, certa de que Elric a resgataria um dia. Essa esperança era tudo o que a impedira de destruir a si mesma. Se tal esperança se esgotasse por completo, então ela provocaria a própria morte e finalmente se veria livre de Yyrkoon e de todos os horrores do príncipe.

— Eu lhe contei ontem à noite que fui bem-sucedido? Invoquei demônios, Cymoril. Demônios tão poderosos e sombrios... Aprendi com eles tudo o que me restava aprender. E abri o Portal das Sombras, finalmente. Em breve, passarei por ele e encontrarei o que busco. Eu me tornarei o mortal mais poderoso da Terra. Eu lhe contei isso tudo, Cymoril?

Ele havia, de fato, repetido aquilo várias vezes naquela manhã, mas Cymoril não lhe dera mais atenção então do que dava agora. Sentia-se muito cansada... Tentou dormir. Disse lentamente, como se para lembrar a si mesma de algo:

— Eu o odeio, Yyrkoon.

— Ah, mas você me amará em breve, Cymoril. Em breve.

— Elric virá...

— Elric! Ah! Ele está sentado em sua torre sem fazer nada, esperando por notícias que nunca chegarão... exceto quando eu as levar pessoalmente!

— Elric virá — disse ela.

Yyrkoon rosnou. Uma garota oinesa de rosto bruto trouxe para ele seu vinho matinal. Ele pegou o copo, bebericou o conteúdo e, em seguida, cuspiu-o na garota que, tremendo, afastou-se. Yyrkoon pegou o jarro e o esvaziou na poeira branca do telhado.

— Este é o sangue ralo de Elric. É assim que ele vai escorrer!

Mas, novamente, Cymoril não estava ouvindo. Tentava se lembrar de seu amante albino e dos poucos dias doces que passaram juntos desde que eram crianças.

Yyrkoon arremessou o jarro vazio na cabeça da garota, mas ela era hábil em se desviar. Enquanto se esquivava, murmurava sua resposta-padrão a todos os ataques e insultos dele.

— Obrigada, Lorde Demônio — dizia ela. — Obrigada, Lorde Demônio.

Yyrkoon riu.

— Isso mesmo... Lorde Demônio! Seu povo tem razão em me chamar assim, pois eu governo mais demônios do que homens. Meu poder aumenta a cada dia!

A garota oinesa saiu apressada para buscar mais vinho, pois sabia que ele o pediria dali a um instante. Yyrkoon atravessou a laje para olhar fixamente por entre as ripas da cerca, para a prova de seu poder, mas, ao encarar seus navios, ouviu ruídos de confusão do outro lado do telhado. Será que os yuritas e os oineses poderiam estar lutando entre si? Onde estavam os seus centuriões imrryrianos? Onde estava o capitão Valharik?

Ele atravessou a laje quase correndo, passando por Cymoril, que parecia dormir, e olhou para as ruas abaixo.

— Um incêndio? — murmurou. — Incêndio?

Era verdade que as ruas pareciam estar pegando fogo. No entanto, não era um fogo comum. Bolas de fogo pareciam vagar pela área, incendiando telhados de sapé, portas, qualquer coisa que queimasse com facilidade — como um exército invasor atearia fogo a um vilarejo.

Yyrkoon fez uma carranca, pensando de início que tinha sido descuidado e algum dos seus feitiços se voltara contra ele, mas então olhou para as casas ardendo junto ao rio e viu um navio estranho navegando por lá, um navio de grande elegância e beleza que, de alguma forma, parecia mais uma criação da natureza do que da humanidade — e soube que estavam sob ataque. Mas quem atacaria Dhoz-Kam? Não havia espólio que valesse o esforço. Não podiam ser imrryrianos...

Não podia ser Elric.

— Não deve ser Elric — rosnou ele. — O espelho. Deve ser virado para os invasores.

— E para você mesmo, irmão? — Cymoril havia se levantado e, cambaleando, apoiara-se em uma mesa. Ela sorria. — Você foi confiante demais, Yyrkoon. Elric chegou.

— Elric... Bobagem! Apenas alguns parcos invasores bárbaros do interior. Assim que estiverem no centro da cidade, seremos capazes de usar o Espelho da Memória neles — Ele correu para o alçapão que levava para o interior da casa. — Capitão Valharik! Valharik, onde está?

Valharik apareceu no cômodo abaixo. Estava suando. Havia uma lâmina em sua mão enluvada, embora não parecesse ter participado de nenhuma luta até então.

— Prepare o espelho, Valharik. Dirija-o para os agressores.

— Mas senhor, nós podemos...

— Depressa! Faça o que estou dizendo. Logo acrescentaremos esses bárbaros à nossa própria força, junto aos navios deles.

— Bárbaros, milorde? Bárbaros conseguem comandar os elementais do fogo? Essas coisas que estamos combatendo são espíritos das chamas. Eles não podem ser mortos, assim como o próprio fogo não pode ser morto.

— Fogo pode ser morto com água — lembrou o príncipe Yyrkoon ao seu tenente. — Com água, capitão Valharik. Você se esqueceu?

— Mas, príncipe Yyrkoon, nós tentamos afogar os espíritos com água... mas a água não saiu dos nossos baldes. Algum feiticeiro poderoso comanda os invasores. Ele tem o auxílio dos espíritos do fogo *e* da água.

— Você está louco, capitão Valharik — disse Yyrkoon, com firmeza. — Louco. Prepare o espelho e acabe com essas tolices.

Valharik molhou os lábios ressecados.

— Sim, milorde — Abaixou a cabeça e foi fazer a vontade de seu mestre.

Mais uma vez, Yyrkoon voltou à cerca e olhou para o outro lado. Havia homens nas ruas, lutando contra seus guerreiros, mas a fumaça obscurecia sua visão. Não conseguia decifrar a identidade de nenhum dos invasores.

— Desfrutem de sua vitória mesquinha — comentou, rindo —, pois em breve o espelho arrebatará suas mentes e vocês se tornarão meus escravos.

— É Elric — disse Cymoril, baixinho. Ela sorriu. — Elric chegou para se vingar de você, irmão.

Yyrkoon zombou.

— Você acha mesmo? Bem, se for esse o caso, ele não me encontrará aqui, pois ainda tenho um meio de escapar... E encontrará você numa condição que não o agradará (embora vá provocar nele profunda angústia). Mas não é Elric. É algum xamã selvagem das estepes a leste daqui. Em breve ele estará em meu poder.

Cymoril também espiava pela cerca.

— Elric — disse ela. — Posso ver o elmo dele.

— O quê?

Yyrkoon a empurrou para o lado. Ali, nas ruas, imrryrianos lutavam contra imrryrianos, já não restavam dúvidas. Os homens de Yyrkoon — imrryrianos, oineses e yuritas — estavam sendo rechaçados. Na liderança dos invasores, era possível ver um elmo preto de dragão que apenas um único melniboneano usava. Era o elmo de Elric. E a espada de Elric, que já havia pertencido ao conde Aubec de Malador, subia e descia e estava vívida de sangue, brilhando sob o sol da manhã.

Por um momento, Yyrkoon foi dominado pelo desespero. Ele grunhiu.

— Elric. Elric. Elric. Ah, como continuamos a subestimar um ao outro! Que maldição recai sobre nós?

Cymoril tinha jogado a cabeça para trás e seu rosto ganhara vida novamente.

— Eu disse que ele viria, irmão!

Yyrkoon deu meia-volta e ficou de frente para ela.

— Sim, ele veio, e o espelho vai roubar seu cérebro e ele se transformará em meu escravo, acreditando em qualquer coisa que eu queira enfiar naquele crânio. Isso é ainda mais doce do que eu planejava, irmã! — Ele olhou para o alto e jogou imediatamente os braços sobre os olhos ao se dar conta do que havia feito. — Rápido, para baixo! Para dentro de casa! O espelho está começando a se virar.

Houve um grande estalar de engrenagens, polias e correntes conforme o terrível Espelho da Memória começava a se voltar para as ruas mais abaixo.

— Em pouco tempo, Elric e seus homens terão se somado às minhas forças. Mas que ironia esplêndida! — Yyrkoon apressou sua irmã para descer os degraus, levando-a para longe do telhado, e fechou o alçapão ao passar. — O próprio Elric ajudará no ataque a Imrryr. Ele destruirá o próprio povo. Ele se destituirá do Trono de Rubi!

— Você não acha que Elric previu a ameaça do Espelho da Memória, irmão? — inquiriu Cymoril, com prazer.

— Prever, sim... Mas resistir, isso, ele não consegue. É preciso enxergar para lutar. Ou ele será ceifado ou abrirá os olhos. Nenhum homem com olhos pode estar a salvo do poder do espelho — Ele olhou para o quarto grosseiramente mobiliado. — Onde está Valharik? Cadê aquele borra-botas?

Valharik chegou correndo.

— O espelho está sendo virado, milorde, mas também afetará os nossos homens. Temo que...

— Então deixe de temer. E daí se nossos próprios homens ficarem sob a influência dele? Logo poderemos colocar o que precisam saber de volta no cérebro deles, ao mesmo tempo em que fazemos isso com nossos inimigos derrotados. Você está nervoso demais, capitão Valharik.

— Mas Elric os lidera...

— E os olhos de Elric são olhos, embora pareçam pedras escarlates. Ele não vai se sair melhor do que seus homens.

***

Nas ruas ao redor da casa do príncipe Yyrkoon, Elric, Dyvim Tvar e os outros imrryrianos pressionavam, forçando os oponentes desmoralizados a recuar. Os invasores tinham perdido apenas um homem, ao passo que muitos oineses e yuritas jaziam mortos nas ruas, ao lado de alguns de seus comandantes imrryrianos renegados. Os elementais das chamas, a quem Elric invocara com algum esforço, começavam a se dispersar, pois lhes era muito oneroso passar tanto tempo na dimensão de Elric, mas a vantagem necessária tinha sido conquistada e havia poucas dúvidas de quem venceria, enquanto cem casas ou mais ardiam por toda a cidade, incendiando outras e demandando atenção dos defensores para que todo o local esquálido não queimasse em volta deles. No cais, navios também ardiam em chamas.

Dyvim Tvar foi o primeiro a notar o espelho começando a girar para se focar nas ruas. Ele apontou um dedo de alerta, virou-se a seguir e soprou a trombeta de guerra, ordenando que viessem à frente as tropas que, até então, não tinham participado da luta.

— Agora vocês devem nos liderar! — gritou e abaixou o elmo sobre o rosto. Os buracos para os olhos em seu elmo tinham sido bloqueados para que não conseguisse enxergar.

Lentamente, Elric abaixou o próprio elmo até estar na escuridão. O som de combate, contudo, continuou enquanto os veteranos que haviam navegado com eles de Melniboné os substituíam e os outros soldados recuavam. Os imrryrianos na liderança não haviam bloqueado seus visores.

Elric rezou para que o plano funcionasse.

Yyrkoon, espiando cautelosamente por uma brecha na pesada cortina, disse em lamúrias:

— Valharik? Eles continuam lutando. Por que isso? O espelho não está focado?

— Deveria estar, milorde.

— Então, veja por si mesmo, os imrryrianos continuam a avançar sobre nossos defensores... E nossos homens começam a cair sob a influência do espelho. Qual é o problema, Valharik? Qual é o problema?

Valharik inspirou entre os dentes cerrados. Havia certa admiração em seu semblante enquanto olhava para os imrryrianos lutando.

— Eles são cegos — afirmou. — Combatem por som, tato e olfato. São cegos, meu senhor imperador... e lideram Elric e seus homens, cujos elmos foram projetados para que não enxerguem nada.

— Cegos? — disse Yyrkoon de modo quase patético, recusando-se a compreender. — Cegos?

— Sim. Guerreiros cegos. Homens feridos em guerras anteriores, mas bons combatentes mesmo assim. É assim que Elric está vencendo o nosso espelho, milorde.

— Argh! Não, não! — Yyrkoon bateu forte nas costas do seu capitão, que se afastou, encolhendo-se. — Elric não é astuto. Ele não é astuto. Algum demônio poderoso está lhe dando essas ideias.

— Talvez, milorde. Mas existem demônios mais poderosos do que aqueles que ajudaram o senhor?

— Não — disse Yyrkoon. — Nenhum mais poderoso. Ah, se eu pudesse invocar algum deles agora! Mas gastei meus poderes abrindo o Portal das Sombras. Eu deveria ter previsto... Não, não havia como prever... Ah, Elric! Quando as espadas rúnicas forem minhas, eu vou destruí-lo! — Em seguida, Yyrkoon franziu o cenho. — Mas como ele poderia estar preparado? Qual demônio ele...? A menos que tenha invocado Arioch...? Mas ele não tem o poder de invocar Arioch. Nem eu conseguiria invocá-lo...

Então, como se em resposta, Yyrkoon ouviu a canção de batalha de Elric vindo das ruas próximas. E a canção respondeu à sua pergunta.

— Arioch! Arioch! Sangue e almas para o meu senhor Arioch!

— Então eu tenho de obter as espadas rúnicas. Devo passar pelo Portal das Sombras. Lá, ainda tenho aliados... Aliados sobrenaturais que lidarão facilmente com Elric, caso seja necessário. Mas preciso de tempo...

Yyrkoon resmungava consigo mesmo, caminhando de um lado para o outro do cômodo. Valharik continuou a assistir ao combate.

— Eles estão se aproximando — disse o capitão.

Cymoril sorriu.

— Aproximam-se, Yyrkoon? Quem é o tolo agora? Elric? Ou você?

— Fique quieta! Penso que... Penso que...

Yyrkoon dedilhava seus lábios.

Foi quando uma luz se acendeu em seus olhos. Ele virou-se astutamente para Cymoril por um segundo e, depois, concentrou a atenção no capitão.

— Valharik, você deve destruir o Espelho da Memória.

— Destruí-lo? Mas ele é nossa única arma, milorde...

— Exatamente! Mas não é inútil agora?

— Sim.

— Destrua-o, e ele nos será útil de novo — Yyrkoon apontou um dedo comprido na direção da porta. — Vá! Destrua o espelho!

— Mas, príncipe Yyrkoon... Digo, imperador... Isso não terá o efeito de roubar de nós nossa única arma?

— Faça o que eu digo, Valharik! Ou pereça!

— Mas como posso destruí-lo, milorde?

— Sua espada. Você deve escalar a coluna por trás da face do espelho e então, sem olhar para ele, use sua espada para golpeá-lo. Ele se quebrará com facilidade. Você sabe as precauções que tive de tomar para garantir que não fosse danificado.

— Isso é tudo que eu devo fazer?

— Sim. Depois disso, estará liberado de seus serviços a mim. Poderá fugir ou fazer qualquer outra coisa que desejar.

— Não navegaremos contra Melniboné?

— Claro que não. Eu elaborei outro plano para tomar a Ilha Dragão.

Valharik deu de ombros. Sua expressão mostrava que ele nunca acreditara de fato nas afirmações de Yyrkoon. Mas o que mais poderia fazer além de seguir o príncipe, quando o que o aguardava nas mãos de Elric seria uma terrível tortura? Com os ombros curvados, o capitão retirou-se para realizar o trabalho que seu príncipe havia ordenado.

— E agora, Cymoril... — Yyrkoon sorria como um furão ao estender a mão para agarrar os ombros macios da irmã. — Agora, vamos prepará-la para seu apaixonado Elric.

Um dos guerreiros cegos gritou:

— Eles já não estão mais oferecendo resistência a nós, milorde. Estão moles e permitem que os ceifemos exatamente onde estão. Por que isso?

— O espelho os privou da memória — disse Elric, voltando a cabeça cega na direção da voz do guerreiro. — Vocês podem nos guiar para dentro de alguma construção agora... De lá, com sorte, não teremos nenhum vislumbre do espelho.

Finalmente, eles se encontravam dentro do que pareceu a Elric, quando este ergueu seu elmo, ser um tipo de depósito. Felizmente, era grande o bastante para conter toda a força invasora e, quando todos estavam lá dentro, Elric mandou trancar as portas enquanto debatiam o próximo passo.

— Devíamos procurar Yyrkoon — disse Dyvim Tvar. — Vamos interrogar um desses guerreiros...

— Não adiantará muito, meu amigo — afirmou Elric. — Suas mentes se foram. Eles não vão se lembrar de absolutamente nada. No momento, não se lembram nem o que são, que dirá quem são. Vá até aquelas cortinas ali adiante, onde a influência do espelho não alcança, e veja se consegue enxergar o edifício mais provável de ter sido ocupado pelo meu primo.

Dyvim Tvar atravessou o recinto rapidamente até as cortinas e olhou para fora com cautela.

— Sim, há uma construção maior do que as demais, e vejo algum movimento em seu interior, como se os guerreiros sobreviventes estivessem se reagrupando. É provável que aquela seja a fortaleza de Yyrkoon. Deve ser fácil de ser tomada.

Elric se juntou a ele.

— Concordo com você. Encontraremos Yyrkoon lá. Mas temos que nos apressar, antes que ele decida matar Cymoril. Vamos decifrar a melhor forma de alcançar o local e instruir nossos guerreiros cegos sobre quantas ruas devemos passar, quantas casas, e assim por diante.

— O que é este som estranho? — Um dos guerreiros cegos levantou a cabeça. — Como o soar distante de um gongo.

— Eu também estou ouvindo — disse outro cego.

Elric também ouvia. Um ruído sinistro. Vinha de cima. Ele estremecia pela atmosfera.

— O espelho! — Dyvim Tvar olhou para cima. — O espelho tem alguma propriedade que não previmos?

— É possível... — Elric tentou se lembrar do que Arioch havia lhe dito, mas o demônio tinha sido vago. Não dissera nada sobre aquele som potente e terrível, esse retinir dilacerador como se... — Ele está quebrando o espelho! — disse. — Mas por quê?

Havia mais alguma coisa, algo roçando em seu cérebro, como se o som fosse, em si, consciente.

— Talvez Yyrkoon esteja morto e sua magia morra com ele — começou a dizer Dyvim Tvar. E então se interrompeu com um gemido. O barulho estava mais alto, mais intenso, levando uma dor aguda a seus ouvidos.

Então Elric entendeu. Bloqueou os ouvidos com as mãos protegidas pelas manoplas. As memórias no espelho. Estavam inundando sua mente. O espelho fora despedaçado e estava liberando todas as lembranças que roubara ao longo dos séculos — das eras, talvez. Muitas daquelas recordações não pertenciam a mortais. Muitas eram de feras e criaturas inteligentes que haviam existido antes até do que Melniboné. E as memórias disputavam lugar no crânio de Elric — nos crânios de todos os imrryrianos —, nos pobres crânios torturados dos homens do lado de fora, cujos gritos deploráveis podiam ser ouvidos se elevando das ruas — e no crânio do capitão Valharik, o vira-casaca, conforme ele perdia o equilíbrio na grande coluna e caía, com os cacos do espelho, até o distante solo.

Elric, porém, não ouviu o grito do capitão Valharik nem seu corpo colidir primeiro com o telhado, depois com a rua, onde ficou, todo quebrado, debaixo do espelho estilhaçado.

Ele caiu no piso de pedra do armazém e se contorceu, como seus camaradas, tentando limpar a mente de um milhão de lembranças que não eram suas — de amores, de ódios, de experiências estranhas e ordinárias, do rosto de parentes que não eram deles, de homens, mulheres e crianças, de animais, de navios e cidades, de lutas, de fazer amor, de temores e desejos — e as lembranças lutavam umas contra as outras pela posse do crânio lotado, ameaçando expulsar as memórias que ali haviam (e, assim, o próprio caráter de Elric) de sua mente. Enquanto o imperador se contorcia no chão, tapando as orelhas, repetia uma palavra várias e várias vezes, num esforço para se agarrar à própria identidade.

— Elric. Elric. Elric.

E gradualmente, com um esforço que ele vivenciara apenas uma vez na vida, quando invocara Arioch ao plano terrestre, Elric conseguiu extinguir todas aquelas memórias alheias e impor as suas, até que, abalado e débil, abaixou as mãos que estavam sobre os ouvidos e parou de gritar o próprio nome. Ele se levantou e olhou ao redor.

Mais de dois terços de seus homens estavam mortos, cegos ou não. O grande contramestre estava morto, olhos arregalados e fixos, os lábios congelados num grito, a órbita direita em carne viva e sangrando, onde ele havia tentado arrancar o próprio olho. Todos os cadáveres se encontravam em posições antinaturais, todos tinham os olhos abertos (quando tinham olhos) e muitos traziam marcas de automutilação, enquanto outros tinham vomitado e outros, ainda, esmagaram os próprios cérebros contra alguma parede. Dyvim Tvar estava vivo, mas encolhido num canto, resmungando consigo mesmo, e Elric pensou que ele podia estar louco. Alguns dos outros sobreviventes, de fato, haviam enlouquecido, mas estavam quietos e não ofereciam perigo algum. Apenas cinco, contando com Elric, pareciam ter resistido às recordações alheias e retido a própria sanidade. Enquanto avançava trôpego de um cadáver para o outro, Elric teve a sensação de que o coração da maioria de seus homens havia parado.

— Dyvim Tvar? — Elric colocou a mão no ombro do amigo. — Dyvim Tvar?

Dyvim Tvar levantou a cabeça e fitou os olhos de Elric. Nos olhos do Mestre de Dragões havia a experiência de muitos milênios e ironia.

— Estou vivo, Elric.

— Poucos de nós estão vivos agora.

Logo depois, eles deixaram o armazém, sem precisar mais temer o espelho, e viram que todas as ruas estavam cheias dos mortos que receberam as memórias do espelho. Corpos rígidos estendiam as mãos para eles. Lábios mortos formavam apelos silenciosos por socorro. Elric tentou não olhar para eles ao avançar, mas seu desejo de vingança contra o primo estava ainda mais forte.

Eles alcançaram a casa. A porta estava aberta e o piso térreo, abarrotado de cadáveres. Não havia nem sinal do príncipe Yyrkoon.

Elric e Dyvim Tvar conduziram os poucos imrryrianos que ainda estavam sãos escada acima, passando por mais mortos suplicantes, até chegarem ao último andar da casa.

E ali eles encontraram Cymoril.

Ela estava deitada em um divã, nua. Seu corpo estava todo pintado com runas que eram, em si mesmas, obscenas. Suas pálpebras estavam pesadas, e ela não os reconheceu a princípio. Elric correu para junto dela e aninhou sua cabeça em seus braços. O corpo estava estranhamente frio.

— Ele... Ele me fez... dormir... — disse Cymoril. — Um sono enfeitiçado... do qual... apenas ele pode me despertar... — Ela deu um grande bocejo. — Eu fiquei acordada... até agora... por um esforço... consciente... porque Elric estava vindo...

— Elric está aqui — disse seu amante, suavemente. — Sou eu, Elric, Cymoril.

— Elric? — Ela relaxou nos braços dele. — Você... Você tem que encontrar Yyrkoon... Pois só ele pode me despertar...

— Aonde ele foi? — O rosto de Elric havia se tornado severo. Os olhos vermelhos estavam ferozes. — Aonde?

— Encontrar as duas espadas negras... As espadas rúnicas... de... nossos ancestrais... Mournblade...

— E Stormbringer — disse Elric, num tom sombrio. — Aquelas espadas são amaldiçoadas. Mas aonde ele foi, Cymoril? Como escapou de nós?

— Através... Através... Através do... Portal das Sombras... Ele o conjurou... Ele fez os pactos mais apavorantes com demônios para atravessar... No outro quarto...

Cymoril dormiu, mas parecia haver certa paz em seu rosto.

Ele observou Dyvim Tvar atravessar o cômodo, espada em punho, e escancarar a porta. Um fedor terrível veio do quarto ao lado, que estava escuro. Algo tremeluziu do lado mais distante.

— Ah, sim... Isso é feitiçaria, com certeza — disse Elric. — E Yyrkoon me frustrou. Conjurou o Portal das Sombras e passou para algum mundo inferior. Qual deles, jamais saberei, pois há uma infinidade. Ah, Arioch, eu daria muita coisa para seguir meu primo!

"Então segui-lo é o que você fará", disse uma voz doce e sardônica na cabeça de Elric.

No começo, o albino pensou que fosse um vestígio de alguma lembrança ainda lutando pela posse de sua mente, mas, então, soube que Arioch estava falando com ele.

"Dispense seus seguidores para que eu possa conversar com você", disse Arioch.

Elric hesitou. Queria ficar sozinho, mas não com Arioch. Queria ficar com Cymoril, pois ela o estava levando às lágrimas. Elas já escorriam dos seus olhos escarlates.

"O que eu tenho a dizer pode devolver Cymoril ao seu estado normal. E mais, o ajudará a derrotar Yyrkoon e a se vingar dele. De fato, poderia fazer de você o mortal mais poderoso que já existiu."

Elric levantou a cabeça para Dyvim Tvar.

— Você e seus homens poderiam me deixar sozinho por alguns instantes?

— É claro.

Dyvim Tvar levou os soldados para fora e fechou a porta ao sair.

Arioch estava de pé, recostado na mesma porta. Mais uma vez, assumira a forma e a postura de um rapaz bonito. Seu sorriso era franco e amistoso, e apenas os olhos antigos traíam a aparência.

— Está na hora de procurar as espadas negras você mesmo, Elric — disse Arioch. — correndo o risco de Yyrkoon encontrá-las primeiro. Eu o alerto para uma coisa: com as espadas rúnicas, Yyrkoon será tão poderoso a ponto de conseguir destruir metade do mundo sem nem pensar. É por isso que seu primo arrisca os perigos do mundo além do Portal das Sombras. Se Yyrkoon possuir aquelas espadas antes que você as encontre, isso significará o fim para você, para Cymoril, para os Reinos Jovens e, muito possivelmente, também a destruição de Melniboné. Eu o ajudarei a entrar no mundo inferior para encontrar as espadas rúnicas gêmeas.

Elric disse, contemplativo:

— Eu fui alertado com frequência sobre os perigos de procurar as espadas, e dos perigos ainda maiores de possuí-las. Acho que devo considerar outro plano, senhor Arioch.

— Não existe outro plano. Yyrkoon deseja as espadas, caso você não as queira. Com Mournblade numa das mãos e Stormbringer na outra, ele será invencível, pois as espadas dão poder ao seu portador. Um poder imenso — Arioch fez uma pausa. — E você deve fazer conforme digo. É para o seu próprio bem.

— E para o seu, Lorde Arioch?

— Sim, para o meu. Não sou totalmente altruísta.

Elric balançou a cabeça.

— Estou confuso. Houve um excesso de coisas sobrenaturais em toda esta situação. Suspeito que os deuses estejam nos manipulando...

— Os deuses servem apenas àqueles que estão dispostos a servi-los. E os deuses também servem ao destino.

— Não gosto disso. Impedir Yyrkoon é uma coisa, aceitar suas ambições e tomar as espadas para mim... já é outra questão.

— É seu destino.

— Eu não posso mudar meu destino?

Arioch balançou a cabeça.

— Não mais do que eu posso.

Elric afagou o cabelo de Cymoril adormecida.

— Eu a amo. Ela é tudo o que eu desejo.

— Não a despertará se Yyrkoon encontrar as espadas antes de você.

— E como as encontrarei?

— Entre no Portal das Sombras... Eu o mantive aberto, embora Yyrkoon pense que está fechado... Em seguida, deve buscar o túnel sob o pântano que leva até a Caverna Pulsante. Naquela câmara, as espadas rúnicas estão guardadas. São mantidas lá desde que os seus ancestrais as renunciaram...

— E por que as renunciaram?

— Seus ancestrais careciam de coragem.

— Coragem para enfrentar o quê?

— A eles mesmos.

— O senhor é enigmático, milorde Arioch.

— É o costume dos Senhores dos Mundos Superiores. Depressa. Nem eu posso manter o Portal das Sombras aberto por muito tempo.

— Muito bem. Eu irei.

E Arioch desapareceu de imediato.

Elric chamou por Dyvim Tvar numa voz rouca e entrecortada, e ele entrou na mesma hora.

— Elric? O que aconteceu aqui? É Cymoril? Você parece...

— Eu vou seguir Yyrkoon sozinho, Dyvim Tvar. Você deve regressar a Melniboné com os que restaram de nossos homens. Leve Cymoril junto. Se eu não voltar dentro de um período razoável, você deve declará-la imperatriz. Se ela ainda estiver adormecida, então deve governar como regente até que ela acorde.

Dyvim Tvar disse baixinho:

— Você sabe o que está fazendo, Elric?

Elric balançou a cabeça.

— Não, Dyvim Tvar, não sei.

Ele se pôs de pé e avançou tropegamente para o outro quarto, onde o Portal das Sombras o aguardava.

Livro três

Agora não há como voltar atrás. O destino de Elric foi forjado e fixado, tão certo quanto as espadas infernais foram forjadas e fixadas eras atrás. Será que algum dia chegou a existir uma possibilidade de se desviar dessa estrada que conduz ao desespero, à danação e à destruição? Ou estaria ele condenado desde antes de nascer? Condenado, ao longo de mil encarnações, a conhecer quase nada além de tristeza e dificuldades, solidão e remorso — eternamente o defensor de uma causa desconhecida?

1

Através do Portal das Sombras

Elric adentrou as sombras e se encontrou num mundo de sombras. Ele se virou, mas a sombra por onde havia entrado se apagara até sumir. A espada do velho Aubec estava em sua mão, o elmo preto e a armadura preta cobriam seu corpo, e havia apenas isso de familiar, pois a terra era escura e sombria, como se contida numa vasta caverna cujas paredes, apesar de invisíveis, eram opressivas e tangíveis. Elric lamentou a falta de sensatez e o cansaço da mente, que haviam lhe dado o impulso de obedecer a seu demônio patrono, Arioch, e mergulhar no Portal das Sombras. Mas lamentos eram inúteis, por isso, ele parou.

Não conseguia ver Yyrkoon em lugar nenhum. Ou o primo tivera um corcel à sua espera ou, mais provável, havia entrado naquele mundo num ângulo levemente diferente (pois dizia-se que todos os planos giravam uns sobre os outros) e estava, portanto, mais próximo ou mais distante do objetivo mútuo. O ar era rico em salmoura, tão rico que as narinas de Elric pareciam ter se enchido de sal; era quase como caminhar debaixo d'água e ser capaz de respirar. Talvez isso explicasse por que era tão difícil enxergar a distância em qualquer direção, por que havia tantas sombras, por que o céu era como um véu escondendo o teto de uma caverna. Elric embainhou a espada, já que não havia nenhum perigo evidente presente no momento, e se virou devagar, tentando se orientar.

Era possível haver montanhas escarpadas onde ele julgava ficar o leste, e talvez uma floresta a oeste. Sem sol, estrelas ou lua, era difícil estimar distância ou direção. Estava numa planície rochosa sobre a qual soprava um vento frio e lento que puxava seu manto como se quisesse possuí-lo. Algumas árvores retorcidas e desfolhadas se agrupavam a cerca de cem passos. Isso era tudo o que aliviava a planície desolada, exceto por um bloco de pedra grande e disforme que ficava bem depois das árvores. Era um mundo que parecia ter sido drenado de toda vida, onde Lei e Caos haviam travado uma batalha em algum momento e, em tal conflito, destruído tudo. "Será que havia muitos planos como este?", perguntou-se Elric. E, por um momento, foi tomado por um pressentimento pavoroso a respeito do destino de seu próprio mundo abundante. Afastou esse ânimo de imediato e começou a caminhar na direção das árvores e da rocha mais além.

Alcançou as árvores, passou por elas e o toque de seu manto num galho o quebrou. A madeira quase no mesmo instante virou cinza, que se espalhou ao vento. Elric puxou o tecido para mais junto do corpo.

Ao se aproximar da rocha, tomou consciência de um som que parecia emanar dela. Desacelerou seu passo e pôs a mão no pomo da espada.

O ruído continuou; um barulho baixo e ritmado. Em meio à penumbra, Elric olhou cuidadosamente para a rocha, tentando localizar a fonte do som.

O barulho parou e foi substituído por outro; um suave arrastar de pés, um passo amortecido, e então, silêncio. Elric deu um passo para trás e desembainhou a espada de Aubec. O primeiro som tinha sido o de um homem dormindo. O segundo era o de um homem acordando e se preparando para atacar ou se defender.

Elric disse:

— Eu sou Elric de Melniboné. Sou um forasteiro aqui.

E uma flecha passou perto de seu elmo, quase no mesmo momento em que a corda de um arco soou. Ele se jogou para o lado e procurou por uma cobertura, mas não havia nenhuma, exceto a rocha atrás da qual o arqueiro se escondia.

Uma voz veio de trás da rocha. Era firme, mas um tanto desolada, e disse:

— Isto não tinha a intenção de feri-lo, mas sim de mostrar minha habilidade, caso tenha considerado me ferir. Já tive minha cota de demônios neste mundo, e você parece o demônio mais perigoso de todos, Carabranca.

— Eu sou mortal — respondeu Elric, aprumando-se e decidindo que, se tinha que morrer, seria melhor que fosse com alguma dignidade.

— Você disse Melniboné. Ouvi falar desse lugar. Uma ilha de demônios.

— Então não ouviu o bastante de Melniboné. Eu sou mortal, assim como todo o meu povo. Apenas os ignorantes pensam que somos demônios.

— Eu não sou ignorante, meu amigo. Sou um Sacerdote Guerreiro de Phum, nascido nessa casta e herdeiro de todo o seu conhecimento, e, até recentemente, os próprios Senhores do Caos eram meus patronos. Até que me recusei a continuar servindo-os e fui exilado neste plano. Talvez a mesma sina tenha lhe ocorrido, pois o povo de Melniboné serve ao Caos, não serve?

— Servimos. E eu ouvi falar de Phum, no Oriente Não Mapeado, para lá do Ermo das Lágrimas, depois do Deserto dos Suspiros, depois até de Elwher. É um dos mais antigos entre os Reinos Jovens.

— Tudo isso é verdade, embora eu discorde de o Oriente ser não mapeado, exceto pelos selvagens do Ocidente. Então parece que de fato você compartilha do meu exílio.

— Eu não sou um exilado. Estou aqui com uma missão. Quando ela for cumprida, devo retornar a meu próprio mundo.

— Retornar, você diz? Isso me interessa, meu amigo pálido. Pensei que o retorno era impossível.

— Talvez seja, e eu fui enganado. E, se os seus próprios poderes não lhe encontraram um caminho para outro plano, talvez os meus também não me salvem.

— Poderes? Eu não tenho nenhum desde que renunciei à minha servidão ao Caos. Bem, amigo, você pretende lutar contra mim?

— Há apenas uma pessoa neste plano contra quem eu lutaria, e não é você, Sacerdote Guerreiro de Phum.

Elric embainhou a espada e, no mesmo momento, seu interlocutor se levantou de trás da rocha, devolvendo uma flecha com pluma escarlate a uma aljava escarlate.

— Eu me chamo Rackhir — disse o homem. — Chamado de Arqueiro Vermelho porque, como você pode ver, optei por trajar escarlate. É um hábito dos Sacerdotes Guerreiros de Phum escolher uma única cor para vestir. É a única lealdade à tradição que ainda possuo.

Ele vestia um gibão escarlate, calções escarlates, sapatos escarlates e um chapéu escarlate com uma pluma escarlate. O arco era escarlate e o pomo da espada reluzia vermelho-rubi. Seu rosto, que era aquilino e magro, como se esculpido em osso descarnado, era moreno e surrado pelo tempo. Ele era alto e esguio, mas músculos torneavam seus braços e tronco. Havia ironia em seus olhos e algo como um sorriso nos lábios finos, embora o rosto mostrasse que havia passado por muitas experiências, poucas delas agradáveis.

— Um lugar estranho para se escolher para uma missão — disse o Arqueiro Vermelho, postando-se de pé com as mãos nos quadris e olhando para Elric de cima a baixo. — Mas faço uma barganha com você, se estiver interessado.

— Se a barganha me convier, arqueiro, concordarei, pois você parece saber mais sobre este mundo do que eu.

— Bem... Você precisa encontrar algo aqui e então partir, enquanto eu não tenho nada para fazer aqui e desejo partir. Se eu o ajudar em sua missão, você me levará junto quando regressar a seu plano?

— Isso me parece uma barganha justa, mas não posso prometer aquilo que não tenho poder para dar. Direi apenas isto: se for possível levá-lo de volta comigo para minha dimensão, antes ou depois de ter terminado minha missão, assim o farei.

— Isso é razoável — disse Rackhir, o Arqueiro Vermelho. — Agora conte-me o que busca.

— Busco duas espadas, forjadas milênios atrás por imortais, usada por meus ancestrais, mas depois abdicadas por eles e colocadas neste plano. As espadas são grandes, pesadas e negras, e têm runas misteriosas gravadas nas lâminas. Foi-me dito que eu as encontraria na Caverna Pulsante, que é alcançada passando pelo túnel sob o pântano. Você já ouviu falar desses lugares?

— Não. Também nunca ouvi falar das duas espadas negras. — Rackhir esfregou o queixo ossudo. — Embora eu me lembre de ter lido algo em um dos Livros de Phum, e o que li me perturbou...

— As espadas são lendárias. Muitos livros fazem alguma pequena referência a elas, quase sempre misteriosa. Diz-se que existe um tomo que registra a história das espadas e de todos os que as utilizaram, e de todos os que as utilizarão no futuro; um livro atemporal que contém todo o tempo. Alguns o chamam de Crônicas da Espada Negra, e nele diz-se que os homens podem ler toda a sua sina.

— Também não sei nada sobre isso. Não é um dos Livros de Phum. Temo, camarada Elric, que teremos que nos aventurar até a Cidade de Ameeron e fazer suas perguntas aos habitantes de lá.

— Existe uma cidade aqui?

— Sim, uma cidade. Fiquei lá só por um breve período, preferindo a natureza selvagem. Porém, com um amigo, talvez seja possível aguentar o local por um tempo maior.

— Por que Ameeron não é de seu gosto?

— Os cidadãos não são felizes. Em verdade, são um grupo muito deprimido e deprimente, pois todos são exilados, refugiados ou viajantes entre mundos que perderam seu rumo e nunca mais o encontraram. Ninguém mora em Ameeron por escolha própria.

— Uma verdadeira Cidade dos Condenados.

— Como um poeta diria, isso mesmo — Rackhir deu uma piscadinha sardônica a Elric. — Mas às vezes eu acho que todas as cidades o são.

— Qual é a natureza deste plano onde não existem, até onde posso ver, planetas, lua ou sol? Ele tem a atmosfera de uma grande caverna.

— Na verdade, existe uma teoria de que seja uma esfera enterrada numa infinidade de rochas. Outros dizem que está no futuro da nossa própria Terra, num futuro no qual o universo morreu. Ouvi milhares de teorias durante o curto período que passei na Cidade de Ameeron. Todas de igual valor, segundo me pareceu. Penso que todas poderiam estar corretas. Por que não? Existem alguns que acreditam que tudo é uma Mentira. Inversamente, tudo poderia ser a Verdade.

Foi a vez de Elric de comentar, irônico:

— Você é um filósofo, então, além de arqueiro, amigo Rackhir de Phum?

Rackhir riu.

— Se você preferir! São tais pensamentos que enfraqueceram minha lealdade ao Caos e me trouxeram até este ponto. Ouvi dizer que há uma cidade chamada Tanelorn, que pode às vezes ser encontrada nas orlas volantes do Deserto dos Suspiros. Se algum dia eu regressar a nosso mundo, camarada Elric, procurarei por essa cidade, pois ouvi dizer que a paz pode ser encontrada lá; que tais debates, como o da natureza da Verdade, são considerados insignificantes. Que, em Tanelorn, os homens são contentes meramente por existir.

— Eu invejo aqueles que residem em Tanelorn — disse Elric.

Rackhir fungou.

— É. Mas provavelmente ela se provaria uma decepção, caso encontrada. É melhor deixar as lendas como lendas, afinal, tentativas de torná-las reais raramente são bem-sucedidas. Venha; mais além fica Ameeron... e, lamento dizer, ela é mais típica à maioria das cidades que encontraremos... em qualquer plano.

Os dois homens altos, ambos párias a seu próprio modo, começaram a caminhar pela penumbra daquele descampado desolado.

2

Na cidade de Ameeron

A cidade de Ameeron surgiu no campo de visão, e Elric nunca pusera os olhos num lugar como aquele. Ameeron fazia Dhoz-Kam parecer o assentamento mais limpo e bem-administrado imaginável. A cidade ficava abaixo da planície de rochas, num vale raso sobre o qual flutuava uma fumaça perpétua: um manto imundo e esfarrapado para esconder o local da visão de homens e deuses.

Os edifícios estavam, em sua maioria, num estado de quase ruína ou totalmente destruídos, com barracas e tendas levantadas em seu lugar. A mistura de estilos arquitetônicos — alguns familiares, outros muito estranhos — era tamanha que Elric tinha dificuldade para encontrar uma construção que se parecesse com outra. Havia choupanas e castelos, chalés, torres e fortalezas, moradias simples e quadradas, e cabanas de madeira repletas de ornamentos esculpidos. Outras pareciam meras pilhas de pedras com uma abertura irregular numa ponta servindo de porta. Mas nenhuma estava em boas condições — nem poderiam, naquela paisagem, debaixo daquele céu perpetuamente sorumbático.

Aqui e ali fogueiras vermelhas cuspiam chamas e fumaça, e o cheiro, quando Elric e Rackhir chegaram à extremidade da cidade, era rico em variedade de fedores.

— Arrogância, não orgulho, é a qualidade primordial da maioria dos residentes de Ameeron — disse Rackhir, franzindo seu nariz de águia. — Isso quando lhes resta qualquer qualidade de caráter.

Elric andou com dificuldade pela imundície. Sombras se esgueiravam rapidamente em meio às construções, muito próximas umas das outras.

— Existe uma estalagem, talvez, onde possamos perguntar sobre o túnel sob o pântano e sua localização?

— Nenhuma estalagem. A maioria dos habitantes se mantém isolada...

— Uma praça onde o povo se reúna?

— Esta cidade não tem centro. Cada morador ou grupo de moradores constrói a própria residência onde lhe apetecer, ou onde houver espaço, e eles vêm de todas as dimensões e eras, daí a confusão, o declínio e a velhice de muitos dos locais. Daí a imundícia, a desesperança e a decadência da maioria.

— Como eles vivem?

— Uns dos outros, em grande parte. Fazem trocas com demônios que ocasionalmente visitam Ameeron, de tempos em tempos...

— Demônios?

— Sim. E os mais corajosos caçam os ratos que moram nas cavernas debaixo da cidade.

— Que demônios são esses?

— Apenas criaturas... em geral, lacaios inferiores do Caos que queiram algo que os ameeronenses possam oferecer: uma ou duas almas roubadas, talvez um bebê, embora poucos nasçam aqui... Você pode imaginar o que mais, se tem conhecimento do que os demônios normalmente exigem dos feiticeiros.

— Sim, posso imaginar. Então o Caos pode ir e vir neste plano como bem entender?

— Não tenho certeza se é simples assim. Mas certamente é mais fácil para os demônios viajarem para lá e para cá aqui do que o é no nosso plano.

— Você já viu algum desses demônios?

— Já. O tipo bestial comum. Tosco, estúpido e poderoso. Muitos deles já foram humanos antes de decidirem barganhar com o Caos. Agora, tiveram a mente e o físico deturpados em formas demoníacas e horríveis.

Elric considerou as palavras de Rackhir como não sendo do seu agrado.

— Essa é a sina daqueles que barganham com o Caos? — perguntou.

— Você deveria saber, se vem de Melniboné. Eu sei que, em Phum, raramente é assim. Mas parece que, quanto mais alto o risco, mais sutis as mudanças pelas quais a pessoa passa quando o Caos concorda em negociar com ela.

Elric suspirou.

— Onde devemos perguntar sobre nosso túnel sob o pântano?

— Havia um velho... — começou Rackhir, e então um grunhido atrás dele o fez parar.

Outro grunhido.

Um rosto com presas emergiu de um trecho de escuridão formado por uma laje de alvenaria caída. O rosto grunhiu de novo.

— Quem é você? — disse Elric, a mão da espada já de prontidão.

— Porco — disse o rosto com presas.

Elric não tinha certeza se estava sendo insultado ou se a criatura descrevia a si mesma.

— Porco.

Mais dois rostos com presas saíram do trecho de escuridão.

— Porco — disse um deles.

— Porco — disse outro.

— Cobra — disse uma voz vinda de trás deles. Elric se virou, enquanto Rackhir continuou a observar os porcos. Um jovem alto encontrava-se de pé ali. Onde deveria estar sua cabeça, brotavam os corpos de cerca de quinze cobras de um bom tamanho. A cabeça de cada uma delas encarava Elric. As línguas tremularam e todas abriram as bocas exatamente no mesmo momento para tornar a dizer:

— Cobra.

— Coisa — disse outra voz.

Elric olhou de relance naquela direção, ofegou, sacou a espada e sentiu a náusea varrer seu corpo.

E então, Porcos, Cobra e Coisa avançaram contra eles.

Rackhir abateu um Porco antes que ele pudesse dar três passos. Seu arco já havia deixado suas costas e estava pronto, com uma flecha apontada e disparada, tudo em um segundo. Ele teve tempo de atirar em mais um Porco e então largou o arco para sacar a espada. De costas um para o outro, ele e Elric se prepararam para se defenderem contra o ataque dos demônios. Só a Cobra já era ruim o bastante, com suas quinze cabeças dardejando, sibilando e estocando, e seus dentes pingando veneno, mas a Coisa ficava mudando de forma — primeiro emergia um braço, depois um rosto surgia da carne amorfa e arfante que se aproximava, arrastando-se inexoravelmente.

— Coisa! — gritava ela.

Duas espadas tentaram cortar Elric, que lidava com o último Porco e errou seu golpe, de modo que, em vez de trespassar o coração dele, atingiu um dos pulmões. O Porco cambaleou para trás e desmoronou numa poça de lama. Rastejou por um momento, mas desabou a seguir. A Coisa atirou uma lança e Elric mal conseguiu a defletir usando a parte achatada da espada. Rackhir estava às voltas com a Cobra, e os dois demônios os cercavam, prontos para acabar com os homens. Metade das cabeças da Cobra estava caída no chão, retorcendo-se, e Elric conseguira cortar fora uma das mãos da Coisa, mas o demônio ainda parecia ter outras três a postos. Ele parecia ter sido feito a partir de várias criaturas, e não só de uma. Elric se perguntou se, depois de sua barganha com Arioch, aquele acabaria sendo seu destino, ser transformado num demônio, num monstro amorfo. Mas ele já não era algo semelhante a um monstro? As pessoas já não o confundiam com um demônio?

Esses pensamentos lhe deram força. Ele gritou ao lutar.

— Elric!

— Coisa! — respondia o adversário, também ansioso em declarar o que considerava como a essência de seu ser.

Outra mão saiu voando quando a espada de Aubec a cortou. Outro dardo se projetou e foi afastado; outra espada surgiu e desceu no elmo de Elric com uma força que o deixou zonzo e o fez recuar contra Rackhir, que errou sua arremetida contra a Cobra e quase foi mordido por quatro de suas cabeças. Elric golpeou o braço e o tentáculo que segurava a espada, e os viu se separarem do corpo, mas serem reabsorvidos em seguida. A náusea voltou. O albino enfiou a espada na massa, que gritou:

— Coisa! Coisa! Coisa!

Elric arremeteu de novo e quatro espadas e duas lanças oscilaram e colidiram, tentando desviar a lâmina de Aubec.

— Coisa!

— Isso é obra de Yyrkoon, sem dúvida — disse Elric. — Ele ouviu falar que o segui e quer nos impedir com seus demônios aliados. — Cerrou a mandíbula e disse entredentes: — A menos que um destes seja o próprio Yyrkoon! Você é meu primo Yyrkoon, Coisa?

— Coisa... — A voz era quase patética. As armas oscilavam e colidiam entre si, mas já não dardejavam na direção de Elric com a mesma ferocidade.

— Ou é algum outro amigo antigo e familiar?

— Coisa...

Elric esfaqueou a massa várias e várias vezes. Um sangue espesso e fétido jorrou e caiu sobre sua armadura. Ele não entendia por que havia se tornado tão fácil atacar o demônio.

— Agora! — gritou uma voz acima da cabeça de Elric. — Depressa!

Ele deu uma olhadela para o alto e viu um rosto vermelho, uma barba branca e um braço acenando.

— Não olhe para mim, seu tolo! Ataque... agora!

Elric colocou as duas mãos acima da empunhadura da espada e mergulhou a lâmina na criatura amorfa, que gemeu, chorou e sussurrou "Frank..." antes de morrer.

Rackhir estocou no mesmo momento. Sua lâmina penetrou sob as cabeças remanescentes da cobra, mergulhando no peito, no coração do corpo jovem, e seu demônio também morreu.

O homem de cabelos brancos desceu da arcada arruinada na qual estava empoleirado. Ele ria.

— A feitiçaria de Niun ainda tem algum efeito, mesmo aqui, hein? Ouvi o homem alto chamar seus amigos demônios e instruí-los a atacar vocês. Não me pareceu justo que cinco atacassem dois, então me sentei naquele muro e extraí as forças do demônio de muitos braços. Ainda consigo. Ainda consigo. E agora tenho a força dele... ou uma boa parte dela. E me sinto consideravelmente melhor do que me sentia há muitas luas... se é que esse negócio existe.

— Aquilo disse Frank — lembrou Elric, franzindo o cenho. — Era um nome, você acha? O nome anterior daquilo?

— Talvez — respondeu o velho Niun —, talvez. Pobre criatura. Ainda assim, está morta agora. Vocês dois não são de Ameeron... Embora eu já o tenha visto aqui, vermelho.

— E eu vi você — disse Rackhir com um sorriso. Ele limpou o sangue de Cobra de sua espada, usando uma das cabeças dela para isso. — Você é Niun Que Sabia de Tudo.

— Isso. Que Sabia de Tudo, mas que agora sabe bem pouco. Em breve, tudo chegará ao fim, quando eu tiver me esquecido de tudo. Então poderei regressar deste exílio medonho. Esse é o pacto que fiz com Orland do Cajado. Fui um tolo que desejava saber de tudo, e minha curiosidade me levou a uma aventura envolvendo o tal Orland. Ele me mostrou meus erros e me enviou para cá para esquecer. Infelizmente, como vocês notaram, eu ainda me lembro de parte dos meus poderes e do meu conhecimento de tempos em tempos. Sei que buscam as espadas negras. Sei que você é Elric de Melniboné. Sei o que acontecerá com você.

— Você conhece meu destino? — perguntou Elric, ansiosamente. — Conte-me, Niun Que Sabia de Tudo.

Niun abriu a boca como se fosse falar, mas aí a fechou com firmeza.

— Não — disse ele. — Eu esqueci.

— Não! — Elric se moveu, como se fosse agarrar o velho. — Não! Você lembra! Posso ver que você lembra!

— Eu esqueci.

Niun abaixou a cabeça. Rackhir segurou Elric pelo braço.

— Ele esqueceu, Elric.

Elric assentiu.

— Muito bem. — Em seguida, disse: — Mas você se lembrou de onde fica o túnel sob o pântano?

— Lembrei. Fica a uma curta distância de Ameeron, o pântano em si. Sigam naquela direção. Procurem por um monumento no formato de uma águia esculpido em mármore preto. Na base dele, fica a entrada para o túnel — Niun repetiu essa informação à moda de um papagaio e, quando levantou a cabeça, seu rosto estava mais límpido. — O que foi que acabei de contar a vocês?

Elric disse:

— Você nos deu instruções de como chegar à entrada do túnel sob o pântano.

— Dei, é? — Niun bateu palmas. — Esplêndido. Agora eu me esqueci disso também. Quem são vocês?

— Nós estamos melhor se esquecidos — disse Rackhir, com um sorriso gentil. — Adeus, Niun, e obrigado.

— Obrigado pelo quê?

— Tanto por lembrar, quanto por esquecer.

Eles caminharam pela miserável cidade de Ameeron, distanciando-se do velho feiticeiro feliz, vislumbrando um ou outro rosto estranho que os encarava de uma porta ou janela, empenhando-se ao máximo para inspirar o mínimo possível daquele ar vil.

— Acho que talvez eu inveje apenas Niun dentre todos os habitantes deste lugar desolado — comentou Rackhir.

— Eu sinto pena dele — disse Elric.

— Por quê?

— Ocorre-me que, quando ele tiver se esquecido de tudo, pode muito bem se esquecer de que está autorizado a deixar Ameeron.

Rackhir riu e deu tapas nas costas do albino, cobertas pela armadura preta.

— Você é um camarada sombrio, amigo Elric. Todos os seus pensamentos são tão sem esperança assim?

— Temo que eles tendam nessa direção — respondeu Elric, com um sorriso sutil.

3

O túnel sob o pântano

Eles seguiram viagem por aquele mundo triste e nebuloso até finalmente chegarem ao pântano.

O pântano era negro. Vegetação preta e espinhosa crescia em touceiras aqui e ali. Fazia frio e era úmido; uma névoa escura rodopiava perto da superfície e, em meio a ela, silhuetas baixas às vezes dardejavam. Dela também se erguia um objeto preto e sólido que só podia ser o monumento descrito por Niun.

— O monumento — disse Rackhir, parando e apoiando-se em seu arco. — Fica bem no meio do pântano e não há nenhum caminho evidente que leve até lá. Você acha que isso é um problema, camarada Elric?

Elric vadeou cautelosamente pela margem do pântano. Sentiu o lodo gelado pesando em seus pés e recuou com alguma dificuldade.

— Tem que haver um caminho — afirmou Rackhir, remexendo no nariz ossudo. — Senão, como o seu primo atravessaria?

Elric olhou por sobre o ombro para o Arqueiro Vermelho e deu de ombros.

— Quem sabe? Ele pode estar viajando com companheiros feiticeiros que não têm dificuldades no que diz respeito a pântanos.

De súbito, Elric se viu sentado sobre a rocha úmida. O fedor de salmoura pareceu sobrepujá-lo por um momento. Sentiu-se fraco. A eficácia dos medicamentos, tomados pela última vez bem quando ele passou pelo Portal das Sombras, começava a se esvair.

Rackhir se aproximou e se postou junto ao albino. Sorriu com certa empatia galhofeira.

— Bem, sir Feiticeiro, o senhor não poderia invocar um auxílio semelhante?

Elric balançou a cabeça.

— Sei pouca coisa que seja prática no que concerne à invocação de demônios inferiores. Yyrkoon tem todos os seus grimórios, seus feitiços preferidos e seus estudos sobre os mundos demoníacos. Temos que encontrar um caminho do tipo comum se quisermos alcançar o monumento, Sacerdote Guerreiro de Phum.

O Sacerdote Guerreiro de Phum sacou um lenço vermelho do interior da túnica e assoou o nariz por um tempo. Quando terminou, estendeu a mão, ajudou Elric a se levantar e começou a seguir pela extremidade do pântano, sem tirar os olhos do monumento preto.

Algum tempo depois, eles finalmente encontraram um caminho, mas não era uma trilha natural, e sim uma laje de mármore preto que se estendia pela penumbra da charneca, escorregadia e coberta por uma camada de lodo.

— Eu quase suspeito de que isso seja um caminho falso, uma isca para nos levar à morte — disse Rackhir, enquanto ele e Elric encaravam a longa laje —, mas o que temos a perder agora?

— Venha — disse Elric, pisando na laje e começando a caminhar com cuidado.

Segurava uma tocha improvisada: um punhado de caniços crepitantes que emitia uma luz amarela desagradável e uma quantidade considerável de fumaça esverdeada. Era melhor do que nada.

Rackhir, testando cada passo com o arco desencordoado, seguia logo atrás assoviando uma melodia complicada. Outra pessoa de sua raça a teria reconhecido como sendo a *Canção do Filho do Herói do Inferno Superior Prestes a Sacrificar a Própria Vida*, uma melodia popular em Phum, particularmente entre a casta do Sacerdote Guerreiro.

Elric achou que a melodia o irritava e distraía, mas não disse nada, pois concentrava cada fragmento de sua atenção em manter o equilíbrio ao andar pela superfície escorregadia da laje, que parecia oscilar de leve, como se flutuasse no pântano.

Eles haviam alcançado a metade do caminho para o monumento, cujo formato já podia ser distinguido com clareza: uma grande águia de asas abertas, e um bico selvagem e garras estendidas para matar. Uma águia feita no mesmo mármore preto que a laje sobre a qual eles tentavam se equilibrar. E isso lembrou Elric de uma tumba. Será que algum herói antigo fora enterrado ali? Ou será que o túmulo fora construído para abrigar as espadas negras — aprisioná-las para que nunca mais pudessem entrar no mundo dos homens e roubar suas almas?

A laje balançou com mais violência. Elric tentou continuar de pé, mas cambaleou; primeiro sobre um dos pés, depois sobre o outro, a tocha se agitando intensamente. Ambos os pés escorregaram, e ele caiu no pântano, sendo enterrado até a altura dos joelhos no mesmo instante.

Começou a afundar.

De algum jeito, conseguiu manter a tocha segura e, seguindo sua luz, pôde ver o arqueiro vestido de vermelho olhando adiante.

— Elric?

— Estou aqui, Rackhir.

— Você está afundando?

— Ao que tudo indica, o pântano vai me engolir, sim.

— Você tem como se deitar?

— Posso me inclinar para frente, mas minhas pernas estão presas — Elric tentou mover o corpo no lodo que o pressionava. Alguma coisa passou na frente de seu rosto, dando voz a algo que lembrava um balbucio abafado. Ele se empenhou muito para controlar o medo que assomava em seu interior. — Acho que você deve abrir mão de mim, amigo Rackhir.

— O quê? E perder meu meio de sair deste mundo? Você deve me julgar mais abnegado do que sou, camarada Elric. Aqui...

Rackhir se abaixou cuidadosamente sobre a laje e estendeu o braço para Elric. Os dois estavam cobertos de limo grudento e estremeciam de frio. Rackhir se esticou ao máximo, e Elric se inclinou até onde conseguia, tentando alcançar a mão dele, mas era impossível. Cada segundo o arrastava mais para o fundo da imundície fétida do pântano.

E então Rackhir pegou o arco desencordoado e o estendeu também.

— Segure o arco, Elric. Você consegue?

Curvando-se para frente e esticando cada osso e músculo do corpo, Elric por pouco conseguiu segurar na madeira do arco.

— Agora, eu devo... Ah!

Ao puxar o arco, Rackhir percebeu que os próprios pés estavam escorregando, e a laje começava a oscilar severamente. Ele estendeu um dos braços para se agarrar na extremidade da laje do outro lado, enquanto segurava firme o arco com a outra mão.

— Rápido, Elric! Rápido!

O melniboneano começou a se puxar dolorosamente para fora do lodo. A laje ainda balançava com força, e o rosto aquilino de Rackhir estava quase tão pálido quanto o do próprio Elric, enquanto lutava desesperadamente para se manter agarrado aos dois, placa e arco. Então, ensopado pelo lamaçal, o albino conseguiu alcançar a laje, rastejar para cima dela com a tocha ainda faiscando em sua mão, e ficou ali, ofegante.

Rackhir também estava sem fôlego, mas riu.

— Mas que peixão eu peguei! — disse ele. — O maior, aposto!

— Fico agradecido a você, Rackhir, o Arqueiro Vermelho. Sou muito grato, Sacerdote Guerreiro de Phum. Eu lhe devo minha vida — disse Elric, depois de um tempo. — E juro que, seja eu bem-sucedido em minha missão ou não, usarei todos os meus poderes para vê-lo atravessar o Portal das Sombras e voltar ao mundo do qual nós dois viemos.

Rackhir deu de ombros e sorriu.

— Sugiro que continuemos até aquele monumento mais além de joelhos. Pode ser degradante, mas é mais seguro. E é um trecho bem curto para rastejar.

Elric concordou.

Não muito tempo se passou naquela escuridão atemporal antes que eles chegassem a uma pequena ilha coberta de musgo onde ficava o Monumento da Águia, imenso, pesado e erguendo-se acima deles na penumbra maior que era ou o céu ou o teto da caverna. Na base do pedestal, eles viram uma passagem baixa. Estava aberta.

— Uma armadilha? — cogitou Rackhir.

— Ou será que Yyrkoon presume que perecemos em Ameeron? — disse Elric, limpando-se da gosma o melhor que podia. Ele suspirou. — Vamos entrar e acabar logo com isso.

E assim eles entraram.

Viram-se numa sala pequena. Elric lançou a tênue luz da tocha pelo local e viu outra passagem. O resto da sala não tinha nenhuma característica distinta — cada parede era feita do mesmo mármore preto reluzente. A sala estava mergulhada em silêncio.

Nenhum dos dois falou. Ambos caminharam inabaláveis para a passagem seguinte e, quando encontraram degraus, desceram a escadaria em caracol, que conduzia cada vez mais para a escuridão total.

Desceram por muito tempo, ainda sem falar, até que acabaram chegando ao fim e viram diante de si a entrada para um túnel estreito de formato irregular, de modo que parecia mais obra da natureza do que de alguma inteligência. A umidade gotejava do teto e caía com a regularidade de batimentos cardíacos no chão, parecendo ecoar um som mais profundo, mais distante, emanando de algum ponto do túnel em si.

— Isto é, sem dúvida, um túnel — disse o Arqueiro Vermelho. — E inquestionavelmente leva para debaixo do pântano.

Elric sentiu que Rackhir compartilhava de sua relutância em entrar ali. Aguardou com a tocha tremeluzente bem no alto, prestando atenção ao som das gotas caindo no piso, tentando reconhecer aquele outro ruído que chegava em volume baixo das profundezas.

E então ele se forçou adiante, quase correndo para o interior do túnel, os ouvidos preenchidos com um rugido súbito que poderia ter vindo de dentro da sua cabeça ou de alguma outra fonte externa. Ouviu os passos de Rackhir atrás dele. Elric sacou a espada, a espada de Aubec, o herói morto, e ouviu o chiado da própria respiração ecoar das paredes do túnel, que agora estava vivo com todo tipo de som.

Elric estremeceu, mas não parou.

Estava quente. O chão parecia esponjoso sob seus pés, e o cheiro de salmoura persistia. Ele podia ver que as paredes do túnel estavam mais lisas e que pareciam balançar com movimentos rápidos e regulares. Ouviu Rackhir engasgar atrás dele quando o arqueiro também reparou na natureza peculiar do túnel.

— Parece carne — murmurou o Sacerdote Guerreiro de Phum. — Carne.

Elric não conseguiu responder. Toda a sua atenção era necessária para se impelir adiante. Estava consumido pelo terror. Seu corpo todo tremia. Ele suava e suas pernas ameaçavam ceder. As mãos estavam tão fracas que mal conseguia impedir que a espada caísse no chão. E havia indícios de algo em sua memória, algo que seu cérebro se recusava a considerar. Será que já tinha estado ali? Seu tremor aumentou. Seu estômago se revirou. Mas ele prosseguiu cambaleante, a tocha erguida à frente.

E aquele som grave, constante e cadenciado ficava mais alto, e ele viu uma abertura pequena e quase circular no fim do túnel. Parou, oscilando.

— O túnel terminou — sussurrou Rackhir. — Não existe passagem.

A pequena abertura pulsava com uma batida forte e rápida.

— A Caverna Pulsante — murmurou Elric. — É isso que deveríamos encontrar no fim do túnel sob o pântano. Aquela deve ser a entrada, Rackhir.

— É pequena demais para um homem passar, Elric — disse Rackhir, sensato.

— Não...

Elric se aproximou da abertura. Embainhou a espada. Entregou a tocha a Rackhir e, antes que o Sacerdote Guerreiro de Phum pudesse impedi-lo, já havia se jogado de cabeça pelo vão, retorcendo o corpo até atravessar — e as paredes da abertura se abriram para ele e se fecharam após sua passagem, deixando Rackhir do outro lado.

Elric se levantou lentamente. Uma luz leve e rosada vinha das paredes. Diante dele, encontrava-se outra entrada, um pouco maior do que aquela pela qual havia acabado de passar. O ar era quente, espesso e salgado. Quase o asfixiava. Sua cabeça latejava, o corpo doía e ele mal conseguia agir ou pensar, exceto para se forçar a prosseguir. Com as pernas titubeantes, atirou-se para a entrada seguinte, enquanto a pulsação imensa e abafada soava cada vez mais alta em seus ouvidos.

— Elric!

Rackhir estava de pé atrás dele, pálido e suando. Havia abandonado a tocha e o seguido.

Elric lambeu os lábios ressequidos e tentou falar. Rackhir chegou mais perto.

Elric disse com a voz embargada:

— Rackhir. Você não deveria estar aqui.

— Eu disse que ajudaria.

— Sim, mas...

— E ajudar é o que farei.

O albino não tinha forças para discutir, então assentiu e, com as mãos, forçou para trás as paredes moles da segunda abertura, vendo que ela levava a uma caverna cuja parede arredondada tremia com um pulsar constante. No centro, pairando no ar sem absolutamente nenhum suporte, havia duas espadas. Duas espadas idênticas, enormes, elegantes e negras.

E de pé debaixo das espadas, com uma expressão exultante e gananciosa, estava o príncipe Yyrkoon de Melniboné, estendendo a mão para elas, seus lábios se movendo, mas sem proferir nada. O próprio Elric conseguiu dar voz a apenas uma palavra enquanto escalava a fenda e se postava sobre aquele piso estremecido.

— Não — disse ele.

Yyrkoon ouviu. Ele virou-se com terror no rosto. Rosnou quando viu Elric e então também deu voz a uma palavra que era, em si, um grito de indignação.

— Não!

Com esforço, o imperador arrancou a lâmina de Aubec para fora da bainha, mas ela parecia pesada demais para que ele a mantivesse erguida e puxou seu braço para baixo, ficando apoiada no chão, enquanto o braço de Elric pendia reto na lateral do corpo. Ele respirou grandes golfadas do ar pesado para dentro dos pulmões. Sua visão estava escurecendo. Yyrkoon se tornara uma sombra. Apenas as duas espadas negras, imóveis e frias no centro exato da câmara circular, estavam em foco. Sentiu Rackhir entrar na câmara e postar-se ao seu lado.

— Yyrkoon — disse Elric, enfim —, essas espadas são minhas.

O príncipe sorriu e levantou o braço na direção das espadas. Um gemido peculiar pareceu vir delas. Um brilho negro e sutil pareceu emanar das lâminas. Elric viu as runas gravadas nelas e estremeceu.

Rackhir encaixou uma flecha em seu arco. Puxou a corda para trás até o ombro, mirando no príncipe Yyrkoon.

— Se ele tem que morrer, Elric, me diga.

— Mate-o — disse Elric.

E Rackhir soltou a corda.

No entanto, a flecha se moveu muito lentamente pelo ar e ficou parada na metade do caminho entre o arqueiro e seu alvo pretendido.

Yyrkoon virou-se com um sorriso horripilante no rosto.

— Armas mortais são inúteis aqui — afirmou.

Elric disse a Rackhir:

— Ele deve estar certo. E sua vida está em perigo, Rackhir. Vá...

Rackhir olhou para ele com uma expressão confusa.

— Não, eu devo ficar aqui com você e ajudá-lo a...

Elric balançou a cabeça.

— Você não tem como ajudar... Vai apenas morrer se ficar. Vá.

Com relutância, o Arqueiro Vermelho relaxou a corda do arco, olhou desconfiado para as duas espadas negras, espremeu-se pela passagem e partiu.

— Agora, Yyrkoon — disse Elric, deixando a espada de Aubec cair no chão. — É hora de acertar isso, você e eu.

4

Duas espadas negras

E então as espadas rúnicas, Stormbringer e Mournblade, não estavam mais onde tinham estado por tanto tempo.

Stormbringer havia se assentado na mão direita de Elric. E Mournblade estava na mão direita do príncipe Yyrkoon.

Os dois homens se postaram em lados opostos da Caverna Pulsante e observaram primeiro um ao outro, e em seguida as lâminas que empunhavam.

As espadas estavam cantando. Suas vozes eram fracas, mas podiam ser ouvidas claramente. Elric ergueu a espada enorme com facilidade e a virou para lá e para cá, admirando a beleza exótica.

— Stormbringer — disse ele.

E então sentiu medo.

Era como se ele tivesse subitamente renascido e como se a espada rúnica tivesse nascido com ele. Era como se os dois nunca tivessem estado separados.

— Stormbringer.

A espada gemeu docemente e se ajustou com ainda mais naturalidade em sua mão.

— Stormbringer! — gritou Elric, e investiu contra o primo.

— Stormbringer!

E ele estava cheio de medo, tão cheio de medo! E o medo trouxe um tipo de deleite selvagem, um anseio demoníaco de lutar e matar seu primo, de enfiar a espada bem fundo no coração de Yyrkoon. De concretizar sua vingança. De derramar sangue. De enviar uma alma para o Inferno.

O grito do príncipe Yyrkoon pôde ser ouvido acima da vibração das vozes das espadas, da pulsação da caverna.

— Mournblade!

E Mournblade se ergueu para encontrar o golpe de Stormbringer, desviá-lo e devolvê-lo contra Elric, que se esquivou e desferiu um arco com Stormbringer num golpe lateral vindo de baixo, que empurrou Yyrkoon e Mournblade para trás por um instante. Porém, a arremetida seguinte de Stormbringer também foi pareada. E a próxima. E a próxima. Se os espadachins se equiparavam, o mesmo valia para as espadas, que pareciam possuir vontade própria.

O retinir de metal contra metal transformou-se numa canção selvagem, metálica, que as espadas cantavam. Uma canção jubilosa, como se ambas estivessem felizes por finalmente estarem de volta à batalha, embora fosse uma contra a outra.

Elric mal via o primo, o príncipe Yyrkoon, exceto por um vislumbre ocasional do rosto sombrio e selvagem. Sua atenção estava totalmente voltada para as duas espadas negras, pois parecia que lutavam com a vida de um dos espadachins como prêmio (ou talvez a vida de ambos, pensou Elric), e que a rivalidade entre Elric e Yyrkoon não era nada comparada à rivalidade fraternal entre elas, que pareciam cheias de prazer ante a chance de se engajarem novamente depois de muitos milênios.

E essa observação enquanto lutava — por sua alma, assim como por sua vida — deu a Elric um momento para considerar seu ódio por Yyrkoon.

Ele mataria Yyrkoon, sim, mas não pela vontade de outro poder. Não para oferecer entretenimento àquelas espadas exóticas.

A ponta de Mournblade voou em direção a seus olhos, e Stormbringer se levantou para desviar o golpe mais uma vez.

Elric não lutava mais contra seu primo. Ele lutava contra a vontade das duas espadas negras.

Stormbringer visou a garganta momentaneamente indefesa de Yyrkoon. Elric apertou firme a espada e a conteve, poupando a vida do primo. Stormbringer lamentou de forma quase petulante, como um cão de guarda impedido de morder um invasor.

Elric falou entre os dentes apertados:

— Não serei sua marionete, espada rúnica. Se devemos nos unir, que seja com base num entendimento correto.

A espada pareceu hesitar, baixar a guarda, e Elric teve dificuldades para se defender do ataque giratório de Mournblade, que, por sua vez, pareceu perceber sua vantagem.

O albino sentiu uma energia renovada emanar pelo braço direito e penetrar seu corpo. Era isso o que a espada podia fazer. Com ela, o imperador não precisava de drogas; jamais voltaria a ser fraco. Em batalha, triunfaria. Em paz, poderia governar com orgulho. Quando viajasse, poderia ficar sozinho e sem medo. Era como se a espada o relembrasse de tudo isso, enquanto revidava o ataque de Mournblade.

Mas o que a lâmina pediria em troca?

Elric sabia. A espada lhe dissera, sem palavras de qualquer tipo. Stormbringer precisava lutar, pois essa era a razão da sua existência. Stormbringer precisava matar, pois essa era sua fonte de energia, as vidas e as almas de homens, demônios... até deuses.

E Elric hesitava, até mesmo quando seu primo deu um berro alto e exultante, e investiu de tal forma que Mournblade resvalou em seu elmo, jogando-o para trás. Ele viu Yyrkoon segurar firme sua espada negra com as duas mãos para fincar a lâmina rúnica em seu corpo.

Então Elric soube que faria qualquer coisa para resistir àquele destino, ter a alma sugada por Mournblade e sua força usada para ampliar a do príncipe Yyrkoon. Ele rolou de lado muito rapidamente, levantou-se sobre um joelho, virou-se e ergueu Stormbringer; uma das mãos protegida pela manopla sobre a lâmina e a outra no punho, para bloquear o grande golpe que o príncipe Yyrkoon desferia sobre ela. As duas espadas negras gritaram como se sentissem dor, estremeceram, e um brilho negro se derramou delas como sangue se derramaria de um homem perfurado por muitas flechas. Elric foi empurrado, ainda de joelhos, para longe do brilho, arfando, suspirando e tentando identificar onde estava Yyrkoon, que havia desaparecido.

Então percebeu que Stormbringer tornava a falar com ele. Se Elric não quisesse morrer por Mournblade, tinha que aceitar a barganha que a Espada Negra oferecia.

— Ele não deve morrer! — disse Elric. — Eu não o matarei para entreter vocês!

Súbito, através do brilho negro, Yyrkoon surgiu correndo, rosnando, ameaçador enquanto girava sua espada rúnica.

Stormbringer tornou a estocar por uma brecha, mas novamente Elric conteve a lâmina, e Yyrkoon sofreu apenas um arranhão.

A espada se retorceu nas mãos do imperador, que disse:

— Você não será minha mestra.

Stormbringer pareceu compreender e ficou mais quieta, como se resignada. Elric riu, pensando que havia controlado a espada rúnica e que, dali por diante, ela faria sua vontade.

— Nós desarmaremos Yyrkoon — disse. — Nós não o mataremos.

Elric se levantou.

Stormbringer moveu-se com a velocidade de um florete fino como uma agulha. Fintou, aparou e estocou. Yyrkoon, que antes sorria em triunfo, rosnou e recuou aos tropeços, o sorriso abandonando suas feições taciturnas.

Stormbringer trabalhava para Elric agora. Executava os movimentos que o imperador desejava. Tanto Yyrkoon quanto Mournblade pareceram desconcertados por essa reviravolta. Mournblade gritou como se aturdida pelo comportamento da irmã. Elric atacou o braço de Yyrkoon que segurava a lâmina, perfurando tecido... carne... tendões... ossos. O sangue escorreu, empapando o braço de Yyrkoon e se derramando no punho da espada. Era escorregadio. Perdeu a firmeza ao segurar a espada. Ele a pegou com as duas mãos, mas não conseguia segurá-la com força.

Elric também segurou Stormbringer com ambas mãos. Uma força sobrenatural cresceu dentro dele. Com um golpe gigantesco, arremeteu Stormbringer contra Mournblade no ponto em que a lâmina se encontrava com o punho. A espada rúnica voou das mãos de Yyrkoon e voou para o outro lado da Caverna Pulsante.

Elric sorriu. Havia subjugado a vontade da própria arma e, por sua vez, derrotara a espada irmã.

Mournblade caiu contra a parede da Caverna Pulsante e, por um momento, ficou imóvel.

A espada rúnica derrotada pareceu deixar escapar um grunhido. Um grito agudo preencheu a Caverna Pulsante. A escuridão inundou a estranha luz rosada e a extinguiu.

Quando a luz voltou, Elric viu que havia uma bainha aos seus pés. Era preta e exibia a mesma manufatura exótica da espada rúnica. Ele olhou para Yyrkoon. O príncipe estava de joelhos e soluçava, os olhos dardejando pela Caverna Pulsante em busca de Mournblade. A seguir, fitou Elric com pavor, como se soubesse que seria morto.

— Mournblade? — chamou Yyrkoon, sem esperanças. Sabia que ia morrer.

Mournblade havia desaparecido da Caverna Pulsante.

— Sua espada se foi — disse Elric em voz baixa.

Yyrkoon se lamuriava e tentou rastejar para a entrada da caverna, contudo, esta havia encolhido para o tamanho de uma moeda pequena. Ele chorou.

Stormbringer tremeu, como se sedenta pela alma de Yyrkoon. Elric se abaixou.

Yyrkoon começou a falar depressa.

— Não me mate, Elric... não com essa espada rúnica. Farei qualquer coisa que quiser. Posso morrer de qualquer outra maneira.

Elric disse:

— Nós somos vítimas, primo, de uma conspiração: um jogo praticado por deuses, demônios e espadas sencientes. Eles desejam um de nós morto. Suspeito que o querem morto mais do que a mim. E essa é a razão pela qual eu não o matarei aqui.

Ele apanhou a bainha. Forçou Stormbringer para dentro dela e, na mesma hora, a espada ficou quieta. Elric tirou sua bainha antiga e olhou ao redor à procura da espada de Aubec, mas esta também tinha sumido. Largou a bainha antiga e prendeu a nova ao cinto. Pousou a mão esquerda sobre o pomo de Stormbringer e olhou, não sem alguma empatia, para a criatura que era seu primo.

— Você é um verme, Yyrkoon. Mas isso é culpa sua?

Yyrkoon lhe lançou um olhar confuso.

— Eu me pergunto, se você tivesse tudo o que deseja, deixaria de ser um verme, primo?

Yyrkoon levantou-se até ficar de joelhos. Um pouco de esperança começou a aparecer em seus olhos.

Elric sorriu e respirou fundo.

— Veremos — disse ele. — Você deve concordar em despertar Cymoril de seu sono enfeitiçado.

— Você me humilhou, Elric — disse Yyrkoon, numa voz baixa e patética. — Eu a despertarei. Ou despertaria...

— Você não consegue desfazer seu feitiço?

— Não temos como escapar da Caverna Pulsante. O momento passou...

— Como assim?

— Eu não achei que você fosse me seguir. Por isso, pensei que acabaria facilmente com você. E agora, o momento passou. Só é possível manter a entrada aberta por um breve período. Ela permite que qualquer um entre na Caverna Pulsante, mas não deixa ninguém sair depois que o poder do feitiço passa. Dei muita coisa para conhecer esse feitiço.

— Você deu coisas demais por tudo — disse Elric.

Ele foi até a entrada e espiou por ela. Rackhir esperava do outro lado. O Arqueiro Vermelho estava com uma expressão ansiosa. Elric disse:

— Sacerdote Guerreiro de Phum, parece que meu primo e eu estamos presos aqui. A entrada não se abre para nós. — O imperador testou o material quente e úmido da parede. Não cedia mais do que uma fração mínima. — Pelo jeito, suas opções são juntar-se a nós ou retornar. Caso junte-se a nós, compartilhará do nosso destino.

— Não há muito destino para mim se eu voltar — disse Rackhir. — Que chances vocês têm?

— Uma — disse Elric. — Posso invocar meu patrono.

— Um Senhor do Caos?

Rackhir fez uma cara irônica.

— Exatamente. Falo de Arioch.

— Arioch, hein? Bem, ele não liga para renegados de Phum.

— O que você escolhe fazer?

Rackhir deu um passo adiante. Elric recuou. A cabeça dele apareceu pela abertura, seguida dos seus ombros e do resto do corpo. A entrada tornou a se fechar de imediato. Rackhir ficou de pé e desenrolou a corda de seu arco, esticando-a.

— Concordei em compartilhar o seu destino, de apostar tudo para fugir deste plano — disse o Arqueiro Vermelho. Ele pareceu surpreso ao ver Yyrkoon. — Seu inimigo ainda está vivo?

— Está.

— Você é misericordioso, de fato.

— Talvez. Ou obstinado. Eu não o mataria simplesmente porque algum agente sobrenatural o utilizou como peão, para ser morto caso eu vencesse. Os Senhores dos Mundos Superiores ainda não me controlam por completo, nem controlarão enquanto restar a mim qualquer meio de resistir a eles.

Rackhir sorriu.

— Compartilho da sua visão, embora não esteja otimista quanto ao seu realismo. Vejo que traz uma daquelas espadas negras em seu cinto. Ela não cortaria um caminho para sair da caverna?

— Não — disse Yyrkoon, encostado na parede. — Nada pode ferir o material da Caverna Pulsante.

— Acreditarei em você — disse Elric —, pois não pretendo empunhar essa minha nova espada com frequência. Primeiro, devo aprender a controlá-la.

— Então Arioch deve ser invocado.

Rackhir suspirou.

— Se isso for possível — falou Elric.

— Ele, sem dúvida, me destruirá — lamentou Rackhir, olhando para Elric na esperança de que o albino negasse essa declaração. Elric pareceu sombrio.

— Talvez eu consiga fazer uma barganha com ele. Isso também testará uma coisa.

Elric deu as costas para Rackhir e Yyrkoon. Colocou os pensamentos em ordem. Enviou sua mente através de vastos espaços e labirintos complicados. E gritou:

— Arioch! Arioch! Ajude-me, Arioch!

Ele teve a impressão de que algo o escutava.

— Arioch!

Algo mudou nos lugares para onde sua mente foi.

— Arioch...

E Arioch o ouviu. Elric sabia que era Arioch.

Rackhir deu um berro horrorizado. Yyrkoon gritou. Elric se virou e viu que algo nojento tinha surgido perto da parede mais distante. Era escuro e abominável; salivava e sua forma era intoleravelmente anormal. Seria Arioch? Como poderia ser? Arioch era lindo. Mas talvez, pensou Elric, a verdadeira forma de Arioch fosse a que via naquele momento. Naquele plano, naquela caverna peculiar, Arioch não poderia enganar aqueles que olhavam para ele.

Mas logo a forma desapareceu e um lindo jovem com olhos antigos se encontrava ali, encarando os três mortais.

— Você obteve a espada, Elric — disse Arioch, ignorando os outros. — Eu o congratulo. E poupou a vida do seu primo. Por quê?

— Mais de um motivo — respondeu Elric. — Mas digamos que ele precisa continuar vivo para poder despertar Cymoril.

O rosto de Arioch exibiu um sorrisinho misterioso por um instante, e Elric se deu conta de que havia evitado uma armadilha. Se tivesse matado Yyrkoon, Cymoril nunca mais teria despertado.

— E o que este pequeno traidor está fazendo com você?

Arioch voltou um olhar frio para Rackhir, que se empenhou ao máximo para sustentar a encarada do Senhor do Caos.

— Ele é meu amigo — afirmou Elric. — Fizemos uma barganha. Se me auxiliasse a encontrar a Espada Negra, eu o levaria de volta comigo para o nosso plano.

— Isso é impossível. Rackhir é um exilado aqui. Essa é a punição dele.

— Ele voltará comigo — afirmou Elric. E desprendeu a bainha que continha Stormbringer do cinto, segurando a espada diante de si. — Ou não levarei a espada comigo. Nesse caso, nós três permaneceremos aqui pela eternidade.

— Isso não é sensato, Elric. Considere suas responsabilidades.

— Eu as considerei. Essa é a minha decisão.

O rosto liso de Arioch continha apenas uma insinuação de raiva.

— Você tem que levar a espada. É o seu destino.

— É o que você diz. Mas agora sei que a espada só pode ser empunhada por mim. Você não pode empunhá-la, Arioch, ou o faria. Apenas eu, ou outro mortal como eu, pode tirá-la da Caverna Pulsante. Não é isso?

— Você é esperto, Elric de Melniboné. — Arioch falou com uma admiração sardônica. — E é um servo apropriado ao Caos. Muito bem. Aquele traidor pode ir com você. Mas ele que esteja alerta e aja com cautela. Os Senhores do Caos são famosos por sua malícia...

Rackhir disse, com uma voz baixa:

— Foi o que ouvi dizer, milorde Arioch.

Arioch ignorou o arqueiro.

— Bom, o homem de Phum não é importante. E, se você deseja poupar a vida do seu primo, que seja. Não faz diferença. O destino pode comportar alguns fios extras em seu projeto e ainda assim realizar seus objetivos.

— Muito bem, então — disse Elric. — Tire-nos deste lugar.

— Para onde?

— Ora, para Melniboné, por favor.

Com um sorriso quase terno, o Senhor do Caos olhou para Elric, e sua mão sedosa afagou o rosto do imperador. Arioch havia crescido para o dobro do tamanho original.

— Ah, você é certamente o mais doce de todos os meus escravos — disse.

E um redemoinho surgiu. Depois, um som como o rugido do mar. E uma sensação horrorosa de náusea. Em seguida, três homens cansados viram-se de pé no piso da grande sala do trono em Imrryr. A sala estava deserta, exceto por um canto onde uma silhueta preta se retorceu por um momento e desapareceu como fumaça.

Rackhir cruzou o piso e se sentou cuidadosamente no primeiro degrau que levava ao Trono de Rubi. Yyrkoon e Elric continuaram no lugar, olhando nos olhos um do outro. Elric riu e bateu na espada embainhada.

— Agora você deve cumprir o que prometeu, primo. Depois, tenho uma proposta a lhe fazer.

— É como se estivéssemos em uma feira — disse Rackhir, apoiando-se num cotovelo e inspecionando a pluma em seu chapéu escarlate. — Tantas barganhas!

5

A misericórdia do Rei Pálido

Yrkoon afastou-se da cama da irmã. Estava desgastado, com as feições exaustas e sem ânimo quando disse:

— Está feito. — Ele virou de costas e olhou pela janela para as torres de Imrryr, para o cais onde as barcas douradas de batalha ancoravam, junto ao navio que fora o presente do rei Straasha para Elric. — Ela acordará daqui a pouco — acrescentou, distraído.

Dyvim Tvar e Rackhir, o Arqueiro Vermelho, olharam de forma interrogativa para Elric, que se ajoelhou ao lado da cama, fitando Cymoril. O rosto dela estava mais sereno e, por um instante terrível, ele suspeitou que príncipe Yrkoon o tivesse enganado e a matado. Mas então as pálpebras se moveram, os olhos se abriram, e ela o viu e sorriu.

— Elric? Os sonhos... Você está a salvo?

— Estou a salvo, Cymoril. Assim como você.

— Mas você jurou matá-lo...

— Eu fui tão vítima de feitiçaria quanto você. Minha mente estava confusa. Ainda está, no que diz respeito a algumas questões. Mas Yrkoon está mudado agora. Eu o derrotei. Ele não duvida do meu poder. Já não anseia mais usurpar o reino.

— Você é misericordioso, Elric.

Ela afastou cabelo do rosto do amado. Elric trocou um olhar com Rackhir.

— Pode não ser misericórdia o que me move — disse. — Pode ser meramente uma sensação de companheirismo com Yrkoon.

— Companheirismo? Por certo você não pode sentir...

— Somos ambos mortais. Somos ambos vítimas de um jogo disputado entre os Senhores dos Mundos Superiores. Minha lealdade deve, no final das contas, residir com minha própria espécie. E é por isso que deixei de odiar Yrkoon.

— Isso é misericórdia — disse Cymoril.

Yyrkoon foi para a porta.

— Posso partir, milorde imperador?

Elric pensou ter detectado um estranho brilho nos olhos do primo derrotado. Mas talvez fosse apenas humildade ou desespero. Ele assentiu. Yyrkoon saiu do cômodo, fechando a porta suavemente.

Dyvim Tvar disse:

— Não confie de modo algum em Yyrkoon, Elric. Ele o trairá novamente.

O Senhor das Cavernas-Dragão estava preocupado.

— Não — disse Elric. — Se ele não me teme, teme a espada que agora carrego.

— E você deveria temê-la também — sugeriu Dyvim Tvar.

— Não — afirmou Elric. — Eu sou o mestre da espada.

Dyvim Tvar pensou em retrucar, mas balançou a cabeça quase lamentosamente, fez uma mesura e, junto a Rackhir, o Arqueiro Vermelho, deixou Elric e Cymoril sozinhos.

Cymoril tomou Elric nos braços. Eles se beijaram. E choraram.

***

Houve celebrações em Melniboné por uma semana. Agora quase todos os navios, homens e dragões estavam em casa. E Elric estava em casa, tendo provado tão firmemente seu direito a governar, que todas as estranhas peculiaridades do seu caráter (sendo essa "misericórdia" dele talvez a mais estranha) foram aceitas pela população.

Na sala do trono houve um baile, que foi mais suntuoso do que qualquer um dos cortesãos já vira. Elric dançou com Cymoril, participando plenamente de todas as atividades. Apenas Yyrkoon não dançou, preferindo permanecer num canto tranquilo abaixo da galeria de músicos escravos, ignorado pelos convidados. Rackhir, o Arqueiro Vermelho, dançou com várias damas melniboneanas e marcou encontros secretos com todas, pois havia se tornado um herói em Melniboné. Dyvim Tvar também dançou, embora seus olhos ficassem taciturnos com frequência quando pousavam sobre o príncipe Yyrkoon.

Mais tarde, enquanto as pessoas comiam, Elric falou com Cymoril quando se sentaram juntos no palanque do Trono de Rubi.

— Você aceitaria ser imperatriz, Cymoril?

— Você sabe que eu me casarei com você, Elric. Ambos sabemos disso há muitos anos, não?

— Então você aceitaria ser minha esposa?

— Sim.

Ela riu, pois pensou que ele estava brincando.

— E não ser imperatriz? Por um ano, pelo menos?

— O que quer dizer, milorde?

— Devo me afastar de Melniboné, Cymoril, por um ano. O que descobri em meses recentes me fez querer viajar pelos Reinos Jovens e ver como outras nações conduzem suas questões. Acho que Melniboné precisa mudar se quiser sobreviver. Poderia se tornar uma grande potência para o bem no mundo, pois ainda tem muito poder.

— Para o bem? — Cymoril ficou surpresa, e havia um pouco de preocupação em sua voz. — Melniboné nunca defendeu o bem ou o mal, apenas a si e a satisfação de seus desejos.

— Cuidarei para que isso mude.

— Você pretende alterar tudo?

— Pretendo viajar e depois decidir se faz sentido tomar tal decisão. Os Senhores dos Mundos Superiores têm ambições no nosso mundo. Embora eles tenham me prestado auxílio, ultimamente eu os temo. Gostaria de ver se é possível para os homens governar os próprios assuntos.

— Então você partirá? — Havia lágrimas nos olhos dela. — Quando?

— Amanhã, quando Rackhir partir. Pegaremos o navio do rei Straasha e navegaremos para a Ilha das Cidades Púrpuras, onde ele tem amigos. Você virá?

— Não posso imaginar, não posso... Ah, Elric, por que estragar a felicidade que temos agora?

— Porque sinto que a felicidade não vai durar, a menos que conheçamos por completo o que somos.

Ela franziu o cenho.

— Então você deve descobrir isso, se é o que deseja — disse ela, devagar. — Mas deve descobrir sozinho, Elric, pois não tenho esse desejo. Você deve ir para essas terras bárbaras sem mim.

— Você não me acompanhará?

— Não é possível. Eu... Eu sou melniboneana... — Ela suspirou. — Eu amo você, Elric.

— E eu a você, Cymoril.

— Então nos casaremos quando você retornar. Daqui a um ano.

Elric estava cheio de sofrimento, mas tinha certeza de que tomara a decisão correta. Se não partisse, ficaria inquieto muito em breve e, se ficasse inquieto, talvez viesse a considerar Cymoril como uma inimiga, alguém que o aprisionara.

— Então você deve governar como imperatriz até meu retorno — disse ele.

— Não, Elric. Não posso assumir essa responsabilidade.

— Quem, então...? Dyvim Tvar...?

— Conheço Dyvim Tvar. Ele não assumirá esse poder. Magum Colim, talvez...

— Não.

— Então você deve ficar, Elric.

Mas o olhar de Elric viajou por toda a multidão na sala do trono mais abaixo. E ele parou quando alcançou uma figura solitária sentada sozinha sob a galeria de músicos escravos. Elric sorriu ironicamente e disse:

— Então, tem que ser Yyrkoon.

Cymoril ficou horrorizada.

— Não, Elric. Ele abusará de qualquer poder...

— Agora não. E é justo. Ele é o único que queria ser imperador. Agora, pode governar por um ano em meu lugar. Se governar bem, posso cogitar abdicar em favor dele. Se governar mal, isso provará, de uma vez por todas, que suas ambições são equivocadas.

— Elric — disse Cymoril. — Eu te amo. Mas você é um tolo... e um criminoso, se confiar em Yyrkoon outra vez.

— Não — respondeu ele, com tranquilidade. — Não sou um tolo. Sou apenas Elric. E isso eu não posso evitar, Cymoril.

— É Elric que eu amo! — lamentou ela. — Mas Elric está condenado. Todos estarão condenados, a menos que você continue aqui agora.

— Eu não posso. Por amá-la, Cymoril, eu não posso.

Ela se levantou. Estava chorando. Sem rumo.

— E eu sou Cymoril — disse ela. — Você destruirá a nós dois. — Sua voz se suavizou, e ela acariciou o cabelo do amado. — Você nos destruirá, Elric.

— Não — disse ele. — Construirei algo que será melhor. Vou descobrir coisas. Quando regressar, nos casaremos, viveremos por muito tempo e seremos felizes, Cymoril.

Assim, Elric havia contado três mentiras. A primeira dizia respeito a seu primo, Yyrkoon. A segunda dizia respeito à Espada Negra. E a terceira dizia respeito a Cymoril. E sobre essas três mentiras o destino dele seria erigido, pois é apenas sobre as coisas que mais nos importamos que mentimos com clareza e profunda convicção.

Epílogo

Havia um porto chamado Menii, que era o mais humilde e mais amistoso das Cidades Púrpuras. Assim como os outros da ilha, era construído principalmente da pedra roxa que dava nome às cidades. E havia casas de telhados vermelhos e barcos de todos os tipos, e velas brilhantes no porto. Elric e Rackhir, o Arqueiro Vermelho, desembarcaram de manhã bem cedo, quando apenas alguns marinheiros começavam a rumar para os navios.

O belo navio do rei Straasha encontrava-se um pouco distante do muro do porto. Eles tinham usado um pequeno bote para atravessar a água entre ele e a cidade. Ambos se viraram e olharam para o navio. Eles mesmos o tinham pilotado, sem tripulação, e a embarcação navegara bem.

— Então, devo buscar a paz e a mítica Tanelorn — disse Rackhir, com certa autoironia. Ele se espreguiçou e bocejou, e o arco e a aljava dançaram em suas costas.

Elric vestia roupas simples, que qualquer mercenário dos Reinos Jovens vestiria. Estava em boa forma e relaxado. Sorria sob o sol. A única coisa de destaque em seus trajes era a grande espada rúnica negra em sua lateral. Desde que tomara posse dela, não precisava mais de nenhuma droga para permanecer saudável.

— E eu devo buscar conhecimento nas terras que marquei em meu mapa — afirmou Elric. — Devo aprender e levar o que aprendi para Melniboné dentro de um ano. Queria que Cymoril tivesse me acompanhado, mas compreendo a relutância dela.

— Você vai voltar? — perguntou Rackhir. — Depois de um ano?

— Ela me atrairá de volta! — Elric riu. — Meu único medo é de que eu esmoreça e regresse antes que minha jornada esteja completa.

— Eu gostaria de ir com você — comentou Rackhir —, pois já viajei pela maioria dos territórios e seria um guia tão bom quanto fui no mundo inferior. Mas jurei encontrar Tanelorn, pois só o que dizem é que ela não existe de verdade.

— Espero que você a encontre, Sacerdote Guerreiro de Phum — disse Elric.

— Nunca mais serei isso — respondeu Rackhir. Em seguida, seus olhos se arregalaram de leve. — Ora, olhe lá... o seu navio!

Elric olhou e viu a embarcação que já fora chamada de O Navio que Navega Sobre Terra e Mar. Ela estava lentamente afundando. O rei Straasha a tomava de volta.

— Os elementais são amigos, pelo menos — disse ele. — Mas temo que o poder deles feneça, como o poder de Melniboné. Por mais que nós, da Ilha Dragão, sejamos considerados perversos pelo povo dos Reinos Jovens, temos muito em comum com os espíritos do ar, da terra, do fogo e da água.

Quando os mastros do navio desapareceram sob as ondas, Rackhir disse:

— Eu o invejo por esses amigos, Elric. Você pode confiar neles.

— Sim.

Rackhir olhou para a espada rúnica pendurada no quadril de Elric.

— Mas seria sábio se não confiasse em mais nada — acrescentou ele.

Elric riu.

— Não tema por mim, Rackhir, pois sou mestre de mim mesmo... Por um ano, ao menos. E agora sou mestre desta espada!

A espada pareceu se agitar ao lado dele, e Elric segurou o cabo com firmeza. Deu um tapa nas costas de Rackhir, depois riu, balançou a cabeleira branca para que flutuasse no ar, ergueu os olhos estranhos e vermelhos para o céu e disse:

— Eu serei um novo homem quando retornar a Melniboné.

A Fortaleza da Pérola

Para Dave Tate

A Fortaleza da Pérola

Sumário

Parte três

Prólogo

Depois que contou as três mentiras para Cymoril, sua prometida, nomeou seu ambicioso primo Yyrkoon como regente do Trono de Rubi de Melniboné e se despediu de Rackhir, o Arqueiro Vermelho, Elric partiu para terras desconhecidas em busca do conhecimento que acreditava que fosse ajudá-lo a governar Melniboné como esta jamais fora governada até então.

Porém Elric não contava com um destino que já determinava que ele deveria aprender e experimentar certas coisas que teriam efeitos profundos em seu ser. Mesmo antes de encontrar o capitão cego e o Navio que Navegou os Mares do Destino, sua vida, sua alma e todo o seu idealismo seriam colocados em risco.

Ele se demorou em Ufych-Sormeer devido a uma questão envolvendo um mal-entendido entre quatro magos ingênuos que, de modo cordial e não intencional, ameaçavam destruir os Reinos Jovens, até que por fim serviram ao propósito final do Equilíbrio; e em Filkhar, Elric vivenciou uma questão do coração sobre a qual nunca mais falaria; estava aprendendo, a algum custo, sobre o poder e a dor de portar a Espada Negra.

Mas foi na cidade desértica de Quarzhasaat que ele começou a aventura que ajudaria a definir o curso de sua estranheza por muitos anos...

— Crônicas da Espada Negra

Parte um

Existirá alguém insano com a visão
De transformar o pesadelo em algo são
De esmagar demônios, e ao Caos impor sujeição,
Alguém que deixará seu reino, abandonará sua mulher
E que, puxado por contraditórias marés,
Abrirá mão de seu orgulho pela aflição?

— Crônicas da Espada Negra

1

Um lorde moribundo e condenado

Foi na solitária Quarzhasaat, destino de muitas caravanas, mas ponto final de poucas, que Elric, o imperador hereditário de Melniboné, último de uma linhagem com mais de dez mil anos, invocador ocasional de recursos terríveis, deitou-se, pronto para a morte. As drogas e ervas que usualmente o sustentavam tinham sido usadas naqueles últimos dias de sua longa jornada de travessia pelo sul do Deserto dos Suspiros, e ele não conseguira adquirir substitutas naquela cidade fortificada, mais famosa por seu tesouro do que por sua abastança.

O príncipe albino estendeu, lenta e debilmente, os dedos cor de osso para a luz e tornou vívida a joia sangrenta no Anel dos Reis, o último símbolo tradicional de suas antigas responsabilidades; em seguida, deixou a mão cair. Era como se tivesse tido a breve esperança de que o Actorios fosse revivê-lo, mas a pedra era inútil quando ele não tinha energia para comandar seus poderes. Além disso, Elric não tinha nenhum grande desejo de invocar demônios ali. Sua própria tolice o levara a Quarzhasaat; ele não devia nenhuma vingança a seus habitantes. Em verdade, caso soubessem de sua origem, eles teriam até motivos para odiá-lo.

Quarzhasaat já governara uma terra de rios e vales adoráveis, as florestas verdejantes e as planícies abundantes de lavouras, mas isso tinha sido antes do conjuro de certos feitiços incautos numa guerra contra a ameaçadora Melniboné, mais de dois mil anos antes. O império de Quarzhasaat foi perdido para ambos os lados. Havia sido engolfado por uma vasta massa de areia que o varreu como uma maré, deixando apenas a capital e suas tradições, o que, com o tempo, se tornou a razão primordial para a continuidade de sua existência. Como Quarzhasaat sempre estivera ali, seus cidadãos acreditavam que a cidade tinha de ser sustentada a qualquer custo, pela eternidade. Embora não tivesse nenhuma função ou propósito, ainda assim seus mestres se sentiam na obrigação de dar continuidade à sua existência por quaisquer meios que julgassem necessários. Catorze vezes exércitos tentaram cruzar o Deserto dos Suspiros para saquear a fabulosa Quarzhasaat. Catorze vezes o próprio deserto os derrotara.

Enquanto isso, as principais obsessões da cidade (alguns diriam que sua principal indústria) eram as elaboradas intrigas entre seus governantes. Uma república, embora apenas no nome, e polo de um vasto império, ainda que totalmente coberto de areia, Quarzhasaat era governada pelo Conselho dos Sete, caprichosamente conhecido como Os Seis e Mais Um, que controlava a maior parte da riqueza da cidade e a maioria de seus assuntos. Certos homens e mulheres poderosos, que escolhiam não servir nessa septocracia, apresentavam uma considerável influência, mas sem caírem em nenhuma das armadilhas do poder. Uma dessas, Elric descobriu, era Narfis, baronesa de Kuwai'r, que morava numa *villa* simples, porém linda, no extremo sul da cidade, e dedicava a maior parte da sua atenção ao seu notório rival, o velho duque Ral, patrono dos mais refinados artistas de Quarzhasaat, cujo próprio palácio nas alturas nortenhas era tão desprovido de ostentação quanto adorável. Foi dito a Elric que cada um dos dois havia eleito três membros do Conselho. Quanto ao sétimo, sempre anônimo e chamado simplesmente de Sexocrata (aquele que governava os Seis), mantinha o equilíbrio, com o poder de virar cada votação em uma ou outra direção. O ouvido do sexocrata era profundamente desejado por todos os muitos rivais na cidade, até mesmo pela baronesa Narfis e pelo duque Ral.

Tão desinteressado na complexa política de Quarzhasaat quanto na sua própria, Elric estava ali por curiosidade e pelo fato de que a cidade era claramente o único abrigo numa grande terra desolada ao norte das montanhas sem nome que separavam o Deserto dos Suspiros do Ermo das Lágrimas.

Movendo os ossos exaustos pela palha fina que fazia as vezes de seu colchão, Elric se perguntou sardonicamente se seria enterrado ali, sem que ninguém jamais soubesse que o governante hereditário dos maiores inimigos daquela nação havia morrido entre eles. Perguntou-se se este era, no final das contas, o destino que seus deuses tinham reservado para ele: nada tão grandioso quanto Elric sonhara, e ainda assim, algo que possuía seu atrativo.

Quando deixara Filkhar, apressado e em meio a certa confusão, havia tomado o primeiro navio saindo de Raschil, que o trouxera para Jadmar, onde escolhera deliberadamente confiar num velho ilmiorano bêbado que lhe vendeu um mapa da fabulosa Tanelorn. Como o albino havia de certa forma adivinhado, o mapa se provara uma fraude, levando-o para bem longe de qualquer tipo de habitação humana. Ele considerou cruzar as montanhas para tentar chegar a Karlaak pelo Ermo das Lágrimas, mas, ao consultar o próprio mapa, manufaturado em Melniboné e muito mais confiável, descobriu que Quarzhasaat estava consideravelmente mais perto. Cavalgando rumo ao norte numa montaria já semimorta pelo calor e inanição, viu apenas leitos secos de rios e oásis exauridos, pois, em sua sabedoria, optara por atravessar o deserto numa época de seca. Fracassara em encontrar a lendária Tanelorn e, pelo visto, não conseguiria nem vislumbrar qualquer cidade que, nas histórias populares, fosse quase tão fabulosa quanto ela.

Como lhes era comum, os cronistas melniboneanos demonstravam apenas um interesse superficial por seus rivais derrotados, mas Elric lembrou-se de ser dito que a própria feitiçaria de Quarzhasaat teria contribuído para sua extinção, em vez de ameaçar seus inimigos semi-humanos: uma runa errada — segundo o entendimento dele, proferida por Fophean Dals, o Duque Feiticeiro, ancestral do atual duque Ral — um feitiço que pretendia cobrir o exército melniboneano de areia e construir uma muralha ao redor de toda a nação. Elric ainda tinha que descobrir como esse acidente era explicado em Quarzhasaat. Teriam eles criado mitos e lendas para racionalizar a má fortuna da cidade como sendo um resultado total do mal que vinha da Ilha Dragão?

Elric refletiu sobre como a própria obsessão com mitos o levara a sua quase inevitável destruição.

— Em meus erros de cálculo — murmurou ele, voltando seus olhos vermelhos embotados mais uma vez para o Actorios —, demonstrei que tenho algo em comum com os ancestrais dessas pessoas.

A uns setenta quilômetros de seu cavalo morto, Elric fora encontrado por um menino que procurava joias e artefatos preciosos que, de vez em quando, eram levados até ali pelas tempestades de areia que iam e vinham por aquela região do deserto e que eram responsáveis, em parte, pela sobrevivência da cidade e pela altura espantosa das muralhas magníficas de Quarzhasaat. As tempestades eram também a origem do nome melancólico do deserto.

Se sua saúde estivesse melhor, Elric teria desfrutado da monumental beleza da cidade. Era uma beleza derivada de uma estética refinada ao longo de séculos e que dispensava influências externas. Não obstante muitos dos zigurates e palácios serem de proporções gigantescas, não havia nada de vulgar ou feio neles; tinham certa qualidade arejada, uma leveza peculiar no estilo que os fazia parecer, em seus vermelhos de terracota e prata reluzente de granito, seus estuques caiados, seus ricos tons de verde e azul, como se tivessem sido criados do ar, por pura mágica. Os jardins luxuriantes enchiam terraços maravilhosamente adornados, com fontes e cursos d'água, retirados de poços fundos, oferecendo um som tranquilo e perfume fantástico às antigas vias pavimentadas com pedras e avenidas amplas, margeadas por árvores. E, no entanto, toda essa água, que poderia ter sido desviada para cultivar lavouras, era usada para manter a aparência de Quarzhasaat como fora no auge do seu poder imperial e era mais valiosa do que joias; sendo seu uso racionado, e seu roubo, punível pelas leis mais severas.

As acomodações do próprio Elric não eram nada magníficas, consistindo em uma cama dobrável, lajes cobertas de palha, uma única janela alta, uma caneca de barro simples e uma bacia com água bem salobra, que havia lhe custado sua última esmeralda. Os estrangeiros não tinham acesso a licenças de água, e a única à venda para o público em geral era a mercadoria mais cara de todas em Quarzhasaat. A água de Elric tinha sido, quase que certamente, roubada de uma fonte pública. As penalidades estatutárias para tais furtos raras vezes eram discutidas, mesmo em particular.

Elric requeria ervas raras para sustentar seu sangue deficiente, mas o custo delas, mesmo que estivessem disponíveis, teria se provado muito além de seus meios naquele momento, reduzidos como estavam a algumas moedas de ouro — uma fortuna em Karlaak, mas virtualmente sem valor algum numa cidade em que o ouro era tão comum a ponto de ser utilizado para forrar os aquedutos e esgotos municipais. Suas expedições nas ruas tinham sido exaustivas e deprimentes.

Uma vez por dia, o menino que encontrara Elric no deserto e o levara até aquele quarto fazia uma visita ao albino, fitando-o como se ele fosse um inseto curioso ou um roedor capturado. O nome do menino era Anigh e, embora falasse com a *língua franca* dos Reinos Jovens, derivada do melnibonês, seu sotaque era tão pesado que às vezes era impossível entender tudo o que dizia.

Mais uma vez, Elric tentou erguer o braço, mas então o deixou cair de novo. Naquela manhã, ele se reconciliou com o fato de que nunca mais voltaria a ver sua amada Cymoril nem a se sentar no Trono de Rubi. Tinha arrependimentos, mas eram de um tipo distante, pois sua doença o deixava estranhamente eufórico.

— Eu queria vender o senhor.

Elric olhou, piscando, para as sombras do quarto, no lado oposto a um único raio de sol. Reconheceu a voz, mas pôde discernir pouco mais do que uma silhueta junto à porta.

— Mas agora acho que tudo o que vou ter a oferecer na feira da semana que vem será seu cadáver e as posses que lhe restam. — Era Anigh, quase tão deprimido quanto Elric ante o prospecto da morte de seu prêmio. — O senhor ainda é uma raridade, claro. Suas feições são as dos nossos antigos inimigos, mas mais brancas que osso, e isso eu nunca vi num homem.

— Lamento decepcioná-lo.

Elric se levantou sobre o cotovelo, fraco. Considerara imprudente revelar suas origens e, em vez disso, acabou dizendo que era um mercenário de Nadsokor, a Cidade Pedinte, que abrigava todo tipo de habitante bizarro.

— Então torci para que o senhor fosse um mago e me recompensasse com algum conhecimento arcano que me colocasse no caminho para me tornar um homem rico e talvez um membro dos Seis. Ou o senhor poderia ser sido um espírito do deserto que me conferiria algum poder útil. Mas, pelo visto, desperdicei minha água. O senhor é só um mercenário pobre. Não lhe resta mesmo riqueza nenhuma? Alguma raridade que possa se provar valiosa, por exemplo?

Os olhos do menino se voltaram para um pacote que, comprido e esguio, repousava contra a parede ao lado da cabeça de Elric.

— Isso aí não é nenhum tesouro, rapaz — informou Elric, sombrio. — Pode-se dizer que aquele que possuir esse objeto carrega uma maldição impossível de exorcizar.

Ele sorriu ao pensar no menino tentando encontrar um comprador para a Espada Negra, que, embrulhada num trapo de seda vermelha, de vez em quando emitia um murmúrio, feito um homem senil tentando relembrar o poder da fala.

— É uma arma, não é? — disse Anigh, as feições magras e bronzeadas fazendo os vívidos olhos azuis parecerem enormes.

— Isso. Uma espada — concordou Elric.

— Uma antiguidade?

O menino enfiou a mão por baixo de sua djellabah marrom listrada e coçou a casca da ferida em seu ombro.

— É uma descrição justa.

Elric achou graça, mas para ele, até essa breve conversa era cansativa.

— De quanto tempo atrás? — Anigh deu um passo adiante e ficou totalmente iluminado pelo raio de sol. Tinha a aparência perfeita de uma criatura adaptada para morar em meio às rochas fulvas e as areias pardas do Deserto dos Suspiros.

— Talvez dez mil anos. — Elric percebeu que a expressão perplexa do menino o ajudava a esquecer por um momento seu destino quase certo. — Mas é provável que ainda mais...

— Então é uma raridade, de fato! Os lordes e as damas de Quarzhasaat valorizam raridades. Existem até aqueles dentre os Seis que colecionam essas coisas. Sua Excelência, o Mestre de Unicht Shlur, por exemplo, tem a armadura de todo um exército ilmiorano, cada peça arranjada nos cadáveres mumificados dos guerreiros que as usaram. E milady Talith possui uma coleção de instrumentos de guerra cujos itens chegam a vários milhares, todos diferentes entre si. Deixe-me pegar isso aí, sir Mercenário, e encontrarei um comprador. Daí procurarei as ervas de que o senhor precisa.

— E então estarei bem o bastante para você me vender, não é? — A diversão de Elric só crescia.

A expressão no rosto de Anigh ficou requintadamente inocente.

— Ah, não, senhor! Daí o senhor estará forte o bastante para resistir a mim. Eu vou apenas ganhar uma comissão de seu primeiro contrato.

Elric sentiu afeição pelo menino. Fez uma pausa, juntando forças, e então voltou a falar:

— Você espera que eu desperte o interesse de um contratante aqui, em Quarzhasaat?

— Naturalmente. — Anigh sorriu. — O senhor poderia se tornar um guarda-costas de um dos Seis, talvez, ou ao menos de um dos apoiadores deles. Sua aparência incomum o torna imediatamente empregável! Eu já lhe disse como nossos mestres são grandes rivais e conspiradores.

— É encorajador — Elric fez uma pausa para respirar — saber que posso esperar uma vida de valor e realizações aqui em Quarzhasaat.

Ele tentou fitar os olhos brilhantes de Anigh, mas a cabeça do menino tinha saído da luz do sol, de modo que apenas parte de seu corpo estava exposto.

— Mas, pelo que você deu a entender, as ervas que descrevi crescem apenas na distante Kwan, a dias daqui, no sopé das colinas dos Pilares Irregulares. Estarei morto antes que um mensageiro, ainda que em boa forma, possa chegar à metade do caminho para Kwan. Você tenta me reconfortar, garoto? Ou seus motivos são menos nobres?

— Eu lhe disse onde as ervas cresciam, senhor. Mas e se alguém já tiver reunido a colheita em Kwan e retornado?

— Você conhece um apotecário assim? Mas quanto ele me cobraria por remédios tão valiosos? E por que você não mencionou isso antes?

— Porque eu não sabia. — Anigh se sentou no relativo frescor da porta. — Fiz algumas investigações desde nossa última conversa. Sou um menino humilde, vossa excelência, não um homem culto ou um oráculo. No entanto, sei como banir minha ignorância e substituí-la por conhecimento. Eu sou ignorante, meu bom senhor, mas não um tolo.

— Compartilho de sua opinião sobre si mesmo, mestre Anigh.

— Então devo pegar a espada e encontrar um comprador para o senhor? Ele tornou a colocar-se na luz, a mão estendida para o embrulho.

Elric tornou a se deitar, balançando a cabeça e sorrindo de leve.

— Eu também, jovem Anigh, tenho muita ignorância. Mas, ao contrário de você, acho que talvez seja um tolo também.

— O conhecimento traz poder — disse Anigh. — O poder talvez me leve a ingressar na comitiva da baronesa Narfis. Eu poderia me tornar um capitão da guarda dela. Quem sabe um nobre!

— Ah, um dia você certamente será mais do que isso. — Elric inspirou o ar parado, com o corpo estremecendo e os pulmões em chamas. — Faça o que quiser, embora eu duvide que Stormbringer vá de bom grado.

— Posso vê-la?

— Pode. — Com movimentos doloridos e desajeitados, Elric rolou para a beira da cama e soltou os envoltórios da enorme espada. Gravada com runas que pareciam cintilar de forma instável na lâmina de metal preto luminescente — com entalhes antigos e elaborados, alguns com um desenho misterioso, outros representando dragões e demônios entrelaçados, como se em batalha — Stormbringer claramente não era uma arma mundana.

O menino ofegou e recuou, quase como se arrependendo da barganha sugerida.

— Está viva?

Elric contemplou sua espada com uma mistura de aversão e algo próximo da sensualidade.

— Alguns diriam que ela possui tanto uma mente quanto uma vontade própria. Outros afirmariam se tratar de um demônio disfarçado. Alguns acreditam que é composta de vestígios das almas de todos os mortais condenados à danação presos lá dentro, assim como, segundo a lenda, certa vez um grande dragão morou dentro de outro pomo, diferente daquele que a espada ostenta agora — Para leve desgosto seu, percebeu que estava gozando de certo prazer com a crescente consternação do menino. — Você nunca viu um artefato do Caos antes, mestre Anigh? Ou alguém que esteja unido a algo assim? Como seu escravo, talvez?

Ele deixou a mão comprida e branca descer até a água suja e a levantou para molhar os lábios. Os olhos vermelhos faiscaram como brasas se apagando.

— Durante minhas viagens, ouvi essa arma sendo descrita como a espada do próprio Arioch, capaz de cortar as muralhas entre os Reinos. Outros, ao morrerem sob ela, acreditam se tratar de uma criatura viva. Existe uma teoria de que seja a representante de toda uma raça, vivendo em nossa dimensão, mas capaz, caso assim queira, de invocar um milhão de irmãs. Pode ouvi-la falando, mestre Anigh? Será que essa voz deleitará e encantará os frequentadores casuais da sua feira?

Um som saiu de seus lábios pálidos, algo que não era bem uma risada, mas continha um tipo de humor desolado.

Anigh apressadamente se recolheu para o facho de luz outra vez. Pigarreou.

— O senhor chamou essa coisa por um nome?

— Chamei a espada de Stormbringer, mas os povos dos Reinos Jovens às vezes têm outro nome, tanto para mim quanto para a espada. O nome é Soulstealer. Ela já sorveu muitas almas.

— O senhor é um ladrão de sonhos! — Anigh não tirava os olhos da espada. — Por que não está empregado?

— Não conheço esse termo e não sei quem empregaria um "ladrão de sonhos". — Elric olhou para o garoto em busca de mais explicações.

O olhar de Anigh, porém, não deixava a espada.

— Ela sorveria minha alma, mestre?

— Se eu assim o quisesse. Para restaurar minha energia por algum tempo, tudo o que eu teria que fazer seria deixar Stormbringer matar você e talvez mais algumas pessoas para que ela passasse sua energia para mim. Em seguida, sem dúvida, eu poderia encontrar uma montaria e cavalgaria para longe daqui. Possivelmente para Kwan.

A voz da Espada Negra ficou mais afinada, como se aprovando essa ideia.

— Ah, Gamek Idianit! — Anigh se pôs de pé, pronto para fugir caso necessário. — Isso é como aquela história das muralhas de Mass'aboon. Isso é o que se dizia que aqueles que causaram nosso isolamento empunhavam! Sim, seus líderes traziam espadas idênticas a essas. Os professores da escola contam a respeito. Eu estava lá. Ah, as coisas que eles disseram!

O garoto franziu o cenho profundamente, uma lição objetiva para qualquer um que quisesse apontar uma moral a respeito dos benefícios de frequentar as aulas.

Elric se arrependeu de tê-lo assustado.

— Não estou disposto a manter minha própria vida à custa de outros que não me fizeram mal, jovem Anigh. Essa é, em parte, a razão pela qual me encontro nesta situação específica. Você salvou minha vida, garoto. Eu não o mataria.

— Ah, mestre! Vós sois perigoso!

Em seu pânico, falou em uma língua mais antiga do que o melnibonês, e Elric, que aprendera essas coisas para auxiliar em seus estudos, a reconheceu.

— Onde aprendeu essa língua, esse opo? — perguntou o albino.

Mesmo aterrorizado, o garoto ficou surpreso.

— Chamam isso de jargão da sarjeta, aqui em Quarzhasaat. O segredo dos ladrões. Mas suponho que seja comum de se ouvir em Nadsokor.

— Sim, de fato. Em Nadsokor, é verdade.

Elric estava novamente intrigado por essa pequena reviravolta. Estendeu a mão na direção do garoto para tranquilizá-lo.

O movimento fez com que Anigh levantasse a cabeça e fizesse um ruído na garganta. Claramente não havia dado valor à tentativa de Elric de reconquistar sua confiança. Sem outros comentários, saiu do quarto, os pés descalços ressoando pelo longo corredor e degraus que davam para a rua estreita.

Convencido de que Anigh tinha partido em definitivo, Elric sentiu uma súbita pontada de tristeza. Tinha apenas um arrependimento naquele momento: nunca poder se reunir com Cymoril e regressar a Melniboné para cumprir sua promessa de se casar com ela. Compreendia que sempre fora e provavelmente sempre seria relutante em ascender ao Trono de Rubi outra vez, e, no entanto, sabia que esse era seu dever. Será que ele havia escolhido esse destino para si mesmo de forma deliberada, para evitar tal responsabilidade?

Elric sabia que, embora seu sangue estivesse maculado pela estranha doença, ainda era o sangue de seus ancestrais, e não teria sido fácil negar seu direito de nascença ou seu destino. Ele havia esperado que talvez, por meio do seu governo, pudesse transformar Melniboné do vestígio introvertido, cruel e decadente de um império odiado numa nação revigorada, capaz de trazer paz e justiça ao mundo, de apresentar um exemplo de iluminismo que outros poderiam usar em benefício próprio.

Por uma chance de regressar a Cymoril, ele estava mais do que disposto a voluntariamente barganhar a Espada Negra. Entretanto, em segredo, tinha poucas esperanças de que isso fosse possível. Stormbringer era mais do que uma fonte de sustento, era uma arma contra seus inimigos. A Espada Negra o prendia às antigas lealdades de sua raça, ao Caos, e ele não vislumbrava Lorde Arioch permitindo por livre e espontânea vontade que ele rompesse esse elo em particular. Quando considerava essas questões, essas sugestões de um destino maior, percebia sua mente ficando confusa, e preferia ignorar as questões sempre que possível.

— Bem, talvez na tolice e na morte eu quebre esse elo e frustre os velhos e maus amigos de Melniboné.

O ar em seus pulmões pareceu rarear e deixar de queimar. De fato, parecia até frio. Seu sangue se movia mais lentamente nas veias enquanto ele se virava para levantar e tropeçar até a mesa rústica de madeira onde suas parcas provisões se encontravam. Mas ele apenas encarou o pão velho, o vinho avinagrado e os nacos murchos de carne seca sobre cujas origens era melhor não especular. Aceitara sua morte se não com comedimento, então ao menos com certo grau de dignidade. Caindo num langoroso devaneio, relembrou sua decisão de deixar Melniboné, a apreensão de sua prima, Cymoril, o júbilo secreto de seu ambicioso primo, Yyrkoon e seus pronunciamentos feitos a Rackhir, o Sacerdote Guerreiro de Phum, que também buscava Tanelorn.

Elric se perguntou se Rackhir, o Arqueiro Vermelho, obtivera mais sucesso em sua jornada, ou se jazia em alguma outra parte daquele vasto deserto, com o figurino escarlate reduzido a trapos pelo vento eternamente suspirante e a carne secando nos ossos. Elric torcia, de todo o coração, para que Rackhir fosse bem-sucedido em descobrir a cidade mítica e a paz que ela prometia. Em seguida, percebeu que sua saudade de Cymoril aumentava e acreditou ter chorado.

Mais cedo, ele havia considerado chamar Arioch, seu patrono e Duque do Caos, para salvá-lo; porém continuava a sentir uma profunda relutância em sequer contemplar essa possibilidade. Temia que, ao empregar a assistência de Arioch mais uma vez, perderia mais do que sua vida. A cada vez que aquele poderoso ser sobrenatural concordava em ajudar, isso fortalecia ainda mais um acordo implícito e misterioso. Não que o debate fosse algo além de especulativo, refletiu Elric, com ironia. Ultimamente, Arioch demonstrara uma distinta relutância em vir a seu auxílio. Era possível que Yyrkoon o tivesse sobrepujado em todos os sentidos...

Esse pensamento trouxe Elric de volta à dor, à saudade de Cymoril. Mais uma vez, tentou se levantar. A posição do sol tinha mudado. Ele pensou ter visto Cymoril de pé à sua frente. Em seguida, ela se tornou um aspecto de Arioch. Estaria o Duque do Caos brincando com ele, mesmo naquele momento?

Elric moveu seu olhar para contemplar a espada, que parecia se mover em seu envoltório frouxo de seda e sussurrar um alerta, ou possivelmente uma ameaça.

Elric virou a cabeça para o outro lado.

— Cymoril?

Mirou o interior do facho de luz do sol, seguindo-o até olhar pela janela, para o intenso céu do deserto. Acreditava ver silhuetas movendo-se ali, sombras que tinham quase formas de homens, de feras e demônios. Conforme essas silhuetas ficavam mais distintas, vieram a lembrar seus amigos. Cymoril estava ali novamente. O imperador gemeu de desespero.

— Meu amor!

Viu Rackhir, Dyvim Tvar, até mesmo Yyrkoon. Chamou o nome de todos.

Ao som da própria fala entrecortada, ele se deu conta de que estava febril, de que sua energia remanescente estava sendo dissipada em fantasias, de que seu corpo devorava a si mesmo e de que a morte devia estar próxima.

Ergueu a mão para tocar a testa e sentiu suor escorrer. Perguntou-se o quanto cada gota poderia render na feira livre. Achou divertido especular sobre isso. Será que ele poderia suar o suficiente para comprar mais água para si mesmo, ou ao menos um pouco de vinho? Ou seria essa produção de líquido em si algo que ia de encontro às bizarras leis que regiam a água em Quarzhasaat?

Tornou a olhar para além da luz do sol, pensando ver homens ali, talvez a guarda da cidade vindo inspecionar seus alojamentos e exigir ver sua licença para perspirar.

Parecia que o vento do deserto, que nunca estava muito longe, vinha deslizando pelo quarto, trazendo consigo alguma reunião elemental, talvez uma força que deveria carregar sua alma para seu derradeiro destino. Ele sentiu alívio. Sorriu. De várias maneiras, estava contente por sua luta estar terminada. Talvez Cymoril se juntasse a ele em breve...

Em breve? O que o Tempo poderia significar naquele reino atemporal? Será que ele esperaria uma Eternidade até que os dois pudessem estar juntos novamente? Ou seria apenas um mero momento passageiro? Ou nunca mais a veria? Será que tudo o que o aguardava era uma ausência, um nada? Ou será que sua alma entraria em algum outro corpo, talvez tão doente quanto o atual, e enfrentaria de novo os mesmos dilemas sem solução, os mesmos terríveis desafios físicos e morais que o atormentavam desde sua chegada à fase adulta?

A mente de Elric flutuou para longe da lógica, como um rato se afogando sendo afastado da praia, girando cada vez mais frenética, antes que a morte trouxesse o oblívio. Ele riu, chorou, delirou e, a certa altura, dormiu enquanto sua vida dissipava suas últimas forças com os vapores se derramando de sua carne estranha, branca feito osso. Qualquer observador desinformado teria visto que alguma fera doente nascida da névoa, de forma alguma um homem, jazia em seus estertores finais sobre aquela cama tosca.

A escuridão chegou e, com ela, uma profusão brilhante de pessoas do passado do albino. Ele viu mais uma vez os magos que o haviam educado em todas as artes da feitiçaria; viu a estranha mãe que nunca conhecera e seu pai, ainda mais estranho; os amigos cruéis de sua infância com quem, pouco a pouco, não pôde mais desfrutar dos luxuriantes e terríveis entretenimentos de Melniboné; as cavernas e clareiras secretas da Ilha Dragão, as torres esguias e os palácios assombrosamente adornados de seu povo inumano, cujos ancestrais eram apenas em parte daquele mundo e que haviam se erguido como belos monstros para conquistar e governar antes de, com um cansaço profundo que ele podia apreciar ainda melhor naquele momento, decair no autoquestionamento e nas fantasias mórbidas. Então Elric gritou, pois em sua mente viu Cymoril, o corpo dela tão devastado quanto o dele, enquanto Yyrkoon, gargalhando com um prazer horrendo, praticava nele as abominações mais sórdidas. E a seguir, mais uma vez, ele quis viver, retornar a Melniboné e salvar a mulher que amava com tamanha profundidade que, com frequência, recusava-se a permitir-se ter consciência da intensidade de sua paixão. Mas não podia. Ele soube, conforme as visões passaram, restando apenas o céu azul escuro além da janela, que em breve estaria morto e que não haveria ninguém para salvar a mulher com quem prometera se casar.

De manhã, a febre tinha passado e Elric soube que estava a uma ou duas horas do fim. Abriu os olhos nublados e viu o facho de luz do sol, suave e dourado, não mais cegando-o como no dia anterior, mas refletido nas paredes brilhantes do palácio ao lado do qual sua palhoça tinha sido construída.

Sentindo algo subitamente frio sobre os lábios rachados, afastou a cabeça e tentou pegar a espada, pois temia que alguém posicionava aço contra ele, talvez para cortar sua garganta.

— Stormbringer...

Sua voz era débil, e a mão, fraca demais para afastar-se da lateral do corpo, quanto mais segurar sua espada murmurante. Ele tossiu e percebeu que um líquido estava sendo pingado em sua boca. Não era aquela imundície que ele comprara com sua esmeralda, mas algo fresco e limpo. Ele bebeu, empenhando-se muito para voltar a focar a vista. Teve um vislumbre de algo prateado e ornamental à sua frente, uma mão suave e dourada, um braço vestido num brocado requintadamente delicado e um rosto bem-humorado que não reconheceu. Tossiu de novo. O líquido era mais do que água comum. Será que o garoto havia encontrado algum apotecário compassivo? A poção parecia com uma de suas próprias destilações que o sustentavam. Ele respirou fundo, de forma entrecortada e agradecida, e fitou com uma curiosidade cansada o homem que o ressuscitara, ainda que por um curto período. Sorrindo, seu salvador temporário se moveu com elegância estudada em seus mantos pesados e fora de moda.

— Bom dia para o senhor, sir Ladrão. Creio que não o esteja insultando. Pelo que entendi, o senhor é um cidadão de Nadsokor, onde todo tipo de roubo é praticado com orgulho, não?

Elric, consciente da delicadeza da situação, achou por bem não o contrariar. O príncipe albino assentiu devagar. Seus ossos ainda doíam. O sujeito alto e barbeado colocou uma tampa em seu frasco.

— O menino Anigh me disse que o senhor tem uma espada para vender?

— Talvez. — Certo de que sua recuperação era apenas temporária, Elric continuou a agir com cautela. — Embora suponha que é o tipo de compra da qual a maioria das pessoas se arrependeria...

— Mas sua espada não representa seu principal ofício, correto? O senhor perdeu seu cajado torto, sem dúvida. Vendeu por água?

Uma expressão de quem sabia das coisas.

Elric optou por fazer a vontade do sujeito. Ele se permitiu ter esperança pela vida outra vez. O líquido o revivera o bastante para trazer de volta sua perspicácia, junto a uma fração de sua força usual.

— É — disse ele, avaliando o visitante. — Talvez.

— E então? Como é? O senhor alardeia a própria incompetência? É assim que funciona com a Companhia dos Ladrões de Nadsokor? Vós sois um delinquente mais sutil do que vosso disfarce sugere, hein?

A última frase foi dita na mesma língua ou jargão que Anigh usara no dia anterior.

Elric se deu conta de que essa pessoa abastada tinha formado uma opinião de seu status e seus poderes que, embora em desacordo com qualquer realidade, podia lhe oferecer um meio de escapar do apuro imediato. Ficou mais alerta.

— Você compraria meus serviços, é isso? Minha destreza especial? A minha e possivelmente a da minha espada?

O homem fingiu displicência.

— Se assim preferir. — Mas estava claro que ele suprimia certa urgência. — Disseram-me para informá-lo que a Lua de Sangue deve em breve queimar sobre a Tenda de Bronze.

— Entendo. — Elric fingiu estar impressionado pelo que era, para ele, pura tagarelice. — Devemos nos mover depressa, então, suponho.

— É o que crê meu mestre. As palavras não significam nada para mim, mas contêm um significado para você. Foi-me dito para que lhe oferecesse um segundo gole caso você aparentasse reagir positivamente a essa informação. Tome.

Ele estendeu o frasco prateado, sorrindo ainda mais. Elric aceitou e bebeu mais um tanto, sentindo as forças retornarem e as dores se dissipando aos poucos.

— Seu mestre contrataria um ladrão? O que ele deseja que seja roubado que os ladrões de Quarzhasaat não podem roubar?

— Ah, senhor... Você finge uma compreensão tão literal que não posso acreditar agora. — Ele retomou o frasco. — Sou Raafi as-Keeme e sirvo um grande homem deste império. Ele tem, creio eu, um trabalho para você. Ouvimos falar muito das habilidades nadsokorianas e, já há algum tempo, torcemos para que um de vocês vagasse nesta direção. O senhor planejava nos roubar? Ninguém jamais foi bem-sucedido. É melhor roubar para nós, acho.

— Sábio conselho, eu diria. — Elric se levantou em sua cama e colocou os pés sobre as lajes. A força do líquido já estava minguando. — Talvez você pudesse esboçar a natureza da tarefa que tem para mim, senhor? — Ele estendeu a mão para o frasco, mas Raafi as-Keeme o escondeu dentro de sua manga.

— Com certeza, senhor — disse o recém-chegado —, quando tivermos discutido um pouco de seu passado. O menino diz que o senhor rouba mais do que joias... Almas, ouvi dizer.

Elric sentiu certa apreensão e olhou desconfiado para o homem, cuja expressão continuou tranquila.

— De certa forma...

— Bom. Meu mestre deseja fazer uso dos seus serviços. Se for bem-sucedido, receberá um barril deste elixir para levá-lo de volta aos Reinos Jovens ou a qualquer outro lugar que deseje ir.

— Você está me oferecendo minha vida, senhor — disse Elric lentamente —, e há um limite para o quanto estou disposto a pagar por ela.

— Ah, vejo que o senhor tem uma veia do instinto de barganha do comerciante. Tenho certeza de que podemos chegar a um bom acordo. O senhor viria comigo para um determinado local?

Sorrindo, Elric pegou Stormbringer com as duas mãos e se jogou de volta para o outro lado da cama, os ombros contra a parede e a fonte da luz do sol. Colocando a espada sobre o colo, acenou numa paródia de hospitalidade senhoril.

— O senhor não preferiria ficar e provar o que tenho a oferecer, sir Raafi as-Keeme?

O homem ricamente trajado balançou a cabeça deliberadamente.

— Acho que não. O senhor sem dúvida se tornou acostumado a este fedor e ao fedor do próprio corpo, mas posso lhe garantir que não é agradável para alguém não familiarizado a isso.

Elric riu, aceitando aquele fato. Pôs-se de pé, prendeu a bainha ao cinto e deslizou a espada rúnica murmurante para dentro do couro preto.

— Então vá na frente, sir. Devo admitir que estou curioso para descobrir quais riscos consideráveis devo correr; riscos que fariam um de seus próprios ladrões recusar o tipo de recompensa que um senhor de Quarzhasaat pode oferecer.

E em sua mente, ele já tinha feito uma barganha: a de que não permitiria que sua vida se exaurisse com tanta facilidade uma segunda vez. Pensou que devia ao menos isso a Cymoril.

2

"A Pérola no Coração do Mundo"

Numa sala em que a suave luz do sol entrava enviesada em feixes empoeirados por uma enorme grade, instalada no teto ricamente pintado de um palácio chamado Goshasiz, cuja complicada arquitetura era manchada por algo mais sinistro do que o tempo, lorde Gho Fhaazi entretinha seu convidado ao oferecer mais goles do misterioso elixir e iguarias que, em Quarzhasaat, eram no mínimo tão valiosas quanto a mobília.

Banhado e vestindo roupas limpas, Elric havia recuperado a vitalidade, e os azuis e verdes escuros das sedas que vestia enfatizavam a brancura da pele e do cabelo longo e fino. A espada rúnica embainhada se recostava contra o braço entalhado de sua cadeira, e ele estava preparado para sacá-la e usá-la, caso a audiência se provasse uma armadilha elaborada.

Gho Fhaazi estava penteado e vestido ao estilo da cidade. O cabelo e a barba pretos estavam ajeitados em cachos simétricos, os longos bigodes, engomados e enrolados em pontas, as sobrancelhas espessas acima dos olhos verde-pálidos, descoloridas até ficarem loiras, e a pele, artificialmente embranquecida até lembrar a do próprio Elric. Os lábios tinham sido pintados de um vermelho vívido. Ele se sentava na extremidade oposta de uma mesa que se inclinava um pouco para baixo na direção do convidado, de costas para a luz, de modo que quase lembrava um magistrado presidindo o julgamento de um condenado.

Elric reconheceu a intencionalidade do arranjo, mas não ficou aborrecido. Lorde Gho ainda era relativamente jovem, no começo dos trinta anos, e tinha uma voz agradável, um pouco aguda. Acenou dedos roliços para os pratos de figos e tâmaras sobre folhas de menta, de gafanhotos ao mel colocados entre eles, e empurrou o frasco prateado de elixir na direção de Elric, numa amostra desajeitada de hospitalidade. Seus movimentos revelavam que ele executava tarefas que, em geral, reservava para seus servos.

— Meu caro colega. Mais. Pegue mais. — Ele se sentia incerto quanto a Elric, quase desconfiado, e ficou claro para o albino que havia alguma urgência envolvida na questão, a qual lorde Gho ainda não tinha proposto nem revelado por meio do mensageiro que enviara ao casebre. — Talvez haja alguma comida preferida que não tenhamos providenciado...?

Elric levou o linho amarelo até os lábios.

— Fico grato ao senhor, lorde Gho. Não como tão bem assim desde que deixei o território dos Reinos Jovens.

— A-há, que bom. A comida é abundante por lá, ouvi dizer.

— Tão abundante quanto diamantes em Quarzhasaat. O senhor já visitou os Reinos Jovens?

— Nós, de Quarzhasaat, não precisamos viajar — disse lorde Gho, um tanto surpreso. — O que existe lá fora que poderíamos desejar?

Elric refletiu que o povo de lorde Gho tinha muito em comum com o seu. Estendeu a mão, pegou outro figo da travessa mais próxima e, ao mastigar devagar, saboreando sua doce suculência, encarou o anfitrião com franqueza.

— Como ficou sabendo de Nadsokor?

— Nós não viajamos... Mas, naturalmente, viajantes vêm até nós. Alguns deles pegaram caravanas para Karlaak e outros locais. Trazem escravos de vez em quando. Eles nos contam mentiras tão espantosas! — Ele riu, tolerante. — Mas há uma semente de verdade, sem dúvida, em algumas das coisas que dizem. Apesar de ladrões de sonhos, por exemplo, serem reticentes e circunspectos sobre suas origens, ouvimos dizer que ladrões de todos os tipos são bem-vindos em Nadsokor. Não é necessária muita inteligência para chegar à conclusão óbvia...

— Especialmente se a pessoa for abençoada com apenas a mais tênue informação a respeito de outras terras e outros povos. — Elric sorriu.

Lorde Gho Fhaazi não reconheceu o sarcasmo do albino, ou talvez o tenha ignorado.

— Nadsokor é sua cidade natal ou o senhor a adotou? — perguntou ele.

— Um lar temporário, no máximo — respondeu Elric, honesto.

— O senhor tem a aparência superficial em comum com o povo de Melniboné, cuja ganância nos trouxe à situação presente — observou lorde Gho. — Será que há sangue melniboneano em sua ascendência?

— Não tenho dúvidas. — Elric se perguntou por que lorde Gho falhava em chegar à conclusão mais óbvia. — O povo da Ilha Dragão ainda é odiado pelo que fizeram?

— Pelo atentado contra nosso império, o senhor quer dizer? Suponho que sim. Mas a Ilha Dragão há muito afundou sob as ondas, vítima da nossa vingança mágica, e levou seu império franzino consigo. Por que deveríamos dedicar algum pensamento a uma raça morta, que foi devidamente punida por sua infâmia?

— De fato.

Elric se deu conta de que Quarzhasaat havia justificado sua derrota de forma tão completa, e dado a si mesma uma razão para não tomar nenhuma atitude, que relegara todo o povo da Ilha Dragão ao esquecimento em suas lendas. Ou seja, já que Melniboné não mais existia, ele não poderia ser melniboneano. Nesse sentido, ao menos, Elric podia ter alguma paz de espírito. Além disso, aquelas pessoas estavam tão desinteressadas no restante do mundo e seus habitantes que lorde Gho Fhaazi não tinha mais nenhuma curiosidade sobre ele. O quarzhasaatiano havia decidido quem e o que Elric era, e estava satisfeito. O albino refletiu sobre o poder da mente humana de construir uma fantasia e defendê-la com total determinação, como se fosse realidade.

O principal dilema de Elric jazia no fato de que ele não tinha nenhuma ideia clara sobre a profissão que supostamente praticava nem sobre a tarefa que lorde Gho queria que realizasse.

O nobre quazhasaatiano abaixou as mãos para o interior de uma tigela de água perfumada e lavou a barba, deixando ostentosamente o líquido cair sobre os mosaicos geométricos do piso.

— Meu servo me falou que você compreendeu as referências dele — disse, secando-se numa toalha fina. Mais uma vez, ficou claro que ele geralmente empregava escravos para a tarefa, mas escolheu jantar sozinho com Elric, talvez com medo de que seus segredos fossem ouvidos. — As palavras reais da profecia são um pouco diferentes. Você as conhece?

— Não — disse Elric, com franqueza imediata, e imaginou o que aconteceria se lorde Gho percebesse que ele estava ali sob um falso pretexto.

— Quando a Lua de Sangue incendiar a Tenda de Bronze, então o Caminho para a Pérola será aberto.

— Ah — disse Elric. — Isso mesmo.

— E os nômades nos dizem que a Lua de Sangue aparecerá sobre as montanhas em menos de uma semana. E brilhará sobre as Águas da Pérola.

— Exatamente — concordou Elric.

— E, portanto, o caminho para a Fortaleza será, é claro, revelado.

Elric assentiu gravemente, como se em confirmação.

— E um homem como o senhor, com um conhecimento ao mesmo tempo sobrenatural e não sobrenatural, que pode caminhar entre a realidade e a irrealidade, pode romper as defesas, dominar os guardiões e roubar a Pérola!

A voz de lorde Gho era uma mistura lasciva, venal e altamente excitada.

— De fato — disse o imperador de Melniboné.

Lorde Gho tomou a reticência de Elric por discrição.

— O senhor roubaria tal pérola para mim, sir Ladrão?

Elric fingiu considerar a questão antes de responder.

— Há um perigo considerável no roubo, suponho.

— É claro. É claro. Nosso povo está agora convencido de que ninguém além de alguém do seu ofício seria sequer capaz de entrar na Fortaleza, quanto mais de alcançar a Pérola!

— E onde fica essa Fortaleza da Pérola?

— Suponho que no Coração do Mundo.

Elric franziu o cenho.

— Afinal — disse lorde Gho, com certa impaciência —, a joia é conhecida como a Pérola no Coração do Mundo, não é?

— Entendo seu raciocínio — ponderou Elric, resistindo ao impulso de coçar a nuca. Cogitou mais um gole do maravilhoso elixir, embora estivesse cada vez mais perturbado, tanto pela conversa quanto pelo fato de o líquido pálido ser tão delicioso para ele. — Mas certamente deve haver alguma outra pista...?

— Pensei que tais informações fossem da sua esfera, sir Ladrão. Você deve, é claro, ir até o Oásis da Flor Prateada. Esta é a época em que os nômades fazem uma de suas reuniões. Sem dúvida, algo relativo à Lua de Sangue. É muito provável que, no Oásis da Flor Prateada, o caminho seja aberto ao senhor. O senhor já ouviu falar do oásis, naturalmente.

— Temo que não tenha um mapa — informou Elric, um tanto sem convicção.

— Isso será fornecido. O senhor nunca viajou pela Estrada Vermelha?

— Conforme expliquei, sou um forasteiro em seu império, lorde Gho.

— Mas sua geografia e história devem se ocupar de nós!

— Temo que sejamos um pouco ignorantes, milorde. Nós, dos Reinos Jovens, há tanto tempo à sombra da perversa Melniboné, não tivemos a oportunidade de descobrir as alegrias do aprendizado.

Lorde Gho levantou as sobrancelhas anormais e disse:

— Sim... esse seria o caso, claro. Bem, sir Ladrão, nós lhe providenciaremos um mapa. Mas a Estrada Vermelha é bem fácil de seguir, já que leva de Quarzhasaat para o Oásis da Flor Prateada, e depois dele há apenas as montanhas que os nômades chamam de Pilares Irregulares. Creio que elas não sejam de interesse algum ao senhor. A menos que o Caminho da Pérola o leve a atravessá-las. É uma estrada misteriosa e, como o senhor verá, não registrada em nenhum mapa convencional. Ao menos, nenhum que nós tenhamos. E nossas bibliotecas são as mais sofisticadas do mundo.

Tão determinado estava Elric a tirar o melhor daquele indulto, que estava preparado a continuar com a farsa até se encontrar distante de Quarzhasaat e cavalgando para os Reinos Jovens outra vez.

— E um corcel, espero eu. O senhor me dará uma montaria?

— A melhor. O senhor precisará resgatar seu cajado torto? Ou ele é apenas algo como um sinal de sua vocação?

— Posso encontrar outro.

Lorde Gho cofiou sua barba peculiar.

— Como preferir, sir Ladrão.

Elric resolveu mudar de assunto.

— Você falou pouquíssimo sobre a natureza da minha comissão.

Ele drenou seu cálice e, muito desajeitado, lorde Gho tornou a enchê-lo.

— O que o senhor cobra, usualmente?

— Bem, esse é um contrato incomum. — Elric tornou a achar graça na situação. — O senhor entende que existem pouquíssimos com minha habilidade ou, de fato, minha posição, mesmo nos Reinos Jovens, e menos ainda que chegam a Quarzhasaat...

— Se o senhor me trouxer essa pérola específica, terá todo tipo de riqueza. Suficiente para torná-lo um dos homens mais poderosos dos Reinos Jovens. Eu lhe ofereceria móveis em quantidade para encher toda a casa de um nobre. Roupas, joias, um palácio, escravos... Ou, caso deseje continuar com suas viagens, uma caravana capaz de adquirir toda uma nação nos Reinos Jovens. O senhor poderia se tornar um príncipe lá, possivelmente até um rei!

— Uma perspectiva inebriante — disse o albino, sardônico.

— Some a isso o que já paguei e ainda pagarei, e acho que o senhor considerará a recompensa grande o bastante.

— Sim. Generosa, sem dúvida. — Elric franziu a testa, olhando para a sala espaçosa com suas tapeçarias, ricas incrustações, mosaicos de pedras preciosas, cornijas e pilastras ornamentadas. Ele tinha em mente barganhar ainda mais, porque supôs que isso era o que se esperava dele. — Mas se eu faço alguma ideia do valor da Pérola para o senhor, lorde Gho... e do que ela comprará para você aqui... deve admitir que o preço que está oferecendo não é exatamente alto.

Lorde Gho Fhaazi, por sua vez, achou graça.

— A Pérola me comprará a cadeira no Conselho dos Seis que, em breve, ficará vaga. A Sétima Inominada deu a Pérola como seu preço. É por isso que devo obtê-la tão já. Ela já está prometida. Você adivinhou. Existem rivais, mas nenhum que tenha oferecido tanto.

— E esses rivais sabem da sua oferta?

— Sem dúvida há rumores. Mas eu o alertaria para manter silêncio sobre a natureza da sua tarefa...

— O senhor não teme que eu possa procurar uma oferta melhor em outro lugar da cidade?

— Ah, existirão aqueles que ofereceriam mais, se o senhor fosse tão ganancioso e desleal. Mas eles não poderiam oferecer o que eu ofereço, sir Ladrão.

Lorde Gho Fhaazi deixou sua boca formar um sorriso terrível.

— Por quê?

Elric subitamente se sentiu preso numa armadilha, e seu instinto foi procurar Stormbringer.

— Eles não o possuem.

Lorde Gho empurrou o frasco na direção do albino e Elric ficou um pouco surpreso ao ver que já tinha tomado outro cálice do elixir. Encheu seu copo mais uma vez e bebeu, pensativo. Um pouco da verdade estava lhe ocorrendo, e ele ficou com medo.

— O que pode ser tão raro quanto a Pérola?

O albino largou o cálice. Acreditava ter uma ideia da resposta. Lorde Gho o encarava fixamente.

— Creio que você compreende. — Lorde Gho tornou a sorrir.

— Compreendo. — Elric sentiu seu ânimo se esvair e teve um arrepio de profundo terror, misturado a uma raiva crescente. — O elixir, suponho...

— Ah, isso é relativamente fácil de produzir. Ele é, claro, um veneno; uma droga que se alimenta do usuário, dando a ele apenas a aparência de vitalidade. Em algum momento, não resta nada mais para a droga consumir e a morte que resulta disso é quase sempre desagradável. Essa substância reduz a ruínas homens e mulheres que até uma semana antes, mais ou menos, acreditavam-se poderosos o bastante para governar o mundo! — Lorde Gho começou a rir, seus cachos se balançando em sua cabeça e na frente do rosto. — Entretanto, ao morrer, eles imploram sem parar pela substância que os matou. Não é uma ironia, sir Ladrão? O que é tão raro quanto a Pérola, o senhor pergunta. Ora, a resposta deve estar clara agora, não? A vida de um indivíduo, não é?

— Então estou morrendo. Logo, por que deveria servi-lo?

— Porque existe, é claro, um antídoto. Algo que repõe tudo o que a outra droga rouba, que não causa uma ânsia na pessoa que o toma, que restaura o usuário à saúde plena em questão de dias e afasta a necessidade pela droga original. Então veja, minha oferta para o senhor não é, de forma alguma, vazia. Posso lhe dar elixir suficiente para permitir que cumpra sua tarefa e, desde que o senhor retorne para cá em tempo hábil, posso lhe ceder o antídoto. O senhor terá ganhado muito, hein?

Elric se aprumou na cadeira e colocou a mão sobre o pomo da Espada Negra.

— Já informei a seu mensageiro que minha vida tem valor apenas limitado para mim. Existem certas coisas às quais dou mais valor.

— Foi o que eu compreendi — disse lorde Gho Fhaazi, com uma jovialidade cruel —, e o respeito por seus princípios, sir Ladrão. Seu argumento foi bem-colocado. Mas há outra vida a ser considerada, não é? A de seu cúmplice?

— Não tenho cúmplices, senhor.

— Não tem? Não tem, sir Ladrão? Poderia me acompanhar?

Elric, desconfiado do homem, ainda não via motivos para não o acompanhar quando ele passou arrogantemente pela imensa passagem arqueada do salão. Em seu cinto, mais uma vez Stormbringer resmungou e se agitou como um cão de caça cheio de suspeitas.

As passagens do palácio, forradas de mármore verde, marrom e amarelo para dar a sensação de uma floresta fria, perfumadas pelos arbustos floridos mais primorosos, os levou por salas de celas, jaulas para animais, tanques de peixes e de répteis, um harém e um arsenal, até lorde Gho chegar a uma porta de madeira guardada por dois soldados na armadura barroca impraticável de Quarzhasaat, suas barbas oleadas e bifurcadas em formatos fantasticamente exagerados. Eles apresentaram suas alabardas entalhadas quando lorde Gho se aproximou.

— Abram — ordenou ele. Um deles pegou uma chave enorme de dentro do peitoral e a inseriu na fechadura.

A porta se abriu para um estreito pátio contendo uma fonte desativada, um pequeno claustro e um conjunto de alojamentos na parte mais distante.

— Onde está você? Onde está você, meu pequenino? Apareça! Rápido, agora! Lorde Gho estava impaciente.

Houve um estalido metálico e uma figura emergiu da porta de entrada. Ela tinha um pedaço de fruta numa das mãos, uma ou duas voltas de uma corrente na outra e caminhava com dificuldade, pois os elos estavam presos a uma faixa de metal rebitada em torno de sua cintura.

— Ah, mestre — disse a figura para Elric —, o senhor não me serviu como eu esperava.

O sorriso de Elric foi sombrio.

— Mas talvez como você mereça, não, Anigh? — Ele deixou sua raiva aparente. — Não fui eu que o aprisionou, garoto. Acho que a escolha, na realidade, foi provavelmente sua. Tentou lidar com um poder que claramente não reconhece nenhuma decência.

Lorde Gho não se abalou.

— Ele abordou o criado de Raafi as-Keeme — explicou, fitando o garoto com certo interesse — e ofereceu seus serviços. Disse que estava atuando como seu agente.

— Bem, então estava — concordou Elric, seu sorriso mais compassivo, em vista do evidente desconforto de Anigh. — Mas isso com certeza não vai contra suas leis?

— Claro que não. Ele demonstrou excelente iniciativa.

— Então por que está aprisionado?

— É uma questão de conveniência. O senhor entende isso, não, sir Ladrão?

— Em outras circunstâncias, eu suspeitaria de alguma infâmia menor — retrucou Elric, com cautela. — Mas sei que o senhor, lorde Gho, é um nobre. Não prenderia este garoto para me ameaçar. Isso estaria abaixo da sua dignidade.

— Espero ser um nobre, senhor. Entretanto, em tempos como os atuais, nem todos os nobres desta cidade se prendem aos antigos códigos de honra. Não quando as apostas que estão em jogo são altas assim. O senhor entende isso, embora não seja, pessoalmente, um nobre. Ou nem sequer, suponho eu, um cavalheiro.

— Em Nadsokor, sou considerado um — respondeu Elric em voz baixa.

— Ah, mas é claro. Em Nadsokor. — Lorde Gho apontou para Anigh, que dava sorrisos incertos de um para o outro, sem entender nada da conversa. — E, em Nadsokor, tenho certeza de que manteriam um refém conveniente, se pudessem.

— Mas isso é injusto, senhor. — A voz de Elric tremia de fúria, e ele teve de se controlar para não estender a mão para a Espada Negra do lado esquerdo do quadril. — Se eu for morto na busca do meu objetivo, o menino morre, assim como aconteceria se eu fugisse.

— Bem, sim, isso é verdade, caro Ladrão. Mas, veja... eu espero que você retorne. Do contrário... Bem, o menino ainda será útil para mim, tanto vivo quanto morto.

Anigh não sorria mais. O terror lentamente chegara aos seus olhos.

— Ah, mestres!

— Ele não será ferido. — Lorde Gho pousou a mão fria e empoada no ombro de Elric. — Pois o senhor voltará com a Pérola no Coração do Mundo, não é?

Elric respirou fundo, controlando-se. Sentia uma necessidade em seu âmago, uma necessidade que não conseguia identificar de imediato. Seria sede de sangue? Desejava desembainhar a Espada Negra e sugar a alma daquele conspirador degenerado? Falou com calma.

— Milorde, se o senhor soltar o garoto, eu lhe garanto meus melhores esforços... Posso jurar...

— Bom Ladrão, Quarzhasaat está cheia de homens e mulheres que dão as garantias mais eloquentes e que, eu lhe assevero, são sinceros quando o fazem. Eles fazem juramentos grandiosos e importantes sobre tudo o que lhes é mais sagrado. Entretanto, quando as circunstâncias mudam, se esquecem desses juramentos. Descobri que um pouco de segurança é sempre útil para lembrá-los das obrigações assumidas. Estamos, como o senhor pode apreciar, jogando com as apostas mais altas possíveis. Na verdade, não existe aposta mais alta no mundo todo. Um lugar no Conselho.

Essa última frase foi enfatizada sem zombaria. Era óbvio que lorde Gho Fhaazi não podia divisar nenhum objetivo maior.

Enojado pelos sofismas do sujeito e desdenhoso de seu provincianismo, Elric deu as costas para lorde Gho. Dirigiu-se ao rapazinho.

— Você observará, Anigh, que pouca sorte recai sobre aqueles que se aliam a mim. Eu o alertei disso. No entanto, me empenharei em regressar para salvá-lo. — Sua próxima sentença foi emitida no jargão dos ladrões. — Enquanto isso, não confie nessa criatura imunda e faça todos os esforços para fugir daqui por conta própria.

— Nada de dialeto da sarjeta por aqui! — gritou lorde Gho, subitamente alarmado. — Ou vocês dois morrem na hora!

Evidentemente, ele não compreendia o jargão como seu emissário.

— Melhor não me ameaçar, lorde Gho.

Elric voltou a mão ao punho da espada.

O nobre riu.

— O quê? Quanta beligerância! Não entendeu, sir Ladrão, que o elixir que bebeu já o está matando? O senhor tem três semanas até que apenas o antídoto o salve! Não sente a ânsia pela droga corroendo-o por dentro? Se tal elixir fosse inofensivo, todos o usaríamos e nos tornaríamos deuses!

Elric não podia ter certeza se era sua mente ou seu corpo que sentia as pontadas. Ele se deu conta de que, mesmo que seus instintos o empurrassem para matar o nobre quarzhasaatiano, a necessidade pela droga ameaçava subjugá-lo. Mesmo próximo da morte, quando suas próprias drogas falharam com ele, Elric nunca ansiara tanto por algo. Estava com o corpo inteiro tremendo, enquanto buscava dominá-lo outra vez. Sua voz estava gélida.

— Isto é mais do que uma infâmia menor, lorde Gho. Eu o parabenizo. O senhor é um homem de astúcia cruel e extremamente desagradável. Todos os que servem no Conselho são tão corrompidos quanto você?

Lorde Gho ficou ainda mais simpático.

— Isso não é digno de você, sir Ladrão. Tudo o que estou fazendo é me assegurar de que irá atrás dos meus interesses por algum tempo. — Mais uma vez, ele riu. — Eu garanti, é verdade, que por esse período, seus interesses se tornem os meus. O que há de errado nisso? Eu não imaginava ser apropriado para um ladrão confesso insultar um nobre de Quarzhasaat só porque ele sabe fazer um bom negócio!

O ódio de Elric pelo sujeito, com quem originalmente apenas antipatizava, ainda ameaçava consumi-lo. Mas um humor novo e mais frio o tomou quando seu controle sobre as próprias emoções retornou.

— Então o senhor está dizendo que sou seu escravo, lorde Gho.

— Se deseja colocar dessa forma. Ao menos até me trazer de volta a Pérola no Coração do Mundo.

— E se eu encontrar essa pérola para o senhor, como saberei que vai me fornecer o antídoto ao veneno?

Lorde Gho deu de ombros.

— Isso cabe ao senhor determinar. É um homem inteligente para um forasteiro, e tenho certeza de que sobreviveu até aqui com base em sua perspicácia. Mas não se engane. Essa poção é produzida apenas para mim, e o senhor não encontrará outra em lugar algum. É melhor honrar nosso trato, sir Ladrão, e ir embora daqui um homem rico no final. Com seu amiguinho ainda inteiro.

O humor de Elric tornara-se sombrio. Com sua força de volta, por mais artificial que fosse, ele poderia causar uma destruição considerável sobre lorde Gho e, de fato, sobre a cidade toda, se assim o desejasse. Como se lendo sua mente, Stormbringer pareceu se agitar contra seu quadril, e lorde Gho permitiu-se uma olhadela rápida e nervosa na direção da grande espada rúnica.

Contudo, Elric não queria morrer e não desejava a morte de Anigh. Decidiu esperar o momento certo; ao menos fingir servir a lorde Gho até descobrir mais sobre o homem e suas ambições, e descobrir mais, se possível, sobre a natureza da droga pela qual tanto ansiava. Era possível que o elixir não matasse. Era possível que fosse uma poção comum em Quarzhasaat e muitos possuíssem o antídoto. Entretanto, não tinha amigos ali, salvo por Anigh, e nem mesmo aliados servindo a interesses que os fizessem ajudá-lo contra lorde Gho como um inimigo em comum.

— Talvez — disse Elric — eu não me importe com o que seja feito do garoto.

— Ah, acho que interpretei seu caráter muito bem, sir Ladrão. O senhor é como os nômades. E os nômades são como o povo dos Reinos Jovens. Dão um valor sobrenaturalmente alto às vidas daqueles com quem se associam. Têm um fraco por lealdades sentimentais.

Foi inevitável para Elric considerar a ironia daquilo, pois os melniboneanos acreditavam estar igualmente acima de tais lealdades, e ele era um dos poucos que se importava com o que acontecia àqueles que não fossem de sua família imediata. Era a razão pela qual estava ali naquele momento. O destino, refletiu ele, estava lhe dando algumas lições estranhas. Suspirou. Esperava que não o matassem.

— Se o garoto estiver ferido quando eu regressar, lorde Gho... Se tiver o menor ferimento... O senhor sofrerá uma sina mil vezes pior do que qualquer coisa que causar a ele. Ou, devo acrescentar, a mim!

Ele voltou olhos vermelhos e ardentes sobre o aristocrata. Parecia que as chamas do Inferno queimavam dentro daquele crânio.

Lorde Gho estremeceu, depois sorriu para disfarçar o medo.

— Não, não, não! — Seu cenho nada natural se anuviou. — Não cabe a você me ameaçar! Já expliquei os termos. Estou desacostumado a isso, sir Ladrão, eu o alerto.

Elric riu, e o fogo em seus olhos não se esvaiu.

— Eu o acostumarei a tudo o que o senhor fez com que outros se acostumassem, lorde Gho. Seja lá o que aconteça. Está me entendendo? Este menino não será ferido!

— Eu já lhe disse...

— Eu o alertei. — As pálpebras de Elric caíram sobre os olhos terríveis, como se ele fechasse uma porta sobre um reino do Caos, e lorde Gho deu um passo para trás. A voz do albino era um sussurro frio. — Por todo o poder que comando, eu obterei minha vingança sobre você. Nada impedirá essa vingança. Não sua riqueza. Nem a própria morte.

Dessa vez, quando lorde Gho tentou rir, fracassou.

Anigh sorriu de súbito, como a criança feliz que tinha sido antes daqueles eventos. Era evidente que acreditava nas palavras de Elric.

O príncipe albino se moveu como um tigre faminto na direção de lorde Gho. Em seguida, vacilou de leve e inspirou profunda e rapidamente. Estava claro que o elixir perdia sua potência, ou exigia mais dele; Elric não sabia dizer qual dos dois. Não experimentara nada assim antes. Ansiava por outro gole. Sentiu dores na barriga e no peito, como se ratos o mastigassem de dentro para fora. Ofegou.

Lorde Gho reencontrou um vestígio do humor anterior.

— Recuse-se a me servir, e sua morte é inevitável. Eu o alertaria a agir com mais polidez, sir Ladrão.

Elric se aprumou com alguma dignidade.

— Saiba disto, lorde Gho Fhaazi: se trair qualquer parte do nosso trato, cumprirei minha promessa e trarei tal destruição sobre o senhor e sua cidade que se arrependerá de algum dia ter ouvido meu nome. E o senhor só saberá quem sou, lorde Gho Fhaazi, antes de morrer, com sua cidade e todos os habitantes degenerados dela morrendo ao seu lado.

O quarzhasaatiano ia responder, mas se conteve, e disse apenas:

— O senhor tem três semanas.

Com a força que lhe restava, Elric desembainhou Stormbringer. O metal preto pulsou, e uma luz negra se derramava da arma enquanto as runas entalhadas na lâmina se retorciam e dançavam, e uma canção horrenda e cheia de ansiedade começava a soar naquele pátio, ecoando por todas as torres e minaretes antigos de Quarzhasaat.

— Esta espada sorve almas, lorde Gho. Poderia sorver a sua agora mesmo e me dar mais forças do que qualquer poção. Mas o senhor tem uma pequena vantagem sobre mim no momento. Vou concordar com seu trato. Entretanto, se o senhor mentir...

— Eu não minto! — Lorde Gho havia recuado para o outro lado da fonte seca. — Não, sir Ladrão, eu não minto! O senhor deve fazer como eu disse. Traga-me a Pérola no Coração do Mundo e eu lhe pagarei com toda a riqueza que prometi, com sua própria vida e com a vida do garoto!

A Espada Negra rosnou, exigindo a alma do nobre ali mesmo, naquele momento.

Com um gritinho, Anigh desapareceu no interior do pequeno quarto.

— Partirei de manhã. — Com relutância, Elric embainhou a espada. — Preciso que me diga qual dos portões da cidade devo usar para viajar pela Estrada Vermelha até o Oásis da Flor Prateada. E vou querer seu conselho honesto sobre a melhor forma de racionar o elixir envenenado.

— Venha — Lorde Gho falou com franqueza e nervosismo. — Tem mais no salão. À sua espera. Eu não queria estragar nosso encontro com maus modos...

Elric lambeu os lábios, que já começavam a ficar desagradavelmente secos. Fez uma pausa, olhando para a porta de onde o rosto do menino ainda podia ser visto.

— Venha, sir Ladrão. — A mão de lorde Gho tornou a alcançar o braço de Elric. — No salão, há mais elixir. Mesmo agora, você anseia por ele, não é?

Ele falava a verdade, mas Elric deixou que seu ódio controlasse sua necessidade pela poção e chamou:

— Anigh! Jovem Anigh!

Lentamente, o menino emergiu.

— Sim, mestre?

— Prometo que você não sofrerá nenhum dano por alguma ação minha. E este degenerado imundo agora compreende que, se o ferir de alguma forma enquanto eu estiver longe, morrerá sob o tormento mais terrível. Ainda assim, menino, você deve se lembrar de tudo o que eu disse, pois não sei aonde essa aventura me levará. — Então Elric acrescentou, no jargão: — Talvez à morte.

— Estou ouvindo — respondeu Anigh, no mesmo dialeto. — Mas eu lhe imploro, mestre, para que o senhor não morra. Tenho algum interesse em que continue vivo.

— Já basta! — Lorde Gho atravessou o pátio gesticulando para que Elric o acompanhasse. — Venha. Eu o abastecerei com tudo que precisa para encontrar a Fortaleza da Pérola.

— E eu ficaria muito grato se o senhor não me deixasse morrer. Eu seria um menino muitíssimo grato, mestre — disse Anigh, atrás deles, conforme a porta se fechava.

3

Na Estrada Vermelha

Assim, na manhã seguinte, Elric de Melniboné deixou a antiga Quarzhasaat sem saber o que procurava nem onde encontrar tal coisa. Sabia apenas que devia pegar a Estrada Vermelha para o Oásis da Flor Prateada e lá achar a Tenda de Bronze, onde deveria descobrir como continuar no Caminho para a Pérola no Coração do Mundo. Se fracassasse nessa missão agourenta, sua própria vida, no mínimo, seria ceifada.

Lorde Gho Fhaazi não dera mais detalhes, e ficou evidente que o ambicioso político não sabia mais do que aquilo que havia repetido.

— A Lua de Sangue deve queimar a Tenda de Bronze antes que a Trilha para a Pérola seja revelada.

Sem saber nada das lendas nem da história de Quarzhasaat e pouquíssimo de sua geografia, Elric resolveu seguir o mapa que recebera. Era bem simples. Mostrava uma trilha que se estendia por no mínimo 160 quilômetros entre Quarzhasaat e o oásis de nome estranho. Depois disso, ficavam os Pilares Irregulares, uma cadeia de montanhas baixas. A Tenda de Bronze não estava nomeada nem havia qualquer referência à Pérola.

Lorde Gho acreditava que os nômades tinham mais informações, porém, não tinha certeza se estariam dispostos a falar com Elric. O nobre torcia para que, uma vez que entendessem quem Elric era, e com um pouco do ouro de lorde Gho para tranquilizá-los, eles fossem amistosos. Mas o albino não sabia nada sobre os recônditos do Deserto dos Suspiros nem sobre seu povo. Sabia apenas que lorde Gho desprezava os nômades por considerá-los primitivos e que ressentia-se por ocasionalmente admiti-los na cidade para negociar. Elric esperava que os nômades fossem mais bem-educados do que aqueles que ainda acreditavam que todo o continente se encontrava sob o governo deles.

A Estrada Vermelha fazia por merecer seu nome; era escura feito sangue quase seco e cortava o deserto entre ribanceiras altas, o que sugeria que já fora o rio em cujas margens Quarzhasaat havia sido originalmente construída. A cada poucos quilômetros, os barrancos descaíam para revelar o grande deserto em todas as direções — um mar de dunas ondulantes que se agitava numa brisa cuja voz soava distante, mas ainda lembrava o suspiro de um amante aprisionado.

O sol escalava lentamente o céu índigo ofuscante, tão parado quanto o cenário do palco de um ator, e Elric ficou agradecido pelas roupas locais fornecidas por Raafi as-Keeme antes da partida: um capuz branco, um gibão branco e folgado, calças curtas, sapatos de linho branco que iam até o joelho e um visor que protegia os olhos. O cavalo, um animal elegante e corpulento, capaz de alcançar grandes velocidades e resistente, estava similarmente vestido em linho para proteção contra o sol e a areia, que soprava em movimentos gentis e constantes pela paisagem. Era óbvio que fora feito um esforço para manter a Estrada Vermelha livre dos detritos que se acumulavam em suas margens e que gradualmente tornaram-se muralhas.

O ódio de Elric pela situação e por lorde Gho Fhaazi não havia arrefecido nem um pouco... nem a determinação de continuar vivo e resgatar Anigh, voltar a Melniboné e se unir a Cymoril. O elixir de lorde Gho se provara tão viciante quanto ele havia afirmado, e Elric carregava dois frascos nos embornais. Realmente acreditava que a substância o mataria no final e que apenas lorde Gho possuía um antídoto. Essa crença reforçava sua resolução de se vingar daquele nobre na primeira oportunidade possível.

A Estrada Vermelha parecia infinita. O céu tremulava com o calor conforme o sol subia. Elric, que reprovava o arrependimento inútil, viu-se desejando jamais ter sido tolo a ponto de comprar o mapa do marujo ilmiorano ou se aventurar pelo deserto estando tão mal preparado.

— Invocar entidades sobrenaturais para me auxiliar agora apenas multiplicaria a tolice — disse ele em voz alta para a natureza selvagem. — E mais, eu posso precisar dessa ajuda quando chegar à Fortaleza da Pérola.

Sabia que seu desgosto para consigo mesmo não apenas o levara a cometer mais tolices, mas que ainda ditava suas ações. Sem isso, seus pensamentos poderiam estar mais cristalinos e talvez ele pudesse ter previsto o ardil de lorde Gho.

Mesmo naquele momento, duvidava dos próprios instintos. Supôs que alguém o seguia durante a última hora, mas não vira ninguém atrás de si na Estrada Vermelha. Começara a olhar repentinamente para trás, a parar sem aviso, a cavalgar alguns metros de volta. Mas, aparentemente, estava tão sozinho quanto no começo da jornada.

— Talvez o maldito elixir também confunda os sentidos — disse, dando tapinhas no tecido empoeirado nas costas do cavalo.

Naquele ponto, os grandes paredões da estrada estavam desmoronando e formavam montículos de ambos os lados. Elric parou o cavalo, pois julgou ter visto um movimento que não era apenas areia voando. Pequenas figuras de pernas compridas e eretas corriam aqui e ali, como homúnculos. Ele os fitou com muita atenção, mas em seguida, as criaturas sumiram. Outras, maiores e se movendo em velocidades muito menores, pareciam rastejar abaixo da superfície da areia, enquanto uma nuvem de algo preto pairava acima, seguindo-as enquanto vagavam lentamente pelo deserto.

Elric percebeu que, ao menos naquela parte do Deserto dos Suspiros, o que parecia ser uma natureza selvagem e estéril era, na verdade, o contrário. Torcia para que as criaturas enormes que detectara não considerassem o homem como uma presa digna.

Mais uma vez, teve a sensação de que havia algo atrás de si e, ao se virar de repente, pensou vislumbrar um lampejo de amarelo, talvez um manto, que desapareceu numa curva suave. Ficou tentado a parar, descansar por uma hora ou duas antes de prosseguir, mas estava ansioso para alcançar o Oásis da Flor Prateada o mais rápido possível. Havia pouco tempo para atingir seu objetivo e regressar com a Pérola para Quarzhasaat.

Farejou o ar. A brisa trouxe um novo odor. Se ele não tivesse juízo, pensaria que alguém estava queimando lixo de cozinha; o fedor acre era o mesmo. A seguir, espiou a meia distância e detectou uma leve coluna de fumaça. Será que havia nômades tão perto de Quarzhasaat? Elric havia compreendido que eles não gostavam de ficar a menos de 150 quilômetros da cidade, a não ser que tivessem motivos específicos. E se havia pessoas acampadas ali, por que não tinham montado suas barracas em um ponto mais próximo da estrada? Nada fora dito quanto a bandidos, então ele não temia um ataque, mas continuou curioso, seguindo sua jornada com certa cautela.

As muralhas de areia se ergueram novamente, bloqueando a visão do deserto, mas o cheiro de queimado ficou cada vez mais forte, até se tornar quase insuportável. Sentiu que aquilo obstruía seus pulmões. Seus olhos começaram a lacrimejar. Era um odor tóxico, quase como se alguém estivesse queimando cadáveres putrefatos.

Novamente os paredões diminuíram um pouco, o que permitiu que Elric enxergasse o que estava além. A menos de dois quilômetros, pelo menos até onde conseguia distinguir, viu cerca de vinte colunas de fumaça, mais escura desta vez, enquanto outras nuvens dançavam e ziguezagueavam em torno delas. Começou a suspeitar de que se tratava de uma tribo que mantinha as fogueiras da cozinha acesas enquanto viajavam em carroças de algum tipo. Entretanto, dificilmente existia algum tipo de carroça que cruzaria com facilidade aquelas profundas ondulações. Mais uma vez Elric se perguntou por que não estavam na Estrada Vermelha.

Sentiu-se tentado a investigar, mas sabia que seria um tolo se deixasse a estrada. Podia se perder outra vez e acabar em condições ainda piores do que quando Anigh o encontrara, dias antes, do outro lado de Quarzhasaat.

Estava prestes a desmontar para repousar a mente e os olhos, se não o corpo, por uma hora, quando a muralha mais próxima começou a ondular e estremecer, e largas rachaduras surgiram ao longo dela. O terrível cheiro de queimado estava ainda mais próximo, e ele pigarreou, tossindo para se livrar do fedor. Seu cavalo começou a relinchar e recusar o comando das rédeas conforme Elric tentava seguir adiante.

De repente, um bando de criaturas atravessou o caminho, irrompendo dos buracos recém-formados nas muralhas. Eram as mesmas que ele tomara por homúnculos. Ao vê-las mais de perto, deu-se conta de que eram algum tipo de rato, mas um rato que andava sobre longas pernas traseiras, de braços curtos, que mantinham elevados junto ao peito, com o rosto longo e cinza cheio de pequenos dentes afiados e orelhas imensas, que os deixavam parecidos com alguma criatura alada tentando deixar o solo.

Então veio um grande estrondo e estalo. A fumaça preta cegou Elric e seu cavalo empinou. Ele viu uma silhueta sair das muralhas rachadas — um corpo enorme cor de carne sobre uma dúzia de pernas, as mandíbulas fazendo barulho enquanto perseguia os ratos, que eram obviamente sua presa natural.

Elric deixou o cavalo cavalgar à própria sorte e olhou para trás, tentando obter uma visão mais clara da criatura que pensava ter existido apenas em tempos antigos. Havia lido sobre tais feras, mas acreditava que estivessem extintas. Eram chamadas de besouros de fogo. Devido a algum tipo de mutação biológica, os besouros gigantescos secretavam poças de óleo nas carapaças espessas. Essas poças, expostas à luz do sol e às chamas que já ardiam em outras costas, pegavam fogo, de modo que até vinte pontos nas costas impenetráveis dos besouros queimavam ao mesmo tempo, e só se extinguiam quando uma dessas feras escavava um caminho bem para o fundo da terra em sua época de acasalamento. Era isso o que ele tinha visto a distância.

Os besouros de fogo estavam caçando.

Moviam-se a uma velocidade aterradora. Pelo menos uma dúzia dos insetos gigantescos se aproximava da estrada, e Elric se deu conta, para seu pavor, de que ele e seu cavalo estavam prestes a ficarem presos numa armadilha projetada para pegar os homens-rato. Sabia que os besouros de fogo não discriminariam nada feito de carne, e ele podia muito bem ser comido por acidente por uma fera que, em geral, não se alimentava de homens. O cavalo continuava a empinar e bufar, e só colocou todos os cascos no chão quando Elric o forçou a ficar sob controle, sacando Stormbringer e cogitando o quanto até mesmo aquela espada mágica seria inútil contra as carapaças rosa-acinzentadas, de onde chamas saltitavam e ardiam. Stormbringer absorvia pouca energia de criaturas naturais como aquelas. Torceu para que, num golpe de sorte, conseguisse partir as costas de uma e talvez romper o círculo que se fechava antes que ficasse totalmente preso.

Elric atacou com sua grande espada negra de batalha e decepou um membro em movimento. O besouro mal notou e não parou nem por um segundo seu progresso. O melniboneano gritou, tornou a golpear e então o fogo se espalhou. Óleo quente foi lançado ao ar quando ele atingiu as costas do besouro, mas novamente fracassou em causar qualquer ferimento considerável. Os guinchos do cavalo e o lamento da espada se misturavam, e Elric viu-se gritando enquanto virava sua montaria para lá e para cá, em busca de uma rota de fuga. Em volta dos cascos do cavalo, os homens-rato corriam, em pânico, incapazes de se enterrar com facilidade na argila dura daquela estrada tão percorrida. Sangue respingou nas pernas e nos braços de Elric e contra o linho que cobria seu cavalo até abaixo dos joelhos. Pequenos pontos de óleo flamejante pegavam no tecido e abriam buracos. Os besouros estavam se fartando, movendo-se mais devagar conforme comiam. No círculo todo, não havia uma brecha grande o bastante para cavalo e cavaleiro escaparem.

Elric ponderou tentar passar por cima das costas dos enormes besouros, embora parecesse que as carapaças fossem escorregadias demais para oferecer apoio. Não havia outra saída. Estava prestes a forçar o cavalo adiante quando ouviu um zumbido familiar ao redor, viu o ar se encher de moscas e soube que se tratava dos carniceiros que sempre acompanhavam os besouros de fogo, alimentando-se de quaisquer restos e excremento que deixassem espalhados ao viajar. As moscas começaram a se assentar em Elric e em seu cavalo, aumentando o pânico do imperador. Ele estapeava as criaturas, que formavam uma cobertura espessa, rastejando sobre cada centímetro de sua pele. O barulho que faziam era ao mesmo tempo nauseante e ensurdecedor, e seus corpos obliteravam quase por completo sua visão.

O cavalo guinchou de novo e tropeçou. Elric tentou desesperadamente enxergar mais adiante. A fumaça e as moscas eram demais tanto para ele quanto para o animal. Moscas encheram sua boca e narinas. Ele se engasgou tentando afastá-las e as cuspia no chão, onde os pequenos homens-rato guinchavam e morriam.

Outro som o alcançou vagamente e, por milagre, as moscas começaram a alçar voo. Com olhos lacrimejantes, viu os besouros se moverem todos numa só direção, deixando um espaço pelo qual ele talvez pudesse cavalgar. Sem pensar duas vezes, Elric esporeou o cavalo rumo a esse vão, inspirando grandes golfadas de ar para os pulmões, incerto se tinha escapado ou se havia apenas passado para o interior de um círculo maior de besouros de fogo, pois a fumaça e o barulho ainda o confundiam.

Cuspindo mais moscas, ajustou o visor e olhou adiante. Não havia mais besouros à vista, embora Elric ainda pudesse ouvi-los às suas costas. Distinguiu novas silhuetas na poeira e na fumaça.

Eram cavaleiros, movendo-se em ambos os lados da Estrada Vermelha, empurrando os besouros para trás com longas lanças que se enganchavam por baixo das carapaças e eram usadas como aguilhões, sem causar nenhum mal real às criaturas, mas gerando dor suficiente para fazer com que se movessem — algo que a espada de Elric havia falhado em conseguir. Os cavaleiros vestiam mantos amarelos esvoaçantes que eram pegos pela brisa do próprio movimento e se erguiam como asas, enquanto eles, sistematicamente, pastoreavam os besouros de fogo para longe da estrada e para dentro do deserto. O restante dos homens-rato, talvez agradecido por essa salvação inesperada, espalhava-se e procurava tocas na areia.

Elric não embainhou Stormbringer. Sabia muito bem que aqueles guerreiros podiam tê-lo salvado por acaso, e talvez até o culpasse por estar no caminho deles. Mas a opção mais provável era que aqueles homens o estivessem seguindo havia algum tempo e não quisessem que os besouros de fogo roubassem sua presa.

Um dos cavaleiros vestidos de amarelo se destacou da multidão e galopou até Elric, saudando-o com a lança erguida.

— Eu lhe agradeço profundamente — disse o albino. — O senhor salvou minha vida. Espero que eu não tenha atrapalhado demais sua caçada.

O cavaleiro era mais alto do que Elric, muito magro, com um rosto escuro e macilento, e olhos pretos. A cabeça era raspada e os dois lábios decorados, aparentemente, com tatuagens pequeninas, como se usasse uma máscara de renda fina e multicolorida sobre a boca. A lança não estava embainhada, e Elric se preparou para se defender, sabendo que suas chances, mesmo contra tantos seres humanos, eram maiores do que contra os besouros de fogo.

O homem franziu o cenho ante a declaração de Elric, confuso por um momento. A seguir, a confusão desapareceu de suas feições.

— Não caçamos os besouros de fogo. Vimos o que estava acontecendo e percebemos que você não sabia como sair do caminho das criaturas. Viemos o mais rápido possível. Sou Manag Iss, da Seita Amarela, parente do conselheiro Iss. Faço parte dos Feiticeiros Aventureiros.

Elric tinha ouvido falar dessas seitas. Haviam sido a principal casta guerreira de Quarzhasaat, largamente responsável pelos feitiços que inundaram o império de areia. Será que lorde Gho, sem confiar completamente nele, os colocara para segui-lo? Ou será que eram assassinos instruídos a matá-lo?

— Eu lhe agradeço por sua intervenção mesmo assim, Manag Iss. Devo-lhe a minha vida. Fico honrado em conhecer um membro da sua seita. Sou Elric de Nadsokor, nos Reinos Jovens.

— Sim, nós sabemos a seu respeito. Estávamos seguindo-o, esperando até estarmos longe o bastante da cidade para conversar com você em segurança.

— Segurança? Você não corre perigo em minha presença, mestre Feiticeiro Aventureiro.

Manag Iss evidentemente não era um homem acostumado a sorrir com frequência e, ao fazê-lo, o ato consistiu em uma estranha contorção de rosto. Atrás deles, outros membros da seita começavam a cavalgar de volta, guardando as lanças compridas nas bainhas presas às selas.

— Não achei que corrêssemos, mestre Elric. Nós o procuramos em paz e somos seus amigos, se assim nos aceitar. Minha compatriota envia saudações. Ela é a esposa do conselheiro Iss. Contudo, Iss continua sendo nosso nome de família. Todos tendemos a casar dentro da mesma linhagem, nosso clã.

— Fico feliz em conhecê-lo.

Elric aguardou o homem falar mais.

Manag Iss acenou a mão longa e marrom, cujas unhas tinham sido removidas e substituídas pelas mesmas tatuagens que se via em sua boca.

— Aceitaria desmontar e conversar? Pois viemos trazer mensagens e a oferta de presentes.

Elric deslizou Stormbringer para a bainha e jogou a perna por cima da sela, escorregando para a poeira da Estrada Vermelha. Observou os besouros se arrastarem lentamente para longe, talvez em busca de mais homens-rato, com suas costas fumarentas que o lembravam das fogueiras nos acampamentos de leprosos, nos arredores de Jadmar.

— Minha compatriota deseja que você saiba que ela, bem como a Seita Amarela, estão ao seu dispor, mestre Elric. Estamos preparados para lhe dar qualquer assistência necessária na busca da Pérola no Coração do Mundo.

Elric sentiu certo divertimento.

— Temo que você tenha uma vantagem sobre mim, sir Manag Iss. Está viajando em busca de um tesouro?

Manag Iss permitiu que uma expressão de leve impaciência passasse por seu rosto estranho.

— É sabido que seu patrono, lorde Gho Fhaazi, prometeu a Pérola no Coração do Mundo à Sétima Inominada e que esta, por sua vez, prometeu a ele o novo assento no Conselho em troca. Descobrimos o bastante para saber que apenas um ladrão excepcional poderia ser contratado para essa tarefa. E Nadsokor é famosa por seus ladrões excepcionais. Trata-se de uma tarefa que, como tenho certeza de que sabe, todos os Feiticeiros Aventureiros fracassaram em completar. Por séculos, membros de todas as seitas tentaram encontrar a Pérola no Coração do Mundo, sempre que a Lua de Sangue se levanta. Os poucos que sobreviveram para regressar a Quarzhasaat estavam loucos e morreram pouco depois. Apenas recentemente recebemos algum conhecimento e prova de que a Pérola existe de fato. Temos ciência, portanto, de que você é um ladrão de sonhos, embora disfarce sua profissão ao não carregar seu cajado torto, pois sabemos que apenas um ladrão de sonhos da maior habilidade poderia alcançar a Pérola e trazê-la de volta.

— Você me contou mais do que eu sabia, Manag Iss — disse Elric, sério. — E é verdade que fui contratado por lorde Gho Fhaazi. Mas saiba também que parto nesta jornada com relutância. — Elric confiava em seus instintos o bastante para revelar a Manag Iss o poder que lorde Gho tinha sobre ele.

Manag Iss claramente acreditou. As pontas tatuadas dos dedos roçaram de leve as tatuagens nos lábios enquanto ele considerava essa informação.

— Esse elixir é conhecido pelos Feiticeiros Aventureiros. Nós o destilamos há milênios. É verdade que ele retroalimenta o usuário com sua própria essência. O antídoto é muito mais difícil de preparar. Estou surpreso que lorde Gho afirme possuí-lo. Apenas algumas seitas dos Feiticeiros Aventureiros têm pequenas quantidades dele. Se retornar conosco para Quarzhasaat, tenho certeza de que conseguiremos administrar o antídoto a você dentro de um dia, no máximo.

Elric considerou a oferta com cuidado. Manag Iss era empregado por um dos rivais de lorde Gho. Isso o deixava desconfiado de qualquer oferta, independentemente do quanto parecesse generosa. O conselheiro Iss, ou lady Iss, ou seja lá quem fosse que desejava colocar o próprio candidato no Conselho, sem dúvida estaria preparado para que nada o impedisse de alcançar esse objetivo. Até onde Elric sabia, a oferta de Manag Iss podia ser apenas uma forma de baixar sua guarda para que fosse assassinado com mais facilidade.

— Perdoe-me se sou franco — disse o albino —, mas não tenho como confiar em você, Manag Iss. Sei que Quarzhasaat é uma cidade cujo principal entretenimento é a intriga, e não tenho vontade de me envolver nesse joguinho de conspirações e contraconspirações de que seus concidadãos parecem desfrutar tanto. Se o antídoto do elixir existe, como diz, eu estaria mais disposto a considerar suas afirmações caso você, por exemplo, me encontrasse no Oásis da Flor Prateada daqui a, digamos, seis dias, a partir de hoje. Tenho elixir suficiente para três semanas, que é o tempo da Lua de Sangue, mais o tempo da minha jornada de ida e volta para sua cidade. Isso me convencerá do seu altruísmo.

— Também serei franco — disse Manag Iss, a voz fria. — Sou contratado e comprometido tanto por meu juramento de sangue, o contrato da minha seita, quanto por minha honra como membro da nossa guilda sagrada. Esse contrato é para convencê-lo, por qualquer meio possível, a desistir de sua missão ou a vender a Pérola. Se não abrir mão da sua jornada, então concordarei em adquirir a Pérola de você a qualquer preço, exceto, claro, uma vaga no Conselho. Portanto, vou fazer uma oferta equivalente à de lorde Gho e acrescentar qualquer outra coisa que desejar.

Elric falou com certo pesar.

— Você não tem como equiparar sua oferta à dele, Manag Iss. Existe a questão do menino a quem ele matará.

— O menino tem pouca importância, com certeza.

— Pouca, sem dúvida, no grande esquema das coisas, como são jogadas em Quarzhasaat.

Elric estava ficando cansado. Ao perceber que tinha cometido um erro tático, Manag Iss disse, apressado:

— Nós resgataremos o menino. Diga-nos onde encontrá-lo.

— Acho que vou me ater à barganha original — respondeu Elric. — Parece haver pouca escolha entre as duas.

— E se lorde Gho fosse assassinado?

Elric deu de ombros e fez menção de montar outra vez.

— Sou grato por sua intervenção, Manag Iss. Considerarei sua oferta enquanto cavalgo. Sabe bem que tenho pouco tempo para encontrar a Fortaleza da Pérola.

— Mestre Ladrão, eu o alertaria...

Nesse ponto, Manag Iss se interrompeu. Olhou para trás, para a Estrada Vermelha. Havia uma leve nuvem de poeira à vista. Dela, emergiram silhuetas indistintas que cavalgavam com mantos verde-claros e esvoaçantes. Manag Iss praguejou. No entanto, abriu seu sorriso peculiar enquanto os líderes galopavam na direção deles.

Pelos trajes, Elric teve certeza de que aqueles homens integravam os Feiticeiros Aventureiros. Também tinham tatuagens, porém nas pálpebras e nos pulsos, e as túnicas esvoaçantes, que chegavam aos tornozelos, traziam uma flor bordada, enquanto o arremate das mangas tinha o mesmo desenho em miniatura. O líder dos recém-chegados saltou do cavalo e abordou Manag Iss. Era um homem baixo, bonito e barbeado, exceto por um pequeno cavanhaque, oleado ao estilo de Quarzhasaat e ajeitado numa ponta exagerada. Ao contrário dos membros da Seita Amarela, carregava uma espada, sem bainha, presa num arnês simples de couro. Fez um sinal, que Manag Iss imitou.

— Saudações, Oled Alesham, e que a paz esteja com você. A Seita Amarela deseja grandes conquistas à Seita Dedaleira e está curiosa quanto ao motivo pelo qual vocês viajaram tão longe pela Estrada Vermelha.

Tudo isso foi dito rapidamente, uma formalidade. Manag Iss estava, sem dúvida, tão ciente quanto Elric do porquê de Oled Alesham e seus homens os seguirem.

— Cavalgamos para dar proteção a esse ladrão — disse o líder da Seita Dedaleira, indicando Elric com o queixo. — Ele é um forasteiro em nossas terras, e nós lhe oferecemos ajuda, como é o antigo costume.

O próprio Elric sorriu abertamente e perguntou:

— E por algum acaso você, mestre Oled Alesham, é parente de algum membro dos Seis e Mais Um?

O senso de humor de Oled Alesham era mais refinado do que o de Manag Iss.

— Ah, somos todos aparentados com todos em Quarzhasaat, sir Ladrão. Estamos a caminho do Oásis da Flor Prateada e pensamos que talvez você apreciaria assistência em sua missão.

— Ele não tem missão nenhuma — retrucou Manag Iss, arrependendo-se imediatamente da mentira. — Exceto aquela que compartilha com seus amigos da Seita Amarela.

— Como nossa lealdade à guilda nos proíbe de brigar, não disputaremos, espero eu, a respeito de quem vai escoltar nosso convidado ao Oásis da Flor Prateada — disse Oled Alesham, com uma risadinha. Estava achando muita graça na situação. — Devemos todos viajar juntos, talvez? E cada um receberá um pedacinho da Pérola?

— Não existe Pérola alguma — afirmou Elric —, e não existirá se continuarem atrapalhando minha jornada. Agradeço a vocês, cavalheiros, por sua preocupação, e desejo a todos uma boa tarde.

A despedida causou alguma consternação entre as duas seitas rivais, que tentavam decidir o que fazer quando, por cima dos entulhos gerados pelos besouros de fogo, chegaram cavalgando cerca de meia dúzia de guerreiros vestidos de preto, com um véu pesado e capuz, as espadas já em mãos.

Elric, supondo que aquilo não significava nada de bom, recuou até que Manag Iss, Oled Alesham e os homens de ambos ficassem ao seu redor.

— Outros de sua casta, cavalheiros? — perguntou, com a mão no punho da espada.

— São da Irmandade da Mariposa — explicou Oled Alesham. — Assassinos. Não fazem nada além de matar, sir Ladrão. Seria melhor você se unir a nós. É evidente que alguém determinou que deveria ser assassinado antes de sequer ver a Lua de Sangue nascer.

— Vocês me ajudarão a me defender? — perguntou o albino, montando e se preparando para a luta.

— Não podemos — disse Manag Iss, e soava genuinamente pesaroso. — Não podemos travar batalha com gente de nossa casta. Mas eles não nos matarão se o cercarmos. Seria de seu melhor interesse aceitar nossa oferta, sir Ladrão.

Foi quando a fúria impaciente, que era uma marca de seu sangue antigo, tomou conta de Elric. Ele sacou Stormbringer sem mais delongas.

— Estou cansado dessas pequenas barganhas. Peço-lhe que fique longe de mim, Manag Iss, pois pretendo travar batalha.

— Há muitos deles! — Oled Alesham estava chocado. — Você será massacrado. São assassinos habilidosos!

— Ah, mas eu também sou, mestre Feiticeiro Aventureiro. Eu também sou.

Com isso, Elric guiou seu cavalo adiante, passando pelas fileiras espantadas das Seitas Amarela e Dedaleira, em direção ao líder da Irmandade da Mariposa. A espada rúnica começou a uivar em uníssono com seu mestre, e o rosto branco brilhava com a energia dos amaldiçoados, enquanto os olhos vermelhos faiscavam e os Feiticeiros Aventureiros se davam conta, pela primeira vez, de que uma criatura extraordinária havia aparecido entre eles, e que o haviam subestimado.

Stormbringer se ergueu na mão enluvada de Elric, o metal negro captando os raios do sol ofuscante e parecendo absorvê-los. A lâmina negra desceu, quase como que por acidente, rachou o crânio do líder da Irmandade da Mariposa, clivando-o até o esterno, e uivou ao sugar a alma do homem na exata fração de segundo da sua morte. Elric virou na sela e girou a espada para enterrar seu gume na lateral do assassino que se aproximava pela esquerda a cavalo. O homem berrou:

— Ela me acertou! Ah, não! — E então também morreu.

Os outros cavaleiros encobertos por véus ficaram mais cautelosos, circundando o albino a alguma distância e pensando em uma estratégia. Tinham achado que não precisariam de uma, que tudo o que teriam que fazer era atropelar um ladrãozinho de um Reino Jovem e destruí-lo. Restavam cinco cavaleiros negros. Pediam auxílio a seus camaradas, integrantes da guilda, mas nem Manag Iss nem Oled Alesham estavam prontos para dar ordens a seu pessoal, ordens que poderiam resultar na morte profana que tinham acabado de testemunhar.

Elric não demonstrou tal prudência. Cavalgou diretamente para o assassino seguinte, que aparou seu golpe com destreza e até o atacou por baixo da guarda, antes que seu braço fosse decepado e ele caísse da sela, o sangue jorrando do coto. Mais um movimento elegante, metade executado por Elric, metade por sua espada, e aquele homem também teve a alma sugada. Os outros recuaram por entre os mantos amarelos e verdes de seus irmãos. Havia pânico em seus olhos. Reconheciam a feitiçaria, mesmo que fosse algo mais poderoso do que poderiam ter previsto.

— Pare! Pare! — gritou Manag Iss. — Não há necessidade de que mais de nós morram! Estamos aqui para fazer uma oferta ao ladrão. Foi o velho duque Ral que enviou vocês para cá?

— Ele não quer mais intrigas que envolvam a Pérola — rosnou um dos homens encobertos. — Disse que uma morte limpa era a melhor solução. Mas essas mortes não são limpas para nós.

— Aqueles que nos contrataram impuseram os métodos — disse Oled Alesham. — Ladrão! Guarde sua espada. Não queremos lutar com você!

— Acredito nisso. — Elric estava com um ar severo. A sede de sangue ainda se abatia sobre ele, que lutava para controlá-la. — Creio que vocês simplesmente desejavam me matar sem nenhuma luta. Tolos, todos vocês. Eu já havia alertado lorde Gho sobre isso. Tenho o poder para destruí-los. Vocês têm sorte por eu ter jurado a mim mesmo não usar meu poder para curvar outros à minha vontade para meus próprios fins egoístas. Mas não prometi que me permitiria morrer nas mãos de assassinos mercenários! Voltem! Voltem para Quarzhasaat!

Essa última frase foi quase gritada, e a grande espada negra a ecoou quando ele a ergueu para o céu, para alertá-los do que aconteceria se não obedecessem.

Manag Iss disse a Elric, em voz baixa:

— Não podemos, sir Ladrão. Temos que cumprir nossos contratos. É assim que age nossa guilda, que agem todos os Feiticeiros Aventureiros. Uma vez que tenhamos concordado em realizar uma tarefa, então ela tem que ser realizada. A morte é a única desculpa para o fracasso.

— Então devo matar todos vocês — disse Elric, simplesmente. — Ou vocês devem me matar.

— Ainda podemos fazer aquela barganha que lhe falei — lembrou Manag Iss. — Eu não o estava enganando, sir Ladrão.

— Minha oferta também é sólida — argumentou Oled Alesham.

— Mas a Irmandade da Mariposa prometeu me matar — apontou Elric, quase achando graça —, e vocês não podem me defender contra eles. Nem, suponho eu, podem fazer nada além de ajudá-los contra mim.

Manag Iss tentava se afastar dos assassinos vestidos de preto, mas ficou claro que eles estavam determinados a permanecer na segurança das fileiras de sua guilda.

Então Oled Alesham murmurou algo para o líder da Seita Amarela que deixou Manag Iss pensativo. Ele assentiu e sinalizou para os membros remanescentes da Irmandade da Mariposa. Por alguns momentos, eles conferenciaram, depois Manag Iss levantou a cabeça e dirigiu-se a Elric.

— Sir Ladrão, encontramos uma fórmula que o deixará em paz e nos permitirá regressar com honra para Quarzhasaat. Se nos retirarmos agora, você promete não nos seguir?

— Se eu tiver sua palavra de que não permitirá que esses Mariposas me ataquem outra vez.

Elric estava mais calmo. Colocou a espada rúnica ainda cantando sobre seu braço.

— Guardem as espadas, irmãos! — gritou Oled Alesham, e os Mariposas obedeceram de imediato.

Em seguida, Elric embainhou Stormbringer. A energia profana que absorvera daqueles que buscavam matá-lo o preenchia, e ele experimentava toda a sensibilidade antiga e elevada de sua raça, toda a arrogância e todo o poder daquele sangue ancestral. Riu dos seus inimigos.

— Vocês sabem quem estão tentando matar, cavalheiros?

Oled Alesham franziu levemente o cenho.

— Estou começando a adivinhar um pouco de suas origens, sir Ladrão. Dizem que os lordes do Império Brilhante já carregaram espadas como a sua, numa era anterior a esta. Numa época antes da história. Dizem que essas lâminas eram objetos vivos, uma raça aliada à sua. Você tem a aparência de nossos inimigos há tanto tempo mortos. Isso significa que Melniboné não se afogou?

— Deixarei que vocês cheguem às próprias conclusões a esse respeito, mestre Oled Alesham. — Elric suspeitava de que planejassem algum truque, mas estava quase que indiferente. — Se o seu pessoal passasse menos tempo mantendo os próprios mitos desvalorizados e mais tempo estudando o mundo como ele é, acho que sua cidade teria uma chance bem maior de sobreviver. Do jeito que as coisas estão, o lugar está desmoronando sob o peso das próprias ficções degradadas. As lendas que oferecem a uma raça sua noção de orgulho e história com o tempo se tornam pútridas. Se Melniboné se afogar, mestre Feiticeiro Aventureiro, será como Quarzhasaat se afoga agora...

— Não nos preocupamos com questões filosóficas — disse Manag Iss, evidentemente desconfortável. — Não questionamos os motivos ou ideias daqueles que nos empregam. Isso está escrito em nossos estatutos.

— E deve, portanto, ser obedecido! — Elric sorriu. — E assim, vocês celebram sua decadência e resistem à realidade.

— Vá agora — disse Oled Alesham. — Não cabe a você nos instruir em questões morais nem a nós ouvir. Deixamos nossos dias de estudantes para trás.

Elric aceitou essa leve censura e virou o cavalo cansado novamente na direção do Oásis da Flor Prateada. Não olhou para trás nem uma vez, mas adivinhou que os Feiticeiros Aventureiros se encontravam mais mergulhados em confabulações do que nunca. Começou a assoviar enquanto a Estrada Vermelha se estendia adiante, e a energia roubada dos seus inimigos o enchia de euforia. Seus pensamentos estavam em Cymoril e seu retorno a Melniboné, onde esperava garantir a sobrevivência de sua nação ao efetuar nela as mesmas mudanças de que tinha falado aos Feiticeiros Aventureiros. Naquele momento, seu objetivo parecia um pouco mais próximo e sua mente, mais clara do que estivera em vários meses.

A noite pareceu chegar rapidamente e, com ela, uma queda abrupta na temperatura que deixou o albino estremecendo e roubou dele um pouco do seu bom humor. Ele tirou mantos mais pesados dos embornais e os vestiu, depois amarrou o cavalo e se preparou para fazer uma fogueira. O elixir do qual vinha dependendo não fora tocado desde seu encontro com os Feiticeiros Aventureiros, e ele começava a entender um pouco melhor a natureza da poção. O anseio tinha diminuído, embora ainda estivesse ciente da sensação. Assim, Elric pensou que seria possível se libertar de sua dependência sem necessidade de mais acordos com lorde Gho.

— Tudo o que preciso fazer — disse para si mesmo, enquanto comia com parcimônia o alimento que haviam lhe fornecido — é garantir que eu seja atacado ao menos uma vez por dia por membros da Irmandade da Mariposa...

Ele guardou seus figos e seu pão, cobriu-se com o manto noturno e preparou-se para dormir.

Seus sonhos foram simples e familiares. Estava em Imrryr, a Cidade dos Sonhos, com Cymoril sentada ao seu lado. Elric se encontrava no Trono de Rubi, contemplando sua corte. Entretanto, não era a corte que os imperadores de Melniboné haviam mantido pelos milhares de anos de governo, mas uma à qual tinham ido homens e mulheres de todas as nações, de cada um dos Reinos Jovens, de Elwher e do Oriente Não Mapeado, de Phum, até mesmo de Quarzhasaat. Ali, eram trocadas informações e filosofias, junto a todo tipo de mercadoria. Uma corte cujas energias não eram devotadas a se manter imutável por toda a eternidade, mas a todo tipo de novas ideias e discussões animadas e humanas; que dava boas-vindas a pensamentos renovados não como se fossem ameaças à sua existência, mas como uma necessidade essencial a seu bem-estar contínuo; cuja riqueza era devotada ao experimento nas artes e ciências, a apoiar aqueles em necessidade e a auxiliar pensadores e eruditos. O brilhantismo do Império Brilhante não viria mais da luminosidade da putrefação, e sim da luz da razão e da boa vontade.

Esse era o sonho de Elric, mais coerente do que jamais fora. Esse era seu sonho, e era por isso que ele viajava pelo mundo, por isso recusava o poder que lhe pertencia, por isso arriscava a vida, a mente, o amor e tudo o mais que valorizava, pois acreditava que não existia uma vida digna de ser vivida que não aquela que se arriscava na busca por conhecimento e justiça. E era por isso que seus conterrâneos o temiam. Ele acreditava que a justiça não era obtida por meio da administração, mas sim pela experiência. Era necessário saber o que era sofrer humilhações e ser impotente, ao menos até certo grau, antes de apreciar por completo sua posição. Era necessário abrir mão do poder se queria alcançar a justiça verdadeira. Essa não era a lógica do Império, mas era a lógica de alguém que verdadeiramente amava o mundo e desejava ver chegar uma era em que todas as pessoas fossem livres para realizar suas ambições com dignidade e respeito próprio.

— Ah, Elric — disse Yyrkoon, rastejando de trás do Trono de Rubi feito uma serpente —, tu és um inimigo da tua própria raça, um inimigo de teus deuses e um inimigo de tudo o que venero e desejo. É por isso que deves ser destruído, e é por isso que devo possuir tudo o que é teu. Tudo...

Com isso, Elric acordou. Sua pele estava grudenta de suor. Procurou a espada. Tinha sonhado com Yyrkoon em forma de serpente e podia jurar que ouvia algo deslizando sobre a areia, não muito longe. O cavalo sentiu o cheiro e grunhiu, exibindo uma agitação crescente. Elric se levantou, o manto noturno caindo dos ombros. O hálito do cavalo fumegava no ar. Havia uma lua lá no alto, lançando uma luz levemente azulada sobre o deserto.

O som se aproximou. Elric espiou as margens altas da estrada, mas não conseguiu ver nada. Tinha certeza de que os besouros de fogo não tinham voltado. E o que ouviu a seguir confirmou essa certeza. Uma grande torrente de hálito fétido, um som apressado, quase um berro, e ele soube que alguma fera gigantesca estava por perto.

Elric também soube que a fera não era daquele deserto, nem daquele mundo, na verdade. Podia sentir o odor desagradável de algo sobrenatural, algo que tinha sido elevado dos fossos do Inferno, invocado para servir a seus inimigos, e subitamente soube por que os Feiticeiros Aventureiros tinham cancelado seu ataque tão de imediato e o que tinham planejado quando o deixaram partir.

Amaldiçoando a própria impulsividade, desembainhou Stormbringer e rastejou para dentro da escuridão, longe do cavalo.

O rugido veio de trás do albino, que se virou e então viu!

Era uma coisa enorme, felina, mas o corpo lembrava o de um babuíno, com uma cauda arqueada. Espinhos desciam por suas costas e as garras estavam estendidas. A fera se ergueu, tentando alcançá-lo, mas Elric gritou e saltou para o lado, golpeando a coisa, que piscava com cores e luzes peculiares, como se não fosse bem do mundo material. Elric não tinha dúvidas quanto à origem daquilo. Tais criaturas tinham sido invocadas mais de uma vez por feiticeiros de Melniboné para ajudá-los a destruir algo. Vasculhou sua mente em busca de um feitiço, qualquer coisa que afastasse a coisa de volta para as regiões de onde tinha sido invocada, mas fazia tempo demais desde que praticara qualquer feitiçaria.

A criatura captou seu cheiro e o perseguiu. Elric correu de modo errático pelo deserto, tentando ganhar o máximo de distância.

A fera gritou. Estava faminta por mais do que a carne de Elric. Aqueles que a invocaram prometeram-lhe, no mínimo, a alma do melniboneano. Era a recompensa usual para uma fera sobrenatural daquele tipo. Ele sentiu as garras da criatura assobiarem no ar atrás dele. O albino se virou, atacando as patas dianteiras com sua espada. Stormbringer acertou uma delas e arrancou algo semelhante a sangue. Elric sentiu uma onda nauseante de energia se despejar dentro de si. A seguir, estocou a fera, que berrou, abrindo uma boca vermelha na qual reluziam dentes com as cores do arco-íris.

— Por Arioch, que criatura horrenda — disse Elric, ofegante. — É quase um dever enviá-la de volta ao Inferno...

Stormbringer atacou novamente, cortando a mesma pata ferida. Desta vez, porém, a coisa felina se desviou e começou a se recompor para dar um salto ao qual Elric sabia que teria pouca chances de sobreviver. Uma besta sobrenatural não era morta com a mesma facilidade que os guerreiros da Irmandade da Mariposa.

Foi então que ouviu um grito e, ao se virar, viu uma aparição se movendo em sua direção sob o luar. Assemelhava-se a um homem, cavalgando um animal de corcunda estranha que galopava mais depressa do que qualquer cavalo.

A criatura felina parou, incerta, e deu meia-volta, babando e rosnando, para lidar com a distração antes de acabar com o albino.

Ao perceber que não se tratava de mais uma ameaça, mas algum viajante de passagem tentando ir em seu auxílio, Elric gritou:

— É melhor se salvar, senhor. Esta fera é sobrenatural e não pode ser morta facilmente por meios conhecidos!

A voz que respondeu era grave e vibrante, cheia de bom humor.

— Estou ciente disso, senhor, e ficaria agradecido se você pudesse lidar com a coisa enquanto atraio a atenção dela para mim.

O cavaleiro virou sua estranha montaria e avançou em ritmo reduzido na direção contrária. A criatura sobrenatural, entretanto, não se deixou enganar.

Estava claro que aqueles que a tinham invocado haviam a instruído sobre sua presa. Ela farejou o ar de novo à procura de Elric.

O albino estava deitado atrás de uma duna, reunindo forças. Lembrou-se de um feitiço menor que, considerando a energia que ele havia sugado do demônio, talvez fosse capaz de empregar. Começou a cantar na língua antiga, linda e musical, chamada de Alto Melnibonês e, enquanto o fazia, pegou um punhado de areia e o passou pelo ar com movimentos estranhos e graciosos. Gradualmente, dos grãos das dunas, uma espiral de areia começou a se mover para o alto, assoviando conforme girava mais e mais rápido no luar de cor estranha.

A fera felina rosnou e investiu contra ele. Elric, porém, postou-se entre ela e o redemoinho. Então, no último segundo, moveu-se para o lado. A voz da espiral ficou ainda mais aguda. Não passava de uma magia simples, ensinada a jovens feiticeiros como incentivo, mas teve o efeito de cegar a coisa felina por tempo suficiente para Elric atacar e, com sua espada, passar por baixo das garras e mergulhar a lâmina no fundo dos órgãos vitais da besta-fera.

De imediato, a energia começou a ser drenada para dentro da espada e da espada para Elric. O albino gritou e se debateu ao ser preenchido pelo poder. A energia demoníaca não lhe era desconhecida, mas ameaçava fazer dele um demônio também, pois era quase impossível de controlar.

— Aaah! É demais. Demais!

Ele se retorceu em agonia, enquanto a essência vital demoníaca se despejava dentro dele e a coisa felina rugia e morria.

Então ela se foi. Elric jazia ofegante na areia, ao passo em que o cadáver da fera desaparecia aos poucos até virar nada, voltando ao reino de onde tinha sido invocada. Por alguns segundos, Elric quis seguir a coisa para sua região natal, pois a energia roubada ameaçava se derramar de seu corpo, abrir caminho numa explosão de sangue e ossos; no entanto, hábitos antigos lutaram para controlar esse desejo até que, enfim, ele estava no controle de si mesmo. Começou a se levantar lentamente do chão, apenas para ouvir cascos se aproximando.

Ele virou-se com a espada em riste, mas viu que era o viajante que tentara ajudá-lo. Stormbringer não se importou, agitando-se em sua mão, pronta para tomar a alma do amigo como roubara as dos inimigos de Elric.

— Não!

O albino forçou a espada de volta ao interior da bainha. Sentia-se quase enjoado com a energia drenada do demônio, mas obrigou-se a fazer uma mesura séria quando o cavaleiro apareceu.

— Eu lhe agradeço pela ajuda, desconhecido. Não esperava encontrar um amigo tão perto de Quarzhasaat.

O jovem o analisou com alguma compaixão e boa vontade. Tinha feições espantosamente belas, com olhos escuros e bem-humorados, e pele preta e reluzente. Nos cabelos curtos e encaracolados, usava um gorro decorado com plumas de pavão e o casaco e as calças pareciam ser de veludo preto costurado com fios de ouro, sobre os quais ele tinha jogado um manto com capuz de cor clara no padrão normalmente usado pelos povos do deserto por aquelas paragens. Ele subiu lentamente na montaria bovina e de passos largos que tinha cascos fendidos, uma cabeça ampla e uma corcunda imensa sobre os ombros, como o de certos gados que Elric vira em pergaminhos retratando o Continente Sul.

No cinto do jovem havia algum tipo de bastão esculpido com formas ornamentadas, de cabo torto e cerca de metade da altura dele; do outro lado do quadril, ele levava uma espada simples de punho achatado.

— Eu também não esperava encontrar um imperador de Melniboné por estas bandas! — disse o jovem, achando certa graça. — Saudações, príncipe Elric. Estou honrado em conhecê-lo.

— Nós já nos encontramos? Como sabe o meu nome?

— Ah, tais truques não são nada para alguém do meu ofício, príncipe Elric. Eu me chamo Alnac Kreb e estou a caminho do oásis que chamam de Flor Prateada. Devemos retornar para seu acampamento e seu cavalo? Fico contente que esteja ileso. Que inimigos poderosos você tem, para enviarem um demônio tão abominável para matá-lo! Por acaso ofendeu os Feiticeiros Aventureiros de Quarzhasaat?

— Parece que sim. — Elric caminhou ao lado do recém-chegado de volta para a Estrada Vermelha. — Fico-lhe grato, mestre Alnac Kreb. Sem a sua ajuda, eu estaria agora sendo absorvido de corpo e alma por aquela criatura e carregado de volta para seja lá qual inferno a pariu. Mas devo alertá-lo que há certo perigo de que eu seja atacado novamente por aqueles que a enviaram.

— Acho que não, príncipe Elric. Eles sem dúvida estavam confiantes de serem bem-sucedidos e, além de tudo, não devem querer se meter mais com você, uma vez que se deram conta de que não é um mortal comum. Vi um bando deles, de três seitas diferentes daquela guilda desagradável, cavalgando velozmente de volta para Quarzhasaat não faz nem uma hora. Curioso para ver do que estavam fugindo, vim nesta direção. E foi assim que o encontrei. Fiquei feliz em ser útil, por pouco que fosse.

— Eu também estou indo para o Oásis da Flor Prateada, embora não saiba o que esperar lá. — Elric tinha gostado bastante do rapaz. — Ficaria contente de ter sua companhia na jornada.

— Honrado, sir. Honrado!

Sorrindo, Alnac Kreb desmontou de seu animal esquisito e o prendeu perto do cavalo de Elric, que ainda não tinha se recuperado de seu terror, embora estivesse mais quieto.

— Não pedirei para que se canse ainda mais esta noite, senhor — acrescentou Elric —, mas estou muito curioso em saber como adivinhou meu nome e minha raça. Você falou de um truque de seu ofício. Posso perguntar qual seria esse ofício?

— Oras, senhor — disse Alnac Kreb, espanando poeira das calças de veludo —, pensei que tivesse adivinhado. Eu sou um ladrão de sonhos.

4

Um funeral no oásis

— O Oásis da Flor Prateada é bem mais do que uma simples clareira no deserto, como você descobrirá — disse Alnac Kreb, enxugando delicadamente o belo rosto com um lenço arrematado com renda brilhante. — É um ótimo ponto de encontro para todas as nações nômades, e muita riqueza é levada até lá para ser negociada. É frequentado por reis e príncipes. Casamentos são arranjados e ocorrem com frequência por lá, assim como outros tipos de cerimônia. Grandes decisões políticas são tomadas. Alianças antigas são mantidas e novas são estabelecidas. Notícias navegam. Todo tipo de coisa é comercializada. Nem tudo é convencional, nem tudo é material. É um lugar vital, ao contrário de Quarzhasaat, que os nômades visitam com relutância apenas quando a necessidade ou a ganância assim exigem.

— Por que não vimos nenhum desses nômades, amigo Alnac? — perguntou Elric.

— Eles evitam Quarzhasaat. Para eles, o local e seu povo são o equivalente ao Inferno. Alguns acreditam até que as almas dos condenados são enviadas para lá. A cidade representa tudo o que temem, e tudo o què vai de encontro ao que mais valorizam.

— Eu estaria inclinado a tomar o partido desses nômades. — Elric permitiu-se um sorriso. Ainda livre do elixir, seu corpo já ansiava por ele de novo. A energia que sua espada lhe dera normalmente o teria sustentado por um tempo bem maior. Isso era outra prova de que o elixir, conforme explicado por Manag Iss, alimentava-se da própria força vital do usuário para lhe dar força física temporária. Elric começava a suspeitar que, além de alimentar a própria vitalidade, ele também estava alimentando o elixir. O destilado quase representava uma criatura senciente, como a espada. Contudo, a Espada Negra nunca lhe dera a mesma sensação de ser invadido. Elric tentou afastar tais pensamentos ao máximo. — Já sinto certa afinidade com eles — acrescentou.

— Sua esperança, príncipe Elric, é que eles o julguem aceitável! — Alnac riu. — Se bem que um antigo inimigo de Quarzhasaat deve ter certas credenciais. Tenho conhecidos entre alguns dos clãs. Permita-me apresentá-lo quando chegar a hora.

— De bom grado, embora você ainda tenha que explicar como foi que me reconheceu — disse Elric.

Alrac assentiu como se tivesse se esquecido do assunto.

— Não é complicado e, no entanto, é notavelmente complexo, isso se a pessoa não entender o básico do funcionamento do multiverso. Conforme lhe contei, sou um ladrão de sonhos. Sei mais do que a maioria das pessoas porque tenho familiaridade com os mais diversos sonhos. Digamos apenas que ouvi falar de você num sonho e que talvez seja meu destino ser seu companheiro... Embora não por muito tempo, suponho, em minha forma presente.

— Num sonho? Você ainda não me contou o que um ladrão de sonhos faz.

— Ora, rouba sonhos, é claro. Duas vezes por ano levamos nosso butim a uma feira para barganhar, assim como fazem os nômades.

— Você negocia sonhos?

Elric estava incrédulo, e Alnac apreciou sua perplexidade.

— Existem comerciantes na feira que pagam por certos sonhos para depois os venderem àqueles desafortunados que não conseguem sonhar ou têm sonhos tão banais que desejam algo melhor.

Elric balançou a cabeça.

— Você está falando em parábolas, não?

— Não, príncipe Elric, estou dizendo a verdade como ela é. — Ele retirou o estranho bastão com um gancho do cinto. O objeto lembrava Elric de um cajado de pastor, embora mais curto. — Não se adquire um destes sem ter estudado as habilidades básicas de um ladrão de sonhos. Não sou o melhor em meu ofício, e provavelmente nunca serei, mas neste reino, neste momento, este é o meu destino. Existem poucos de nós aqui por motivos que você sem dúvida descobrirá, e apenas os nômades e o povo de Elwher reconhecem nossa habilidade. Somos estranhos, exceto para poucas pessoas sábias, nos Reinos Jovens.

— Por que não se aventuram lá?

— Não nos foi solicitado. Já ouviu falar de alguém à procura dos serviços de um ladrão de sonhos nos Reinos Jovens?

— Nunca. Mas por que isso acontece?

— Talvez porque o Caos tem muita influência no Ocidente e no Sul. Lá, os pesadelos mais terríveis podem se tornar realidade bem depressa.

— Você teme o Caos?

— Qual ser racional não teme? Temo os sonhos daqueles que servem a ele. — Alnac Kreb desviou o olhar e fitou o deserto. — Elwher e o que você chama de "o Oriente Não Mapeado" têm, em sua maioria, habitantes menos complicados; a influência de Melniboné nunca foi tão forte. Também não era, claro, no Deserto dos Suspiros.

— Então é meu povo que você teme?

— Temo qualquer raça que se entregue ao Caos, que faça pactos com os mais poderosos dentre os sobrenaturais, com os próprios Duques do Caos, com os Governantes da Espada em pessoa! Não considero tais acordos salutares ou sãos. Eu me oponho ao Caos.

— Você serve à Lei?

— Eu sirvo a mim mesmo. Suponho que sirva ao Equilíbrio. Acredito que a pessoa pode viver e deixar viver e celebrar a variedade do mundo.

— Essa filosofia é invejável, mestre Alnac. Eu mesmo aspiro a isso, embora creia que você não acredite em mim.

— Ah, eu acredito, príncipe Elric. Tomei parte de muitos sonhos e você aparece em alguns deles. E sonhos são a realidade em outros reinos, e vice-versa. — O ladrão de sonhos olhou de esguelha para o albino, com empatia. — Deve ser difícil para alguém que conheceu milênios de poder tentar abrir mão dele.

— Você me entende bem, sir Ladrão de Sonhos.

— Ah, minha compreensão é apenas do tipo mais vago nessas questões. — Alnac Kreb deu de ombros, em um gesto autodepreciativo.

— Passei muito tempo buscando o significado da justiça, visitando terras onde se diz que ela existe, tentando descobrir qual a melhor forma para alcançá-la e como pode ser estabelecida de modo que o mundo todo se beneficie. Você já ouviu falar de Tanelorn, Alnac Kreb? Lá, diz-se que a justiça reina. Dizem que lá, os Lordes Cinzentos, aqueles encarregados de manter o equilíbrio do mundo, têm sua maior influência.

— Tanelorn existe — afirmou o ladrão de sonhos em voz baixa. — E possui vários nomes. Porém, temo que, em alguns reinos, ela não passe de um ideal de perfeição. Tais ideais são o que alimentam nossa esperança e nosso impulso de transformar os sonhos em realidade. Às vezes, somos bem-sucedidos.

— A justiça existe?

— Claro que existe. Mas não é uma abstração. É preciso trabalhar por ela. Acredito que a justiça seja seu demônio, príncipe Elric, mais do que qualquer Senhor do Caos. Você escolheu uma estrada cruel e infeliz. — Ele sorriu delicadamente ao fitar a longa trilha vermelha que se estendia até o horizonte à frente. — Mais cruel, penso eu, do que a Estrada Vermelha para o Oásis da Flor Prateada.

— Você não é muito encorajador, mestre Alnac.

— Mesmo você deve saber que existe pouquíssima justiça no mundo pela qual não seja preciso lutar muito, conquistar e manter com esforço. Está em nossa natureza mortal entregar essa responsabilidade a terceiros. Entretanto, pobres criaturas como você continuam tentando abrir mão do poder enquanto adquirem cada vez mais responsabilidades. Alguns diriam que é admirável fazer como você, que isso constrói caráter e propósito, que o leva a uma forma mais elevada de sanidade...

— Sim. E alguns diriam que é a forma mais pura de loucura, em desencontro com todos os impulsos naturais. Não sei pelo que vivo, sir Ladrão de Sonhos, mas sei que torço por um mundo em que o mais forte não cace os mais fracos como insetos irracionais, em que criaturas mortais possam obter suas maiores realizações possíveis, onde todos sejam dignos e sadios, nunca vítimas de alguns poucos mais fortes do que eles mesmos...

— Então você serve aos mestres errados no Caos, príncipe. Pois a única justiça reconhecida pelos Duques do Inferno é a da própria existência inconteste. Eles são como bebês recém-nascidos nesse sentido. Opõem-se a todos os seus ideais.

Elric ficou perturbado e falou baixo ao replicar:

— Mas será que não se pode utilizar tais forças para derrotá-las, ou ao menos desafiar seu poder e ajustar o Equilíbrio?

— Apenas o Equilíbrio lhe dará o poder que você deseja. E é um poder sutil, às vezes excepcionalmente delicado.

— Temo que, em meu mundo, não seja forte o bastante.

— É forte apenas quando um número suficiente acredita nele. Nesse caso, é mais poderoso do que o Caos e a Lei combinados.

— Bem, vou trabalhar pelo dia em que o poder do Equilíbrio prevaleça, mestre Alnac Kreb, mas não sei se viverei para ver isso.

— Se viver — disse Alnac suavemente —, suspeito que não acontecerá. Mas ainda se passarão muitos anos antes que você seja chamado para soprar a trombeta de Roland.

— Uma trombeta? Que trombeta é essa?

Mas a pergunta de Elric era casual. Ele acreditava que o ladrão de sonhos estava fazendo outra alusão alegórica.

— Olhe! — Alnac apontou adiante. — Está vendo, bem ao longe? Lá está o primeiro sinal do Oásis da Flor Prateada.

À esquerda, o sol se punha. Criava sombras profundas nas dunas e margens altas da Estrada Vermelha, enquanto o céu escurecia para um denso âmbar no horizonte. Entretanto, quase no limite de sua visão, Elric divisou outra silhueta, algo que não era uma sombra nem uma duna de areia, mas que poderia ser um agrupamento de rochas.

— O que é aquilo? O que você vê?

— Os nômades chamam isso de "kashbeh". Em nossa linguagem comum, diríamos que se trata de um castelo, talvez, ou um vilarejo fortificado. Não temos uma palavra exata para um local assim, pois não temos necessidades deles. Mas aqui, no deserto, são necessários. O kashbeh Moulor Ka Riiz foi construído muito tempo antes da extinção do Império Quarzhasaatiano e recebeu o nome de um rei sábio, fundador da dinastia Aloum'rit, que ainda tem seu lugar no comando dos clãs nômades e é respeitada acima de todos os outros povos do deserto. É um kashbeh que acolhe qualquer um que precise. Qualquer um que seja um fugitivo pode buscar abrigo lá e receber a garantia de um julgamento justo.

— Então a justiça existe neste deserto, mesmo que em nenhum outro lugar?

— Tais lugares existem, como eu disse, espalhados pelos reinos do multiverso. São mantidos por homens e mulheres com os princípios mais humanos e mais puros...

— Então aquele kashbeh não seria Tanelorn, cuja lenda me trouxe para o Deserto dos Suspiros?

— Não é Tanelorn, pois Tanelorn é eterna. O kashbeh Moulor Ka Riiz deve ser mantido por meio da vigilância constante. É a antítese de Quarzhasaat, e os lordes daquela cidade já fizeram muitas tentativas de destruí-lo.

Elric sentiu as garras da vontade e resistiu a tatear em busca de um dos frascos prateados.

— Ele também é chamado de Fortaleza da Pérola?

Ao ouvir isso, Alnac Kreb imediatamente riu.

— Ah, meu bom príncipe, claramente você tem apenas uma vaga noção sobre o lugar e o objeto que está buscando. Deixe-me esclarecer que a Fortaleza da Pérola pode muito bem existir no interior daqueles kashbeh, e que o kashbeh poderia também ter uma existência dentro da Fortaleza. Mas eles não são, de forma alguma, a mesma coisa!

— Por favor, mestre Alnac, não me confunda ainda mais! Fingi saber algo a respeito disso, primeiro porque queria estender minha vida e depois porque precisei comprar a vida de outra pessoa. Ficaria grato por qualquer explicação. Lorde Gho Fhaazi pensou que eu era um ladrão de sonhos, o que pressupõe que um ladrão de sonhos saberia sobre a Lua de Sangue, a Tenda de Bronze e a localização do Local da Pérola.

— Sim, bem... Alguns ladrões de sonhos são mais bem-informados do que outros. Mas, se um ladrão de sonhos é o que a tarefa exige, caro príncipe, e se, como me disse, os Feiticeiros Aventureiros de Quarzhasaat não conseguem executar essa tarefa, então suponho que a Fortaleza da Pérola seja mais do que meras pedras e argamassa. Ela tem a ver com reinos conhecidos apenas a um ladrão de sonhos treinado... Mas provavelmente um mais sofisticado do que eu.

— Pois saiba, mestre Alnac, que eu já viajei para reinos estranhos em busca de meus vários objetivos. Não sou completamente desprovido de sofisticação nessas questões...

— Esses reinos são negados à maioria das pessoas.

Alnac parecia relutante em dizer mais, porém Elric o pressionou.

— Onde ficam esses reinos? — Ele olhou fixamente adiante, esforçando-se para enxergar mais do kashbeh Moulor Ka Riiz, mas fracassou, pois o sol estava quase abaixo do horizonte. — No Oriente? Além de Elwher? Ou em outra parte do multiverso?

Alnac Kreb parecia pesaroso.

— Juramos falar o mínimo possível sobre nosso conhecimento, exceto em circunstâncias cruciais e específicas. Mas devo informá-lo de que esses reinos estão, simultaneamente, mais próximos e mais distantes do que Elwher. Eu juro que não o confundirei ainda mais do que já o fiz. E, se puder esclarecer e ajudar em sua missão, claro que o farei. — Forçou-se a rir para aliviar o próprio estado de espírito. — É melhor se preparar para companhia, príncipe. Se eu estiver certo, nós a teremos em grande quantidade até o anoitecer.

Antes que os últimos raios de sol desaparecessem, a lua se erguia no céu, e sua cor prateada trazia um brilho rosado como o de uma pérola rara. Nesse ínterim, eles chegaram ao topo de uma elevação na Estrada Vermelha e olharam para mil fogueiras lá embaixo. Recortadas contra elas havia a mesma quantidade de tendas altas, montadas sobre a areia como se para lembrar insetos alados gigantes esticados para captar o calor de cima. Dentro das tendas, ardiam lampiões, enquanto homens, mulheres e crianças entravam e saíam. Um cheiro delicioso de ervas, temperos, vegetais e carnes chegava até eles. A suave fumaça das fogueiras se elevava em curvas até o céu acima das grandes rochas sobre as quais se empoleirava o kashbeh Moulor Ka Riiz, uma torre enorme em torno da qual havia brotado uma série de edifícios, alguns de uma arquitetura maravilhosamente imaginativa. O todo era cercado por uma muralha com ameias de proporções irregulares, porém igualmente monumentais; tudo feito da mesma rocha vermelha, de modo que parecia surgir da própria terra e da areia ao redor.

Intervaladas em torno dessas ameias ardiam grandes tochas, revelando homens que eram, evidentemente, guardas patrulhando as muralhas e telhados, enquanto um fluxo constante de tráfego passava por portões altos, indo e vindo por uma ponte esculpida na rocha bruta.

Como Alnac Kreb o alertara, não era um simples local de descanso para as caravanas primitivas que Elric esperava encontrar na Estrada Vermelha.

Ao descerem na direção do amplo lençol de água em torno do qual florescia uma rica variedade de palmeiras, ciprestes, choupos, figueiras e cactos, os dois não foram desafiados, mas muitos os encararam com franca curiosidade. Nem todos com olhares amistosos.

Os cavalos deles tinham estrutura semelhante ao de Elric, enquanto outros nômades montavam as criaturas bovinas preferidas por Alnac. Sons de berros, grunhidos e cusparadas vinham de todas as áreas, e Elric viu que, além do campo de tendas, havia currais nos quais as montarias, assim como ovelhas, cabras e outras criaturas, estavam confinadas.

Mas a visão que dominava aquela cena extraordinária era a de cem ou mais tochas ardendo num semicírculo na beira da água.

Cada tocha era carregada por uma figura de manto e capuz, e todas queimavam com uma chama branca e ofuscante, que lançava a mesma luz forte sobre uma plataforma de madeira entalhada no centro exato da aglomeração.

Elric e seu companheiro frearam as montarias para assistir, tão fascinados pela visão quanto as dúzias de nômades que caminhavam lentamente para os limites do semicírculo, a fim de testemunhar o que claramente era uma cerimônia de certa magnitude. As testemunhas exibiam posturas de respeito, e seus vários mantos e figurinos identificavam seus clãs. Os nômades eram de várias cores, alguns tão negros quanto Alnac Kreb, outros quase tão brancos quanto Elric, com todos os tons intermediários; entretanto, nas feições, eram parecidos, com rostos de ossatura forte e olhos fundos. Tanto homens quanto mulheres eram altos e se portavam com uma elegância considerável. Elric nunca vira tanta gente bonita e estava tão impressionado pela dignidade natural deles quanto se sentira enojado pelos extremos de arrogância e degradação que testemunhara em Quarzhasaat.

Uma procissão começou a se aproximar, descendo a ladeira, e Elric notou que seis homens carregavam um baú grande com tampa abaulada nos ombros, procedendo com lentidão solene até chegarem à plataforma.

A luz branca iluminava cada detalhe da cena. Os homens eram de clãs diferentes, embora todos fossem da mesma altura e de meia-idade. Um único tambor começou a soar, a batida clara e límpida no ar noturno. Em seguida, outro se juntou a ele, e então mais um, até que pelo menos vinte tambores ecoassem pelas águas do oásis e pelos terraços do kashbeh Moulor Ka Riiz. Os sons eram lentos, mas obedeciam a padrões rítmicos complicados, cuja sutileza fez com que Elric gradualmente se maravilhasse.

— É um funeral? — perguntou o albino a seu novo amigo.

Alnac assentiu.

— Mas não sei quem estão enterrando. — Ele apontou para uma série de montes simétricos a distância, entre as árvores. — Aquela é a necrópole dos nômades.

Outro homem, este mais velho e de barba e sobrancelhas grisalhas debaixo do capuz, adiantou-se e passou a ler de um pergaminho que retirou da manga, enquanto dois outros abriam a tampa do caixão elaborado e, para o espanto de Elric, cuspiam dentro dele.

Naquele momento, Alnac ofegou. Pôs-se nas pontas dos pés e espiou, pois as tochas claramente iluminavam o conteúdo do caixão. Ele se virou, ainda mais confuso, para Elric.

— Está vazio, príncipe Elric. Ou o cadáver é invisível.

O ritmo dos tambores cresceu em ritmo e complexidade. Vozes começaram a cantar, elevando-se e desvanecendo como ondas no oceano. Elric nunca tinha ouvido uma música como aquela. Percebeu que o comovia, provocando-lhe emoções obscuras. Sentiu fúria. Pesar. Sentiu-se próximo das lágrimas. E a música ainda prosseguia, em intensidade crescente. Ele ansiava por juntar-se ao canto, mas não entendia nada daquela língua. Parecia-lhe que as palavras eram, de longe, muito mais antigas do que a língua usada em Melniboné, que era a mais antiga nos Reinos Jovens.

Então, subitamente, o canto e os tambores se calaram.

Os seis homens pegaram o caixão da plataforma e começaram a se afastar, marchando para os montes, e os homens com as tochas os seguiram; a luz lançando sombras estranhas entre as árvores e iluminando trechos repentinos com uma brancura reluzente que Elric não conseguia identificar.

Tão de repente quanto haviam parado, os tambores e o cântico recomeçaram, mas desta vez tinham um tom comemorativo, triunfante. As pessoas na multidão ergueram a cabeça devagar e, de várias centenas de gargantas, veio uma ululação aguda, claramente uma resposta tradicional.

Em seguida, os nômades começaram a voltar aos poucos para as tendas. Alnac parou um deles, uma mulher que vestia túnicas verdes e douradas com padrões intrincados, e apontou para a procissão que sumia.

— É um funeral, irmã? Não vi cadáver algum.

— O cadáver não está aqui — respondeu ela, e sorriu ante a confusão dele. — É uma cerimônia de vingança, realizada por todos os nossos clãs por incitamento de Raik Na Seem. O cadáver não está presente porque seu dono não saberá que está morto talvez por muitos meses ainda. Nós o enterramos agora porque não podemos alcançá-lo. Ele não é um de nós, não é do deserto. Está morto, só não está ciente disso. Mas não se engane. Falta a nós apenas o corpo físico.

— Ele é um inimigo do seu povo, irmã?

— Sim, de fato. É um inimigo. Enviou homens para roubar nosso maior tesouro. Eles fracassaram, mas nos causaram um dano profundo no processo. Eu o conheço, não? Você é aquele que Raik Na Seem esperava que fosse retornar. Ele mandou chamar um ladrão de sonhos. — Então ela tornou a olhar para a plataforma onde, sob a luz de uma única tocha, encontrava-se uma figura imensa, curvada como se em oração. — Você é nosso amigo, Alnac Kreb, e já nos ajudou.

— Tive o privilégio de prestar um serviço ínfimo a seu povo no passado — respondeu Alnac Kreb, reagindo ao reconhecimento dela com sua elegância habitual.

— Raik Na Seem aguarda por você. Vá em paz, e que a paz esteja com sua família e seus amigos — disse ela.

Intrigado, Alnac Kreb se virou para Elric.

— Não sei por que Raik Na Seem teria me procurado, mas me sinto obrigado a descobrir. Você ficará por aqui ou me acompanhará, príncipe Elric?

— Estou ficando curioso sobre esse caso todo. Gostaria de saber mais, se for possível — respondeu Elric.

Os dois abriram caminho por entre as árvores até se encontrarem nas margens do grande oásis. Aguardaram respeitosamente enquanto o ancião permanecia na posição que tinha assumido desde que o caixão fora levado embora. Em certo momento, ele se virou, e ficou claro que estivera chorando. Quando os viu, o ancião se aprumou e, ao reconhecer Alnac Kreb, sorriu, fazendo um gesto de boas-vindas.

— Meu caro amigo!

— Que a paz esteja com você, Raik Na Seem. — Alnac deu um passo à frente e abraçou o velho, de quem chegava, no máximo, na altura dos ombros. — Trago comigo um amigo. O nome dele é Elric de Melniboné, daquele mesmo povo que era o grande inimigo dos quarzhasaatianos.

— O nome tem substância em meu coração — disse Raik Na Seem. — Que a paz esteja com você, Elric de Melniboné. Você é bem-vindo aqui.

— Raik Na Seem é o primeiro ancião do clã bauradi e um pai para mim — explicou Alnac.

— Sou abençoado com um filho bom e corajoso. — Raik Na Seem gesticulou na direção das tendas. — Venham. Refresquem-se em minha tenda.

— De bom grado — disse Alnac. — Eu gostaria de saber por que estão enterrando um caixão vazio e quem é o inimigo que merece uma cerimônia tão elaborada.

— Ah, não se engane, pois se trata do pior dos vilões.

Um suspiro profundo escapou do idoso, que os guiava entre o aglomerado de tendas até o interior de um pavilhão imenso, cujo chão era coberto por tapetes de estampas intrincadas. O lugar consistia em uma série de compartimentos em que um levava a outro, e todos eram ocupados por membros da família de Raik Na Seem, que parecia vasta o bastante para ser quase uma tribo por si só. Um cheiro delicioso de comida chegou a eles quando se sentaram em almofadas, e lhes foram oferecidas tigelas com água perfumada para se lavarem.

Depois, enquanto comiam, o ancião contou sua história. Ao notar a relevância do que estava sendo dito, Elric se deu conta de que o destino o levara até o Oásis da Flor Prateada num momento auspicioso. Na época da última Lua de Sangue, disse Raik Na Seem, um grupo de homens fora ao Oásis da Flor Prateada perguntando sobre a estrada para o Local da Pérola. Os bauradis haviam reconhecido o nome, pois constava na literatura deles, mas compreendiam as referências como metáforas poéticas, algo para eruditos e outros poetas discutirem e interpretarem. Disseram isso aos recém-chegados e torceram para que partissem, pois eram quarzhasaatianos, membros da Seita do Pardal dos Feiticeiros Aventureiros e, como tal, notórios por sua magia nebulosa e crueldade. Os bauradis, porém, não queriam rixa com nenhum quarzhasaatiano, com quem faziam comércio. Mas os homens da Seita do Pardal não partiram; em vez disso, continuaram a perguntar a todos que podiam sobre o Local da Pérola, e foi assim que vieram a saber da filha de Raik Na Seem.

— Varadia? — Alnac Kreb pareceu alarmado. — Eles certamente não pensaram que ela sabia algo sobre essa joia, não?

— Tinham ouvido que ela era nossa Garota Sagrada, aquela que acreditamos que crescerá para ser nossa líder espiritual e trazer sabedoria e honra para nosso clã. Acreditaram que, por dizermos que a Garota Sagrada é o receptáculo de todo o nosso conhecimento, ela sabia onde essa pérola poderia ser encontrada. Então tentaram roubá-la.

Alnac Kreb soltou um grunhido súbito de raiva.

— O que eles fizeram, pai?

— Eles a doparam, depois tentaram fugir a cavalo com ela. Descobrimos o crime e os seguimos. Nós os pegamos antes que tivessem completado metade do caminho pela Estrada Vermelha de volta a Quarzhasaat e, em seu terror, eles nos ameaçaram com o poder de seu mestre, o homem que os contratara para procurar a Pérola e os orientara a usar quaisquer meios que os levassem a ela.

— O nome dele era lorde Gho Fhaazi? — perguntou Elric suavemente.

— Era, sim, príncipe. — Raik Na Seem olhou para ele com curiosidade renovada. — Você o conhece?

— Eu o conheço. E sei como ele é. É o homem que vocês enterraram?

— Isso.

— Para quando planejam a morte dele?

— Não planejamos. Ela nos foi prometida. Os Feiticeiros Aventureiros tentaram usar de suas artes contra nós, mas também temos pessoas assim, e eles foram detidos com facilidade. Esse poder não é algo que gostemos de usar, mas às vezes é necessário. Uma criatura do mundo inferior foi invocada. Devorou os homens da Seita do Pardal e, antes de partir, nos concedeu uma profecia de que o mestre deles morreria dentro de um ano, antes que a próxima Lua de Sangue tivesse desaparecido.

— Mas e Varadia? — perguntou Alnac Kreb, com urgência. — O que aconteceu com sua filha, sua Garota Sagrada?

— Ela foi dopada, como eu disse, mas sobreviveu. Nós a trouxemos de volta.

— E ela se recuperou?

— Ela desperta parcialmente, talvez uma vez por mês — disse Raik Na Seem, tentando controlar a tristeza. — Mas o sono não a abandona. Pouco tempo depois de a encontrarmos, ela abriu os olhos e nos disse para levá-la à Tenda de Bronze. Lá ela dorme, como tem dormido há quase um ano, e sabemos que apenas um ladrão de sonhos pode salvá-la. Foi por isso que mandei um aviso para todos os viajantes e caravanas que encontramos, perguntando por um. Somos afortunados, Alnac Kreb, que um amigo tenha ouvido nossas preces.

O ladrão de sonhos balançou a bela cabeça.

— Não foi sua mensagem que me trouxe até aqui, Raik Na Seem.

— Ainda assim, aqui está você. Pode nos ajudar — disse o velho, contemplativamente.

Alnac Kreb pareceu irrequieto, mas disfarçou suas emoções rapidamente.

— Farei o melhor que puder, isso eu juro. De manhã, visitaremos a Tenda de Bronze.

— Ela está bem-guardada agora, pois mais quarzhasaatianos vieram desde aqueles primeiros malvados, e fomos forçados a defender nossa Garota Sagrada. Isso tem sido uma questão relativamente simples. Mas você falou do inimigo que enterramos, príncipe Elric. O que sabe sobre ele?

Elric hesitou por alguns segundos, então começou a falar. Contou a Raik Na Seem sobre tudo o que havia acontecido, como fora enganado por lorde

Gho, o que o homem lhe mandara encontrar e o poder que Gho exercia sobre ele. O albino se recusou a mentir, e o respeito que demonstrou para com Raik Na Seem foi, aparentemente, recíproco, pois, embora a expressão no rosto do primeiro ancião ficasse soturna de raiva com a história, este estendeu a mão firme ao final e a pousou sobre o braço de Elric num gesto de compaixão.

— A ironia, meu amigo, é que o Local da Pérola existe apenas em nossa poesia e nós nunca ouvimos falar da Fortaleza da Pérola.

— Vocês devem saber que eu não causaria nenhum mal maior à sua Garota Sagrada — disse Elric — e que, se puder ajudá-los de alguma forma, é isso o que farei. Minha missão terminou aqui e agora.

— Mas a poção de lorde Gho o matará, a menos que você possa encontrar o antídoto. E a seguir ele matará seu amigo também. Não, não. Vamos olhar para esses problemas de forma mais positiva, príncipe Elric. Creio que temos esses problemas em comum porque somos todos vítimas daquele lorde, que em breve morrerá. Devemos pensar em como derrotar os esquemas dele. É possível que minha filha, de fato, saiba algo sobre essa pérola fabulosa, pois ela é o receptáculo de toda a nossa sabedoria, e já aprendeu mais do que minha pobre mente poderia conceber um dia...

— O conhecimento e a inteligência dela são tão estonteantes quanto sua beleza e amabilidade — disse Alnac Kreb, ainda fumegando com a história do que os quarzhasaatianos tinham feito a Varadia. — Se você a tivesse conhecido, Elric...

Ele se interrompeu, a voz tremendo.

— Todos precisamos descansar — disse o primeiro ancião dos bauradis. — Vocês serão nossos hóspedes e, pela manhã, eu os levarei à Tenda de Bronze, para lá observar minha filha adormecida e torcer para que, talvez com a soma de toda a nossa sabedoria, encontremos um meio de trazer sua mente desperta de volta para este reino.

Naquela noite, ao dormir no luxo que apenas a tenda de um nômade rico poderia fornecer, Elric sonhou de novo com Cymoril, presa num sono drogado incitado por seu primo Yyrkoon, e parecia que ele dormia ao lado dela, que os dois eram um, como Elric sempre sentia quando se deitavam juntos. Mas agora o albino via a figura digna de Raik Na Seem de pé acima dele e soube que este era seu pai, não o tirano neurótico, a figura distante de sua infância, e compreendeu por que era obcecado por questões de moralidade e justiça, pois este bauradi era seu ancestral verdadeiro. Então, Elric experimentou uma paz de espírito, assim como algum tipo de emoção nova e perturbadora, e, quando acordou de manhã, foi relembrado do fato de que ansiava pelo elixir que lhe dava ao mesmo tempo vida e morte. Ele estendeu a mão para o frasco e tomou um pequeno gole antes de se levantar, se lavar e se juntar a Alnac e Raik Na Seem para a refeição matinal.

Quando terminaram, o velho pediu as montarias rápidas e resistentes pelas quais os bauradis eram famosos, e os três cavalgaram para fora do Oásis da Flor Prateada, que fervilhava com todo tipo de atividade; onde comediantes, malabaristas e encantadores de cobras já apresentavam suas habilidades, e contadores de histórias juntavam grupos de crianças mandadas por seus pais, enquanto estes seguiam com seu dia a dia, e cavalgaram na direção dos Pilares Irregulares, vistos vagamente no horizonte da manhã. Aquelas montanhas tinham sido erodidas pelos ventos do Deserto dos Suspiros até, de fato, lembrarem imensas colunas irregulares de pedra vermelha, como se tivessem suportado o próprio teto do céu em si. A princípio, Elric pensava estar observando as ruínas de alguma cidade antiga, mas Alnac Kreb lhe contou a verdade.

— Realmente existem muitas ruínas nesta região. Fazendas, vilarejos, cidades inteiras que o deserto revela de vez em quando, todas engolfadas pela areia invocada pelos tolos magos de Quarzhasaat. Muitos construíram aqui, mesmo depois que as areias vieram, na crença de que elas se dispersariam depois de algum tempo. Sonhos desamparados, temo, como tantas das coisas construídas pelo homem.

Raik Na Seem continuou a guiá-los na travessia do deserto, embora não usasse mapa nem bússola. Aparentemente, conhecia o caminho apenas por hábito e instinto.

Pararam uma vez num ponto onde um pequeno agrupamento de cactos fora praticamente coberto pela areia, e, ali, Raik Na Seem sacou sua longa faca e cortou as plantas perto das raízes, descascando-as depressa e entregando as partes suculentas para os amigos.

— Antigamente havia um rio aqui, e a memória dele permanece, bem abaixo da superfície. O cacto se lembra — explicou.

O sol tinha chegado ao zênite. Elric começou a sentir que o calor o esgotava, então foi forçado a beber mais uma pequena dose do elixir, meramente para poder acompanhar o ritmo dos outros. Foi só à noite, quando os Pilares

Irregulares estavam consideravelmente mais perto, que Raik apontou para algo que piscava e cintilava sob os últimos raios do sol.

— Lá está a Tenda de Bronze, aonde os povos do deserto vão quando precisam meditar.

— É o seu templo? — disse Elric.

— É o mais próximo que temos de um templo. E lá nós ponderamos com nós mesmos. Também é o mais próximo que temos das religiões ocidentais. E é lá que mantemos nossa Garota Sagrada, o símbolo de todos os nossos ideais, o reservatório da sabedoria de nossa raça.

Alnac ficou surpreso.

— Você a mantém sempre lá?

Raik Na Seem balançou a cabeça, quase achando graça.

— Apenas enquanto ela dorme em seu sono sobrenatural, meu amigo. Como sabe, antes disso, ela era uma criança normal, uma alegria para todos que a conheciam. Talvez com sua ajuda ela volte a ser aquela criança.

A expressão de Alnac se anuviou.

— Você não deve esperar demais de mim, Raik Na Seem. Sou um ladrão de sonhos inexperiente, na melhor das hipóteses. Aqueles com quem aprendi meu ofício lhe diriam isso.

— Mas você é nosso ladrão de sonhos. — Raik Na Seem deu um sorriso triste e colocou a mão no ombro de Alnac Kreb. — E nosso bom amigo.

O sol havia se posto quando eles se aproximaram da grande tenda, que lembrava aquelas que Elric vira no Oásis da Flor Prateada, mas muito maior, com paredes de bronze puro.

A lua aparecia no céu, quase diretamente acima deles. Parecia que os raios do sol se estendiam para ela mesmo ao afundarem no horizonte, tocando-a com sua cor, pois ela brilhava com uma riqueza que Elric nunca vira em Melniboné nem nos territórios dos Reinos Jovens. Ele ofegou surpreso, dando-se conta da natureza específica da profecia.

Uma Lua de Sangue tinha se levantado sobre a Tenda de Bronze. Ali, ele encontraria o caminho para a Fortaleza da Pérola.

Embora isso significasse que sua vida pudesse ser salva, o príncipe de Melniboné descobriu-se somente irrequieto com aquela revelação.

5

A promessa do ladrão de sonhos

— Eis aqui nosso tesouro — disse Raik Na Seem. — Eis aqui o que os gananciosos de Quarzhasaat queriam roubar de nós.

Havia pesar, assim como raiva, em sua voz.

No centro do interior fresco da Tenda de Bronze, onde lampiões pequeninos ardiam sobre centenas de almofadas amontoadas e tapetes ocupados por homens e mulheres em atitudes de contemplação profunda, havia uma plataforma mais elevada e, nela, uma cama entalhada com desenhos intrincados de delicadeza requintada, incrustada com madrepérola e turquesa clara, jade leitosa e filigranas prateadas, e ouro dourado. Em cima dela, com as pequeninas mãos postas sobre o peito, que subia e descia com regularidade profunda, jazia uma jovem de mais ou menos treze anos. Tinha a beleza forte de seu povo, e seu cabelo era da cor do mel em contraste com a pele escura. Poderia estar dormindo tão naturalmente quanto qualquer criança de sua idade, exceto pelo fato alarmante de que os olhos, azuis como o maravilhoso mar vilmiriano, fitavam o teto da Tenda de Bronze sem piscar.

— Meu povo acreditava que Quarzhasaat havia destruído a si mesma para sempre — disse Elric. — Quem dera isso fosse verdade, ou que Melniboné tivesse demonstrado menos arrogância e terminado o que os feiticeiros daquela cidade começaram!

Ele raramente demonstrava emoções tão ferozes em relação àqueles cuja sua raça derrotara, mas, naquele momento, sentia apenas ódio por lorde Gho, cujos homens, tinha certeza, haviam cometido aquele ato terrível. Reconhecia a natureza da feitiçaria, pois não era muito diferente da que ele mesmo aprendera, embora seu primo Yyrkoon tivesse demonstrado mais interesse nessas artes específicas e se dedicado a praticá-las, diferentemente de Elric.

— Mas quem pode salvá-la agora? — perguntou Raik Na Seem em voz baixa, talvez um pouco envergonhado pela explosão de Elric naquele local de meditação.

O albino se controlou e fez um gesto de desculpas.

— Não existe nenhuma poção que a tire desse sono? — indagou ele.

Raik Na Seem balançou a cabeça.

— Nós consultamos todos e tentamos de tudo. O feitiço foi lançado pelo líder da Seita do Pardal, que foi morto quando nos vingamos prematuramente.

Em deferência aos que estavam na Tenda de Bronze, Raik Na Seem os conduziu de volta ao deserto. Ali, havia guardas postados, cujos lampiões e tochas lançavam grandes sombras pela areia, enquanto os raios de lua cor de rubi empapavam tudo de escarlate, de modo que era quase como se estivessem se afogando numa maré de sangue. Elric se lembrou de como, quando jovem, havia olhado para as profundezas de Actorios, imaginando que a gema fosse um portal para outras terras, cada faceta representando um reino diferente, pois àquela altura ele já tinha lido muito sobre o multiverso e como se pensava que este era constituído.

— Se você roubar o sonho que a prende, tudo o que temos será seu, Alnac Kreb — disse Raik Na Seem.

O belo negro balançou a cabeça.

— Salvá-la seria toda a recompensa que eu pediria, pai. Entretanto, temo que não disponho da habilidade necessária para tal... Mais ninguém tentou?

— Fomos enganados mais de uma vez. Feiticeiros Aventureiros de Quarzhasaat que ou acreditavam possuir tal conhecimento, ou pensavam que poderiam realizar o que apenas um ladrão de sonhos pode, vieram até nós, fingindo serem membros do seu ofício. Vimos todos enlouquecerem bem diante dos nossos olhos. Vários morreram. Deixamos alguns fugirem de volta para Quarzhasaat, na esperança de que servissem de aviso para que outros não desperdiçassem suas vidas... e nosso tempo.

— Você soa muito paciente, Raik Na Seem — disse Elric, lembrando do que já tinha ouvido e entendendo melhor por que lorde Gho procurava tão desesperadamente um ladrão de sonhos para aquele serviço.

As notícias que chegaram a Quarzhasaat por meio dos Feiticeiros Aventureiros ensandecidos eram confusas. O pouco que lorde Gho compreendera, havia repassado a Elric. Naquele momento, porém, o albino via que era a criança em si que possuía o segredo do Caminho para a Pérola no Coração do Mundo. Sem dúvida, como recipiente da cultura de todo o seu povo, ela aprendera sua localização. Talvez fosse um segredo que devesse guardar para si. Qualquer que fosse a razão, era óbvio que, para haver qualquer progresso na missão, a menina, Varadia, deveria acordar de seu sono enfeitiçado. E Elric sabia que, mesmo que ela despertasse, não fazia parte da natureza dele interrogá-la, implorar por um segredo que não lhe pertencia. Sua única esperança seria se ela oferecesse aquele conhecimento de livre e espontânea vontade, mas o albino sabia que, não importava o que ocorresse, ele jamais seria capaz de perguntar.

Raik Na Seem parecia entender um pouco o dilema.

— Meu filho, você é amigo de meu filho — disse ele, à maneira formal de seu povo. — Sabemos que não é nosso inimigo e que não veio aqui disposto a roubar aquilo que é nosso. Também sabemos que não tem intenção de tomar de nós qualquer tesouro do qual sejamos guardiões. Saiba disto, Elric de Melniboné: se Alnac Kreb puder salvar nossa Garota Sagrada, faremos tudo o que pudermos para colocá-lo no caminho para a Fortaleza da Pérola. O único motivo para atrapalhá-lo seria se Varadia, acordada, nos alertasse contra prestar esse auxílio a você. Mas, neste caso, você ao menos seria avisado.

— Não poderia haver promessa mais justa — disse Elric, agradecido. — Enquanto isso, eu me comprometo Raik Na Seem, a ajudar a proteger sua filha contra todos aqueles que desejam lhe fazer mal e cuidar dela até que Alnac a traga de volta para você.

Alnac havia se afastado um pouco dos dois e encontrava-se mergulhado em pensamentos no limite da luz das tochas, com o manto noturno branco empapado num tom de rosa-escuro pelos raios da Lua de Sangue. Ele havia retirado o bastão curvo do cinto e o segurava com as duas mãos, olhando para ele e murmurando, como Elric murmuraria para a própria espada rúnica.

Finalmente, o ladrão de sonhos tornou a se virar para eles, com a expressão extremamente séria.

— Farei o melhor que puder — disse. — Vou invocar todas as habilidades que tenho e tudo o que me foi ensinado, mas devo alertá-lo de que tenho fraquezas de caráter que ainda não superei. São fraquezas que posso controlar se necessário para exorcizar os pesadelos de um velho mercador ou o transe amoroso de um rapaz. O que vejo aqui, contudo, pode derrotar o ladrão de sonhos mais sagaz, o mais experiente de minha vocação. Não é possível obter sucesso apenas parcial. Estou disposto, por causa das circunstâncias, por causa de nossa velha amizade, por desprezar tudo o que os Feiticeiros Aventureiros representam, a tentar cumprir essa tarefa.

— É tudo o que posso esperar — disse Raik Na Seem, sombrio. Estava impressionado pelo tom de Alnac.

— Se for bem-sucedido, trará a alma da menina de volta ao mundo ao qual pertence. O que perde caso fracasse, mestre ladrão de sonhos? — perguntou Elric.

Alnac deu de ombros.

— Nada de muito valor, suponho eu.

Elric observou com atenção o rosto do novo amigo e percebeu que ele mentia. Mas também que ele não desejava mais questionamentos quanto ao assunto.

— Preciso repousar e comer — disse Alnac, enrolando-se nas dobras do manto noturno, os olhos escuros fitando Elric como desejasse compartilhar com o mundo um segredo que sentia em seu coração não dever ser compartilhado jamais. Em seguida, deu-lhe as costas, rindo. — Se Varadia acordar como resultado de meus esforços e souber do paradeiro de sua terrível pérola, então, príncipe Elric, eu terei feito a maior parte do seu trabalho por você. Vou querer uma parte de sua recompensa, entende?

— Minha recompensa será o assassinato de lorde Gho — disse Elric com suavidade.

— Sim — disse Alnac, movendo-se para a Tenda de Bronze, que oscilava e tremeluzia como um artefato do Caos semimaterializado — e é exatamente isso que eu espero compartilhar!

A Tenda de Bronze consistia na grande câmara central e uma série de câmaras menores, onde viajantes podiam descansar e se recuperar, e foi para uma dessas que os três homens foram para repousar e, ainda acordados, ponderarem sobre o trabalho que deveria começar no dia seguinte. Não conversaram, mas várias horas se passaram até que todos pegassem no sono.

De manhã, quando Elric, Raik Na Seem e Alnac Kreb se aproximaram do lugar onde a Garota Sagrada ainda se encontrava, aqueles que restavam dentro da Tenda de Bronze recuaram em sinal de respeito. Alnac Kreb segurou seu bastão dos sonhos gentilmente na mão direita, equilibrando-o em vez de agarrando-o, enquanto fitava o rosto da criança que amava quase como se fosse a própria filha. Deixou escapar um longo suspiro, e Elric percebeu que o sono do amigo, pelo visto, não havia sido nada reparador. Alnac parecia exausto e infeliz, mas se virou sorrindo para o albino.

— Quando o vi servindo-se do conteúdo daquele frasco prateado mais cedo, quase pedi um gole...

— Essa droga é um veneno e é viciante — disse Elric, chocado. — Pensei que tivesse explicado isso.

— E explicou. — Alnac novamente revelou, por sua expressão, que possuía pensamentos que se sentia incapaz de partilhar. — Apenas pensei que, nestas circunstâncias, haveria pouco sentido em temer o poder do elixir.

— Isso é porque você não o conhece — afirmou Elric, enérgico. — Acredite, Alnac, se houvesse alguma forma pela qual eu pudesse lhe ajudar nesta tarefa, o faria. Mas oferecer veneno não seria, creio eu, um ato de amizade...

Alnac sorriu de leve.

— De fato. De fato. — Ele passou o bastão dos sonhos de uma mão para a outra. — Mas você disse que cuidaria de mim?

— Prometi isso, sim. E, como pediu, assim que me disser para retirar o bastão dos sonhos da Tenda de Bronze, eu o farei.

— Isso é tudo o que você pode fazer, e agradeço por isso — disse o ladrão de sonhos. — Agora, começarei. Por enquanto, adeus, Elric. Acho que estamos destinados a nos encontrar outra vez, mas talvez não nesta existência.

E, com essas palavras misteriosas, Alnac Kreb abordou a garota adormecida, colocando seu bastão dos sonhos sobre os olhos abertos da jovem e o ouvido acima do coração dela, então o olhar do ladrão de sonhos se tornou mais distante e estranho, como se ele mesmo entrasse em transe. Alnac se aprumou, oscilando, depois pegou a garota nos braços e a depositou com gentileza sobre os tapetes. Em seguida, deitou-se ao lado dela e cobriu a mão inerte com a dele, o bastão dos sonhos na outra. Sua respiração ficou mais lenta e profunda, e Elric quase pensou ouvir uma canção escapando da garganta do ladrão de sonhos.

Raik Na Seem se debruçou, olhando para o rosto de Alnac, mas este não o viu. Com a outra mão, levantou o bastão dos sonhos para que o gancho passasse sobre as mãos dadas dos dois, como se para prendê-las, fixá-las juntas.

Para sua surpresa, Elric viu que o bastão começou a brilhar levemente e pulsar levemente. A respiração de Alnac se aprofundou ainda mais, então, seus lábios se abriram e os olhos fitaram o teto, exatamente como os de Varadia.

Elric achou ter ouvido a menina murmurar, e não foi ilusão: um tremor passou entre Alnac e a Garota Sagrada, enquanto o bastão dos sonhos pulsava no ritmo da respiração de ambos e o brilho ficava mais forte.

De repente, o bastão começou a se recurvar e retorcer, movendo-se com velocidade espantosa entre os dois, como se tivesse entrado nas veias de ambos e seguisse o sangue. Elric teve a impressão de um emaranhado de artérias e nervos, todos tocados pela estranha luz do bastão dos sonhos, e, a seguir, Alnac emitiu um único grito. Sua respiração deixou de fazer o movimento constante de antes, tornando-se superficial, quase inexistente, enquanto a criança continuou a respirar no mesmo ritmo lento, profundo e estável.

O bastão havia voltado para Alnac. Parecia queimar por dentro do corpo do homem, quase como se tivesse se fundido com sua coluna e seu córtex. O lado com o gancho parecia cintilar dentro do cérebro dele, inundando a carne com uma luminescência indescritível que exibia cada osso, cada órgão, cada veia.

A criança em si parecia inalterada, até que Elric olhou com mais atenção e viu quase com horror que os olhos dela tinham passado de azul-claro para um preto retinto. Com relutância, olhou do rosto de Varadia para o de Alnac e viu o que não queria. Os olhos do ladrão de sonhos estavam muito azuis. Era como se os dois tivessem trocado de alma.

O albino, com toda a sua experiência em feitiçaria, nunca testemunhara nada parecido, e achou tudo perturbador. Aos poucos, começava a compreender a natureza estranha da vocação de um ladrão de sonhos, por que podia ser tão perigoso, por que havia tão poucos praticantes do ofício e por que menos gente ainda desejava começar.

Mais uma mudança se iniciava. O bastão em gancho pareceu se retorcer novamente e começar a absorver a própria substância do ladrão de sonhos, sugando o sangue e a vitalidade da carne, dos ossos e do cérebro para seu interior.

Raik Na Seem gemeu, aterrorizado. Não conseguiu evitar dar um passo para trás.

— Ah, meu filho! O que foi que eu pedi a você?

Em pouco tempo, tudo o que restava do esplêndido corpo de Alnac não passava de um invólucro, como a pele descartada de uma libélula transmutada. Mas o bastão dos sonhos jazia onde Alnac o colocara no início, sobre a mão dele e a de Varadia, embora parecesse maior e reluzisse com um brilho impossível, suas cores se movendo constantemente por um espectro que era em parte natural, em parte sobrenatural.

— Acho que ele está dando demais em sua tentativa de salvar minha filha — disse Raik Na Seem. — Talvez mais do que qualquer um deveria.

— Ele daria tudo — afirmou Elric. — Acho que está na natureza dele. É por isso que você o chama de filho e por isso confia nele.

— Sim. Mas agora temo que perderei um filho, além de uma filha. — E ele suspirou e pareceu preocupado, talvez se perguntando se, afinal de contas, tinha sido sábio implorar aquele favor a Alnac Kreb.

Por mais de um dia e uma noite, Elric ficou com Raik Na Seem e os homens e mulheres dos bauradis no abrigo da Tenda de Bronze, os olhos deles fixos sobre o corpo estranhamente ressequido de Alnac, o ladrão de sonhos, que ocasionalmente se agitava e murmurava, embora parecesse tão sem vida quanto as cabras mumificadas que as dunas de areia revelavam às vezes. Numa ocasião, Elric pensou ouvir a Garota Sagrada emitir um som, e uma vez Raik Na Seem se levantou para colocar a mão na testa da filha, mas voltou balançando a cabeça.

— Este não é o momento de se desesperar, pai de meu amigo — disse Elric.

— Sim. — O primeiro ancião dos bauradis se aprumou, depois tornou a se ajeitar ao lado de Elric. — Nós damos muita importância a profecias aqui no deserto. Parece que o desejo por ajuda talvez tenha afetado nosso raciocínio.

Eles olharam para fora da tenda pela manhã. A fumaça das tochas ainda acesas pairava pelo céu lilás, e a brisa suave a levava na direção norte. Elric achava o cheiro quase enjoativo agora, mas sua preocupação com o novo amigo o deixara desatento à própria saúde. De vez em quando, ele bebia com parcimônia do elixir de lorde Gho, incapaz de fazer mais do que controlar seu desejo, e, quando Raik Na Seem lhe ofereceu água do próprio frasco, negou com a cabeça. Ainda havia muitos conflitos em seu âmago. Ele sentia uma camaradagem intensa em relação àquele povo, uma simpatia para com Raik Na Seem à qual valorizava. Tinha começado a gostar de Alnac Kreb, que ajudara a salvar sua vida numa ação tão generosa quanto o caráter geral do sujeito. Elric estava grato pela confiança que os bauradis depositavam nele. Após ouvir sua história, eles teriam todo o direito de no mínimo bani-lo do Oásis da Flor Prateada, mas o haviam levado para a Tenda de Bronze quando a Lua de Sangue ardia, permitindo que seguisse as instruções de lorde Gho e confiando nele para não abusar desse ato. Elric se sentia preso a eles por uma lealdade que jamais poderia romper. Talvez eles soubessem disso. Talvez tivessem interpretado seu caráter com a mesma facilidade que haviam interpretado o de Alnac. Estar ciente da confiança deles o inspirava, embora tornasse sua tarefa ainda mais difícil, e estava determinado a não traí-la de maneira alguma, mesmo que inadvertidamente.

Raik Na Seem farejou o vento e olhou para trás, na direção do oásis distante. Uma coluna de fumaça preta erguia-se no céu, cada vez mais alta, misturando-se à fumaça mais próxima: algum *afrit* libertado, juntando-se a seus camaradas. Elric não ficaria surpreso se um tivesse tomado forma diante de seus olhos, de tanto que se acostumara a eventos estranhos nos últimos dias.

— Houve outro ataque — disse Raik Na Seem, parecendo despreocupado. — Vamos torcer para que seja o último. Estão queimando os corpos.

— Quem está atacando vocês?

— Mais membros das sociedades dos Feiticeiros Aventureiros. Suspeito que a decisão deles tenha algo a ver com a política interna da cidade. Há dezenas batalhando por algum favor... Talvez o assento no Conselho que você mencionou. De tempos em tempos, as maquinações deles nos envolvem. Estamos acostumados. Mas suponho que a Pérola no Coração do Mundo tenha se tornado o único preço que pagará pelo assento, não? Assim, conforme a história se espalha, mais e mais desses guerreiros são mandados para cá para encontrá-la. — Raik Na Seem falou de modo bem-humorado, mas feroz. — Vamos torcer para que eles fiquem sem habitantes em breve e, em algum momento, restarão apenas os lordes conspiradores em si, brigando por um poder inexistente sobre um povo inexistente!

Elric assistiu enquanto toda uma tribo de nômades passava cavalgando, mantendo alguma distância da Tenda de Bronze para demonstrar seu respeito. Aquelas pessoas de pele branca e bronzeada tinham olhos azuis ardentes, tão claros quanto aqueles que olhavam para o nada dentro da tenda, e, quando seus capuzes foram jogados para trás, era possível ver cabelos espantosamente loiros, como os de Varadia. Mas os trajes os distinguiam dos bauradis. Eram predominantemente de um tom intenso de lavanda, com acabamentos em ouro e verde-escuro. Dirigiam-se para o Oásis da Flor Prateada guiando rebanhos de ovelhas e cavalgando nas estranhas bestas corcundas e bovinas que, como Alnac declarou, eram muito adaptadas ao deserto.

— Os Waued Nii — explicou Raik Na Seem. — Um dos últimos povos a chegar em qualquer reunião. Vêm das fronteiras mais distantes do deserto e comercializam com Elwher, trazendo aquele lápis-lazúli e jade entalhados que todos nós tanto apreciamos. No inverno, quando as tempestades ficam intensas demais para eles, chegam a fazer incursões pelas planícies e adentrar as cidades. Se gabam de terem certa vez saqueado Phum, mas acreditamos que era algum outro lugar, menor, que confundiram com Phum.

O comentário se tratava claramente de uma piada que os povos do deserto faziam à custa dos Waued Nii.

— Eu já tive um amigo de Phum — disse Elric. — O nome dele era Rackhir e ele procurava Tanelorn.

— Rackhir... eu o conheço. Um bom arqueiro. Viajou conosco por algumas semanas no ano passado.

Elric ficou estranhamente contente com aquela notícia.

— Ele estava bem?

— Em excelente saúde. — Raik Na Seem ficou feliz por ter um assunto para distraí-lo do destino de sua filha e seu filho adotivo. — Ele foi um ótimo hóspede e caçou para nós quando nos aproximamos dos Pilares Irregulares, pois há caça por lá a qual nos falta habilidade para encontrar. Ele mencionou um amigo que tinha muitos pensamentos, os quais o levavam a muitos dilemas. Estava falando de você, sem dúvida. Eu me lembro agora. Ele devia estar brincando. Disse que você pendia um pouco para o pálido. Queria saber o que tinha lhe acontecido. Acho que gosta de você.

— E eu, dele. Tínhamos algo em comum. Assim como eu sinto um elo com seu povo e com Alnac Kreb.

— Vocês viveram muitos perigos juntos, pelo que entendi.

— Passamos por muitas experiências estranhas. Ele, contudo, estava cansado da busca por coisas desse tipo e queria se aposentar, encontrar paz. Você sabe para onde ele foi depois de passar por aqui?

— Sei. Como você diz, ele buscava a lendária Tanelorn. Quando aprendeu tudo o que podia conosco, se despediu e seguiu para o oeste a cavalo. Nós o aconselhamos a não gastar suas forças na busca por um mito, mas ele acreditava saber o bastante para continuar. Você não quis viajar com seu amigo?

— Tenho outros deveres que me chamam, embora eu também tenha buscado Tanelorn.

Elric teria acrescentado mais, mas pensou melhor e desistiu. Qualquer explicação além daquela o teria levado a lembranças e problemas que não tinha desejo algum de contemplar no momento em que sua preocupação principal era com Alnac Kreb e a garota.

— Ah, sim. Agora me recordo. Você é rei em seu país, é claro. Mas um rei relutante, não? Os deveres são duros para um jovem. Esperam muito de você, que carrega nos ombros o peso do passado, dos ideais e lealdades de todo um povo. É difícil governar bem, fazer bons julgamentos e exercer a justiça de forma imparcial. Não temos reis aqui entre os bauradis, apenas um grupo de homens e mulheres eleitos para falar por todo o clã, e acho que é melhor compartilhar esses fardos. Se todos compartilham do fardo, se todos são responsáveis por si mesmos, então não é necessário que um único indivíduo precise carregar um peso excessivo.

— O motivo pelo qual viajo é para aprender mais sobre tais meios de administrar a justiça — disse Elric. — Mas eu lhe direi isto, Raik Na Seem: meu povo é tão cruel quanto qualquer habitante de Quarzhasaat, e tem mais poder real. Temos uma noção exígua de justiça, e as obrigações do governo envolvem pouco mais do que inventar novos terrores pelos quais possamos intimidar e controlar os outros. O poder, creio eu, é um hábito tão terrível quanto a poção que devo agora beber para poder me sustentar. Ele se alimenta de si mesmo. É uma fera esfomeada, devorando aqueles que querem possuí-lo e aqueles que o odeiam... Devorando até aqueles que o possuem.

— A fera esfomeada não é o poder em si — disse o velho. — O poder não é bom nem ruim. É o uso que se faz dele que é bom ou ruim. Eu sei que Melniboné já governou o mundo, ou aquela parte dele que conseguiu encontrar e que não destruiu.

— Você parece saber mais sobre minha nação do que minha nação sabe sobre você — disse o albino, sorrindo.

— É dito por nosso povo que todos nós viemos para o deserto porque fugimos primeiro de Melniboné, depois de Quarzhasaat. Uma era tão cruel e corrupta quanto a outra, e não nos importava qual destruiria qual. Torcemos para que ambas se extinguissem entre si, é claro, mas não era para ser. A segunda melhor opção aconteceu: Quarzhasaat quase destruiu a si mesma, e Melniboné se esqueceu completamente dela... e de nós! Acredito que, pouco depois dessa guerra, Melniboné ficou entediada com a expansão e se recolheu para governar apenas os Reinos Jovens. Ouvi dizer que governa ainda menos atualmente.

— Apenas a Ilha Dragão agora. — Elric percebeu que seus pensamentos começavam a voltar para Cymoril e tentou afastá-los. — Muitos saqueadores buscam navegar contra ela e roubar sua riqueza, mas descobrem que a ilha continua poderosa demais para eles, então são obrigados a apenas continuar fazendo comércio com ela.

— O comércio sempre foi superior à guerra — ponderou Raik Na Seem, olhando de súbito para trás, onde jazia o corpo inerte de Alnac.

O contorno dourado do bastão dos sonhos brilhava e pulsava outra vez, como fizera de tempos em tempos desde que Alnac tinha se deitado ao lado da garota pela primeira vez.

— É um órgão estranho — disse Raik Na Seem em voz baixa. — Quase como uma segunda coluna.

Ele estava prestes a falar mais quando houve um leve movimento nas feições de Alnac e um gemido terrível e desolado escapou de seus lábios exangues.

Os dois se viraram e foram ajoelhar ao lado do ladrão de sonhos. Os olhos de Alnac ainda ardiam azuis, e os de Varadia ainda estavam pretos.

— Ele está morrendo — murmurou o primeiro ancião. — É isso, príncipe Elric?

Elric também não sabia.

— O que podemos fazer por ele? — indagou Raik Na Seem.

O albino tocou a carcaça fria e coriácea. Levantou um pulso quase sem peso, mas não conseguiu sentir pulsação alguma. Foi nesse momento, espantosamente, que os olhos de Alnac passaram de azuis para pretos e se voltaram para Elric com toda sua inteligência antiga.

— Ah, você veio para me ajudar. Eu descobri onde fica a Pérola. Mas ela é muito bem-protegida.

A voz era um sussurro na boca, seca feito pó.

Elric aninhou o ladrão de sonhos nos braços.

— Eu o ajudarei, Alnac. Diga-me como.

— Você não pode. Há cavernas... Estes sonhos estão me derrotando. Me afogando. Me atraindo mais para dentro. Estou condenado a me unir àqueles que já estão condenados. Uma companhia ruim para alguém como eu, príncipe Elric. Muito ruim...

O bastão dos sonhos pulsou e brilhou branco como ossos descorados. Os olhos do ladrão de sonhos ficaram azuis de novo, depois voltaram ao preto. O ar rarefeito se agitou nos resquícios coriáceos de sua garganta. De súbito, havia horror em seu rosto.

— Ah, não! Preciso encontrar a força de vontade!

O bastão dos sonhos se moveu como uma cobra pelo corpo dele, deslizando para Varadia e então voltando.

— Ah, Elric — disse a voz baixa — ajude-me se puder. Ah, estou preso. Isso é o pior que já passei...

Elric pensou que as palavras dele pareciam chamá-lo diretamente da sepultura, como se seu amigo já estivesse morto.

— Elric, se houver algum jeito...

Então o corpo estremeceu, como que preenchido por uma única inspiração, enquanto o bastão dos sonhos pulsava e se retorcia de novo até ficar imóvel, jazendo como fizera no começo, com o gancho sobre as duas mãos dadas.

— Ah, meu amigo, eu fui um tolo em sequer me considerar capaz de sobreviver a isto... — A voz baixa esmaeceu. — Queria ter compreendido a natureza da mente dela. É tão forte! Tão forte!

— De quem ele está falando? — perguntou Raik Na Seem. — Minha filha? Daquilo que a prende? Minha filha é uma das mulheres sarangli. Sua avó podia encantar tribos inteiras, fazendo-as acreditar que tinham morrido de doença. Eu disse isso a ele. O que ele não compreende?

— Ah, Elric, ela me destruiu! — Ele estendeu a mão frágil e trêmula para o albino.

Súbito, toda a cor e a vida retornaram de uma vez para o corpo de Alnac. Ele pareceu retomar seu tamanho e vitalidade antigos. O bastão curvado se tornou nada mais do que o artefato que Elric tinha visto originalmente no cinto de Alnac.

O belo ladrão de sonhos sorriu. Estava surpreso.

— Estou vivo! Elric, estou vivo!

Ele segurou seu bastão com mais firmeza e tentou se levantar. Em seguida, tossiu, e algo repulsivo escorreu de seus lábios, como um verme gigantesco e meio digerido. Era como se tivesse regurgitado os próprios órgãos apodrecidos. Enxugou aquela coisa do rosto. Por um instante, ficou desnorteado, e o terror regressou a seus olhos.

— Não. — Alnac pareceu conformado, de súbito. — Eu fui orgulhoso demais. Estou morrendo, é claro.

Ele desmoronou para trás sobre o lençol, e Elric tentou, mais uma vez, segurá-lo. Com sua antiga ironia, o ladrão de sonhos balançou a cabeça.

— Um pouco tarde demais, acho. Não é meu destino, no final, ser seu companheiro neste plano, sir Campeão.

Elric, para quem as palavras não faziam sentido algum, acreditava que Alnac estivesse delirando e tentou aquietá-lo.

A seguir, o bastão caiu da mão do ladrão de sonhos, que virou de lado, antes de deixar escapar um grito oscilante e doentio; e surgiu um fedor que ameaçou expulsar Elric e Raik Na Seem da Tenda de Bronze. Era como se o corpo dele apodrecesse diante dos olhos dos dois, enquanto o ladrão de sonhos ainda tentava falar e falhava.

E então Alnac Kreb morreu.

Elric, lamentando um homem bom e corajoso, sentiu que sua própria ruína e a de Anigh tinham sido determinadas. A morte do ladrão de sonhos sugeria que havia forças em ação às quais o albino não compreendia, apesar de toda a sua sabedoria na arte da feitiçaria. Nunca havia encontrado um grimório que sequer sugerisse um destino daqueles. Já vira coisa pior acontecer com quem lidava com feitiçaria, mas ali estava uma magia que ele não conseguia nem começar a interpretar.

— Ele se foi — disse Raik Na Seem.

— Sim. — Elric sentiu um nó na garganta. — Sim. A coragem dele era maior do que qualquer um de nós suspeitava. Até, creio eu, ele mesmo.

O primeiro ancião caminhou lentamente até onde sua filha ainda dormia no transe terrível. Encarou os olhos azuis dela como se quase esperasse ver os olhos pretos em algum lugar lá dentro.

— Varadia?

Ela não respondeu.

Solenemente, Raik Na Seem pegou a Garota Sagrada e a colocou de volta sobre o bloco elevado, ajeitando-a nas almofadas como se ela meramente dormisse um sono natural, e ele, seu pai, a aninhasse para seu repouso noturno.

Elric encarou os restos do ladrão de sonhos. Alnac havia, sem dúvida, entendido o preço do fracasso e talvez este fosse o segredo que se recusara a partilhar.

— Está acabado — disse Raik Na Seem com suavidade. — Não consigo pensar em mais nada para fazer por ela. Ele entregou demais de si mesmo. — Raik Na Seem estava lutando para não se render à automortificação ou ao desespero. — Devemos tentar pensar no que fazer. Você me ajudará nisso, amigo de meu filho? — perguntou ele.

— Se eu puder.

Enquanto Elric ficava de pé, trêmulo, ouviu algo às suas costas. A princípio pensou ser alguma mulher bauradi vindo se lamentar. Olhou para a luz que entrava em fachos pela tenda e viu apenas a silhueta dela.

Era jovem, mas não fazia parte dos bauradis. Ela entrou lentamente na tenda e encarou o corpo arruinado de Alnac Kreb, com os olhos cheios de lágrimas.

— Cheguei tarde demais, então? — Em sua voz musical, havia o mais intenso pesar. Ela levou a mão ao rosto. — Ele não deveria ter tentado uma tarefa assim. Disseram no Oásis da Flor Prateada que vocês tinham vindo para cá. Por que não esperaram mais um pouco? Só mais um dia?

Foi com grande esforço que ela controlou seu luto, e Elric sentiu uma afinidade súbita e obscura em relação à mulher.

Ela deu outro passo na direção do corpo. Era cerca de três centímetros mais baixa que Elric, com um rosto em formato de coração, emoldurado pelo cabelo castanho espesso. Esguia e torneada, vestia um gibão almofadado cortado para exibir o forro de seda vermelha. Usava calças macias de veludo, botas de montaria de feltro bordado e, por cima de tudo, um casaco de algodão quase transparente empurrado para trás na altura dos ombros. No cinto, havia uma espada e, aninhado acima do ombro esquerdo, um cajado curvado de ouro e ébano, uma versão mais elaborada daquele que se encontrava sobre o tapete ao lado do cadáver de Alnac.

— Eu ensinei tudo o que ele sabia desse ofício — explicou. — Mas não era o suficiente para esta tarefa. Como ele pôde ter pensado que seria?! Nunca teria conseguido cumprir uma missão assim. Não tinha o caráter para tal. — Ela se virou de costas, enxugando o rosto. Quando voltou a encará-los, as lágrimas tinham sumido e ela fitava Elric nos olhos. — Eu me chamo Oone — disse, e fez uma breve mesura para Raik Na Seem. — Sou a ladra de sonhos que você convocou.

Parte dois

Será que existe uma filha nascida na fantasia
Cuja carne é neve, cujos olhos de rubis
Fitam reinos cuja substância parecia
Forte como a agonia, suave como os ardis?
Será que existe uma menina nascida da fantasia
Que carrega uma linhagem tão antiga quanto as Eras,
Destinada a se misturar com a minha um dia
E dar uma rainha diferente a novas terras?

— Crônicas da Espada Negra

1

Como uma ladra pode instruir um imperador

Oone tirou uma semente de tâmara da boca e jogou na areia do Oásis da Flor Prateada. Estendeu a mão para uma das flores resplandecentes de cacto que davam nome ao local. Afagou as pétalas com dedos compridos e delicados. Cantou para si mesma, e pareceu a Elric que suas palavras eram um lamento.

Respeitosamente, ele continuou em silêncio, sentado com as costas apoiadas numa palmeira, olhando para o acampamento distante, sempre em atividade. Ela pedira que ele a acompanhasse, mas falara pouca coisa. Elric ouviu um chamado do kashbeh lá no alto, mas, quando olhou naquela direção, não viu nada. A brisa soprava sobre o deserto, e a poeira vermelha corria feito água na direção dos Pilares Irregulares, no horizonte.

Era quase meio-dia. Eles tinham regressado ao Oásis da Flor Prateada naquela manhã e, de noite, os poucos restos mortais de Alnac Kreb seriam queimados com honrarias, segundo os costumes dos bauradis.

O cajado de Oone não estava mais pendurado em suas costas. Agora ela trazia o bastão dos sonhos nas mãos, virando-o sem parar, observando seu brilho e polimento como se o visse pela primeira vez. O outro bastão, o de Alnac, guardara no cinto.

— Teria facilitado um pouco minha tarefa se Alnac não tivesse agido com tanta precipitação — disse ela, de súbito. — Ele não se deu conta de que eu estava vindo e fez o que podia para salvar a criança, eu sei. Mas, se tivesse esperado apenas mais algumas horas, eu poderia ter aproveitado a ajuda dele, talvez com sucesso. Com certeza poderia tê-lo salvado.

— Não entendo o que aconteceu com ele — falou Elric.

— Nem eu sei a causa exata da queda dele. Mas vou explicar o que sei. Foi por isso que lhe pedi que viesse comigo. Não queria que alguém ouvisse. E devo exigir sua palavra de que o senhor será discreto.

— Eu sempre sou discreto, madame.

— Para sempre — disse ela.

— Para sempre?

— Deve prometer que nunca contará a outra alma o que eu lhe disser hoje, e nem recontar qualquer evento resultante desta conversa. Deve concordar em se comprometer com o código de um ladrão de sonhos, apesar de não ser um dos nossos.

Elric ficou perplexo.

— Mas por qual motivo?

— Quer salvar a Garota Sagrada? Vingar Alnac? Libertar-se da escravidão da droga? Corrigir certos erros em Quarzhasaat?

— Sabe que sim.

— Então podemos chegar a um acordo, pois é certo que, a menos que nos ajudemos, o senhor, a garota e talvez até eu estejamos mortos antes que a Lua de Sangue desapareça.

— É certo? — Elric achou uma graça sombria naquilo. — Então também é um oráculo, madame?

— Todos os ladrões de sonhos são, de certa forma. — Ela se mostrava quase impaciente, como se falasse com uma criança um tanto lenta. Então percebeu a própria atitude. — Desculpe-me. Eu me esqueço de que nosso ofício é desconhecido nos Reinos Jovens. De fato, é raro viajarmos para este plano.

— Já encontrei muitos seres sobrenaturais na vida, milady, mas poucos que parecessem tão humanos quanto a senhora.

— Humanos? É claro que sou humana! — Ela pareceu intrigada. Em seguida, a ruga em seu cenho desapareceu. — Ah. Eu me esqueço de que vocês são ao mesmo tempo mais sofisticados e menos instruídos do que aqueles de minha própria crença. — Ela sorriu para ele. — Ainda não me recuperei da dissolução desnecessária de Alnac.

— Ele não precisava ter morrido. — O tom de Elric era neutro, sem questionamento. Conhecera Alnac tempo suficiente para vir a gostar dele como um amigo. Entendia parte da sensação de perda que Oone experimentava. — E não há forma de revivê-lo?

— Ele perdeu toda a essência. Em vez de roubar um sonho, foi roubado dos seus próprios — explicou Oone, então fez uma pausa e depois falou depressa, como se temesse se arrepender das palavras: — O senhor me ajudará, príncipe Elric?

— Sim — afirmou ele, sem hesitação. — Se for para vingar Alnac e salvar a criança.

— Mesmo se houver o risco de ter o mesmo destino de Alnac? O destino que o senhor testemunhou?

— Mesmo assim. Poderia ser pior do que morrer sob o jugo de lorde Gho?

— Poderia — disse ela, como se fosse óbvio.

Elric riu alto da franqueza dela.

— Ah, bem. Que seja, madame! Que seja! Qual é a sua barganha?

Ela estendeu a mão para as pétalas prateadas de novo, equilibrando seu bastão entre os dedos. Oone parecia inquieta, ainda não totalmente segura de sua decisão.

— Acho que o senhor é um dos poucos mortais neste mundo que poderia compreender a natureza da minha profissão, que saberá o que quero dizer quando falo da natureza dos sonhos e da realidade, e de como os dois se entrecruzam. Acho também que o senhor tem hábitos de pensamento que o tornariam senão um aliado perfeito, um aliado de quem eu poderia depender, até certo ponto. Nós, ladrões de sonhos, transformamos quase em ciência um ofício que, pela lógica, não tolera leis consistentes. Isso nos possibilitou prosseguir com nosso ofício com algum sucesso, em grande parte, suspeito eu, por sermos capazes, até certo ponto, de impor nossa vontade sobre o caos que encontramos. Isso faz sentido para o senhor, príncipe?

— Acho que sim. Existem filósofos de meu povo que afirmam que muito de nossa magia é, na verdade, a imposição de uma vontade poderosa sobre o tecido fundamental da realidade... Uma habilidade, se preferir, de fazer os sonhos virarem realidade. Alguns afirmam que nosso mundo inteiro foi criado assim.

Oone pareceu satisfeita.

— Muito bem. Sabia que havia certas ideias que eu não precisaria explicar.

— Mas o que gostaria que eu fizesse, milady?

— Quero que me ajude. Juntos, poderemos encontrar um caminho para aquilo que os Feiticeiros Aventureiros chamam de Fortaleza da Pérola e, ao fazê-lo, um de nós, ou ambos, poderá roubar o sonho que prende a criança ao sono perpétuo e libertá-la para despertar, devolvendo-a ao seu povo, para ser sua vidente e seu orgulho.

— As duas estão conectadas, então? — Elric começou a se levantar, ignorando o chamado daquele desejo sempre presente. — A menina e a Pérola?

— Acho que sim.

— Qual é a conexão?

— Quando descobrirmos isso, sem dúvida saberemos como libertá-la.

— Perdoe-me, milady Oone — disse Elric, de modo gentil —, mas a senhora soa quase tão ignorante quanto eu!

— Em certos sentidos, é verdade, eu sou. Antes de ir além, devo pedir que o senhor jure obedecer ao Código do Ladrão de Sonhos.

— Eu juro — disse Elric, e levantou a mão na qual sua Actorios brilhava para mostrar que jurava por um dos artefatos mais reverenciados por seu povo. — Juro pelo Anel dos Reis.

— Então vou lhe contar o que sei e o que desejo do senhor — afirmou Oone.

Ela passou a mão livre por dentro do braço dele e o guiou mais para o interior do bosque de palmeiras e ciprestes. Ao sentir a fome latente dentro dele, que ansiava pela terrível droga de lorde Gho, Oone pareceu mostrar alguma compaixão.

— Um ladrão de sonhos faz exatamente o que seu título sugere — começou ela. — Nós roubamos sonhos. Originalmente, nossa guilda era de verdadeiros ladrões. Aprendemos o truque de entrar nos mundos dos sonhos de outras pessoas e roubar aqueles que fossem mais magníficos ou exóticos. Aos poucos, porém, as pessoas começaram a nos chamar para roubar sonhos indesejados, ou melhor, os sonhos que prendiam ou atormentavam amigos ou parentes. Então foi o que fizemos. Frequentemente, os sonhos em si não eram nocivos a terceiros, apenas àqueles que estavam sob o poder deles...

Elric interrompeu.

— Está dizendo que um sonho tem alguma realidade material? Que é possível pegá-lo, como se pega um livro de poemas, digamos, ou uma bolsa de moedas, e tomá-lo de seu dono?

— Essencialmente, sim. Ou devo dizer, nossa guilda aprendeu o truque de tornar um sonho real o suficiente para ser manuseado assim! — Ela passou a rir abertamente da confusão de Elric, e um pouco da preocupação a deixou por um instante. — São necessários algum talento e muito treino.

— Mas o que vocês fazem com esses sonhos roubados?

— Ora, príncipe Elric, nós os vendemos no Mercado dos Sonhos, duas vezes por ano. Há uma grande procura por quase qualquer tipo de sonho, não importa o quão bizarro ou apavorante seja. Existem mercadores que os adquirem e clientes que os compram. Nós os destilamos, é claro, numa forma que pode ser transportada e depois traduzida. E como fazemos os sonhos assumirem substância, somos ameaçados por eles. Essa substância pode nos destruir. O senhor viu o que aconteceu com Alnac. É preciso certo caráter, certo estado de espírito, certa atitude, tudo isso combinado, para que a pessoa possa se proteger nos Reinos dos Sonhos. Porém, por termos codificado esses reinos, nós também, até certo ponto, conseguimos manipulá-los.

— A senhora terá que me explicar melhor se quiser que eu a siga, madame! — disse Elric.

— Muito bem.

Oone parou na beira do bosque, onde a terra ficava mais poeirenta, formando um território entre o oásis e o deserto que era um pouco de ambos, sem ser nenhum dos dois. Estudou a terra rachada como se as fendas fossem o esboço de um mapa singularmente complicado, uma geometria que apenas ela podia entender.

— Nós estabelecemos regras — continuou ela. Sua voz estava distante, quase como se falasse consigo mesma. — E codificamos o que descobrimos ao longo dos séculos. E, ainda assim, continuamos sujeitos a perigos inimagináveis...

— Espere, madame. Está sugerindo que Alnac Kreb, por alguma feitiçaria conhecida apenas pela sua guilda, entrou no mundo dos sonhos da Garota Sagrada e lá deparou-se com eventos como os que a senhora ou eu poderia enfrentar neste mundo material?

— Bem-colocado. — Ela se virou com um sorriso estranho nos lábios. — Isso. E a substância dele foi para dentro daquele mundo e foi absorvida por ele, reforçando a substância dos sonhos dela...

— Os sonhos que ele queria roubar.

— Ele queria roubar apenas um, aquele que a aprisiona no sono perpétuo.

— E depois o venderia, segundo a senhora diz, no Mercado dos Sonhos?

— Talvez.

Ela claramente não estava disposta a discutir aquele aspecto da questão.

— Onde ocorre esse mercado?

— Num reino além deste, um lugar aonde apenas os membros da nossa profissão, ou aqueles que nos servem, podem viajar.

— Você me levaria até lá? — perguntou Elric, por curiosidade.

O olhar dela era um misto de diversão e cautela.

— É possível. Mas primeiro precisamos ser bem-sucedidos. Temos que roubar um sonho para podermos colocá-lo à venda por lá. Saiba o senhor, Elric, que tenho todo desejo de lhe informar sobre tudo o que deseja aprender, porém, existem muitas coisas difíceis de explicar a alguém que não estudou com nossa guilda. Essas coisas só podem ser demonstradas ou vivenciadas. Não sou uma nativa de seu mundo, assim como a maioria dos ladrões de sonhos não é desta esfera. Somos viajantes... nômades, como diriam aqui... dentre várias épocas e lugares. Aprendemos que um sonho em um reino pode ser uma realidade inegável em outro, enquanto aquilo que é totalmente prosaico naquele reino pode, em outro local, ser a base do pesadelo mais fantástico.

— Toda a criação é tão maleável assim? — perguntou Elric, com um arrepio.

— O que criamos deve sempre ser, senão morre — disse ela, em tom definitivo e irônico.

— A luta entre a Ordem e o Caos ecoa a luta que existe dentro de nós mesmos entre os sentimentos desenfreados e o excesso de cautela, suponho — comentou Elric, brincando, ciente de que ela não queria destrinchar aquele assunto.

Com o pé, Oone traçou as rachaduras na terra vermelha.

— Para aprender mais, o senhor deve se tornar um aprendiz de ladrão de sonhos...

— De bom grado. Estou bastante curioso agora, madame. A senhora falou de suas leis. Quais são?

— Algumas são instrutivas, algumas são descritivas. Primeiro digo que determinamos que todo Reino dos Sonhos deve ter sete aspectos, os quais nomeamos. Ao nomear e descrever, esperamos moldar aquilo que não tem forma e controlar aquilo que poucos podem sequer começar a controlar. Por meio de tais imposições, aprendemos a sobreviver em mundos nos quais outros seriam destruídos em minutos. No entanto, mesmo quando realizamos tais imposições, até mesmo aquilo que nossa própria vontade define pode ser transmutado além do nosso controle. Se quiser me acompanhar e auxiliar nessa aventura, o senhor deve saber que eu determinei que passaremos por sete territórios. O primeiro chamamos de Sadanor, ou a Terra dos Sonhos-em-Comum. O segundo território é Marador, que chamamos de a Terra dos Desejos Antigos, enquanto o terceiro é Paranor, a Terra das Crenças Perdidas. O quarto território é conhecido aos ladrões de sonhos como Celador, que é a Terra do Amor Esquecido. O quinto é Imador, a Terra da Nova Ambição, e o sexto é Falador, a Terra da Loucura...

— Nomes extravagantes, de fato, madame. Creio que a Guilda dos Ladrões de Sonhos tem um pendor para a poesia. E o sétimo? Como se chama?

Ela fez uma pausa. Seus olhos maravilhosos fitaram os dele, como se explorassem os recessos do crânio de Elric.

— Esse não tem nome — murmurou —, exceto qualquer nome que seus habitantes lhe derem. Mas é lá onde você encontrará a Fortaleza da Pérola, se é que ela pode ser encontrada.

Elric se sentiu preso por aquele olhar gentil, porém determinado.

— E como podemos entrar nesse território?

O albino se forçou a engajar nas perguntas embora, àquela altura, seu corpo todo estivesse gritando por um gole do elixir de lorde Gho.

Ela sentiu a tensão e colocou a mão no braço dele, com intenção de acalmá-lo e transmitir segurança.

— Por meio da criança — disse Oone.

Elric se lembrou do que testemunhara na Tenda de Bronze e estremeceu.

— Como se pode realizar tal coisa?

Oone franziu a testa e a pressão de sua mão aumentou.

— Ela é nosso portal e os bastões dos sonhos são nossas chaves. Não existe chance de eu feri-la, Elric. Uma vez que alcançarmos o sétimo aspecto, a Terra Inominada, lá poderemos encontrar a chave para a prisão específica em que ela se encontra.

— Ela é uma médium, então? Foi isso o que lhe aconteceu? Os Feiticeiros Aventureiros sabem de algo sobre o poder dela e, ao tentar usá-la, a colocaram-na nesse transe?

Novamente, ela hesitou, e então assentiu.

— Quase isso, príncipe Elric. Está escrito em nossas muitas histórias, embora a maioria esteja inacessível para nós na biblioteca de Tanelorn, que "O que reside no interior tem uma forma externa, e aquilo que reside no exterior assume uma forma interna". Em outras palavras, às vezes, dizemos que o que é visível deve sempre ter um aspecto invisível, da mesma forma que tudo invisível deve ser representado pelo visível.

Elric achou aquilo enigmático demais para ele, embora fosse familiarizado com as afirmações misteriosas de seus próprios grimórios. Não as ignorava, mas sabia que frequentemente requeriam muita ponderação e certa experiência antes que seu sentido completo fosse revelado.

— A senhora fala de reinos sobrenaturais, madame. Os mundos habitados pelos Senhores do Caos e da Ordem, pelos elementais, por imortais e seres assim. Conheço algo de tais reinos e até viajei um pouco por eles. Entretanto, nunca ouvi falar de deixar parte da substância física da pessoa para trás e viajar para esses reinos por meio de uma criança adormecida!

Ela o encarou por um longo tempo, como se pensasse que Elric estava sendo dissimulado de propósito, e a seguir deu de ombros.

— O senhor descobrirá que os reinos dos ladrões de sonhos são muito semelhantes. E faria bem em memorizar e obedecer nosso código.

— Então vocês são uma ordem rigorosa, madame...

— Assim sobrevivemos. Alnac tinha os instintos de um bom ladrão de sonhos, mas não havia alcançado a disciplina total. Essa foi uma das principais razões para sua dissolução. O senhor, por outro lado, é familiarizado com as disciplinas necessárias, pois foi por meio delas que obteve seu conhecimento de feitiçaria. Sem tais disciplinas, também teria perecido.

— Eu rejeitei muito delas, milady Oone.

— Ah, sim. Acredito nisso. Mas creio que não perdeu o hábito. Ou assim espero. A primeira lei que o ladrão de sonhos obedece diz: "Sempre se deve aceitar ofertas de orientação, mas jamais se deve confiar nelas". A segunda diz: "Cuidado com o que é familiar", e a terceira nos diz que "Aquilo que é estranho deve ser bem-recebido, mas com extremo cuidado". Existem muitas outras, mas são essas três que abarcam os fundamentos segundo os quais um ladrão de sonhos sobrevive.

Ela sorriu. Seu sorriso foi estranhamente meigo e vulnerável, e Elric se deu conta de que Oone estava esgotada. Talvez seu pesar a tivesse exaurido.

O melniboneano falou gentilmente, olhando para as grandes rochas vermelhas que protegiam e abrigavam o Oásis da Flor Prateada. As vozes tinham parado. Linhas finas de fumaça ascendiam ao azul intenso do céu.

— Quanto tempo leva para instruir e treinar alguém com sua vocação?

Ela reconheceu a ironia.

— Cinco anos ou mais. Alnac era um membro pleno da Guilda há uns seis anos.

— E ele fracassou em sobreviver no reino onde o espírito da Garota Sagrada é mantido prisioneiro?

— Ele era, apesar de todas as suas habilidades, apenas um mortal comum, príncipe Elric.

— E a senhora acha que eu sou mais do que isso?

Ela riu abertamente.

— O senhor é o último imperador de Melniboné. É o mais poderoso de sua raça, uma raça cuja familiaridade com a feitiçaria é lendária. Sim, é verdade que deixou sua futura noiva à espera e colocou seu primo Yyrkoon no Trono de Rubi para governar como regente até seu retorno, uma decisão que apenas um idealista poderia tomar... Mas, ainda assim, milorde, não pode fingir para mim que você seja comum em nenhum sentido!

A despeito do anseio pelo elixir venenoso, Elric se viu rindo de volta para ela.

— Se sou um homem de tamanhas qualidades, madame, como me encontro nesta posição, contemplando a morte devido a truques de um político provinciano de segunda categoria?

— Eu não disse que você admirava a si mesmo, milorde. Mas seria tolo negar o que tem sido e o que poderia se tornar.

— Prefiro considerar essa última opção, milady.

— Considere, se preferir, o destino da filha de Raik Na Seem. Considere o destino do povo dele, privado de sua história e seu oráculo. Considere sua própria sina, perecer sem nenhum bom motivo numa terra distante, seu destino ainda por cumprir.

E isso Elric aceitou.

Ela prosseguiu.

— Também é provável que, como feiticeiro, o senhor não tenha rivais em seu mundo. Embora suas habilidades específicas possam ser de pouca utilidade para essa aventura que proponho, sua experiência, conhecimento e compreensão poderiam ser a diferença entre o sucesso e o fracasso.

Elric foi acometido pela impaciência conforme as demandas de seu corpo pela droga ficavam insuportáveis.

— Muito bem, lady Oone. O que a senhora decidir, eu concordarei.

Ela recuou um passo e olhou para ele com neutralidade.

— É melhor o senhor voltar para sua tenda e encontrar seu elixir — disse, suavemente.

Um desespero familiar tomou a mente do albino.

— Assim o farei, madame. Assim o farei.

Então se virou e caminhou depressa na direção das tendas amontoadas dos bauradis.

Mal dirigiu a palavra àqueles que o saudaram ao passar. Raik Na Seem não retirara nada da tenda que Elric compartilhara com Alnac Kreb, e o albino apressadamente pegou o frasco de seu embornal e tomou um longo gole, sentindo, ao menos por um breve período, o alívio e o ressurgimento de sua energia, a ilusão de saúde que a droga do quarzhasaatiano lhe dava. Suspirou e se voltou para a entrada da tenda bem quando Raik Na Seem chegava, com o cenho franzido, os olhos cheios de uma dor que tentava disfarçar.

— Você concordou em ajudar a ladra de sonhos, Elric? Vai tentar realizar o que a profecia previu? Trazer nossa Garota Sagrada de volta para nós? Nosso tempo está se esgotando. Em breve a Lua de Sangue desaparecerá.

Elric largou o frasco sobre o tapete. Abaixou-se e pegou a Espada Negra, que havia desafivelado ao caminhar com Oone. O objeto se empolgou em seus dedos, e ele se sentiu vagamente nauseado.

— Farei o que me for exigido — disse o albino.

— Bom. — O idoso segurou Elric pelos ombros. — Oone me disse que você é um grande homem, com um grande destino, e que este momento é um dos mais notáveis em sua vida. Estamos honrados em fazer parte desse destino e gratos por sua preocupação...

Elric aceitou as palavras de Raik Na Seem com toda a sua típica graça. Fez uma mesura.

— Acredito que a saúde de sua Garota Sagrada seja mais importante do que qualquer destino guardado para mim. Farei o que for possível para trazê-la de volta a vocês.

Oone tinha entrado logo atrás do primeiro ancião dos bauradis. Ela sorriu para o albino.

— Está pronto agora?

Elric assentiu e começou a afivelar a Espada Negra, mas Oone o fez parar com um gesto.

— O senhor encontrará as armas de que precisa no lugar para onde vamos.

— Mas a espada é mais do que uma arma, lady Oone! — O albino experimentou um tipo de pânico que jamais havia sentido.

Ela estendeu o bastão dos sonhos de Alnac para ele.

— Isto é tudo de que o senhor precisa para nossa empreitada, milorde imperador.

Stormbringer murmurou violentamente quando Elric a recolocou sobre as almofadas da tenda. Parecia quase ameaçá-lo.

— Eu sou dependente... — começou a dizer.

Ela balançou a cabeça, gentil.

— Não é, não. O senhor acredita que aquela espada faz parte da sua identidade, mas não faz. Ela é sua nêmese. É a parte do senhor que representa sua fraqueza, não sua força.

Elric suspirou.

— Eu não a entendo, milady, mas, se não quer que eu leve a espada, eu a deixarei aqui.

Outro som, um rosnado peculiar, veio da lâmina, mas Elric o ignorou. Deixou tanto o frasco quanto a espada na tenda, e caminhou até onde os cavalos esperavam para levá-los do Oásis da Flor Prateada de volta até a Tenda de Bronze.

Enquanto cavalgavam logo atrás de Raik Na Seem, Oone contou a Elric um pouco mais sobre o que a Garota Sagrada significava para os bauradis.

— Como o senhor talvez já tenha notado, a menina guarda a história e as aspirações dos bauradis, a sabedoria coletiva deles. Tudo o que consideram verdadeiro e de valor está contido dentro dela. Ela é a representação viva dos aprendizados de seu povo, ou seja, da essência da história deles, de uma época anterior até mesmo a terem se tornado habitantes do deserto. Se a perderem, acreditam que exista uma alta probabilidade de precisarem recomeçar sua história do zero: reaprender lições conquistadas a duras penas, reviver experiências e cometer os erros e tropeços que lapidaram dolorosamente a compreensão de seu povo ao longo dos séculos. Ela é as Eras, se você preferir pensar assim: a biblioteca, museu, religião e cultura desse povo personificados num único ser humano. Pode imaginar, príncipe Elric, o que a perda dessa garota significaria para eles? Ela é a alma dos bauradis. E essa alma está aprisionada onde apenas os portadores de certa habilidade podem encontrá-la, que dirá libertá-la.

Elric passou as pontas dos dedos sobre o bastão dos sonhos que substituía a espada rúnica em seu quadril.

— Mesmo que ela fosse apenas uma criança comum, cuja condição está infligindo sofrimento à sua família, mesmo assim eu estaria inclinado a ajudar se pudesse — disse ele. — Pois gosto desse povo e de seu líder.

— O destino dela e o seu estão interligados — explicou Oone. — Sejam lá quais forem seus sentimentos, milorde, o senhor provavelmente tem pouca escolha real nessa questão.

Ele não queria ouvir isso.

— Parece-me, madame, que vocês, ladrões de sonhos, estão familiarizados demais comigo, com minha família, meu povo e meu destino. Isso me deixa um tanto desconfortável. Porém, não posso negar que a senhora sabe mais do que ninguém, tirando minha prometida, sobre meus conflitos internos. Como foi que recebeu esse poder de adivinhação e profecia?

Ela falou de forma quase casual.

— Existe um território que todos os ladrões de sonhos já visitaram. É um local onde todos os sonhos se cruzam, onde tudo o que temos em comum se encontra. E nós chamamos esse lugar de Berço do Osso, onde a humanidade primeiro pressupôs a realidade.

— Isso é uma lenda! E uma lenda primitiva, ainda por cima!

— Lenda para vocês. Verdade para nós. Como um dia o senhor descobrirá.

— Se Alnac podia prever o futuro, por que não esperou você chegar para ajudá-lo?

— Nós raramente sabemos nosso próprio destino, apenas os movimentos gerais das marés e das figuras que se destacam nas histórias de seu mundo. Todos os ladrões de sonhos conhecem o futuro, é verdade, pois suas vidas são passadas fora do Tempo. Para nós, não existe passado ou futuro, apenas um presente em mutação. Somos livres dessas correntes em particular, enquanto outras nos prendem com força.

— Eu já li sobre tais ideias, mas elas têm pouco significado para mim.

— Porque lhe falta experiência para entender o sentido delas.

— A senhora já falou sobre a Terra dos Sonhos-em-Comum. Isso é a mesma coisa que o Berço do Osso?

— Talvez. Nosso povo é indeciso sobre esse ponto.

Temporariamente revigorado pela droga, Elric começou a desfrutar da conversa, boa parte da qual via como mera abstração agradável. Livre de sua espada rúnica, conheceu uma leveza de espírito que não experimentava desde os primeiros meses de seu cortejo a Cymoril, naqueles anos relativamente despreocupados antes que a crescente ambição de Yyrkoon começasse a contaminar a vida na corte melniboneana.

Ele se lembrou de algo de uma das histórias de seu povo.

— Já ouvi dizer que o mundo não é mais do que seus habitantes concordam que seja. Lembro de ter lido algo nesse sentido em *A Esfera Tagarela*, que dizia: "Pois quem pode dizer qual é o mundo interno e qual é o externo? O que entendemos como realidade pode ser o que a pura vontade determina e o que definimos como sonhos pode ser a verdade maior". Essa é uma filosofia que se assemelha à sua, lady Oone?

— Bastante — disse ela. — Embora me soe um tanto vaga.

Eles cavalgaram quase como duas crianças num piquenique até alcançarem a Tenda de Bronze quando o sol se punha e, mais uma vez, foram guiados para o local onde homens e mulheres se sentavam ou deitavam em torno da grande cama elevada, na qual repousava a garota que simbolizava toda a existência daquele povo.

A Elric, parecia que os braseiros e lampiões ardiam mais baixos do que da última vez em que estivera ali, e que a garota parecia ainda mais pálida do que antes, mas forçou uma expressão de confiança ao virar-se para Raik Na Seem e dizer:

— Desta vez, não falharemos com ela.

Oone pareceu aprovar as palavras e observou cuidadosamente quando, seguindo as instruções dela, o corpo frágil de Varadia foi erguido da cama e posto sobre uma almofada imensa que, por sua vez, foi colocada entre duas outras almofadas também enormes. Ela gesticulou para que o albino se deitasse do outro lado da criança, enquanto assumia sua posição à esquerda da garota.

— Pegue a mão dela, milorde imperador, e coloque o gancho do bastão dos sonhos sobre as duas, a sua e a dela, como viu Alnac fazer — disse Oone.

Elric sentiu certa trepidação ao obedecer, mas não tinha medo por si, apenas pela criança e o povo dela, por Cymoril que o esperava em Melniboné e pelo menino que rezava em Quarzhasaat para que ele retornasse com a joia que seu carcereiro exigira. Quando sua mão foi conectada à da menina por meio do bastão dos sonhos, Elric experimentou uma sensação de fusão que não era desagradável, mas que parecia queimar tão forte quanto qualquer chama. Assistiu enquanto Oone fazia o mesmo.

Imediatamente, sentiu um poder possuí-lo e, por um instante, foi como se seu corpo ficasse cada vez mais leve, até que ameaçasse ser levado para longe à menor das brisas. Sua visão esvaneceu; no entanto, ainda podia enxergar vagamente Oone. Ela parecia estar se concentrando.

Ele olhou para o rosto da Garota Sagrada e, por um segundo, pensou que a pele dela havia ficado ainda mais branca, seus olhos brilhando tão escarlates quanto os dele, e um pensamento veio e se foi: *"Se eu tivesse uma filha, ela teria essa aparência..."*

Então, foi como se seus ossos estivessem derretendo, sua carne dissolvendo e a mente e o espírito se dissipando por completo. Ele se entregou àquela sensação como havia determinado que precisava fazê-lo, já que estava servindo ao propósito de Oone. Agora, sua carne se tornava água corrente, as veias e sangue eram fiapos coloridos de ar, seu esqueleto fluía como prata derretida, misturando-se ao da Criança Sagrada, tornando-se dela, depois fluindo para além dela, para dentro de cavernas, túneis e locais escuros, para lugares onde mundos inteiros existiam em rochas ocas, onde vozes o chamavam e o conheciam e buscavam reconfortá-lo ou assustá-lo ou lhe contar verdades que ele não desejava saber; e então o ar ficou claro de novo e ele sentiu Oone ao seu lado, guiando-o com a mão na dele, o corpo dela quase o corpo dele, sua voz confiante e até mesmo alegre, como alguém que se move na direção de um perigo conhecido; um perigo que ela já havia enfrentado muitas vezes. Entretanto, havia um tom na voz de Oone que o fez acreditar que ela nunca tinha enfrentado um perigo tão grande quanto aquele e que havia grandes chances de que nenhum dos dois retornasse à Tenda de Bronze ou ao Oásis da Flor Prateada.

Surgiu uma música, que ele entendia ser a própria alma da criança transformada em som. Uma música doce, triste, solitária. Uma música tão linda que o teria feito chorar, se ele fosse algo além daquela substância aerada.

A seguir, viu o céu azul diante de si, um deserto vermelho se estendendo na direção de montanhas vermelhas no horizonte, e teve a mais estranha das sensações, como se estivesse chegando em casa, em uma terra que, de alguma forma, perdera na infância e se esquecera.

•

2

As fronteiras no limite do coração

Conforme sentia os ossos voltando a se formar e a carne retomar seu peso e contornos familiares, Elric viu que a terra em que tinham entrado era muito parecida à que haviam deixado. O deserto vermelho se estendia à frente e montanhas vermelhas repousavam mais além. A paisagem era tão familiar que ele olhou para trás, esperando ver a Tenda de Bronze, mas logo atrás dele se escancarava um abismo tão vasto que o outro lado não podia ser visto. Ele teve uma vertigem repentina e perdeu um pouco do equilíbrio.

A ladra de sonhos vestia os mesmos veludos e sedas maleáveis e parecia achar um pouco de graça na reação dele.

— Sim, príncipe Elric! Estamos agora, de fato, na borda do mundo! Nossas escolhas são escassas aqui, e não incluem retroceder!

— Não pensava em retroceder, madame.

Olhando com mais atenção, ele se deu conta de que as montanhas eram consideravelmente mais altas e todas se inclinavam na mesma direção, como se dobradas por um vento tremendo.

— Elas são como os dentes de algum predador antigo — disse Oone, com o tremor de alguém que talvez tivesse realmente encarado uma mandíbula assim em algum momento ao exercer seu ofício. — Sem dúvida, o primeiro estágio da nossa jornada nos levará para lá. Este é o território que nós, ladrões de sonhos, sempre chamamos de Sadanor. A Terra dos Sonhos-em-Comum.

— No entanto, a senhora não parece acostumada a este cenário.

— O cenário varia. Nós conhecemos apenas *a natureza* do território. Os detalhes podem mudar. Mas, em geral, os lugares para onde viajamos são perigosos não por não serem familiares, mas por causa de sua familiaridade. Essa é a segunda regra do ladrão de sonhos.

— Cuidado com o que é familiar.

— Você aprende rápido.

Ela parecia demasiadamente contente com a resposta dele, como se tivesse duvidado da própria descrição que fizera das qualidades de Elric e estivesse feliz ao vê-las confirmadas. Ele começou a entender o grau de desespero envolvido naquela aventura e foi tomado por uma imprudência selvagem, aquela disposição de se entregar ao momento, a qualquer experiência, que o distinguia tanto dos demais lordes de Melniboné, cujas vidas eram governadas pela tradição e por um desejo de manterem seu poder a qualquer custo.

Sorrindo, com os olhos acesos com toda a sua antiga vitalidade, fez uma reverência irônica.

— Então nos conduza, madame! Vamos começar nossa jornada para as montanhas.

Oone, um pouco espantada por esse humor, franziu a testa. Mas começou a caminhar pela areia, que era tão leve que se agitava como água ao redor dos pés. O albino a seguiu.

— Devo admitir que, quanto mais tempo passo aqui, mais este lugar me perturba. Pensei que o sol estivesse encoberto, mas agora percebo que não há nenhum sol no céu — disse ele, depois de terem andado por cerca de uma hora sem notar nenhuma alteração na posição da luz.

— Essas anormalidades vêm e vão na Terra dos Sonhos-em-Comum — respondeu Oone.

— Eu me sentiria mais seguro com minha espada ao meu lado.

— Espadas são fáceis de arranjar por aqui — disse ela.

— Espadas que sorvem almas?

— Talvez. Mas você sente a necessidade por essa forma peculiar de alimento? Anseia pela droga do lorde Gho?

Elric reconheceu, para a própria surpresa, que não tinha perdido nenhuma gota de energia. Talvez pela primeira vez em sua vida adulta, tinha a sensação de que era, fisicamente, igual às outras pessoas, capaz de se sustentar sem apelar a nenhum tipo de artifício.

— Ocorre-me que seria bom fazer daqui meu lar — disse ele.

— Ah, agora o senhor começa a cair em outra das armadilhas deste reino — afirmou ela, com leveza. — Primeiro vem a desconfiança e talvez o medo. Depois o relaxamento, uma sensação de que aqui sempre foi seu lugar, de que este é seu lar natural, ou seu lar espiritual. Tudo isso são ilusões comuns ao viajante, como tenho certeza de que o senhor sabe. Aqui, deve-se resistir a essas ilusões, pois elas são mais do que um sentimento. Podem ser armadilhas prontas para prender e destruir a pessoa. Seja grato por ter mais energia aparente do que de costume, mas lembre-se de outra regra do ladrão de sonhos: "Todo ganho precisa ser pago, seja antes ou depois do evento". Todo benefício aparente poderia muito bem ter sua desvantagem contrária.

Dentro de si, Elric ainda achava que o preço de tal sensação de bem-estar poderia muito bem valer a pena.

Foi naquele momento que ele viu a folha.

Pairava de algum ponto acima de sua cabeça, uma folha de carvalho larga, fulvo-dourada, caindo suavemente como faria em um outono qualquer, e aterrissando sobre a areia a seus pés. Sem achar isso extraordinário a princípio, ele se abaixou para apanhá-la.

Oone também a vira, e moveu-se como se para alertá-lo, mas mudou de ideia em seguida.

Elric colocou a folha na palma da mão. Não tinha nada incomum nela, exceto por não haver uma árvore visível em qualquer direção. Estava prestes a pedir a Oone para que explicasse o fenômeno quando notou que a ladra fitava para além de Elric, por cima do ombro dele.

— Boa tarde para vocês — disse uma voz alegre. — Que grande sorte, de fato, encontrar camaradas mortais num ermo tão miserável. Que truque da Roda nos trouxe para cá, na opinião de vocês?

— Saudações — disse Oone, seu sorriso se ampliando. — Pelos trajes, o senhor está despreparado para este deserto.

— Não me disseram qual seria meu destino nem me informaram que eu estava de partida...

Elric se virou e, para sua surpresa, viu um homenzinho cujas feições marcantes e joviais eram sombreadas por um enorme turbante de seda amarela. Esse adereço, com no mínimo a mesma largura dos ombros do homem, era decorado com um broche contendo uma grande pedra preciosa verde e do qual brotavam várias plumas de pavão. Ele parecia usar muitas camadas de roupas, todas extremamente coloridas, de seda e linho, um colete bordado e um belíssimo casaco azul de retalhos, longo e costurado, cada tom sutilmente diferente do seu vizinho. Nas pernas, vestia calças largas de seda vermelha, e os pés ostentavam pantufas de couro amarelo e verde, com as pontas curvadas. O homem estava desarmado, mas nas mãos trazia um gato preto e branco meio assustado, sobre cujas costas via-se, dobrado, um par de sedosas asas pretas.

O homem fez uma mesura quando viu Elric.

— Saudações, senhor. Você seria a encarnação do Campeão neste plano, pelo que entendo. Eu me chamo... — Ele franziu a testa como se, por um segundo, tivesse se esquecido do próprio nome. — Eu me chamo algo começando com J e algo começando com C. Vou lembrar daqui a um momento. Ou algum outro nome ou evento vai me ocorrer, tenho certeza. Eu sou seu... como é que é...? Amanuense, não? — Ele olhou para o céu. — Este é um daqueles mundos sem sol? Não teremos noite alguma?

Elric olhou para Oone, que não parecia desconfiada da aparição.

— Não pedi um secretário, senhor — disse ele para o homenzinho. — Também não esperava que um me fosse designado. Minha companheira e eu estamos numa missão neste mundo...

— Uma missão, naturalmente. É o seu papel, assim como o meu é acompanhá-lo. Isso é o correto, senhor. Meu nome é... — Porém, mais uma vez, o próprio nome lhe escapou. — O de vocês é...?

— Eu me chamo Elric de Melniboné e esta é Oone, a Ladra de Sonhos.

— Então suponho que este seja o território que os ladrões de sonhos chamam de Sadanor. Bom, então me chamo Jaspar Colinadous. E meu gato se chama Bigode, como sempre.

Ao ouvir isso, o gato soltou um ruído baixo e inteligente, que seu dono ouviu com cuidado e assentiu.

— Reconheço este território agora — disse ele. — Vocês devem estar procurando o Portal Marador, não? Para a Terra dos Desejos Antigos.

— O senhor é um ladrão de sonhos também, sir Jaspar? — indagou Oone, com certa surpresa.

— Tenho parentes que são.

— Mas como veio para cá? — perguntou Elric. — Por meio de um médium? O senhor usou uma criança mortal, como nós?

— Suas palavras são um mistério para mim, senhor. — Jaspar Colinadous ajustou seu turbante, o gato aninhado cuidadosamente sob uma manga sedosa e volumosa. — Eu viajo entre mundos, pelo visto de maneira aleatória e geralmente sob o comando de alguma força que não compreendo, para guiar ou acompanhar aventureiros como vocês. Nem sempre — acrescentou ele, sentido — vestido da maneira apropriada para o reino ou o momento de minha chegada. Sonhei, acho, que era o sultão de alguma cidade fabulosa, onde possuía a mais atordoante variedade de tesouros. Onde era servido por... — Então ele ruborizou e desviou o olhar de Oone. — Perdão. Foi um sonho. Já acordei agora. Infelizmente, as roupas dele vieram comigo...

Elric acreditava que as palavras do sujeito estavam próximas do disparate, mas Oone não as achou, de forma alguma, estranhas.

— O senhor conhece, então, uma estrada até o Portal Marador?

— Certamente devo conhecer, se esta é a Terra dos Sonhos-em-Comum.

Com cuidado, ele colocou o gato no ombro e começou a vasculhar as mangas, o interior da camisa, nos bolsos de suas várias vestimentas, e tirou todo tipo de pergaminhos, papéis e livrinhos, caixas, estojos, instrumentos de escrita, pedaços de cordão e carretéis de linha, até que um dos velinos enrolados o fez soltar um grito de alívio.

— Aqui está... eu acho! Nosso mapa. — Recolocou todos os outros itens exatamente nos lugares de onde os tirara e desenrolou o pergaminho. — De fato, de fato! Isto nos mostrará a estrada para atravessar aquelas montanhas adiante.

— Ofertas de orientação... — Elric começou a dizer.

— E cuidado com o que é familiar — relembrou Oone, em voz baixa. Em seguida, fez um gesto evasivo. — Veja bem, aqui já estamos tendo um conflito, pois o que não é familiar ao senhor, para mim é... e bastante. Faz parte da natureza deste território.

Ela se voltou para Jaspar Colinadous.

— Senhor? Posso ver seu mapa?

Sem hesitação, o homenzinho o entregou para ela.

— Uma estrada reta. É sempre uma estrada quase reta, hein? E apenas uma. É a beleza dos Reinos dos Sonhos. A pessoa pode interpretá-los e controlá-los de maneira tão simples... A menos, é claro, que eles engulam a pessoa por completo. O que tendem a fazer mesmo.

— A senhora tem a vantagem de ter a mim, pois eu não sei nada deste mundo. Nem estava ciente de que existiam outros como este — disse Elric.

— A-há! Então você tem muitas maravilhas à sua espera! Muitas coisas assombrosas ainda por testemunhar. Eu lhe contaria sobre elas, mas minha própria memória já não é como antes. Com frequência tenho apenas lembranças vagas. Mas existe uma infinidade de mundos, e alguns ainda não nasceram, outros são tão velhos que já ficaram senis, alguns nasceram de sonhos, outros foram destruídos por pesadelos. — Jaspar Colinadous fez uma pausa, arrependido. — Eu fico excessivamente empolgado. Não pretendia confundi-lo, senhor. Saiba apenas que eu mesmo sou um pouco confuso. Sempre. Meu mapa faz sentido para a senhora, lady Ladra de Sonhos?

— Faz. — Oone franzia o cenho ao encarar o pergaminho. — Existe apenas uma passagem por aquelas montanhas, chamadas de Mandíbulas do Tubarão. Se presumirmos que as montanhas estão ao norte de nós, então devemos seguir rumo nordeste e encontrar a Goela do Tubarão, como está nomeada aqui. Ficamos muito gratos ao senhor, mestre Jaspar Colinadous.

Ela enrolou o mapa e o devolveu. Ele desapareceu dentro de uma das mangas de Jaspar Colinadous, e o gato se esgueirou para deitar, ronronando, na curva do braço dele.

Por um momento, Elric teve um forte instinto de que aquele indivíduo simpático tinha sido invocado por Oone da própria imaginação, embora sua personalidade autoconfiante tornasse impossível acreditar que não existisse pelos próprios méritos. Em verdade, Elric teve um pensamento passageiro de que talvez ele mesmo fosse uma fantasia.

— Vocês notarão que existem perigos naquela passagem — disse Jaspar Colinadous, casualmente, ao se juntar a eles. — Deixarei que Bigode faça o reconhecimento por nós, se quiserem, quando chegarmos mais perto.

— Ficaríamos muito agradecidos ao senhor — afirmou Oone.

Os três prosseguiram sua jornada pela paisagem desolada, com Jaspar Colinadous contando histórias de aventuras pregressas, a maioria das quais ele conseguia se lembrar apenas pela metade, de pessoas que conhecera, mas cujos nomes lhe escapavam, e de grandes momentos nas histórias de mil mundos, cuja importância também lhe escapava. Ouvi-lo era como entrar nos antigos salões de Imrryr, na Ilha Dragão, onde antigamente séries enormes de janelas contavam em imagens as histórias dos primeiros melniboneanos e de como tinham chegado ao lar que habitavam. Mas elas já não passavam de estilhaços, pequenos fragmentos da história, detalhes brilhantes cujo contexto mal se podia imaginar e cujo conhecimento estava perdido para sempre. Elric parou de tentar acompanhar a conversa de Jaspar Colinadous; porém, como aprendera a fazer com os fragmentos de vidro, permitiu-se desfrutar da textura e da cor ali presentes.

A consistência da luz tinha começado a perturbá-lo e, no final, ele interrompeu o homenzinho em seu fluxo e perguntou-lhe se ele também não se sentia desconfortável.

Jaspar Colinadous aproveitou a oportunidade para parar e tirar as pantufas, chacoalhando-as para retirar areia, enquanto Oone esperava mais adiante, com uma postura impaciente.

— Não, senhor. Mundos sobrenaturais com frequência não têm sol, pois não obedecem a nenhuma das leis com as quais estamos familiarizados no nosso mundo. Podem ser planos, semiesféricos, ovais, circulares e até em formato de cubos. Existem apenas como satélites daqueles reinos que chamamos de "reais" e, portanto, não são dependentes de nenhum sol, lua ou sistema planetário para sua ordenação, mas sim das demandas (espirituais, imaginativas, filosóficas e assim por diante) de mundos que, de fato, requerem um sol para aquecê-los e uma lua para mover suas marés. Existe até uma teoria de que nossos mundos são os satélites e que esses mundos sobrenaturais são o berço de todas as nossas realidades.

Com os sapatos livres da areia, Jaspar Colinadous começou a seguir Oone, que estava a alguma distância, após ter se recusado a esperar por eles.

— Talvez este seja o território governado por Arioch, meu patrono e Duque do Inferno — refletiu Elric. — A terra de onde surgiu a Espada Negra.

— Ah, é bem possível, príncipe Elric. Pois, veja, tem um tipo de criatura infernal descendo sobre sua amiga neste instante, e nós sem nenhuma arma disponível!

O pássaro de três cabeças devia ter voado a uma altura tão imensa que sua abordagem não fora notada, mas, naquele momento, mergulhava a uma velocidade aterradora, e Oone, alertada pelo grito de Elric, começou a correr, talvez na esperança de desviar daquele ataque vindo do alto. Era como um corvo gigantesco, com duas das cabeças bem recolhidas no pescoço, enquanto a outra se esticava para fora para ajudar no voo descendente, as asas abertas e voltadas para trás, as garras estendidas, prontas para apanhar a mulher.

Elric começou a correr, gritando para a criatura. Também torcia para que isso a perturbasse a ponto de fazê-la perder o impulso.

Com um grasnado terrível que pareceu preencher todo o céu, o monstro desacelerou minimamente para poder atacar a mulher com mais precisão.

Foi aí que Jaspar Colinadous gritou atrás de Elric.

— Jack Três Bicos, seu pássaro sem-vergonha!

A besta vacilou no ar, virando todas as cabeças na direção da figura de turbante que atravessava a areia decisivamente na direção dela, com o gato alerta no braço.

— O que é isso, Jack? Pensei que carne viva estivesse proibida para você! A voz de Jaspar Colinadous era desdenhosa, familiar. Bigode rosnou e resmungou para a fera, embora ela fosse muitas vezes maior do que o bichano.

Com um grasnido de desafio, o pássaro pousou na areia e começou a correr a uma velocidade considerável na direção de Oone, que havia parado para testemunhar aquele evento bizarro. Então ela recomeçou a correr, com o corvo de três cabeças em seu encalço.

— Jack! Jack! Lembre-se do castigo.

O grito do pássaro foi quase zombeteiro. Elric começou a tropeçar pelo deserto no rastro dele, torcendo para encontrar um meio de salvar a ladra de sonhos.

Foi quando sentiu algo cortar o ar acima da sua cabeça, dispersando sobre ele um frescor inesperado, e uma silhueta escura disparou perseguindo a coisa que Jaspar Colinadous havia chamado de Jack Três Bicos.

Era o gato preto e branco. O bicho arremeteu seu pequeno corpo sobre o pescoço central do pássaro e afundou os quatro conjuntos de garras nas penas. Com um berro agudo, o gigantesco corvo de três cabeças deu meia-volta, as outras cabeças tentando bicar o obstinado gato, mas fracassando em alcançá-lo.

Para o espanto de Elric, o gato pareceu inflar, ficando cada vez maior, como que se alimentando da essência vital do corvo, que pareceu encolher.

— Jack Três Bicos, seu safado! Jack atrevido! — A figura quase ridícula de Jaspar Colinadous desfilou até a fera, sacudindo um dedo o qual bicos tentaram atacar, mas não ousaram morder de fato. — Você foi avisado. E agora, deve perecer. Como é que veio parar aqui? Deve ter me seguido, suponho, quando deixei meu palácio. — Coçou a cabeça. — Não que eu me lembre de ter deixado o palácio. Ah, bom...

Jack Três Bicos grasnou de novo, com os olhos frenéticos e assustados à procura de sua presa original. Oone se aproximava outra vez.

— Esta criatura é seu bicho de estimação, mestre Jaspar?

— Definitivamente não, madame. Ele é meu inimigo. E sabia que já tinha recebido o último aviso. Mas acho que não esperava me encontrar aqui, e acreditava que poderia atacar presas vivas impune. Não é verdade, Jack?

O grasnido em resposta foi quase patético desta vez. O gatinho preto e branco lembrava muito um morcego vampiro, sugando e sugando a essência vital do monstro.

Oone assistiu, horrorizada, enquanto o corvo encolheu aos poucos até se tornar uma coisinha minúscula e murcha, e Bigode finalmente se sentou, redondo e enorme, e começou a se lamber, ronronando com um prazer considerável. Claramente contente com seu bicho de estimação, Jaspar Colinadous levantou o braço para afagar-lhe a cabeça.

— Bom menino, Bigode. Agora o coitado do Jack não serve nem pra recheio de um pastelzinho. — Ele sorriu para seus dois novos amigos, orgulhoso. — Este gato já salvou minha vida em várias ocasiões.

— Como é que você sabia o nome daquele monstro? — perguntou Oone.

Suas feições adoráveis estavam coradas e ela, sem fôlego. Fez Elric se lembrar subitamente de Cymoril, embora ele não soubesse identificar com precisão qual era a semelhança.

— Ora, foi Jack quem assustou o principado que visitei antes daqui. — Jaspar Colinadous exibiu seus ricos trajes. — E foi como fiquei tão querido pelo povo daquele lugar. Jack Três Bicos sempre soube do poder do Bigode e tinha medo dele. Vinha aterrorizando o povo quando cheguei. Eu domei Jack, ou, falando mais estritamente, Bigode o domou, mas o deixamos viver, já que era útil como comedor de carniça, e a província era dada a um calor terrível no verão. Quando caí por aquele rasgo específico no multiverso, ele deve ter vindo atrás de mim, sem perceber que eu já estava aqui com Bigode. Há pouco mistério nisso, lady Oone.

Ela respirou fundo.

— Bem, fico agradecida por sua ajuda, sir.

Ele inclinou a cabeça.

— Agora, não é melhor seguirmos para o Portal Marador? Há outros perigos adiante, embora menos inesperados, na Goela do Tubarão. O mapa os marca.

— Como queria ter uma arma a meu lado — disse Elric, sentido. — Eu estaria mais confiante, fosse uma ilusão ou não!

Mas marchou ao lado dos outros na direção da montanha.

O gato ficou para trás, lambendo as patas e se limpando, como uma criatura doméstica comum que houvesse matado um rato invasor de despensas.

Finalmente o solo começou a se elevar quando eles atingiram o baixo sopé das Mandíbulas do Tubarão e viram à sua frente uma fissura grande e escura nas montanhas, a Goela que os levaria para o próximo território de sua jornada. No calor da vastidão estéril, a passagem parecia fresca e quase convidativa, embora, mesmo dali, Elric julgasse ver silhuetas movendo-se nela. Sombras brancas tremulavam contra o negror.

— Que tipo de povo vive aqui? — perguntou a Oone, que não lhe mostrara o mapa.

— Em sua maioria, aqueles que se perderam do caminho ou se tornaram temerosos demais para continuar a jornada para o interior. O outro nome para este passo é Vale das Almas Tímidas. — Oone deu de ombros. — Mas suspeito que não é por causa deles que correremos perigo. Ao menos, não grandes perigos. Eles se aliarão com qualquer poder que governar a passagem.

— E o mapa não diz nada sobre a natureza desse poder?

— Apenas que devemos ser cautelosos.

Um ruído surgiu por trás deles, e Elric se virou, pensando se tratar de ameaça, mas era apenas Bigode. Parecia um pouco mais encorpado, com o pelo mais lustroso, mas de volta ao seu tamanho normal, e finalmente os alcançara. Jaspar Colinadous riu e se abaixou para deixar o gato subir em seu ombro.

— Não precisamos de armas, hein? Não com uma fera tão linda para nos defender!

O gato lambeu o rosto dele.

Elric espiava o passo escuro, tentando determinar o que poderia encontrar ali. Por um momento, pensou ter visto um cavaleiro na entrada, um homem montado num cavalo cinza prateado, com uma armadura estranha em vários tons de branco, cinza e amarelo. O cavalo do guerreiro empinou quando ele o virou e cavalgou de volta para o interior da escuridão, e Elric teve um mau pressentimento, embora nunca tivesse visto aquela figura.

Oone e Jaspar Colinadous estavam aparentemente alheios à aparição e prosseguiram com passos incansáveis na direção do vale.

Elric não disse nada sobre o cavaleiro; em vez disso, perguntou a Oone como eles tinham caminhado por horas e não se sentiam cansados ou famintos.

— É uma das vantagens deste reino — disse ela. — As desvantagens, contudo, são consideráveis, já que a noção de tempo se perde com facilidade, e a pessoa pode se esquecer de sua direção e seus objetivos. Além disso, é sábio ter em mente que, embora pareça que não se despende energia física nem se tem fome, outras formas de energia estão sendo usadas. Podem ser psíquicas e espirituais, mas são tão valiosas quanto, como estou certa que o senhor compreende. Poupe esses recursos em particular, príncipe Elric, pois terá necessidade urgente deles muito em breve!

Elric se perguntou se ela também havia visto o guerreiro pálido, porém, por algum motivo que não podia entender, sentiu relutância em indagar.

As colinas ficavam cada vez mais altas ao redor conforme eles se moviam sutilmente para dentro da Goela do Tubarão. A luz já estava mais fraca, bloqueada pelas montanhas, e o albino teve um calafrio que não fora de todo resultado da sombra.

Notou um som de correnteza, e Jaspar Colinadous disparou para o topo de um barranco alto de pedras para olhar lá para baixo. Ele se virou, um tanto estupefato.

— Um abismo profundo. Um rio. Devemos encontrar uma ponte para continuar.

Murmurou algo para seu gato alado que imediatamente levantou voo sobre o abismo, logo desaparecendo nas sombras para mais além.

Forçado a parar, Elric foi tomado por um pessimismo súbito. Incapaz de avaliar suas necessidades físicas, incerto de quais eventos ocorriam no mundo que deixara, perturbado pelo conhecimento de que o tempo deles estava se esgotando e de que lorde Gho certamente cumpriria sua palavra e torturaria o jovem Anigh até a morte, ele começou a acreditar que podia muito bem estar numa missão impossível, tendo embarcado numa aventura que só poderia terminar em um desastre para todos. Perguntou-se por que tinha confiado tão completamente em Oone. Talvez porque houvesse ficado muito desesperado, muito chocado, com a morte de Alnac Kreb...

Ela tocou no ombro de Elric.

— Lembre-se do que eu lhe disse. Seu cansaço não é físico aqui, mas se manifesta em seus humores. O senhor deve buscar sustento espiritual com a mesma assiduidade que normalmente buscaria comida e água.

Elric a olhou nos olhos e viu calor e bondade. De imediato, seu desespero começou a se dissipar.

— Devo admitir que comecei a sentir uma forte dúvida...

— Quando essa sensação o dominar, tente me dizer. Estou familiarizada com ela e talvez possa lhe ajudar...

— Então estou inteiramente em suas mãos, madame — afirmou ele, sem ironia alguma.

— Pensei que havia entendido isso quando concordou em me acompanhar — murmurou ela.

— E entendi.

Ele se virou a tempo de ver o gato voltar e pousar no ombro de Jaspar Colinadous. O homem de turbante ouviu com atenção e inteligência, e Elric teve certeza de que o animal estava falando.

Finalmente, Jaspar Colinadous assentiu.

— Há uma ponte boa a menos de quinhentos metros daqui. Ela leva a uma trilha que dá diretamente para o passo. Bigode me disse que a ponte é guardada por um único guerreiro montado. Suponho que ele nos deixará atravessar.

Eles seguiram o curso do rio conforme o céu escurecia, e Elric desejou que, junto à falta de fome e cansaço, não sentisse também a queda rápida na temperatura que fazia seu corpo tremer. Apenas Jaspar Colinadous estava imune aos efeitos do frio.

As paredes ásperas das rochas na borda do abismo gradualmente recuaram, curvando-se para dentro em direção à passagem, e em pouquíssimo tempo eles viram a ponte adiante, um esporão estreito de pedra natural que saltava para fora sobre o rio que espumava lá embaixo. E ouviram o eco da água conforme ela mergulhava ainda mais fundo pela ravina. Mas o guarda relatado pelo gato não se encontrava em lugar algum.

Elric se moveu com cautela à frente, desejando outra vez ter uma arma para lhe dar segurança. Chegou à ponte e colocou um pé sobre ela. Lá embaixo, na base das paredes cinza de granito do abismo, espuma saltava e dançava, e o rio dava voz a uma canção própria e peculiar, meio de triunfo, meio de desespero, quase como se fosse vivo.

Elric estremeceu e deu outro passo. Ainda assim, não viu silhueta alguma na escuridão cada vez maior. Outro passo e estava sobre a água. Recusou-se a olhar para baixo, para que ela não o chamasse para si. Conhecia o fascínio de tais torrentes e como a pessoa podia ser atraída para dentro delas, hipnotizada pela correnteza e seu barulho.

— Vê algum guarda, príncipe Elric? — chamou Jaspar Colinadous.

— Nada — gritou o albino de volta, e deu mais dois passos.

Oone estava atrás dele agora, movendo-se com tanto cuidado quanto Elric. Ele olhou para o outro lado da ponte. Grandes placas de rocha úmida, cobertas de líquen e trepadeiras de cores estranhas, subiam e desapareciam no ar escuro mais acima. O som do rio o fez pensar que estava ouvindo vozes, ruídos baixos de movimento apressado, o farfalhar de membros ameaçadores, mas ainda não via nada.

Elric estava na metade da travessia quando detectou a sugestão de um cavalo nas sombras da ravina e o mais fugaz vislumbre de um cavaleiro, talvez trajando uma armadura que era da cor da pele branca feito osso do próprio melniboneano.

— Quem está aí? — O albino ergueu sua voz. — Nós viemos em paz. Não queremos fazer mal a ninguém aqui.

Novamente a água o fez acreditar ter ouvido algo, mas dessa vez foi uma risada baixa e desagradável.

Em seguida, a correnteza pareceu ficar mais barulhenta, e ele se deu conta de que ouvia cascos sobre rocha. Como se formada pelos respingos de água, uma silhueta subitamente surgiu na outra extremidade da ponte, vindo com tudo para cima dele, com uma espada longa e pálida pronta para atacar.

Não havia para onde fugir. O único jeito de evitar o guerreiro era saltar da ponte para a torrente lá embaixo. Elric sentiu sua visão turva enquanto se preparava para saltar para frente, na esperança de agarrar o freio do cavalo e ao menos parar o cavaleiro em sua investida.

Então, mais uma vez, houve um zunido de asas e algo se prendeu ao elmo do agressor, retalhando o rosto dentro dele. Era Bigode, cuspindo e berrando como qualquer gato de rua comum envolvido numa briga por um pedaço de peixe podre.

O cavalo empinou. O cavaleiro deu um grito de fúria e dor e soltou as rédeas para tentar tirar o gato de cima dele. Bigode se elevou no ar rapidamente, saindo de seu alcance. Elric vislumbrou olhos prateados brilhantes, uma pele que ardia com a marca do leproso, e então o cavalo, descontrolado, escorregou na rocha molhada e caiu de lado. Por um momento, tentou se colocar de pé outra vez, com seu cavaleiro gritando e rugindo como um desvairado, a espada longa e branca ainda em sua mão. Então, ambos tombaram sobre a beira da ponte e caíram em uma mistura caótica de braços e cascos, sumindo no abismo ecoante para serem engolidos pelas águas turvas e distantes.

Elric ofegava. Jaspar Colinadous veio segurar seu braço e estabilizá-lo, ajudando Oone e ele a cruzarem para o outro lado da placa rochosa e se postarem sobre a margem, ainda mal tendo consciência do que lhes acontecera.

— Novamente, sou grato a Bigode — disse Elric, com um sorriso instável. — É um animal de estimação muito valioso esse seu, mestre Colinadous.

— Mais valioso do que o senhor imagina — afirmou o homenzinho, com veemência. — Ele desempenhou um papel crucial na história de mais de um mundo! — E afagou o gato quando a fera retornou a seus braços, ronronando e satisfeita consigo mesma. — Fico contente que pudemos ser úteis a vocês.

— Nós nos livramos mesmo do guardião da ponte. — Elric olhou para a espuma lá embaixo. — Vamos encontrar muitos outros inimigos similares, milady?

— Com certeza — disse ela, franzindo a testa, como se distraída com algum enigma que apenas ela percebia.

Jaspar Colinadous apertou os lábios.

— Aqui — disse ele. — Veja como a ravina se estreita. Ela se torna um túnel.

Era verdade. Dava para ver como as rochas se inclinavam uma por cima da outra, de modo que a passagem virava pouco mais do que uma caverna que mal tinha tamanho suficiente para Elric entrar sem abaixar a cabeça. Um conjunto de degraus levava para o alto e, de tempos em tempos, uma pequena centelha de fogo aparecia lá dentro, como se o lugar fosse iluminado por tochas.

Jaspar Colinadous suspirou.

— Eu esperava viajar com vocês mais um pouco, mas devo voltar agora. Não posso ir além do Portal Marador, que é o que isto parece ser. Fazer isso me destruiria. Devo encontrar outros companheiros agora, na Terra dos Sonhos-em-Comum. — Ele parecia genuinamente pesaroso. — Adeus, príncipe Elric e lady Oone. Desejo a vocês sucesso em sua aventura.

E, de súbito, o homenzinho já havia virado e caminhado rapidamente de volta por sobre a ponte, sem olhar para trás. Ele os deixou quase tão repentinamente quanto havia chegado, e desapareceu na escuridão antes que qualquer um dos dois pudesse falar, levando o gato consigo.

Oone pareceu aceitar e, ante o olhar questionador de Elric, disse:

— Essas pessoas vêm e vão por aqui. Outra regra que o ladrão de sonhos aprende é "Não se apegue a nada além da própria alma". Entendeu?

— Eu entendo que deve ser algo solitário ser um ladrão de sonhos, madame.

E, com isso, Elric começou a subir os grandes degraus toscos que levavam para o interior do Portal Marador.

3

Da beleza encontrada em cavernas profundas

O túnel começou a descer quase assim que eles entraram. Antes fresco, o ar agora estava quente e úmido, de forma que às vezes Elric tinha a sensação de que vadeava em meio à água. As pequenas luzes que providenciavam uma parca claridade não eram, como ele pensara a princípio, lampiões ou tochas; pareciam nódulos delicados e luminescentes de uma substância suave e brilhante, de aparência similar à carne. Os dois perceberam que falavam aos sussurros, como se indispostos a perturbar quaisquer residentes daquele lugar. Entretanto, Elric não sentia medo ali. O túnel tinha a atmosfera de um santuário, e ele reparou que Oone também perdera parte da cautela habitual, embora sua experiência lhe ensinasse a desconfiar de tudo como sendo uma ilusão potencialmente perigosa.

Não houve nenhuma transição óbvia de Sadanor para Marador, exceto talvez uma leve mudança de disposição. Então, o túnel se abriu num vasto salão natural de azuis, verdes, amarelo-dourados e rosas-escuros que cintilavam com intensidade, todos fluindo de um para o outro como lava recém-esfriada, lembrando mais plantas exóticas do que as rochas que eram. Perfumes semelhantes aos das flores mais adoráveis e intensas fizeram Elric sentir que caminhava por um jardim, não muito diferente dos que conhecera quando criança, lugares da maior segurança e tranquilidade; contudo, não havia dúvidas de que o local era uma caverna e de que eles haviam viajado sob o solo para alcançá-la.

De início deliciado com a visão, Elric começou a sentir uma tristeza, pois, até então, ele não se lembrava daqueles jardins da infância, da felicidade inocente que visita um melniboneano com tanta raridade, independentemente da idade. Pensou em sua mãe, morta durante o parto, e em seu pai, infinitamente enlutado, que se recusara a reconhecer o filho que, na opinião dele, havia matado sua esposa.

Houve um movimento vindo das entranhas daquele salão natural, e Elric novamente temeu perigo, mas as pessoas que começaram a emergir estavam desarmadas e tinham rostos cheios de uma melancolia contida.

— Chegamos a Marador — sussurrou Oone, convicta.

— Vocês estão aqui para se juntar a nós? — indagou uma mulher.

Ela usava trajes esvoaçantes numa miríade de cores brilhantes, espelhando as matizes das rochas nas paredes e no teto. Tinha cabelos longos de um dourado apagado, e seus olhos eram de estanho antigo. Estendeu a mão para tocar em Elric — uma saudação —, e sua pele era fria contra a dele. Ele sentiu como se fora infectado pela mesma tranquilidade triste e pareceu-lhe que poderiam existir destinos piores do que continuar ali, relembrando os desejos e prazeres do passado, quando a vida era tão mais simples e o mundo parecia fácil de conquistar, fácil de melhorar.

Atrás dele, Oone disse numa voz que soou demasiado grosseira para o imperador.

— Somos viajantes em sua terra, milady. Não queremos lhe fazer mal algum, mas não podemos ficar.

— Viajantes? O que buscam? — perguntou um homem.

— Buscamos a Fortaleza da Pérola — respondeu Elric.

Oone ficou claramente descontente com a franqueza dele.

— Não temos nenhum desejo de nos demorarmos em Marador. Queremos apenas descobrir a localização do próximo portal, o Portal Paranor.

O homem sorriu, melancólico.

— Ele se perdeu, temo eu. Está perdido para todos nós. Entretanto, não há mal algum na perda. Há até certo conforto nela, não sente o mesmo? — Ele voltou olhos sonhadores e distantes para eles. — Melhor não buscar aquilo que pode trazer apenas decepção. Aqui, preferimos nos lembrar daquilo que mais queríamos e como era querer...

— Melhor, certamente, é continuar buscando seu objetivo? — Elric ficou surpreso pelo próprio tom contundente.

— Por que, senhor, quando a realidade pode apenas se provar inadequada quando comparada à esperança?

— Acha mesmo isso, sir?

Elric estava preparado para cogitar essa ideia, mas a mão de Oone em seu braço apertou mais forte.

— Lembre-se do nome que os ladrões de sonhos dão a este território — murmurou ela.

Elric refletiu que aquela era verdadeiramente a Terra dos Desejos Antigos. Todos os seus anelos esquecidos regressavam para ele, trazendo uma sensação de simplicidade e paz. Agora se recordava como essas sensações haviam sido substituídas pela raiva quando começou a perceber que havia pouca probabilidade de seus sonhos algum dia se realizarem. Ele se enfurecera com a injustiça do mundo. Lançara-se em seus estudos de feitiçaria. Tornara-se determinado a mudar o equilíbrio das coisas e introduzir uma liberdade maior, uma justiça maior por meio do poder que detinha no mundo. Todavia, seus concidadãos melniboneanos haviam se recusado a aceitar sua lógica. Os sonhos iniciais começaram a se desbotar e, com eles, a esperança que, a princípio, animara seu coração. Naquele momento, ali estava a esperança, oferecida para ele outra vez. Talvez existissem reinos onde tudo o que desejava fosse verdade? Talvez Marador fosse um desses mundos...

— Se eu voltasse, encontrasse Cymoril e a trouxesse para cá, acho que poderíamos viver em harmonia com esse povo — disse ele para Oone.

A ladra de sonhos foi quase desdenhosa.

— Esta é chamada de Terra dos Desejos Antigos, não a Terra dos Desejos Realizados! Há uma diferença. As emoções que o senhor sente agora são simples e fáceis de manter... enquanto a realidade continua fora do seu alcance, enquanto o senhor meramente anseia pelo inatingível. Quando se dispôs a ir atrás de sua realização, Elric de Melniboné, conquistou importância no mundo. Dê as costas para essa determinação, para sua resolução de ajudar a construir um mundo onde a justiça reine, e perderá o meu respeito. Perderá o respeito por si mesmo. Provará que é um mentiroso e que eu sou uma tola por acreditar que você podia me ajudar a salvar a Garota Sagrada!

Elric ficou chocado pelo rompante dela, que pareceu ofensivo naquele clima agradável de serenidade que os cercava.

— Mas acho que é impossível construir tal mundo. Certamente é melhor ter a perspectiva do que o conhecimento do fracasso, não?

— Isso é o que todos neste reino acreditam. Continue aqui, se quiser, e acredite no que eles acreditam para sempre. Eu, porém, acho que a pessoa deve sempre tentar alcançar a justiça, não importa o quão ínfima seja a perspectiva de sucesso!

Elric sentia-se exausto e queria sossegar e descansar. Bocejou e se espreguiçou.

— Essas pessoas parecem ter um segredo que eu gostaria de aprender. Acho que vou conversar com elas por um tempo antes de prosseguir.

— Faça isso, e Anigh morre. A Garota Sagrada morre. E tudo o que você valoriza em si mesmo também vai morrer.

Oone não levantou a voz. Falou num tom quase prosaico. Suas palavras, porém, tinham uma urgência que penetrou a disposição de Elric. Não era a primeira vez que ele cogitava se recolher para dentro dos sonhos. Se tivesse feito isso, seu povo estaria sendo governado por ele e Yyrkoon estaria morto ou exilado.

Pensar em seu primo e na ambição dele, e em Cymoril esperando por seu retorno para que pudessem se casar, ajudou Elric a se lembrar de seu propósito ali, então ele afastou o clima de reconciliação e retiro. Fez uma mesura para o povo da caverna.

— Eu lhes agradeço por sua generosidade, mas meu caminho está adiante, passando pelo Portal Paranor.

Oone respirou fundo, talvez de alívio.

— O tempo não é medido de forma familiar aqui, príncipe Elric, mas esteja certo de que está passando mais depressa do que eu gostaria...

Foi com um senso de profundo remorso que Elric deixou o povo melancólico para trás e a acompanhou mais para dentro das cavernas reluzentes. Oone acrescentou:

— Estas terras têm o nome perfeito. Tenha cuidado com o que é familiar.

— Talvez pudéssemos ter descansado por lá? Restaurar nossas energias? — disse Elric.

— Sim. E morrido cheios de uma doce melancolia.

Ele olhou para ela, surpreso, e viu que Oone não havia passado incólume pela atmosfera.

— Foi isso que aconteceu com Alnac Kreb?

— Claro que não! — Mas logo se acalmou. — Ele era plenamente capaz de resistir a uma armadilha tão óbvia.

Elric sentiu-se envergonhado.

— Eu quase fracassei no primeiro teste real da minha determinação e minha disciplina.

— Nós, ladrões de sonhos, temos a vantagem de termos sido testados dessa forma muitas vezes. Fica mais fácil confrontar, embora a atração continue tendo a mesma força.

— Para você também?

— Por que não? Acha que eu não tenho desejos esquecidos, nada que quisesse sonhar a respeito? Nenhuma infância com seus momentos doces?

— Perdoe-me, madame.

Ela deu de ombros.

— Existe uma atração nesse aspecto do passado. Do passado de modo geral, suponho. Mas nós nos esquecemos dos outros aspectos, de tudo que nos forçou a fantasiar, para começo de conversa.

— Então você é alguém que acredita no futuro, madame? — Elric tentou gracejar.

A rocha sob os pés deles se tornou escorregadia, e ambos foram forçados a fazer a suave descida com mais cuidado. Adiante, Elric achou ter ouvido outra vez o rio, talvez no ponto em que corria sob a terra.

— O futuro contém tantas armadilhas quando o passado — disse ela, com um sorriso. — Sou alguém que acredita no presente, milorde. No presente eterno.

E havia um tom resoluto em sua voz, como se ela nem sempre tivesse pensado assim.

— Creio que a especulação e o remorso oferecem muitas tentações — disse Elric; em seguida, ofegou quando viu o que havia mais adiante.

Ouro derretido cascateava por dois canais bastante desgastados na rocha, que formavam um edifício gigantesco em forma de V. O metal fluía sem controle e, no entanto, quando os dois se aproximaram, ficou claro que não estava quente. Algum outro agente havia causado aquele efeito, talvez uma substância química na própria rocha. Conforme o ouro chegava ao piso da caverna, espalhava-se numa poça, que, por sua vez, alimentava um riacho que borbulhava, brilhante, com o material precioso, descendo para outro ribeirão que parecia, à primeira vista, conter água comum. Entretanto, quando Elric olhou com mais atenção, viu que aquele segundo riacho era, por sua vez, composto de prata, e que os dois elementos se misturavam ao se encontrar. Seguindo o curso desse ribeirão com os olhos, viu que, a certa distância, ele se encontrava com mais um rio, este de um escarlate brilhante, que se assemelhava a rubi líquido. Em todas as suas viagens pelos Reinos Jovens e pelos reinos do sobrenatural, Elric nunca vira nada parecido. Começou a se mover naquela direção para inspecioná-lo mais de perto, mas ela o segurou.

— Chegamos ao próximo portal. Ignore aquela maravilha em particular, milorde. Veja. — Oone apontou para os riachos gêmeos de ouro, e ele divisou apenas uma sombra mais além. — Lá está Paranor. Está pronto para entrar naquele território?

Lembrando do nome que os ladrões de sonhos usavam para ele, Elric permitiu-se um sorriso irônico.

— Tão pronto quanto posso estar, madame.

Naquele momento, quando ele dava um passo na direção do portal, surgiu o som de cascos galopando atrás deles. Soavam nitidamente na rocha da caverna. Ecoavam pelo teto sombrio, por mil câmaras, e Elric não teve tempo de se virar antes que algo pesado atingisse seu ombro e ele fosse arremessado para o lado. Teve a impressão de ver um mortífero cavalo branco, cujo cavaleiro usava armadura de marfim, madrepérola e casco de tartaruga pálido, mas ambos passaram pelo portal de ouro derretido e desapareceram nas sombras ao longe. Não havia dúvidas na mente de Elric de que encontrara um dos guerreiros que já o haviam atacado na ponte. Supôs ter ouvido a mesma risada escarnecedora enquanto os cascos se afastavam; o som sendo absorvido por seja lá o que havia depois do portal.

— Temos um inimigo — disse Oone. Seu rosto estava soturno, e ela cerrava as mãos nas laterais do corpo, claramente tentando se controlar. — Já fomos identificados. A Fortaleza da Pérola não apenas se defende. Ela ataca.

— A senhora conhece aqueles cavaleiros? Já os viu?

Ela balançou a cabeça.

— Eu conheço o tipo deles, só isso.

— E não temos meios para evitá-los?

— Pouquíssimos.

Ela franzia a testa novamente, cogitando consigo mesma algum problema que não estava preparada para discutir. Em seguida, pareceu descartar o assunto e, ao pegar no braço dele, o conduziu por baixo das cascatas gêmeas de ouro frio para dentro de outra caverna, dessa vez subitamente cheia com um brilho verde suave, como se eles caminhassem sob um dossel de folhas na luz outonal.

E Elric se lembrou da Melniboné Antiga, no auge de seu poder, quando seu povo era orgulhoso o bastante para não dar o devido valor ao mundo todo. Quando nações inteiras haviam sido remodeladas ao seu bel-prazer. Conforme emergiram numa caverna para mais além, tão vasta que Elric não se deu conta a princípio de que ainda estavam no subterrâneo, o imperador viu os pináculos e minaretes de uma cidade, brilhando com o mesmo cintilar verde e cálido; uma cidade que era tão bela quanto sua amada Imrryr, a Cidade dos Sonhos, que ele explorara durante a juventude.

— É como Imrryr e, no entanto, não se parece nem um pouco com ela — disse, surpreso.

— Não, é como Londres. É como Tanelorn. É como Ras-Paloom-Atai — falou ela, sem nenhum sarcasmo, como se realmente acreditasse que a cidade lembrava essas outras, das quais Elric reconhecia apenas uma.

— Mas já a viu. Como se chama?

— Ela não tem nome. Tem todos os nomes. Chama-se por qualquer nome que você queira usar.

Ela deu as costas para o lugar, como se descansasse, antes de continuar a guiá-lo pela estrada para depois da cidade.

— Não deveríamos visitá-la? Pode haver gente lá capaz de nos ajudar a encontrar nosso rumo.

Oone gesticulou.

— E pode haver quem nos atrapalhe. Agora está claro, príncipe Elric, que desconfiam da nossa missão e que certas forças poderiam muito bem ter a intenção de nos impedir a qualquer custo.

— Acha que os Feiticeiros Aventureiros nos seguiram?

— Ou nos precederam. Deixando ao menos um pouco de si mesmos por aqui. — Ela olhava cautelosamente na direção da cidade.

— Parece um lugar tão pacífico — comentou Elric.

Quanto mais encarava a cidade, mais impressionado ficava com a arquitetura, toda na mesma pedra esverdeada, mas variando do amarelo ao azul. Havia vastos contrafortes e pontes curvadas entre uma torre e outra; pináculos tão delicados quanto teias de aranha, mas tão altos que quase desapareciam no teto da caverna. Parecia refletir alguma parte dele que Elric não conseguia lembrar-se de imediato. Ele ansiava em ir para lá. Começou a se ressentir das orientações de Oone, embora tivesse jurado segui-las, e a acreditar que ela mesma estava perdida, que não era mais confiável do que ele para guiá-los em direção a seu objetivo.

— Precisamos continuar — disse ela. Falava com mais urgência.

— Eu sei que encontraria algo dentro daquela cidade que tornaria Imrryr grandiosa outra vez. E, em sua grandiosidade, eu poderia liderá-la para dominar o mundo. Desta vez, porém, em vez de levar crueldade e terror, nós levaríamos beleza e boa vontade.

— O senhor é mais suscetível à ilusão do que eu pensava, príncipe Elric — comentou Oone.

Ele se virou para ela, zangado.

— Qual é o problema com tais ambições?

— São irreais. Tão irreais quanto aquela cidade.

— A cidade me parece bem sólida.

— Sólida? Ah, sim, de certa forma. Uma vez que a pessoa passa por seu portão, ela a abraça tão completamente quanto qualquer apaixonado saudoso! Venha, então, sir. Venha!

Ela parecia tomada por um temperamento igualmente difícil e seguiu por uma estrada obsidiana que se retorcia pela colina na direção da cidade.

Assustado com a mudança súbita da colega, Elric a seguiu. Contudo, sua raiva estava se dissipando.

— Eu vou acatar seu julgamento, madame. Perdoe-me...

Ela não o ouvia. Momento a momento, a cidade estava cada vez mais próxima, até que logo se encontraram ofuscados por ela, olhando para cima, para as muralhas, domos e torres cujo tamanho era tão imenso que era quase impossível supor sua extensão real.

— Lá está um portão — disse ela. — Ali! Cruze-o e me despedirei de você. Tentarei salvar a menina, enquanto o senhor pode se entregar a crenças perdidas e, assim, perder as crenças que carrega atualmente!

Elric olhou com mais atenção para as muralhas, que eram como jade. Viu silhuetas escuras dentro delas e, a seguir, que essas silhuetas eram as figuras de homens, mulheres e crianças. Arfou ao dar um passo adiante para observá-los, catalogando rostos vivos, olhos que eram imortais, lábios congelados em expressões de terror, de angústia, de sofrimento. Eram como moscas em âmbar.

— Esse é o passado imutável, príncipe Elric — explicou Oone. — Esse é o destino daqueles que buscam reclamar suas crenças perdidas sem antes vivenciar a busca por novas crenças. Essa cidade tem outro nome. Os ladrões de sonhos a chamam de Cidade da Covardia Criativa. O senhor não entenderia as reviravoltas de lógica que trazem tantos a esta passagem, que os fazem forçar aqueles a quem amavam a compartilhar de sua sina. Gostaria de ficar com eles, príncipe Elric, e embalar suas crenças perdidas?

O albino se virou, estremecendo.

— Mas se eles conseguiam ver o que aconteceu com os viajantes anteriores, por que continuaram e entraram na cidade?

— Ficaram cegos para o óbvio. Esse é o grande trunfo da necessidade insensata sobre a inteligência e o espírito humano.

Juntos, os dois retornaram ao caminho sob a cidade. Elric ficou aliviado quando as belas torres ficaram bem para trás e ambos haviam passado por várias outras cavernas grandes, cada uma com sua própria cidade, embora nenhuma tão magnífica quanto a primeira. As últimas, ele não sentiu desejo algum de visitar, embora tivesse detectado movimento em algumas e Oone dissesse que suspeitava que nem todas fossem tão perigosas quanto a Cidade da Covardia Criativa.

— Você chamou este mundo de Reino dos Sonhos — disse ele —, e, de fato, é o nome perfeito, madame, pois ele parece conter um catálogo de sonhos, e não poucos pesadelos. É quase como se o lugar tivesse nascido do cérebro de um poeta, de tão estranhas que são algumas de suas paisagens.

— Eu lhe disse — respondeu ela, falando mais calidamente depois que ele havia reconhecido o perigo —, muito do que se testemunha aqui são as matérias semiformadas de realidades que outros mundos, como o seu e o meu, ainda vão testemunhar. Até que ponto virão a existir em outro local, não sei. Esses lugares foram formados ao longo dos séculos por uma sucessão de ladrões de sonhos, impondo forma ao que é, de outro modo, amorfo.

Elric começava a entender melhor o que Oone havia dito.

— Em vez de mapear o que existe, vocês impõem seu próprio mapa!

— Até certo ponto. Nós não inventamos. Apenas descrevemos de uma maneira particular. Assim, podemos moldar caminhos por cada um dos inúmeros Reinos dos Sonhos, pois apenas nisso os reinos se adéquam uns aos outros.

— Na realidade, poderiam existir mil territórios diferentes em cada reino?

— Se quiser ver assim. Ou uma infinidade de territórios. Ou um, mas com uma infinidade de aspectos. Estradas são feitas para que o viajante sem uma bússola possa não se desviar muito do seu destino. — Ela riu quase que alegremente. — Os nomes extravagantes que damos a esses lugares não vêm de algum impulso poético nem de um capricho, mas sim de certa necessidade. Nossa sobrevivência depende de descrições precisas!

— Suas palavras têm profundidade, madame. Embora minha sobrevivência também tenha a tendência de depender de uma lâmina boa e afiada!

— Enquanto o senhor depender de sua espada, príncipe Elric, estará se condenando a uma única sina.

— A senhora prevê minha morte, madame?

Oone balançou a cabeça, seus belos lábios formando uma expressão de total empatia e ternura.

— A morte é inevitável para quase todos nós, de uma forma ou de outra. E devo admitir, se o Caos algum dia conquistar o Caos, então o senhor seria o instrumento dessa notável conquista. Seria triste, realmente, príncipe Elric, se ao domar o Caos, o senhor destruísse a si mesmo e a tudo o que ama em troca!

— Eu lhe prometo, lady Oone, que farei o melhor que puder para evitar tal destino.

Elric se questionou sobre a expressão nos olhos da ladra de sonhos, mas decidiu não especular mais.

Eles passavam por uma floresta de estalagmites e estalactites agora, todas nas mesmas cores intensas, verdes-escuros, azuis-escuros e vermelhos profundos, e se formava uma melodia conforme a água pingava do teto no chão. De tempos em tempos, uma gota enorme caía em um deles, mas a natureza das cavernas era tal que pouco depois estavam secos de novo. Tinham começado a relaxar e caminhavam de braços dados, quase alegres, e foi só então que viram as figuras movendo-se rapidamente entre as presas rochosas que se projetavam para cima.

— Espadachins — murmurou Elric, acrescentando a seguir com ironia. — Este é um daqueles momentos em que uma arma seria útil...

Metade de sua mente estava focada na situação e metade vasculhava os mundos dos elementais em busca de algum tipo de feitiço, alguma ajuda sobrenatural, mas não havia nada, o que deixou Elric perplexo. Parecia que os caminhos mentais que se habituara a percorrer se encontravam bloqueados para ele.

Os guerreiros estavam encobertos. Vestiam mantos pesados e maleáveis, e suas cabeças estavam protegidas por elmos de couro e metal. Elric vislumbrou olhos severos e frios com pálpebras tatuadas e soube na hora que se tratava de membros da Guilda de Feiticeiros Assassinos de Quarzhasaat, deixados para trás quando seus companheiros se retiraram dos Reinos dos Sonhos. Sem dúvida estavam presos ali. Mas era claro que não pretendiam negociar com Elric e Oone, pois se aproximavam seguindo um típico padrão de ataque.

De repente, Elric notou algo estranho a respeito daqueles homens. Faltava-lhes certa fluidez de movimento e, quanto mais se aproximavam, mais ele percebia que quase dava para enxergar através dos olhos deles e ver as cavidades de seus crânios. Não eram mortais comuns. Ele vira homens assim em Imrryr uma vez com seu pai, numa das raras ocasiões em que Sadric optou por levá-lo em uma expedição local. Tinham ido a uma arena antiga, cujas muralhas altas aprisionavam melniboneanos que haviam perdido suas almas na busca de conhecimento em feitiçaria, mas cujos corpos ainda viviam. Aqueles também pareciam possuídos por um ódio frio e feroz contra qualquer um diferente deles.

Oone gritou e se moveu depressa, ajoelhando-se quando uma espada a atacou, e a seguir protegeu-se atrás de um dos grandes pilares pontiagudos. As estalagmites estavam tão próximas umas das outras que era difícil para os espadachins golpearem em arco ou estocarem e, por um tempo, tanto o albino quanto a ladra de sonhos se abaixaram e esquivaram das lâminas, até que um deles cortou o braço de Elric. Quase surpreso, o albino percebeu que sangrava.

O príncipe de Melniboné sabia que era apenas questão de tempo até que os dois fossem mortos e, ao recuar contra um dos grandes dentes rochosos, sentiu a estalagmite se mover atrás dele. Algum artifício da caverna enfraquecera a rocha, e a estalagmite estava solta. Ele ficou na frente dela e a apoiou em cima do ombro, então usou toda a sua energia e correu com a grande lança de pedra contra o agressor mais próximo.

A ponta da rocha se enterrou por completo no peito encoberto do homem. O feiticeiro assassino emitiu um grito desolado, agonizante, e um sangue estranho e não natural começou a brotar em torno da pedra, escorrendo e ensopando os ossos do guerreiro, que quase o reabsorvia. Elric deu um salto para frente e arrancou o sabre e o punhal das mãos dele, enquanto outro dos agressores o abordava por trás. Toda a sagacidade de batalha e habilidades de guerra voltaram para Elric. Muito tempo antes de encontrar Stormbringer, ele aprendera as artes da espada e da adaga, do arco e da lança, e naquele momento não precisou de uma lâmina encantada para se livrar rapidamente do segundo feiticeiro assassino e a seguir de um terceiro. Gritando para Oone também pegar as armas, dardejou de rocha em rocha, derrotando um por um dos guerreiros. Eles se moviam devagar, já incertos, mas nenhum fugiu.

Logo Oone se juntou a ele e demonstrou que era uma combatente tão experiente quanto o albino. Elric ficou admirado com a delicadeza da técnica dela, a firmeza de suas mãos ao aparar e atacar, golpeando com eficiência total e empilhando cadáveres com a agilidade de um felino num ninho de ratos.

Elric fez uma pausa e sorriu ao olhar por sobre o ombro.

— Para alguém que recentemente exortava as virtudes da palavra acima da espada, você se mostra muito talentosa com uma lâmina, madame!

— Amiúde é bom ter experiência nas duas coisas antes de fazer essa escolha — disse ela, despachando outro dos adversários. — E há ocasiões, príncipe Elric, que devo admitir que uma peça de aço decente tem certa vantagem sobre uma frase bem-elaborada!

Os dois lutaram juntos como velhos amigos. Suas técnicas eram complementares, mas não muito diferentes. Ambos combateram como os melhores soldados, sem crueldade nem prazer na matança, mas com a intenção de vencer tão depressa quanto fosse possível, causando o menor sofrimento a seus oponentes.

Estes pareciam não sentir dor alguma, mas, toda vez que um morria, soltava o mesmo berro perturbador de angústia, e o sangue que escorria de suas feridas era, de fato, um líquido muito estranho.

Por fim, o homem e a mulher terminaram e ficaram ali de pé, apoiados nas espadas tomadas, ofegantes, tentando controlar a náusea que com tanta frequência se segue a uma batalha.

Em seguida, Elric assistiu aos cadáveres rapidamente desvanecerem, deixando apenas algumas espadas para trás. O sangue também sumiu. Não havia praticamente nenhum sinal de que uma luta havia ocorrido naquela grande caverna.

— Aonde eles foram?

Oone pegou uma bainha e encaixou seu novo sabre dentro dela. Apesar de todas as palavras, ela claramente não tinha a intenção de prosseguir sem armas. Colocou duas adagas no cinto.

— Quê? Ah. — Ela hesitou. — Para a poça de ectoplasma semivivo de onde saíram. — Oone balançou a cabeça. — Eles eram quase fantasmas, príncipe Elric, mas não exatamente isso. Eram, como eu lhe disse, o que os Feiticeiros Aventureiros deixaram para trás.

— Quer dizer que parte deles voltou para nosso próprio mundo, como parte de Alnac retornou?

— Exatamente.

Ela respirou fundo e parecia que ia prosseguir.

— Então por que não encontraremos Alnac aqui, ainda vivo?

— Porque não o estamos procurando — disse ela, com toda sua firmeza antiga, suficiente para que Elric insistisse apenas mais um pouco no assunto.

— E, de todo modo, talvez nós não o encontrássemos aqui, como encontramos os Feiticeiros Aventureiros, na Terra das Crenças Perdidas — disse o albino em voz baixa.

— Verdade.

Então Elric a tomou em seus braços por um momento e os dois ali ficaram abraçados por alguns segundos, até estarem prontos para avançar à procura do Portal Celador.

Mais tarde, quando o melniboneano ajudava sua aliada a atravessar outra ponte natural, abaixo da qual passava um rio de um material marrom e opaco, Oone disse:

— Esta não é uma aventura ordinária para mim, príncipe Elric. É por isso que eu precisava que o senhor viesse comigo.

Um pouco confuso sobre o porquê de ela, afinal, dizer algo que ambos tinham como certo, Elric não respondeu.

***

Quando as mulheres com focinhos os atacaram com redes e lanças, eles não levaram muito tempo para se libertar e forçar as criaturas covardes a se afastarem. Tampouco sofreram grandes inconveniências por causa das coisas lupinas que saltavam sobre suas patas traseiras e tinham garras como as de pássaros. Até gracejaram juntos enquanto despachavam bandos de feras mordedoras que lembravam cavalos do tamanho de cães e falavam algumas palavras numa linguagem humana, embora sem nenhum sentido ou significado.

Naquele momento, enfim, alcançavam as fronteiras de Paranor e viam assomar à frente duas torres enormes de rochas esculpidas com pequenas sacadas, janelas, terraços e ameias, tudo coberto por heras velhas e trepadeiras espinhosas, carregadas de um fruto amarelo-claro.

— É o Portal Celador — disse Oone. Parecia relutante em se aproximar. Com a mão no punho da espada e o outro braço passado no de Elric, ela parou e respirou fundo devagar. — É a terra das florestas.

— Você a chamou de Terra do Amor Esquecido — comentou Elric.

— Chamei. É o nome que os ladrões de sonhos dão. — Ela riu, um tanto sardônica.

Elric, incerto quanto a como ela se sentia e sem querer ser intrusivo, também se conteve, olhando para o portal e de volta para Oone.

Ela estendeu a mão para as feições pálidas do albino. Sua pele era dourada, ainda cheia de uma vitalidade imensa. Oone fitou o rosto dele. A seguir, com um suspiro, virou-se e caminhou para o portal, pegando a mão de Elric e o puxando atrás dela.

Assim que os dois passaram entre as torres, as narinas de Elric se encheram com os odores intensos de folhas e relva. Por todo o entorno deles havia árvores gigantescas: carvalhos, olmos, bétulas e várias outras espécies, porém todas, embora formassem um dossel, não cresciam sob a luz do céu aberto, mas eram nutridas pelas rochas de brilho estranho no teto da caverna. Elric pensava ser impossível que árvores crescessem no subterrâneo, e ficou maravilhado com a saúde e a normalidade de toda a cena.

Foi portanto com certo espanto que ele viu uma criatura emergir das árvores e se plantar firmemente na trilha pela qual deviam seguir.

— Alto lá! Preciso saber o que fazem aqui!

O rosto dela estava coberto de pelos marrons e os dentes eram tão proeminentes, as orelhas tão grandes e os olhos tão enormes e inocentes, que a criatura mais lembrava um coelho que havia crescido demais, embora estivesse solidamente coberta por uma armadura de latão surrado, com um gorro de latão na cabeça e suas armas, uma espada e uma lança de aço primorosas, também estivessem envoltas em latão.

— Nós apenas buscamos atravessar este território sem causar nenhum mal nem ter nenhum mal causado a nós — disse Oone.

O guerreiro-coelho balançou a cabeça.

— Vago demais — disse e, de súbito, segurou a lança e mergulhou a ponta no tronco de um carvalho, que gritou. — Isso foi o que ele me disse. E muitos outros desses.

— As árvores eram viajantes? — perguntou Elric.

— Seu nome, sir?

— Eu me chamo Elric de Melniboné e, assim como milady Oone, não desejo lhe causar nenhum incômodo. Viajamos para Imador.

— Eu não conheço nenhum "Elric" nem nenhuma "Oone". Sou o conde de Magnes Doar e cuido deste território como se fosse meu. Por minha conquista. Por direito antigo. Vocês devem voltar pelo portal.

— Não podemos. Voltar seria nossa destruição — explicou Oone.

— E ir em frente, madame, seria o mesmo. E então? Vão acampar nos portais para sempre?

— Não, sir — disse ela, colocando a mão no punho da espada. — Abriremos caminho a pique por sua floresta, caso seja necessário. Estamos em uma missão urgente e não aceitaremos ser detidos.

O guerreiro-coelho retirou a lança do carvalho, que parou de gritar, e a arremessou em outra árvore. Esta, por sua vez, começou a se agitar e gemer tanto, que até mesmo o conde de Magnes Doar balançou a cabeça, irritado, e retirou a arma do tronco.

— Vocês devem lutar comigo, acho — disse ele.

Foi quando ouviram um berro do outro lado do pilar à direita e algo branco e empinando surgiu ali. Era outro dos cavaleiros pálidos em armadura de osso, madrepérola e casco de tartaruga, os olhos horríveis eram fendas de ódio, os cascos da montaria batendo numa barreira que não estava ali quando Oone e Elric passaram pelo portal.

A seguir, o cavalo aterrissou e o guerreiro atacou.

O albino e a ladra de sonhos se prepararam para a defesa, mas foi o conde de Magnes Doar que passou na frente deles e espetou a lança no corpo do guerreiro. Aço foi desviado por uma armadura mais forte do que aparentava ser, e a espada subiu e desceu, quase desdenhosamente, atravessando o elmo de latão e penetrando no cérebro do guerreiro-coelho. Ele cambaleou para trás, com as mãos segurando a cabeça, sua espada e lança abandonadas. Os olhos castanhos e redondos pareceram se arregalar ainda mais, e ele começou a guinchar. Virou-se lentamente, dando meia-volta, e então caiu de joelhos.

Elric e Oone tinham se postado atrás do tronco de um dos carvalhos, prontos para se defender quando o cavaleiro atacasse.

O cavalo empinou de novo, bufando com a mesma fúria insensata do mestre, e Elric saiu de seu esconderijo, apanhou a lança caída e acertou o ponto de junção entre o peitoral e o gorjal, enfiando a ponta da lança habilmente na garganta do guerreiro.

Houve um som de engasgo que, por sua vez, virou aquela risada familiar, e o cavaleiro virou sua montaria e cavalgou para longe de novo, seguindo a trilha em meio à floresta, com o corpo oscilando e sacudindo como se estivesse nos estertores da morte, ainda carregado pelo cavalo.

Eles o observaram desaparecer.

Elric tremia.

— Se eu já não o tivesse visto morrer na ponte de Sadanor, poderia jurar que era o mesmo sujeito que me atacou lá. Ele tem uma familiaridade intrigante.

— Você não o viu morrer. Você o viu cair no rio — lembrou Oone.

— Bem, acho que ele está morto agora, depois daquele golpe. Quase decepei sua cabeça...

— Duvido que esteja. Acredito que ele seja nosso inimigo mais poderoso, e só teremos que lidar com ele a sério quando estivermos próximos da Fortaleza da Pérola em si.

— Ele protege a Fortaleza?

— Muitos o fazem.

Ela o abraçou de novo rapidamente, depois ajoelhou para inspecionar o falecido conde de Magnes Doar. Na morte, ele lembrava mais um homem, pois os pelos do rosto e mãos já desbotavam para grisalho, e até sua carne parecia a ponto de desaparecer. O elmo de latão também tinha assumido um tom prateado feio. Elric se lembrou da morte de Alnac. Desviou os olhos.

Oone também se levantou rapidamente, e havia lágrimas em seus olhos. Não eram pelo conde de Magnes Doar. Elric a envolveu em seus braços. Ele estava repentinamente cheio de saudade de alguém que mal se lembrava, vindo de sonhos antigos, os sonhos de sua juventude; alguém que, talvez, jamais existira.

Pensou sentir um leve estremecimento percorrer Oone quando a abraçou. Buscou a lembrança de um pequeno barco; de uma garota de cabelos claros dormindo no fundo da nau enquanto esta vagava para mar aberto; dele mesmo indo até ela num esquife, cheio de orgulho por talvez ser a pessoa a resgatá-la. No entanto, nunca conhecera uma garota assim, tinha certeza, embora Oone o lembrasse dessa garota já adulta.

Assustada, Oone se afastou dele.

— Eu pensei que você fosse... É como se eu sempre o tivesse conhecido... — Ela levou as mãos ao rosto. — Ah, esta maldita terra tem o nome perfeito, Elric!

— Ainda assim, que perigo existe para nós? — perguntou ele.

Ela balançou a cabeça.

— Quem vai saber? Muito ou pouco. Nenhum? Os ladrões de sonhos dizem que é na Terra do Amor Perdido que as decisões mais importantes são tomadas. Decisões que podem ter as consequências mais monumentais.

— Então a pessoa deveria não fazer nada aqui? Não tomar decisão alguma?

Ela passou os dedos pelos cabelos.

— Pelo menos deveríamos estar cientes de que as consequências podem demorar um bom tempo ainda para se manifestar.

Juntos, deixaram o guerreiro-coelho para trás e continuaram pelo túnel de árvores. De tempos em tempos, Elric julgava ver rostos olhando para ele das sombras verdes. Em certa ocasião, teve certeza de ter visto a figura de seu pai morto, Sadric, lamentando pela mãe de Elric, a única criatura que ele amara de verdade. A imagem era tão forte que o albino gritou:

— Sadric! Pai! Este é seu limbo?

Diante disso, Oone gritou com urgência:

— Não! Não se dirija a ele. Não o traga para você. Não o torne real! É uma armadilha, Elric. Outra armadilha.

— Meu pai?

— Você o amava?

— Sim. Embora fosse um tipo de amor infeliz.

— Lembre-se disso. Não o traga para cá. Seria obsceno trazê-lo para esta galeria de ilusões.

Elric compreendeu e usou todos os seus hábitos de autodisciplina para se livrar da sombra do pai.

— Eu tentei dizer a ele, Oone, o quanto eu lamentava por ele, por sua perda e seu luto. — Elric estava chorando. Seu corpo tremia com uma emoção da qual acreditava ter se libertado havia muito tempo. — Ah, Oone! Preferia que eu mesmo tivesse morrido para permitir que ele tivesse sua esposa de volta. Será que existe algum jeito...?

— Tais sacrifícios são em vão — disse ela, agarrando-o com as duas mãos e trazendo-o para junto de si. — Ainda mais aqui. Lembre-se da sua missão. Já cruzamos três dos sete territórios que nos levarão para a Fortaleza da Pérola. Atravessamos metade deste. Isso quer dizer que já realizamos mais do que a maioria dos que tentam. Agarre-se a si mesmo, príncipe de Melniboné. Lembre-se de quem e o que depende de seu sucesso!

— Mas e se eu tiver a oportunidade de corrigir algo extremamente errado...?

— Isso tem a ver com seus próprios sentimentos, não com o que é e o que pode ser. Você inventaria sombras e faria com que representassem seus sonhos? Isso traria felicidade para sua mãe e seu pai, trágicos que foram?

Elric olhou para a floresta atrás de si. Não havia nem sinal do pai.

— Ele parecia tão real! De carne tão sólida!

— Você tem que acreditar que nós dois somos a única carne sólida em todo este território. E mesmo nós somos... — Ela se interrompeu. Estendeu a mão para o rosto dele e beijou sua face. — Vamos descansar um pouco, só para recuperar nossa força física.

Oone puxou Elric para as folhas macias às margens da trilha. Então o beijou, moveu suas mãos adoráveis pelo corpo dele e, aos poucos, tornou-se tudo o que ele havia perdido em seu amor pelas mulheres, e Elric soube que ele mesmo, por sua vez, tornara-se tudo o que ela sempre se recusara a desejar num homem. O albino sabia, sem culpa nem arrependimento, que o amor que os dois faziam não possuía um passado e seu único futuro jazia em algum ponto além das suas vidas, além de qualquer reino que fossem visitar, e que nenhum deles jamais testemunharia as consequências.

E, a despeito desse conhecimento, agiram despreocupados e felizes, e deram um ao outro a força de que precisariam se esperavam realizar sua missão e alcançar a Fortaleza da Pérola.

4

A intervenção de uma navegadora

Surpreso com a própria ausência de confusão e repleto de uma aparente clareza, Elric passou, lado a lado com Oone, pelo portal prateado e resplandecente que levava a Imador, chamada misteriosamente pelos ladrões de sonhos de Terra da Nova Ambição, e viu-se no topo de um grande lance de escadas que descia a uma planície que se estendia até um horizonte de um azul pálido e nevoento, o qual ele quase poderia ter tomado pelo céu. Por um momento, pensou que ele e Oone estavam sozinhos naquela vasta escadaria, mas logo percebeu que ela estava lotada de gente. Alguns se engajavam numa conversa caótica, alguns negociavam, outros se abraçavam e outros se reuniam em torno de homens santos, oradores, sacerdotisas e contadores de histórias, ouvindo avidamente ou debatendo.

Os degraus até a planície estavam agitados com todo tipo de interação humana. Elric viu encantadores de serpentes, domadores de ursos, malabaristas e acrobatas. Vestiam figurinos típicos dos territórios desérticos: grandes pantalonas de seda em verde, azul, ouro, vermelho e âmbar, casacos de brocado ou veludo, turbantes, albornozes, chapéus com bordados intrincados e joias preciosas de metal polido, ouro e prata. Havia animais, barracas, cestos transbordando verduras e legumes, tecidos, mercadorias de couro, cobre e latão.

— Como são belos! — comentou ele.

Era verdade que, embora fossem de todos os formatos e tamanhos, as pessoas tinham uma beleza que não era facilmente definível. A pele de todas era saudável, os olhos brilhantes, seus movimentos dignos e descontraídos. Portavam-se com confiança e bom humor e, embora estivesse claro que haviam notado Oone e Elric descendo os degraus, eles notavam a presença dos dois sem fazer nenhum grande esforço para saudá-los ou perguntar-lhes o que faziam por ali. Cães, gatos e macacos corriam soltos na multidão e crianças participavam dos joguinhos enigmáticos de que todas gostam. O ar estava quente, abafado e impregnado com o cheiro de frutas, flores e outros artigos sendo vendidos.

— Queria que todos os mundos fossem assim — acrescentou Elric, sorrindo para uma moça que lhe ofereceu tecido bordado.

Oone comprou laranjas de um menino que correra até ela. Ofereceu uma para Elric.

— Este é um reino doce, de fato. Não esperava que fosse tão agradável. — Todavia, quando mordeu a fruta, cuspiu-a na mão. — Não tem gosto de nada!

Elric provou a própria laranja e também a achou seca e sem sabor.

A decepção que sentiu foi totalmente desproporcional à ocorrência. Jogou a laranja longe. A fruta acertou um degrau mais abaixo e quicou até se perder de vista.

A planície verde-acinzentada parecia despovoada. Uma estrada atravessava-a, ampla e bem-pavimentada, mas não se via nem um único viajante, a despeito da grande aglomeração.

— Eu me pergunto por que a estrada está vazia — comentou Elric com Oone. — Será que essa gente toda dorme nos degraus à noite? Ou será que vão para outro reino quando seus negócios aqui terminam?

— Sem dúvida saberemos a resposta para essa pergunta muito em breve, milorde.

Ela enganchou seu braço no do albino. Desde que tinham feito amor na floresta, um senso de camaradagem considerável e uma apreciação mútua tinham crescido entre os dois. Elric não sentia culpa; sabia em seu coração que não traíra ninguém, e estava claro que ela estava igualmente despreocupada. De alguma forma estranha, haviam restaurado um ao outro, transformando sua energia combinada em algo maior do que a soma de suas partes. Era o tipo de amizade que ele nunca conhecera até então, e estava grato por isso. Acreditava que tinha aprendido muito com Oone e que os ladrões de sonhos lhe ensinariam mais coisas que seriam valiosas quando voltasse a Melniboné para reclamar seu trono de Yyrkoon.

Conforme desciam os degraus, parecia a Elric que os trajes se tornavam mais e mais elaborados, as joias e adereços de cabeça e armas, mais adornadas e exóticas, enquanto a estatura das pessoas aumentava e elas ficavam ainda mais belas.

Por curiosidade, ele parou para ouvir um contador de histórias que mantinha uma multidão em transe, mas o homem falava em uma linguagem desconhecida — aguda e sem entonação —, que não lhe dizia nada. Ele e Oone pararam outra vez ao lado de uma vendedora de pérolas, e ele perguntou à mulher polidamente se aqueles reunidos nos degraus eram todos da mesma nação.

A mulher fez uma carranca e balançou a cabeça, respondendo em outra língua. Esta parecia conter poucas palavras. Ela se repetia muito. Apenas quando eles foram parados por um menino vendedor de sorvete, foi que puderam fazer sua pergunta e serem entendidos.

O rapaz franziu a testa, como se traduzisse as palavras deles em sua cabeça.

— Ah, sim, somos as pessoas nos degraus. Cada um de nós tem um lugar aqui, um debaixo do outro.

— A pessoa vai ficando mais rica e mais importante conforme desce, não é? — perguntou Oone.

Ele ficou confuso com isso.

— Cada um de nós tem um lugar aqui — repetiu. E, como se alarmado pelas perguntas, saiu correndo para o denso agrupamento mais acima.

Ali também havia menos pessoas, e Elric podia ver que o número se reduzia conforme os degraus se aproximavam da planície.

— Isso é uma ilusão? — murmurou ele para Oone. — Tem o ar de um sonho.

— Acho que a nossa noção do que deveria ser que é a intrusa aqui — respondeu ela — e ela colore a nossa percepção do lugar.

— Não é uma ilusão?

— Não o que você chamaria de ilusão. — Ela se empenhou para encontrar as palavras, mas acabou meneando a cabeça. — Quanto mais parece uma ilusão para nós, mais se torna uma. Isso faz sentido?

— Acho que sim.

Finalmente se aproximavam do final da escadaria. Estavam nos últimos degraus quando levantaram a cabeça e viram um cavaleiro atravessando a planície a galope na direção deles, deixando um enorme rastro de poeira ao passar.

As pessoas atrás deles gritaram. Elric olhou e viu todas elas subindo rapidamente a escada, e seu impulso foi juntar-se a eles, mas Oone o conteve.

— Lembre-se de que nós não podemos voltar atrás. Devemos enfrentar este perigo da forma que pudermos.

Gradualmente, a figura sobre o cavalo se tornou distinguível. Ou era o mesmo guerreiro na armadura de madrepérola, marfim e casco de tartaruga, ou era alguém idêntico a ele. Trazia uma lança branca com ponta de osso afiado que mirava diretamente o coração de Elric.

O albino deu um salto para a frente numa manobra projetada para confundir o inimigo. Estava quase debaixo dos cascos do cavalo quando ele golpeou para cima com sua espada rapidamente desembainhada e cortou a lança. A força do golpe o jogou para o lado, enquanto Oone, reagindo com uma coordenação quase telepática, quase como se ambos fossem controlados por um só cérebro, pulou e estocou sob o braço esquerdo erguido do agressor, à procura do coração.

Sua arremetida foi aparada por um movimento súbito da mão direita coberta pela manopla do cavaleiro, que deu-lhe um chute. Pela primeira vez, Elric viu o rosto dele com clareza. Era magro, exangue, com olhos que lembravam a carne de um peixe há muito morto e uma boca que consistia em uma fenda escarnecedora, abrindo-se num esgar de desdém. Mas, com um choque, viu também algo de Alnac Kreb ali! A lança girou para golpear o ombro de Oone e jogou-a no chão.

Elric já tinha se levantado antes que a lança pudesse voltar e, com a espada, tentou cortar a correia que prendia a sela num truque antigo aprendido com os bandidos vilmirianos, mas foi bloqueado por uma perna protegida por armadura. A lança virou para estocá-lo, mas ele se desviou, dando a Oone sua oportunidade.

Embora a dupla lutasse como uma única entidade, seu agressor era quase presciente, parecendo adivinhar cada movimento deles.

Elric começou a crer que o cavaleiro era de origem totalmente sobrenatural e, enquanto fintava outra vez, lançou sua mente em direção aos reinos dos elementais, buscando qualquer auxílio que pudesse estar disponível. Mas não havia nenhum. Era como se todo reino estivesse deserto; como se, da noite para o dia, todo o mundo dos elementais, demônios e espíritos tivesse sido banido para o limbo. Arioch não podia ajudá-lo. Sua feitiçaria era completamente inútil ali.

Oone soltou um grito abrupto e Elric viu que ela tinha sido arremessada para trás contra o último degrau. Ela tentou se colocar de pé, mas algo estava paralisado. Ela mal conseguia mover os membros.

O cavaleiro pálido riu e tornou a investir para a matança.

Elric deu seu antigo brado de batalha e disparou contra o adversário na tentativa de distraí-lo. O albino ficou horrorizado ante a possibilidade da mulher por quem sentia um amor e uma camaradagem profundos ser ferida, e estava disposto a morrer para salvá-la.

— Arioch! Arioch! Sangue e almas!

Mas ele não tinha nenhuma espada rúnica para ajudá-lo ali. Nada além de sua própria astúcia e habilidade.

— Alnac Kreb! É isto o que resta de você?

O cavaleiro se virou, quase impaciente, e jogou a lança no homem que corria para ele. Sua resposta.

Elric não previra o movimento. Tentou mover o corpo para o lado, mas o cabo da lança acertou-lhe o ombro, derrubando-o pesadamente na poeira, a mão se afrouxando no sabre que não lhe era familiar. Começou a se arrastar para recuperá-lo, enquanto viu o cavaleiro sacar sua espada longa e prosseguir rumo a Oone, indefesa. Ele se apoiou num joelho e atirou seu punhal com precisão desesperada. A lâmina atingiu o alvo, entre as placas costais da armadura do cavaleiro, e a espada erguida baixou repentinamente.

Elric alcançou seu sabre, levantou-se e viu, para seu horror, que o cavaleiro se avultava sobre Oone, a espada erguida mais uma vez, ignorando o ferimento no ombro.

— Alnac?

Novamente, Elric tentou apelar para a parte de Alnac Kreb que existia ali, mas desta vez foi ignorado por completo. Aquele mesmo riso horrendo e inumano encheu o ar; o cavalo bufou, seus cascos pateando contra a mulher que lutava no degrau.

Mal tendo consciência do próprio movimento, Elric alcançou o cavaleiro e deu um salto, puxando-o pelas costas na tentativa de arrancá-lo do cavalo. O cavaleiro rosnou e conseguiu se virar. O albino aparou o movimento da espada sibilante e o derrubou da sela. Juntos, o par caiu na areia a poucos centímetros de onde Oone se encontrava. A mão de Elric que empunhava a espada ficou esmagada sob as costas blindadas de seu agressor, mas ele conseguiu soltar o punhal com a esquerda e teria atingido aqueles olhos horríveis se os dedos do homem não tivessem se fechado sobre seu pulso.

— Você terá que me matar antes de machucá-la! — A voz normalmente melódica de Elric era um rosnado de ódio.

O guerreiro, entretanto, apenas riu de novo, e o fantasma de Alnac se apagou de seus olhos.

Eles lutaram assim por vários momentos, sem que nenhum conquistasse uma vantagem real. Elric podia ouvir a própria respiração, os grunhidos do homem na armadura, o relinchar do cavalo e o ofegar de Oone, que tentava se levantar.

— *Guerreiro da Pérola!*

Aquela era outra voz. Não a de Oone, mas pertencia a uma mulher, e estava imbuída de uma autoridade considerável.

— Guerreiro da Pérola! Você não deve cometer mais nenhuma violência contra esses viajantes!

O guerreiro grunhiu, mas ignorou a mulher. Seus dentes tentaram se fechar na garganta de Elric. Ele quis virar o punhal para o coração do albino. Gotas de saliva começaram a espumar em seus lábios, e bolhas brancas contornavam sua boca.

— Guerreiro da Pérola!

Subitamente, o guerreiro começou a falar, sussurrando para Elric como se conversasse com um colega conspirador.

— Não dês ouvidos a ela. Eu posso auxiliar-te. Por que não vens conosco e aprendes a explorar a Grande Estepe, onde a caça é abundante? E há melões tão saborosos quanto as cerejas mais delicadas. Posso dar-te trajes maravilhosos! Não dês ouvidos. Não dês ouvidos. Sim, eu sou Alnac, teu amigo. Sim!

Elric sentiu repulsa pela tagarelice insana, mais do que sentira pela aparência horrível da criatura e sua violência.

— Pense em todo o poder que existe. Eles temem a ti. Temem a mim. Elric. Eu te conheço. Não sejamos rivais. Juntos, podemos obter sucesso. Eu não sou livre, mas tu poderias viajar por nós dois. Eu não sou livre, porém, Elric, tenho muitos escravos à minha disposição. Eles são teus. Ofereço-te novas riquezas e novas filosofias, novas formas de realizar todos os desejos. Eu o temo, e tu me temes. Portanto, vamos nos unir um ao outro. É o único elo com algum significado. Eles sonham contigo, todos eles. Até eu, que não sonho. Tu és o único inimigo...

— *Guerreiro da Pérola!*

Com um chocalhar de ossos e marfim, de casco de tartaruga e madrepérola, o guerreiro de pele leprosa se afastou de Elric.

— Juntos, podemos derrotá-la — murmurou ele, com urgência. — Não existiria nenhuma força que poderia resistir a nós. Eu te darei minha ferocidade!

Nauseado com aquele discurso, Elric lentamente ficou de pé e se virou para olhar na mesma direção que Oone fitava, já sentada no degrau, cuidando de membros para os quais a vida parecia ter sido devolvida.

A mulher, mais alta do que Elric e Oone, postava-se ali. Estava encoberta por um véu e capuz. Seus olhos se moviam constantemente deles para aquele a quem ela chamara de Guerreiro da Pérola, e então ela ergueu o grande cajado que segurava na mão direita e bateu com ele no chão.

— Guerreiro da Pérola! Você deve me obedecer!

O Guerreiro da Pérola estava furioso.

— Eu não desejo isso! — rosnou ele e, com um estrépito, espanou a placa em seu peitoral. — A senhora me enfurece, lady Sussurro.

— Estes dois estão sob minha tutela e proteção. Vá, Guerreiro da Pérola. Mate em outro lugar. Mate os verdadeiros inimigos da Pérola.

— Não quero que a senhora me dê ordens! — Ele estava ranzinza, emburrado feito uma criança. — Todos são inimigos da Pérola. A senhora também, lady Sussurro.

— Você é uma criatura tola! Parta!

Então ela levantou o cajado e apontou para além da escadaria, onde era possível avistar vagas rochas elevando-se eternamente.

— A senhora me deixa furioso, lady Sussurro. Eu sou o Guerreiro da Pérola. Tenho a força da Fortaleza — repetiu ele, em tom de alerta, então se voltou para Elric como se fosse companheiro dele. — Alia tua força à minha e nós a mataremos agora mesmo. E então, nós governaríamos: tu em tua liberdade, e eu em minha escravidão. Tudo isso e muitos outros reinos mais, desconhecidos para os ladrões de sonhos. A segurança existe lá para sempre. Sejas meu. Nós nos casaremos. Sim, sim, sim...

Elric estremeceu e deu as costas para o Guerreiro da Pérola. Ajudou Oone a ficar de pé.

Ela foi capaz de mover todos os membros, mas ainda estava atordoada. Olhou de novo para os degraus que desapareciam acima deles. Não dava para ver nem uma única pessoa dentre aquelas que ocupavam a vasta escadaria.

Preocupado, Elric olhou de relance para a recém-chegada. Seus trajes eram de vários tons de azul, com fios de prata que perpassavam tudo, com acabamento em ouro e verde-escuro nas barras. Ela se portava com elegância e dignidade extraordinárias, e encarava Oone e Elric com um ar de diversão. Enquanto isso, o Guerreiro da Pérola se levantou e colocou-se desafiadoramente de lado, alternando entre olhar de forma hostil para lady Sussurro e oferecer um sorriso conspiratório horrível para Elric.

— Para onde foi todo o pessoal dos degraus? — perguntou Elric para ela.

— Apenas voltaram para suas casas, milorde — respondeu lady Sussurro. Ao se dirigir a ele, sua voz era afetuosa e intensa, mas ainda continha toda a autoridade com que ordenara ao Guerreiro da Pérola que interrompesse o ataque. — Sou lady Sussurro e lhes dou as boas-vindas a esta terra.

— Somos gratos por sua intervenção, milady — falou Oone, pela primeira vez, embora com certo grau de desconfiança. — A senhora é a governante aqui?

— Meramente uma guia e navegadora.

— Aquela coisa maluca ali aceita suas ordens. — Oone se levantou, esfregando os braços e as pernas, olhando carrancuda para o Guerreiro da Pérola, que ostentava uma expressão de desprezo, mas que adotou uma postura evasiva quando lady Sussurro dedicou sua atenção a ele.

— Ele está incompleto. — Lady Sussurro o desdenhou. — Guarda a Pérola, mas tem uma inteligência tão sem substância, que não consegue entender a natureza da sua tarefa nem quem é amigo ou inimigo. Consegue apenas fazer escolhas limitadas, pobre coisinha corrompida. Aqueles que o colocaram nessa função tinham, eles mesmos, só uma vaga compreensão do que se requereria de tal guerreiro.

— Maldade! Eu não vou! — O Guerreiro da Pérola começou a dar sua risadinha de novo. — Nunca! É por isso! *É por isso!*

— Vá! — gritou lady Sussurro, gesticulando mais uma vez com seu cajado, os olhos severos acima do véu. — Você não tem nada a ver com esses dois.

— Morrer é insensato, madame — disse o Guerreiro da Pérola, levantando o ombro num gesto de arrogância desafiadora. — Cuidado com tua própria corrupção. É possível que todos nós nos dissolvamos caso isso alcance aquela resolução.

— Vá, bruto idiota! — Ela apontou para o cavalo dele. — E deixe aquela lança para trás. Como você é grotesco, destrutivo e insensato!

— Estou enganado — disse Elric — ou ele fala algaravias?

— É possível — murmurou Oone. — Mas pode ser que fale mais verdades do que aqueles que gostariam de nos proteger.

— Qualquer coisa virá e a qualquer coisa teremos que resistir! — disse o Guerreiro da Pérola, sombrio, enquanto montava. Ele começou a cavalgar para o ponto onde sua lança caíra depois de tê-la arremessado contra Elric. — É por isso que devemos ser!

— *Parta! Parta!*

Ele se inclinou para fora da sela, estendendo a mão para a lança.

— Não — bradou ela com firmeza, como se falasse com uma criança tola. — Eu lhe disse que você não pode ficar com ela. Veja o que fez, Guerreiro da Pérola! Está proibido de atacar essas pessoas de novo.

— Nada de alianças, então. Não agora! Mas, em breve, essa liberdade será trocada e todos se unirão! — Outra risadinha terrível do cavaleiro meio amalucado e ele estava enterrando as esporas nos flancos do cavalo, partindo a galope na direção de onde viera. — Haverá laços! Ah, sim!

— As palavras dele fazem sentido para a senhora, lady Sussurro? — perguntou Elric educadamente, quando o guerreiro desapareceu.

— Algumas delas. — Parecia que ela estava sorrindo por trás do véu. — Não é culpa dele que seu cérebro seja malformado. Existem poucos guerreiros neste mundo, sabe? Talvez ele seja o melhor.

— Melhor?

A pergunta sardônica de Oone ficou sem resposta. Lady Sussurro estendeu a mão na qual reluziam joias delicadamente coloridas e os chamou.

— Sou uma navegadora aqui. Posso levá-los para ilhas doces onde dois apaixonados seriam felizes para sempre. Tenho um lugar que é escondido e seguro. Posso levá-los até lá?

Elric olhou para Oone, perguntando-se se ela poderia estar atraída pelo convite de lady Sussurro. Por um segundo, ele se esqueceu do propósito deles ali. Seria maravilhoso passar um breve idílio na companhia de Oone.

— Esta terra é Imador, não é, lady Sussurro?

— É o lugar que os ladrões de sonhos chamam de Imador, sim. Nós não usamos esse nome — respondeu ela, com um ar de reprovação.

— Ficamos gratos por sua ajuda nessa questão, milady — disse Elric, julgando Oone um tanto brusca e procurando se desculpar pelos modos da amiga. — Eu me chamo Elric de Melniboné, e esta é lady Oone, da Guilda dos Ladrões de Sonhos. A senhora sabe que buscamos a Fortaleza da Pérola?

— Sei. E esta estrada é direta para vocês. Pode levá-los adiante para a Fortaleza. Mas pode não ser a melhor rota. Eu os guiarei em qualquer rota que desejarem.

Ela soava um pouco distante, quase como se estivesse meio adormecida. Seu tom se tornara sonhador, e Elric supôs que ela se ofendera.

— Nós lhe devemos muito, lady Sussurro, e seu conselho é valioso para nós. O que sugeriria?

— Que levantem um exército primeiro, acho. Para sua própria segurança. Existem defesas terríveis na Fortaleza da Pérola. Ora, e antes dela também. Vocês são corajosos, ambos. Existem diversas estradas para o sucesso. A morte espera no final de muitos outros caminhos. Disso, vocês estão cientes, tenho certeza...

— Onde poderíamos recrutar tal exército?

Elric ignorou a expressão de alerta de Oone. Sentia que ela estava sendo obstinada, exageradamente desconfiada dessa mulher tão distinta.

— Há um oceano, não muito distante daqui. Nele há uma ilha. O povo daquela ilha anseia por combate. Eles seguirão qualquer um que lhes prometa perigo. Vocês irão até lá? É um lugar muito bom. É quente e há muralhas seguras. Jardins e muito o que comer.

— Suas palavras são sensatas — disse Elric. — Valeria a pena, talvez, fazer uma pausa em nossa missão para recrutar esses soldados. E recebi uma oferta de aliança do Guerreiro da Pérola. Ele nos ajudaria? Pode-se confiar nele?

— Para o que desejam fazer? Acho que sim. — A testa dela se franziu. — Acho que sim.

— Não, lady Sussurro — interrompeu Oone de súbito e com força considerável. — Ficamos agradecidos por sua orientação. Pode nos levar ao Portal Falador? A senhora o conhece?

— Eu conheço o que vocês chamam de Portal Falador, moça. E sejam quais forem suas questões ou seus desejos, são meus para responder e realizar.

— Qual é o nome que vocês dão a esta terra?

— Nenhum. — Ela parecia confusa com a pergunta de Oone. — Não existe um nome. Ele é este lugar. É aqui. Mas posso guiá-los por ele.

— Eu acredito na senhora, milady. — A voz de Oone se suavizou. Ela pegou Elric pelo braço. — Nosso outro nome para este território é a Terra da Nova Ambição. Mas novas ambições podem ser enganosas. Nós as inventamos quando a ambição antiga parece difícil demais de realizar, não?

Elric a compreendeu. Sentiu-se tolo.

— A senhora oferece uma distração, lady Sussurro?

— Não exatamente. — A mulher encoberta balançou a cabeça. O movimento trazia toda a elegância dela, que pareceu um pouco magoada pela franqueza da pergunta. — Uma nova meta às vezes é preferível quando a estrada se torna intransitável.

— Mas a estrada não é intransitável, lady Sussurro. Ainda não — argumentou Oone.

— Isso é verdade. — Lady Sussurro abaixou um pouco a cabeça. — Eu ofereço a vocês toda a verdade nessa questão. Cada aspecto dela.

— Devemos guardar o aspecto do qual temos mais certeza — prosseguiu Oone, em voz suave —, e lhe agradecemos imensamente por sua ajuda.

— Ela está à sua disposição, lady Oone. Venham.

A mulher girou, sua túnica levantando-se como nuvens na ventania, e os guiou para longe dos degraus até um local onde o solo declinava e que revelou, quando eles chegaram mais perto, um rio raso. Lá havia um barco amarrado. Tinha proa de madeira dourada recurvada, não muito diferente do gancho do bastão dos sonhos de Oone, e suas laterais eram cobertas por uma fina camada de ouro batido, bronze e prata. Latão reluzia nas amuradas e no único mastro, e uma vela, azul com fios de prata como os trajes de lady Sussurro, estava enrolada na verga. Não havia nenhuma tripulação à vista. Lady Sussurro apontou com seu cajado.

— Aqui está o barco com o qual encontraremos o portal que vocês buscam. Tenho vocação, lady Oone e príncipe Elric, para protegê-los. Não tenham medo de mim.

— Milady, não temos medo — disse Oone, com grande sinceridade.

Sua voz era gentil, e Elric ficou desconcertado pelo comportamento dela, mas aceitou que ela tinha uma noção clara da situação.

— O que isso quer dizer? — murmurou Elric, enquanto lady Sussurro descia no sentido do barco.

— Acho que quer dizer que estamos próximos da Fortaleza da Pérola — disse Oone. — Ela tentou nos ajudar, mas não sabe muito bem qual a melhor forma de fazê-lo.

— Você confia nela?

— Acho que se confiarmos em nós mesmos, podemos confiar nela. Devemos saber quais são as perguntas certas para fazer.

— Confiarei em você, Oone, para confiar nela. — Elric sorriu.

Sob o convite insistente de lady Sussurro, eles subiram a bordo do belo barco, que oscilava apenas de leve nas águas escuras do que pareceu a Elric ser um canal totalmente artificial, reto e profundo, movendo-se numa curva ampla até sumir de vista dali a dois ou três quilômetros. Ele olhou para o alto, ainda incerto se fitava um céu estranho ou o teto da maior caverna de todas. Conseguia ver os degraus que se estendiam para longe e mais uma vez perguntou-se o que havia acontecido com os habitantes depois que estes haviam fugido do Guerreiro da Pérola.

Lady Sussurro pegou o grande leme do barco. Com um único movimento, guiou a embarcação para o centro do corpo d'água. Quase na mesma hora, o terreno se nivelou, de modo que foi possível ver o deserto por todos os lados, enquanto adiante havia folhagens, vegetação e vislumbres de colinas. Havia uma qualidade na luz que lembrava Elric de um entardecer outonal. Ele quase podia sentir o cheiro das rosas do início do outono, as árvores mudando de cor, os pomares de Imrryr. Sentado perto da frente do barco com Oone a seu lado, apoiada em seu ombro, ele suspirou de prazer, desfrutando do momento.

— Se o resto da nossa missão for conduzido assim, ficarei contente em acompanhá-la em muitas aventuras parecidas, lady Oone.

Ela também estava de bom humor.

— Ah, sim. Aí todos no mundo desejariam ser ladrões de sonhos.

O barco fez uma curva no canal, e eles ficaram alertas ao avistar figuras de pé em ambas as margens. Aquelas pessoas tristes e silenciosas, vestidas de amarelo e branco, observavam a nau passar com os olhos marejados, como se testemunhassem um funeral. Elric tinha certeza de que não choravam por ele nem por Oone. Gritou para eles, que não pareciam ouvi-lo. Sumiram quase de imediato, e o barco passou por terraços um pouco elevados onde se cultivava videiras, figos e amêndoas. O ar estava adocicado com colheitas maduras e, em dado momento, uma criatura pequena que lembrava uma raposa correu para acompanhá-los por um tempo, antes de se desviar e entrar num agrupamento de arbustos. Pouco depois, homens nus de pele marrom rondaram por ali de quatro até que também se entediaram e desapareceram na vegetação baixa. O canal começou a se curvar cada vez mais, e lady Sussurro foi forçada a usar todo seu peso sobre o leme para manter a embarcação no curso.

— Por que construir um canal desse jeito? — perguntou Elric, quando chegaram de novo a um trecho de água reto.

— O que estava acima de nós agora está adiante, e o que estava abaixo, agora ficou para trás — respondeu ela. — É a natureza disto. Eu sou a navegadora e eu sei. Mas, lá adiante, onde fica mais escuro, o rio não se curva. Isso é feito para ajudar a compreender, acho.

As palavras dela eram quase tão confusas quanto as do Guerreiro da Pérola, e Elric fez mais perguntas para tentar entender.

— O rio nos ajuda a compreender o quê, lady Sussurro?

— A natureza deles... A natureza dela... Do que você precisa encontrar... Ah, veja!

O rio rapidamente se alargava tornando-se um lago. Caniços cresciam nas margens, e garças prateadas voavam em contraste com o céu suave.

— Não é uma distância muito grande para a ilha de que falei — disse lady Sussurro. — Eu temo por vocês.

— Não — interveio Oone, com afabilidade resoluta. — Leve o barco para o outro lado do lago, para o Portal Falador. Eu lhe agradeço.

— Esse agradecimento é... — Lady Sussurro balançou a cabeça. — Eu não queria que vocês morressem.

— Não morreremos. Estamos aqui para salvá-la.

— Ela está com medo.

— Nós sabemos.

— Aqueles outros disseram que a salvariam. Mas a tornaram... Eles tornaram tudo sombrio e ela ficou presa...

— Nós sabemos — explicou Oone, pousando uma das mãos no braço de lady Sussurro para confortá-la, enquanto a mulher velada guiava o barco para o lago aberto.

— Vocês estão falando da Garota Sagrada e dos Feiticeiros Aventureiros? O que a aprisiona, lady Sussurro? Como podemos libertá-la? Levá-la de volta para seu pai e seu povo? — perguntou Elric.

— Ah, é uma mentira! — Lady Sussurro quase gritou isso, apontando para o ponto onde, nadando diretamente para eles, vinha uma criança. Mas a pele do menino era metálica, de uma prata ofuscante, e seus olhos prateados imploravam por ajuda. Então a criança sorriu, levantou o braço, arrancou a própria cabeça e submergiu.

— Estamos nos aproximando do Portal Falador — disse Oone, taciturna.

— Aqueles que queriam possuí-la também a guardam — declarou lady Sussurro, de súbito. — Mas ela não pertence a eles.

— Eu sei — disse Oone.

O olhar dela estava fixo no que jazia à frente. Havia uma bruma no lago. Era como o nevoeiro mais fino que se forma na água numa manhã de outono. Havia um ar de tranquilidade do qual ela claramente desconfiava. Elric olhou para trás, para lady Sussurro, mas os olhos da navegadora estavam inexpressivos, sem oferecer pista alguma quanto aos perigos que poderiam enfrentar em breve.

O barco virou um pouco e então eles vislumbraram terra firme em meio à névoa. Elric viu árvores altas que se erguiam acima de rochas tombadas. Havia pilares brancos de calcário, cintilando de leve naquela luz adorável. Ele viu elevações de relva e, abaixo, pequenas grutas. Perguntou-se se lady Sussurro havia, no final das contas, os levado para a ilha que mencionara e estava prestes a perguntar quando viu o que parecia ser uma grande porta de pedra entalhada e mosaicos intrincados ostentando um ar de antiguidade considerável.

— O Portal Falador — disse lady Sussurro, não sem certa trepidação.

Então o portal se abriu e um vento horrível soprou de dentro dele, agitando os cabelos e roupas deles, arranhando a pele, gritando e berrando em seus ouvidos. O barco balançou, e Elric temeu que fosse virar. Correu para a popa para auxiliar lady Sussurro com o leme. O véu dela fora arrancado do rosto. Ela não era jovem, mas trazia uma semelhança espantosa com a garota que eles haviam deixado na Tenda de Bronze, a Criança Sagrada dos bauradis. E Elric, assumindo o leme enquanto lady Sussurro recolocava o véu, lembrou que nunca se fizera menção à mãe de Varadia.

Oone estava baixando a vela. A força inicial do vento havia amainado, e era possível rumar gradualmente na direção da entrada escura e de cheiro estranho que fora revelada quando a porta em mosaico caíra com o vento.

Três cavalos apareceram lá. Cascos se agitaram no ar. Caudas chicotearam. Em seguida, eles estavam galopando pela água na direção do barco. E então passaram por ele e desapareceram nas brumas. Nenhum dos animais possuía cabeça.

Elric sentiu o terror. No entanto, era um terror familiar, e em segundos ele reconquistou o controle sobre si mesmo. Sabia que, fosse qual fosse o nome dela, estava prestes a entrar numa terra onde o Caos reinava.

Foi só quando o barco passou sob as rochas entalhadas e entrou na gruta mais além que ele se lembrou que não dispunha de nenhum de seus feitiços e encantamentos habituais; nenhum de seus aliados nem seu patrono, o Duque do Inferno, poderiam ser acessados ali. Ele tinha apenas a experiência, a coragem e suas percepções comuns. E, naquele momento, duvidava que isso fosse o suficiente.

5

A tristeza de uma rainha que não pode governar

A poderosa barreira de obsidiana subitamente começou a fluir. Uma massa de verde vítreo escorreu para dentro da água, que chiou, começou a cheirar mal, e montanhas de vapor se ergueram diante deles. Conforme o vapor se dissipava, outro rio se revelava. Este, correndo pelas paredes estreitas de um cânion profundo, parecia ter origem natural, e Elric, cuja mente se ajustava à interpretação, perguntou-se se não seria o mesmo rio que tinham cruzado antes, quando lutou contra o Guerreiro da Pérola na ponte.

Então, a barca, que parecera tão resistente, de repente afigurava-se frágil ao ser jogada pelas águas, que rugiam num declive constante ao ponto de Elric pensar que eles chegariam, em algum momento, ao centro do mundo.

Junto a lady Sussurro na proa do barco, Oone e Elric ajudaram-na a usar o leme para manter um curso quase estável. Mais adiante, o rio terminou abruptamente e eles tombaram numa cascata. Antes que se dessem conta, estavam aterrissando com um baque em águas mais calmas, a barca boiando feito um pedaço de pão num lago e, no alto, era possível ver um céu doentio lembrando estanho, no qual coisas escuras e coriáceas voavam e se comunicavam com gritos desolados acima de palmeiras cujas folhas faziam pensar em peles esverdeadas estendidas para esperar por um sol que nunca nasceria. Havia um odor pungente e pútrido no ar, e o respingar constante e o rugido distante da água preenchia um silêncio rompido apenas pelas criaturas que voavam acima das rochas e pela folhagem que os cercava.

Fazia calor, mas Elric estremeceu. Oone puxou o colarinho do casaco, e até lady Sussurro fechou mais sua túnica.

— Você é familiarizada com este território, lady Oone? — indagou Elric. — Já visitou este reino, eu sei, mas parece tão surpresa quanto eu.

— Existem sempre novos aspectos. É da natureza do reino. Talvez lady Sussurro possa nos contar mais.

Oone virou-se de forma cortês para a navegadora.

Lady Sussurro prendera seus véus com mais firmeza. Parecia infeliz por Elric ter visto seu rosto.

— Sou a rainha desta terra — disse ela, sem exibir orgulho nem qualquer outra emoção.

— Então você tem servos que podem nos auxiliar?

— Esta terra foi uma rainha para mim, então não tenho poderes sobre ela, apenas proteção. Este é o lugar que vocês chamam de Falador.

— E é insano?

— Ele tem muitas defesas.

— Elas também afastam aquilo que talvez deseje partir — disse Oone, quase para si mesma. — Você teme aqueles que protegem Falador, lady Sussurro?

— Agora eu sou rainha Sussurro. — Ela aprumou o corpo elegante, mas se foi de modo paródico ou sincero, Elric não sabia dizer. — Eu estou protegida. Vocês, não. Nem eu sou capaz de protegê-los aqui.

A barca continuou flutuando lentamente pelo curso d'água. O limo das rochas parecia mudar e se mover como se estivesse vivo, e havia sombras na água que perturbaram Elric. Ele teria sacado sua espada, se isso não fosse parecer grosseiro.

— O que devemos temer aqui? — perguntou ele à rainha.

Estavam flutuando sob uma grande protuberância de rocha na qual um cavaleiro tinha se posicionado. Era o Guerreiro da Pérola, que os olhava feio com a mesma mistura de zombaria e inconsciência. Ele ergueu uma longa vara à qual tinha amarrado o chifre afiado e retorcido de algum animal.

A rainha Sussurro chacoalhou a mão em sua direção.

— O Guerreiro da Pérola não deve fazer isso! O Guerreiro da Pérola não pode desafiar, mesmo aqui!

O guerreiro soltou seu riso monstruoso e virou o cavalo para deixar a rocha. E sumiu.

— Ele vai nos atacar? — perguntou Oone à rainha.

A rainha Sussurro concentrava-se em seu leme, conduzindo o barco sutilmente por um curso d'água menor, afastando-se do rio principal. Talvez estivesse tentando evitar qualquer conflito.

— Ele não tem permissão — disse ela. — Ah!

A água se tornara vermelho-rubi e havia agora margens de um musgo marrom brilhante, que se elevavam gentilmente na direção dos paredões de pedra. Elric estava convencido de ter visto rostos antigos encarando-o tanto das margens quanto dos desfiladeiros, mas não se sentiu ameaçado. O líquido vermelho parecia vinho, e havia uma doçura inebriante ali. Será que a rainha Sussurro conhecia todos os lugares secretos e tranquilos daquele mundo e os guiava por eles para evitar seus perigos?

— Aqui meu amigo Edif tem influência — explicou ela. — Ele é um governante cujo principal interesse é a poesia. Será que ainda é? Eu não sei.

Eles haviam se acostumado depressa ao estranho padrão de fala dela e achavam mais fácil entendê-la, embora não fizessem ideia de quem poderia ser Edif e de que tivessem passado pelo território dele para chegar ao local onde o deserto se instaurava de súbito de ambos os lados, após fileiras de palmeiras os flanquearem, como se estivessem se movendo na direção de um oásis. Contudo, nenhum oásis se materializou.

Em pouco tempo, o céu estava da cor de fígado estragado de novo, e os paredões de rocha os cercavam. Aquele odor doentio e opressivo que fazia Elric lembrar-se de alguma antessala decadente da corte também estava de volta. Perfume que já fora doce, mas se tornara rançoso; comida que antes fazia a boca salivar, mas que estava velha demais; flores que não mais elevavam o ambiente, trazendo à mente, em vez disso, apenas a morte.

Os paredões de ambos os lados tinham cavernas grandes e irregulares onde a água caía e ecoava. Pareciam deixar a rainha Sussurro nervosa, e ela mantinha a barca cautelosamente no centro do rio. Elric viu sombras se movendo dentro das cavernas, tanto acima quanto abaixo da água. Viu bocas vermelhas abrindo e fechando e olhos pálidos e fixos a encará-los. Tinham o ar de criaturas nascidas do Caos, então Elric desejou intensamente estar em posse de sua espada rúnica, seu patrono Duque do Inferno e seu repertório de feitiços e encantamentos.

O albino não ficou muito surpreso quando finalmente uma voz falou do interior de uma das cavernas.

— Eu sou Balis Jamon, Lorde do Sangue, e desejo comer rins.

— Seguimos navegando! — gritou a rainha Sussurro em resposta. — Não sou sua comida nem nunca serei.

— Os rins deles! Deles! — exigiu a voz, implacável. — Eu não como de verdade há tanto tempo... Rins! Quero rins!

Elric sacou a espada e a adaga. Oone fez o mesmo.

— Pois não terá o meu, senhor — disse o albino.

— Nem o meu — afirmou Oone, buscando a fonte da voz.

Não tinham como ter certeza de qual das várias cavernas abrigava a criatura falante.

— Sou Balis Jamon, Lorde do Sangue. Vocês pagarão um pedágio em minha área. Dois rins para mim!

— Pegarei o seu, se quiser, senhor! — retrucou Elric, desafiador.

— Pegará, é?

Havia um grande movimento na caverna mais distante, e água entrava e saía de lá, espumando. Em seguida, algo se abaixou e veio vadeando até o meio do riacho, com o corpo carnudo enfeitado com plantas em deterioração e flores arruinadas, e o focinho chifrudo levantado para que a coisa pudesse encará-los com seus olhinhos pretos minúsculos. As presas no focinho estavam quebradas, amareladas e pretas, e uma língua vermelha as lambia, lançando pedacinhos de carne podre para dentro da água. A criatura mantinha uma pata enorme sobre o peito e, quando a abaixou, revelou um buraco escuro e escancarado onde deveria estar o coração.

— Eu sou Balis Jamon, Lorde do Sangue. Vejam o que devo preencher para poder viver! Tenham piedade, criaturinhas. Um ou dois rins e eu os deixarei passar. Não tenho nada aqui, enquanto vocês estão completos. Devem fazer justiça e compartilhar comigo.

— Esta é minha única justiça para você, lorde Balis — disse Elric, gesticulando com uma espada que parecia algo frágil até para ele.

— Você nunca estará completo, Balis Jamon! — disse a rainha Sussurro. — Não até que aprenda mais sobre piedade!

— Eu sou justo! Um rim já basta!

A pata começou a se estender para Elric, que tentou cortá-la, mas errou, depois golpeou de novo e sentiu a espada acertar o couro da criatura, onde mal deixou uma marca. A pata tentou agarrar a espada. Elric a recolheu. Balis Jamon rosnou com um misto de frustração e autopiedade e estendeu as duas patas na direção do albino.

— Pare! Eis aqui seu rim! — Oone levantou algo gotejando. — Eis aqui, Balis Jamon. Agora deixe-nos passar. Estamos de acordo.

— De acordo. — Ele se virou, apaziguado; pegou delicadamente o que ela lhe entregava e enfiou no buraco em seu peito. — Bom. Vão!

Então ele seguiu passivamente de volta à caverna, com a honra e a fome satisfeitas. Elric ficou perplexo, embora grato por ela ter salvado sua vida.

— O que você deu a ele, lady Oone?

Ela sorriu.

— Um feijão enorme. Uma das provisões que eu ainda carregava na bolsa. Parecia semelhante a um rim, especialmente quando mergulhado na água. E eu duvido que ele saiba a diferença. Parecia uma criatura simplória.

Os olhos da rainha Sussurro estavam erguidos para cima enquanto ela dirigia a barcaça passando pelas cavernas e entrando em um trecho mais amplo de água, onde búfalos erguiam as cabeças de onde bebiam e os encaravam com curiosidade cautelosa.

Elric acompanhou a direção do olhar da navegadora, mas via apenas o mesmo céu cor de chumbo. Embainhou a espada.

— Essas criaturas do Caos parecem simplórias. Menos inteligentes, em certos sentidos, do que outras que já encontrei.

— Sim. — Oone não estava surpresa. — É provável, acho. Ela seria...

De repente, o barco foi levantado e, por um segundo, Elric pensou que lorde Balis tinha voltado para se vingar deles por enganá-lo. Entretanto, os três pareciam estar na crista de uma onda imensa. O nível da água subiu rapidamente entre os paredões limosos, e, nas bordas do desfiladeiro, surgiram silhuetas. Elas tinham formas distorcidas e tamanhos improváveis, que fizeram Elric lembrar um pouco da população pedinte de Nadsokor, pois também se vestiam em farrapos e traziam evidências de automutilação, além de doenças, ferimentos e da típica negligência. Eram imundos. Gemiam. Olhavam gananciosamente para o barco e lambiam os lábios.

Mais do que nunca, Elric desejava ter Stormbringer consigo. A espada rúnica e uma ajuda elemental teriam feito aquela gentalha correr apavorada. No entanto, tinha apenas as lâminas capturadas dos Feiticeiros Aventureiros. Devia depender delas, de sua aliança com Oone e de suas habilidades de luta naturalmente complementares. Um trepidar veio do fundo da barca, e a onda retrocedeu tão subitamente quanto se elevara, mas agora eles se encontravam ilhados no topo do desfiladeiro, com a horda deformada ao redor, ofegante, grunhindo e farejando sua caça.

Elric não perdeu tempo discutindo; saltou de imediato da proa do barco e cortou os dois primeiros que tentaram agarrá-lo. A lâmina, ainda bem afiada, decepou a cabeça das criaturas, e Elric se postou sobre seus corpos, sorrindo como o lobo que às vezes diziam que ele era.

— Eu quero vocês todos — disse ele. Usou a bravata de batalha que aprendera com os piratas dos Estreitos Vilmirianos. Adiantou-se outra vez e estocou, atingindo outra criatura do Caos no peito. — Devo matar todos vocês para ficar satisfeito!

Eles não esperavam por isso. Remexeram-se. Olharam uns para os outros. Reviraram as armas nas mãos, ajustaram os trapos e cutucaram os próprios membros.

Oone se colocou ao lado de Elric.

— Eu quero minha parte — gritou ela. — Poupe alguns para mim, Elric. Em seguida, também dardejou adiante e cortou uma coisa com cara de macaco que carregava um machado incrustado de linda fabricação, claramente roubado de uma vítima anterior.

A rainha Sussurro gritou de trás deles.

— Eles não os atacaram, apenas ameaçaram. Precisam mesmo fazer isso?

— É nossa única opção, rainha Sussurro! — falou Elric por sobre o ombro, fintando outras duas coisas semi-humanas.

— Não! Não! Não é heroico. O que pode fazer o guardião que não é mais um herói?

Nem Oone conseguiu entender aquilo e, quando Elric encontrou o olhar dela com uma expressão de dúvida, ela meneou a cabeça.

A turba começou a ganhar confiança e a cercá-los. Focinhos os farejavam. Línguas lambiam saliva de lábios frouxos. Olhos quentes e sujos, cheios de sangue e pus, semicerravam-se de ódio.

Eles já haviam começado a fechar o cerco, e Elric sentiu sua espada encontrar resistência, pois ele a deixara cega nas duas primeiras criaturas. Ainda assim, um pescoço se partiu, e a cabeça caiu para um dos lados, deixando um olhar fixo e mãos agarrando o nada. Oone estava com as costas coladas às dele e, juntos, os dois se moviam de forma a ficarem protegidos num dos lados pelo barco, o qual aquele bando parecia não querer tocar. A rainha Sussurro, evidentemente aflita, chorava ao assistir àquilo, mas claramente não tinha autoridade sobre as criaturas do Caos.

— Não! Não! Isso não a ajuda a dormir! Não! Não! Ela precisa deles, eu sei!

Foi quando Elric ouviu os cascos e viu, por cima das cabeças da multidão que o cercava, a armadura branca do Guerreiro da Pérola.

— Essas criaturas são dele! — disse, em súbita compreensão. — Esse é o exército dele, e ele quer sua vingança!

— Não! — A voz da rainha Sussurro soava distante, como se viesse de muito longe. — Isso não pode ser útil! Esse é seu exército. Eles serão leais. Sim.

Ao ouvi-la, Elric teve uma clareza inesperada. Será que ela não era de fato humana? Seriam todas aquelas criaturas apenas metamorfos de algum tipo, disfarçados de humanos? Isso explicaria as estranhas características mentais, a lógica peculiar e o fraseado esquisito.

Mas não havia tempo para especulação, pois as criaturas se assomavam contra ele e Oone, de modo que mal era possível manobrar as espadas para mantê-las longe. O sangue fluía, grudento e mefítico, respingando em lâminas e braços e fazendo-os engasgar. Elric pensou que existia uma chance de ser sobrepujado pelo fedor antes de ser derrotado pelas armas deles.

Estava claro que os dois não poderiam resistir à multidão, e Elric sentiu-se amargo, pois eles tinham chegado tão perto do objetivo de sua missão, apenas para serem abatidos pelos mais deploráveis dentre os habitantes do Caos.

Então, novos corpos caíram aos seus pés, e ele se deu conta de que não os havia matado. Oone também estava aturdida por tal desdobramento.

Ambos levantaram a cabeça. Não conseguiam entender o que estava acontecendo.

O Guerreiro da Pérola cavalgava entre as fileiras da turba, cortando para lá e para cá, espetando a lança improvisada, fatiando com a espada, gargalhando e se gabando a cada vida que tirava. Os olhos horríveis estavam iluminados com algum tipo de divertimento, e até seu cavalo atacava com os cascos e tentava morder.

— Essa, sim, é a coisa certa! — A rainha Sussurro bateu palmas. — Isso é verdade. Isso é para garantir honras para vocês!

Gradualmente empurrados para trás pelo Guerreiro da Pérola, e por Elric e Oone quando estes retomaram o ataque, a turba começou a se separar. Logo, toda a horrível multidão fugia para a borda do precipício, saltando para o abismo em vez de morrer pela lança de osso do Guerreiro da Pérola ou por sua espada prateada.

A risada dele continuava enquanto arrebanhava os restantes para sua destruição. Ele gritava em escárnio para eles. Berrava, chamando-os de covardes e tolos.

— Coisas feias. Feias! Feias! Vão! Pereçam! Vão, vão, vão! Banidos agora, todos eles. Banidos para aquilo ali! É!

Elric e Oone se apoiaram na barca, tentando recuperar o fôlego.

— Fico grato a você, Guerreiro da Pérola — disse o albino, quando o cavaleiro de armadura se aproximou. — Você salvou nossas vidas.

— Sim — o Guerreiro da Pérola assentiu, sério, os olhos incomumente pensativos. — Foi mesmo. Agora seremos iguais. E então conheceremos a verdade. Eu não sou livre, como vocês. Acredita nisso?

Essa última pergunta foi dirigida a Oone.

Ela assentiu.

— Acredito, Guerreiro da Pérola. Eu também estou feliz que tenha nos ajudado.

— Eu sou aquele que protege. Isso deve ser feito. Vocês prosseguem? Eu fui seu amigo.

Oone olhou para trás e viu a rainha Sussurro concordar, com os braços estendidos em algum tipo de oferenda.

— Aqui, eu não sou seu inimigo — disse o Guerreiro da Pérola, como se instruísse alguém de mentalidade simplória. — Se eu estivesse completo, nós três seríamos uma trindade de grandeza! Sim! Assim o sabeis! Eu não tenho o pessoal. Essas palavras são dela, entendam. Acho.

E, com essa declaração particularmente incompreensível, ele deu meia-volta no cavalo e se afastou pela pedra calcária coberta de relva.

— Defensores demais e protetores de menos, talvez. — Oone soava tão bizarra quanto os outros. Antes que Elric pudesse interrogá-la, ela já voltava sua atenção de novo para a rainha Sussurro. — Milady? A senhora convocou o Guerreiro da Pérola em nosso auxílio?

— Ela o chamou para vocês, acho.

A rainha Sussurro parecia quase em transe. Era estranho ouvi-la falar de si mesma na terceira pessoa. Elric se perguntou se esse era o modo normal das pessoas por ali e, novamente, ocorreu-lhe que todos naquele reino não eram humanos, mas assumiam forma humana.

Eles estavam agora encalhados bem rio acima. Indo até a beira do precipício, Elric olhou para baixo. Viu apenas alguns corpos, que tinham ficado presos nas rochas, enquanto outros boiavam seguindo a corrente. Ficou contente pelo barco não ter que navegar pelas águas obstruídas por tantos cadáveres.

— Como podemos continuar? — perguntou a Oone.

Teve uma visão de si mesmo e dela na Tenda de Bronze, da criança entre eles. Todos estavam morrendo. Experimentou uma pontada de anseio, como se a droga o estivesse chamando, relembrando-o de seu vício. Lembrou-se de Anigh em Quarzhasaat e Cymoril, sua prometida, esperando em Imrryr. Será que estivera correto em deixar Yyrkoon governar em seu lugar? Cada uma de suas decisões parecia, naquele momento, tolas. Sua autoestima, nunca muito alta, estava mais baixa do que ele conseguia se lembrar. Sua falta de planejamento, seus fracassos, suas idiotices, tudo o lembrava de que ele era não apenas fisicamente deficiente, mas também lhe faltava uma dose de bom senso.

— É da natureza do herói — disse a rainha Sussurro, falando para o nada. Em seguida, encarou-os com olhos gentis e maternais. — Vocês estão a salvo!

— Acho que há certa urgência. Estou sentindo. Você sentiu? — perguntou Oone.

— Sim. Há algum perigo no reino que deixamos?

— Talvez. Rainha Sussurro, estamos longe do Portal Inominado? Como podemos continuar?

— Usando as mariposas-corcéis — respondeu ela. — As águas sempre sobem aqui, então tenho minhas mariposas. Precisamos apenas esperar por elas. Estão a caminho. — O tom dela era factual. — Era aquela turba que poderia ter sido de vocês. Não mais. Mas não posso antecipar, entendem? Cada nova armadilha é misteriosa para mim, assim como para vocês. Posso navegar conforme vocês navegam. Isto é, junto, entendem?

Contra o horizonte havia um arco-íris de luzes piscando e cintilando, como uma aurora. A rainha suspirou quando as viu. Estava contente.

— Bom. Bom. Não está tarde! É o contrário.

As cores encheram o céu. Conforme se aproximavam, Elric percebeu que pertenciam a asas imensas, membranosas, sustentando corpos esguios, mais para borboletas do que para mariposas, de um tamanho enorme. Sem hesitar, as feras começaram a descer até que eles três, mais a barca, foram engolfados por asas finas.

— Para o barco! — gritou a rainha Sussurro. — Depressa. Vamos voar.

Elas se apressaram a obedecê-la e, de pronto, a barca se levantava no ar, aparentemente carregada nas costas das grandes mariposas, que avançaram ao lado do cânion por algum tempo antes de mergulhar no abismo.

— Eu observei, mas não havia nada — disse a rainha Sussurro como explicação para Elric e Oone. — Agora devemos retomar.

Com uma gentileza assombrosa, as criaturas depositaram a barca no rio e subiram pelos paredões do cânion outra vez, enchendo todo o local sombrio com uma luz brilhante e multicolorida, até desaparecerem. Elric esfregou a fronte.

— Esta é verdadeiramente a Terra da Loucura — disse ele. — Acredito que seja eu quem esteja maluco, lady Oone.

— Você está perdendo a confiança em si mesmo, príncipe Elric — explicou ela, com firmeza. — Esta é a armadilha específica desta terra. Foi convencido de que é você mesmo, e não aquilo que o circunda, que tem pouca lógica. Nós já impusemos nossa sanidade sobre Falador. Não se desespere. Não deve faltar muito para alcançarmos o último portal.

— E o que há lá? — disse ele, sardônico. — A razão sublime?

Ele tinha a mesma sensação estranha de exaustão. Fisicamente, ainda era capaz de continuar, mas sua mente e seu espírito estavam esgotados.

— Não consigo nem começar a prever o que encontraremos na Terra Inominada — disse ela. — Os ladrões de sonhos têm pouco poder sobre o que ocorre depois do sétimo portal.

— Notei sua considerável influência por aqui!

Mas ele não tinha a intenção de magoá-la. Sorriu para mostrar que era uma piada.

De mais adiante, veio um uivo tão dolorido que até a rainha Sussurro cobriu os ouvidos. Era mais como o ganido de um cão monstruoso, ecoando para cima e para baixo no abismo e ameaçando abalar e soltar até as pedras dos paredões. Conforme o rio os levava para a curva, eles viram o animal ali parado, uma grande fera hirsuta que lembrava um lobo, a cabeça erguida ao tornar a uivar. A água corria ao redor das pernas enormes, espumava contra o corpo. Quando a fera voltou o olhar para eles, desapareceu por completo. Ouviram apenas o eco dos uivos. A velocidade da água aumentou. A rainha Sussurro tirou as mãos do leme para bloquear os ouvidos, e o barco oscilou na água, quicando ao atingir uma rocha. Ela não fez nenhuma tentativa de conduzi-lo. Elric tomou o longo braço do leme, mas, a despeito de usar toda a sua força, não podia fazer nada com o barco. No final, ele também desistiu.

O rio corria para baixo. Descia para uma garganta tão profunda que logo mal havia luz. Os três viram rostos sorrindo para eles. Sentiram mãos se estendendo para tocá-los. Elric teve certeza de que toda criatura mortal que já tivesse morrido havia ido até ali para assombrá-lo. Na rocha escura, viu seu próprio rosto muitas vezes, e os de Cymoril e de Yyrkoon. Assistiu a batalhas antigas sendo travadas, e velhas e agonizantes emoções retornaram a ele. Sentiu a perda de tudo o que já amara, o desespero da morte e da deserção, e, em pouco tempo, sua própria voz se juntava à algaravia geral, fazendo-o uivar tão alto quanto o cão, até que Oone o sacudiu e gritou, trazendo-o de volta da loucura que ameaçava engolfá-lo.

— Elric! O último portal! Estamos quase lá! Aguente firme, príncipe de Melniboné. Você foi corajoso e engenhoso até aqui. Isso vai demandar ainda mais de você, e deve estar preparado!

Elric começou a rir. Riu do próprio destino, do destino da Criança Sagrada, do destino de Anigh e do de Oone. Riu ao pensar em Cymoril à espera dele na Ilha Dragão, sem saber, mesmo naquele momento, se estava vivo ou morto, se era livre ou escravo.

Quando Oone gritou com ele de novo, Elric riu na cara dela.

— Elric! Você está traindo todos nós!

Ele fez uma pausa longa o bastante em sua gargalhada para dizer em voz baixa, quase triunfante:

— Sim, madame, é isso mesmo. Estou traindo todos vocês. Não ouviu falar? É meu destino trair!

— Pois a mim o senhor não trairá, sir! — Ela deu-lhe um tapa na cara. Deu-lhe um soco. Chutou suas pernas. — O senhor não me trairá e não trairá a Garota Sagrada!

Ele sentiu uma dor intensa, não provocada pelos golpes, mas por sua própria mente. Gritou, e então começou a soluçar.

— Ah, Oone! O que está acontecendo comigo?

— Aqui é Falador — disse ela sem cerimônia. — Está recuperado, príncipe Elric?

Os rostos na rocha ainda gritavam com ele. O ar ainda estava vivo com tudo o que ele temia, tudo que desgostava em si mesmo.

Elric tremia. Não podia sustentar o olhar dela. Percebeu que estava chorando.

— Eu sou Elric, o último da linhagem real de Melniboné — disse ele. — Já fitei o horror e já cortejei os duques do Inferno. Por que deveria conhecer o medo agora?

Ela não respondeu, mas ele não esperava uma resposta.

O barco ergueu-se, balançou de novo, subiu e afundou.

Súbito, ele se sentiu calmo. Segurou a mão de Oone num gesto simples de afeição e disse:

— Sou eu mesmo de novo, acho.

— Ali está o portal — disse a rainha Sussurro, detrás deles. Segurava firme o leme de novo e, com a outra mão, apontava à frente. — Este é o território que vocês chamam de Terra Inominada. — Falava claramente agora, não no fraseado enigmático que vinha utilizando desde que a haviam encontrado. — Lá vocês encontrarão a Fortaleza da Pérola. Ela não pode lhes dar as boas-vindas.

— Quem? — disse Elric. As águas estavam calmas de novo. Corriam lentamente para um grande arco de alabastro, as bordas enfeitadas por folhas suaves e arbustos. — A Garota Sagrada?

— Ela pode ser salva — continuou a rainha Sussurro. — Apenas por vocês dois, penso. Eu a ajudei a permanecer aqui, esperando o resgate. Mas isso é tudo o que posso fazer. Tenho medo, entendem?

— Todos nós temos, madame — respondeu Elric, com sinceridade.

O barco foi acometido por novas correntezas e viajou ainda mais devagar, como se estivesse relutante em entrar no último portão do Reino dos Sonhos.

— Mas eu não sou de nenhuma ajuda — disse a rainha Sussurro. — Posso até ter conspirado. Foram aqueles sujeitos. Eles vieram. Depois vieram mais. Então só havia a retirada. Eu queria poder saber as palavras. Vocês as compreenderiam, se eu as tivesse. Ah, é difícil aqui!

Elric, ao ver os olhos cheios de agonia dela, deu-se conta de que a rainha Sussurro provavelmente era mais prisioneira daquele mundo do que ele e Oone. Parecia que ela ansiava por escapar, mas permanecia ali devido ao seu amor pela Garota Sagrada, ao seu sentimento de proteção. Entretanto, decerto ela já estava ali muito antes de Varadia ter chegado, não?

O barco começava a passar sob o arco de alabastro. Havia um sabor salgado e agradável no ar, como se eles se aproximassem do mar.

Elric decidiu que precisava fazer a pergunta que estava em sua mente.

— Rainha Sussurro, a senhora é a mãe de Varadia?

A dor nos olhos dela ficou ainda mais intensa, e a mulher deu as costas para ele.

— Ah, quem sabe? — lamentou ela, e sua voz era um soluço de angústia que o deixou abalado. — Quem sabe?

Parte três

Existe algum lorde corajoso parido pelo Destino
Para empunhar armas antigas, conquistar novos terrenos
E derrubar as muralhas que o Tempo santifica,
Demolir templos antigos como reverenciadas mentiras,
Para seu orgulho quebrar, seu amor perder,
Destruindo sua raça, sua história, sua musa,
E, abrindo mão da paz por uma vida de luta,
Deixar apenas um cadáver que as moscas recusam?

— Crônicas da Espada Negra

1

Na Corte da Pérola

Mais uma vez, Elric experimentou aquele estranho arrepio de reconhecimento diante da paisagem à sua frente, embora não pudesse se lembrar de já ter visto algo similar. Uma névoa azul-clara subia em torno de ciprestes, tamareiras, laranjeiras e choupos cujos tons de verde eram igualmente pálidos; prados revelavam de vez em quando o branco arredondado de rochedos e, bem ao longe, viam-se montanhas com picos nevados. Era como se um artista tivesse pintado o cenário com as aquarelas mais delicadas, as pinceladas mais requintadas. Era uma visão do Paraíso e completamente inesperada após a insanidade de Falador.

A rainha Sussurro permanecera em silêncio desde que respondera à pergunta de Elric, e um clima peculiar se desdobrara entre os três. Contudo, todo o mal-estar não foi o suficiente para afetar o deleite de Elric ante o mundo em que tinham entrado. Os céus (se é que eram céus) estavam cheios de nuvens peroladas, tingidas de rosa e amarelo suave, e um pouco de fumaça branca subia de uma casa de teto reto, a alguma distância dali. A barca viera a repousar numa área de água quieta e resplandecente, e a rainha Sussurro gesticulou para que eles desembarcassem.

— A senhora virá conosco até a Fortaleza? — perguntou Oone.

— Ela não sabe. Eu não sei se é permitido — disse a rainha, com os olhos semicerrados acima do véu.

— Então me despedirei agora. — Elric fez uma mesura e beijou a mão macia da mulher. — Eu lhe agradeço por sua assistência, madame, e confio que vá me perdoar pela crueza de meus modos.

— Perdoado, sim.

Ao erguer a cabeça, Elric achou ter visto a rainha Sussurro sorrir.

— Eu também a agradeço, milady — falou Oone, quase que intimamente, como se para alguém com quem compartilhasse um segredo. — A senhora sabe como podemos encontrar a Fortaleza da Pérola?

— Aquele ali saberá. — A rainha apontou para o chalé distante. — Adeus, como dizem vocês. Vocês podem salvá-la. Apenas vocês.

— Fico grato também por sua confiança — disse Elric. Ele pisou no gramado quase com alegria e seguiu Oone, que cruzava os campos em direção à casinha. — Isto é um grande alívio, milady. Um contraste, de fato, com a Terra da Loucura!

— Sim — respondeu ela, um tanto cautelosa, e sua mão foi para o punho da espada. — Mas lembre-se, príncipe Elric, que a loucura assume muitas formas em todos os mundos.

Ele não permitiu que a desconfiança dela lhe diminuísse seu deleite. Estava determinado a se recuperar até o auge de suas energias, em preparação para o que talvez esperasse por eles mais adiante.

Oone foi a primeira a alcançar a porta da casa branca. Do lado de fora, havia duas galinhas ciscando no cascalho; um cachorro velho preso a um barril, olhando para eles com um focinho grisalho e sorrindo; e um par de gatos de pelos curtos limpando a pelagem prateada no telhado acima da verga. Oone bateu, e a porta se abriu quase que de imediato. Um jovem alto e bonito encontrava-se ali, a cabeça coberta por um albornoz velho e o corpo vestido numa túnica marrom-clara de mangas longas. Ele pareceu contente por ter visitantes.

— Saudações a vocês. Eu sou Chamog Borm, atualmente em exílio. Trouxeram boas notícias da Corte? — perguntou ele.

— Temo que não tenhamos nenhuma notícia — disse Oone. — Somos viajantes e buscamos a Fortaleza da Pérola. Ela fica aqui por perto?

— No centro e no coração daquelas montanhas. — Ele acenou com a mão na direção dos picos. — Vocês se juntariam a mim para um refresco?

O nome que o rapaz dera, junto à sua aparência extraordinária, fez com que Elric vasculhasse seu cérebro mais uma vez na tentativa de se lembrar por que tudo aquilo lhe era tão familiar. Ele sabia que tinha ouvido aquele nome há pouco tempo.

Dentro da casa fresca, Chamog Borm preparou uma bebida à base de ervas para eles. Parecia orgulhoso de suas habilidades domésticas, e estava claro que não era um simples fazendeiro. Num canto da sala, havia peças de armaduras excelentes, aço cinzelado com prata e ouro, um elmo decorado com um espigão alto, e este ornado com cobras e falcões atracados em combate. Havia lanças, uma espada longa e recurvada e adagas; armas e vestimentas de todos os tipos.

— Você é um guerreiro por ofício? — perguntou Elric, bebericando o líquido quente. — Sua armadura é muito bonita.

— Já fui um herói — disse Chamog Borm, triste — até ser dispensado da Corte da Pérola.

— Dispensado? — Oone estava pensativa. — Sob que acusação?

Chamog Borm abaixou os olhos.

— Fui acusado de covardia. Entretanto, acredito que não era culpado, mas sim que fui vítima de um encantamento.

E Elric se lembrou de onde ouvira o nome. Quando chegara em Quarzhasaat, havia, em sua febre, vagado pelas feiras e escutado os contadores de histórias. Pelo menos três das histórias diziam respeito a Chamog Borm, herói lendário, o último bravo cavaleiro do império. Seu nome era venerado em todo lugar, mesmo nos acampamentos dos nômades. Entretanto, Elric tinha certeza de que Chamog Borm existira, se é que chegara a existir de fato, no mínimo mil anos antes!

— Qual foi o ato de que o acusaram? — perguntou.

— Falhei em salvar a Pérola, que agora jaz sob um encantamento, aprisionando todos nós num sofrimento perpétuo.

— Qual foi o encantamento? — indagou Oone de imediato.

— Tornou-se impossível que nosso monarca e muitos dos vassalos deixassem a Fortaleza. Cabia a mim libertá-los. Em vez disso, fiz com que um encantamento ainda pior caísse sobre nós. E minha punição é oposta à deles. Eles não podem partir. Eu não posso retornar — explicou o guerreiro, cada vez mais melancólico.

Elric, ainda aturdido por estar conversando com um herói que deveria ter morrido séculos antes, não conseguiu dizer muita coisa, mas Oone parecia entender tudo. Ela fez um gesto compassivo.

— A Pérola pode ser encontrada lá? — perguntou Elric, consciente da barganha que fizera com lorde Gho, da tortura e morte iminente de Anigh e das previsões de Oone.

— É claro. — Chamog Borm pareceu surpreso. — Algumas pessoas acreditam que ela governa a corte toda, talvez o mundo.

— Sempre foi assim? — perguntou Oone, em voz baixa.

— Eu disse a vocês que não.

Ele olhou para os dois como se fossem simplórios. Em seguida, abaixou a vista, perdido na própria desonra e humilhação.

— Queremos libertá-la. Você viria conosco para nos ajudar? — inquiriu Oone.

— Não posso ajudar. Ela não confia mais em mim. Estou banido. Mas posso deixar que fiquem com minha armadura e minhas armas para que ao menos uma parte de mim possa lutar por ela.

— Obrigada. Você é generoso — disse Oone.

Chamog Borm ficou mais animado enquanto os ajudava a escolher peças de seu arsenal. Elric descobriu que o peitoral e as grevas lhe serviam à perfeição, assim como o elmo. Equipamento similar foi encontrado para Oone, e as correias foram apertadas para se ajustarem a seu corpo ligeiramente menor. Eles pareciam quase idênticos em suas novas armaduras, e algo em Elric ressoou outra vez, algum senso profundo de satisfação que ele mal conseguia compreender, mas que recebia de braços abertos. A armadura não apenas lhe dava uma sensação maior de segurança, mas também de profundo reconhecimento da própria força interior, uma força que ele sabia que teria que invocar até a última gota no encontro que os esperava. Oone o alertara de perigos mais sutis na Fortaleza da Pérola.

Mais presentes de Chamog Borm vieram na forma de dois cavalos cinzentos, que ele tirou do estábulo nos fundos da casa.

— Estes são Taron e Tadia. Irmão e irmã, foram potros gêmeos. Nunca foram separados. Certa vez, eu os cavalguei para a batalha. Em outra, peguei em armas contra o Império Brilhante. Agora o último imperador de Melniboné cavalgará em meu lugar para cumprir meu destino e acabar com o cerco à Fortaleza da Pérola.

— Você me conhece?

Elric olhou com atenção para o belo jovem à procura de algum sinal de perfídia ou talvez ironia, mas não havia nada disso naqueles olhos firmes.

— Um herói reconhece outro, príncipe Elric. — Chamog Borm estendeu a mão para segurar o antebraço de Elric no gesto de amizade dos povos desérticos. — Que você possa conquistar tudo o que deseja, e que possa fazê-lo com honra. Você também, lady Oone. Sua coragem é a maior de todas. Adeus.

O exilado os observou do telhado da casinha até sumirem de vista. As grandes montanhas se aproximavam, quase os abraçando, e dava para ver uma estrada ampla e branca que se estendia entre elas. A luz era como a de uma tarde de fim de verão, embora Elric ainda não tivesse certeza se era o céu ou o teto distante de uma vasta caverna, pois o sol continuava a não estar evidente. Seria o Reino dos Sonhos uma série ilimitada de cavernas assim, ou será que os ladrões de sonhos tinham mapeado o mundo inteiro? Será que podiam cruzar as montanhas, cruzar o território inominado mais além e recomeçar a viagem pelos sete portais, chegando ao final na Terra dos Sonhos-em-Comum? E será que encontrariam Jaspar Colinadous esperando por eles onde o haviam deixado?

Quando a alcançaram, a estrada provou ser de puro mármore, mas os cascos dos cavalos eram tão bem-ferrados que os animais não escorregaram nem uma vez sequer. O barulho do galope começou a ecoar pelo passo largo, e rebanhos de gazelas e ovelhas selvagens levantaram a cabeça de sua pastagem para vê-los passar, dois cavaleiros prateados em cavalos prateados a caminho da batalha contra as forças que tinham tomado o poder na Fortaleza da Pérola.

— Você compreendeu essas pessoas melhor do que eu — disse Elric para Oone, conforme a estrada começou a se contorcer para o alto, na direção do centro da cordilheira. A luz ficava mais fria, e o céu, de um cinza cegante e duro. — Sabe o que podemos encontrar na Fortaleza da Pérola?

Ela balançou a cabeça, pesarosa.

— É como entender um código sem saber com o que as palavras se relacionam de fato. A força é intensa o bastante para banir um herói tão potente quanto Chamog Borm.

— Eu conheço apenas a lenda, e mesmo isso foi do pouco que ouvi no Mercado de Escravos em Quarzhasaat.

— Ele foi convocado pela Garota Sagrada assim que ela percebeu que estava sob outro ataque. Pelo menos, é nisso que acredito. Ela não esperava que ele fosse falhar. Mas, de alguma forma, Chamog Borm deixou as coisas ainda piores. Ela se sentiu traída e o baniu para as bordas da Terra Inominada, talvez para saudar e auxiliar outros que pudessem vir ajudá-la. É por isso, sem dúvida, que recebemos todos os equipamentos do herói, para podermos ser tão heróis quanto ele.

— Entretanto, conhecemos menos este mundo. Como podemos alcançar o sucesso se ele próprio fracassou?

— Talvez por causa da nossa ignorância — disse ela. — Talvez não. Não posso responder, Elric. — Oone cavalgou para junto dele, debruçando-se na sela para beijar a parte do rosto do albino exposta pelo elmo. — Apenas saiba disto: eu jamais a trairei, assim como jamais trairei você, se estiver em minhas mãos. Contudo, se eu tiver que trair um dos dois, suponho que será você.

Elric olhou para ela, perplexo.

— É provável que isso seja um problema?

Ela deu de ombros e suspirou.

— Eu não sei. Veja! Acho que chegamos à Fortaleza da Pérola!

Era como um palácio esculpido em marfim delicado. Branco contra o céu prateado, ele se erguia acima das neves da montanha; uma grande quantidade de pináculos esguios e torres com torreões, de cúpulas, de estruturas misteriosas que pareciam quase como se tivessem sido congeladas em pleno voo. Havia pontes e escadarias, paredes curvas e galerias, sacadas e jardins em terraços cujas cores eram um espectro de tons pastéis, uma miríade de plantas, flores, arbustos e árvores diferentes. Em todas as suas viagens, Elric vira apenas um lugar que se igualava à Fortaleza da Pérola, e era sua própria cidade, Imrryr. Entretanto, a Cidade dos Sonhos era exótica, rica e prática; uma fantasia romântica se comparada à complicada austeridade daquele palácio.

Conforme se aproximaram pela estrada de mármore, Elric percebeu que a Fortaleza não era apenas branca, mas continha tons de azul, prata, cinza e rosa, às vezes um pouco de amarelo ou verde, e ele pensou que a coisa toda fora entalhada numa única pérola gigantesca. Em pouco tempo, chegaram ao único portão, uma abertura grande e circular protegida por grades pontiagudas que vinham do alto e de baixo, se encontrando no centro. A Fortaleza era vasta, mas até mesmo seu portão os fazia sentirem-se pequenos.

A única coisa em que Elric pôde pensar em fazer foi gritar:

— Abram, em nome da Garota Sagrada! Viemos para batalhar contra aqueles que aprisionam o espírito dela aqui!

As palavras ecoaram pelas torres da Fortaleza e pelos picos pontiagudos das montanhas mais além, e pareceram se perder nas alturas do teto de uma caverna. Nas sombras além do portal, ele viu algo escarlate se mover e desaparecer de novo. Sentiu o cheiro de um perfume delicioso, misturado ao mesmo estranho odor oceânico que eles tinham notado logo que chegaram à Terra Inominada.

Naquele momento, os portões se abriram, tão depressa que pareceram derreter no ar, e um cavaleiro saiu para confrontá-los, seu riso sem humor já bem familiar àquela altura.

— É assim que deveria ser, creio eu — disse o Guerreiro da Pérola.

— Alie-se a nós de novo, Guerreiro da Pérola — disse Oone, com toda a sua considerável autoridade. — É o que ela deseja!

— Não. É para que ela não seja traída. Vocês devem se dissolver. Agora! Agora mesmo! — Ele jogou a cabeça para trás ao gritar as últimas palavras, feito um cachorro raivoso ladrando contra o mundo.

Elric desembainhou sua espada. Ela brilhou com a mesma luz prateada que se derramava da lâmina do Guerreiro da Pérola. Oone seguiu seu exemplo, embora com mais relutância.

— Nós passaremos, Guerreiro da Pérola.

— Nada passará aqui! Eu quero sua liberdade.

— Ela a terá! — disse Oone. — Não pertence a você, a menos que ela mesma a conceda.

— Ela diz que pertence a mim. Eu serei isso. Eu serei *isso!*

Elric não conseguia acompanhar aquela estranha conversa e optou por não perder tempo. Instou seu cavalo prateado adiante, empunhando a espada ofuscante. Ela era tão equilibrada, tão familiar em sua mão, que ele sentiu por um momento que a arma, de alguma forma, era a contraparte natural de sua espada rúnica. Seria aquela uma espada forjada pela Ordem para servir a seus propósitos, assim como Stormbringer tinha, segundo todos os relatos, sido forjada pelo Caos?

O Guerreiro da Pérola riu e arregalou seus olhos horríveis. Havia morte neles. A morte do mundo. Ele abaixou a mesma lança deformada que empunhara contra os dois anteriormente, e Elric viu que a lâmina estava incrustada com sangue antigo. O guerreiro manteve-se firme no lugar, e a lança estava subitamente ameaçando os olhos de Elric, de modo que o albino teve que se desviar para o lado para evitar sua ponta, golpeando para cima no processo, mas sentindo uma resistência maior do que qualquer coisa que já sentira até então. O Guerreiro da Pérola parecia ter ganhado força desde o último encontro deles.

— Alma vulgar!

Os lábios dele se retorceram nesse insulto, claramente o mais repulsivo que o Guerreiro da Pérola podia conceber. Então ele voltou a rir, desta vez porque Oone cavalgava em sua direção, com a espada totalmente estendida à frente, uma lança na outra mão e as rédeas entre os dentes. A espada atacou, e a lança foi inclinada para trás, sendo preparada para o arremesso. Então, ambas as armas atingiram o Guerreiro da Pérola ao mesmo tempo. Seu peitoral rachou como a concha de um crustáceo enorme e foi perfurado pela espada.

Elric ficou maravilhado com aquela estratégia, que nunca havia testemunhado. A força e a coordenação de Oone estavam quase além do que era possível. Era uma façanha de guerra do qual guerreiros falariam por mil anos no futuro, e que muitos tentariam emular, mas morreriam na tentativa.

A lança cumprira seu papel ao partir a armadura do Guerreiro da Pérola, e a espada completara o ato. O Guerreiro da Pérola, contudo, não havia morrido.

Ele grunhiu. Gargalhou. Atrapalhou-se. Sua lâmina se ergueu como se para proteger o peito do golpe que já tinha sido desferido. Seu grande cavalo empinou com as narinas infladas em fúria. Oone virou sua montaria. Sua espada deixara a ponta no corpo do Guerreiro da Pérola. Ela estava buscando sua segunda lança ou sua adaga.

Elric investiu, apontando a própria lança para a armadura rachada, na tentativa de seguir o exemplo dela, mas a lâmina atingiu o marfim e foi defletida. O melniboneano perdeu o equilíbrio, e o Guerreiro da Pérola aproveitou a vantagem. A espada acertou o aço da armadura de Elric com um ruído que gerou uma cacofonia em seu elmo e criou centelhas brilhantes como fogo. Ele caiu por cima do pescoço do cavalo, mal conseguindo bloquear a arremetida seguinte. O Guerreiro da Pérola deu um berro, os olhos se arregalando ainda mais, a boca vermelha e escancarada, e o hálito empesteado saindo dela como vapor, enquanto sangue escorria por baixo da gorjeira entre o elmo e o peitoral. Ele caiu na direção de Elric, e o albino se deu conta de que o cabo de uma lança despontava do peito dele exatamente no mesmo lugar onde Oone tinha rompido a armadura da criatura.

— Isso não vai ficar assim! — gritou o Guerreiro da Pérola. Era uma ameaça. — Eu não posso fazer aquilo!

Em seguida, ele desmoronou do cavalo de modo desajeitado, caindo sobre as lajotas do pátio com o som de ossos velhos. Às suas costas, uma fonte ornamental representando uma figueira carregada começou a soltar água, enchendo a tina que a cercava e transbordando até tocar no corpo do Guerreiro da Pérola. O cavalo sem cavaleiro berrou e dava voltas, empinando e espumando, e então saiu a galope pelo portão e foi embora pela estrada de mármore.

Elric virou o cadáver pesado para se certificar de que não restava vida no Guerreiro da Pérola e para inspecionar a armadura despedaçada. Continuava admirado com a manobra de Oone.

— Eu nunca tinha visto alguém fazer aquilo, e lutei ao lado e contra guerreiros famosos — disse ele.

— Um ladrão de sonhos precisa saber muitas coisas — explicou ela, reconhecendo o elogio dele ao seu modo. — Aprendi essas táticas com minha mãe, que foi uma combatente maior do que eu jamais serei.

— Sua mãe era uma ladra de sonhos?

— Não — disse Oone, distraída, ao inspecionar sua espada arruinada e pegar a do Guerreiro da Pérola — ela era uma rainha.

Ela testou a lâmina da criatura morta e descartou a sua, colocando-a na bainha, mas percebeu que era um pouco larga demais. Descuidadamente, enfiou-a no cinto e soltou a bainha, jogando-a no chão. A água da fonte estava na altura de seus tornozelos agora e incomodava os cavalos.

Conduzindo as montarias, eles passaram por baixo de um arco em forma de coração e adentraram outro pátio. Ali também havia fontes ressoando, mas essas não estavam transbordando. Pareciam esculpidas em marfim, como boa parte da Fortaleza, e tinham o formato de garças estilizadas, com os bicos se encontrando num ponto acima de suas cabeças. Elric se lembrou vagamente da arquitetura de Quarzhasaat, embora ali não houvesse nada da decadência daquele lugar, nada da aparência de velhice senil que caracterizava a cidade no que ela tinha de pior. Teria sido a Fortaleza construída pelos ancestrais dos atuais lordes de Quarzhasaat, o Conselho dos Seis e Mais Um? Teria algum grande rei fugido da cidade milênios antes e viajado até ali, no Reino dos Sonhos? Fora assim que a lenda da Pérola tinha chegado a Quarzhasaat?

Os dois atravessaram um pátio após o outro, cada um com seu próprio estilo de beleza extraordinária, até Elric começar a se perguntar se aquele caminho meramente os levava ao outro lado da Fortaleza.

— Para uma construção tão grande, é um tanto despovoada — disse ele para Oone.

— Creio que encontraremos os habitantes em breve — murmurou Oone.

Ambos ascendiam por uma calçada em espiral que dava a volta num imenso domo central. Apesar de o palácio ter clima e aparência de austeridade, Elric não achou a arquitetura fria; havia algo quase orgânico nele, como se tivesse se formado a partir de carne viva e então sido petrificado.

Os cavalos ainda estavam com eles, o som agora abafado por tapetes luxuosos. Eles passaram por corredores e salões em cujas parede decoradas com mosaicos pendiam tapeçarias, embora não vissem nenhuma imagem de coisas vivas, apenas desenhos geométricos.

— Acho que estamos perto do coração da Fortaleza — sussurrou Oone.

Era como se temesse ser ouvida; entretanto, não tinham visto ninguém. Ela olhou para além de colunas altas, por uma série de cômodos aparentemente iluminados pela luz do sol vinda de fora. Ao seguir o olhar dela, Elric teve a impressão de ver um tecido azul flutuar por uma porta e então sumir.

— Quem era?

— Não importa — disse Oone consigo mesma. — Não importa.

Contudo, desembainhou a espada de novo e sinalizou para que Elric a imitasse. Eles entraram em outro pátio. Este parecia ser a céu aberto; o mesmo céu cinzento que haviam visto a princípio nas montanhas. Em torno deles, uma galeria após a outra se elevava por toda a área, vários andares até o topo. Elric pensou ter visto rostos que o encaravam de volta, e então algo líquido atingiu seu rosto e ele quase inalou a coisa vermelha e enjoativa que cobriu seu corpo. Mais da mesma substância foi despejada sobre eles, vinda de toda parte da galeria e o pátio já estava coberto até a altura dos joelhos com o que parecia a Elric ser sangue humano. Ele ouviu resmungos na área mais alta, risos baixinhos, um grito.

— Parem com isso! — gritou ele, indo para o outro lado da câmara. — Estamos aqui para negociar. Tudo o que queremos é a Garota Sagrada! Devolvam o espírito dela e iremos embora!

Ele foi respondido com outra ducha de sangue, mas guiou o cavalo para a passagem seguinte. Um portão a fechava. Ele tentou levantá-lo. Tentou soltá-lo de seus suportes. Elric olhou para Oone, que, limpando o líquido vermelho, juntou-se a ele. A mulher estendeu os longos dedos e encontrou um botão de algum tipo. O portão se abriu lentamente, quase com relutância, mas abriu. Ela sorriu.

— Assim como a maioria dos homens, o senhor se torna um bruto quando entra em pânico, milorde.

Ele ficou magoado com o chiste.

— Eu não fazia ideia de que deveria encontrar tal meio para abrir o portão, milady.

— Pense em tais coisas no futuro e terá mais chance de sobreviver nesta fortaleza.

— Por que não aceitam negociar conosco?

— Provavelmente não acreditam que estamos prontos para barganhar — explicou ela. Em seguida, acrescentou: — Na realidade, posso apenas supor a lógica deles. Cada aventura de um ladrão de sonhos é diferente da outra, príncipe Elric. Venha.

Ela os conduziu por uma série de piscinas cheias de água quente, de onde subia um pouco de vapor. Não havia ninguém se banhando nelas. Então, Elric pensou ter visto criaturas, talvez peixes, nadando nas profundezas. Debruçou-se para ver melhor, mas Oone o puxou de volta.

— Eu já o alertei. Sua curiosidade pode trazer sua destruição, assim como a minha.

Algo se sacudiu e borbulhou na piscina e a seguir desapareceu. De repente, todos os cômodos começaram a tremer, e a água espumou. Rachaduras surgiram no piso de mármore. Os cavalos bufaram de medo e ameaçaram perder o equilíbrio. O próprio Elric quase tombou para dentro de uma das fissuras abertas. Era como se um súbito terremoto atingisse as montanhas. No entanto, conforme disparavam apressados para a galeria seguinte, que dava para um gramado tranquilo, todos os sinais do tremor foram desaparecendo.

Um homem os abordou. Em seu porte, lembrava a rainha Sussurro, porém mais baixo e mais velho. A barba branca pendia sobre uma túnica de tecido dourado e em sua mão ele trazia uma salva na qual tinham sido colocadas duas bolsas de couro.

— Vocês aceitarão a autoridade da Fortaleza da Pérola? Eu sou o senescal deste lugar — disse ele.

— A quem você serve? — indagou Elric, bruscamente. — Ainda empunhava a espada e não fez esforço algum para disfarçar que estava pronto para colocá-la em uso.

O senescal pareceu desconcertado.

— Eu sirvo à Pérola, é claro. Esta é a Fortaleza da Pérola!

— Quem governa aqui, ancião? — perguntou Oone, incisiva.

— A Pérola. Foi o que eu disse.

— Ninguém governa a Pérola? — Elric estava perplexo.

— Não mais, sir. Agora, aceitem este ouro e vão embora. Não temos desejo algum de despender mais nossas energias com vocês. Elas esmorecem, mas não estão exauridas. Penso que vocês se dissolverão em breve.

— Nós derrotamos todos os seus defensores. Por que desejaríamos ouro? — perguntou Oone.

— Vocês não desejam a Pérola?

Antes que Elric pudesse responder, Oone o silenciou com um gesto de alerta.

— Viemos apenas assegurar a libertação da Garota Sagrada.

O senescal sorriu.

— Todos declararam isso, mas o que queriam era a Pérola. Não posso acreditar em vocês, milady.

— Como podemos provar nossas palavras?

— Não podem. Nós já sabemos a verdade.

— Não temos interesse em barganhar com o senhor, sir Senescal. Se o senhor serve à Pérola, a quem a Pérola serve?

— À criança, acho.

Ele franziu o cenho. A pergunta de Oone o confundira, mas, para Elric, parecia muito simples. Sua admiração pela habilidade da ladra de sonhos aumentou.

— Veja, nós podemos ajudá-lo nisso. O espírito da criança está aprisionado. E, enquanto assim estiver, vocês também serão mantidos cativos — explicou Oone.

O velho ofereceu as bolsas de ouro outra vez.

— Peguem isto e nos deixem.

— Acho que não faremos isso — disse Oone, com firmeza, e conduziu seu cavalo adiante, passando pelo velho. — Venha, Elric.

O albino hesitou.

— Certamente deveríamos interrogá-lo um pouco mais, não, Oone?

— Ele não poderia nos dar mais respostas.

O senescal correu para ela balançando as bolsas pesadas, a salva caindo no chão com um retinir.

— Ela não está! Vai doer! Isto não é para ser. Dor virá! Dor!

Elric sentiu compaixão pelo velho.

— Oone. Devíamos dar ouvidos a ele.

Ela não parou.

— Venha. É preciso.

Ele havia aprendido a confiar no julgamento dela. Também passou pelo idoso, que bateu em seu corpo com as bolsas de ouro e chorou. Lágrimas escorreram por suas bochechas e caíram em sua barba. Foi preciso outro tipo de coragem para realizar aquele ato em particular.

Havia outra grande passagem em curva à frente, com uma treliça e mosaico elaborados, bordejados por tiras de jade, prata e esmalte azul. Duas portas enormes de madeira escura, com tachas e dobradiças de latão, bloqueavam o caminho.

Oone não bateu. Estendeu a mão gentilmente e colocou as pontas dos dedos nas portas. Aos poucos, assim como aconteceu com o outro portão, elas começaram a se separar. Eles ouviram um leve ruído vindo de dentro, quase um choramingo. As portas foram se abrindo cada vez mais até estenderem as dobradiças por completo.

Por um momento, Elric ficou abalado com o que viu.

Um brilho dourado-acinzentado enchia a grande câmara que lhes fora revelada. Vinha de uma coluna mais ou menos do tamanho de um homem alto, com um globo no topo. No centro deste, cintilava uma pérola de tamanho imenso, quase tão grande quanto o punho de Elric. Breves lances de degraus em todos os lados levavam até a coluna, e, em torno deles, havia o que, a princípio, pareciam ser fileiras de estátuas. Foi então que Elric percebeu que se tratava de homens, mulheres e crianças, vestidos com todo tipo de trajes, embora a maioria seguisse os estilos preferidos em Quarzhasaat e pelos clãs do deserto.

O velho chegou aos tropeços atrás deles.

— Não machuquem isto!

— Nós nos defenderemos, sir Senescal — afirmou Oone, sem se virar para olhar para ele. — Isso é tudo o que o senhor precisa saber sobre nós.

Lentamente, ainda guiando os cavalos prateados e com as espadas prateadas em punho, a luz da Pérola tocando a armadura e os elmos deles e fazendo com que também estes reluzissem com um esplendor suave, os dois abriram caminho para o interior da câmara.

— Isto não é para destruir. Isto não é para derrotar. Isto não é para despojar.

Elric estremeceu quando ouviu a voz. Olhou na direção das paredes distantes do salão e lá estava o Guerreiro da Pérola, com a armadura toda rachada e enlameada de sangue e o rosto resumido a um hematoma terrível, com os olhos parecendo, alternadamente, apagar-se e soltar faíscas. E, às vezes, eram os olhos de Alnac.

As palavras seguintes do guerreiro foram quase patéticas.

— Eu não posso lutar contra vocês. Não mais.

— Não estamos aqui para machucar. Estamos aqui para libertar você — disse Oone de novo.

Houve um movimento entre as figuras imóveis. Uma mulher encoberta por um véu, que trajava um vestido azul, apareceu. Os olhos da rainha Sussurro pareciam estar marejados.

— Com essas coisas vocês vieram? — Ela gesticulava para as espadas, os cavalos e a armadura. — Mas nossos inimigos não estão aqui.

— Estarão em breve. Em breve, acho, milady — respondeu Oone.

Ainda perplexo, Elric olhou para trás, como se fosse enxergar os inimigos. Ele se moveu na direção da Pérola no Coração do Mundo, apenas para admirar uma maravilha. Na mesma hora, todas as figuras ganharam vida, bloqueando seu caminho.

— Vocês vão roubar!

O velho soava ainda mais deplorável do que antes, ainda mais impotente.

— Não. Esse não é o nosso propósito. O senhor precisa entender isso. — Oone falava num tom urgente. — Raik Na Seem nos enviou para encontrá-la.

— Ela está a salvo. Diga a ele que ela está a salvo.

— Ela não está a salvo. Logo vai se dissolver. — Oone voltou seu olhar para a multidão sussurrante. — Está separada, como nós. A Pérola é a causa.

— Isso é um truque — disse a rainha Sussurro.

— Um truque — ecoou o Guerreiro da Pérola, ferido, e um risinho débil soou da garganta arruinada.

— Um truque — repetiu o senescal, estendendo as bolsas de ouro.

— Não viemos roubar nada. Viemos para defender. Olhem!

Oone fez um movimento circular com a espada para mostrar o que eles, evidentemente, ainda não tinham visto.

Emergindo das paredes da câmara, as mãos portando todas as armas imagináveis, vinham os soldados encapuzados e tatuados de Quarzhasaat. Os Feiticeiros Aventureiros.

— Não podemos lutar contra eles — sussurrou Elric para sua amiga. — São muitos.

Então se preparou para a morte.

2

A destruição da Fortaleza

Oone montara em seu cavalo prateado e levantara sua espada prateada. Ela gritou:

— Elric, faça o que eu fizer!

E instou o garanhão a um trote, de modo que os cascos retumbavam como trovão na câmara.

Preparado para morrer com coragem, mesmo no momento de aparente triunfo, Elric subiu em sua sela, tomou uma lança na mão que segurava as rédeas e, com a espada já em riste, arremeteu contra os invasores.

Foi só quando eles se amontoaram em torno do albino, com machados, maças, lanças e espadas erguidas para o ataque, que Elric entendeu que a ação de Oone não fora de mero desespero. Aquelas meias-sombras se moviam com lerdeza, tinham os olhos enevoados, tropeçavam e desferiam golpes débeis.

A matança se tornou repugnante para ele. Seguindo o exemplo da aliada, acutilou e apunhalou de um lado para o outro, quase mecanicamente. Cabeças se separavam de corpos como frutas podres; membros eram decepados com a mesma facilidade de folhas num ramo; e torsos desabavam sob a investida de uma lança ou uma espada. O sangue viscoso deles, já sangue de mortos, agarrava-se às armas e à armadura, e seus gritos de dor soavam patéticos aos ouvidos de Elric. Se não tivesse jurado seguir Oone, teria cavalgado de volta e deixado que ela continuasse aquela missão sozinha. Havia pouco perigo para eles conforme os homens encobertos continuavam a se derramar pelas paredes e ser recebidos com aço afiado e inteligência astuciosa.

Atrás deles, em torno da coluna da Pérola, os cortesões assistiam. Claramente não sabiam a ameaça medíocre que os dois guerreiros em armaduras prateadas enfrentavam.

Enfim, terminaram. Corpos decapitados e desmembrados se empilhavam por todo o salão. Elric e Oone saíram daquela matança a cavalo e estavam sombrios, infelizes, nauseados com os próprios atos.

— Está feito. Os Feiticeiros Aventureiros estão mortos — declarou Oone.

— Vocês realmente são heróis!

A rainha Sussurro desceu os degraus na direção deles, com os olhos brilhando de admiração e os braços estendidos.

— Nós somos quem somos. Somos combatentes mortais e destruímos a ameaça à Fortaleza da Pérola — disse Oone. Suas palavras assumiram um tom ritualístico, e Elric, confiando nela, contentou-se em ouvir.

— Vocês são os filhos de Chamog Borm, Irmão e Irmã da Lua de Osso, Filhos da Água e das Brisas Frescas, Pais das Árvores...

O senescal largara suas bolsas de ouro e estremecia de tanto chorar. Chorava de alívio e alegria, e Elric percebeu o quanto ele lembrava Raik Na Seem.

A rainha Sussurro abraçou Oone, que havia desmontado do cavalo. Enquanto isso, um arrastar de pés e um riso anunciaram a aproximação do Guerreiro da Pérola.

— Não há mais para mim — disse ele. Os olhos mortos de Alnac não continham nada além de resignação. — Isso é pela dissolução...

Ele caiu no piso de mármore, sua armadura toda quebrada, os membros se esparramando, e já não existia mais carne alguma nele, apenas ossos, de modo que o que restava do Guerreiro da Pérola lembrava um pouco os restos não comestíveis de um caranguejo, a ceia de algum gigante marinho.

A rainha Sussurro se aproximou de Elric, os braços estendidos, e parecia muito menor do que da primeira vez que ele a encontrara. Sua cabeça mal chegava ao queixo baixado do melniboneano. Seu abraço foi carinhoso, e ele percebeu que ela também estava chorando. Nesse momento, seu véu caiu, e ele viu que a rainha havia rejuvenescido, que era pouco mais do que uma garota.

Por trás da rainha Sussurro, lady Oone sorria para ele, que era tomado por uma compreensão aturdida. Gentilmente, Elric tocou no rosto da garota, nas dobras familiares do cabelo dela, e respirou fundo de súbito.

Ela era Varadia. A Garota Sagrada dos bauradis. A criança cujo espírito tinham prometido libertar.

Oone se juntou a ele, colocando a mão protetora sobre o ombro de Varadia.

— Agora você sabe que somos verdadeiramente seus amigos.

Varadia assentiu, olhando ao redor para os cortesões que tinham voltado ao estado congelado de antes.

— O Guerreiro da Pérola foi o melhor que houve — disse ela. — Eu não podia invocar ninguém melhor do que ele. Chamog Borm falhou comigo. Os Feiticeiros Aventureiros eram fortes demais para ele. Agora posso libertá-lo de seu exílio.

— Nós combinamos a força dele à nossa. Sua força e nossa força. Foi assim que tivemos sucesso — explicou Oone.

— Nós três não somos sombras — replicou Varadia, sorrindo, como se ante uma revelação. — Foi assim que obtivemos sucesso.

Oone concordou.

— Foi assim que obtivemos sucesso, Garota Sagrada. Agora devemos considerar como levá-la de volta para a Tenda de Bronze, para seu povo. Você carrega todo o orgulho e a história deles consigo.

— Eu sabia disso. Eu tinha que proteger tudo isso. Pensei que havia fracassado.

— Você não fracassou — afirmou Oone.

— Os Feiticeiros Aventureiros não vão atacar outra vez?

— Nunca. Nem aqui, nem em lugar nenhum. Elric e eu nos certificaremos disso — disse Oone.

E então Elric se deu conta, admirado, que tinha sido Oone quem invocara os Feiticeiros Aventureiros no final, quem invocara aquelas sombras pela última vez, que as invocara para que pudesse demonstrar a derrota delas.

Oone lançou a ele um olhar de alerta para que Elric não falasse demais. Naquele momento, porém, ele percebia que tudo contra o que os dois haviam lutado, exceto talvez um pouco do Guerreiro da Pérola e os Feiticeiros Aventureiros, havia sido os sonhos de uma criança. O herói lendário, Chamog Borm, não pudera salvá-la porque ela sabia que ele não era real. Similarmente, o Guerreiro da Pérola, sobretudo uma invenção dela mesma, não poderia salvá-la. Mas ele e Oone eram reais. Tão reais quanto a própria garota! Em seu sonho profundo, no qual ela se disfarçara como rainha, buscando poder, mas fracassando em encontrá-lo, exatamente como havia descrito, ela sabia a verdade. Incapaz de escapar do sonho, ainda assim reconhecera a diferença entre as próprias invenções e aquilo que não tinha inventado: ela mesma,

Oone e Elric. No entanto, Oone tivera que demonstrar que podia derrotar o que restara da ameaça original e, ao demonstrar a derrota, libertara a criança.

Mas, mesmo assim, os três continuavam dentro do sonho. A grande pérola pulsava tão poderosamente quanto antes. A Fortaleza, com todos os seus labirintos e passagens e câmaras interconectadas, ainda era sua prisão.

— Você compreendeu — disse Elric para Oone. — Sabia do que estavam falando. A linguagem era a de uma criança, uma linguagem que buscava o poder, mas fracassava. A compreensão que uma criança tem do poder.

Mas, com um olhar, outra vez Oone o alertou para que ficasse em silêncio.

— Varadia agora sabe que o poder nunca se revela na fuga. Tudo o que podemos esperar realizar com uma fuga é deixar que uma potência destrua a outra ou que se esconda, como alguém se esconde de uma tempestade que não consegue controlar, até que a força tenha passado. Não se ganha nada, exceto o próprio eu. E, no final, a pessoa deve sempre confrontar o mal que a destruiria.

Era quase como se ela mesma estivesse em transe, e Elric supôs que repetisse lições que aprendera ao exercer seu ofício.

— Vocês não vieram roubar a Pérola, mas me salvar da prisão dela — disse Varadia, enquanto Oone tomava as jovens mãos entre as suas e as segurava com força. — Meu pai os enviou para me ajudar?

— Ele pediu nossa ajuda, e nós a cedemos voluntariamente — explicou Elric. Finalmente, ele embainhou a espada prateada. Sentia-se um pouco tolo na armadura de um herói de contos de fadas.

Oone percebeu seu desconforto.

— Devolveremos tudo isso para Chamog Borm, milorde. Ele tem permissão para voltar à Fortaleza, lady Varadia?

A criança sorriu.

— Mas é claro!

Ela bateu palmas e, pela porta da Corte da Pérola, caminhando orgulhosamente ainda em trajes de exílio, veio Chamog Borm se ajoelhar aos pés de sua senhora.

— Minha rainha — disse ele.

Havia uma forte emoção em sua voz maravilhosa.

— Devolvo a você sua armadura e suas armas, seus cavalos gêmeos, Tadia e Taron, e toda a sua honra, Chamog Borm — declarou Varadia, com um orgulho afetuoso.

Logo Elric e Oone descartaram as armaduras e ficaram de novo apenas com suas roupas comuns. Chamog Borm trajava seu peitoral e grevas prateadas com ornamentos dourados, seu elmo de prata reluzente e suas espadas e lanças nas bainhas do quadril e do cavalo. Prendeu a outra armadura nas costas de Tadia. Enfim estava pronto. Mais uma vez ajoelhou-se diante de sua rainha.

— Milady. Que tarefa a senhora gostaria que eu cumprisse em vossa honra?

Varadia disse deliberadamente:

— Você está livre para viajar para onde quiser, grande Chamog Borm. Mas saiba apenas isto: deve continuar a combater o mal sempre que o encontrar e jamais deve tornar a permitir que os Feiticeiros Aventureiros ataquem a Fortaleza da Pérola.

— Eu juro.

Com uma reverência para Oone e Elric, o lendário herói trotou lentamente para fora da corte, a cabeça erguida com altivez e um nobre propósito.

Varadia estava contente.

— Eu o transformei de volta no que ele era antes de eu o chamar. Agora sei que lendas, por si só, não têm poder. O poder vem do uso que as pessoas vivas fazem delas. As lendas apenas representam um ideal.

— Você é uma criança sábia — disse Oone, admirada.

— E não deveria ser, madame? Sou a Garota Sagrada dos bauradis — respondeu Varadia, com considerável ironia e bom humor. — Não sou o Oráculo da Tenda de Bronze? — Ela abaixou os olhos, talvez sentindo uma melancolia repentina. — Mas serei criança só por mais um tempo. Acho que vou sentir falta do meu palácio e de todos os seus reinos...

— Algo sempre se perde por aqui. — Oone pousou a mão no ombro dela para reconfortá-la. — Mas também se ganha muito.

Varadia tornou a olhar para a Pérola. Acompanhando o olhar dela, Elric viu que toda a corte tinha desaparecido, exatamente como as multidões haviam sumido na grande escadaria quando eles haviam sido atacados pelo Guerreiro da Pérola, pouco antes de encontrarem lady Sussurro pela primeira vez. Elric percebeu que, naquele disfarce, ela mesma os guiara para seu resgate da melhor forma que conseguiu. Fizera contato com eles. Mostrara o caminho segundo o qual poderiam, com sua sagacidade e coragem, cumprir a missão de salvá-la.

Varadia subiu os degraus com as mãos estendidas para a Pérola.

— Esta é a causa de todo o nosso infortúnio. O que podemos fazer com isto? — perguntou ela.

— Destruí-la, talvez — disse Elric.

Oone, contudo, balançou a cabeça.

— Enquanto ela permanecer um tesouro inexplorado, ladrões a buscarão sem parar. Esse é o motivo do aprisionamento de Varadia no Reino dos Sonhos. Isto é o que trouxe os Feiticeiros Aventureiros até ela. É o motivo de a terem drogado e tentado abduzi-la. Todo o mal vem não da Pérola propriamente dita, mas daquilo em que os homens maus a transformaram.

— O que vocês farão? — indagou Elric. — Vendê-la no Mercado dos Sonhos da próxima vez que o visitarem?

— Talvez fosse isso que eu devesse fazer. Mas não seria o melhor meio para garantir a segurança de Varadia no futuro. Entende?

— Enquanto a Pérola for uma lenda, sempre haverá quem buscará a lenda?

— Exatamente, príncipe Elric. Então não devemos destruí-la, acho eu. Não aqui.

Elric não se importava. Tinha ficado tão absorto no sonho em si, na revelação dos níveis de realidade existentes dentro do Reino dos Sonhos, que se esquecera de sua missão original, a ameaça à sua vida e à de Anigh, em Quarzhasaat.

Coube a Oone relembrá-lo.

— Lembre-se, existem pessoas em Quarzhasaat que são não apenas suas inimigas, Elric de Melniboné. São inimigas desta garota. Inimigas dos bauradis. Você ainda tem mais uma tarefa a cumprir, mesmo quando voltarmos à Tenda de Bronze.

— Então a senhora deve me aconselhar, lady Oone, pois eu sou um noviço aqui — disse Elric, com humildade.

— Não posso aconselhá-lo com clareza. — Ela desviou os olhos, quase que por modéstia, talvez pela dor. — Mas posso tomar uma decisão. Devemos reivindicar a Pérola.

— Pelo que entendi, a Pérola não existia antes que os lordes de Quarzhasaat a concebessem, antes que alguém descobrisse a lenda, antes que os Feiticeiros Aventureiros viessem.

— Mas existe agora. Lady Varadia, você daria a Pérola para mim? — perguntou Oone.

— De bom grado — disse a Garota Sagrada, e subiu correndo os últimos degraus, tirou o globo do pedestal e o jogou no chão, de forma que estilhaços de vidro leitoso se espalharam por todo lado, misturando-se aos ossos e à armadura do Guerreiro da Pérola. A seguir, ela pegou a Pérola numa das mãos, como uma criança comum pegaria uma bola perdida. Jogou de uma palma para a outra, exultante, sem mais temê-la. — É muito bonita. Não é de se espantar que eles a procurassem.

— Eles a fizeram, depois a usaram para prender você. — Oone levantou a mão e pegou a Pérola quando Varadia a jogou. — Que lástima que aqueles capazes de conceber tal beleza chegassem a tal ponto de maldade para possuí-la...

Ela franziu o cenho, olhando ao redor com preocupação súbita.

A luz estava se esvaindo na Corte da Pérola.

De toda a área ao redor veio um ruído aterrador, um gemido angustiado; um grande rangido e lamentação, um grito torturado, como se todas as almas atormentadas em todo o multiverso ganhassem subitamente voz.

Aquilo perfurou o cérebro deles, e os três cobriram os ouvidos. Assistiram aterrorizados ao piso da corte entrar em erupção e ondular, enquanto as paredes de marfim, com todos os seus maravilhosos mosaicos e entalhes, começavam a apodrecer diante de seus olhos, ruindo, como o tecido numa tumba repentinamente exposto à luz do dia.

E então, acima de todos os outros ruídos, ouviram o riso.

Era um riso doce. O riso natural de uma criança.

Era a risada de um espírito libertado. Era o riso de Varadia.

— Está se dissolvendo, finalmente. Está tudo se dissolvendo! Ah, meus amigos, eu não sou mais uma escrava!

Em meio a todas as coisas imundas caindo, em meio a toda a decomposição e dissolução que desmoronava, em meio à carcaça destruída da Fortaleza da Pérola, Oone foi na direção deles. Ela se movia apressadamente, mas com cuidado. Segurou uma das mãos de Varadia.

— Ainda não! É cedo demais! Poderíamos todos nos dissolver nisto!

Ela fez Elric pegar a mão da garota, e ambos a guiaram pela escuridão que desmoronava e gritava. Seguiram pelos corredores oscilantes para fora da câmara, passando pelos pátios onde as fontes agora jorravam detritos e onde as próprias paredes eram feitas de carne podre, carne que começava a se decompor enquanto eles passavam. Então Oone os fez correr até que a última passagem estivesse à frente.

Chegaram à calçada e à estrada de mármore. Havia uma ponte adiante. Oone quase os arrastou na direção dela, correndo o mais rápido que provavelmente conseguia, com a Fortaleza desmoronando até virar nada, rugindo feito uma fera moribunda.

A ponte parecia infinita. Elric não conseguia enxergar o outro lado. Mas, depois de um tempo, Oone parou de correr e permitiu que eles caminhassem, pois tinham chegado a um portal.

O portal era esculpido em arenito vermelho e decorado com azulejos geométricos e imagens de gazelas, leopardos e camelos selvagens. Tinha uma aparência quase prosaica depois de tantas portas monumentais, e, no entanto, Elric sentiu certa trepidação ao passar por ele.

— Estou com medo, Oone — disse ele.

— Creio que você teme a mortalidade. O senhor tem muita coragem, príncipe Elric. Faça uso dela agora, eu lhe imploro.

Ele sufocou seus temores. Seu aperto na mão da criança era firme e tranquilizador.

— Nós vamos para casa, não vamos? — perguntou a Garota Sagrada. — O que é que o senhor não quer encontrar lá, príncipe Elric?

Ele sorriu para ela, agradecido pela pergunta.

— Nada de mais, lady Varadia. Talvez nada além de mim mesmo.

Eles entraram juntos no portal.

3

Celebrações no Oásis da Flor Prateada

Ao acordar ao lado da criança ainda adormecida, Elric ficou surpreso por se sentir tão revigorado. O bastão dos sonhos, que o ajudara a ter substância no Reino dos Sonhos, ainda estava passado sobre as mãos dadas dos dois e, quando olhou para o outro lado da criança, viu Oone começando a se mover.

— Vocês falharam, então?

Era a voz de Raik Na Seem, cheia de uma tristeza resignada.

— O quê?

Oone olhou de relance para Varadia. Diante deles, a pele dela começou a brilhar com saúde e os olhos dela se abriram para ver o pai ansioso encarando-a. Ela sorriu. Era o sorriso fácil e natural com que Oone e Elric já estavam familiarizados.

O primeiro ancião do clã bauradi começou a chorar. Chorava como o senescal da Corte da Pérola havia chorado; chorava de alívio e de alegria. Ele pegou a filha nos braços e não conseguia falar, de tão contente que estava seu coração. Tudo o que pôde fazer foi estender uma das mãos para seus amigos, o homem e a mulher que haviam entrado no Reino dos Sonhos para libertar o espírito de sua filha do lugar para onde ele tinha fugido para escapar do mal dos mercenários de lorde Gho.

Elric e Oone tocaram na mão dele e saíram da Tenda de Bronze. Caminharam juntos para o deserto e se postaram cara a cara, fitando os olhos um do outro.

— Temos um sonho em comum agora — disse Elric. A voz dele era gentil, cheia de afeição. — Acho que essa lembrança será boa, lady Oone.

Ela estendeu os braços para segurar o rosto dele em suas mãos.

— O senhor é sábio, príncipe Elric, e é corajoso. Mas existe um tipo de experiência trivial que lhe falta. Espero que seja bem-sucedido em encontrá-la.

— É por isso que vago por este mundo, milady, e deixo meu primo Yyrkoon como regente no Trono de Rubi. Estou ciente de mais de uma deficiência.

— Estou contente que tenhamos sonhado juntos.

— Acho que você perdeu seu amor verdadeiro. — Elric disse a ela. — Fico feliz se a ajudei a reduzir a dor dessa separação.

Ela ficou perplexa por um momento, e então seu cenho desanuviou.

— O senhor está falando de Alnac Kreb? Eu tinha carinho por ele, milorde, mas Alnac era mais como um irmão para mim do que um amante.

Elric ficou com vergonha.

— Perdoe minha presunção, lady Oone.

Ela olhou para o céu. A Lua de Sangue ainda não havia minguado. Lançava seus raios vermelhos sobre a areia, sobre o bronze reluzente da tenda onde Raik Na Seem recebera sua filha de volta.

— Eu não amo com facilidade nesse sentido que o senhor queria dizer. — A voz dela era carregada de significados. Suspirou. — O senhor ainda planeja regressar para Melniboné e sua prometida?

— Preciso voltar. Eu a amo. E meu dever está em Imrryr.

— Doce dever! — O tom foi sarcástico. Ela deu um ou dois passos para se afastar, com a cabeça baixa e a mão no cinto. Chutou a poeira da cor de sangue velho.

Elric se disciplinara contra a dor em seu coração por tempo demais. Pôde somente esperar até que ela caminhasse de volta para ele. Oone o fez, com um sorriso.

— Bem, príncipe Elric, o senhor consideraria se juntar aos ladrões de sonhos e fazer deste o seu ofício por algum tempo?

Elric balançou a cabeça.

— É uma vocação que requer demais de mim, milady. Entretanto, fico agradecido pelo que essa aventura me ensinou, tanto sobre mim mesmo quanto sobre o mundo dos sonhos. Ainda compreendo pouco a respeito dele. Ainda não tenho certeza de para onde viajamos ou do que encontramos. Não sei quanto do Reino dos Sonhos era uma criação de lady Varadia e quanto era sua. Foi como se eu testemunhasse uma batalha de inventores! E com o que contribuí? Não sei.

— Ah, acredite em mim, príncipe Elric: sem você, acho que teríamos fracassado. Você viu tanto de outros mundos! E leu mais ainda. Não é bom analisar com muita atenção as criaturas e locais que encontramos no Reino dos Sonhos, mas fique tranquilo, pois você sem dúvida deu sua contribuição. Talvez maior do que jamais saberá.

— Será que, um dia, a realidade pode ser feita a partir do tecido daqueles sonhos? — divagou ele.

— Existiu um aventureiro dos Reinos Jovens chamado conde Aubec. Ele sabia o quanto a mente humana pode ser uma poderosa criadora da realidade. Alguns dizem que ele e sua espécie ajudaram a criar o mundo dos Reinos Jovens.

Elric assentiu.

— Eu já ouvi essa lenda. Mas acho que é tão sólida quanto a história de Chamog Borm, milady.

— O senhor pode pensar como quiser.

Ela deu-lhe as costas para olhar para a Tenda de Bronze. O idoso e sua filha estavam emergindo. De algum lugar no interior da tenda, tambores começaram a soar. Surgiu um cântico maravilhoso, uma dúzia de melodias conectadas, entretecidas. Lentamente, todas as pessoas que haviam permanecido na Tenda de Bronze de vigília sobre o corpo da Garota Sagrada começaram a se reunir em torno de Raik Na Seem e Varadia. As canções eram de imenso júbilo. Suas vozes encheram o deserto de vida deslumbrante e fizeram até mesmo as montanhas distantes as ecoarem.

Oone passou o braço pelo de Elric em um gesto de camaradagem, de reconciliação, e falou:

— Venha. Vamos nos unir às celebrações.

Tinham dado apenas alguns passos quando foram levantados sobre os ombros da multidão e logo, rindo e contagiados pela alegria generalizada, foram carregados pelo deserto na direção do Oásis da Flor Prateada.

As celebrações começaram de imediato, como se os bauradis e todos os outros clãs do deserto tivessem se preparado para aquele momento. Todo tipo de comida deliciosa foi servido, até que o ar estivesse carregado com uma imensa variedade de odores de dar água na boca, e parecia que todos os grandes armazéns de especiarias do mundo tinham sido convencidos a fazer uso de seus produtos. Fogueiras para cozinhar reluziam em todo canto, assim como grandes tochas, lampiões e velas, e de fora do kashbeh Moulor Ka Riiz, dando para o grande oásis, chegaram cavalgando os guardiães Aloum'rit em toda a glória de suas antigas armaduras, elmos, peitorais vermelho-dourados e seus armamentos de bronze, latão e aço. Tinham barbas imensas e bifurcadas e turbantes enormes enrolados em torno dos picos dos elmos. Vestiam túnicas de brocado elaborado e tecido de prata, e suas botas altas eram bordadas com desenhos quase tão intrincados quanto os de suas camisas. Eram homens orgulhosos e bem-humorados que cavalgavam ao lado das esposas, também vestindo armaduras e carregando arcos e lanças mais esguias. Todos logo se misturaram à imensa multidão que erigira uma plataforma grande e colocara uma cadeira entalhada sobre ela, onde Varadia se sentou, sorridente, para que todos pudessem ver a Garota Sagrada dos bauradis devolvida ao seu clã, trazendo de volta sua história, seu orgulho e seu futuro.

Raik Na Seem ainda chorava. Sempre que via Oone e Elric, os agarrava e puxava para si, agradecendo-lhes, dizendo, da melhor forma que podia, o que significava para ele ter amigos assim, salvadores, heróis.

— Seus nomes serão lembrados pelos bauradis para todo o sempre. E seja lá qual favor nos pedirem, desde que seja honrado, como sabemos que será, nós o concederemos. Se estiverem em perigo a dez mil quilômetros daqui, enviem uma mensagem, e os bauradis irão em seu auxílio. Enquanto isso, devem saber que libertaram o espírito de uma criança de bom coração de um cativeiro sombrio.

— Essa é a nossa recompensa — disse Oone, sorrindo.

— Nossa riqueza pertence a vocês — afirmou o velho.

— Não precisamos de riqueza — respondeu Oone. — Descobrimos recursos melhores, creio eu.

Elric concordou com ela.

— Além do mais, existe um sujeito em Quarzhasaat que me prometeu metade de um império se eu fizesse apenas um serviço para ele.

Oone compreendeu a referência que Elric estava fazendo e riu.

Raik Na Seem ficou um tanto perturbado.

— Você vai para Quarzhasaat? Ainda tem negócios por lá?

— Tenho. Há um menino que aguarda ansiosamente o meu retorno.

— Mas vocês têm tempo de celebrar conosco, conversar e banquetear comigo e com Varadia? Mal trocaram uma palavra com a criança!

— Acho que a conhecemos bem — disse Elric. — O suficiente para tê-la em alta conta. De fato, ela é o maior tesouro dos bauradis, milorde.

— Vocês foram capazes de conversar naquele reino sombrio onde ela era mantida prisioneira?

Elric pensou em esclarecer o primeiro ancião, mas Oone foi ligeira em interromper, tão familiarizada que estava com tais questões.

— Um pouco, milorde. Ficamos impressionados com a inteligência e a coragem dela.

Raik Na Seem franziu o cenho quando outra coisa lhe ocorreu.

— Meu filho, você foi capaz de se sustentar naquele reino sem dor? — perguntou a Elric.

— Sim, sem dor — disse Elric. Em seguida, deu-se conta do que fora dito. Pela primeira vez, compreendeu o bem que havia resultado daquela aventura. — Sim, senhor. Existem benefícios em auxiliar uma ladra de sonhos. Grandes benefícios, que eu não havia apreciado até então!

Com prazer, Elric se juntou ao banquete, valorizando essas horas com Oone, os bauradis e todos os outros clãs nômades. Mais uma vez, sentia como se tivesse chegado em casa, de tão acolhedoras que eram as pessoas, e desejou poder passar sua vida ali, aprendendo seus costumes, filosofia e desfrutando de seus passatempos.

Mais tarde, enquanto repousava sob uma grande tamareira, rolando uma das flores prateadas entre os dedos, levantou o olhar para Oone, que estava sentada ao seu lado, e disse:

— De todas as tentações que enfrentei no Reino dos Sonhos, esta talvez seja a maior, Oone. Isto é a realidade simples, e me sinto relutante em deixá-la. E a você.

— Acho que não temos mais um destino juntos — disse ela com um suspiro. — Não nesta vida, pelo menos, nem neste mundo, talvez. Você deverá ser primeiro uma lenda, e então não restará ninguém para se lembrar de você.

— Meus amigos todos morrerão? Eu ficarei sozinho?

— Acredito que sim. Enquanto servir ao Caos.

— Eu sirvo a mim mesmo e ao meu povo.

— Se acredita nisso, Elric, deve fazer mais para realizar o que deseja. Criou um pouco de realidade e talvez criará um pouco mais. Mas o Caos não pode ser seu amigo sem o trair. No final, cada um de nós só pode contar consigo mesmo. Nenhuma causa, nenhuma força, nenhum desafio, jamais substituirá essa verdade...

— É para ser eu mesmo que viajo assim, lady Oone — relembrou o albino. Ele olhou para o deserto, para as águas tranquilas do oásis. Inspirou o ar desértico, fresco e perfumado.

— E você partirá em breve? — perguntou ela.

— Amanhã. Tenho que ir. Mas estou curioso para saber qual realidade criei.

— Ah, eu acho que um ou dois sonhos se realizaram — disse ela, enigmática, dando-lhe um beijo no rosto. — E outro se realizará muito em breve.

Elric não insistiu na questão, pois ela tinha tirado a grande pérola do estojo em seu cinto e a estendia para ele.

— Ela existe! Não era a quimera que acreditávamos ser! Você ainda a tem!

— É para você — disse ela. — Use-a como quiser. Foi isso que o trouxe para cá, para o Oásis da Flor Prateada. Foi o que o trouxe para mim. Acho que não vou barganhá-la no Mercado dos Sonhos. Gostaria que você ficasse com ela. Acho que talvez seja sua por direito, Elric. Seja como for, a Garota Sagrada a deu para mim, e agora eu a entrego para você. Foi por causa dela que Alnac Kreb morreu, foi pela posse dela que todos aqueles assassinos morreram...

— Pensei que você havia dito que a Pérola não existia antes que os Feiticeiros Assassinos tentassem encontrá-la.

— Isso é verdade. Mas existe agora. Aqui está. A Pérola no Coração do Mundo. A Grande Pérola lendária. Você não tem utilidade para ela?

— Você precisa me explicar... — começou ele, mas ela o interrompeu.

— Não me pergunte como sonhos ganham substância, príncipe Elric. Essa é uma questão que preocupa filósofos em todas as eras e todos os lugares. Pergunto-lhe outra vez: você não tem utilidade para ela?

Ele hesitou, então estendeu a mão para pegar o adorável objeto. Segurou-o nas palmas das mãos, rolando-a para lá e para cá. Maravilhou-se com sua riqueza, sua beleza pálida.

— Sim, acho que tenho uma utilidade para ela — disse o príncipe, colocando a joia em seu próprio estojo. Oone murmurou:

— Eu acho que essa pérola é maléfica.

Ele concordou.

— Também acho. Mas, às vezes, o mal pode ser usado para combater o mal.

— Não posso aceitar esse argumento. — Ela pareceu contrariada.

— Eu sei. Você já disse algo assim — lembrou Elric. E então foi a vez dele de estender a mão e beijá-la com ternura nos lábios. — O destino é cruel, Oone.

Seria melhor se nos fornecesse um único caminho, inalterável. Em vez disso, ele nos força a fazer escolhas, a nunca saber se essas escolhas foram as melhores.

— Somos mortais — disse ela, dando de ombros. — Esta é nossa perdição particular. — Ela acariciou a testa dele. — Você tem uma mente atribulada, milorde. Acho que vou roubar alguns dos sonhos menores que o deixam tão inquieto.

— Você pode roubar a dor, Oone, e transformá-la em algo para vender em seu mercado?

— Ah, com frequência — disse ela.

Oone colocou a cabeça de Elric em seu colo e começou a massagear-lhe as têmporas. Seu olhar era tenro.

— Não posso trair Cymoril. Não posso... — disse ele, sonolento.

— Eu não lhe peço nada além de que durma. Um dia, você terá muito de que se arrepender e conhecerá o remorso real. Até lá, posso retirar um pouco do que é desimportante.

— Desimportante? — A voz dele soou falha conforme ela gradualmente o massageava até que adormecesse.

— Para você, acho, milorde. Embora não para mim...

A ladra de sonhos começou a cantar. Cantou uma canção de ninar. Cantou sobre uma criança doente e um pai enlutado. Cantou sobre a felicidade encontrada nas coisas simples.

E Elric dormiu. E, enquanto ele dormia, a ladra de sonhos executou sua magia simples e levou embora apenas algumas das lembranças quase esquecidas que haviam estragado as noites dele no passado e talvez viessem a estragar algumas ainda por vir.

Quando Elric acordou na manhã seguinte, estava com o coração leve e uma consciência tranquila, e apenas uma leve lembrança de suas aventuras no Reino dos Sonhos, um afeto persistente por Oone e uma determinação de alcançar Quarzhasaat assim que possível e levar até lorde Gho aquilo que ele mais desejava no mundo inteiro.

Suas despedidas do povo bauradi foram sinceras, e sua tristeza ao partir foi correspondida. Eles lhe imploraram para que voltasse, que se unisse a eles em suas viagens, que caçasse com eles como Rackhir, seu amigo, havia feito.

— Tentarei voltar a encontrá-los um dia. Primeiro, porém, tenho mais de um juramento a cumprir — afirmou ele.

Um menino, muito nervoso, trouxe-lhe sua grande espada negra de batalha. Enquanto Elric afivelava Stormbringer, a lâmina pareceu gemer com uma satisfação considerável por reencontrá-lo.

Varadia então segurou as mãos dele e as beijou, dando-lhe a bênção de seu clã. Raik Na Seem disse a Elric que este havia se tornado irmão de Varadia e seu próprio filho, e então Oone, a Ladra de Sonhos, deu um passo adiante. Resolvera permanecer mais um pouco como hóspede dos bauradis.

— Adeus, Elric. Espero que possamos nos encontrar outra vez. Em circunstâncias melhores.

Ele achou graça.

— Circunstâncias melhores?

— Para mim, pelo menos. — Ela sorriu, dando tapinhas desdenhosos no pomo da espada rúnica. — E desejo-lhe sorte em suas tentativas de se tornar o mestre dessa coisa.

— Creio que sou mestre dela agora — disse ele.

Ela deu de ombros.

— Vou cavalgar com você por um trecho da Estrada Vermelha.

— Agradeço por sua companhia, milady.

Como tinham feito no Reino dos Sonhos, Elric e Oone cavalgaram lado a lado. E, embora ele não se lembrasse de como se sentira antes, teve uma ressonância de reconhecimento, como se tivesse encontrado a satisfação de sua alma, de modo que foi com tristeza que, após algum tempo, se separou dela para prosseguir sozinho rumo a Quarzhasaat.

— Adeus, amiga. Eu me lembrarei de como você derrotou o Guerreiro da Pérola na Fortaleza da Pérola. Essa é uma recordação que não acho que vá esmaecer jamais.

— Fico lisonjeada. — Havia um toque de ironia melancólica na voz dela. — Adeus, príncipe Elric. Confio que encontrará tudo de que precisa, e que conhecerá a paz quando regressar a Melniboné.

— Essa é minha firme intenção, madame. — Acenou para ela, sem querer prolongar a tristeza, e esporeou o cavalo adiante.

Com olhos que se recusavam a chorar, Oone assistiu enquanto ele se afastava pela longa Estrada Vermelha para Quarzhasaat.

4

Certas questões resolvidas em Quarzhasaat

Quando Elric de Melniboné entrou em Quarzhasaat, vinha abatido em sua sela, quase sem controlar o cavalo, e pessoas que se juntaram ao redor perguntaram a ele se estava doente, enquanto outras temiam que ele trouxesse a peste para sua bela cidade e queriam expulsá-lo de imediato.

O albino levantou a estranha cabeça para arfar o nome de seu patrono, lorde Gho Fhaazi, e dizer que o que lhe faltava era um elixir que aquele nobre possuía:

— Eu preciso daquele elixir, ou estarei morto antes de cumprir minha tarefa...

As velhas torres e minaretes de Quarzhasaat estavam lindas sob os raios esmaecidos de um imenso sol vermelho, e, na cidade, havia a paz que chega quando o dia de comércio termina, mas ainda não se começou a desfrutar seus prazeres.

Um rico comerciante de água, ansioso para cortejar os favores de alguém que poderia em breve ser eleito ao Conselho, guiou pessoalmente o cavalo de Elric pelos becos elegantes e avenidas impressionantes até chegarem ao grande palácio, todo de ouro e verde desbotado, de lorde Gho Fhaazi.

O mercador foi recompensado pela promessa de um administrador de mencionar seu nome ao nobre, e Elric, que já resmungava e choramingava consigo mesmo, às vezes soltando um grunhido e lambendo os lábios ansiosos, passou para o interior dos adoráveis jardins que cercavam o palácio principal.

O próprio lorde Gho foi saudar o albino. Ria cordialmente ante a visão de Elric em condições tão precárias.

— Saudações, saudações, Elric de Nadsokor! Saudações, ladrão-palhaço da cara branca. Ah, não está tão orgulhoso hoje! Você foi perdulário com o elixir que lhe dei e agora retorna para implorar por mais... e em condições piores do que quando chegou aqui pela primeira vez!

— O menino... — sussurrou Elric, e servos o ajudaram a desmontar. Seus braços pendiam frouxamente enquanto eles o carregavam nos ombros. — Ele está vivo?

— Com uma saúde melhor do que a sua, sir! — Os olhos verdes pálidos de lorde Gho Fhaazi estavam cheios de uma malícia requintada. — E em perfeita segurança. O senhor foi inflexível a respeito disso antes de partir. E sou um homem de palavra. — O político afagou os cachos da barba oleada e riu consigo mesmo. — E o senhor, sir Ladrão, também manteve a sua palavra?

— À risca — murmurou o albino, então revirou os olhos vermelhos e, por um segundo, pareceu que havia morrido. A seguir, voltou um olhar dolorido na direção de lorde Gho. — O senhor me dará o antídoto e tudo o que prometeu? A água? As riquezas? O menino?

— Sem dúvida, sem dúvida. Mas você está numa posição fraca para barganhar no momento, ladrão. Onde está a Pérola? Você a encontrou? Ou está aqui para reportar seu fracasso?

— Eu a encontrei. E a tenho escondida — disse Elric. — O elixir fez...

— Sim, sim. Eu sei o que o elixir faz. Você deve ter uma constituição fundamentalmente forte para ainda ser capaz de falar a esta altura.

O quarzhasaatiano supervisionou enquanto os homens e as mulheres que carregavam Elric para o interior fresco do palácio colocavam-no sobre as grandes almofadas de veludo escarlate e azul com franjas e lhe davam água e comida.

— A vontade só piora, não é? — Lorde Gho sentia um prazer considerável com o desconforto de Elric. — O elixir deve se alimentar de você, exatamente como você parece se alimentar dele. Você é ardiloso, hein, sir Ladrão? Disse que escondeu a Pérola? Não confia em mim? Sou um nobre da maior cidade do mundo!

Elric se esparramou nas almofadas, todo empoeirado da longa cavalgada, e limpou as mãos lentamente num pano.

— O antídoto, milorde...

— Sabe que eu não lhe entregarei o antídoto até que a Pérola esteja em minhas mãos... — Lorde Gho soava extremamente condescendente e mirava sua vítima com desprezo. — Para falar a verdade, ladrão, eu não esperava que você estivesse tão coerente como está! Gostaria de mais um gole do meu elixir?

— Sirva-o, se quiser.

Elric parecia indiferente, mas lorde Gho compreendia o quanto ele devia estar desesperado por dentro. Virou-se para dar instruções a seus escravos. Em seguida, Elric prosseguiu:

— Mas traga o garoto. Traga o garoto para que eu possa ver que ele não sofreu nenhum mal e ouvir dos lábios dele o que aconteceu enquanto eu estava longe...

— É um pedido simples. Muito bem. — Lorde Gho Fhaazi gesticulou para um escravo. — Traga o garoto Anigh.

O nobre foi até uma grande cadeira, colocada numa pequena plataforma entre toldos de brocado, e se largou nela enquanto esperavam.

— Eu tinha poucas expectativas de que você fosse sobreviver à jornada, sir Ladrão, quanto mais obter sucesso em encontrar a Pérola. Nossos Feiticeiros Aventureiros são os guerreiros mais corajosos e habilidosos, treinados em todas as artes de feitiçaria e encantamentos. Entretanto, aqueles que enviei, e todos os seus irmãos, fracassaram! Ah, este é um dia feliz para mim. Eu o reviverei, prometo, para que você possa me contar tudo o que aconteceu. E os bauradis? Você matou muitos? Vai me contar tudo para que, quando eu apresentar a Pérola para conseguir meu cargo, eu possa contar a história que a trouxe até aqui. Isso vai se somar ao valor dela, entende? Quando eu for eleito, me pedirão para que reconte essa história muitas vezes, tenho certeza. O Conselho ficará com tanta inveja... — Ele lambeu os lábios pintados de vermelho. — Você teve que matar a criança? Qual foi a primeira coisa que testemunhou, por exemplo, assim que alcançou o Oásis da Flor Prateada?

— Um funeral, segundo me recordo... — Elric exibiu um pouco mais de ânimo. — É, foi isso mesmo.

Dois guardas trouxeram um menino que se retorcia e não pareceu muito contente quando viu Elric estendido sobre as almofadas.

— Ah, mestre! O senhor está mais deplorável do que antes...

Parou de lutar e tentou esconder sua decepção. Não havia marcas de tortura nele. O menino parecia não ter sido ferido.

— Você está bem, Anigh?

— Estou. Meu principal problema tem sido como passar meu tempo. De vez em quando, sua senhoria ali vinha me dizer o que ele faria se o senhor falhasse em trazer a Pérola, mas eu li coisas assim nas paredes das paliçadas dos lunáticos e elas não são novidade para mim.

Lorde Gho fechou a carranca.

— Cuidado, garoto...

— O senhor deve ter voltado com a Pérola — disse Anigh, olhando rapidamente ao redor. — Foi isso, não é, milorde? Ou não estaria aqui... — Ele ficou um pouco mais aliviado. — Nós vamos embora agora?

— Ainda não! — rosnou lorde Gho.

— O antídoto. Você está com ele aqui? — perguntou Elric.

— Você é impaciente demais, sir Ladrão. E sua astúcia não ultrapassa a minha. — Lorde Gho deu uma risadinha e levantou um dedo em censura. — Devo ter alguma prova de que você está de posse da Pérola. Você me daria sua espada como garantia, talvez? Afinal de contas, está fraco demais para empunhá-la. Ela já não é de utilidade alguma para você. — Ele estendeu a mão gananciosa na direção do quadril do albino, e Elric fez um movimento débil para se afastar. — Vamos, vamos, sir Ladrão. Não tenha medo de mim. Somos sócios nisso. Onde está a Pérola? O Conselho se reunirá esta noite, na Grande Assembleia. Se eu puder levar a Pérola para eles nessa ocasião... Ah, eu serei poderoso ainda hoje!

— O verme fica orgulhoso de ser rei do monturo — disse Elric.

— Não o enfureça, mestre! — gritou Anigh, alarmado. — O senhor ainda precisa descobrir onde ele esconde o antídoto!

— Eu preciso da Pérola! — Lorde Gho ficou petulante em sua impaciência. — Onde você a escondeu, ladrão? No deserto? Em algum canto da cidade?

Lentamente, Elric levantou seu corpo das almofadas.

— A Pérola era um sonho. Foi preciso seus assassinos para torná-la real — explicou.

Lorde Gho Fhaazi franziu o cenho, coçando a testa embranquecida, e demonstrou mais nervosismo. Olhou para Elric, desconfiado.

— Se você quer mais elixir, é melhor não me insultar, ladrão. Nem fazer nenhum joguinho. O menino poderia morrer num instante, e você com ele, e eu não estaria pior por isso.

— Mas acredito que você poderia melhorar, milorde, com o preço de um assento no Conselho. — Elric pareceu reunir forças e se aprumou sobre o veludo luxuoso, sinalizando para o garoto ir até ele. Os guardas lançaram um olhar questionador para seu mestre, mas ele deu de ombros. Anigh foi até o albino, com o cenho franzido de curiosidade. — O senhor é ganancioso, milorde. Gostaria de possuir seu mundo por inteiro. Este monumento patético ao orgulho arruinado de sua raça!

Lorde Gho olhou feio para ele.

— Ladrão, se quiser se recuperar, se quiser tomar o antídoto que o libertará da droga que lhe dei, deve ser mais educado comigo...

— Ah, sim — respondeu Elric, pensativo, enfiando a mão no gibão. Tirou de lá um estojo de couro. — O elixir que deveria fazer de mim seu escravo!

Ele sorriu. E abriu o estojo.

Em sua palma estendida rolava agora a joia pela qual Gho Fhaazi oferecera metade da sua fortuna, pela qual enviara cem homens para morrer, pela qual estivera preparado para sequestrar e matar uma criança e aprisionar outra.

O quarzhasaatiano começou a tremer. Seus olhos pintados se arregalaram. Ele ofegou e se curvou para a frente, quase desfalecendo.

— É verdade. Você encontrou a Pérola no Coração do Mundo... — disse ele.

— Apenas um presente de uma amiga — falou Elric. Com a Pérola ainda exposta na mão, ele se pôs de pé e passou um braço protetor em volta do menino. — No processo de obtê-la, descobri que meu corpo perdeu sua demanda pelo elixir e, portanto, não sente mais necessidade do antídoto, lorde Gho.

O nobre mal o escutara. Seus olhos estavam fixos na grande pérola.

— É monstruosamente grande... Maior até do que eu tinha ouvido falar... É real. Posso ver que é real. A cor... Ah...

Ele estendeu as mãos na direção da joia.

Elric a recolheu. Lorde Gho franziu a testa e encarou o albino com olhos ardendo de ganância.

— Ela morreu? Estava, como alguns diziam, no corpo dela? — Anigh estremeceu ao lado de Elric.

Cheia de desprezo, a voz de Elric ainda soou amena.

— Pelas minhas mãos não morreu ninguém que já não estivesse morto. Assim como o senhor já está morto, milorde. Foi seu funeral que testemunhei no Oásis da Flor Prateada. Sou agora o agente da profecia bauradi. Vou vingar todo o luto que o senhor levou àquele povo e sua Criança Sagrada.

— O quê?! Os outros também enviaram soldados! O Conselho inteiro e metade dos candidatos puseram seitas de Feiticeiros Aventureiros à procura da Pérola. Todos eles. A maioria desses guerreiros fracassou ou morreu.

Ou foi executado por seu fracasso. Você não matou ninguém, foi o que disse. Bem, então não há sangue em nossas mãos, não é? Tanto melhor. Eu lhe darei o que prometi, sir Ladrão...

Tremendo de avidez, lorde Gho estendeu a mão rechonchuda para pegar a Pérola.

Elric sorriu e, para o assombro de Anigh, deixou o nobre tirar a Pérola da palma de sua mão.

Ofegante, lorde Gho acariciou seu prêmio.

— Ah, ela é adorável. Ah, é tão linda...

Elric tornou a falar, tão tranquilamente quanto antes.

— E nossa recompensa, lorde Gho?

— O quê? — Ele levantou o olhar, distraído. — Ora, sim, é claro. Suas vidas. Você não precisa mais do antídoto, segundo diz. Excelente. Então pode ir.

— Acredito que o senhor também me ofereceu uma grande fortuna. Todo tipo de riquezas. Estatura elevada em meio aos senhores de Quarzhasaat...

Lorde Gho rejeitou essa afirmação.

— Bobagem. O antídoto teria bastado. Você não é o tipo de pessoa que se regozija com essas coisas. É preciso certa estirpe para que sejam usadas sabiamente, com a discrição apropriada. Não, não, eu deixarei que você e o menino partam...

— O senhor não vai cumprir seu trato original, milorde?

— Houve apenas uma conversa, mas nenhum trato. O único trato envolvia a liberdade do menino e o antídoto para o elixir. Você está enganado.

— O senhor não se lembra de nada das suas promessas...?

— Promessas? Certamente não.

A barba e o cabelo cacheados estremeceram.

— ...e das minhas?

— Não, não. Você está me irritando. — Os olhos dele ainda estavam sobre a Pérola. Ele a acariciava como alguém poderia acariciar uma criança amada. — Vá, sir. Vá enquanto ainda estou contente com você.

— Eu tenho muitos juramentos a cumprir, e não volto atrás em minha palavra.

Lorde Gho levantou a cabeça, a expressão severa.

— Muito bem. Estou cansado disso. Ao final desta noite, serei um membro dos Seis e Mais Um. Ao me ameaçar, você ameaça o Conselho. Vocês são, portanto, inimigos de Quarzhasaat. São traidores do império e devem ser tratados de acordo! Guardas!

— Ah, você é um camarada tolo — disse Elric.

Então, Anigh gritou, pois, ao contrário de lorde Gho, não tinha se esquecido do poder da Espada Negra.

— Faça como ele exige, lorde Gho! — bradou Anigh, temendo tanto por si quanto pelo nobre. — Eu lhe imploro, grande lorde! Faça como ele diz!

— Não é assim que se fala com um membro do Conselho. — O tom de lorde Gho era o de um indivíduo perplexo e razoável. — Guardas! Retirem-nos de meu salão imediatamente. Estrangulem-nos ou cortem suas gargantas... Eu não me importo...

Os guardas não sabiam de nada sobre a espada rúnica. Viram apenas um homem esguio que podia ser um leproso e um menino jovem e indefeso. Sorriram, como se seu mestre tivesse contado uma piada, e sacaram as espadas, avançando de forma quase casual.

Elric arrastou Anigh para trás de si. Sua mão foi para o punho de Stormbringer.

— Vocês são imprudentes por fazer isto — disse aos guardas. — Não tenho nenhum desejo particular de matá-los.

Atrás dos soldados, uma das servas abriu a porta e escapuliu para o corredor. Elric observou-a partir.

— É melhor imitá-la. Ela tem alguma ideia, acho, do que acontecerá se continuarem a nos ameaçar...

Os guardas riram abertamente.

— Este aqui é um maluco. Lorde Gho faz bem em se livrar dele! — exclamou um deles.

Então os guardas avançaram sobre Elric de súbito, e a espada rúnica uivou no ar fresco daquela câmara luxuosa como um lobo faminto libertado de uma jaula, ansiando apenas por matar e se alimentar.

Elric sentiu o poder se avolumar dentro de si quando a lâmina atingiu o primeiro guarda, abrindo-o do topo da cabeça até o esterno. O outro tentou mudar de direção, do ataque para a fuga, mas tropeçou e foi empalado na ponta da espada, seus olhos horrorizados conforme sentia a alma ser arrancada e adentrar a espada rúnica.

Lorde Gho se encolheu na grande cadeira, assustado demais para se mover. Numa das mãos, agarrava a grande pérola. A outra, ele estendia com a palma para fora, como se esperasse repelir o golpe de Elric.

Porém o albino, fortalecido pela energia emprestada, embainhou a Espada Negra e deu cinco passos rápidos pelo salão para subir na plataforma e fitar o rosto de lorde Gho, contorcido de terror.

— Pegue a Pérola de volta. Pela minha vida... — sussurrou o quarzhasaatiano. — Pela minha vida, ladrão...

Elric aceitou a joia oferecida, mas não se moveu. Enfiou a mão no estojo em seu cinto e tirou de lá um frasco do elixir que lorde Gho lhe dera.

— Gostaria de algo para ajudar a descer?

Lorde Gho estremeceu. Sob o pó branco que cobria sua pele, o rosto tinha ficado mais pálido ainda.

— Eu não estou entendendo, ladrão.

— Quero que o senhor coma a Pérola, milorde. Se puder engoli-la e viver... Bem, ficará claro que a profecia da sua morte foi prematura.

— Engolir? Ela é grande demais. Eu mal conseguiria colocá-la na boca! — Lorde Gho deu uma risadinha, torcendo para que o albino estivesse brincando.

— Não, milorde. Acho que o senhor consegue. Acho, sim, que consegue engoli-la. Afinal, de que outro jeito ela teria entrado no corpo de uma criança?

— Era... Disseram que era... um sonho...

— É. Talvez o senhor possa engolir um sonho. Talvez o senhor possa entrar no Reino dos Sonhos e assim escapar de sua sina. O senhor deve tentar, milorde, senão minha espada rúnica sorverá sua alma. Qual prefere?

— Ah, Elric. Poupe-me. Isso não é justo. Nós fizemos um trato.

— Abra a boca, lorde Gho. Talvez a Pérola encolha ou sua garganta se expanda como a de uma cobra, quem sabe? Uma cobra poderia engolir a Pérola com facilidade, milorde. E o senhor, certamente, é superior a uma cobra, não?

Anigh murmurou da janela de onde observava com um olhar calculado, indisposto a assistir a uma vingança que considerava justa, porém desagradável.

— A serva, lorde Elric. Ela alertou a cidade.

Por um segundo, uma esperança desesperada surgiu nos olhos verdes de lorde Gho, mas desapareceu quando Elric colocou o frasco no braço da grande cadeira e sacou parcialmente a espada rúnica de sua bainha.

— Sua alma me ajudará a combater esses novos soldados, lorde Gho.

Lentamente, chorando e se lamuriando, o grande lorde de Quarzhasaat começou a abrir a boca.

— Aqui está a Pérola de novo, milorde. Coloque-a para dentro. Faça o melhor que puder, milorde. O senhor terá alguma chance de sobreviver assim.

A mão de lorde Gho tremia. Logo, porém, ele começou a forçar a joia por entre seus lábios tingidos de vermelho. Elric tirou a tampa do elixir e despejou um pouco do líquido nas bochechas distorcidas do nobre.

— Agora engula, lorde Gho. Engula a Pérola pela qual o senhor assassinaria uma criança! E então eu lhe contarei quem sou...

Alguns minutos depois, as portas desabaram para dentro, e Elric reconheceu o rosto tatuado de Manag Iss, líder da Seita Amarela e parente de lady Iss. Manag Iss olhou de Elric para as feições deformadas de lorde Gho. O nobre fracassara completamente em engolir a Pérola.

Manag Iss estremeceu.

— Elric. Ouvi falar que você tinha regressado. Disseram que estava à beira da morte. Claramente foi um truque para enganar lorde Gho.

— Foi. Eu precisava libertar esse menino — respondeu Elric.

Manag Iss gesticulou com a própria espada desembainhada.

— Você encontrou a Pérola?

— Encontrei.

— Milady Iss me enviou para lhe oferecer qualquer coisa que deseje por ela.

Elric sorriu.

— Diga a ela que estarei na Assembleia do Conselho daqui a meia hora. Levarei a Pérola comigo.

— Mas os outros estarão lá. Ela deseja barganhar em particular.

— Não seria sábio leiloar algo tão valioso? — retrucou Elric.

Manag Iss embainhou a espada e sorriu de leve.

— Você é astucioso. Não acho que saibam o quanto. Nem quem você é. Ainda não contei a eles essa especulação específica.

— Ah, você pode contar o que acabei de falar a lorde Gho. Que sou o imperador hereditário de Melniboné — disse Elric, despreocupado. — Pois essa é a verdade. Meu império sobreviveu com muito mais sucesso do que o de vocês.

— Isso poderia enfurecê-los. Estou disposto a ser seu amigo, melniboneano.

— Obrigado, Manag Iss, mas não preciso de mais amigos em Quarzhasaat. Por favor, faça o que eu disse.

Manag Iss olhou para os guardas assassinados, para lorde Gho, morto e já ganhando uma estranha coloração e para o menino nervoso, então saudou Elric.

— A Assembleia é daqui a meia hora, imperador de Melniboné. — Ele girou sobre os calcanhares e deixou a câmara.

Depois de passar certas instruções específicas para Anigh sobre viagens e os produtos de Kwan, Elric saiu para o pátio. O sol havia se posto, e tochas ardiam por toda Quarzhasaat, como se a cidade aguardasse um ataque.

Não havia servos na casa de lorde Gho. Elric foi até os estábulos e encontrou seu cavalo e sua sela. Equipou o garanhão bauradi, colocando com cuidado um embrulho pesado sobre o pomo da sela, então montou e cavalgou pelas ruas, procurando a Assembleia segundo as instruções de Anigh.

A cidade estava sobrenaturalmente quieta. Era óbvio que alguma ordem tinha sido dada para colocar em efeito um toque de recolher, pois não havia nem sequer um guarda nas ruas.

Elric seguiu num trote tranquilo pela ampla Avenida do Sucesso Militar, o Bulevar da Conquista Antiga e meia dúzia de outros logradouros grandiloquentes até ver mais adiante o edifício baixo e comprido que, em sua simplicidade, só podia ser a sede do poder quarzhasaatiano.

O albino parou. A seu lado, a espada rúnica negra cantarolou um pouco, quase exigindo mais derramamento de sangue.

— Você deve ser paciente. Pode ser que não haja mais necessidade de lutar.

Ele pensou ter visto sombras se movendo nas árvores e arbustos em volta da Assembleia, mas não lhes deu atenção. Não se importava com o que tramassem, ou que o espionassem. Tinha uma missão a cumprir.

Finalmente, Elric alcançou as portas do edifício e não ficou surpreso ao encontrá-las abertas. Desmontou, jogou o embrulho por cima do ombro e entrou devagar numa sala grande e simples, sem adornos nem ostentação, na qual estavam colocadas sete cadeiras de espaldar alto e uma mesa de carvalho caiado. De pé num semicírculo numa das extremidades da mesa estavam seis figuras encapuzadas, usando véus não muito diferentes daqueles de certas seitas dos Feiticeiros Aventureiros. A sétima figura trazia um chapéu alto e cônico que lhe cobria completamente o rosto. Foi esta quem falou. Elric não pôde deixar de ficar surpreso ao ouvir a voz de uma mulher.

— Eu sou a Outra. Acredito que você tenha nos trazido um tesouro para somar à glória de Quarzhasaat.

— Se você acredita que este tesouro soma à sua glória, então minha jornada não foi infrutífera — disse Elric. Ele largou o embrulho no chão. — Manag Iss contou tudo o que eu pedi a ele que contasse?

Um dos conselheiros se agitou e disse, quase como num juramento:

— Que você é a progênie da Melniboné afundada, sim!

— Melniboné não afundou. Nem se isolou tanto das realidades do mundo quanto vocês. — Elric estava desdenhoso. — Vocês desafiaram nosso poder há muito tempo e derrotaram a si mesmos devido à própria tolice. Agora, por meio de sua ganância, me trouxeram de volta a Quarzhasaat quando eu teria, com a mesma prontidão, passado despercebido por sua cidade.

— Você nos acusa! — Uma mulher coberta por um véu estava ultrajada. — Você, que nos causou tantos problemas? Você, que é do mesmo sangue daquela raça inumana e degenerada que se acasala com feras por prazer e gera... — ela apontou para Elric — ...coisas como você!

Elric permaneceu impassível.

— Manag Iss lhes disse para ter cuidado comigo? — indagou ele em voz baixa.

— Ele disse que você tinha a Pérola e que tinha uma espada feiticeira. Mas também disse que você estava sozinho. — A Outra pigarreou. — Falou que trouxe a Pérola no Coração do Mundo.

— Eu trouxe a Pérola e aquilo que a contém — disse Elric.

Ele se abaixou e soltou o veludo em seu embrulho para revelar o cadáver de lorde Gho Fhaazi, com o rosto ainda contorcido. O enorme caroço em sua garganta fazia parecer que tinha um pomo de Adão imensamente saltado.

— Eis aqui a pessoa que primeiro me contratou para encontrar a Pérola.

— Ouvimos falar que você o assassinou — disse a Outra, com desaprovação. — Mas isso seria um ato bastante normal para um melniboneano.

Elric não engoliu essa isca.

— A Pérola está na goela de lorde Gho Fhaazi. Gostariam que eu a cortasse e a retirasse para vocês, meus nobres? — Viu pelo menos um deles estremecer e sorriu. — Vocês contratam assassinos para matar, torturar, sequestrar e realizar todo tipo de mal em seu nome, mas não querem ver nem um pouco de sangue ser derramado? Dei uma escolha para lorde Gho. Esta foi a escolha dele. Falava tanto e comia e bebia tão copiosamente que pensei que poderia muito bem ter sucesso em meter a Pérola na barriga. Entretanto, ele se engasgou um pouco, e temo que esse foi seu fim.

— Você é um patife cruel! — Um dos homens adiantou-se para olhar para seu colega. — Sim, é Gho mesmo. Sua coloração melhorou, eu diria.

A líder não aprovou a piada.

— Devemos fazer ofertas por um cadáver, então?

— A menos que queiram libertar a Pérola com um corte, sim.

— Manag Iss — disse uma das mulheres encobertas por véus, levantando a cabeça. — Dê um passo adiante, por favor, senhor.

O feiticeiro aventureiro emergiu de uma porta nos fundos do salão. Olhou para Elric quase com remorso. Sua mão foi para a lâmina.

— Não desejamos que um melniboneano derrame mais sangue quarzhasaatiano — disse a Outra. — Manag Iss soltará a Pérola com um corte.

O líder da Seita Amarela respirou fundo e se aproximou do cadáver. Rapidamente, fez o que lhe tinha sido ordenado. Sangue escorreu por seu braço quando ele levantou a Pérola no Coração do Mundo.

O Conselho ficou impressionado. Vários membros ofegaram e murmuraram entre si. Elric acreditava que suspeitassem que ele havia mentido, já que mentiras e intrigas eram da natureza deles.

— Levante-a bem alto, Manag Iss — disse o albino. — Era isso que vocês desejavam com tanta ganância, que estavam preparados para pagar por ela com o que lhes restava de honra.

— Cuidado, senhor! — gritou a Outra. — Fomos pacientes com você até aqui. Dê seu preço e vá embora.

Elric riu. Não foi uma risada agradável. Foi uma risada melniboneana. Naquele momento, ele era um genuíno habitante da Ilha Dragão.

— Muito bem — disse ele. — Eu desejo esta cidade. Não seus cidadãos, nem nada de seu tesouro, nem seus animais, nem sequer sua água. Permitirei que vocês partam com tudo o que puderem carregar. Desejo apenas a cidade propriamente dita. Ela é minha por direito hereditário, entendem?

— O quê? Isso não faz sentido. Como poderíamos concordar?

— Vocês devem concordar, ou lutar comigo — retrucou Elric.

— Lutar com você? Você é apenas um.

— Não há dúvidas — disse outra conselheira. — Ele está ensandecido. Deve ser morto feito um cachorro louco. Manag Iss, chame seus irmãos e os homens deles.

— Não creio que isso seja aconselhável, prima — respondeu Manag Iss, claramente se dirigindo a lady Iss. — Acho que seria sábio negociar.

— Como é? Você virou um covarde? Esse patife tem um exército ao seu lado?

Manag Iss esfregou o nariz.

— Milady...

— Convoque seus irmãos, Manag Iss!

O capitão da Seita Amarela coçou um braço vestido em seda e franziu a testa.

— Príncipe Elric, compreendo que o senhor nos força a um desafio. Mas nós não o ameaçamos. O Conselho veio aqui honestamente para fazer ofertas pela Pérola...

— Manag Iss, você repete as mentiras deles — disse Elric —, e isso não é uma atitude honrada. Se não pretendem me fazer mal, por que você e seus irmãos estavam de prontidão? Eu vi quase duzentos guerreiros nesta área.

— Isso foi apenas uma precaução — argumentou a Outra. Voltou-se para seus colegas conselheiros. — Eu disse a vocês que achava estupidez convocar tantos tão já.

Elric falou calmamente:

— Tudo o que vocês fizeram, meus nobres, foi estúpido. Foram cruéis, gananciosos, descuidados com a vida e a vontade dos outros. Foram cegos, imprudentes, provincianos e sem imaginação. Parece-me que um governo tão descuidado de tudo que não seja a própria gratificação deveria, no mínimo, ser substituído. Quando todos vocês tiverem deixado a cidade, considerarei eleger um governante que saberá servir melhor a Quarzhasaat. Daí, talvez mais tarde, eu permita que vocês retornem à cidade...

— Ah, matem-no! — gritou a Outra. — Não percamos mais tempo com isso. Quando estiver feito, podemos decidir entre nós quem será o dono da Pérola.

Elric suspirou quase pesarosamente e disse:

— Melhor barganhar comigo agora, madame, antes que eu perca a paciência. Não serei, depois de sacar minha espada, uma criatura racional e piedosa...

— Matem-no! — insistiu ela. — E acabem logo com isso!

Manag Iss tinha a expressão de um homem condenado a algo pior do que a morte.

— Madame...

Ela adiantou-se, seu chapéu cônico oscilando, e desembainhou a espada. Levantou a lâmina para decapitar o albino.

Ele estendeu o braço velozmente, feito uma cobra dando o bote. Agarrou o pulso da Outra.

— Não, madame! Eu juro que estou lhe avisando desde já... — Stormbringer murmurou ao lado dele, animando-se.

Ela deixou a espada cair e deu-lhe as costas, afagando o punho machucado.

Manag Iss pegou a lâmina caída e, fingindo que ia embainhá-la, tentou, com um movimento sutil, atacar e atingir Elric na virilha. Uma expressão de resignação passou por suas feições apavoradas quando o albino, antecipando esse ataque, deu um passo para o lado e, ato contínuo, sacou a Espada Negra, que começou a entoar sua estranha canção demoníaca e a reluzir com um terrível brilho negro.

Manag Iss arfou quando seu coração foi perfurado. A mão que ainda segurava a Pérola pareceu se esticar, oferecendo-a de volta para Elric. Em seguida, a joia rolou de seus dedos e caiu ruidosamente no chão. Três conselheiros adiantaram-se correndo, mas, ao verem os olhos moribundos de Manag Iss, recuaram.

— Agora! Agora! Agora! — gritou a Outra.

Como Elric esperava, de cada canto da Assembleia surgiram membros de várias seitas dos Feiticeiros Aventureiros com as armas em riste.

O albino abriu seu terrível sorriso de batalha, os olhos vermelhos lampejaram, seu rosto se transformou no crânio da Morte, e sua espada, na vingança de seu próprio povo, dos bauradis e de todos aqueles que haviam sofrido sob a injustiça de Quarzhasaat ao longo dos milênios.

Oferecia as almas que tomava a seu patrono, Duque do Inferno, o poderoso Arioch, que já se sentia extremamente lisonjeado por tantas vidas dedicadas a ele por Elric e sua espada negra.

— Arioch! Arioch! Sangue e almas para meu senhor Arioch!

Foi quando a verdadeira matança começou.

Foi uma matança para fazer todos os outros eventos empalidecerem em comparação, insignificantes. Uma matança que jamais seria esquecida em todos os anais dos povos do deserto, que ficariam sabendo dela por meio daqueles que fugiram de Quarzhasaat naquela noite, lançando-se para o deserto sem água em vez de enfrentar o demônio pálido e risonho sobre um cavalo bauradi, que galopou para cima e para baixo pelas adoráveis ruas da cidade e ensinou qual podia ser o preço da complacência e da crueldade irrefletida.

— Arioch! Arioch! Sangue e almas!

Eles falariam de uma criatura infernal de cara branca, cuja espada irradiava um cintilar sobrenatural e cujos olhos escarlates ardiam com uma fúria horrenda; uma criatura que parecia possuída por alguma força sobrenatural e que não era mais mestre dessa força do que suas vítimas. Matava sem compaixão, sem distinção, sem crueldade. Matava como um lobo ensandecido mata. E enquanto matava, ria.

Aquela risada jamais deixaria Quarzhasaat. Permaneceria no vento vindo do Deserto dos Suspiros, na música das fontes, no retinir dos metalúrgicos e nos martelos dos joalheiros enquanto produziam suas mercadorias. Assim como o cheiro do sangue permaneceria, junto à memória da matança, aquela terrível perda de vidas que deixou a cidade sem um Conselho e sem Exército.

Porém, nunca mais Quarzhasaat fomentaria a lenda do próprio poderio. Nunca mais trataria os nômades do deserto como inferiores aos animais. Nunca mais conheceria aquele orgulho autodestrutivo tão familiar a todos os grandes impérios em declínio.

Quando a matança terminou, Elric de Melniboné relaxou na sela, embainhando uma Stormbringer saciada, e ofegou com o poder demoníaco que ainda pulsava por ele, então tirou de seu cinto uma grande pérola, levantando-a para o sol nascente.

— Eles pagaram um preço justo, creio eu.

Jogou o objeto na sarjeta, onde um pequeno cão lambeu seu sangue coagulado.

Lá no alto, os abutres, convocados de uma área de mil quilômetros ao redor pelo prospecto de um banquete memorável, começavam a cair como uma nuvem escura sobre as belas torres e jardins de Quarzhasaat.

O rosto de Elric não exibia nenhum orgulho pelo que havia realizado quando ele esporeou o cavalo na direção oeste, até o local onde havia pedido a Anigh para esperar na estrada com água, comida, cavalos e ervas kwan suficientes para atravessar o Deserto dos Suspiros e procurar outra vez as políticas e feitiçarias mais familiares dos Reinos Jovens.

Ele não olhou para trás para a cidade que, em nome de seus ancestrais, fora finalmente conquistada.

5

Um epílogo ao minguar da Lua de Sangue

As celebrações no Oásis da Flor Prateada continuaram até bem depois da chegada da notícia da vingança que Elric exercera sobre aqueles que queriam ferir a Garota Sagrada dos bauradis. A notícia foi trazida pelos quarzhasaatianos que fugiam da cidade num ato sem precedentes em toda a sua longa história.

Oone, a Ladra de Sonhos, que havia ficado no Oásis da Flor Prateada por mais tempo do que o necessário e ainda relutava em partir e seguir com sua vida, ficou sabendo da vingança de Elric sem alegria. A notícia a entristeceu, pois ela havia torcido para que outra coisa acontecesse.

— Ele serve ao Caos, como eu sirvo à Ordem — disse ela, consigo mesma. — E quem pode dizer qual de nós dois é mais escravizado?

Mas suspirou e se jogou nas festividades com uma intensidade que era menos do que espontânea.

Os bauradis e outros clãs nômades não notaram, pois o prazer deles mesmos foi intensificado. Tinham se livrado de um tirano, a única coisa naquelas terras desérticas que algum dia temeram.

— Os cactos rasgam nossa carne para nos mostrar onde existe água — disse Raik Na Seem. — Nossos problemas eram enormes, mas graças a você, Oone, e a Elric de Melniboné, eles se transformaram em triunfos. Em breve, visitaremos Quarzhasaat e estabeleceremos os termos segundo os quais pretendemos negociar no futuro. Haverá uma equidade maior na transação, penso eu. — Estava bastante contente. — Mas esperaremos até que os mortos sejam decentemente devorados.

Varadia segurou a mão de Oone, e ambas caminharam juntas ao lado das lagoas do grande oásis. A Lua de Sangue minguaria, e as flores perderiam suas pétalas, e então estaria na hora do povo do deserto seguir rumos diferentes.

— Você amava aquele homem da cara pálida, não amava? — perguntou Varadia para sua amiga.

— Eu mal o conhecia, criança.

— Eu conheci muito bem vocês dois, não faz muito tempo. — Varadia sorriu. — E estou crescendo depressa, não? Você mesma disse isso.

Oone foi forçada a concordar.

— Mas não havia esperança, Varadia. Nós temos sinas muito diferentes. E tenho pouca simpatia pelas escolhas que ele faz.

— Aquele homem é obstinado. Sua volição não é nada comum. — Varadia afastou uma mecha de cabelo cor de mel das feições sombrias.

— Talvez — disse Oone. — Entretanto, alguns de nós podem recusar o destino que os Senhores da Ordem e do Caos nos prepararam e ainda assim sobreviver, ainda assim criar algo que os deuses são proibidos de tocar.

Varadia foi compassiva.

— O que criamos permanece um mistério — disse ela. — Ainda é difícil para mim compreender como fiz aquela pérola, criando exatamente a coisa que meus inimigos buscavam para poder fugir deles. E daí ela se tornou real!

— Eu já soube de coisas assim acontecerem. São essas criações que um ladrão de sonhos busca, e é com elas que ganhamos a vida — disse, rindo. — Aquela pérola me valeria um bom e duradouro pagamento, se eu a levasse para o Mercado.

— Como a realidade é formada a partir dos sonhos, Oone?

Oone fez uma pausa e olhou para a água, que refletia o tênue disco rosado da lua.

— Uma ostra, ameaçada por uma invasão externa, busca isolar essa ameaça formando a coisa em torno da qual com o tempo se tornará uma pérola. Às vezes, é assim que acontece. Noutras, a força de vontade da humanidade é tão intensa, o desejo por algo é tão forte, que ela traz à existência aquilo que se pensava até então ser impossível. Não é incomum, Varadia, que um sonho se transforme em realidade. Esse conhecimento é uma das razões pelas quais meu respeito pela humanidade se mantém, apesar de todas as crueldades e injustiças que testemunho em minhas viagens.

— Acho que entendo — disse a Garota Sagrada.

— Ah, você entenderá tudo isso muito bem com o tempo. Pois é uma das pessoas capazes desse tipo de criação — assegurou Oone.

Alguns dias depois, Oone estava pronta para ir embora do Oásis da Flor Prateada e direção a Elwher e o Oriente Não Mapeado. Varadia conversou com ela pela última vez.

— Sei que você tem mais um segredo — disse para a ladra de sonhos. — Não quer compartilhá-lo comigo?

Oone ficou espantada. Sua consideração pela inteligência sensível da garota aumentou.

— Você quer conversar mais sobre a natureza dos sonhos e da realidade?

— Acho que você está carregando um bebê, Oone — disse Varadia, muito direta. — Não é?

Oone cruzou os braços e se recostou em seu cavalo. Balançou a cabeça com um bom humor franco.

— É verdade que toda a sabedoria de seu povo se acumula em você, mocinha.

— Um bebê de alguém que amou e que está perdido para você?

— Isso — disse Oone. — Uma filha, acho. Talvez até um menino e uma menina, se as profecias tiverem sido interpretadas corretamente. Pode-se conceber mais do que pérolas nos sonhos, Varadia.

— E o pai vai saber algum dia sobre sua descendência? — perguntou a Garota Sagrada gentilmente.

Oone tentou falar, mas descobriu que não conseguia. Desviou o olhar rapidamente para a distante Quarzhasaat. Então, após alguns instantes, conseguiu se forçar a responder.

— Nunca — disse ela.

O navegante nos mares do destino

Para Bill Butler, Mike e Tony,
e todos da Unicorn Books, no País de Gales.

O navegante nos mares do destino

Sumário

Livro um: navegando para o futuro

Livro dois: navegando para o presente

Livro três: navegando para o passado

Livro um

Navegando para o futuro

1

Era como se o homem estivesse de pé numa vasta caverna cujas paredes e teto fossem compostos de cores instáveis e sombrias que, de vez em quando, abriam-se e admitiam a passagem de feixes do luar. Era difícil acreditar que essas paredes eram meras nuvens acumuladas acima das montanhas e do mar, por mais que o luar as perfurasse, manchando-as, e revelasse o oceano negro e turbulento que banhava a costa na qual o homem se encontrava no momento.

Um trovão retumbou a distância; um raio lampejou a distância. Caía uma chuva fina. E as nuvens nunca ficavam paradas. Do azeviche crepuscular até um branco mortal, elas rodopiavam lentamente, como os mantos de homens e mulheres envolvidos num minueto formal e hipnótico; o homem de pé nos seixos da praia deprimente se lembrou de gigantes dançando ao som da música da tempestade longínqua e se sentiu como deve sentir-se alguém que entra sem querer num salão onde os deuses estão brincando. Ele desviou o olhar das nuvens para o oceano.

O mar parecia cansado. Grandes ondas se erguiam com dificuldade e desmoronavam como que aliviadas, arquejando ao bater nas rochas afiadas.

O homem puxou o capuz sobre o rosto e olhou por cima do ombro coberto de couro mais de uma vez, enquanto caminhava penosamente para o mar e deixava a arrebentação se derramar sobre as pontas de suas botas pretas que iam até os joelhos. Tentou enxergar o interior da caverna formada pelas nuvens, mas só conseguia divisar uma curta distância. Não havia como identificar o que havia do outro lado do mar nem, de fato, até onde a água se estendia. Ele inclinou a cabeça para um lado, ouvindo com muita atenção, mas não conseguiu escutar nada além dos sons do céu e do mar. Suspirou. Por um momento, um feixe de luar o tocou e, da pele branca de seu rosto, luziram dois olhos escarlates e atormentados; em seguida, a escuridão retornou. Mais uma vez, o homem se virou, claramente temendo que a luz o tivesse revelado para algum inimigo. Fazendo o mínimo de ruído possível, ele se dirigiu para o abrigo das rochas à esquerda.

Elric estava cansado. Na cidade de Ryfel, nas terras de Pikarayd, ele ingenuamente buscara aceitação ao oferecer seus serviços como mercenário para o exército do governante local. Por sua tolice, fora feito prisioneiro como espião melniboneano (era óbvio para o governante que Elric não podia ser nada além disso) e conseguira escapar havia pouco tempo, com o auxílio de propinas e pequenos feitiços.

A perseguição, contudo, fora quase imediata. Cães de grande astúcia haviam sido empregados, e o governante em pessoa liderara a caçada além das fronteiras de Pikarayd, para dentro dos vales xistosos, solitários e desabitados de um mundo chamado por ali de Colinas Mortas, onde pouca coisa crescia ou tentava viver.

O homem de rosto pálido subira cavalgando as pequenas montanhas, cujas encostas íngremes consistiam de ardósia cinzenta e esfarelada, o que produzia um escarcéu possível de ser ouvido a um quilômetro ou mais de distância. Por vales praticamente sem grama, cujos leitos de rios não viam água havia dezenas de anos, atravessando túneis e cavernas despidos até de estalactites, sobre platôs dos quais se erguiam montes de pedras erigidos por um povo esquecido, ele tentara fugir de seus perseguidores, e em pouco tempo teve a impressão de que havia deixado para sempre o mundo que conhecia, que cruzara uma fronteira sobrenatural e chegara a um daqueles locais desolados sobre os quais havia lido nas lendas de seu povo, onde em certa ocasião a Ordem e o Caos lutaram um contra o outro até chegar a um impasse, deixando seu campo de batalha vazio de vida e da possibilidade de vida.

Por fim, ele forçara tanto seu cavalo que o coração do animal explodira. Elric abandonara o cadáver e prosseguira a pé, ofegante, para o mar, para aquela praia estreita, sem conseguir ir além e com medo de regressar, caso seus inimigos estivessem à espera.

Daria muita coisa por um barco naquele momento. Não demoraria muito para que os cães o farejassem e guiassem seus donos até a praia. Deu de ombros. Talvez fosse melhor morrer ali sozinho, assassinado por aqueles que nem sequer sabiam seu nome. Seu único arrependimento seria que Cymoril se perguntaria por que ele não havia voltado no final do ano.

Tinha pouca comida e poucas das drogas que, ultimamente, vinham lhe dando energia. Sem energia renovada, não podia tencionar realizar um feitiço que talvez lhe conjurasse algum meio de atravessar o mar e partir, quem sabe, para a Ilha das Cidades Púrpuras, onde o povo era menos inamistoso para com os melniboneanos.

Fazia meses desde que deixara sua corte e futura rainha, com Yyrkoon sentado no trono de Melniboné até seu regresso. Pensara que poderia aprender mais sobre o povo humano dos Reinos Jovens ao misturar-se com eles, mas estes o rejeitaram — ou com ódio declarado, ou com humildade cautelosa e insincera. Não encontrara ninguém disposto a acreditar que um melniboneano (e eles não sabiam que ele era o imperador), de livre e espontânea vontade, arriscaria sua sorte com os seres humanos que já tinham sido escravizados por aquela raça antiga e cruel. E, naquele momento, enquanto se postava de pé ao lado de um mar desolador, sentindo-se preso e derrotado por antecedência, soube que estava sozinho num universo malevolente, despojado de amigos e de propósito, um anacronismo inútil e doentio, um tolo humilhado pelas próprias insuficiências de caráter, pela profunda inabilidade de acreditar por completo que algo era certo ou errado. Faltava-lhe fé em sua raça, em seu direito de nascença, nos deuses ou nos homens, e, acima de tudo, faltava-lhe fé em si mesmo.

Ele desacelerou o ritmo; deixou a mão cair sobre o pomo da espada rúnica negra. Stormbringer, aparentemente semissenciente, era sua única companheira, sua única confidente, e ele havia adquirido o hábito neurótico de conversar com a espada como outra pessoa talvez conversasse com seu cavalo ou como um prisioneiro talvez partilhasse seus pensamentos com uma barata em sua cela.

— Bem, Stormbringer, devemos entrar no mar e acabar com tudo agora mesmo? — A voz dele estava morta, não passava de um sussurro. — Pelo menos teríamos o prazer de frustrar aqueles que nos perseguem.

Ele fez um movimento meio desanimado na direção do mar, porém, para seu cérebro fatigado, pareceu que a espada murmurava, agitando-se contra seu quadril e puxando-o para trás. O albino riu.

— Você existe para viver e tirar vidas. Será que eu, então, existo para morrer e levar tanto àqueles que amo quanto aos que odeio a clemência da morte? Às vezes, penso que sim. Um padrão triste, se esse for o padrão. No entanto, tem que haver algo mais nisso tudo...

Elric deu as costas para o mar, olhando para o alto, para as nuvens monstruosas que se formavam e reformavam acima da sua cabeça, deixando o chuvisco cair sobre seu rosto e ouvindo a música complexa e melancólica que o mar criava ao banhar as rochas e seixos, e ao ser carregado para cá e para lá por correntes conflitantes. A chuva não valia de muito para refrescá-lo. Ele não dormira nada em duas noites e mal pegara no sono por várias outras. Provavelmente cavalgara por quase uma semana antes que seu cavalo tombasse.

Na base de um rochedo úmido de granito que se elevava a quase nove metros acima de sua cabeça, Elric encontrou uma depressão no solo na qual podia se agachar e ficar protegido dos ventos e da chuva mais fortes. Embrulhando-se bem no pesado manto de couro, ele se acomodou no buraco e adormeceu de imediato. Que o encontrassem enquanto dormia. Ele não queria nenhum aviso de sua morte.

Uma luz cinzenta e agressiva atingiu seus olhos quando ele se movimentou. Ergueu a cabeça, contendo um grunhido ante a rigidez dos músculos, e abriu os olhos. Piscou. Era de manhã, talvez até mais tarde, pois o sol estava invisível, e uma neblina fria cobria a praia. Por entre ela, dava para ver nuvens escuras ainda no alto, o que aumentava a impressão de Elric estar dentro de uma caverna imensa. Um pouco abafado, o mar continuava a chiar e borrifar, embora parecesse mais calmo do que na noite anterior, e já não havia nenhum som de tempestade. O ar estava bem frio.

Elric começou a se levantar, apoiando-se na espada e com os ouvidos atentos, mas não havia nenhum sinal de que seus inimigos estivessem por perto. Sem dúvida, tinham desistido da perseguição, talvez depois de encontrar seu cavalo morto.

Ele enfiou a mão no estojo do cinto e tirou um naco de bacon defumado e uma ampola cheia com um líquido amarelado. Bebericou o conteúdo, tornou a fechar a tampa e devolveu a ampola ao seu estojo, enquanto mastigava a carne. Estava com sede. Caminhou pela praia com dificuldade e encontrou uma poça de água da chuva não muito poluída com sal. Bebeu até se saciar, olhando ao redor. A névoa estava bem espessa e, se ele se afastasse demais da orla, sabia que se perderia de imediato. No entanto... isso importava? Ele não tinha para onde ir. Aqueles que o perseguiam deviam ter pensando o mesmo. Sem um cavalo, não poderia voltar para Pikarayd, o Reino Jovem mais oriental de todos. Sem um barco, não poderia se aventurar naquele mar e tentar encontrar o curso de volta para a Ilha das Cidades Púrpuras. Não se lembrava de nenhum mapa que mostrasse um mar oriental e tinha pouca noção do quanto havia viajado desde Pikarayd. Decidiu que sua única esperança de sobrevivência era seguir rumo norte, pela costa, na confiança de que, mais cedo ou mais tarde, chegaria a um porto ou a uma vila de pescadores onde pudesse barganhar seus poucos pertences restantes por uma passagem num barco. Contudo, essa era uma esperança pequena, pois sua comida e suas drogas não durariam mais do que um ou dois dias.

Ele respirou fundo para se preparar para a marcha e então se arrependeu; a névoa rasgava sua garganta e seus pulmões como mil facas pequeninas. Ele tossiu. Cuspiu nos seixos.

Ouviu algo. Algo além dos rabugentos murmúrios do mar; um estalido regular, como o do caminhar de um homem vestido em couro endurecido. Sua mão direita foi para o quadril esquerdo e para a espada que ali repousava. Deu meia-volta, espiando em todas as direções em busca da fonte do ruído, mas a neblina distorcia tudo. Podia ter vindo de qualquer lugar.

Elric se arrastou de volta para a rocha onde havia se abrigado. Recostou-se contra ela para que nenhum espadachim pudesse pegá-lo de surpresa por trás. Esperou.

O rangido soou de novo, mas outros sons se somaram a ele. Ouviu um retinir; respingos; talvez uma voz, talvez um passo sobre madeira; e supôs que ou estava vivenciando uma alucinação como efeito colateral da droga que acabara de engolir, ou tinha ouvido um navio se aproximando da praia e soltando sua âncora.

Sentiu-se aliviado e ficou tentado a rir de si mesmo por presumir tão prontamente que aquele litoral devia ser desabitado. Pensara que os desfiladeiros melancólicos se estendiam por quilômetros, talvez centenas de quilômetros, em todas as direções. Essa presunção podia facilmente ser um resultado subjetivo de sua depressão, sua fadiga. Ocorreu-lhe que podia, com a mesma facilidade, ter descoberto um território que não aparecia nos mapas, mas que possuía uma cultura própria sofisticada, com navios veleiros, por exemplo, e portos. Entretanto, ainda assim Elric não se revelou.

Recolheu-se atrás da rocha, olhando para o interior da bruma na direção do mar. Finalmente discerniu uma sombra que não estava lá na noite anterior. Uma sombra preta e angulosa, que só podia ser um navio. Identificou a silhueta de um cordame e ouviu homens grunhindo, o rangido e o raspar de uma verga sendo erguida num mastro. A vela estava sendo desfraldada.

Aguardou pelo menos uma hora, esperando que a tripulação do navio desembarcasse. Não podiam ter outra razão para entrar naquela baía traiçoeira. Todavia, um silêncio havia caído, como se o navio inteiro dormisse.

Cautelosamente, Elric emergiu de trás da rocha e desceu até a beira do mar. Conseguiu ver o navio com um pouco mais de nitidez. A luz vermelha do sol estava por trás dele, vaga e aguada, difusa pela névoa. Era um navio de bom tamanho, feito inteiramente da mesma madeira escura. Seu projeto era barroco e incomum, com conveses altos na proa e na popa, e nenhuma evidência de aberturas para remos. Isso era atípico num navio de desenho melniboneano ou dos Reinos Jovens, e tendia a provar sua teoria de ter tropeçado numa civilização isolada, por algum motivo, do resto do mundo, exatamente como Elwher e o Oriente Não Mapeado eram isolados pelas vastidões do Deserto dos Suspiros e do Ermo das Lágrimas. Ele não viu nenhum movimento a bordo nem nenhum dos sons que normalmente seria de se esperar num navio marítimo, mesmo que a maior parte da tripulação estivesse descansando. A neblina se dissipou, e mais luz vermelha se despejou para iluminar a embarcação, revelando dois enormes timões, tanto no convés de proa quanto no de popa, o mastro esguio com a vela enrolada, os complicados entalhes geométricos das amuradas e da figura de proa, a grande proa curvada que dava ao navio um aspecto de poder e força, e que fez Elric pensar que aquela devia ser uma embarcação de guerra, e não uma nau comercial. Mas quem haveria para combater em águas como aquelas?

Ele deixou de lado sua exaustão e colocou as mãos em concha em torno da boca, chamando em voz alta:

— Saudações aos do navio!

O silêncio como resposta lhe pareceu uma hesitação peculiar, como se aqueles a bordo o ouvissem e se perguntassem se deveriam atender.

— Saudações aos do navio!

Foi quando uma figura apareceu na amurada a bombordo e, debruçando-se por cima dela, olhou casualmente na direção dele. Usava uma armadura tão sombria e estranha quanto o aspecto do navio; trazia um elmo que obscurecia a maior parte do rosto, e a principal característica que Elric podia distinguir era uma barba dourada e espessa e olhos azuis e atentos.

— Saudações aos da praia — disse o homem de armadura. Seu sotaque era desconhecido para Elric, seu tom tão despojado quanto seu comportamento. Elric achou que ele sorria. — O que você quer conosco?

— Auxílio. Estou ilhado aqui. Meu cavalo está morto. Estou perdido.

— Perdido? A-há! — A voz do homem ecoou na névoa. — Perdido. E você deseja vir a bordo?

— Posso pagar um pouco. Posso dar meus serviços em troca de uma passagem, seja para seu próximo porto de escala ou para alguma terra perto dos Reinos Jovens, onde haja mapas disponíveis para que eu possa encontrar meu próprio caminho depois...

— Bem, temos serviço para um espadachim — disse o outro, devagar.

— Eu tenho uma espada — respondeu Elric.

— Estou vendo. Uma espada de batalha, boa e grande.

— Então posso embarcar?

— Precisamos conferenciar antes. Se estiver tudo bem com você esperar um pouco...

— É claro.

Ele estava desconcertado pela conduta do sujeito, mas a perspectiva de calor e comida a bordo do navio era animadora. Esperou pacientemente até o guerreiro de barba loira voltar à amurada.

— Seu nome, senhor? — perguntou o guerreiro.

— Eu me chamo Elric de Melniboné.

O guerreiro pareceu consultar um pergaminho, deslizando o dedo por uma lista até assentir, satisfeito, e guardar a lista em seu cinto de fivela grande.

— Bem, no final das contas, havia algum sentido em esperar aqui. Eu achava difícil de acreditar — disse ele.

— Qual era a disputa e por que você estava esperando?

— Por você — respondeu o guerreiro, jogando uma escada de corda por cima da amurada de modo que o final dela caiu no mar. — Gostaria de embarcar agora, Elric de Melniboné?

2

Elric ficou surpreso com o quanto a água era rasa e se perguntou como uma embarcação tão grande podia chegar tão perto da praia. Com o mar alcançando-lhe os ombros, ele levantou os braços para segurar nos degraus de ébano da escada. Teve muita dificuldade para se puxar da água e foi prejudicado ainda mais pelo oscilar do navio e o peso da espada rúnica, mas, enfim, escalou desajeitadamente pela amurada e se postou de pé no convés, com água escorrendo das roupas para as tábuas e o corpo tremendo de frio. Olhou ao redor. Uma névoa brilhante, tingida de vermelho, acumulava-se em torno das vergas escuras do navio e seu cordame; névoa branca se esparramava sobre os tetos e laterais das duas grandes cabines localizadas à proa e popa do mastro, mas essa névoa não tinha o mesmo caráter daquela mais além do navio. Por um momento, Elric teve a noção fantasiosa de que a névoa viajava para onde quer que o navio seguisse. Sorriu consigo mesmo, atribuindo o traço onírico de sua experiência à falta de comida e de sono. Quando o navio velejasse para águas mais ensolaradas, ele o veria como a embarcação relativamente comum que era.

O guerreiro loiro pegou Elric pelo braço. O homem era tão alto quanto o albino e tinha uma estrutura forte. Sorriu de dentro do elmo, dizendo:

— Vamos lá para baixo.

Dirigiram-se até a cabine na frente do mastro, e o guerreiro abriu uma porta deslizante, postando-se de lado para deixar Elric passar primeiro. O albino abaixou a cabeça e entrou no calor da cabine. Um lampião aceso feito de vidro vermelho e cinza, pendurado em quatro correntes prateadas presas ao teto, revelava várias outras figuras corpulentas que trajavam uma variedade de armaduras, sentadas em torno de uma mesa marinha quadrada e robusta. Todos os rostos se voltaram para analisar Elric quando ele entrou, e em seguida o guerreiro loiro disse:

— É ele.

Um dos ocupantes da cabine, sentado no canto mais distante e cujas feições estavam completamente escondidas pelas sombras, assentiu.

— É. É ele mesmo — disse.

— O senhor me conhece? — perguntou Elric, sentando-se na ponta da mesa e removendo seu manto de couro ensopado.

O guerreiro mais próximo lhe passou uma caneca metálica de vinho quente, que Elric aceitou agradecido. Ao bebericar o líquido cheio de especiarias, maravilhou-se com a rapidez com que dispersava o frio dentro dele.

— Em certo sentido, sim — declarou o homem nas sombras. Sua voz era sardônica e, ao mesmo tempo, continha um tom melancólico. Elric não se ofendeu, pois a amargura naquela voz parecia mais voltada ao próprio dono do que a qualquer um a quem ele se dirigisse.

O guerreiro loiro se sentou de frente para Elric.

— Eu me chamo Brut. Já fui de Lashmar, onde minha família ainda tem terras, mas faz muitos anos que parti.

— Dos Reinos Jovens, então? — perguntou Elric.

— Sim. Antigamente.

— Este navio viaja para algum lugar perto daquelas nações?

— Acredito que não — disse Brut. — Acho que não faz muito tempo desde que eu mesmo embarquei. Eu procurava Tanelorn, mas, em vez dela, encontrei esta embarcação.

— Tanelorn? — Elric sorriu. — Quantas pessoas devem procurar esse lugar mítico? O senhor ouviu falar de alguém chamado Rackhir, que já foi um Sacerdote Guerreiro de Phum? Nós nos aventuramos juntos, certa feita. Ele partiu para procurar Tanelorn.

— Eu não o conheço — comentou Brut de Lashmar.

— E essas águas? Ficam longe dos Reinos Jovens?

— Bem longe — respondeu o homem nas sombras.

— O senhor é de Elwher, talvez? — perguntou Elric. — Ou de algum outro ponto daquilo que nós do Ocidente chamamos de Oriente Não Mapeado?

— A maioria de nossos territórios não consta em seus mapas — retrucou o homem nas sombras, e riu.

Mais uma vez, Elric se deu conta de que não se sentia ofendido. Tampouco estava particularmente preocupado pelos mistérios insinuados pelo homem nas sombras. Mercenários, que era o que ele estimava que aqueles homens fossem, gostavam de suas referências e chistes internos; em geral, era o que os unia, além de uma disposição em comum para alugar suas espadas a quem pudesse pagar.

Lá fora, a âncora retinia e o navio ondulava. Elric ouviu a verga ser abaixada e o estalo da vela se desenrolando. Perguntou-se como esperavam deixar a baía com tão pouco vento disponível. Notou que o rosto dos outros guerreiros, ao menos as partes que eram visíveis, assumira uma expressão um tanto rígida conforme o navio começava a se mover. Olhou de uma cara sombria e atormentada para a outra e se perguntou se suas próprias feições exibiam a mesma expressão.

— Para onde navegamos? — perguntou.

Brut deu de ombros.

— Sabemos apenas que precisávamos parar para esperar você, Elric de Melniboné.

— Vocês sabiam que eu estaria lá?

O homem nas sombras se mexeu e serviu-se de mais vinho quente da jarra colocada num buraco no centro da mesa.

— Você é o último de que precisamos — disse ele. — Eu fui o primeiro trazido a bordo. Até agora, não me arrependi da minha decisão de fazer a viagem.

— Seu nome, senhor? — perguntou Elric, ao decidir que não podia mais continuar com essa desvantagem específica.

— Ah, nomes? Nomes? Eu tenho tantos. Meu preferido é Erekosë. Mas já fui chamado de Urlik Skarsol e John Daker e Ilian de Garathorm, até onde sei. Alguns gostariam que eu acreditasse que já fui Elric, Assassino de Mulheres...

— Assassino de Mulheres? Um apelido odioso. Quem é esse outro Elric?

— Isso eu não posso responder por completo. Mas compartilho um nome, pelo visto, com mais de uma pessoa a bordo deste navio. Eu, assim como Brut, procurava Tanelorn e, em vez dela, me encontrei aqui.

— Temos isso em comum — disse outro. Era um guerreiro de pele negra, o mais alto do grupo, com feições estranhamente destacadas por uma cicatriz em forma de V invertido sobre a testa e os dois olhos, descendo pelas bochechas e chegando até o maxilar. — Eu estava numa terra chamada Ghaja-Ki, um lugar pantanoso e extremamente desagradável, cheio de uma vida pervertida e doentia. Ouvi falar de uma cidade que se dizia existir por lá e pensei que poderia ser Tanelorn. Não era. Era habitada por uma raça hermafrodita de pele azulada que resolveu me curar do que consideravam ser malformações de cor e sexualidade. Esta cicatriz que vê é obra deles. A dor da operação me deu forças para fugir, e corri nu para dentro dos pântanos, chafurdando por muitos quilômetros até o pântano se tornar um lago que alimentava um rio vasto sobre o qual pendiam nuvens negras de insetos, que se abateram vorazmente sobre mim. Este navio apareceu, e eu fiquei mais do que feliz em buscar santuário nele. Eu me chamo Otto Blendker; antes um erudito de Brunse, agora uma espada de aluguel, por meus pecados.

— Essa Brunse... Fica perto de Elwher? — perguntou Elric. Nunca tinha ouvido falar de tal lugar nem de um nome tão esdrúxulo nos Reinos Jovens.

O homem negro balançou a cabeça.

— Não sei de nada sobre Elwher.

— Então o mundo é um lugar consideravelmente maior do que eu imaginava — comentou Elric.

— De fato, é — concordou Erekosë. — O que você diria se eu lhe oferecesse a teoria de que o mar no qual navegamos cobre mais de um mundo?

— Eu estaria inclinado a acreditar. — Elric sorriu. — Estudei teorias assim. E mais, vivenciei aventuras em mundos além do meu próprio.

— É um alívio ouvir isso — disse Erekosë. — Nem todos a bordo deste navio estão dispostos a aceitar minha teoria.

— Eu me aproximo de aceitá-la, embora a ache apavorante — disse Otto Blendker.

— E ela é. Mais apavorante do que você pode imaginar, amigo Otto — ponderou Erekosë.

Elric se debruçou sobre a mesa e se serviu de outra caneca de vinho. Suas roupas já estavam secando e, fisicamente, ele tinha uma sensação de bem-estar.

— Ficarei contente em deixar este litoral nevoento para trás.

— O litoral já ficou para trás — disse Brut. — Quanto à névoa, porém, está sempre conosco. Parece seguir o navio... Ou o navio cria a névoa aonde for. É raro vermos terra firme e, quando vemos, como foi o caso hoje, normalmente está obscurecida, como um reflexo num escudo fosco e curvo.

— Navegamos num mar sobrenatural — interferiu outro, estendendo a mão enluvada para a jarra. Elric a entregou a ele. — Em Hasghan, de onde venho, temos uma lenda sobre um tal Mar Encantado. Se um marinheiro se encontrar navegando nessas águas, pode não retornar jamais e permanece perdido por toda a eternidade.

— Sua lenda contém pelo menos um pouco de verdade, temo eu, Terndrik de Hasghan — concordou Brut.

— Quantos guerreiros há a bordo? — indagou Elric.

— Dezesseis, sem contar os Quatro — disse Erekosë. — Vinte no total. A tripulação está em torno de dez, e daí temos o Capitão. Você o verá em breve, sem dúvida.

— Os Quatro? Quem são eles?

Erekosë riu.

— Você e eu somos dois deles. Os outros dois ocupam a cabine de popa. E se você quiser saber por que somos chamados de os Quatro, deve perguntar ao Capitão, embora devo alertar que as respostas dele raramente são satisfatórias.

Elric se deu conta de que era levemente pressionado para um dos lados.

— O navio faz boa velocidade, considerando como havia pouco vento — comentou, lacônico.

— Excelente velocidade — concordou Erekosë. Ele se levantou de seu canto, um homem de ombros largos com um rosto atemporal, que exibia provas de uma experiência considerável. Era bonito e claramente tinha visto muitos conflitos, pois tanto suas mãos quanto o rosto traziam várias cicatrizes, apesar de não serem desfigurados. Os olhos, embora profundos e escuros, não pareciam ter uma cor específica e, no entanto, eram familiares para Elric. Ele sentia que talvez tivesse visto aqueles olhos num sonho certa vez.

— Nós já nos vimos? — perguntou Elric a ele.

— Ah, é bem possível. Ou ainda vamos nos ver. Isso importa? Nossos destinos são iguais. Partilhamos uma perdição idêntica. E, possivelmente, mais do que isso.

— Mais? Não compreendo nem a primeira parte de sua declaração.

— Então é melhor assim — disse Erekosë, passando aos poucos por seus camaradas e se aproximando do outro lado da mesa. Pousou a mão surpreendentemente gentil no ombro de Elric. — Venha, devemos buscar uma audiência com o Capitão. Ele expressou o desejo de vê-lo pouco depois de você embarcar.

Elric assentiu e se levantou.

— Esse capitão... Qual é o nome dele?

— Ele não possui nenhum nome que tenha nos revelado — disse Erekosë.

Juntos, eles emergiram no convés. A neblina, se é que havia alguma diferença, estava mais espessa, e tinha aquela mesma brancura mortal, não mais tingida pelos raios do sol. Era difícil até enxergar as extremidades do navio e, por mais que estivessem se movendo com rapidez, não havia traços de vento. Contudo, estava mais quente do que Elric esperava. Ele seguiu Erekosë até a cabine sob o convés, onde se encontrava um dos timões gêmeos do navio, manejado por um homem alto num casaco de marinheiro e calças justas feitas com retalhos de pele de cervo, tão imóvel a ponto de parecer uma estátua. O timoneiro ruivo não olhou ao redor nem para baixo conforme eles avançaram na direção da cabine, mas Elric conseguiu ter um vislumbre de seu rosto.

A porta parecia feita de um metal liso, possuindo um brilho quase como o da pelagem macia de algum animal. Era castanho-avermelhado e a coisa mais colorida que Elric vira até então no navio. Erekosë bateu suavemente à porta.

— Capitão, Elric está aqui — anunciou.

— Entrem — disse uma voz ao mesmo tempo melodiosa e distante.

A porta se abriu. Uma luz rosada se derramou para fora, quase cegando Elric quando ele entrou. Conforme seus olhos se adaptaram, viu um homem muito alto, em trajes claros, de pé sobre um tapete de cores ricas no meio da cabine. Elric ouviu a porta se fechar e percebeu que Erekosë não o acompanhara até lá dentro.

— Está revigorado, Elric? — perguntou o Capitão.

— Estou, senhor, graças ao seu vinho.

As feições do Capitão não eram mais humanas do que as de Elric. Eram, ao mesmo tempo, mais delicadas e poderosas do que as do melniboneano; no entanto, traziam uma leve semelhança na forma como os olhos tendiam a se afilar, assim como o rosto, na direção do queixo. O cabelo comprido do Capitão caía até os ombros em ondas ruivas-douradas e era mantido afastado da fronte por um diadema de jade azul. Estava vestido numa túnica bege e meias finas e tinha sandálias de prata e fios de prata amarrados às panturrilhas. Desconsiderando-se as roupas, era um gêmeo do timoneiro que Elric vira há pouco.

— Aceita mais vinho? — O Capitão aproximou-se de um baú na outra extremidade da cabine, perto da vigia, que se encontrava fechada.

— Obrigado — disse Elric.

Então ele se deu conta do motivo de os olhos não se focarem nele. O Capitão era cego. Apesar dos movimentos serem hábeis e seguros, era óbvio que ele nada enxergava. O homem despejou o vinho de uma jarra prateada numa caneca prateada e começou a cruzar a cabine até Elric, segurando a caneca à frente. Elric adiantou-se e aceitou o vinho.

— Fico agradecido por sua decisão de se juntar a nós. Estou muito aliviado, sir — disse o Capitão.

— O senhor é muito cortês — respondeu Elric —, embora eu deva acrescentar que minha decisão não foi difícil de tomar. Eu não tinha mais para onde ir.

— Entendo. É por isso que aportamos na costa naquele momento e lugar. Você descobrirá que todos os seus companheiros estavam numa situação similar antes de embarcarem.

— O senhor parece ter um conhecimento considerável sobre as movimentações de muitos homens — comentou Elric. Segurava o vinho ainda intocado na mão esquerda.

— Muitos — concordou o Capitão —, e em muitos mundos. Compreendo que é uma pessoa de cultura, sir, então deve estar ciente de algo sobre a natureza do mar sobre o qual meu navio viaja.

— Acho que estou.

— Ele viaja por entre os mundos, na maior parte do tempo. Entre os planos de uma variedade de aspectos do mesmo mundo, para ser um pouco mais preciso. — O Capitão hesitou, desviando o rosto cego do de Elric. — Por favor, saiba que não busco confundi-lo de propósito. Há algumas coisas que não entendo, e outras coisas que não posso revelar por completo. É uma questão de confiança que tenho, e espero que você sinta que pode respeitá-la.

— Até o momento, não tenho motivos para o contrário — respondeu o albino, e tomou um gole do vinho.

— Eu me encontro em companhia formidável — disse o Capitão. — Espero que o senhor continue a achar que vale a pena honrar minha confiança quando chegarmos ao nosso destino.

— E que destino é esse, Capitão?

— Uma ilha originária destas águas.

— Deve ser uma raridade.

— De fato é, e antigamente inexplorada e desabitada por aqueles que devemos contar entre nossos inimigos. Agora que a descobriram e perceberam seu poder, nós estamos em grande perigo.

— Nós? O senhor quer dizer sua raça ou as pessoas a bordo do seu navio?

O Capitão sorriu.

— Eu não tenho raça, exceto a de mim mesmo. Estou falando, suponho, de toda a humanidade.

— Esses inimigos não são humanos, então?

— Não. Eles estão inextricavelmente envolvidos nos assuntos humanos, mas esse fato não instilou neles nenhuma lealdade para conosco. Uso "humanidade" aqui, obviamente, em seu sentido mais amplo, para incluir o senhor e eu mesmo.

— Entendi — disse Elric. — Como se chama esse povo?

— De muitas coisas. Perdão, mas não posso me estender mais, por enquanto. Se o senhor se preparar para a batalha, eu lhe garanto que revelarei mais assim que o momento certo chegar.

Apenas quando Elric se encontrava de pé do lado de fora da porta castanho-avermelhada, observando Erekosë avançar pelo convés em meio à névoa, foi que o albino se perguntou se o Capitão o encantara ao ponto de ele se esquecer de todo o bom senso. Entretanto, o homem cego o impressionara, e ele, no final das contas, não tinha nada melhor a fazer do que navegar até o tal destino. Deu de ombros. Poderia mudar de ideia se descobrisse que aqueles na ilha não eram, na sua opinião, inimigos.

— Está mais ou menos confuso, Elric? — perguntou Erekosë, sorrindo.

— Mais em alguns sentidos, menos em outros. E, por algum motivo, eu não me importo.

— Então compartilha da mesma sensação que toda a tripulação.

Foi apenas quando Erekosë o levou para a cabine à frente do mastro que Elric se deu conta de que não perguntara ao Capitão qual seria o significado dos Quatro.

3

Exceto pelo fato de se situar virada na direção oposta, a outra cabine lembrava a primeira em quase todos os detalhes. Ali também havia cerca de uma dúzia de homens sentados, todos experientes mercenários a julgar pelas feições e pelos trajes. Dois estavam juntos no centro da mesa a estibordo. Um estava com a cabeça à mostra, loiro e preocupado, e o outro tinha feições que lembravam as de Elric e parecia estar usando uma manopla prateada na mão esquerda, enquanto a direita ia despida; sua armadura era delicada e extravagante. Ele levantou a cabeça quando Elric entrou e havia reconhecimento em seu único olho (o outro estava coberto por um remendo de brocado).

— Elric de Melniboné! Minhas teorias se tornam mais válidas! — Ele se voltou para seu companheiro. — Viu, Hawkmoon? É deste que eu falava.

— O senhor me conhece? — perguntou Elric, pasmo.

— Você me reconhece, Elric. Tem que reconhecer! Na Torre de Voilodion Ghagnasdiak? Com Erekosë... Embora fosse outro Erekosë. Eu me chamo Corum.

— Não conheço essa torre nem nenhuma com nome parecido, e esta é a primeira vez que vejo Erekosë. O senhor me conhece e sabe meu nome, mas eu não o conheço. Acho isso desconcertante, senhor.

— Eu também nunca havia visto o príncipe Corum antes de ele subir a bordo — disse Erekosë —, porém ele insiste que já lutamos juntos. Estou inclinado a acreditar. O tempo em outros planos nem sempre corre concomitante ao nosso. O príncipe Corum pode muito bem existir no que chamaríamos de futuro.

— Achei que encontraria algum alívio desses paradoxos aqui — comentou Hawkmoon, passando a mão pelo rosto. Ele sorriu, cansado. — Parece, contudo, que não há alívio algum neste momento na história dos planos. Tudo está em fluxo e até nossas identidades, pelo visto, tendem a se alterar a qualquer momento.

— Somos Três. Não se lembra, Elric? Os Três Que São Um? — perguntou Corum.

Elric balançou a cabeça.

Corum deu de ombros e murmurou para si mesmo:

— Bem, agora somos Quatro. O Capitão disse alguma coisa sobre uma ilha que supostamente devemos invadir?

— Disse, sim — falou Elric. — Você sabe quem podem ser esses inimigos?

— Não sabemos nem mais, nem menos do que você, Elric — disse Hawkmoon. — Busco um lugar chamado Tanelorn e duas crianças. Talvez esteja procurando pelo Runestaff também. Disso, eu não estou totalmente certo.

— Nós o encontramos uma vez — emendou Corum. — Nós três. Na Torre de Voilodion Ghagnasdiak. Foi de ajuda considerável para nós.

— Como pode ser para mim — disse Hawkmoon. — Eu o servi certa vez. Entreguei muito a ele.

— Temos muito em comum, como eu lhe disse, Elric. Talvez também tenhamos mestres em comum? — comentou Erekosë.

Elric deu de ombros.

— Não tenho mestres além de mim mesmo. — E se perguntou por que todos sorriram do mesmo jeito estranho.

— Em empreitadas assim, as pessoas tendem a se esquecer de muita coisa, como se esquecem de um sonho — disse Erekosë em voz baixa.

— Isto é um sonho. Ultimamente, tive vários sonhos assim — ponderou Hawkmoon.

— Tudo é um sonho, se você quiser — argumentou Corum. — Toda a existência.

Elric não estava interessado em filosofar.

— Sonho ou realidade, a experiência dá no mesmo, não?

— Tem razão — disse Erekosë, com um sorriso débil.

Eles conversaram por mais uma ou duas horas até Corum se espreguiçar, bocejar e comentar que se sentia sonolento. Os outros concordaram que estavam todos cansados e, portanto, deixaram a cabine e passaram para o cômodo mais adiante, sob o convés, onde havia beliches para todos os guerreiros. Enquanto se estendia em um dos catres, Elric disse para Brut de Lashmar, que subira no leito superior:

— Ajudaria saber quando essa luta começará.

Brut olhou pela beirada da cama para o albino deitado abaixo dele.

— Acho que será em breve.

***

Elric ficou sozinho no convés, debruçado sobre a amurada e tentando enxergar o mar, que, assim como o resto do mundo, estava escondido pela neblina branca ondulante. Indagou-se se sequer havia água fluindo sob a quilha do navio. Levantou o olhar para onde a vela se encontrava retesada e inflada no mastro por um vento quente e potente. Estava claro, mas era impossível dizer que horas seriam justamente por causa dessa claridade. Intrigado pelos comentários de Corum a respeito de um encontro anterior, Elric se perguntou se houvera outros sonhos em sua vida como aquele; sonhos dos quais se esquecera por completo ao despertar. Mas a inutilidade da especulação logo ficou evidente, e ele voltou sua atenção para questões mais imediatas, conjecturando a origem do Capitão e de seu estranho navio, navegando por um mar ainda mais estranho.

— O Capitão solicitou que nós quatro o visitemos em sua cabine — disse a voz de Hawkmoon, e Elric virou-se para dar bom dia ao homem alto e loiro que exibia uma cicatriz estranha e regular no centro da testa.

Os outros dois emergiram da névoa e, juntos, eles se dirigiram à proa, batendo à porta castanho-avermelhada e sendo admitidos de imediato na presença do Capitão cego, que tinha quatro canecas prateadas de vinho já servidas. Ele gesticulou para que eles fossem até o baú no qual estava o vinho.

— Sirvam-se, por favor, meus amigos.

Eles o fizeram e permaneceram ali, de pé com as canecas nas mãos, quatro espadachins altos e perseguidos pela desgraça; cada qual com feições completamente diferentes e, no entanto, trazendo certas características que os assinalavam como sendo de uma mesma estirpe. Elric notou isso, por mais que fosse um deles, e tentou se lembrar dos detalhes do que Corum dissera na noite anterior.

— Estamos nos aproximando do nosso destino — informou o Capitão. — Não demorará até que desembarquemos. Não creio que nossos inimigos estejam à nossa espera, mas será uma luta difícil contra esses dois.

— Dois? Apenas dois? — perguntou Hawkmoon.

O Capitão sorriu.

— Apenas dois. Um irmão e uma irmã. Feiticeiros de outro universo que não o nosso. Devido a recentes perturbações no tecido de nossos mundos... das quais você sabe um pouco, Hawkmoon, e você também, Corum... foram libertados certos seres que, de outra forma, não teriam o poder que possuem agora. E, por possuírem grandes poderes, anseiam por mais... Por todo o poder que existe em nosso universo. Esses seres são amorais de uma forma que os Senhores da Ordem e do Caos não são. Não lutam por influência sobre a Terra como aqueles deuses; seu único desejo é converter a energia essencial de nosso universo para os próprios fins. Acredito que fomentem alguma ambição em seu universo particular que seria impulsionada se conquistassem seu desejo. Atualmente, a despeito das condições lhes serem altamente favoráveis, eles não atingiram sua força total, mas não está muito distante o momento em que a alcançarão. Na língua humana, eles são chamados de Agak e Gagak, e estão fora do alcance de quaisquer de nossos deuses, por isso um grupo mais poderoso foi convocado: vocês. O Campeão Eterno em quatro de suas encarnações: Erekosë, Elric, Corum e Hawkmoon. Cada um de vocês comandará outros quatro cujos destinos estão conectados aos seus e que são grandes combatentes por méritos próprios, embora não compartilhem dos destinos de vocês em todos os sentidos. Cada um de vocês pode escolher os quatro com quem deseja lutar. Creio que acharão razoavelmente fácil decidir. Chegaremos à terra firme em breve.

— O senhor nos liderará? — perguntou Hawkmoon.

— Não posso. Posso apenas levá-los até a ilha e esperar por aqueles que sobreviverem, se alguém sobreviver.

Elric franziu a testa.

— Essa luta não é minha, creio eu.

— É sua, sim — disse o Capitão, em tom firme. — E é minha. Eu desembarcaria com vocês se me fosse autorizado, mas não é.

— Por quê? — perguntou Corum.

— Um dia saberão. Não tenho coragem para lhes contar. Entretanto, trago apenas boa vontade em relação a vocês. Tenham certeza disso.

Erekosë esfregou o maxilar.

— Bem, já que é meu destino lutar; já que eu, como Hawkmoon, continuo a procurar por Tanelorn; e já que, pelo que entendo, existe uma chance de realizar minha ambição caso eu seja bem-sucedido, concordo em enfrentar esses dois, Agak e Gagak.

Hawkmoon assentiu.

— Eu vou com Erekosë por motivos similares.

— Eu também — disse Corum.

— Há pouco tempo, eu me via sem camaradas — ponderou Elric. — Agora tenho vários. Por esse motivo apenas, eu lutarei ao lado deles.

— Talvez seja o melhor motivo — disse Erekosë, aprovando.

— Não há recompensa para esse trabalho, exceto minha garantia de que o sucesso de vocês poupará o mundo de muito sofrimento — continuou o Capitão. — E para você, Elric, há ainda menos recompensa do que o resto pode esperar receber.

— Talvez não — concluiu Elric.

— Se assim o diz. — O Capitão gesticulou para a jarra de vinho. — Mais vinho, meus amigos?

Todos aceitaram, enquanto o Capitão prosseguiu, olhando fixamente para cima, para o teto da cabine, sem nada enxergar.

— Sobre essa ilha há uma ruína, talvez já tenha sido uma cidade chamada Tanelorn, e no centro da ruína há um único edifício intacto. É esse edifício que Agak e sua irmã usam. É ele que devem atacar. Vocês o reconhecerão, espero, de imediato.

— E devemos matar essa dupla? — disse Erekosë.

— Se puderem. Eles têm servos que os ajudam. Esses também devem ser executados. Em seguida, o edifício deve ser incendiado. Isso é importante. — O Capitão fez uma pausa. — Incendiado. Não deve ser destruído de nenhuma outra forma.

Elric abriu um sorriso sardônico.

— Existem poucas outras formas de destruir edifícios, sir Capitão.

O Capitão correspondeu ao sorriso e fez uma leve mesura de anuência.

— É verdade. Ainda assim, vale a pena lembrar o que eu disse.

— O senhor sabe qual é a aparência desses dois, Agak e Gagak? — indagou Corum.

— Não. É possível que lembrem criaturas de nossos próprios mundos; ou talvez não. Poucos os viram. Faz pouco tempo que eles conseguiram se materializar.

— E qual a melhor forma de esmagá-los? — perguntou Hawkmoon.

— Por meio de coragem e engenhosidade — disse o Capitão.

— O senhor não está sendo muito explícito, sir — apontou Elric.

— Sou tão explícito quanto posso. Agora, meus amigos, sugiro que vocês repousem e preparem os braços.

Enquanto voltavam para suas cabines, Erekosë suspirou e disse:

— Somos predestinados. Temos pouco livre-arbítrio, por mais que nos enganemos. Se vamos perecer ou sobreviver a essa empreitada, isso não valerá de muito no esquema geral das coisas.

— Acho que você está num estado de espírito lúgubre, amigo — comentou Hawkmoon.

A névoa serpenteava pelas ramificações do mastro, retorcendo-se no cordame e inundando o convés. Rodopiava pelo rosto dos outros três homens, enquanto Elric olhava para eles.

— Um estado de espírito realista — observou Corum.

A neblina se acumulou sobre o convés, cobrindo cada homem feito uma mortalha espessa. As tábuas do navio estalaram e, aos ouvidos de Elric, o som assumiu o tom do grasnar de um corvo. Ficou mais frio. Em silêncio, eles foram para suas cabines para testar os prendedores e fivelas das armaduras, polir e afiar as armas, e para fingir dormir.

— Ah, eu não gosto de feitiçaria — disse Brut de Lashmar, puxando a barba dourada —, pois foi da feitiçaria que resultou minha vergonha.

Elric contara a ele tudo o que o Capitão havia dito e pediu a Brut que fosse um dos quatro que lutariam com ele quando desembarcassem.

— Tudo é feitiçaria aqui — comentou Otto Blendker. E abriu um sorriso fraco ao oferecer a mão para Elric. — Eu lutarei ao seu lado, Elric.

Com a armadura verde-mar cintilando sutilmente sob a luz do lampião e o elmo afastado do rosto, outro se levantou. Era um rosto quase tão branco quanto o de Elric, embora os olhos fossem profundos e quase pretos.

— E eu — disse Hown Domador de Serpentes —, embora tema ser de pouca utilidade em terra firme.

O último que Elric vislumbrou se levantar foi um guerreiro que pouco havia dito durante as conversas anteriores. Sua voz era grave e hesitante. Usava um elmo de batalha simples, feito de ferro, sob o qual viam-se cabelos ruivos trançados. Na ponta de cada trança havia o pequeno osso de um dedo, que chocalhava nos ombros de sua cota de malha conforme ele se movia. Era Ashnar, o Lince, cujos olhos raramente eram menos do que ferozes.

— Falta-me a eloquência ou a estirpe dos senhores, cavalheiros — disse. — E não sou familiarizado com feitiçaria ou essas outras coisas das quais estão falando, mas sou um bom soldado e minha alegria está no combate. Acatarei suas ordens, Elric, se você me aceitar.

— De bom grado — concordou Elric.

— Não há disputa, parece — observou Erekosë para os quatro restantes, que optaram por se unir a ele. — Tudo isso é, sem dúvida, pré-ordenado. Nossos destinos estão conectados desde o começo.

— Essa filosofia pode levar a um fatalismo nocivo — disse Terndrik de Hasghan. — Melhor acreditar que nossos destinos nos pertencem, mesmo que as evidências neguem.

— Você deve pensar como quiser. Levei muitas vidas, embora lembre apenas vagamente de todas, à exceção de uma. — Erekosë deu de ombros. — Ainda assim, iludo a mim mesmo, suponho, pois trabalho pelo momento em que descubra essa tal Tanelorn e talvez me reúna com a pessoa que busco. Essa ambição é o que me dá energia, Terndrik.

Elric sorriu.

— Eu luto porque aprecio a camaradagem da batalha. Isso, em si, é uma condição melancólica na qual alguém pode se encontrar, não?

— É. — Erekosë olhou de relance para a porta. — Bem, devemos tentar repousar agora.

4

Os contornos do litoral estavam obscuros. Eles andaram por água branca e névoa branca, com as espadas acima da cabeça. As lâminas eram suas únicas armas. Cada um dos Quatro possuía uma de tamanho e modelo incomum, mas nenhum carregava uma que ocasionalmente murmurasse consigo mesma como a Stormbringer de Elric. Ao olhar para trás de relance, o albino viu o Capitão de pé na amurada, com os olhos cegos voltados para a ilha e os lábios pálidos se movendo como se falasse sozinho. A água chegava à cintura de Elric, e a areia sob seus pés endureceu até tornar-se pedra lisa. Ele continuou caminhando, atento e pronto para lançar qualquer ataque àqueles que talvez estivessem defendendo o lugar. Naquele momento, porém, a neblina foi ficando mais fina como se não conseguisse se agarrar à ilha, e não havia nenhum sinal óbvio de defensores.

Cada homem trazia uma tocha enfiada no cinto, com a ponta envolta em tecido oleado para que não estivesse molhada quando chegasse a hora de acendê-la. Todos estavam também equipados com um punhado de lascas em brasa numa pequena fornalha num saco preso ao cinto, para que as tochas pudessem ser acesas de imediato.

— Somente o fogo destruirá esse inimigo para sempre — tornara a dizer o Capitão ao entregar-lhes as tochas e fornalhas.

Conforme a neblina se desfazia, revelava uma paisagem de sombras densas, que se espalhavam sobre rochas vermelhas e vegetação amarela, de vários formatos e dimensões, lembrando todo tipo de coisa. Pareciam ser lançadas pelo imenso sol cor de sangue que se postava num meio-dia perpétuo sobre a ilha, mas o que era mais perturbador a respeito das sombras era que pareciam não ter uma fonte, como se os objetos que representavam fossem invisíveis ou existissem em outro lugar que não na própria ilha. O céu também parecia cheio delas, mas enquanto aquelas na ilha se encontravam estáticas, as que estavam no céu às vezes se moviam, talvez quando as nuvens se moviam. O tempo todo o sol vermelho despejava sua luz sangrenta e tocava os vinte homens com seu brilho inoportuno, exatamente como tocava a terra.

E, de vez em quando, conforme eles avançavam terra adentro com cautela, uma luz bruxuleante e peculiar atravessava a ilha de modo que os contornos do local se tornavam instáveis por alguns segundos, antes de voltar ao foco. Elric suspeitava dos próprios olhos, mas não disse nada até que Hown Domador de Serpentes, que estava com dificuldade para se equilibrar em terra firme, comentou:

— Eu raramente estive em terra, é bem verdade, mas acho que a qualidade deste terreno é mais bizarra do que qualquer outro que já conheci. Ele tremula. Distorce.

Várias vozes concordaram com o guerreiro.

— E de onde vêm todas essas sombras? — Ashnar, o Lince, fitava ao redor com um assombro supersticioso indisfarçado. — Por que não conseguimos ver o que as projeta?

— Talvez sejam lançadas por objetos existentes em outras dimensões da Terra — ponderou Corum. — Se todas as dimensões se encontram aqui, como foi sugerido, essa poderia ser uma explanação plausível. — Ele colocou a mão prateada no tapa-olho bordado. — Este não é o exemplo mais estranho que já testemunhei de uma conjunção assim.

— Plausível? — Otto Blendker bufou. — Rezo para que ninguém me dê uma explicação implausível, por favor.

Continuaram em meio às sombras e a luz sinistra até chegarem aos arredores das ruínas.

Elric julgou que aquelas ruínas tinham algo em comum com a cidade decrépita de Ameeron, a qual ele havia visitado em sua busca pela Espada Negra. Mas estas eram no geral mais vastas, mais como uma coleção de cidades menores, cada uma num estilo arquitetônico radicalmente diferente.

— Talvez esta seja Tanelorn — comentou Corum, que havia visitado o local —, ou melhor, todas as versões de Tanelorn que já existiram. Pois Tanelorn existe em muitas formas, cada qual dependendo dos desejos daqueles que mais querem encontrá-la.

— Esta não é a Tanelorn que eu esperava encontrar — disse Hawkmoon, amargamente.

— Nem eu — acrescentou Erekosë, desolado.

— Talvez não seja Tanelorn — ponderou Elric. — Talvez não seja.

— Ou talvez isto seja um cemitério — argumentou Corum, distante, franzindo o cenho com seu único olho. — Um cemitério com todas as versões esquecidas daquela cidade estranha.

Eles começaram a escalar as ruínas, e as armas ressoaram conforme os guerreiros se moviam em direção ao centro do lugar. Elric podia ver, pelas expressões introspectivas no rosto de muitos de seus companheiros, que eles, como o próprio albino, estavam se perguntando se aquilo não seria um sonho. Por que mais se encontrariam naquela situação peculiar, sem dúvida arriscando a própria vida, talvez a alma, numa luta com a qual nenhum deles se identificava?

Erekosë se aproximou de Elric enquanto marchavam.

— Você reparou que as sombras agora têm formato? — perguntou ele.

Elric anuiu.

— Pelas ruínas, dá para dizer como eram alguns desses edifícios quando estavam intactos. As sombras são daqueles edifícios... dos originais, antes de sucumbirem.

— Exato — concordou Erekosë.

Ambos estremeceram.

Finalmente se aproximaram do provável centro do local, e lá havia uma construção que não estava arruinada. Erguia-se num espaço desobstruído, cheio de curvas, fitas de metal e tubos reluzentes.

— Lembra mais uma máquina do que um edifício — disse Hawkmoon.

— E mais um instrumento musical do que uma máquina — cogitou Corum.

O grupo parou, cada equipe de quatro pessoas se reunindo em torno de seu líder. Não havia dúvidas de que tinham chegado ao seu objetivo.

Ao olhar com atenção para o edifício, Elric viu que se tratava, na realidade, de duas construções; ambas absolutamente idênticas e unidas em vários pontos por sistemas recurvados de canos que talvez fossem corredores conectados, embora fosse difícil imaginar que tipo de seres poderiam utilizá-los.

— Dois edifícios — disse Erekosë. — Não estávamos preparados para isso. Devemos nos separar e atacar ambos?

Por instinto, Elric sentiu que essa ação seria imprudente. Balançou a cabeça.

— Acho que devemos entrar juntos num deles, senão nossa força será prejudicada.

— Concordo — disse Hawkmoon, e o restante assentiu.

Assim, uma vez que não existia nenhuma proteção digna de nota, eles marcharam audaciosamente para o edifício mais próximo até um ponto perto do solo onde uma abertura preta de proporções irregulares era discernível. De forma sinistra, ainda não havia sinal algum de defensores. Os edifícios pulsavam, reluziam e, às vezes, sussurravam, mas isso era tudo.

Elric e sua divisão foram os primeiros a entrar, encontrando-se numa passagem quente e úmida, que quase de imediato se curvava para a direita. Foram seguidos pelos demais até que todos estivessem no mesmo local, olhando fixamente adiante, à espera de um ataque. Mas nenhum ataque veio.

Com Elric na liderança, prosseguiram por alguns momentos, até que a passagem começou a tremer com violência, o que fez Hown Domador de Serpentes cair no chão praguejando. Enquanto o homem na armadura verde-mar se levantava apressado, uma voz começou a ecoar pela passagem, parecendo vir de uma grande distância, mas, ainda assim, alta e irascível.

— *Quem? Quem? Quem?* — berrava a voz.

— *Quem? Quem? Quem me invade?*

O tremor da passagem amainou um pouco e virou uma palpitação constante. A voz se tornou um resmungo, distante e inseguro.

— *O que ataca? O quê?*

Os vinte homens olharam uns para os outros, perplexos. Por fim, Elric deu de ombros e liderou o grupo adiante. Em pouco tempo a passagem se ampliara até se tornar um salão cujas paredes, teto e piso estavam úmidos com um fluido pegajoso e cujo ar era difícil de respirar. Naquele momento, de alguma forma passando por entre as paredes do salão, aproximaram-se os primeiros dentre os defensores, feras feias que deviam ser os servos daqueles misteriosos irmão e irmã, Agak e Gagak.

— *Ataquem!* — gritou a voz distante. — *Destruam essas coisas. Destruam!*

As feras eram de um tipo primitivo, a maioria composta por uma boca escancarada e um corpo rastejante, mas havia muitas escorrendo na direção dos vinte homens, que rapidamente se puseram em formação nas quatro unidades de combate e se prepararam para se defender. As criaturas faziam um barulho horrível e lodoso ao se aproximarem, e as cristas ósseas que lhes serviam de dentes se chocavam quando elas se empinavam para tentar morder Elric e seus companheiros. O albino girou a espada, que mal encontrou resistência ao atravessar várias das feras de uma só vez. Porém, o ar se tornou mais espesso do que nunca, e um fedor ameaçou dominá-los à medida que o fluido empapava o chão.

— Prossigam por entre eles — instruiu Elric —, abrindo caminho. Dirijam-se àquela abertura mais adiante. — Ele apontou com a mão esquerda.

E assim eles avançaram, acutilando centenas das bestas primitivas, o que reduzia sua capacidade de respirar aquele ar.

— As criaturas não são difíceis de derrotar — comentou Hown Domador de Serpentes, ofegante. — Mas cada uma que matamos rouba um pouco mais das nossas chances de sobrevivência.

Elric estava ciente da ironia.

— Algo astutamente planejado por nossos inimigos, sem dúvida.

Ele tossiu e tornou a atacar a dúzia das feras que deslizava em sua direção. Aquelas coisas eram intrépidas, mas também estúpidas. Nem sequer tentavam criar uma estratégia.

Por fim, o melniboneano alcançou a passagem seguinte, onde o ar era um pouco mais puro. Inspirou avidamente a atmosfera mais doce, com gratidão, acenando para incentivar os companheiros.

Com os braços das espadas subindo e descendo, eles se retiraram aos poucos para a passagem, seguidos por apenas algumas das feras. As criaturas pareciam relutantes em entrar ali, e Elric suspeitou que em algum ponto devia haver um perigo que até elas temiam. Mas não havia nada a fazer além de ir em frente, e ele estava simplesmente grato por todos os vinte terem sobrevivido à provação inicial.

Ofegantes, eles descansaram por um momento, apoiando-se nas paredes trêmulas e ouvindo aquela voz distante, já abafada e indistinta.

— Eu não gosto nem um pouco deste castelo — rosnou Brut de Lashmar, inspecionando um rasgo em seu manto num ponto em que uma criatura o agarrara. — Alta feitiçaria o comanda.

— Disso já sabíamos — relembrou Ashnar, o Lince, e estava claro que ele tinha dificuldades para controlar seu terror.

Os ossos em suas tranças acompanhavam o ritmo do tremor nas paredes, e o imenso bárbaro parecia quase patético ao se preparar para prosseguir.

— Esses feiticeiros são covardes. Não mostram a si mesmos. — Otto Blendker ergueu a voz. — Será que seu aspecto é tão odioso que estão com medo de que os contemplemos?

Seu desafio não foi aceito. Conforme prosseguiam pelas passagens, não havia sinal nem de Agak, nem de sua irmã, Gagak. Pontos mais sombrios e mais claros se alternavam. Às vezes, as passagens se estreitavam tanto que era difícil para eles se espremerem e atravessá-las; noutras, ampliavam-se a ponto de serem quase salões. Na maior parte do tempo, eles pareciam estar subindo a construção.

Elric tentou adivinhar a natureza dos habitantes do lugar. Não havia degraus no castelo, nenhum artefato que reconhecesse. Por nenhum motivo específico, ele desenvolveu uma imagem de Agak e Gagak como tendo uma forma reptiliana, pois répteis prefeririam passagens levemente inclinadas a degraus e, sem dúvida, teriam pouca necessidade de mobília convencional. Por outro lado, era possível que pudessem mudar de forma quando quisessem, assumindo um aspecto humano quando lhes conviesse. Ele estava ficando impaciente para enfrentar um dos feiticeiros, ou ambos.

Ashnar, o Lince, tinha outras razões, ou assim dizia, para a própria falta de paciência.

— Disseram que haveria tesouros aqui — resmungou ele. — Pensei que apostaria minha vida contra uma justa recompensa, mas não há nada de valor neste lugar. — Pôs a mão calejada contra o material úmido da parede. — Nem mesmo pedra ou tijolos. Do que estas paredes são feitas, Elric?

O albino balançou a cabeça.

— Isso também tem me intrigado, Ashnar.

Foi quando Elric viu olhos grandes e ferozes espiando na escuridão adiante. Ele ouviu um chocalhar, um ruído de movimento, e então os olhos foram crescendo cada vez mais. Viu uma boca vermelha, presas amarelas e pelagem alaranjada. Um rosnado soou, e a fera saltou, bem quando ele ergueu Stormbringer para se defender e gritou para alertar os outros. A criatura era um babuíno, porém imenso, e havia pelo menos mais uma dúzia deles seguindo o primeiro. Elric usou a força do corpo para estocar, atingindo a fera na virilha. Garras se esticaram, enterrando-se em seu ombro e cintura. Ele gemeu ao sentir pelo menos um conjunto delas arrancar sangue. Seus braços estavam presos, e ele não conseguia soltar Stormbringer. Tudo o que podia fazer era torcer a espada dentro do ferimento que já havia causado, e então virou o punho com toda a força. O grande macaco berrou, com os olhos injetados incendiados, e expôs as presas amarelas ao arremeter o focinho contra a garganta de Elric. Os dentes se fecharam no pescoço dele, e o hálito fedorento ameaçou sufocá-lo. Mais uma vez, o albino torceu a lâmina. Mais uma vez, a fera gritou de dor.

As presas pressionavam o metal da gorjeira de Elric, a única coisa que o salvara da morte imediata. Ele lutou para libertar ao menos um braço, girando a espada pela terceira vez e depois puxando-a de lado para aumentar a ferida na virilha. Os rosnados e grunhidos do babuíno se intensificaram, e os dentes se apertaram no pescoço, mas agora, misturado aos bramidos do macaco, ele começou a ouvir um murmúrio e sentiu Stormbringer pulsar em sua mão. Sabia que a espada estava sugando poder do símio, mesmo enquanto o animal tentava matá-lo. Um pouco desse poder começou a fluir para o corpo de Elric.

Desesperadamente, o albino usou tudo o que restava de sua força para compelir a espada para o outro lado do tronco do animal, rasgando seu corpo de modo que seu sangue e entranhas se derramaram quando Elric subitamente se viu livre e, tropeçando para trás, libertava a espada no mesmo movimento. O macaco também recuou, trôpego e estupefato, olhando para seu ferimento horrendo antes de cair no piso da passagem.

Elric se virou, pronto para prestar auxílio ao camarada mais próximo, bem a tempo de ver Terndrik de Hasghan morrer esperneando nas garras de um macaco ainda maior, que arrancou a cabeça do guerreiro dos ombros numa mordida, fazendo o sangue vermelho espirrar para todo lado.

Elric atravessou Stormbringer entre as omoplatas do assassino de Terndrik, atingindo o macaco no coração. Fera e vítima humana tombaram juntos. Dois outros estavam mortos, e vários exibiam ferimentos graves, mas os guerreiros remanescentes ainda lutavam, com as espadas e armaduras manchadas de escarlate. A passagem estreita fedia a macaco, suor e sangue. Elric entrou no combate, cortando o crânio de um dos inimigos atacando Hown Domador de Serpentes, que havia perdido sua espada. Hown dardejou um olhar de agradecimento a Elric enquanto se abaixava para recuperar a arma e, juntos, os dois se lançaram contra o maior de todos os babuínos. A criatura tinha uma estatura bem maior do que a de Elric e encurralara Erekosë contra a parede, mesmo tendo a espada do guerreiro espetada em seu ombro.

Hown e Elric apunhalaram de dois lados, e o babuíno rosnou e gritou, virando-se para encarar os novos agressores, ainda com a lâmina de Erekosë balançando no ombro. Ele se jogou sobre os guerreiros, e ambos estocaram novamente, acertando o monstro no coração e no pulmão, fazendo sangue brotar de sua boca quando ele rugiu. O animal caiu de joelhos, os olhos se apagando, depois desabou devagar.

Então a passagem foi tomada pelo silêncio, e a morte jazia por todos os lados.

Terndrik de Hasghan estava morto. Dois integrantes do grupo de Corum também. Todos os sobreviventes entre os homens de Erekosë tinham ferimentos graves. Um dos homens de Hawkmoon estava morto, mas os outros três se encontravam praticamente incólumes. O elmo de Brut de Lashmar estava amassado, mas, tirando isso, ele não fora ferido, e Ashnar, o Lince, encontrava-se apenas desgrenhado. Derrubara dois dos babuínos durante a luta. Naquele momento, porém, os olhos do bárbaro reviravam enquanto ele se apoiava contra a parede, ofegante.

— Começo a suspeitar que esta empreitada seja bastante inviável — disse, com um meio sorriso. Quando se recuperou, passou por cima do cadáver de um babuíno para se unir a Elric. — Quanto menos tempo levarmos, melhor. Qual sua opinião, Elric?

— Eu concordo. — Elric correspondeu ao sorriso dele. — Vamos.

O albino foi na frente pela passagem, entrando numa câmara cujas paredes emitiam uma luz rosada. Não havia avançado muito quando sentiu algo se prender a seu tornozelo e olhou horrorizado para baixo, vendo uma cobra comprida e fina se enrolar em sua perna. Era tarde demais para usar a espada, então apanhou o réptil por trás da cabeça e o arrancou parcialmente da perna antes de separar-lhe a cabeça do corpo. Os demais estavam batendo os pés e gritando avisos uns para os outros. As cobras não pareciam ser venenosas, mas havia milhares delas, surgindo, ao que tudo indicava, do chão em si. Tinham cor de carne e não possuíam olhos, o que as fazia lembrar mais minhocas do que répteis comuns, mas eram bem fortes.

Hown Domador de Serpentes cantou então uma música estranha, com muitas notas líquidas e sibilantes, e isso pareceu ter um efeito calmante sobre as criaturas. Uma por uma a princípio, mas então em grande quantidade, elas tombaram de volta no chão, aparentemente adormecidas. Hown sorriu diante de seu sucesso.

— Agora entendo de onde veio sua alcunha — comentou Elric.

— Eu não tinha certeza se a música funcionaria, pois elas não se parecem com nenhuma outra serpente que eu já tenha visto nos mares do meu mundo — admitiu Hown.

Eles seguiram, vadeando por montes de serpentes adormecidas, notando que o caminho adiante tratava-se de um aclive considerável. Às vezes, eram forçados a usar as mãos para se estabilizarem ao escalarem o material peculiar e escorregadio que constituía o piso.

Naquela passagem, fazia muito mais calor, e todos suavam, pausando diversas vezes para descansar e enxugar a testa. O caminho parecia se estender eternamente para o alto, com algumas curvas, mas nunca nivelando-se por mais do que alguns metros. Às vezes, estreitava-se a pouco mais do que um tubo, pelo qual eles tinham que se contorcer de bruços, e noutras, o teto desaparecia na escuridão acima de suas cabeças. Elric simplesmente desistiu de tentar encontrar alguma relação entre a posição deles e o que vira do exterior do castelo. De tempos em tempos, criaturas pequenas e amorfas se aproximavam em matilhas, aparentemente com a intenção de atacá-los, mas quase nunca passavam de uma irritação e logo eram ignoradas pelo grupo, que continuava a subida.

Por algum tempo, eles não haviam ouvido a estranha voz que os saudara quando entraram, mas ela voltara a sussurrar, com um tom mais urgente do que antes.

— *Onde? Onde? Ah, a dor!*

Fizeram uma pausa, tentando localizar a fonte da voz, mas parecia vir de todos os lados.

Prosseguiram com expressões severas, atormentados por milhares de pequenas criaturas que mordiam a pele exposta como mosquitos, mas que não eram insetos. Elric nunca vira nada como elas. Eram amorfas, primitivas e praticamente incolores. Colidiam com seu rosto quando ele se movia; eram como um vento. Meio sem enxergar, sufocado e suando, ele sentia sua força se esvair. O ar estava tão espesso, tão quente, tão salgado, que era como se ele se movesse em meio a um líquido. Os outros estavam tão fracos quanto ele; alguns tropeçavam, e dois homens caíram, sendo auxiliados por camaradas quase tão exaustos quanto eles. Elric ficou tentado a despir a armadura, mas sabia que isso exporia mais de sua carne às criaturas esvoaçantes.

Eles ainda subiam, e novas daquelas coisas serpentinas que tinham visto antes começavam a se contorcer em torno de seus pés, atrapalhando-os, por mais que Hown cantasse sua canção de ninar até ficar rouco.

— Vamos sobreviver a isto apenas mais um pouco — disse Ashnar, o Lince, movendo-se mais para junto de Elric. — Não estaremos em condições de enfrentar o feiticeiro se chegarmos a encontrá-lo, ou a sua irmã.

Elric concordou, sombrio.

— Era o que eu pensava também, e, no entanto, o que mais podemos fazer, Ashnar?

— Nada. Nada — disse Ashnar, em voz baixa.

— *Onde? Onde? Onde?*

A voz farfalhou ao redor. Muitos do grupo estavam ficando abertamente ansiosos.

5

Eles chegaram ao topo do caminho. A voz lamuriosa soava muito mais alto agora, mas também mais hesitante. Viram uma passagem em arco e, depois, uma câmara iluminada.

— A sala de Agak, sem dúvida — disse Ashnar, segurando a espada com mais firmeza.

— É possível — concordou Elric.

Ele se sentia desprendido do corpo. Talvez fosse o calor e a exaustão, ou sua sensação crescente de inquietude, mas algo o fez ficar introspectivo e hesitar antes de entrar na câmara.

O lugar era octogonal, e cada um dos oito lados inclinados tinha uma cor que mudava constantemente. De vez em quando, as paredes ficavam semitransparentes, revelando uma vista completa da cidade arruinada (ou do conjunto de cidades) bem mais abaixo, e uma vista do castelo gêmeo daquele em que estavam, ainda conectado por tubos e cabos.

Foi uma grande piscina no centro da câmara o que mais atraiu a atenção deles. Parecia funda e estava cheia de algo viscoso e com um odor mefítico. Borbulhava. Formas se moldavam nela. Grotescas e estranhas, belas e familiares, as silhuetas pareciam sempre à beira de assumir uma forma permanente antes de voltarem ao material do tanque. A voz estava ainda mais alta, e não restava dúvida de que vinha dali.

— *O quê? O quê? Quem invade?*

Elric se forçou a chegar perto da piscina e, por um instante, viu a própria face encarando-o de volta antes que ela derretesse.

— *Quem invade? Ah! A fraqueza me domina!*

Elric falou com aquilo.

— Somos parte daqueles que você quer destruir. Somos aqueles de quem você se alimentaria.

— *Ah! Agak! Agak! Estou doente! Onde está você?*

Ashnar e Brut se uniram a Elric. A expressão dos guerreiros era de completa repulsa.

— Agak — rosnou Ashnar, o Lince, estreitando os olhos. — Finalmente um sinal de que o feiticeiro está aqui!

Os outros tinham se aproximado, ainda tão longe da piscina quanto possível, mas encarando-a, fascinados pela variedade das formas que se moldavam e se desintegravam no líquido viscoso.

— *Enfraqueço... Minha energia precisa ser reposta... Devemos começar agora, Agak... Levamos tanto tempo para chegar a este lugar. Pensei que eu podia descansar. Mas há doença aqui. Ela toma meu corpo. Agak. Desperte, Agak. Desperte!*

— Algum servo de Agak, encarregado da defesa da câmara? — sugeriu Hown Domador de Serpentes num murmúrio.

Elric, porém, continuou a encarar a piscina enquanto começava, achava ele, a se dar conta da verdade.

— Será que Agak vai acordar? Será que virá? — perguntou Brut, olhando ao redor, nervoso.

— Agak! — chamou Ashnar, o Lince. — Covarde!

— Agak! — gritaram vários dos guerreiros, brandindo as espadas.

Elric, contudo, não disse nada, e notou que também Hawkmoon, Corum e Erekosë permaneciam em silêncio. Supôs que deviam estar percebendo o mesmo que ele.

Olhou para os companheiros. Nos olhos de Erekosë, viu uma agonia, uma compaixão, tanto por si próprio quanto por seus camaradas.

— Somos os Quatro Que São Um — disse Erekosë. Sua voz falhava.

Elric foi tomado por um impulso estranho, que simultaneamente o repugnava e aterrorizava.

— Não... — Ele tentou embainhar Stormbringer, mas a espada se recusava a entrar na bainha.

— *Agak! Depressa!* — clamou a voz da piscina.

— Se não fizermos isso, eles vão devorar todos os nossos mundos. Nada restará — disse Erekosë.

Elric levou a mão livre à cabeça. Oscilou na margem daquele tanque assustador. Gemeu.

— Temos que fazer isso, então. — A voz de Corum era um eco.

— Eu não o farei. Eu sou eu mesmo — declarou Elric.

— Nem eu! — falou Hawkmoon.

Entretanto, Corum Jhaelen Irsei disse:

— É a única saída para nós, para a coisa única que somos. Vocês não veem? Somos as únicas criaturas de nossos mundos que possuem os meios para matar os feiticeiros, da única maneira que eles podem ser mortos!

Elric olhou para Corum, para Hawkmoon e para Erekosë, e novamente viu algo de si mesmo em todos eles.

— Somos os Quatro Que São Um — repetiu Erekosë. — Nossa força reunida é maior do que a soma das suas partes. Devemos nos unir, irmãos. Precisamos prevalecer aqui antes de tentar derrotar Agak.

— Não...

Elric se afastou, mas, de alguma forma, viu-se de pé num canto da piscina borbulhante e tóxica de onde a voz ainda murmurava e reclamava, na qual silhuetas ainda se formavam, reformavam e desvaneciam. Em cada um dos outros três cantos se encontrava um dos seus companheiros. Todos traziam uma expressão severa e fatalista.

Os guerreiros que haviam acompanhado os quatro recuaram para as paredes. Otto Blendker e Brut de Lashmar se postaram perto da entrada, com os ouvidos atentos para qualquer coisa que pudesse subir pela passagem até a câmara. Ashnar, o Lince, mexeu na tocha em seu cinto, com uma expressão de puro horror em suas feições rústicas.

Elric sentiu seu braço começar a se erguer, puxado pela espada, e viu que seus três companheiros também levantavam as armas. As lâminas se estenderam acima da piscina, e suas pontas se encontraram no centro exato.

Elric gritou quando algo penetrou seu ser. Novamente, tentou se libertar, mas aquilo era forte demais. Outras vozes falaram em sua mente.

— *Eu entendo...* — Era o murmúrio distante de Corum. — *É o único jeito.*

— *Ah, não, não...* — E esse era Hawkmoon, mas as palavras saíram dos lábios de Elric.

— *Agak!* — gritava a coisa. A coisa ficou mais agitada, mais alarmada. — *Agak! Rápido! Desperte!*

O corpo de Elric começou a tremer, mas sua mão se manteve firme na espada. Os átomos de seu corpo se desconectaram e tornaram a se juntar numa única entidade fluida que viajou pela lâmina da espada em direção à sua ponta. Mas Elric ainda era Elric, gritando pelo terror de tudo aquilo, e suspirando pelo êxtase de tudo aquilo.

Elric ainda era Elric quando se afastou da piscina e olhou para si mesmo por um momento, vendo-se totalmente unido a seus três outros eus.

Um ser pairava acima do tanque. De cada lado de sua cabeça havia um rosto, e cada rosto pertencia a um de seus companheiros. Serenos e terríveis, os olhos não piscavam. O ser tinha oito braços, que estavam imóveis; ele se agachou sobre aquele líquido em suas oito pernas, e sua armadura e equipamento eram de todas as cores misturadas e, ao mesmo tempo, separadas.

O ser segurava uma única espada longa com todas as oito mãos, e tanto ele quanto a espada brilhavam com uma luz dourada sinistra.

Elric havia se reunido a seu corpo e se tornado algo diferente: ele mesmo, três outros e mais alguma coisa que era a soma daquela união.

Os Quatro Que Eram Um moveram sua espada monstruosa para que a ponta se dirigisse para baixo, para a coisa que borbulhava freneticamente na piscina. A coisa temia a espada. Choramingava.

— *Agak, Agak...*

O ser de quem Elric era uma parte reuniu sua grande força e começou a mover a espada para baixo.

Ondas sem forma surgiram na superfície do tanque. Toda sua coloração mudou de um amarelado doente para um verde nocivo.

— *Agak, vou morrer...*

Inexoravelmente, a espada desceu e tocou a superfície.

O conteúdo da piscina foi para frente e para trás; tentou extravasar pelas laterais e escorrer pelo chão. A espada cravou-se fundo, e os Quatro Que Eram Um sentiram uma nova força fluir lâmina acima. Houve um gemido; devagar, o líquido se aquietou. Tornou-se silencioso. Imóvel. Cinza.

Em seguida, a criatura que era os Quatro Que Eram Um desceu para a piscina para ser absorvida.

Podia ver claramente agora. Testou seu corpo. Controlava cada membro, cada função. Havia triunfado; havia revitalizado a piscina. Por meio de seu único olho octogonal, olhou em todas as direções ao mesmo tempo sobre as vastas ruínas da cidade; em seguida, focou toda a atenção sobre seu gêmeo.

Agak chegara tarde demais, mas estava finalmente despertando, incitado pelos gritos moribundos da irmã, Gagak, cujo corpo os mortais haviam invadido e cuja inteligência haviam sobrepujado, cujo olho usavam e cujos poderes em breve tentariam utilizar.

Agak não precisou virar a cabeça para que seu olhar pousasse sobre o ser que ele ainda via como sua irmã. Como a dela, a inteligência dele estava contida dentro do imenso olho com oito lados.

— *Você me chamou, irmã?*

— *Apenas pronunciei seu nome, irmão.*

Havia vestígios suficientes da força vital de Gagak nos Quatro Que Eram Um para que eles pudessem imitar a maneira dela de falar.

— *Você gritou?*

— *Um sonho.* — Os Quatro pararam e então voltaram a falar. — *Uma doença. Sonhei que havia algo nesta ilha que me fez enferma.*

— *Isso é possível? Não sabemos o suficiente sobre estas dimensões nem sobre as criaturas que as habitam. Contudo, ninguém é tão poderoso quanto Agak e Gagak. Não tema, irmã. Devemos começar nosso trabalho em breve.*

— *Não é nada. Agora estou desperta.*

Agak estava intrigado.

— *Você fala de modo estranho.*

— *O sonho...* — respondeu a criatura que havia entrado no corpo de Gagak e a destruído.

— *Devemos começar* — disse Agak. — *As dimensões giram, e o momento chegou. Ah, sinta! Está à nossa espera para ser tomado. Tanta energia intensa. Como haveremos de conquistar quando formos para casa!*

— *Estou sentindo* — responderam os Quatro, e sentiam mesmo.

Sentiam todo o seu universo, dimensão sobre dimensão, rodopiando em torno de si. Estrelas, planetas e luas em plano sobre plano, todos cheios da energia que Agak e Gagak desejavam devorar. E ainda existia o suficiente de Gagak dentro dos Quatro para fazer com que a criatura experimentasse uma fome profunda e ansiosa que, naquele momento em que as dimensões chegavam à conjunção certa, logo seria satisfeita.

Os Quatro ficaram tentados a se juntar a Agak e se refestelar, embora soubessem que, se o fizessem, isso roubaria do próprio universo cada resquício de energia. As estrelas se apagariam, mundos morreriam. Até os Senhores da Ordem e do Caos pereceriam, pois faziam parte do mesmo universo. No entanto, para possuir tal poder talvez valesse a pena cometer um crime tão tremendo... A criatura controlou esse desejo e se preparou para seu ataque, antes que Agak ficasse desconfiado demais.

— *Vamos nos banquetear, irmã?*

Os Quatro perceberam que o navio os trouxera para a ilha no momento apropriado. De fato, quase tinham chegado tarde demais.

— *Irmã?* — Agak estava novamente confuso. — *O que está...?*

Os Quatro sabiam que precisavam se desconectar de Agak. Os tubos e cabos caíram de seu corpo e foram recolhidos para dentro do de Gagak.

— *O que é isso?* — O corpo estranho de Agak estremeceu por um instante. — *Irmã?*

Os Quatro se prepararam. Por mais que tivessem absorvido as memórias e os instintos de Gagak, ainda não estavam confiantes de que conseguiriam atacar Agak na forma escolhida por ela. Mas, como a feiticeira possuíra o poder de mudar de forma, os Quatro começaram a se transformar, gemendo imensamente ao experimentarem uma dor horrenda, forçando todos os materiais de seu ser roubado a se unirem de modo que o que antes parecia ser um edifício se tornava carne polpuda, disforme. Agak, aturdido, continuava olhando.

— *Irmã? Sua sanidade...*

O edifício, a criatura que era Gagak, debateu-se, derreteu e entrou em erupção. Gritou em agonia.

Atingiu sua forma.

Riu.

Quatro rostos riram numa cabeça gigante. Oito braços flexionaram-se, triunfantes, oito pernas começaram a se mover. E, acima da cabeça, a criatura agitava uma única e enorme espada.

Começou a correr.

Avançou sobre Agak enquanto o feiticeiro alienígena ainda se encontrava em sua forma estática. A espada rodopiava, soltando estilhaços de luz dourada sinistra, que açoitavam a paisagem sombria. Os Quatro estavam tão grandes quanto Agak. E, naquele momento, eram tão forte quanto ele.

Porém, Agak, ao perceber o perigo, começou a sugar. Aquilo não seria mais um ritual agradável compartilhado com a irmã. Ele devia sugar a energia daquele universo se desejava ter forças para defender a si mesmo, para conquistar o que precisava a fim de destruir seu agressor, o assassino de sua irmã. Mundos morreram enquanto Agak sugava.

Mas não era o bastante. Agak tentou lançar mão da esperteza.

— *Este é o centro do seu universo. Todas as suas dimensões se cruzam aqui. Venham, vocês podem compartilhar do poder. Minha irmã está morta. Eu aceito a morte dela. Vocês serão meus parceiros agora. Com esse poder, conquistaremos um universo muito mais rico do que este!*

— *Não!* — retrucaram os Quatro, ainda avançando.

— *Muito bem, mas tenham certeza de que serão derrotados.*

Os Quatro golpearam com a espada. A arma caiu sobre o olho facetado dentro do qual a piscina-inteligente de Agak borbulhava, exatamente como a de sua irmã fizera. Mas Agak já estava mais forte e se curou de imediato.

Os tentáculos de Agak emergiram e açoitaram os Quatro, que cortaram os tentáculos que buscavam seu corpo. Então Agak sugou mais energia. Seu corpo, que os mortais haviam tomado por um edifício, começou a reluzir num escarlate ardente e a irradiar um calor impossível.

A espada rugiu e lampejou de tal forma que uma luz negra se misturou à dourada e fluiu contra a escarlate. Os Quatro podiam sentir seu universo encolhendo e morrendo.

— *Agak, devolva o que você roubou!* — exigiram os Quatro.

Planos, ângulos e curvas, cabos e tubos, piscaram com um profundo calor vermelho, e Agak suspirou. O universo gemeu.

— *Sou mais forte que você* — disse Agak. — *Agora!*

E Agak sugou novamente.

Os Quatro sabiam que Agak perdia o foco por um momento naquele breve período em que se alimentava. Também perceberam que precisariam sugar energia do universo se queriam derrotá-lo. Assim, ergueram a espada.

A arma se preparava para golpear; sua lâmina atravessando dezenas de milhares de dimensões e sorvendo o poder delas. E então atacou. A espada girou, e uma luz negra rugiu de sua lâmina. Atacou, e Agak tomou ciência dela. Seu corpo começou a se alterar. Descendo na direção do grande olho do feiticeiro, da piscina-inteligente de Agak, a Espada Negra avançou.

Os muitos tentáculos de Agak se ergueram para defender o feiticeiro contra a lâmina, mas esta os traspassou como se nem estivessem ali, atingiu a câmara de oito lados que eram os olhos de Agak e submergiu na piscina-inteligente, bem fundo no âmago da sensibilidade do feiticeiro, absorvendo a energia de Agak para si e então para seu mestre, os Quatro Que Eram Um. Algo gritou pelo universo, e algo enviou um tremor por todo o universo. Então o universo estava morto, enquanto Agak começava a morrer.

Os Quatro não ousaram esperar para ver se o feiticeiro tinha sido derrotado por completo. Estenderam a espada de volta pelas dimensões e, em todo lugar que a lâmina tocava, a energia era restaurada. A lâmina rodou e rodou, rodou e rodou, dispersando a energia. Cantando seu triunfo e seu júbilo.

Feixes de luz negra e dourada se espalharam e foram reabsorvidos.

Por um momento, o universo estivera morto. Mas voltara a viver, e a energia de Agak fora somada a ele.

O feiticeiro também vivia, mas estava paralisado. Tentara mudar de forma. Ainda se parecia parcialmente com o edifício que Elric tinha visto quando chegara à ilha, mas uma parte dele lembrava os Quatro Que Eram Um; ali estava uma parte do rosto de Corum, ali uma perna e acolá um fragmento da lâmina de uma espada, como se Agak acreditasse, no final, que os Quatro só poderiam ser derrotados se a forma deles fosse assumida, exatamente como haviam assumido a de Gagak.

— *Nós esperamos por tanto tempo...* — disse Agak, com um suspiro, e então morreu.

Os Quatro embainharam a espada.

E então ouviu-se um uivo em meio às ruínas das muitas cidades, e um vento forte bramiu contra o corpo dos Quatro, de modo que eles foram forçados a se ajoelhar sobre as oito pernas e a abaixar a cabeça de quatro rostos ante o vendaval. Em seguida, aos poucos, ele tornou a assumir a forma de Gagak, a feiticeira, e então se deitou dentro da piscina-inteligente estagnada de Gagak e se elevou sobre ela, pairou por um momento e retirou sua espada. Os quatro seres se separaram, e Elric, Hawkmoon, Erekosë e Corum se viram de pé, com as pontas de suas lâminas se tocando sobre o centro do cérebro morto.

Os quatro embainharam as armas. Encararam-se por um segundo e viram terror e assombro ali. Elric virou-se de costas.

Não conseguia encontrar em si nem pensamentos, nem emoções em relação ao que acontecera. Não havia palavras que pudesse usar. Ficou ali olhando estupidamente para Ashnar, o Lince, e se perguntou por que ele ria, mascava a própria barba e arranhava a pele do próprio rosto com as unhas, com a espada esquecida no piso da câmara cinzenta.

— Agora eu tenho carne outra vez. Agora eu tenho carne — repetia Ashnar.

Elric se perguntou por que Hown Domador de Serpentes estava deitado todo encolhido aos pés de Ashnar e por que, quando Brut de Lashmar emergira da passagem, este caiu e se estendeu sobre o piso, mexendo-se um pouco e gemendo como que num sono perturbado. Otto Blendker entrou na câmara. Sua espada estava na bainha. Seus olhos, bem fechados, e ele se abraçava, estremecendo.

Elric pensou consigo mesmo, "Devo esquecer tudo isto ou a sanidade desaparecerá para sempre".

Ele foi até Brut e ajudou o guerreiro loiro a ficar de pé.

— O que você viu?

— Mais do que eu merecia, apesar de todos os meus pecados. Estamos presos... Presos naquele crânio...

Brut começou a chorar como uma criança de colo, e Elric tomou o guerreiro alto nos braços, afagou-lhe a cabeça e não conseguiu encontrar sons nem palavras para reconfortá-lo.

— Precisamos ir — disse Erekosë.

Seus olhos estavam vidrados. Ele andava claudicando.

Assim, arrastando quem havia desmaiado, guiando quem havia enlouquecido e deixando para trás quem havia morrido, eles fugiram pelas passagens mortas do corpo de Gagak, não mais atormentados pelas coisas que ela criara em sua tentativa de se livrar daqueles que vivenciara como uma doença invasora. As passagens e câmaras estavam frias e frágeis, e os homens ficaram contentes quando se encontraram de pé do lado de fora e viram as ruínas, as sombras sem fontes, o sol vermelho e estático.

Otto Blendker foi o único dos guerreiros que pareceu reter sua sanidade ao longo daquela provação, quando eles haviam sido absorvidos, sem saber, pelo corpo dos Quatro Que Eram Um. Ele tirou sua tocha do cinto, sacou a brasa e a acendeu. Logo, a tocha estava em chamas e foi tocada pela dos outros para que se acendessem também. Elric caminhou até onde os restos de Agak ainda jaziam e estremeceu ao reconhecer num rosto pétreo monstruoso algumas das próprias feições. Sentiu que seria impossível o material pegar fogo, mas pegou. Atrás dele, o cadáver de Gagak também ardia. Eles foram consumidos rapidamente, e pilares de chamas vociferantes projetavam-se no céu, soltando uma fumaça branca e escarlate, que, por algum tempo, obscureceu o disco vermelho do sol.

Os homens assistiram aos cadáveres queimarem.

— Eu me pergunto se o Capitão sabia por que nos enviou para cá — disse Corum.

— Ou se suspeitava do que aconteceria — completou Hawkmoon, em um tom quase ressentido.

— Apenas nós, apenas aquele ser, poderia lutar contra Agak e Gagak em algo similar aos termos deles — disse Erekosë. — Outros meios não teriam obtido sucesso, e nenhuma outra criatura poderia ter as qualidades específicas, o imenso poder necessário para matar tais feiticeiros estranhos.

— É o que parece — concordou Elric, e não falou mais nada a respeito.

— Com sorte, você se esquecerá desta experiência como se esqueceu, ou esquecerá, da outra — disse Corum.

Elric lançou-lhe um olhar severo.

— Com sorte, irmão — disse ele.

A risadinha de Erekosë foi irônica.

— Quem poderia se lembrar daquilo? — E ele também não falou mais nada.

Ashnar, o Lince, que havia cessado seu riso enquanto observava o fogo, gritou de súbito e se separou do grupo principal. Correu na direção da coluna bruxuleante e então se desviou, desaparecendo em meio às ruínas e sombras.

Otto Blendker lançou um olhar questionador a Elric, que balançou a cabeça.

— Por que segui-lo? O que podemos fazer por ele? — Abaixou a cabeça, olhando para Hown Domador de Serpentes. Gostara particularmente do homem da armadura verde-mar. Deu de ombros.

Quando partiram, deixaram o corpo encurvado de Hown Domador de Serpentes onde se encontrava, ajudando apenas Brut de Lashmar a atravessar os detritos e descer até a praia.

Logo viram a névoa branca adiante e souberam que se aproximavam do mar, embora o navio não estivesse à vista.

Nos limites da neblina, tanto Hawkmoon quando Erekosë pararam.

— Eu não vou embarcar — disse Hawkmoon. — Sinto que servi minha passagem agora. Se for possível encontrar Tanelorn, suspeito que é aqui que devo procurar.

— Também é meu sentimento — concordou Erekosë.

Elric olhou para Corum. Este sorriu.

— Eu já encontrei Tanelorn. Voltarei para o navio na esperança de que em breve ele me deixe em uma praia mais familiar.

— Essa é a minha esperança — declarou Elric, ainda cedendo o apoio de seu braço a Brut de Lashmar.

— O que foi isso? O que aconteceu conosco? — sussurrou Brut.

Então, enquanto Elric tentava conduzi-lo para dentro da bruma, o guerreiro loiro deu um passo para trás, soltando-se e afastando-se de Elric.

— Eu vou ficar. Desculpe.

Elric ficou confuso.

— Brut?

— Desculpe — repetiu Brut. — Eu temo você. Temo aquele navio.

Elric quis seguir o guerreiro, mas Corum colocou a mão coberta pela armadura prateada e dura sobre seu ombro.

— Camarada, vamos partir deste lugar. — O sorriso dele era triste. — Temo mais o que ficou para trás do que temo o navio.

Eles olharam para as ruínas. A distância, podiam ver os restos do fogo, onde agora havia duas sombras, a de Gagak e Agak, como eles haviam aparecido para eles no começo.

Elric inspirou o ar frio.

— Com isso, eu concordo — disse a Corum.

Otto Blendker foi o único guerreiro que optou por retornar ao navio com eles.

— Se aquilo for Tanelorn, ela não é, no final das contas, o lugar que eu buscava — afirmou.

Logo estavam com a água na altura da cintura. Tornaram a ver os contornos do Navio Sombrio; o Capitão estava debruçado na amurada, o braço levantado como em saudação a alguém ou algo na ilha.

— Capitão, vamos subir a bordo — anunciou Corum.

— Vocês são bem-vindos. Sim, são bem-vindos — disse o Capitão. Os olhos cegos se voltaram na direção deles quando Elric estendeu a mão para a escada de corda. — Gostariam de navegar por algum tempo nos locais silenciosos, os locais repousantes?

— Acho que sim — disse Elric. Fez uma pausa no meio da subida e tocou na cabeça. — Tenho muitos ferimentos.

Ele alcançou a amurada e, com suas mãos frias, o Capitão o ajudou a embarcar.

— Eles se curarão.

Elric se aproximou do mastro. Recostou-se nele e observou a tripulação silenciosa, que desdobrava a vela. Corum e Otto Blendker subiram a bordo. O melniboneano ouviu o ruído nítido da âncora sendo recolhida. O navio oscilou um pouco.

Otto Blendker olhou para Elric, depois para o Capitão, então se virou e entrou em sua cabine, sem dizer absolutamente nada ao fechar a porta.

A vela se inflou, e o navio começou a se mover. O Capitão estendeu o braço e encontrou o de Elric. Também pegou o braço de Corum e os guiou na direção de sua cabine.

— O vinho. Ele vai curar todas as feridas — declarou.

Na porta da cabine do Capitão, Elric fez uma pausa.

— E o vinho tem outras propriedades? — indagou ele. — Obscurece a razão da pessoa? Foi isso o que me fez aceitar seu trato, Capitão?

O Capitão deu de ombros.

— O que é a razão?

O navio ganhava velocidade. A névoa branca estava mais espessa, e um vento frio soprava os restos de tecido e metal que Elric trajava. Inspirou, por um instante pensando sentir o cheiro de fumaça naquele vento.

Levou as duas mãos ao rosto e tocou a pele. Sua face estava fria. Ele deixou as mãos caírem para as laterais do corpo e seguiu o Capitão até o calor da cabine.

O comandante do navio despejou vinho de sua jarra prateada em canecas prateadas. Estendeu a mão para oferecer uma para Elric e outra para Corum. Eles beberam.

Um pouco mais tarde, o Capitão disse:

— Como se sentem?

— Não sinto nada — respondeu Elric.

Naquela noite, sonhou apenas com sombras e, pela manhã, não conseguiu entender nada de seu sonho.

Livro dois

Navegando para o presente

1

Com a mão de dedos longos e brancos como osso sobre uma escultura de cabeça de demônio em madeira de lei marrom escura (uma das poucas decorações do tipo encontradas em qualquer lugar no navio), o homem alto encontrava-se sozinho no castelo de proa e fitava a bruma com seus olhos vermelhos, grandes e oblíquos, dentro da qual eles se moviam com velocidade e certeza a ponto de fazer qualquer marujo mortal se maravilhar, incrédulo.

Havia sons ao longe; sons incongruentes até mesmo para os daquele mar atemporal e inominável: sons rarefeitos, agonizantes e terríveis, por mais remotos que permanecessem; e, no entanto, o navio os seguia, como se atraído por eles, que ficavam cada vez mais altos. Havia dor e desespero ali, mas o terror era predominante.

Elric ouvira tais sons ecoando do que seu primo Yyrkoon sardonicamente chamara de "Câmara dos Prazeres" nos dias que antecederam sua fuga das responsabilidades de governar o que restava do velho Império Melniboneano. Eram as vozes de homens cujas próprias almas estavam sob ataque; homens para quem a morte não significava apenas a extinção, mas sim uma continuação da existência, eternamente submissos a algum mestre cruel e sobrenatural. Ele ouvira homens gritarem assim quando sua salvação e sua nêmese, a grande espada negra de batalha, Stormbringer, sorvera suas almas.

Não apreciava esse som; odiava-o. Deu as costas para sua fonte e estava prestes a descer a escada para o convés principal, quando percebeu que Otto Blendker tinha subido atrás dele. Depois que Corum fora levado por amigos com carruagens que corriam sobre a superfície da água, Blendker era o último daqueles camaradas que haviam lutado ao lado de Elric contra os dois feiticeiros alienígenas, Gagak e Agak.

O rosto negro e marcado por cicatrizes de Blendker estava preocupado. O ex-erudito e mercenário cobriu os ouvidos com as palmas das enormes mãos.

— Argh! Pelos Doze Símbolos da Razão, Elric, quem está fazendo esta algazarra? É como se navegássemos pelo litoral do Inferno!

O príncipe Elric de Melniboné deu de ombros.

— Eu estaria preparado para abrir mão de uma resposta e deixar minha curiosidade insatisfeita, mestre Blendker, se nosso navio mudasse de curso. Do jeito que as coisas são, navegaremos cada vez mais para perto da fonte.

Blendker concordou com um grunhido.

— Não tenho desejo algum de encontrar seja lá o que faça esses pobres coitados gritarem assim! Talvez devêssemos informar o Capitão.

— Você acha que ele não sabe para onde o próprio navio se dirige? — O sorriso de Elric tinha pouco humor.

O negro alto esfregou a cicatriz em V invertido que descia por sua testa até os maxilares.

— Eu me pergunto se ele planeja nos enviar para a batalha outra vez.

— Não lutarei outra batalha por ele. — A mão de Elric passou da amurada esculpida para o pomo da espada rúnica. — Tenho minhas próprias questões para resolver, assim que estiver de volta a terras reais.

Um vento surgiu do nada. A névoa se dissipou de súbito. Elric conseguiu ver que o navio viajava por águas cor de ferrugem. Luzes peculiares cintilavam ali, pouco abaixo da superfície. Havia uma impressão de que criaturas se moviam lentamente nas profundezas do mar e, por um momento, ele pensou vislumbrar um rosto branco e inchado não muito diferente do seu... Um rosto melniboneano. Por impulso, deu meia-volta, virando as costas para a amurada, e olhou além de Blendker enquanto lutava para controlar a bile que lhe subia pela garganta.

Pela primeira vez desde que embarcara no Navio Sombrio, conseguia ver claramente o comprimento da embarcação. Ali estavam as duas grandes rodas de leme, uma ao lado dele no convés da proa, e uma na outra ponta, no convés da popa, como sempre sob a vigilância do timoneiro, o gêmeo do Capitão dotado de visão. Ali estavam o grande mastro que sustentava a vela negra retesada e, adiante e atrás, as duas cabines do convés, uma das quais vazia (pois seus ocupantes tinham sido mortos durante o último desembarque) e a outra, ocupada apenas por ele mesmo e por Blendker. O olhar de Elric foi atraído de volta para o timoneiro e, não pela primeira vez, o albino se perguntou quanta influência o gêmeo do Capitão tinha sobre o curso do Navio Sombrio. O sujeito parecia incansável e, até onde Elric sabia, raramente descia para seus alojamentos, que ocupavam o convés da popa, enquanto os do Capitão ocupavam o convés da proa. Uma ou duas vezes Elric ou Blendker tentou envolver o timoneiro numa conversa, mas ele parecia ser tão burro quanto o irmão era cego.

Os entalhes geométricos e criptográficos que cobriam toda a madeira do navio e a maior parte do seu metal, desde o cadaste da popa até a figura da proa, estavam marcados pelo que sobrava da névoa pálida ainda agarrada a eles (mais uma vez, Elric se perguntou se o navio gerava a cerração que normalmente o cercava) e, enquanto o albino observava, os desenhos se transformaram aos poucos em fogo rosa-claro, conforme a luz daquela estrela vermelha que sempre os seguia permeava a nuvem lá no alto.

Um ruído veio de baixo. O Capitão, com o longo cabelo ruivo-dourado sendo soprado por uma brisa que Elric não conseguia sentir, emergiu de sua cabine. A tiara de jade azul usada como um diadema havia assumido um tom violeta sob a luz rosada, e sua meia e a túnica cor de couro cru refletiam aquele tom, e mesmo as sandálias prateadas com os laços prateados cintilavam com o matiz rosado.

Elric tornou a olhar para aquele rosto cego misterioso, tão inumano quanto o seu, no sentido mais comum, e se questionou sobre a origem daquele que não permitia ser chamado de nada além de "Capitão".

Como que invocada pelo Capitão, a neblina se lançou em torno do navio de novo, como uma mulher jogando uma pilha de peles sobre o corpo. A luz da estrela vermelha arrefeceu, mas os gritos distantes continuaram.

Teria o Capitão os notado pela primeira vez ou seria aquela uma imitação de surpresa? Ele inclinou a cabeça cega e levou a mão até a orelha. Murmurou num tom de satisfação:

— A-há! — Levantou a cabeça. — Elric?

— Aqui. Acima de você — respondeu o albino.

— Estamos quase lá, Elric.

A mão aparentemente frágil encontrou o corrimão da escada do tombadilho. O Capitão começou a subir.

Elric o encarou no topo da escada.

— Se for uma batalha...

O sorriso do Capitão era enigmático, amargo.

— Era uma batalha. Ou será uma.

— ...nós não vamos participar — concluiu o albino, com firmeza.

— Não é uma das batalhas nas quais meu navio se envolva diretamente — tranquilizou-o o cego. — Você está ouvindo os derrotados, perdidos em algum futuro que acredito que você experimentará perto do fim da sua encarnação atual.

Elric acenou num gesto desdenhoso.

— Ficarei contente, Capitão, se puder parar com mistificações insípidas. Estou cansado disso.

— Lamento muito se isso o ofende. Respondo de modo literal, de acordo com meus instintos.

Ao passar por Elric e Otto Blendker para se postar junto à amurada, o Capitão parecia estar se desculpando. Não disse nada por algum tempo, apenas ouviu o balbucio confuso e perturbador trazido pela névoa. Em seguida, assentiu, aparentemente satisfeito.

— Avistaremos terra em breve. Se quiser desembarcar e procurar seu próprio mundo, eu o aconselharia a fazê-lo agora. Isto é o mais próximo que chegaremos de seu plano.

Elric deixou sua raiva transparecer. Praguejou, invocando o nome de Arioch, e colocou a mão sobre o ombro do cego.

— O quê? Você não pode me devolver diretamente ao meu próprio plano?

— É tarde demais. — A consternação do Capitão era, pelo visto, genuína. — O navio segue velejando. Estamos perto do fim de nossa longa viagem.

— Mas como vou encontrar meu mundo? Não sei nenhum feitiço forte o bastante para me transportar entre as esferas! E a assistência demoníaca me é negada aqui.

— Existe um portal para o seu mundo — disse o Capitão. — É por isso que sugiro que desembarque. Em outros lugares, não há mais nenhum. Sua esfera e esta têm uma intersecção direta.

— Mas você disse que isto jaz em meu futuro.

— Esteja certo, você retornará a seu próprio tempo. Aqui, você é atemporal. É por isso que sua memória é tão ruim. É por isso que se lembra tão pouco do que lhe acontece. Busque o portal: ele é escarlate e emerge do mar perto da costa da ilha.

— Que ilha?

— Aquela da qual nos aproximamos.

Elric hesitou.

— E para onde vocês irão quando eu tiver desembarcado?

— Para Tanelorn — disse o Capitão. — Tem algo que devo fazer por lá. Meu irmão e eu temos que completar nosso destino. Levamos carga, além de homens. Muitos tentarão nos impedir, pois temem o que transportamos. Podemos perecer, mas precisamos fazer o que pudermos para alcançar Tanelorn.

— Então não era Tanelorn o lugar onde lutamos contra Agak e Gagak?

— Aquilo não passava de um sonho destruído de Tanelorn, Elric.

O melniboneano sabia que não receberia nenhuma outra informação do Capitão.

— Você me oferece uma escolha ruim: navegar com vocês para dentro do perigo e nunca mais tornar a ver meu mundo, ou arriscar desembarcar naquela ilha habitada, ao que parece, pelos condenados e por seus predadores!

Os olhos cegos do Capitão se moveram na direção de Elric.

— Eu sei — disse ele, em voz baixa. — Todavia, isso é o melhor que posso oferecer.

Os berros e os gritos aterrorizados de súplica estavam cada vez mais perto, mas havia menos deles. Ao olhar sobre a lateral do navio, Elric pensou ter visto um par de mãos com manoplas blindadas se erguendo da água; havia espuma, tóxica e pintalgada de vermelho, e escumalha amarelada na qual vagavam terríveis destroços; havia madeiras quebradas, retalhos de lona, bandeiras e roupas, fragmentos de armas e cada vez mais cadáveres flutuando.

— Mas onde foi a batalha? — murmurou Blendker, fascinado e horrorizado por aquela visão.

— Não neste plano. Vocês veem apenas as ruínas que flutuaram de um mundo para o outro — explicou o Capitão.

— Então foi uma batalha sobrenatural?

O Capitão sorriu de novo.

— Não sou onisciente. Mas, sim, creio que há atividade sobrenatural envolvida. Os guerreiros de metade de um mundo lutaram na batalha naval para decidir o destino do multiverso. É, ou será, uma das contendas decisivas para determinar o destino da humanidade, para fixar o destino do homem para o ciclo vindouro.

— Quem foram os participantes? — perguntou Elric, dando voz à pergunta apesar de sua resolução. — Quais eram os problemas, segundo a compreensão deles?

— Você saberá no devido momento, acho. — A cabeça do Capitão voltou-se para o mar novamente.

Blendker farejou o ar.

— Argh! É imundo!

Elric também achava o odor cada vez mais desagradável. Agora a água era iluminada aqui e ali por chamas tremeluzentes, revelando o rosto dos que se afogavam, alguns ainda agarrados a pedaços de madeira empretecida à deriva. Nem todos os rostos eram humanos, embora aparentassem tê-lo sido em algum momento; coisas com focinhos de porcos e touros levantavam mãos retorcidas para o Navio Sombrio e grunhiam lamentosamente por socorro, mas o Capitão os ignorava, e o timoneiro mantinha seu curso.

Incêndios cuspiam centelhas e água chiava; fumaça se misturava à névoa. Elric cobria a boca e o nariz com a manga da roupa, contente que a fumaça e a névoa ajudassem a obscurecer a vista, pois, conforme os destroços se tornavam mais numerosos, não eram poucos os cadáveres avistados que o faziam pensar mais em répteis do que em homens, com as barrigas pálidas de lagartos vazando algo que não era sangue.

— Se aquele é o meu futuro, estou quase convencido a permanecer no navio, no final das contas — disse Elric ao Capitão.

— Você tem um dever, assim como eu — lembrou o comandante, com suavidade. — O futuro deve ser servido, tanto quanto o passado e o presente.

Elric balançou a cabeça.

— Eu fugi dos deveres de um império porque buscava a liberdade. E liberdade é o que devo ter.

— Não — murmurou o Capitão. — Isso não existe. Não ainda. Não para nós. Devemos passar por muito mais antes de podermos sequer começar a supor o que é a liberdade. O preço desse conhecimento já é provavelmente mais alto do que você se disporia a pagar nesse estágio da vida. De fato, a própria vida com frequência é o preço.

— Também buscava me libertar da metafísica quando deixei Melniboné — disse Elric. — Pegarei o resto do meu equipamento e aceitarei o desembarque oferecido. Com alguma sorte, encontrarei esse Portal Escarlate rapidamente e estarei de volta a perigos e tormentos que serão, ao menos, familiares.

— Essa é a única decisão que você poderia ter tomado. — A cabeça do Capitão se voltou para Blendker. — E você, Otto Blendker? O que fará?

— O mundo de Elric não é o meu e não gosto do som desses gritos. O que pode me prometer se eu continuar navegando com o senhor?

— Nada além de uma boa morte. — Havia remorso na voz do Capitão.

— Morte é a promessa com a qual todos nascem. Uma boa morte é melhor do que uma morte ruim. Navegarei com o senhor.

— Como quiser. Acho que você é sábio. — O Capitão suspirou. — Direi adeus a você, então, Elric de Melniboné. Lutou bem a meu serviço, e eu lhe agradeço.

— Lutei pelo quê? — perguntou Elric.

— Ah, chame de humanidade. Chame de destino. Chame de um sonho ou um ideal, se assim preferir.

— Será que nunca terei uma resposta mais clara?

— Não de mim. Acho que não existe uma.

— Você permite pouca fé às pessoas. — Elric começou a descer a escada do tombadilho.

— Existem dois tipos de fé, Elric. Assim como a liberdade, existe um tipo que é mantido com facilidade, mas que se prova não valer o esforço de manter; e existe um tipo conquistado a duras penas. Eu concordo: ofereço pouca desse primeiro tipo.

Elric caminhou para sua cabine. Riu, sentindo uma afeição genuína pelo cego naquele momento.

— Pensei que eu tinha um pendor para tais ambiguidades, mas encontrei um rival em você, Capitão. — Ele notou que o piloto havia deixado seu posto junto ao timão e balançava um bote em seus turcos, preparando-se para abaixá-lo. — Isso é para mim?

O timoneiro assentiu.

Elric foi até sua cabine. Deixava o navio sem nada além do que trouxera a bordo, apenas sua roupa e armadura estavam num estado de conservação pior do que antes, e sua mente, num estado de confusão consideravelmente maior.

Sem hesitar, reuniu suas coisas, enrolou-se em seu manto pesado, calçou as manoplas, apertou as fivelas e prendeu as correias, então deixou a cabine e retornou ao convés. O Capitão apontava para os contornos escuros do litoral em meio à neblina.

— Pode ver terra, Elric?

— Posso.

— Você deve ir depressa, então.

— De bom grado.

Elric se jogou por cima da amurada para dentro do bote. O barco se chocou com a lateral do navio várias vezes, de modo que o casco ecoou como a batida de um tambor funéreo imenso. Tirando isso, havia silêncio sobre as águas brumosas e nenhum sinal de detritos.

Blendker o saudou.

— Desejo-lhe sorte, camarada.

— A você também, mestre Blendker.

O bote começou a baixar na direção da superfície plana do mar, as polias dos turcos rangendo. Elric se agarrou à corda, mas a soltou quando a pequena embarcação pousou na água. O albino oscilou e se sentou pesadamente no banco, liberando as cordas para que o bote vagasse de imediato para longe do Navio Sombrio. Apanhou os remos e os encaixou nas cavilhas.

Enquanto remava para a praia, ouviu a voz do Capitão chamando-o, mas as palavras foram abafadas pela névoa, e ele jamais saberia se a última mensagem do cego tinha sido um alerta ou apenas alguma cortesia formal. Não se importava. O barco se movia tranquilamente pela água; a neblina começou a sumir, mas o mesmo podia ser dito da luz.

Súbito, ele estava sob um céu crepuscular, o sol já desaparecido e as estrelas surgindo. Antes que tivesse alcançado a praia, já havia ficado completamente escuro, com a lua ainda por nascer, e foi com dificuldades que ele encalhou o barco no que pareciam ser rochas achatadas e tropeçou pela terra firme até se julgar a salvo o suficiente de qualquer maré que chegasse.

Então, com um suspiro, ele se deitou, tentando apenas organizar seus pensamentos antes de seguir adiante; contudo, quase de imediato, adormeceu.

2

Elric sonhou.

Sonhou não apenas com o fim de seu mundo, mas com o fim de todo um ciclo na história do cosmo. Sonhou que era não apenas Elric de Melniboné, mas também outros homens, jurados a alguma causa numinosa que nem eles conseguiam descrever. E sonhou que havia sonhado com o Navio Sombrio, Tanelorn, Agak e Gagak, enquanto jazia exausto numa praia em algum lugar além das fronteiras de Pikarayd; quando acordou, sorria sardonicamente, parabenizando-se por ter uma imaginação grandiosa. Mas não conseguiu tirar totalmente da cabeça a impressão deixada por aquele sonho.

Aquela não era a mesma praia, então era óbvio que algo havia acontecido; talvez tivesse sido drogado por mercadores de escravos, depois abandonado quando descobriram que ele não era o que esperavam... Mas não, essa explicação não servia. Se ele pudesse descobrir sua localização, talvez se lembrasse dos fatos verdadeiros.

Era amanhecer, com certeza. Ele se sentou e olhou ao redor.

Estava esparramado sobre uma superfície de calcário escuro e lavado pelo mar, rachado em uma centena de pontos; as gretas eram tão profundas que os pequenos rios de água salgada espumosa que corriam por esses canais estreitos tornavam barulhenta o que, de outra forma, seria uma manhã muito quieta.

Elric ficou de pé, apoiando-se na espada rúnica embainhada. Suas pálpebras brancas se fecharam por um instante sobre os olhos escarlates, enquanto ele buscava, mais uma vez, relembrar os eventos que o haviam levado até ali.

Relembrou sua fuga de Pikarayd, seu pânico, sua entrada em um coma de desesperança, seus sonhos. E, como evidentemente não estava morto nem aprisionado, podia ao menos concluir que seus perseguidores haviam, no final das contas, desistido da caçada, pois se o tivessem encontrado, o teriam matado.

Ao abrir os olhos e observar os arredores, notou a qualidade peculiarmente azul da luz, sem dúvida uma ilusão causada pelo sol por trás das nuvens cinza, o que tornava a paisagem sinistra e dava ao mar uma aparência fosca e metálica.

Os paredões de calcário que se erguiam do mar e se estendiam acima dele cintilavam de maneira intermitente, como chumbo polido. Num impulso, ele estendeu a mão para a luz e a inspecionou. O branco em geral sem lustro de sua pele foi tingido por uma leve e azulada luminosidade. Ele achou aquilo agradável e sorriu como uma criança num assombro inocente.

Esperava estar cansado, mas percebeu que se sentia incomumente repousado, como se tivesse dormido um longo tempo depois de uma boa refeição e, decidindo não questionar o fato desse dom afortunado (e improvável), resolveu escalar as falésias na esperança de talvez ter uma ideia melhor de sua situação antes de decidir que direção tomaria.

Calcário pode ser um tanto traiçoeiro, mas era fácil de escalar, pois quase sempre havia um ponto em que uma plataforma se encontrava com outra.

Subiu com cautela e constância, encontrando muitos apoios para os pés, e pareceu ganhar altura considerável depressa; no entanto, só conseguiu alcançar o topo depois do meio-dia, quando viu-se de pé na beira de um amplo platô rochoso, que descaía bruscamente para formar um horizonte próximo. Depois do platô havia apenas o céu. Exceto pelo mato esparso e meio marrom, pouca coisa crescia ali, e não havia sinal algum de habitação humana. Foi nessa hora que, pela primeira vez, Elric percebeu a ausência de qualquer outra forma de vida. Nem uma única ave marinha pairava no ar, nem um inseto rastejava pelo mato. Só havia um silêncio enorme sobre a planície marrom.

Elric ainda estava notavelmente descansado, então decidiu fazer o melhor uso que podia dessa energia e chegar ao ponto mais alto do platô na esperança que, de lá, pudesse avistar uma cidade ou um vilarejo. Seguiu adiante, sem sentir falta de comida ou bebida, e seu passo era ainda singularmente enérgico; contudo, havia julgado mal a distância, e o sol começara a se pôr muito antes de sua jornada estar completa. O céu ficou azul profundo e aveludado em todas as direções, e as poucas nuvens que havia também se tingiram de azul. Então, pela primeira vez, Elric reparou que o sol em si não estava com sua cor normal, mas que ardia num roxo quase negro, e se perguntou outra vez se ainda estava sonhando.

O solo começou a se elevar de forma abrupta, e era com algum esforço que ele caminhava, mas, antes que a luz tivesse sumido por completo, alcançou o flanco íngreme de uma colina que descia na direção de um vale amplo que, embora desprovido de árvores, continha um rio que serpenteava por rochas, relva e samambaias acastanhadas.

Depois de um breve descanso, Elric decidiu continuar, embora a noite tivesse caído, e ver se conseguiria chegar ao rio onde poderia ao menos beber e, possivelmente, de manhã, encontrar algum peixe para comer.

De novo, nenhuma lua apareceu para ajudar seu progresso, e ele andou por duas ou três horas numa escuridão quase total, tropeçando de vez em quando em pedras grandes, até o chão se nivelar e ele ter certeza de que havia chegado ao fundo do vale.

Àquela altura, ele desenvolvera uma forte sede e sentia-se um tanto esfomeado, mas decidia que seria melhor esperar até de manhã para tentar localizar o rio quando, ao dar a volta numa rocha especialmente alta, viu, com algum espanto, a luz de uma fogueira.

Com sorte, aquela seria a fogueira de uma companhia de mercadores, uma caravana de comerciantes a caminho de algum país civilizado que lhe permitiria viajar com ela, talvez em troca de seus serviços como espadachim de aluguel (não seria a primeira vez desde que deixara Melniboné que ganharia seu pão dessa forma).

No entanto, os velhos instintos de Elric não o abandonaram; ele se aproximou da fogueira com cuidado, sem deixar que ninguém o visse. Sob uma saliência de pedra, tornada sombreada pela luz do fogo, postou-se e observou o grupo de quinze ou dezesseis homens sentados ou deitados perto da fogueira, jogando algum jogo que envolvia dados e lascas de marfim numeradas.

Ouro, bronze e prata reluziam à luz das chamas conforme os homens apostavam largas somas na queda de um dado e na virada de uma lasca de marfim.

Elric supôs que, se não estivessem tão concentrados no jogo, aqueles homens certamente teriam detectado sua aproximação, pois não eram, no final das contas, mercadores. Pelas evidências, eram guerreiros, que trajavam couro marcado e metal amassado, com as armas à mão, e, no entanto, não pertenciam a nenhum exército, a menos que fosse um exército de bandidos, pois eram de todas as raças e, estranhamente, pareciam ser de vários períodos na história dos Reinos Jovens.

Era como se tivessem saqueado a coleção de relíquias de algum erudito. Um sujeito com um machado do final da República Lormyriana, que havia terminado cerca de duzentos anos antes, deitava-se bem ao lado de um arqueiro chalalita sentado, de um período, grosso modo, contemporâneo ao de Elric. Perto do chalalita sentava-se um ilmiorano baixinho da infantaria de um século passado. Ao lado, estava um filkhariano nos trajes bárbaros do princípio dos tempos daquela nação. Tarkeshitas, shazaarianos, vilmirianos, todos misturados, e a única coisa que tinham em comum, pela aparência, era uma expressão faminta e vilanesca em suas feições.

Em outras circunstâncias, Elric talvez tivesse contornado o acampamento e seguido adiante, mas ficou tão contente de encontrar seres humanos de qualquer tipo que ignorou as incongruências perturbadoras do grupo; todavia, contentou-se em apenas observá-los.

Um dos homens, menos torpe do que os outros, era um corpulento guerreiro do mar, careca e de barba preta, vestido nos trajes casuais de couro e seda do povo das Cidades Púrpuras. Foi quando esse homem apareceu com uma grande roda de ouro melniboneana, uma moeda que não era cunhada, como a maioria das moedas, mas entalhada por artesãos num desenho antigo e intrincado, que a cautela de Elric foi derrotada por completo pela curiosidade.

Pouquíssimas daquelas moedas existiam em Melniboné e, que Elric soubesse, nenhuma fora de lá, pois não eram utilizadas para o comércio com os Reinos Jovens. Eram valorizadas até mesmo pela nobreza da Ilha Dragão.

Parecia a Elric que o homem careca só poderia ter adquirido a moeda de outro viajante melniboneano, e Elric não sabia de nenhum outro que partilhasse de seu pendor pela exploração. Ignorando a cautela, ele adentrou o círculo.

Se não estivesse totalmente obcecado pelo pensamento da roda melniboneana, poderia ter obtido alguma satisfação na súbita corrida às armas que se seguiu. Em segundos, a maioria dos homens estava de pé, com as armas em punho.

Por um momento, a roda de ouro foi esquecida. Com uma mão sobre o pomo da espada rúnica, ele apresentou a outra num gesto apaziguador.

— Perdoem a interrupção, cavalheiros. Sou apenas um camarada soldado cansado, que busca se juntar a vocês. Eu gostaria de pedir algumas informações e comprar um pouco de comida, se tiverem alguma sobrando.

De pé, os guerreiros tinham uma aparência ainda maior de rufiões. Sorriram entre si, entretidos pela cortesia de Elric, mas não impressionados.

Um deles, com o capacete emplumado de um chefe marítimo de Pan Tang e feições que combinavam com o posto — moreno, sinistro —, esticou a cabeça para frente de seu pescoço comprido e disse, bem-humorado:

— Já temos companhia que baste, Carabranca. E poucos aqui gostam dos homens-demônios de Melniboné. Você deve ser rico.

Elric relembrou a inimizade com que os melniboneanos eram considerados nos Reinos Jovens, particularmente pelos cidadãos de Pan Tang, que invejavam a Ilha Dragão por seu poder e sabedoria e, nos últimos tempos, tinham começado a imitar toscamente Melniboné.

Cada vez mais na defensiva, ele disse, sem se alterar:

— Tenho um pouco de dinheiro.

— Então nós o tomaremos, demônio. — O pan tanginês estendeu a mão suja logo abaixo do nariz de Elric enquanto rosnava: — Entregue aqui e siga seu rumo.

O sorriso de Elric foi polido e meticuloso, como se tivessem lhe contado uma piada ruim.

O pan tanginês evidentemente achava a piada melhor, pois riu entusiasticamente e olhou para seus colegas mais próximos em busca de aprovação.

Um riso áspero contagiou a noite, e apenas o homem careca de barba preta não se juntou aos gracejos, mas deu um ou dois passos para trás, enquanto todos os outros avançavam.

O rosto do pan tanginês estava próximo ao de Elric; seu hálito era fétido, e o albino viu que a barba e o cabelo dele estavam vivos de tantos piolhos, contudo, manteve a calma e respondeu no mesmo tom tranquilo:

— Dê-me alguma comida decente, uma garrafa de água... Algum vinho, se o tiverem... E eu alegremente lhe darei o dinheiro que possuo. — A risada se elevou e cessou de novo, enquanto Elric continuava — Mas, se vocês quiserem tomar meu dinheiro e me deixar sem nada... então terei de me defender. Tenho uma boa espada.

O pan tanginês se empenhou para imitar a ironia de Elric.

— Mas você pode notar, sir Demônio, que nós estamos em maior número. Consideravelmente maior.

Em voz baixa, o albino disse:

— Eu notei esse fato, mas isso não me perturba.

Elric sacou a Espada Negra ao terminar de falar, pois o grupo o atacou em um rompante.

O pan tanginês foi o primeiro a morrer, atingido na lateral do corpo, suas vértebras cortadas, e Stormbringer, ao tomar sua primeira alma, começou a cantar.

Um chalalita, que saltava com uma lança pronto para estocar, morreu em seguida pela ponta da espada rúnica, que murmurou de prazer.

Mas foi só quando Elric arrancou completamente a cabeça de um mestre lanceiro filkhariano com um corte, que a espada começou a bradar e ganhou vida plena, soltando um fogo negro que faiscava por toda sua extensão, com as estranhas runas brilhando.

Os guerreiros perceberam que batalhavam contra feitiçaria e ficaram mais cautelosos, contudo, não arrefeceram o ataque, e Elric, arremetendo e aparando, cortando e acutilando, precisou de toda a energia sombria e renovada que a espada transferia para ele.

Lança, espada, machado e punhal foram bloqueados, ferimentos foram infligidos e recebidos, porém os mortos ainda não tinham superado em número os vivos quando Elric viu-se com as costas contra a rocha e quase uma dúzia de armas afiadas à procura de seus órgãos vitais.

Foi nesse momento, em que o melniboneano já estava um tanto menos confiante de que poderia superar um grupo tão grande, que o guerreiro careca, empunhando um machado numa das mãos enluvadas e uma espada na outra, revelou-se rapidamente sob a luz da fogueira e se lançou sobre os colegas mais próximos.

— Eu lhe agradeço, senhor! — gritou Elric, durante a breve trégua que essa súbita reviravolta gerou.

Com a moral melhorada, ele retomou o ataque.

O lormyriano foi fendido do quadril até a coxa ao desviar-se de uma finta; um filkhariano que deveria ter morrido quatrocentos anos atrás tombou com sangue borbulhando dos lábios e narinas; e os cadáveres começaram a se empilhar, uns sobre os outros. Stormbringer cantava sua sinistra canção de batalha e transmitia seu poder para seu mestre, de modo que, a cada morte, Elric encontrava mais força para matar mais soldados.

Aqueles que restavam começaram a expressar seu arrependimento pelo ataque precipitado. No lugar das imprecações e ameaças que haviam sido expelidas, ouviam-se súplicas lamuriosas por piedade, e aqueles que tinham rido com tanta bravata e ousadia choravam como crianças, mas Elric, cheio de seu antigo júbilo de batalha, não poupou ninguém.

Nesse ínterim, o homem das Cidades Púrpuras, sem o auxílio de feitiçaria, fazendo uso de seu machado e espada, lidou com mais três antigos camaradas, exultante com sua obra como se viesse acalentando aquela vontade há algum tempo.

— Ah! Isso, sim, é uma matança digna! — gritou o de barba preta.

Então, repentinamente, a carnificina terminou, e Elric deu-se conta de que não restara ninguém exceto ele mesmo e seu novo aliado, que descansava apoiado no machado, ofegante e sorrindo feito um cão de caça diante da presa. Ele recolocou seu pequeno elmo de aço sobre a cabeça, de onde tinha caído durante a luta, e enxugou o suor que brilhava em seu cenho com uma manga cheia de sangue. A seguir, disse num tom grave e bem-humorado:

— Bem, agora nós é que de repente ficamos ricos.

Elric guardou uma Stormbringer ainda relutante a voltar para a bainha.

— Você deseja o ouro deles. Foi por isso que me ajudou?

O soldado barbudo riu.

— Eu tinha uma dívida com eles e vinha ganhando tempo, esperando para pagar. Esses patifes são tudo o que restava de uma tripulação pirata que matou todos a bordo do meu navio quando adentramos águas desconhecidas... Teriam me matado também se eu não tivesse dito que queria me juntar a eles. Agora estou vingado. Não que eu não queira pegar o ouro, já que boa parte pertence a mim e a meus irmãos mortos. Irá para suas esposas e seus filhos quando eu regressar às Cidades Púrpuras.

— Como você os convenceu a não matá-lo também? — Elric vasculhava entre as ruínas da fogueira em busca de algo para comer. Encontrou um pouco de queijo e começou a devorá-lo.

— Parecia que eles não tinham nem capitão, nem navegador. Nenhum era marinheiro de verdade, só sabiam navegar próximos à costa, e sua base era esta ilha. Encalharam aqui, percebe, e recorreram à pirataria como último recurso, mas tinham medo demais de se arriscar no mar aberto. Além disso, depois da luta, ficaram sem navio. Nós tínhamos conseguido afundá-lo. Navegamos com o meu para este litoral, mas as provisões já estavam escassas, e eles não tinham estômago para velejar sem os estoques cheios, então fingi conhecer esta costa (que os deuses levem minha alma se eu a vir outra vez depois disto tudo) e me ofereci para conduzi-los pelo continente até um vilarejo que pudessem saquear. Eles não tinham ouvido falar de vilarejo algum, mas acreditaram em mim quando disse que ficava num vale escondido. Assim, prolonguei minha vida, enquanto aguardava a oportunidade de me vingar. Era uma esperança tola, eu sei. No entanto... — Ele sorriu. — No final das contas, foi uma esperança recompensada, hein?

O barbudo olhou de relance para Elric um tanto cauteloso, incerto do que o albino diria, na esperança, contudo, de camaradagem, embora fosse bem conhecido o quanto os melniboneanos eram altivos. Elric podia ver que todos esses pensamentos passaram pela cabeça de seu novo conhecido; vira muitos outros fazendo cálculos similares. Assim, sorriu abertamente e deu um tapa no ombro do homem.

— Você também salvou minha vida, amigo. Ambos somos afortunados.

O homem suspirou de alívio e apoiou o machado sobre o ombro.

— É... Sortudos é a palavra certa. Mas será que nossa sorte vai durar? É o que me pergunto.

— Você não conhece nada desta ilha?

— Nem das águas. Como viemos parar nelas, jamais saberei. Mas são águas encantadas, sem dúvida. Já viu a cor do sol?

— Vi.

— Bem... — O marinheiro se abaixou para retirar um pendente que estava em torno da garganta do pan tanginês. — Você sabe mais sobre encantamentos e feitiços do que eu. Como veio parar aqui, sir Melniboneano?

— Não sei. Fugia de algumas pessoas que estavam me caçando. Cheguei a uma praia e não consegui mais fugir. Em seguida, sonhei bastante. Quando acordei, estava na praia outra vez, mas desta ilha.

— Espíritos de algum tipo, talvez simpáticos a você, o levaram a um lugar seguro, longe de seus inimigos.

— É possível — concordou Elric —, pois temos muitos aliados entre os elementais. Meu nome é Elric e estou autoexilado de Melniboné. Viajo porque acredito que tenho algo a aprender com o povo dos Reinos Jovens. Não tenho poder algum, exceto aquele que você vê...

Os olhos do homem de barba se estreitaram enquanto ele avaliava a situação e apontava para si mesmo com o polegar.

— Eu me chamo Smiorgan Careca, e já fui um lorde dos mares das Cidades Púrpuras. Comandava uma frota de mercadores. Talvez ainda comande. Não saberei até estar de volta, se é que algum dia voltarei.

— Vamos então unir nossos conhecimentos e recursos, Smiorgan Careca, e fazer planos para deixar esta ilha assim que pudermos.

Elric caminhou de volta ao local onde vira traços do jogo abandonado, pisoteado na lama e no sangue. Em meio aos dados e moedas de bronze, encontrou a roda de ouro melniboneana. Apanhou-a e a segurou na mão aberta. A roda cobria quase sua palma inteira. Em tempos antigos, tinha sido a moeda corrente dos reis.

— Isto era seu, amigo? — perguntou.

Smiorgan Careca levantou a cabeça de onde ainda revistava o pan tanginês em busca de suas posses roubadas. Assentiu.

— Era. Quer ficar com ela como parte do espólio?

Elric deu de ombros.

— Eu preferiria saber de onde veio. Quem lhe deu isto?

— Não foi roubada. É melniboneana, então?

— É.

— Supus.

— Com quem você a obteve?

Smiorgan se endireitou, após confirmar suas intuições. Coçou um ferimento leve no antebraço.

— Ela foi usada para comprar passagem em nosso navio, antes de nos perdermos, antes de os saqueadores nos atacarem.

— Passagem? Por um melniboneano?

— Talvez — disse Smiorgan.

Parecia relutante em especular.

— Ele era um guerreiro?

Smiorgan sorriu por entre a barba.

— Não. Foi uma mulher quem me deu isso.

— Como ela veio a comprar passagem?

Smiorgan começou a apanhar o resto do dinheiro.

— É uma história longa e, em parte, familiar à maioria dos marinheiros comerciantes. Estávamos procurando novos mercados para nossos produtos e equipamos uma frota de bom tamanho, a qual eu comandava por ser o maior acionista. — Ele se sentou casualmente em cima do grande cadáver do chalalita e começou a contar o dinheiro. — Quer ouvir a história ou eu já o entedio?

— Eu ficaria contente em ouvir.

Estendendo a mão para trás, Smiorgan puxou um cantil do cinto do morto e o ofereceu para Elric, que aceitou e bebeu pouco de um vinho que era incomumente bom.

Smiorgan pegou o cantil quando Elric terminou.

— Isso fazia parte de nossa carga. Estávamos orgulhosos dele. Uma boa safra, hein? — disse ele.

— Excelente. Então vocês partiram das Cidades Púrpuras?

— Foi. Na direção do Oriente Não Mapeado. Navegamos por duas semanas, avistando algumas das costas mais desoladas que já vi, e então ficamos sem avistar terra alguma por mais uma semana. Foi aí que entramos num trecho de água que viemos a chamar de Rochas que Rugem... Eram como as Presas da Serpente, perto da costa de Shazaar, mas muito maior em extensão, e em território também. Imensas escarpas vulcânicas que se erguiam do mar por todos os lados, em torno das quais as águas arfavam, borbulhavam e uivavam com uma ferocidade que eu raramente testemunhei. Bom, em resumo, a frota se dispersou e ao menos quatro navios foram perdidos naquelas rochas. Finalmente conseguimos escapar daquelas águas e nos vimos na calmaria e sozinhos. Procuramos nossos navios irmãos por um tempo e a seguir decidimos nos dar mais uma semana antes de retornar para casa, pois não gostaríamos de voltar para as Rochas que Rugem. Com poucas provisões, por fim, avistamos terra: falésias gramadas e praias hospitaleiras e, mais para o interior, alguns sinais de cultivo, então sabíamos que tínhamos encontrado a civilização outra vez. Entramos num pequeno porto pesqueiro e convencemos os nativos, que não falavam nenhuma linguagem usada nos Reinos Jovens, de que éramos amistosos. Foi aí que a mulher nos abordou.

— A mulher melniboneana?

— Se é que era melniboneana. Era uma bela mulher, isso eu atesto. Estávamos com poucas provisões, como já disse, e com poucos meios para adquiri-las, pois os pescadores não queriam muita coisa daquilo que dispúnhamos para negociar. Tendo desistido de nossa missão original, estávamos contentes em nos dirigir rumo a oeste outra vez.

— A mulher?

— Queria comprar passagem para os Reinos Jovens, e se contentou em ir conosco até Menii, o porto de onde partimos. Por sua passagem, ela nos deu duas dessas rodas. Uma foi usada para comprar provisões na cidade... Graghin, acho que era o nome do lugar... E, depois de fazer alguns reparos, partimos novamente.

— Vocês nunca chegaram às Cidades Púrpuras?

— Encontramos mais tempestades... Tempestades estranhas. Nossos equipamentos eram inúteis, nossas pedras-ímãs não serviram de nada. Ficamos ainda mais perdidos do que antes. Alguns homens argumentaram que tínhamos até saído do nosso mundo. Outros culparam a mulher, dizendo que ela era uma feiticeira sem intenção alguma de ir para Menii. Mas eu acreditava nela. A noite caiu e pareceu durar para sempre, até chegar um amanhecer calmo, sob um sol azul. Meus homens estavam quase em pânico, e é preciso muito para deixá-los em pânico, quando avistamos a ilha. Ao navegarmos em direção a ela, aqueles piratas nos atacaram num navio que pertencia à história... Ele deveria estar no fundo do mar, não na superfície. Eu já tinha visto imagens daquele tipo de embarcação nos murais da parede de um templo, em Tarkesh. Ao nos abalroar, ele partiu ao meio a bombordo, e já estava afundando enquanto eles invadiam nossa embarcação. Eram homens selvagens e desesperados, Elric, famintos e sedentos por sangue. Estávamos cansados após nossa viagem, mas lutamos bem. Durante a peleja, a mulher desapareceu; talvez tenha se matado quando viu a bandeira dos conquistadores. Após um longo combate, só havia restado eu e mais um, que morreu pouco depois. Foi aí que fiquei mais astucioso e decidi esperar pela vingança.

— A mulher tinha nome?

— Nenhum que tenha nos dado. Pensei bem sobre a questão e suspeito que, no final das contas, fomos usados por ela. Talvez não buscasse Menii e os Reinos Jovens. Talvez fosse este mundo que ela procurava e, por meio de feitiçaria, nos trouxe para cá.

— Este mundo? Você acha que é diferente do nosso?

— No mínimo por causa da cor estranha do sol. Você não acha também? Você, com seu conhecimento melniboneano dessas coisas, deve acreditar nisso.

— Eu sonhei com coisas assim — admitiu Elric, mas não disse mais nada.

— A maioria dos piratas pensava como eu; eram de todas as eras dos Reinos Jovens. Isso eu descobri. Alguns eram dos primeiros anos, outros da nossa própria época, e havia aqueles que vinham do futuro. A maioria era composta de aventureiros que, em algum ponto da vida, havia buscado uma terra lendária de grandes riquezas que ficava do outro lado de um portal antigo que se erguia no meio do oceano; no entanto, se viram presos aqui, incapazes de navegar de volta pelo misterioso portal. Outros estiveram envolvidos em lutas marítimas, pensaram ter se afogado e acordaram nas praias da ilha. Suponho que muitos tenham sido indivíduos de virtudes razoáveis em algum momento, mas há pouco para sustentar a vida nesta ilha, e eles se tornaram lobos, sobrevivendo à base uns dos outros ou de qualquer navio desafortunado que passasse inadvertidamente por aquele portal.

Elric recordou de parte dos seus sonhos.

— Algum deles o chamou de "Portal Escarlate"?

— Vários, sim.

— Entretanto, a teoria é duvidosa, se perdoa meu ceticismo. Como alguém que passou pelo Portal das Sombras para Ameeron... — disse Elric.

— Você conhece outros mundos, então?

— Nunca ouvi falar deste. E sou versado nesses assuntos. É por isso que duvido desse raciocínio. No entanto, tive um sonho...

— Sonho?

— Ah, nada. Estou habituado a tais sonhos e não lhes dou importância.

— Essa teoria não pode ser surpreendente para um melniboneano, Elric! — Smiorgan sorriu outra vez. — Sou eu quem deveria estar cético, não você.

Elric respondeu, meio que falando consigo mesmo:

— Talvez eu tenha mais medo das implicações. — Ele levantou a cabeça e, com o cabo de uma lança quebrada, começou a remexer a fogueira. — Certos feiticeiros antigos de Melniboné propunham que um número infinito de mundos coexiste com o nosso. De fato, meus sonhos recentes têm sugerido o mesmo! — Ele se forçou a sorrir. — Contudo, não posso me dar ao luxo de acreditar em tais coisas. Então as rejeito.

— Espere o amanhecer — disse Smiorgan Careca. — A cor do sol provará a teoria.

— Talvez prove apenas que nós dois estamos sonhando — retrucou o albino.

O cheiro de morte era intenso em suas narinas. Ele afastou os corpos mais próximos da fogueira e se ajeitou para dormir.

Smiorgan Careca começara a cantar uma música intensa, porém cadenciada, em seu dialeto, que Elric mal conseguia compreender.

— Você canta sua vitória sobre os inimigos? — perguntou.

Smiorgan pausou por um instante, meio que achando graça.

— Não, sir Elric, canto para manter as sombras a distância. Afinal, os fantasmas desses camaradas ainda devem se esgueirar por perto, no escuro, já que se passou tão pouco tempo desde que morreram.

— Não tema. As almas deles já foram consumidas — assegurou Elric.

Mas Smiorgan seguiu cantando, e sua voz ficou mais alta, e a canção mais intensa do que nunca.

Imediatamente antes de pegar no sono, Elric achou ter ouvido um cavalo relinchar e quis perguntar a Smiorgan se algum dos piratas tinha montaria, mas adormeceu.

3

Lembrando-se muito pouco de sua viagem no Navio Sombrio, Elric jamais saberia como alcançara o mundo em que estava. Anos mais tarde, ele se relembraria da maioria dessas experiências como sonhos, e, de fato, era o que pareciam enquanto ocorriam.

Ele teve um sono intranquilo e, pela manhã, as nuvens estavam mais pesadas, brilhando com aquela luz estranha e plúmbea, embora o sol em si estivesse obscurecido. Smiorgan Careca das Cidades Púrpuras apontava para cima, já de pé, falando com um triunfo sossegado:

— Essa prova basta para convencê-lo, Elric de Melniboné?

— Estou convencido de que certa qualidade da luz, talvez algo neste terreno, faz com que o sol pareça azul — retrucou Elric.

Ele olhou com desagrado para a carnificina ao redor. Os cadáveres compunham uma cena deplorável, e ele foi tomado por um sentimento triste e nebuloso, que não era remorso nem piedade.

O suspiro de Smiorgan foi sardônico.

— Bem, sir Cético, é melhor refazermos meus passos e procurarmos meu navio. O que me diz?

— De acordo — disse o albino.

— A que distância você tinha marchado da costa quando nos encontrou?

Elric o respondeu.

Smiorgan sorriu.

— Você chegou bem a tempo, então. Eu estaria em apuros hoje se tivéssemos chegado ao mar e eu não tivesse mostrado vilarejo algum para meus amigos piratas! Não me esquecerei desse favor, Elric. Sou um conde nas Cidades Púrpuras e tenho muita influência. Se houver algum serviço que eu possa lhe prestar quando voltarmos, deve me informar.

— Eu agradeço — disse Elric, muito sério. — Antes, porém, precisamos descobrir um meio para escaparmos.

Smiorgan pegou um alforje de comida, um pouco de água e vinho. Elric não tinha estômago para tomar seu desjejum em meio aos mortos, então passou o alforje sobre o ombro.

— Estou pronto — disse ele.

Smiorgan estava satisfeito.

— Venha, seguiremos por aqui.

Elric começou a seguir o lorde dos mares pela grama esturricada, que estalava a cada passo. As encostas íngremes do vale assomavam sobre eles, tingidas com um matiz esverdeado peculiar e desagradável, resultado da vegetação marrom que refletia a luz azulada vinda do alto. Quando chegaram ao rio, que era estreito e corria velozmente por entre penedos, dando meios fáceis para sua travessia, ambos descansaram e comeram. Os dois estavam tensos pelo combate da noite anterior, mas felizes em lavar o sangue ressecado e a lama dos corpos na água.

Renovado, o par escalou os penedos e deixou o rio para trás, subindo as encostas e conversando pouco, para que seu fôlego fosse poupado para o esforço físico. Era meio-dia quando eles atingiram o topo do vale e observaram uma planície não muito diferente daquela que Elric cruzara no começo. Ele já tinha uma boa ideia da geografia da ilha: lembrava o topo de uma montanha, com uma depressão perto de seu centro, que era o vale. Mais uma vez, ficou nitidamente ciente da ausência de qualquer vida selvagem e comentou isso com o conde Smiorgan, que concordou que também não vira nada, nem pássaro, peixe ou fera, desde que chegara.

— É um mundinho estéril, amigo Elric, e um infortúnio para um marinheiro naufragar nestas praias.

Eles seguiram adiante, até que o mar pudesse ser observado encontrando o horizonte a distância.

Foi Elric quem ouviu primeiro o som atrás deles, reconhecendo o bater constante dos cascos de um cavalo a galope, mas, quando olhou por cima do ombro, não viu nenhum sinal de um cavaleiro nem de um lugar onde alguém pudesse se esconder. Supôs que, em seu cansaço, seus ouvidos o traíssem. Que havia sido apenas um trovão.

Smiorgan caminhava adiante implacavelmente, embora também devesse ter ouvido.

Mais uma vez, o barulho. Mais uma vez, Elric se virou. Mais uma vez, não viu nada.

— Smiorgan? Você ouviu um cavaleiro?

Smiorgan continuou andando, sem olhar para trás e grunhiu:

— Ouvi.

— Você já o tinha escutado?

— Muitas vezes desde que cheguei. Os piratas também ouviam, e alguns acreditavam ser a nêmese deles... Um anjo da morte que os procurava para se vingar.

— Você não sabe qual é a fonte?

Smiorgan fez uma pausa, depois parou de vez e, quando se virou, seu rosto estava sombrio.

— Uma ou duas vezes eu vislumbrei um cavalo, acho. Um cavalo alto, branco, vestido ricamente, mas sem nenhum homem sobre o lombo. Ignore-o, Elric, assim como faço. Temos mistérios maiores com que ocupar nossas mentes!

— Você tem medo dele, Smiorgan?

Ele assentiu.

— Sim. Confesso. Mas nem medo nem especulação nos livrarão dele. Venha!

Elric acabaria considerando o bom senso da declaração de Smiorgan e a aceitando; contudo, quando o som ocorreu de novo, cerca de uma hora depois, não pôde resistir a se virar. Então pensou vislumbrar os contornos de um grande garanhão equipado para montaria, mas que podia não passar de uma ideia que Smiorgan colocara em sua mente.

O dia esfriou, e o ar tinha um odor amargo peculiar. Elric comentou sobre o cheiro com o conde Smiorgan e descobriu que isso também era familiar.

— O cheiro vem e vai, mas geralmente está aqui com certa intensidade.

— Como enxofre — disse Elric.

A risada do conde continha muita ironia, como se Elric fizesse referência a alguma piada interna do próprio Smiorgan.

— Ah, sim! Enxofre, ou algo assim!

A batida dos cascos ficou mais alta atrás deles conforme se aproximavam da costa e, por fim, Elric, e até Smiorgan, se viraram para olhar.

Dava para ver claramente um cavalo sem cavaleiro, mas selado e com rédeas, os olhos escuros inteligentes e a bela cabeça branca erguida com orgulho.

— Ainda está convencido da ausência de feitiçaria por aqui, sir Elric? — perguntou o conde Smiorgan, com certa satisfação. — O cavalo era invisível. Agora é visível. — Ele deu de ombros, colocando o machado de guerra numa posição melhor. — Isso, ou se move de um mundo para o outro com facilidade, de modo que tudo o que ouvimos são seus cascos batendo no chão.

— Se é assim, ele poderia nos levar de volta para nosso próprio mundo — disse Elric, sardônico, olhando para o garanhão.

— Você admite, então, que estamos ilhados em algum limbo?

— Muito bem... Sim. Admito essa possibilidade.

— Não conhece algum feitiço para prender o cavalo?

— Os feitiços não me vêm com facilidade, pois não gosto muito deles — declarou o albino.

Enquanto falavam, aproximavam-se do cavalo, mas ele não os deixava chegar muito perto. O animal bufava e recuava, mantendo a distância entre eles.

Por fim, Elric disse:

— Estamos perdendo tempo, conde Smiorgan. Vamos logo para seu navio e esqueçamos sóis azuis e cavalos encantados o mais depressa possível. Uma vez a bordo, sem dúvida posso lhe ajudar com uma magia ou duas, pois precisaremos de algum tipo de auxílio se quisermos tripular um navio grande com apenas nós dois.

Ambos retomaram a marcha, mas o cavalo continuou a segui-los. Chegaram à beira das falésias, postando-se bem no alto acima de uma baía estreita e rochosa na qual um navio combalido estava ancorado. A embarcação tinha as linhas altas e elegantes de uma nau mercante das Cidades Púrpuras, mas seus conveses estavam cheios de pilhas com pedaços de lona rasgada, corda arrebentada, lascas de madeira, fardos de tecido em retalhos, jarras de vinho quebradas e todo tipo de detrito, enquanto em vários lugares as amuradas se encontravam esmagadas e duas ou três vergas tinham se partido. Era evidente que o navio havia passado tanto por tempestades quanto por combates marítimos, e era um assombro que ainda flutuasse.

— Teremos que consertá-lo o melhor que pudermos, usando apenas a vela mestra para movimentação — refletiu Smiorgan. — Com sorte, conseguiremos recuperar comida para durar por...

— Veja! — apontou Elric, certo de ter visto alguém nas sombras perto do convés posterior. — Os piratas deixaram alguém do grupo deles para trás?

— Ninguém.

— Você viu alguém no navio ainda agora?

— Meus olhos pregam peças em minha mente — confessou Smiorgan. — É essa maldita luz azul. Tem um ou dois ratos a bordo, mas é só. E foi isso o que você viu.

— É possível. — Elric olhou para trás. O cavalo parecia não ter ciência deles ao pastar na grama marrom. — Bem, vamos terminar a jornada.

Desceram com dificuldade a encosta íngreme do penhasco e em pouco tempo chegaram à praia, vadeando a água rasa até o navio, escalando as cordas escorregadias que ainda pendiam sobre as laterais e, por fim, colocando os pés sobre o convés com algum alívio.

— Já me sinto mais seguro. Este navio foi minha casa por tanto tempo! — exclamou Smiorgan.

Ele vasculhou a carga espalhada até encontrar uma jarra de vinho intacta, rompeu o selo e a entregou para Elric. Este levantou a pesada jarra e deixou um pouco do saboroso vinho fluir para sua boca. Enquanto o conde Smiorgan bebia, Elric teve certeza de ver outro movimento perto do convés posterior, então se aproximou.

Acreditava escutar uma respiração acelerada e penosa, como a de alguém que preferia reprimir sua necessidade de ar a ser detectado. Eram sons discretos, mas os ouvidos do albino, ao contrário dos seus olhos, eram afiados. Com a mão já pronta para sacar a espada, ele se deslocou até a fonte do som, e Smiorgan o seguiu.

Ela emergiu de seu esconderijo antes que ele a alcançasse. O cabelo pendia em cachos espessos e sujos em torno do rosto pálido; os ombros estavam encolhidos e os braços macios tombavam frouxamente nas laterais do corpo; o vestido estava manchado e rasgado.

Quando Elric se aproximou, ela caiu de joelhos diante do albino.

— Tire a minha vida — disse ela, humilde —, mas eu lhe imploro: não me leve de volta para Saxif D'Aan, embora eu saiba que você deve ser criado ou parente dele.

— É ela! — gritou Smiorgan, aturdido. — É nossa passageira. Ela deve ter se escondido esse tempo todo.

Elric deu um passo adiante, levantando o queixo da garota para poder estudar seu rosto. Havia um pouco de melniboneano naqueles traços, mas ela era, a seu ver, dos Reinos Jovens; faltava-lhe também o orgulho da mulher melniboneana.

— Que nome foi esse que você usou, garota? — perguntou ele, em um tom gentil. — Mencionou Saxif D'Aan? O conde Saxif D'Aan, de Melniboné?

— Ele mesmo, milorde.

— Não tema que eu seja criado dele — disse Elric. — E quanto a ser um parente, suponho que você possa me chamar disso, pelo lado de mãe... Ou melhor, de minha bisavó. Ele foi um ancestral. Deve estar morto há dois séculos, no mínimo!

— Não. Ele vive, milorde.

— Nesta ilha?

— Esta ilha não é o lar dele, mas é neste plano que ele existe. Tentei fugir pelo Portal Escarlate. Passei pelo portal num esquife, alcancei a cidade onde o senhor me encontrou, conde Smiorgan, mas ele me puxou de volta uma vez que eu estava a bordo de seu navio. Ele me puxou de volta, e o navio comigo. Por isso, tenho remorso... pelo que aconteceu com sua tripulação. Agora sei que ele me procura. Posso sentir sua presença cada vez mais próxima.

— Ele é invisível? — perguntou Smiorgan, de repente. — Monta um cavalo branco?

Ela ofegou.

— Está vendo? Ele está próximo! Por que mais o cavalo apareceria nesta ilha?

— Ele monta aquele cavalo? — perguntou Elric.

— Não, não! Ele teme o cavalo quase tanto quanto o temo. O cavalo o persegue!

Elric tirou a roda de ouro melniboneana do alforje.

— Você tirou isto do conde Saxif D'Aan?

— Tirei.

O albino franziu o cenho.

— Quem é esse homem, Elric? — indagou o conde Smiorgan. — Você o descreve como um ancestral, e, no entanto, ele vive neste mundo. O que sabe sobre ele?

Elric pesou a grande roda de ouro em sua mão e tornou a guardá-la no alforje.

— Ele era quase uma lenda em Melniboné. Sua história faz parte da nossa literatura. Foi um grande feiticeiro, um dos maiores, e se apaixonou. Já é raro que melniboneanos se apaixonem da maneira que os outros entendem essa emoção, mas ainda mais raro é um melniboneano ter tais sentimentos por uma garota que não era nem da nossa própria raça. Ela era metade melniboneana, foi o que ouvi, mas de uma terra que, naqueles dias, era um domínio melniboneano, uma província ocidental perto de Dharijor. Ela foi comprada junto de um lote de escravos que ele planejava usar em algum experimento de feitiçaria, mas ele a separou, poupando-a de fosse lá qual tenha sido o destino sofrido pelos outros. Ele dedicou toda a sua atenção a ela, dando-lhe de tudo. Por ela, abandonou suas práticas, aposentou-se a fim de levar uma vida pacata longe de Imrryr, e acho que ela demonstrava certa afeição por ele, embora não parecesse amá-lo. Havia outro chamado Carolak, segundo me lembro, também metade melniboneano, que se tornara um mercenário em Shazaar e conquistara as boas graças da corte shazaariana. Ela havia sido prometida a esse tal Carolak antes de sua compra...

— Ela o amava? — perguntou o conde Smiorgan.

— Ela estava prometida para se casar com ele, mas deixe-me terminar minha história... Bem, com o tempo Carolak, já um homem de certa relevância, perdendo apenas para o rei em Shazaar, ouviu falar da sina da jovem e jurou resgatá-la. Foi até o litoral de Melniboné com saqueadores e, valendo-se de feitiçaria, procurou o palácio de Saxif D'Aan. Feito isso, foi em busca da garota e, por fim, encontrou-a nos alojamentos que Saxif D'Aan separara para o uso de sua amada. Ele disse à garota que tinha ido reclamá-la como sua esposa, resgatando-a de sua prisão. Estranhamente, ela resistiu, dizendo-lhe que fora uma escrava no harém melniboneano por tempo demais para se readaptar à vida de princesa na corte shazaariana. Carolak zombou disso e a tomou. Ele conseguiu escapar do castelo e estava com a garota sobre a sela de seu cavalo, prestes a se reunir com seus homens na costa, quando Saxif D'Aan os detectou. Carolak, creio eu, foi morto, ou então um feitiço foi lançado sobre ele, mas Saxif D'Aan, em seu ciúme terrível e na certeza de que a garota planejara a fuga com um amante, ordenou a morte da jovem na Roda do Caos, uma máquina com aparência muito similar ao desta moeda. Saxif D'Aan assistiu, sentado, durante longos dias, enquanto os membros do corpo da garota eram quebrados lentamente e ela morria. A pele dela foi arrancada, e o conde Saxif D'Aan observou cada detalhe da punição. Logo ficou evidente que as drogas e os feitiços utilizados para sustentar a vida da jovem estavam falhando, e Saxif D'Aan ordenou que ela fosse retirada da Roda do Caos e colocada sobre um sofá. "Bem", disse ele, "você foi punida por me trair e eu estou contente. Agora pode morrer". Então viu que os lábios dela, cobertos de sangue, terríveis, estavam se movendo, e se abaixou para ouvir as palavras.

— E essas palavras, o que eram...? Vingança? Um juramento? — perguntou Smiorgan.

— O último gesto dela foi uma tentativa de abraçá-lo. E as palavras foram aquelas que ela nunca pronunciara para ele até então, por mais que o conde esperasse ouvi-las. E então a garota morreu.

Smiorgan esfregou a barba.

— Deuses! E aí? O que seu ancestral fez?

— Ele conheceu o remorso.

— É claro!

— Não tão claro para um melniboneano. Remorso é uma emoção rara em nosso meio. Poucos já a experimentaram. Dilacerado pela culpa, o conde Saxif D'Aan deixou Melniboné e nunca mais voltou. Presumiu-se que ele havia morrido em alguma terra remota, tentando se redimir do que tinha feito à única criatura que já amara. Mas agora, pelo visto, ele buscava o Portal Escarlate, talvez pensando que fosse uma abertura para o Inferno.

— Mas por que ele tem que me atormentar? — gritou a garota. — Eu não sou ela! Meu nome é Vassliss. Sou filha de um mercador de Jharkor. Viajava para visitar meu tio em Vilmir quando nosso navio naufragou. Alguns de nós escaparam num bote descoberto. Mais tempestades nos atingiram. Fui lançada para fora do bote e estava me afogando quando... — Ela estremeceu — ...quando o galeão dele me encontrou. Naquele momento, fiquei grata...

— O que houve?

Elric afastou o cabelo emaranhado do rosto dela e lhe ofereceu um pouco do vinho. A garota bebeu, agradecida.

— Ele me levou para seu palácio e disse que ia se casar comigo, que eu seria sua imperatriz para sempre e governaria ao seu lado. Mas eu estava com medo. Havia tanta dor nele, tanta crueldade! Pensei que fosse me devorar, me matar. Pouco depois da minha captura, peguei o dinheiro e o barco e fugi para o portal sobre o qual ele tinha me contado...

— Você conseguiria encontrar esse portal para nós? — perguntou Elric.

— Acho que sim. Tenho algum conhecimento de navegação, que aprendi com meu pai. Mas de que serviria, senhor? Ele nos encontraria outra vez e nos arrastaria de volta. Além disso, deve estar bem próximo, mesmo agora.

— Eu também possuo um pouco de feitiçaria — tranquilizou-a Elric. — E vou utilizá-la contra a de Saxif D'Aan, se for preciso. — Ele se voltou para o conde Smiorgan. — Podemos levantar uma vela rapidamente?

— Bem rapidamente.

— Então vamos nos apressar, conde Smiorgan Careca. Posso ter os meios para nos fazer atravessar esse Portal Escarlate e nos libertar de nos envolver ainda mais nos assuntos dos mortos!

4

O conde Smiorgan e Vassliss de Jharkor assistiram a Elric desabar no convés, ofegante e pálido. Sua primeira tentativa de fazer um feitiço naquele mundo havia falhado e o exaurido.

— Estou ainda mais convencido de que estamos em outro plano de existência, pois eu deveria ter lançado meus feitiços com menos esforço — disse ele a Smiorgan.

— Você fracassou.

Elric se levantou com certa dificuldade.

— Tentarei outra vez.

Ele voltou o rosto branco para o céu, fechou os olhos, estendeu os braços e seu corpo se retesou quando reiniciou o feitiço; a voz cada vez mais alta e aguda, de modo a lembrar o uivo da uma ventania.

Elric se esqueceu de onde estava, esqueceu-se da própria identidade, esqueceu-se daqueles que estavam com ele enquanto toda a sua mente se concentrava na invocação. Enviou seu chamado para além dos confins do mundo, para aquele estranho plano onde moravam os elementais, onde as poderosas criaturas do ar ainda podiam ser encontradas: as *sylphs* da brisa, e as *sharnahs*, que moravam nas tempestades, e as mais poderosas dentre todas, as *h'Haarshanns*, criaturas do turbilhão.

Por fim, algumas começaram a atender ao chamado, prontas para servi-lo como, em virtude de um pacto antigo, os elementais tinham servido a seus antepassados. Lentamente, a vela do navio inflou e as madeiras rangeram. Smiorgan levantou a âncora, e o navio começou a navegar para longe da ilha, passando pelo vão rochoso do porto e saindo para o mar aberto, ainda debaixo de um estranho sol azul.

Logo uma onda enorme se formou ao redor, levantando o navio e carregando-o mar afora. O conde Smiorgan e a garota se maravilharam com a velocidade do progresso, enquanto Elric, com seus olhos escarlates já abertos, porém vidrados e cegos, continuou a cantar para seus aliados invisíveis.

O navio progrediu pelas águas do mar e, por fim, a ilha saiu do campo de visão, e a garota, ao conferir a posição deles contra o sol, conseguiu dar informações suficientes ao conde Smiorgan para que ele definisse um curso.

Assim que pôde, Smiorgan foi até Elric, que estava sentado no convés, ainda com os membros tão tensos quanto antes, e o sacudiu.

— Elric! Você vai se matar com tanto esforço. Não precisamos mais dos seus amigos!

Na mesma hora, o vento parou e a onda se dispersou, e Elric, arfando, caiu no convés.

— É mais difícil aqui — disse ele. — É muito mais difícil aqui. É como se eu tivesse que chamá-los por meio de golfos muito maiores do que qualquer um que eu já tenha visto.

E então Elric dormiu.

Repousou num catre quente numa cabine fria. Pela vigia, filtrava-se uma luz azul difusa. Ele respirou fundo. Captou o odor de comida quente e, ao virar a cabeça, viu que Vassliss estava ali de pé, com uma tigela de caldo nas mãos.

— Consegui cozinhar isto aqui — disse ela. — Vai ajudar a recuperar sua saúde. Pelo que estou vendo, estamos nos aproximando do Portal Escarlate. Os mares são sempre agitados ao redor do portal, então você precisará de suas forças.

Elric agradeceu em tom gentil e começou a tomar a sopa, sob os olhares dela.

— Você é muito semelhante a Saxif D'Aan — disse a garota. — Mas é mais severo, em certo sentido... e mais gentil também. Ele é tão distante. Entendo por que aquela moça nunca conseguiu dizer a ele que o amava.

Elric sorriu.

— Ah, a história que contei a vocês, provavelmente, não passa de uma lenda popular. Esse Saxif D'Aan poderia ser outra pessoa, ou até um impostor que roubou o nome dele, ou um feiticeiro. Alguns feiticeiros assumem o nome de outros, pois acreditam que isso lhes dá mais poder.

Lá de cima veio um grito, mas Elric não conseguiu entender as palavras.

A expressão da garota se tornou alarmada. Sem dizer nada, ela saiu correndo da cabine.

Ele se levantou tropegamente e a seguiu pela escada do tombadilho.

O conde Smiorgan Careca estava no leme do navio e apontava na direção do horizonte atrás deles.

— O que acha disso, Elric?

Elric espiou o horizonte, mas nada conseguiu ver. Em geral, seus olhos eram fracos, como naquele momento. A garota, porém, falou numa voz de desespero contido:

— É uma vela dourada.

— Você a reconhece? — perguntou Elric.

— Ah, reconheço, de fato. É o galeão do conde Saxif D'Aan. Ele nos encontrou. Talvez estivesse de tocaia nesta rota, sabendo que precisaríamos vir por aqui.

— A que distância estamos do portal?

— Não tenho certeza.

Naquele momento, ouviu-se um barulho terrível abaixo, como se algo tentasse arrombar as tábuas do navio.

— Foi nas escotilhas dianteiras! — gritou Smiorgan. — Veja o que é, amigo Elric! Mas tome cuidado!

Com cautela, Elric retirou uma das coberturas das escotilhas e conferiu a opacidade quase sólida do porão. O estrépito e as pancadas continuaram e, conforme seus olhos se ajustaram à luz, Elric viu a fonte.

O cavalo branco estava ali. Relinchou quando o viu, quase em saudação.

— Como é que ele embarcou? — perguntou Elric. — Eu não vi nada. Não ouvi nada.

A garota estava quase tão branca quanto ele. Caiu de joelhos ao lado da portinhola, enterrando o rosto nos braços.

— Ele nos pegou! Ele nos pegou!

— Ainda há uma chance de alcançar o Portal Escarlate a tempo — tranquilizou-a Elric. — E, uma vez no meu mundo, posso realizar feitiços muito mais fortes para nos proteger.

— Não — disse ela, com um soluço—, é tarde demais. Por que mais o cavalo branco estaria aqui? Ele sabe que Saxif D'Aan deve embarcar em breve.

— Ele terá que lutar contra nós se quiser levá-la — prometeu o albino.

— Você não viu os homens dele. São implacáveis! Assassinos desesperados! Não terão nenhuma piedade de vocês. Fariam melhor se me entregassem de uma vez a Saxif D'Aan e salvassem a si mesmos. Não têm nada a ganhar tentando me proteger. Mas eu lhe pediria um favor.

— Que favor?

— Arranje uma faca pequena que eu possa esconder comigo, assim me matarei tão logo saiba que vocês dois estão a salvo.

Elric riu, colocando-a de pé.

— Não aceitarei esse melodrama de você, mocinha! Nós nos manteremos unidos. Talvez possamos negociar com Saxif D'Aan.

— O que você tem para barganhar?

— Pouquíssima coisa. Mas ele não sabe disso.

— Ele pode ler pensamentos, ao que parece. Tem grandes poderes!

— Eu sou Elric de Melniboné. Dizem que possuo certa facilidade nas artes da feitiçaria.

— Mas você não é tão obcecado quanto Saxif D'Aan — afirmou ela, como se isso bastasse. — Ele tem apenas uma coisa em vista: a necessidade de fazer de mim sua consorte.

— Muitas garotas ficariam lisonjeadas pela atenção... Contentes em ser uma imperatriz com um imperador melniboneano como marido.

Elric estava sendo sardônico.

Ela ignorou o tom do albino.

— É por isso que eu o temo tanto — disse ela, num murmúrio. — Se perder minha determinação por um momento, eu poderia amá-lo. Eu deveria ser destruída! É isso que *ela* deve ter sentido!

5

O galeão reluzente, as velas e laterais folheadas a ouro, de modo a parecer o próprio sol a persegui-los, aproximava-se depressa, enquanto a garota e o conde Smiorgan assistiam consternados e Elric tentava desesperadamente chamar seus aliados elementais de volta, sem sucesso.

Sob a pálida luz azul, navegava inexoravelmente o navio dourado no encalço deles. Suas proporções eram monstruosas, e a impressão de poder que causava, vasta, com a proa gigantesca formando ondas enormes e espumantes dos dois lados enquanto a embarcação acelerava em silêncio.

Com a expressão de um homem que se preparava para encontrar a morte, o conde Smiorgan Careca das Cidades Púrpuras tirou do ombro seu machado de batalha e afrouxou a espada na bainha, então colocou seu pequeno elmo de aço sobre a cabeça calva. A garota não fez nenhum som ou movimento, apenas chorava.

Elric balançou a cabeça, e seu cabelo comprido e branco feito leite formou um halo em torno do rosto por um instante. Seus melancólicos olhos escarlates começaram a se focar no mundo ao redor. Ele reconheceu o navio; seguia o padrão das barcas douradas de batalha de Melniboné, sem dúvida, o navio no qual o conde Saxif D'Aan fugira de sua terra natal, procurando pelo Portal Escarlate. Elric estava convencido de que devia ser o mesmo Saxif D'Aan e teve menos medo do que seus companheiros, mas uma curiosidade consideravelmente maior. De fato, foi quase com nostalgia que notou a bola de fogo, feito um cometa natural que reluzia com uma luz verde, vindo na direção deles chiando e soltando faíscas, arremessada pela catapulta de proa do navio. Quase esperava ver um grande dragão circulando os céus, pois foi com dragões e embarcações recobertas de ouro como aquela que Melniboné conquistara o mundo no passado.

A bola de fogo caiu no mar a poucos centímetros da proa, evidentemente de propósito, como um aviso.

— Não parem! — gritou Vassliss. — Deixem as chamas nos matarem! Será melhor!

Smiorgan olhava para cima.

— Não temos escolha. Vejam! Ele baniu o vento, pelo jeito.

A calmaria havia se instalado. Elric abriu um sorriso sombrio. Havia descoberto o que o povo dos Reinos Jovens devia ter sentido quando seus ancestrais usavam táticas idênticas àquela contra eles.

— Elric? — Smiorgan se virou para o albino. — Esse é o seu povo? Aquele navio é melniboneano, sem dúvida!

— Assim como os métodos — afirmou Elric. — Sou do sangue real de Melniboné. Poderia ser imperador, mesmo agora, se escolhesse assumir meu trono. Há uma pequena chance de que o conde Saxif D'Aan, embora seja um ancestral, me reconheça e, portanto, reconheça minha autoridade. Somos um povo conservador, nós da Ilha Dragão.

A garota falou com lábios ressequidos, sem esperança:

— Ele reconhece apenas a autoridade dos Senhores do Caos, que lhe prestam auxílio.

— Todos os melniboneanos reconhecem essa autoridade — disse Elric, com certo humor.

Da escotilha dianteira, o som dos estrépitos e fungadas do garanhão aumentou.

— Estamos cercados por encantamentos! — As feições normalmente coradas do conde Smiorgan tinham empalidecido. — Você não tem nenhum feitiço, príncipe Elric, que possa usar para combatê-los?

— Pelo jeito, não.

O navio dourado se assomava sobre eles. Elric viu que as amuradas, bem lá no alto, estavam lotadas não com guerreiros imrryrianos, mas com assassinos tão desesperados quanto aqueles contra quem Elric lutara na ilha e, pelo visto, oriundos da mesma variedade de períodos históricos e nações. Os longos remos do galeão arranharam a lateral do navio menor quando se recolheram, feito as pernas de algum inseto aquático, para possibilitar que os arpéus de abordagem fossem lançados. Garras de ferro morderam a madeira do navio menor, e a multidão de bandoleiros urrou de satisfação, sorrindo para eles e os ameaçando com suas armas.

A garota começou a correr para a lateral oposta da nau, voltada para o mar, mas Elric a segurou pelo braço.

— Não me impeça, eu lhe imploro! — gritou ela. — Em vez disso, salte e se afogue comigo!

— Você acha que a morte a salvará de Saxif D'Aan? — disse Elric. — Se ele tem o poder que diz, a morte só a colocará nas mãos dele com mais firmeza!

— Ah!

A garota estremeceu e, ao que uma voz os chamou de um dos altos conveses do navio folheado a ouro, soltou um gemido e desmaiou nos braços de Elric. Enfraquecido como ele estava pelo feitiço que havia lançado, tudo o que pôde fazer foi evitar cair com ela no convés.

A voz se elevou acima dos gritos rudes e gargalhadas da tripulação. Era pura, sardônica e meio cantada. A voz de um melniboneano, embora falasse a língua comum dos Reinos Jovens; esta uma corruptela da fala do Império Brilhante.

— Posso obter a permissão do capitão para subir a bordo?

O conde Smiorgan rosnou de volta:

— O senhor nos tem presos! Não tente disfarçar um ato de pirataria com um discurso polido!

— Presumo que tenho sua permissão, então. — O tom do locutor invisível continuou exatamente o mesmo.

Elric observou enquanto parte da amurada foi recolhida para permitir que uma prancha, cravejada por cravos dourados para aumentar a estabilidade, era abaixada do convés do galeão para o deles.

Uma figura alta surgiu no topo da prancha. Tinha as feições refinadas de um nobre melniboneano, magro, de porte orgulhoso, vestindo trajes volumosos de tecido dourado, e possuía um elaborado elmo de ouro e ébano sobre as longas mechas ruivas. Tinha olhos azuis-acinzentados, pele pálida e levemente corada, e não carregava, até onde Elric podia ver, armas de nenhum tipo.

Com uma dignidade considerável, o conde Saxif D'Aan começou a descer seguido por seus rufiões. O contraste entre aquele belo intelectual e os sob seu comando era notável. Enquanto o conde andava com as costas retas, elegante e nobre, os outros vinham relaxados, imundos, degenerados, pouco inteligentes e sorrindo de prazer pela vitória fácil. Nem um só homem dentre eles demonstrava qualquer sinal de dignidade humana; todos encontravam-se excessivamente arrumados em roupas finas, porém esfarrapadas e sujas; traziam no mínimo três armas cada, e havia muitas evidências de joias saqueadas, argolas de nariz, brincos, pulseiras, colares, anéis nas mãos e nos pés, pendentes, broches e quetais.

— Deuses! — murmurou Smiorgan. — Raramente em minha vida presenciei tal coleção de escória, e achava ter encontrado a maioria desses tipos nas minhas viagens. Como pode aquele homem suportar tal companhia?

— Talvez satisfaça o senso de ironia dele — sugeriu Elric.

O conde Saxif D'Aan alcançou o convés e ficou ali, olhando para cima, para o ponto onde tinham se posicionado no tombadilho. Fez uma leve mesura. Suas feições eram impassíveis, e apenas seus olhos sugeriam algo sobre a intensidade de emoções que residiam em seu interior, particularmente ao pousarem na garota nos braços de Elric.

— Sou o conde Saxif D'Aan de Melniboné, agora das ilhas além do Portal Escarlate. Vocês estão com algo que é meu. Eu gostaria de tomá-lo de volta.

— Você está falando de lady Vassliss de Jharkor? — perguntou Elric, sua voz tão firme quando a de Saxif D'Aan.

O conde pareceu notar Elric pela primeira vez. Seu cenho se franziu por um momento, mas aquilo foi logo ignorado.

— Ela é minha. Podem ficar tranquilos, porque não sofrerá nenhum mal pelas minhas mãos.

Elric, à procura de alguma vantagem, sabia que arriscava muito quando voltou a falar, na Grã-linguagem de Melniboné, usada entre aqueles de sangue real.

— Meu conhecimento de sua história não me tranquiliza, Saxif D'Aan.

Quase imperceptivelmente, o homem dourado se retesou e chamas faiscaram em seus olhos cinza-azulados.

— Quem é você para falar a língua dos reis? Quem é você, que clama ter conhecimento sobre meu passado?

— Eu sou Elric, filho de Sadric, e sou o quadringentésimo vigésimo oitavo imperador do povo de R'lin K'ren A'a, que chegou à Ilha Dragão dez mil anos atrás. Sou Elric, seu imperador, conde Saxif D'Aan, e exijo sua fidelidade.

Elric levantou a mão direita, na qual reluzia um anel adornado por uma única pedra Actorios, o Anel dos Reis.

O conde Saxif D'Aan já tinha de novo firme domínio sobre si mesmo. Não deu sinal algum de que estava impressionado.

— Sua soberania não se estende além de seu próprio mundo, nobre imperador, embora eu o saúde como um colega monarca. — Ele abriu os braços, fazendo as mangas longas farfalharem. — Este mundo é meu. Tudo o que existe debaixo do sol azul, eu governo. Portanto, você está invadindo meu domínio. Eu tenho todo direito de fazer o que quiser.

— Pompa de pirata — resmungou o conde Smiorgan, que não tinha entendido nada da conversa, mas percebia um pouco do que havia perspirado pelo tom. — Bravata de pirata. O que ele diz, Elric?

— Ele me convence de que não é, no sentido que você diz, um pirata, conde Smiorgan. Afirma que é o governante deste plano. Como aparentemente não existe outro, devemos aceitar a afirmação.

— Deuses! Então ele que se comporte como um monarca e nos permita navegar a salvo para longe de suas águas!

— Nós podemos fazer isso... se entregarmos a garota.

Smiorgan balançou a cabeça.

— Não farei isso. Ela é minha passageira, sob meus cuidados. Prefiro morrer. É o código dos lordes do mar das Cidades Púrpuras.

— Vocês são famosos por sua fidelidade a esse código — disse Elric. — Quanto a mim, tomei essa garota sob minha proteção e, como imperador hereditário de Melniboné, não posso me permitir ser intimidado.

Eles conversavam em murmúrios, porém, de algum jeito, o conde Saxif D'Aan os ouvira.

— Devo avisá-los — disse ele, com calma, na linguagem comum — que a garota me pertence. Vocês a roubaram de mim. É assim que age um imperador?

— Ela não é uma escrava — retrucou Elric —, mas filha de um mercador livre de Jharkor. Você não tem direito algum sobre ela.

— Então não posso abrir o Portal Escarlate para vocês. Deverão permanecer no meu mundo para sempre — disse o conde Saxif D'Aan.

— Você fechou o portal? Isso é possível?

— Para mim.

— Sabe que a garota prefere morrer a ser capturada por você, conde Saxif D'Aan? Tem prazer em instilar tal pavor?

O homem dourado mirou diretamente os olhos de Elric como se ele tivesse feito algum desafio enigmático.

— O dom da dor sempre foi um dos favoritos entre nosso povo, não? Entretanto, é outro o dom que ofereço a ela. A garota chama a si mesma de Vassliss de Jharkor, mas não se conhece. Eu a conheço. Ela é Gratyesha, princesa de Fwem-Omeyo, e farei dela minha noiva.

— Como ela pode não conhecer o próprio nome?

— Ela está reencarnada. Espírito e carne são idênticos, é assim que eu sei. E tenho esperado por ela, Elric de Melniboné, por dezenas de anos. Agora, não permitirei que a roubem de mim.

— Como você roubou a si dois séculos atrás, em Melniboné?

— Você arrisca muito com seu modo direto de falar, irmão monarca! — Havia uma nota de alerta no tom de Saxif D'Aan, um alerta muito mais feroz do que suas palavras sugeriam.

— Bem... — Elric deu de ombros. — Você tem mais poder do que nós. Meus feitiços funcionam mal em seu mundo. Seus patifes estão em maior número. Não deveria ser difícil para você tomá-la de nós.

— Vocês precisam entregá-la para mim. Depois, podem seguir livremente, de volta para seu próprio mundo e época.

Elric sorriu.

— Há feitiçaria nessa história. Ela não é alguém reencarnado. Você trouxe o espírito do seu amor perdido do mundo inferior para habitar o corpo desta garota. Não estou correto? É por isso que ela deve ser entregue de livre e espontânea vontade, senão o feitiço vai ricochetear em você, ou essa é uma possibilidade, e você não quer correr esse risco.

O conde Saxif D'Aan virou a cabeça para que Elric não visse seus olhos.

— Ela é a garota. Eu sei que é. Não pretendo fazer nenhum mal à sua alma. Meramente devolveria sua memória — disse ele, na Grã-linguagem.

— Então é um impasse — retrucou Elric.

— Você não tem nenhuma lealdade a um irmão de sangue real? — murmurou Saxif D'Aan, ainda se recusando a olhar para Elric.

— Você não declarou lealdade alguma, segundo me recordo, conde Saxif D'Aan. Se me aceitar como seu imperador, então deve aceitar minhas decisões. Mantenho a garota sob minha custódia. Ou você deve tomá-la pela força.

— Sou orgulhoso demais.

— Tal orgulho sempre destruirá o amor — afirmou Elric, quase com compaixão. — E agora, rei do Limbo? O que fará conosco?

O conde Saxif D'Aan levantou sua nobre cabeça, prestes a responder, quando do porão recomeçaram os estrépitos e resfolegadas. Seus olhos se arregalaram. Ele lançou um olhar questionador para Elric, e havia algo próximo do terror em seu rosto.

— O que é isso? O que vocês têm no porão?

— Uma montaria, milorde, apenas isso — disse Elric, sem se abalar.

— Um cavalo? Um cavalo comum?

— Um cavalo branco. Um garanhão, com rédea e sela. Ele não tem cavaleiro.

De imediato a voz de Saxif D'Aan se ergueu enquanto ele gritava ordens para seus homens.

— Levem esses três a bordo do nosso navio. Esta embarcação deve ser afundada agora mesmo. Depressa! Depressa!

Elric e Smiorgan afastavam as mãos que tentavam segurá-los e se moveram rumo à prancha, carregando a garota, enquanto Smiorgan sussurrou:

— Pelo menos não fomos mortos, Elric. Mas o que será de nós agora?

Elric balançou a cabeça.

— Devemos torcer para podermos continuar a usar o orgulho do conde Saxif D'Aan contra ele e em nosso benefício, embora só os deuses saibam como vamos resolver esse dilema.

O conde Saxif D'Aan já subia apressadamente a prancha à frente.

— Depressa! — gritou ele. — Levantem a prancha!

Eles se postaram de pé sobre os conveses da barca dourada de batalha, assistindo à prancha ser recolhida e o trecho da amurada voltar a seu lugar.

— Ergam as catapultas! — ordenou Saxif D'Aan. — Usem chumbo. Afundem aquela embarcação agora mesmo!

O barulho vindo do porão dianteiro aumentou. Os sons do cavalo ecoavam sobre os navios e a água. Cascos batiam na madeira e, de repente, o animal irrompeu pelas coberturas da escotilha, tropeçando até se equilibrar no convés com os cascos dianteiros, e então ficou ali de pé, cavoucando as tábuas, com o pescoço arqueado, as narinas dilatadas e os olhos fitando fixamente, como se pronto para entrar em batalha.

Saxif D'Aan não fez nenhuma tentativa de esconder o terror em seu rosto. Sua voz ergueu-se até virar um grito, enquanto ele ameaçava seus lacaios com todo tipo de horror caso não o obedecessem o mais rápido possível. As catapultas foram erguidas e imensos globos de chumbo lançados sobre os conveses do navio, atravessando as tábuas como flechas passando por papel, fazendo a embarcação começar a afundar quase que de imediato.

— Cortem os arpéus de abordagem! — gritou Saxif D'Aan, arrancando uma lâmina da mão de um de seus homens e serrando a corda mais próxima. — Soltem tudo, depressa!

Enquanto o navio de Smiorgan gemia e rugia feito um animal se afogando, as cordas foram cortadas. O navio soçobrou na hora, e o cavalo desapareceu.

— Meia-volta! — gritou Saxif D'Aan. — De volta para Fhaligarn e rápido, ou suas almas vão alimentar meus demônios mais ferozes!

Da água espumosa veio um relincho peculiar e agudo, conforme o navio de Smiorgan, a popa para cima, ofegou e foi engolido. Elric teve um vislumbre do garanhão branco, nadando com força.

— Vão! — ordenou Saxif D'Aan, indicando uma escotilha. — O cavalo pode sentir o cheiro da garota e, portanto, é duplamente difícil de despistar.

— Por que você o teme? — perguntou Elric. — É apenas um cavalo. Não pode lhe fazer mal.

Saxif D'Aan soltou uma risada de profundo amargor.

— Não pode, irmão monarca? Não pode mesmo?

Enquanto levavam Vassliss para baixo, Elric franziu a testa, lembrando um pouco mais da lenda de Saxif D'Aan, de como ele punira com tanta crueldade a garota e o amante dela, o príncipe Carolak. A última coisa que ouviu de Saxif D'Aan foi o feiticeiro gritando:

— Mais vela! Mais vela!

As escotilhas se fecharam após a passagem deles, que se viram numa opulenta cabine melniboneana, cheia de ricas tapeçarias, metais preciosos, decorações de beleza requintada e, para o conde Smiorgan, de um luxo perturbador. Mas foi Elric quem, ao depositar a garota num sofá, reparou no cheiro.

— Argh! É o cheiro de uma tumba... umidade e bolor. Entretanto, nada apodrece. É para lá de peculiar, amigo Smiorgan, não?

— Eu mal reparei, Elric. — A voz de Smiorgan soava oca. — Mas concordaria com você numa coisa. Estamos sepultados. Duvido que viveremos para escapar deste mundo agora.

6

Uma hora se passara desde que eles haviam sido forçados a bordo. Tinham sido trancados em uma cabine, e parecia que Saxif D'Aan estava preocupado demais em escapar do garanhão branco para se incomodar com o trio. Olhando pelas grades da vigia, Elric enxergava o ponto onde o navio deles fora afundado. Já estavam a muitas léguas de distância, mas, de quando em quando, ele ainda pensava ver a cabeça e os ombros do garanhão acima das ondas.

Vassliss se recuperara e estava sentada, pálida e tremendo, sobre o sofá.

— O que mais você sabe sobre aquele cavalo? — perguntou Elric. — Seria útil para mim se pudesse se lembrar de qualquer coisa que tenha ouvido.

Ela balançou a cabeça.

— Saxif D'Aan falava pouco dele, mas entendo que ele teme mais o cavaleiro do que o cavalo.

— Ah! — Elric franziu a testa. — Eu desconfiava! Você já chegou a ver o cavaleiro?

— Nunca. Creio que Saxif D'Aan também nunca o viu. Acho que acredita que estará arruinado se aquele cavaleiro algum dia se sentar sobre o garanhão branco.

Elric sorriu para si mesmo.

— Por que você pergunta tanto sobre o cavalo? — perguntou Smiorgan.

Elric balançou a cabeça.

— Tenho um instinto, apenas isso. Parte de uma lembrança. Mas não direi mais nada e pensarei o menos possível no assunto, pois não há dúvidas de que Saxif D'Aan, como Vassliss sugere, tem algum poder de leitura da mente.

Ouviram passos descendo até a porta.

Uma fechadura se abriu, e Saxif D'Aan, com a compostura totalmente recobrada, apareceu no vão, as mãos enfiadas nas mangas douradas.

— Vocês me perdoarão, espero, pela forma peremptória com que os enviei para cá. Havia um perigo que precisava ser evitado a todo custo. Como resultado, meus modos não foram tão adequados quanto deveriam.

— Perigo para nós? Ou para você, conde Saxif D'Aan? — perguntou Elric.

— Nestas circunstâncias, para todos nós, eu lhe garanto.

— Quem monta aquele cavalo? — indagou Smiorgan, sem rodeios. — E por que você o teme?

O conde Saxif D'Aan era novamente mestre de si mesmo, então não houve qualquer sinal de uma reação.

— Isso é, sem dúvida, algo que diz respeito apenas a mim — respondeu, em voz baixa. — Vocês jantarão comigo agora?

A garota emitiu um ruído, e o conde Saxif D'Aan voltou os olhos penetrantes para ela.

— Gratyesha, é melhor se limpar e se embelezar novamente. Cuidarei para que as instalações estejam à sua disposição.

— Eu não me chamo Gratyesha. Meu nome é Vassliss, a filha do mercador — disse ela.

— Você vai se lembrar. Com o tempo, vai se lembrar.

Havia tamanha certeza, tamanho poder obsessivo naquela voz, que até Elric sentiu um arrepio de assombro.

— Pedirei que tragam tudo para você, e pode usar esta cabine como sua até retornarmos ao meu palácio, em Fhaligarn. Milordes...

Ele indicou que os outros deveriam sair.

— Eu não a deixarei, Saxif D'Aan. Ela está com medo demais — afirmou Elric.

— Ela teme apenas a verdade, irmão.

— Ela teme você e sua loucura.

Saxif D'Aan deu de ombros, indiferente.

— Sairei primeiro, então. Se me acompanharem, milordes...

Deixou a cabine, e os dois o seguiram.

— Vassliss, pode confiar na minha proteção — disse Elric, olhando para trás, então fechou as portas da cabine atrás de si.

O conde Saxif D'Aan estava de pé sobre o convés, expondo o nobre rosto aos respingos da água arremessados para o alto pelo navio, conforme este se movia com velocidade sobrenatural pelo mar.

— Você me chamou de louco, príncipe Elric? E, no entanto, você mesmo deve ser versado em feitiçaria.

— Mas é claro. Sou do sangue real. Consideram-me um especialista em meu próprio mundo.

— Mas e aqui? Como funciona sua feitiçaria aqui?

— Mal, admito. Os espaços entre os planos parecem maiores.

— Exatamente. Mas eu os conectei. Tive tempo para aprender a conectá-los.

— Você está dizendo que é mais poderoso do que eu?

— É um fato, não?

— É. Porém não achei que fôssemos nos dar ao luxo de lutar usando feitiços, conde Saxif D'Aan.

— Claro. No entanto, se pensou em me superar por meio de feitiçaria, é melhor pensar duas vezes, não?

— Eu seria tolo em contemplar algo assim. Isso custaria minha alma. Minha vida, no mínimo.

— É verdade. Você é pragmático, posso ver.

— Suponho que sim.

— Então podemos progredir seguindo linhas mais simples para assentar a disputa entre nós.

— Você propõe um duelo?

Elric estava surpreso.

A risada do conde Saxif D'Aan era leve.

— Claro que não! Contra sua espada? Aquilo tem poder em todos os mundos, embora a magnitude dele varie.

— Fico contente que tenha noção disso — comentou Elric, expressivamente.

— Além disso — acrescentou o conde Saxif D'Aan, seus trajes dourados farfalhando conforme ele se movia para mais perto da amurada —, você não me mataria. Apenas eu tenho os meios para sua fuga deste mundo.

— Talvez escolhêssemos ficar.

— Daí vocês seriam meus súditos. Mas não... Não gostariam daqui. Eu sou autoexilado. Não poderia voltar a meu próprio mundo agora, nem que quisesse. Custou-me muito, meu conhecimento. Mas eu gostaria de fundar uma dinastia aqui, sob o sol azul. Devo ter minha esposa, príncipe Elric. Devo ter Gratyesha.

— O nome dela é Vassliss — corrigiu Elric, obstinado.

— Ela acha que é.

— Então é. Jurei protegê-la, assim como o conde Smiorgan. Protegê-la é o que faremos. Você terá que nos matar.

— Exatamente — disse o conde Saxif D'Aan, com o ar de alguém que vinha direcionando um mau aluno na direção da resposta correta para um problema. — Exatamente. Terei que matar os dois. Você me deixa poucas alternativas, príncipe Elric.

— Isso o beneficiaria?

— Sim. Isso colocaria certo demônio poderoso a meu serviço por algumas horas.

— Nós resistiríamos.

— Eu tenho muitos homens. Não os valorizo. No final, eles os dominariam. Não é?

Elric permaneceu em silêncio.

— Meus homens seriam auxiliados por feitiçaria — acrescentou Saxif D'Aan. — Alguns morreriam, mas creio que não um número excessivo.

Elric fitava um ponto além de Saxif D'Aan, diretamente no mar. Tinha certeza de que o cavalo ainda os seguia. Tinha certeza de que Saxif D'Aan também sabia disso.

— E se abrirmos mão da garota?

— Eu abriria o Portal Escarlate para vocês. Seriam meus hóspedes honrados. Eu garantiria que fossem levados em segurança para o outro lado, até mesmo para alguma terra hospitaleira em seu próprio mundo, pois mesmo que passassem pelo portal, ainda haveria perigo. As tempestades.

Elric pareceu deliberar.

— Você tem pouco tempo para tomar sua decisão, príncipe Elric. A esta altura, eu esperava já ter chegado a meu palácio, Fhaligarn. Não lhe darei muito mais tempo. Vamos, tome sua decisão. Sabe que eu falo a verdade.

— E você sabe que posso realizar alguns feitiços em seu mundo, não?

— Você invocou alguns elementais amistosos em seu auxílio, eu sei. Mas a que custo? Você me desafiaria diretamente?

— Seria insensato de minha parte — disse Elric.

Smiorgan puxou a manga do companheiro.

— Parem com essa conversa inútil. Ele sabe que nós demos nossa palavra para a garota e que devemos lutar contra ele!

O conde Saxif D'Aan suspirou. Parecia haver um pesar genuíno em sua voz.

— Se estão determinados a perderem suas vidas... — ele começou a dizer.

— Eu gostaria de saber por que você coloca tanta importância na velocidade com que nos decidimos. Por que não podemos esperar até chegarmos a Fhaligarn? — indagou Elric.

A expressão do conde Saxif D'Aan era calculista e, mais uma vez, ele encarou de frente os olhos escarlates de Elric.

— Eu acho que você sabe — disse, quase inaudivelmente.

Elric, porém, balançou a cabeça.

— Acho que você dá crédito demais à minha inteligência.

— Talvez.

Elric sabia que Saxif D'Aan estava tentando ler seus pensamentos. De propósito, deixou a mente em branco, e desconfiou sentir a frustração na postura do feiticeiro.

Então o albino investiu contra seu parente, a mão golpeando a garganta de Saxif D'Aan. O conde foi pego desprevenido. Tentou chamar ajuda, mas suas cordas vocais estavam dormentes. Outro golpe, e ele caiu no convés, sem sentidos.

— Rápido, Smiorgan — gritou Elric, e já tinha saltado sobre o cordame, escalando depressa para as vergas mais altas.

Smiorgan, desnorteado, o seguiu, e ao alcançar o cesto da gávea, Elric sacou a espada e estocou por cima da amurada, de tal forma que o vigia foi atingido na virilha antes mesmo de perceber.

Em seguida, o albino cortou as cordas que prendiam a vela mestra à verga. Alguns dos rufiões de Saxif D'Aan já escalavam atrás deles.

A pesada vela dourada se soltou e caiu, envolvendo os piratas e derrubando vários deles consigo.

Elric entrou no cesto da gávea e jogou o morto por cima da amurada, no esteio de seus camaradas. Em seguida, levantou a espada acima da cabeça, segurando-a com as duas mãos, os olhos novamente vidrados, a cabeça erguida para o sol azul, e Smiorgan, agarrado ao mastro mais abaixo, estremeceu ao ouvir um canto peculiar vindo da garganta do albino.

Mais assassinos subiam, mas Smiorgan golpeou o cordame e ficou satisfeito ao ver meia dúzia despencar, quebrando os ossos no convés lá embaixo ou sendo engolidos pelas ondas.

O conde Saxif D'Aan começava a se recuperar, mas ainda estava atordoado.

— Tolo! — gritou. — Tolo!

Mas não era possível dizer se ele se referia a Elric ou a si mesmo.

A voz de Elric se tornou um lamento ritmado e apavorante enquanto cantava seu feitiço, e a força do homem que matara fluiu para seu interior, sustentando-o. Seus olhos vermelhos pareciam lampejar com chamas de outra cor, inominável, e seu corpo todo tremia, à medida que runas estranhas tomavam forma numa garganta que não fora feita para emitir tais sons.

Sua voz se tornou um grunhido vibrante conforme o feitiço continuava, e Smiorgan, assistindo a mais membros da tripulação se empenharem em escalar o mastro principal, sentiu uma frieza sobrenatural perpassá-lo.

O conde Saxif D'Aan gritou lá de baixo:

— Você não ousaria!

O feiticeiro começou a fazer gestos no ar, seu próprio encantamento se derramando de seus lábios, e Smiorgan ofegou quando uma criatura feita de fumaça começou a se formar a poucos metros abaixo dele. A criatura estalou os lábios, sorriu e estendeu uma pata, que se tornou carne ao avançar na direção do conde, que a atacou com sua lâmina.

— Elric! — gritou Smiorgan, escalando mais um pouco para agarrar a amurada do cesto da gávea. — Elric! Ele está mandando demônios contra nós agora!

Mas Elric o ignorou. Toda a sua mente estava em outro mundo, um mundo mais sombrio e desolado até do que aquele. Em meio às névoas cinzentas, ele viu uma figura e gritou um nome.

— Venha! — chamou ele, na língua antiga de seus ancestrais. — Venha!

O conde Smiorgan praguejou conforme o demônio se tornava cada vez mais sólido. Presas vermelhas se chocaram, e olhos verdes o fitaram malevolamente. Uma garra atingiu sua bota e, não importava o quanto ele golpeasse com a espada, o demônio não parecia notar.

Não havia espaço para Smiorgan dentro do cesto da gávea, mas ele subiu na borda e gritou de terror, desesperado por ajuda. Elric continuava a cantar.

— Elric! Estou condenado!

A pata do demônio agarrou Smiorgan pelo tornozelo.

— Elric!

Um trovão ribombou no mar; um clarão de raio surgiu por um segundo e desapareceu em seguida. Do nada veio o som dos cascos de um cavalo batendo, e uma voz humana gritou em triunfo.

Elric afundou contra a amurada e abriu os olhos a tempo de ver Smiorgan ser lentamente puxado para baixo. Com suas últimas forças, ele se jogou para a frente, debruçando-se o bastante para desferir um golpe para baixo com Stormbringer. A espada rúnica fincou-se direto no olho direito do demônio, que rugiu, soltando Smiorgan e atacando a espada que sugava sua energia e, conforme aquela energia passava para dentro da lâmina, e de lá para Elric, o albino abriu um sorriso tão aterrorizante que, por um segundo, Smiorgan teve mais medo do amigo do que do demônio. Este começou a se desmaterializar, seu único meio de fugir da espada que sorvia sua força vital, mas mais dos patifes de Saxif D'Aan, vindo logo depois do demônio, golpeavam na tentativa de acertar a dupla.

O albino saltou por cima da amurada, equilibrando-se precariamente na verga enquanto atacava seus agressores, bradando os antigos gritos de batalha de seu povo. Smiorgan não pôde fazer nada além de assistir. Notou que Saxif D'Aan não estava mais no convés e gritou com urgência para Elric:

— Elric! Saxif D'Aan. Ele foi procurar a garota.

Naquele momento, era Elric quem atacava os piratas, que estavam mais do que ansiosos para escapar da espada rúnica murmurante, alguns até saltando para o mar em vez de confrontá-la. Rapidamente, os dois pularam de verga em verga até estarem outra vez sobre o convés.

— O que ele teme? Por que não usa mais feitiçaria? — perguntou Smiorgan, ofegante, enquanto corriam para a cabine.

— Eu invoquei aquele que monta o cavalo — explicou Elric. — Tive pouquíssimo tempo e não podia lhe contar nada a respeito, pois sabia que Saxif D'Aan leria minhas intenções em sua mente se não conseguisse fazê-lo na minha!

As portas da cabine estavam firmemente trancadas por dentro. Elric as atacou com a Espada Negra, mas elas resistiram de uma forma que não deveriam.

— Seladas por feitiçaria, e não tenho meios de romper o selo — disse o albino.

— Ele vai matá-la?

— Não sei. Pode tentar levá-la para algum outro plano. Devemos...

Cascos ressoaram no convés, e o garanhão branco empinou atrás deles, só que, desta vez, trazia um cavaleiro, vestindo uma vívida armadura púrpura e amarela. A cabeça do homem estava exposta, e ele aparentava ser bastante jovem, embora tivesse diversas cicatrizes no rosto. Seu cabelo era espesso, cacheado e loiro, e seus olhos, de um azul profundo.

Ele puxou as rédeas com força, estabilizando o cavalo. Olhou para Elric de forma penetrante.

— Foi você, melniboneano, quem abriu passagem para mim?

— Foi.

— Então eu agradeço, apesar de não saber como lhe pagar por isso.

— Você já me pagou — respondeu Elric, puxando Smiorgan para o lado, ao que o cavaleiro se inclinou e esporeou o cavalo na direção das portas fechadas, arrombando-as como se fossem de algodão podre.

Ouviu-se um grito terrível vindo do interior da cabine, e então o conde Saxif D'Aan, atrapalhado por seus complicados trajes de ouro, saiu apressado, pegando uma espada da mão do cadáver mais próximo e dardejando a Elric um olhar não tanto de ódio mas de agonia perplexa ao se virar para enfrentar o cavaleiro loiro.

Tendo desmontado, o cavaleiro saiu da cabine com um braço em torno da garota trêmula, Vassliss, e uma das mãos nas rédeas do cavalo, dizendo com pesar:

— Você me fez uma grande injustiça, conde Saxif D'Aan, mas cometeu uma injustiça infinitamente mais terrível com Gratyesha. Agora precisa pagar.

Saxif D'Aan fez uma pausa, respirou fundo e, quando tornou a levantar a cabeça, seus olhos estavam firmes, com a dignidade restaurada.

— Preciso pagar por completo? — perguntou.

— Por completo.

— É o que mereço. Escapei da minha sina por anos, mas não pude escapar do conhecimento de meu crime. Ela me amava, sabia? Não a você.

— Ela amava ambos, acho. Mas o amor que ela lhe deu era toda a sua alma, e eu não desejaria isso de mulher alguma.

— Então você é o perdedor.

— Você nunca soube o quanto ela te amava.

— Só... Só depois...

— Tenho pena de você, conde Saxif D'Aan. — O jovem entregou as rédeas do cavalo para a garota e sacou a espada. — Somos estranhos rivais, não é?

— Você ficou todos esses anos no limbo, para onde eu o bani naquele jardim em Melniboné?

— Todos esses anos. Apenas meu cavalo podia segui-lo. O cavalo de Tendric, meu pai, também de Melniboné, e também um feiticeiro.

— Se eu soubesse disso na época, teria matado você de forma limpa e mandado o cavalo para o limbo.

— O ciúme o enfraqueceu, conde Saxif D'Aan. Agora, porém, lutamos como deveríamos ter lutado: homem a homem, com aço, pela mão daquela que ama a nós dois. É mais do que você merece.

— Muito mais — concordou o feiticeiro. — E levantou a espada para atacar o jovem que, supôs Smiorgan, só podia ser o príncipe Carolak em pessoa.

A luta já estava predeterminada. Saxif D'Aan sabia disso, mesmo que Carolak não soubesse. A habilidade do conde com armas estava à altura do padrão de qualquer nobre melniboneano, mas não podia se equiparar à habilidade de um soldado profissional que lutara pela própria vida várias vezes.

Para lá e para cá pelo convés os rivais travaram um duelo, que deveria ter sido lutado e resolvido dois séculos antes, sob os olhares pasmos dos patifes boquiabertos de Saxif D'Aan e da garota que ambos claramente pensavam ser a reencarnação de Gratyesha, que por sua vez os observava com a mesma preocupação que a original sentiu quando Saxif D'Aan encontrara o príncipe Carolak pela primeira vez nos jardins de seu palácio, tanto tempo atrás.

Saxif D'Aan lutou bem, e Carolak lutou nobremente, pois em muitas ocasiões evitou uma vantagem óbvia, mas, ao final, Saxif D'Aan jogou longe sua espada, gritando:

— Já basta. Eu lhe darei sua vingança, príncipe Carolak. Deixarei que leve a garota. Mas você não me dará sua maldita compaixão... Não levará meu orgulho.

Carolak anuiu, deu um passo adiante, e estocou diretamente no coração de Saxif D'Aan.

A lâmina penetrou de uma vez, e o conde Saxif D'Aan deveria ter morrido, mas não morreu. Ele rastejou pelo convés até chegar à base do mastro e descansou as costas contra ele, enquanto o sangue bombeava do coração ferido. Ele sorriu.

— Ao que parece, não posso morrer, já que há tanto tempo venho sustentando minha vida por meio de feitiçaria — disse ele, debilmente. — Não sou mais um homem.

Ele não pareceu contente com o pensamento, mas o príncipe Carolak adiantou-se e debruçou-se sobre o rival, tranquilizando-o.

— Você vai morrer. Em breve — prometeu.

— O que você fará com ela... Com Gratyesha?

— O nome dela é Vassliss — corrigiu o conde Smiorgan, persistente. — Ela é filha de um mercador, de Jharkor.

— Ela deve se decidir por si só — disse Carolak, ignorando Smiorgan.

O conde Saxif voltou os olhos vidrados para Elric e falou:

— Devo lhe agradecer. Você me trouxe aquele que poderia me dar a paz, embora eu o temesse.

— Eu me pergunto, será por isso que sua feitiçaria era tão fraca contra mim? — ponderou Elric. — Porque você queria que Carolak viesse e o libertasse de sua culpa?

— É possível, Elric. Você é mais sábio em algumas questões, pelo jeito, do que eu.

— E o Portal Escarlate? — rosnou Smiorgan. — Pode ser aberto? Você ainda tem o poder, conde Saxif D'Aan?

— Creio que sim. — Das dobras dos trajes de ouro manchados de sangue, o feiticeiro tirou um cristal grande que brilhava com as cores profundas de um rubi. — Isto vai não apenas levá-los ao portal, vai permitir que passem por ele, mas devo alertá-los... — Saxif D'Aan começou a tossir. — O navio... — Ele arfou. — O navio, como meu corpo, tem sido sustentado por meio de feitiçaria... portanto... — A cabeça dele tombou para a frente. O homem a levantou com um imenso esforço e fitou para além deles, para a garota que ainda segurava as rédeas do garanhão branco. — Adeus, Gratyesha, princesa de Fwem-Omeyo. Eu a amei.

Os olhos permaneceram fixos nela, mas estavam mortos.

Carolak virou-se para encarar a garota.

— Como você se chama, Gratyesha?

— As pessoas me chamam de Vassliss — respondeu ela, e sorriu para o rosto jovem e marcado por batalhas. — É assim que as pessoas me chamam, príncipe Carolak.

— Você sabe quem eu sou?

— Eu o conheço agora.

— Você virá comigo, Gratyesha? Gostaria de ser minha noiva, finalmente, nas estranhas terras novas que descobri, além do mundo?

— Eu irei — disse ela.

Ele ajudou a jovem a subir para a sela do garanhão branco e se sentou atrás dela. Fez uma mesura para Elric de Melniboné.

— Eu lhe agradeço novamente, sir Feiticeiro, embora jamais imaginasse ser ajudado por alguém com o sangue real de Melniboné.

A expressão de Elric não era isenta de humor.

— Em Melniboné, dizem que é um sangue poluído.

— Poluído com compaixão, talvez.

— Talvez.

O príncipe Carolak os saudou.

— Espero que você encontre paz, príncipe Elric, como eu.

— Temo que minha paz vá lembrar mais aquela que Saxif D'Aan encontrou — disse Elric, soturno. — Mesmo assim, agradeço-lhe por suas belas palavras, príncipe Carolak.

Então Carolak, rindo, cavalgou em seu cavalo até a amurada, saltou e desapareceu.

Fez-se silêncio no navio. Os rufiões remanescentes olharam uns para os outros, incertos. Elric dirigiu-se a eles:

— Saibam disto: eu tenho a chave para o Portal Escarlate e apenas eu tenho o conhecimento para usá-la. Ajudem-me a navegar com este navio e vocês se libertarão deste mundo! O que me dizem?

— Dê suas ordens, capitão — disse um indivíduo desdentado e gargalhou. — É a melhor oferta que recebemos em cem anos ou mais!

7

Foi Smiorgan quem viu primeiro o Portal Escarlate. Ele segurou a grande joia vermelha e apontou adiante.

— Lá! Lá, Elric! Saxif D'Aan não nos traiu!

O mar começara a se agitar com ondas enormes e turbulentas, e, com a vela mestra ainda emaranhada sobre o convés, tudo o que a tripulação podia fazer era controlar o navio, mas a chance de fugir do mundo do sol azul os fez trabalhar com cada gota de energia. Devagar, a barca dourada de batalha se aproximou dos imponentes pilares escarlates.

Eles despontavam da água cinza e ruidosa, lançando uma luz peculiar sobre as cristas das ondas. Pareciam ter pouca substância e, no entanto, mantinham-se firmes contra a agressão de toneladas de água que os açoitava.

— Vamos torcer para que estejam mais distantes um do outro do que parece — disse Elric. — Já seria uma tarefa difícil conduzir a barca entre eles em águas calmas, imagine só neste tipo de mar.

— Acho melhor eu assumir o leme — sugeriu o conde Smiorgan, entregando a joia a Elric, e voltou pelo convés inclinado, subindo até a casa do leme para substituir o homem assustado que lá estava.

Não havia nada que Elric pudesse fazer além de assistir a Smiorgan controlar a enorme embarcação nas ondas, cavalgando o topo delas da melhor forma que podia, mas às vezes descendo numa disparada que fazia o coração de Elric subir à boca. Por toda a volta deles, desfiladeiros de água eram uma ameaça, mas, antes que sua força caísse sobre os conveses, o navio já apanhava outra onda. Elric logo estava ensopado e, embora a razão lhe dissesse que seria melhor ficar na área inferior, ele se agarrou à amurada para observar Smiorgan, que guiava o navio com uma certeza sobrenatural em direção ao Portal Escarlate.

Então o convés foi inundado por uma luz vermelha, que quase cegou Elric por completo. Água cinzenta voou para todo lado; ouviu-se um ruído horrendo de algo arranhando, e a seguir um estalo quando os remos se quebraram contra os pilares. O navio estremeceu e começou a tombar por causa do vento, mas Smiorgan o forçou a se endireitar, e, de repente, a qualidade da luz mudou sutilmente, embora o mar continuasse tão turbulento quanto antes, e Elric soube em seu âmago que lá no alto, além das nuvens pesadas, um sol amarelo ardia outra vez.

Porém, houve um rangido e um estrondo vindo do interior das entranhas da barca de batalha. O cheiro de bolor que Elric notara antes se tornou mais forte, quase esmagador.

Smiorgan voltou correndo, após entregar o leme. Seu rosto estava pálido de novo.

— Está se partindo, Elric — gritou ele, acima do ruído do vento e das ondas. O homem oscilou quando uma muralha de água se chocou contra o navio e arrancou várias tábuas do convés. — Está se despedaçando, homem!

— Saxif D'Aan tentou nos alertar sobre isso! — gritou Elric de volta. — Assim como ele era mantido vivo pela feitiçaria, o mesmo acontecia com seu navio. A embarcação já era antiga antes de ser levada para aquele mundo. Enquanto estava lá, a feitiçaria que a sustentava se manteve forte... Mas, neste plano, ela não tem poder algum. Veja! — Elric puxou um pedaço da amurada, esmigalhando a madeira podre com os dedos. — Precisamos achar um trecho de madeira que ainda esteja boa.

Naquele momento, uma verga desmoronou do mastro, atingiu o convés, quicou e rolou na direção deles.

Elric rastejou pelo convés em aclive até conseguir se agarrar à longarina e testá-la.

— Esta aqui ainda está boa. Use seu cinto, ou o que tiver, e se prenda a ela!

O vento uivava em meio ao cordame do navio em desintegração; o mar colidia com as laterais, abrindo buracos enormes abaixo da linha da água.

Os rufiões que compunham a tripulação estavam em estado de pânico total, alguns tentando soltar pequenos botes que se desmanchavam ao serem lançados para fora; outros se deitando contra os conveses podres e rezando para quaisquer deuses que ainda venerassem.

Elric se prendeu à verga partida com toda a firmeza que conseguiu, e Smiorgan seguiu seu exemplo. A onda seguinte a atingir o navio os levantou, arremessando-os por cima do que restava da amurada e para as águas geladas e frementes daquele mar terrível.

Elric manteve a boca bem fechada contra a água e refletiu sobre a ironia de sua situação. Parecia que, após ter escapado de tanta coisa, teria que sofrer uma morte muito comum, por afogamento.

Não demorou até que seus sentidos o abandonassem e ele se entregasse às águas turbilhantes e, de alguma forma, ainda assim amistosas do oceano.

***

Ele acordou lutando.

Havia mãos em seu corpo. Se esforçou para afastá-las, mas estava fraco demais. Alguém riu, um som áspero e bem-humorado.

A água já não bramia e se agitava ao redor. O vento não mais uivava. Em vez disso, havia um movimento mais gentil. Ele ouviu ondas lambendo madeira. Estava a bordo de outro navio.

Elric abriu os olhos, piscando sob a luz do sol quente e amarelo. Marinheiros vilmirianos de bochechas coradas sorriam para ele.

— Você é um homem de sorte, se é que é um homem! — disse um deles.

— Meu amigo?

Elric procurou por Smiorgan.

— Ele estava melhor do que você. Está lá embaixo na cabine do duque Avan agora.

— Duque Avan? — Elric conhecia aquele nome, mas, em sua condição atordoada, não conseguia se lembrar de nada que o ajudasse a identificá-lo. — Vocês nos salvaram?

— Sim. Nós os encontramos à deriva, amarrados a uma verga quebrada, entalhada com os desenhos mais estranhos que já vi. Uma embarcação melniboneana, não era?

— Era, mas muito antiga.

Eles o ajudaram a se levantar. Despiram-no e o enrolaram em mantas de lã. O sol já secava seu cabelo. Elric estava muito fraco. Disse:

— E minha espada?
— O duque Avan está com ela lá embaixo.
— Digam a ele para ter cuidado com ela.
— Temos certeza de que ele terá.
— Por aqui — disse outro. — O duque o aguarda.

Livro três

Navegando para o passado

1

Elric relaxou na cadeira confortável e bem-acolchoada e aceitou a taça de vinho entregue por seu anfitrião. Enquanto Smiorgan se fartava com a comida quente fornecida, Elric e o duque Avan avaliavam um ao outro.

Avan era um homem com cerca de quarenta anos, de rosto bonito e quadrado. Vestia um peitoral prateado com detalhes dourados, sobre o qual havia um manto branco bem-disposto. Suas calças, enfiadas para dentro das botas pretas na altura dos joelhos, eram de camurça creme. Numa pequena mesa marítima junto ao seu cotovelo, repousava um elmo com uma crista de plumas vermelhas.

— Estou honrado, senhor, em tê-lo como meu hóspede — disse o duque Avan. — Sei que o senhor é Elric de Melniboné. Venho procurando-o há meses, desde que me chegaram notícias de que o senhor havia deixado sua terra natal (e seu poder) e saído vagando incógnito, por assim dizer, nos Reinos Jovens.

— O senhor sabe muita coisa.

— Também sou um viajante por escolha própria. Quase o alcancei em Pikarayd, mas percebi que houve algum problema por lá. O senhor partiu rapidamente, e perdi seu rastro por completo. Estava prestes a desistir de buscar sua ajuda quando, pela maior boa sorte, encontrei o senhor boiando na água!

O duque Avan riu.

— O senhor tem uma vantagem sobre mim. Levanta muitas questões — disse Elric, sorrindo.

— Ele é Avan Astran, da Velha Hrolmar — grunhiu o conde Smiorgan, por trás de um enorme osso de pernil. — É um famoso aventureiro, explorador e comerciante. Sua reputação é a melhor. Podemos confiar nele, Elric.

— Eu me lembro do nome agora. Mas por que o senhor precisaria da minha ajuda? — perguntou Elric ao duque.

O cheiro da comida na mesa finalmente impingira o melniboenano a se levantar.

— O senhor se incomoda se eu comer algo enquanto explica, duque Avan?

— Coma à vontade, príncipe Elric. Estou honrado por tê-lo como convidado.

— O senhor salvou minha vida, sir. Nunca fui salvo de maneira tão cortês!

O duque Avan sorriu.

— Nunca tive o prazer de, digamos, fisgar um peixe tão cortês. Se eu fosse supersticioso, príncipe Elric, suporia que alguma outra força nos uniu dessa forma.

— Prefiro pensar nisso como coincidência — disse o albino, começando a comer. — Agora, senhor, como posso ajudá-lo?

— Não o forçarei a nenhum trato apenas porque tive a sorte de salvar sua vida. Por favor, tenha isso em mente — afirmou o duque Avan Astran.

— Terei, senhor.

O duque Avan afagou as plumas de seu elmo.

— Explorei a maior parte do mundo, como o conde Smiorgan corretamente afirma. Estive na própria Melniboné e até me aventurei a leste, para Elwher e o Oriente Não Mapeado. Estive em Myyrrhn, onde o Povo Alado vive. Viajei aos Confins do Mundo e espero um dia ir além. Mas nunca atravessei o Mar Fervente e conheço apenas um pequeno trecho do litoral do Continente Ocidental, o continente sem nome. O senhor já esteve lá em suas viagens, Elric?

O albino balançou a cabeça.

— Procuro a experiência de outras culturas, outras civilizações... É por isso que viajo. Não houve nada, até agora, que me levasse até lá. O continente é habitado apenas por selvagens, não?

— É o que nos dizem.

— Você tem outras informações?

— O senhor sabe que existem algumas evidências — disse o duque Avan, num tom deliberado — de que seus próprios ancestrais vieram daquele continente?

— Evidências? — Elric fingiu desinteresse. — Algumas lendas, apenas isso.

— Uma dessas lendas fala de uma cidade mais antiga do que a onírica Imrryr. Uma cidade que ainda existe nas profundas selvas do Ocidente.

Elric recordou sua conversa com o conde Saxif D'Aan e sorriu consigo mesmo.

— Você quer dizer R'lin K'ren A'a?

— Isso. Um nome estranho. — O duque Avan se debruçou com os olhos acesos por uma curiosidade deliciada. — Você pronuncia com muito mais fluência do que eu. Fala a linguagem secreta, a Grã-linguagem, a língua dos reis.

— Mas é claro.

— E é proibido de ensiná-la a qualquer um que não seus próprios filhos, correto?

— O senhor parece versado nos costumes de Melniboné, duque Avan — disse Elric, baixando as pálpebras de modo a deixar os olhos semicerrados. Ele se recostou em seu assento enquanto mordia um pedaço de pão fresco com gosto. — Sabe o que essas palavras significam?

— Disseram-me que significam simplesmente "Onde os Grãos se reúnem" na língua antiga de Melniboné — explicou o duque Avan Astran.

Elric inclinou a cabeça.

— Isso mesmo. Sem dúvida apenas uma cidadezinha, na realidade. Onde chefes locais se reuniam, talvez uma vez por ano, para discutir o preço dos cereais.

— Acredita nisso, príncipe Elric?

Elric inspecionou um prato coberto. Serviu-se de vitela num molho rico e adocicado e respondeu:

— Não.

— Acredita, então, que existia uma antiga civilização antes mesmo da sua, da qual sua própria cultura brotou? Acredita que R'lin K'ren A'a ainda está lá, em algum lugar, nas selvas do Ocidente?

Elric esperou até ter engolido. Balançou a cabeça.

— Não. Acredito que ela não exista, de forma alguma.

— Não fica curioso sobre seus ancestrais?

— Deveria ficar?

— Dizem que eram diferentes, no caráter, daqueles que fundaram Melniboné. Mais gentis...

O duque Avan Astran olhou com atenção para o rosto de Elric, que riu.

— O senhor é um homem inteligente, duque Avan da Velha Hrolmar. É um homem perceptivo. Ah, e de fato, é um homem astuto, senhor!

O duque Avan sorriu ante o elogio.

— E você sabe mais sobre as lendas do que está admitindo, se não estou enganado.

— Possivelmente. — Elric suspirou, sentindo a comida aquecê-lo. — Nós, de Melniboné, somos conhecidos por sermos um povo cheio de segredos.

— E, no entanto, o senhor parece atípico — disse o duque Avan. — Quem mais desertaria de um império para viajar em terras onde a própria raça é odiada?

— Um imperador governa melhor, duque Avan Astran, se tiver um conhecimento mais próximo do mundo que governa.

— Melniboné não governa mais os Reinos Jovens.

— O poder dela ainda é grande. Mas isso não era o que eu queria dizer, de qualquer forma. Sou da opinião de que os Reinos Jovens oferecem algo que Melniboné perdeu.

— Vitalidade?

— Talvez.

— Humanidade! — grunhiu o conde Smiorgan Careca. — Foi isso que sua raça perdeu, príncipe Elric. Não falo de você, mas veja o conde Saxif D'Aan. Como alguém tão sábio pode ser tão simplório? Ele perdeu tudo: orgulho, amor, poder, porque não tinha humanidade. E o pouco que tinha... oras, foi o que o destruiu.

— Alguns dizem que isso vai me destruir — afirmou Elric —, mas talvez "humanidade" seja, de fato, o que busco levar para Melniboné, conde Smiorgan.

— Então você vai destruir seu reino! — retrucou Smiorgan, com sinceridade. — É tarde demais para salvar Melniboné.

— Talvez eu possa ajudá-lo a encontrar o que busca, príncipe Elric — interferiu o duque Avan Astran, suavemente. — Talvez haja tempo para salvar Melniboné, se o senhor sente que uma nação tão poderosa esteja em perigo.

— Perigo interno. Mas estou falando com liberdade excessiva — declarou Elric.

— Para um melniboneano, é verdade.

— Como você ouviu falar dessa cidade? — Elric quis saber. — Nenhum outro homem que eu tenha encontrado nos Reinos Jovens sabia sobre R'lin K'ren A'a.

— Ela está marcada num mapa que possuo.

Deliberadamente, Elric mastigou sua carne e a engoliu.

— O mapa é, sem dúvida, forjado.

— Talvez. O senhor se lembra de mais alguma coisa da lenda de R'lin K'ren A'a?

— Existe a história da Criatura Condenada a Viver. — Elric empurrou a comida para o lado e se serviu de vinho. — Dizem que a cidade recebeu seu nome porque os Senhores dos Mundos Superiores uma vez se encontraram lá para decidir as regras da Luta Cósmica. Foram ouvidos pelo único habitante da cidade que não fugiu quando chegaram. Quando o descobriram, eles o condenaram a continuar vivo para sempre, carregando o conhecimento pavoroso em sua mente...

— Eu também ouvi essa história. Mas a que me interessa é aquela em que os habitantes de R'lin K'ren A'a nunca regressaram à sua cidade. Em vez disso, partiram rumo ao norte e cruzaram o mar. Alguns chegaram a uma ilha que chamamos agora de Ilha do Feiticeiro, enquanto outros foram ainda mais longe, soprados por uma tempestade, e no final chegaram a uma ilha grande povoada por dragões cujo veneno fazia queimar tudo o que tocasse... A Melniboné, de fato.

— E o senhor deseja testar a veracidade dessa história. Seu interesse é o de um estudioso?

O duque Avan riu.

— Em parte. Mas meu principal interesse em R'lin K'ren A'a é mais materialista, pois seus ancestrais deixaram um grande tesouro para trás quando fugiram da cidade. Particularmente, abandonaram uma imagem de Arioch, o Senhor do Caos. Uma imagem monstruosa, esculpida em jade, cujos olhos são duas pedras preciosas enormes e idênticas, de um tipo desconhecido em qualquer outro lugar em todas as nações da Terra. Joias vindas de outro plano de existência. Joias que poderiam revelar todos os segredos dos Mundos Superiores, do passado e do futuro, da miríade de planos do cosmo...

— Todas as culturas têm lendas similares. Uma doce ilusão, duque Avan, apenas isso...

— Mas os melniboneanos tinham uma cultura diferente de todas as outras. Os melniboneanos não são homens reais, como o senhor bem sabe. Seus poderes são superiores, seu conhecimento, muito maior...

— Já foi assim antigamente — disse Elric. — Mas aquele grande poder e conhecimento não são meus. Tenho apenas um fragmento deles...

— Não o procurei em Bakshaan e depois em Jadmar porque acreditava que o senhor pudesse confirmar o que eu tinha ouvido. Não atravessei o mar até Filkhar, depois até Argimiliar e por fim até Pikarayd porque pensei que o senhor confirmaria no mesmo instante tudo que falei. Eu o procurei porque pensei que era o único homem que desejaria me acompanhar numa viagem que nos revelaria a verdade ou a mentira contida nessas lendas de uma vez por todas.

Elric inclinou a cabeça e virou sua taça.

— O senhor não poderia fazer isso por conta própria? Por que deseja minha companhia nesta expedição? Pelo que ouvi falar a seu respeito, duque Avan, o senhor não é alguém que precise de apoio em suas aventuras...

O duque Avan riu.

— Eu fui sozinho para Elwher quando meus homens me desertaram no Ermo das Lágrimas. Não faz parte da minha natureza sentir medo físico. Mas sobrevivi tanto tempo às minhas viagens porque demonstrei a previdência apropriada e a devida cautela antes de partir. Agora parece que devo enfrentar perigos que não posso prever... Feitiçaria, talvez. Ocorreu-me, portanto, que eu precisava de um aliado que tivesse alguma experiência em combatê-la. E, como eu não aturaria o tipo comum de magos, como as crias de Pan Tang, você era minha única opção. O senhor busca conhecimento, príncipe Elric, exatamente como eu. De fato, seria possível dizer que, se não fosse por sua sede de conhecimento, seu primo jamais teria tentado usurpar o Trono de Rubi de Melniboné...

— Já basta disso — retrucou Elric, amargo. — Vamos falar dessa expedição. Onde está o mapa?

— Você vai me acompanhar?

— Mostre-me o mapa.

O duque tirou do alforje um pergaminho.

— Aqui está.

— Onde o encontrou?

— Em Melniboné.

— Esteve lá recentemente? — Elric sentiu a raiva subir dentro dele.

O duque Avan levantou a mão.

— Fui até lá com um grupo de comerciantes e paguei caro por uma urna específica que estava selada, ao que parece, há uma eternidade. O mapa estava dentro dela.

Ele abriu o rolo sobre a mesa. Elric reconheceu o estilo e a escrita: a antiga Linguagem Culta de Melniboné. Era um mapa de parte do Continente Ocidental, mais detalhado do que ele já vira em qualquer outro. Mostrava um grande rio que serpenteava para o interior por mais de cento e cinquenta quilômetros. O rio parecia fluir em meio a uma selva e então se dividir em dois, que depois tornavam a se unir. A "ilha" de terra formada assim tinha um círculo preto marcado ao redor. Contra esse círculo, na caligrafia intrincada da antiga Melniboné, estava o nome R'lin K'ren A'a. Elric inspecionou o pergaminho atentamente. Não parecia ser uma falsificação.

— Isto é tudo o que o senhor encontrou? — indagou ele.

— O pergaminho estava selado, e isto estava embutido no selo — disse o duque Avan, entregando algo a Elric.

O albino segurou o objeto na palma da mão. Era um rubi pequenino, de um vermelho tão profundo que parecia preto à primeira vista, mas, quando ele o virou para a luz, reconheceu a imagem que viu no centro da joia. Franziu o cenho e disse:

— Concordarei com sua proposta, duque Avan. O senhor me permitiria ficar com isto?

— Você sabe o que é?

— Não. Mas gostaria de descobrir. Há uma lembrança em algum canto da minha mente...

— Muito bem, pode ficar. Eu ficarei com o mapa.

— Quando você estava pensando em partir?

O sorriso do duque Avan era sardônico.

— Já estamos navegando pela costa sul em direção ao Mar Fervente.

— São poucos os que voltaram daquele oceano — murmurou Elric, amargamente. Deu uma olhadela do outro lado da mesa e viu que Smiorgan implorava com os olhos para que ele não tomasse parte no esquema do duque Avan. Elric sorriu para o amigo. — A aventura é de meu gosto.

Triste, Smiorgan deu de ombros.

— Parece que levarei um pouco mais de tempo para regressar às Cidades Púrpuras.

2

O litoral de Lormyr desapareceu na neblina morna, e a escuna do duque Avan Astran virou sua proa elegante para oeste, rumo ao Mar Fervente.

A tripulação vilmiriana da escuna estava acostumada a um clima menos exigente e um trabalho mais casual do que aquele, e cumpria suas tarefas, parecia a Elric, com um ar um tanto ressentido.

De pé ao lado do albino no tombadilho do navio, o conde Smiorgan Careca enxugou suor da cabeça e rosnou:

— Vilmirianos são um povo preguiçoso, príncipe Elric. O duque Avan precisa de marujos de verdade para uma viagem deste tipo. Eu poderia ter escolhido uma tripulação de verdade para ele, se tivesse a oportunidade...

Elric sorriu.

— Nenhum de nós teve a oportunidade, conde Smiorgan. Foi um fato consumado. Esse duque Astran é um sujeito esperto.

— Não é uma esperteza que eu respeito por completo, pois ele não nos ofereceu opções reais. Um homem livre é um companheiro melhor do que um escravo, como diz o velho aforismo.

— Por que você não desembarcou quando teve a chance, então, conde Smiorgan?

— Por causa da promessa de tesouros — disse o barbudo, sendo franco. — Retornaria com honra para as Cidades Púrpuras. Não se esqueça de que eu comandava a frota que se perdeu...

Elric o entendia.

— Meus motivos são simples — continuou Smiorgan. — Os seus são muito mais complicados. Você parece desejar perigo como outros homens desejam beber ou fazer amor, como se, no perigo, esquecesse seus males.

— Isso não é verdadeiro com muitos soldados profissionais?

— Você não é um mero soldado profissional, Elric. Sabe disso tão bem quanto eu.

— E, no entanto, poucos dos perigos que encarei me ajudaram a esquecer — apontou Elric. — Em vez disso, apenas reforçaram a lembrança do que eu sou, do dilema que enfrento. Meus próprios instintos lutam contra as tradições da minha raça. — Elric respirou fundo, melancólico. — Vou para onde o perigo está porque penso que pode haver uma resposta ali... Algum motivo para tanta tragédia e paradoxo. Contudo, sei que nunca encontrarei esse motivo.

— Mas é por isso que navega para R'lin K'ren A'a, não? Espera que seus ancestrais remotos tenham a resposta que precisa?

— R'lin K'ren A'a é um mito. Mesmo que o mapa se prove genuíno, o que encontraremos além de algumas ruínas? Imrryr está de pé há dez mil anos e foi construída no mínimo dois séculos depois que meu povo se instalou em Melniboné. O tempo já levou R'lin K'ren A'a embora.

— E essa estátua, esse Homem de Jade, de que Avan falou?

— Se a estátua um dia existiu, pode ter sido saqueada a qualquer momento dos últimos cem séculos.

— E a Criatura Condenada a Viver?

— Um mito.

— Mas você espera que seja tudo da forma como o duque Avan diz...? — O conde Smiorgan colocou a mão no braço de Elric. — Não espera?

Elric fitava o vapor que subia do mar que se retorcia à frente. Balançou a cabeça.

— Não, conde Smiorgan. Eu temo que seja tudo da forma como o duque Avan diz.

O vento soprava caprichosamente e o avanço da escuna era lento, enquanto o calor aumentava e a tripulação suava ainda mais, murmurando temerosa. Em cada rosto havia uma expressão abatida.

Apenas o duque Avan parecia reter sua confiança. Dizia para todos se animarem; que todos estariam ricos em breve; e deu ordens para que os remos fossem colocados em posição, pois o vento já não era mais confiável. Eles resmungaram ao ouvir isso, despindo as camisas para revelar peles vermelhas como lagostas cozidas. O duque Avan fez um gracejo com aquilo. Os vilmirianos, porém, não riam mais das suas piadas como faziam nos mares mais calmos de suas águas natais.

Ao redor do navio, o mar borbulhava e bramia, e eles navegavam usando seus poucos instrumentos, pois o vapor obscurecia tudo.

Numa ocasião, algo verde irrompeu do mar e os encarou, depois desapareceu. Eles comiam e dormiam pouco, e Elric raramente deixava o tombadilho. O conde Smiorgan aguentava o calor em silêncio, e o duque Avan, pelo jeito alheio a todo desconforto, caminhava alegre pelo navio, gritando incentivos aos seus homens.

Smiorgan estava fascinado pelas águas. Tinha ouvido falar delas, mas nunca as atravessara.

— Estas são apenas as áreas mais periféricas deste mar, Elric — disse ele, um tanto espantado. — Pense em como deve ser no meio.

Elric sorriu.

— Prefiro não pensar nisso. Do jeito que as coisas estão, temo que serei cozido até a morte antes que se passe mais um dia.

O duque Avan, que passava por eles, ouviu isso e segurou-lhe o ombro.

— Bobagem, príncipe Elric! O vapor faz bem! Não existe nada mais saudável! — Ele se espreguiçou, aparentemente com prazer. — Limpa todos os venenos do organismo. — O conde Smiorgan fez uma cara feia, e o duque Avan riu. — Anime-se, conde Smiorgan. Segundo meus mapas, ou o que tenho nesse sentido, mais um par de dias e estaremos nos aproximando das costas do Continente Ocidental.

— Essa ideia não levanta muito meu ânimo — retrucou Smiorgan, mas sorriu, contagiado pelo bom humor de Avan.

Todavia, pouco depois, o mar ficou cada vez menos frenético, e o vapor começou a se dispersar, até que o calor se tornou mais tolerável.

Por fim, emergiram num oceano calmo sob um céu azul cintilante no qual pendia um sol vermelho-dourado.

Mas três membros da tripulação haviam morrido no Mar Fervente, e mais quatro apresentavam uma doença que os fazia tossir bastante, tremer e gritar durante a noite.

Por algum tempo, tiveram apenas calmaria, mas então um vento suave começou a soprar e encher as velas da escuna. Logo, avistaram a primeira terra firme, uma ilha amarela onde encontraram frutas e uma fonte de água doce. Lá também enterraram os três homens que haviam sucumbido à doença do Mar Fervente, pois os vilmirianos haviam se recusado a jogá-los no oceano, calcados no fato de que os cadáveres seriam "cozidos feito carne numa panela".

Enquanto a escuna se encontrava ancorada junto à ilha, o duque Avan chamou Elric para sua cabine e mostrou a ele, pela segunda vez, aquele mapa antigo.

A luz do sol se infiltrava num dourado pálido pelas vigias da cabine e caía sobre o pergaminho antigo, tirado do couro de um animal há muito extinto, sobre o qual Elric e o duque Avan Astran, da Velha Hrolmar, debruçavam-se.

— Está vendo? — disse Avan, apontando. — A ilha está marcada. A escala do mapa parece razoavelmente precisa. Mais três dias e estaremos na embocadura do rio.

Elric assentiu.

— Mas seria sábio descansar aqui por um tempo até que nossas forças sejam plenamente recuperadas e o moral da tripulação esteja mais alto. Existem motivos, afinal de contas, pelos quais os homens evitaram as selvas do Ocidente ao longo dos séculos.

— Com certeza existem selvagens por lá... Alguns podem nem ser humanos... Mas estou confiante de que podemos lidar com esses perigos. Tenho muita experiência em territórios estranhos, príncipe Elric.

— Mas o senhor mesmo disse que temia outros perigos.

— É verdade. Muito bem, faremos como o senhor sugere.

No quarto dia, um vento forte começou a soprar do leste, e eles levantaram âncora. A escuna saltou sobre as ondas com apenas metade da vela aberta, e a tripulação viu isso como um bom sinal.

— Eles são tolos irracionais — disse Smiorgan quando ambos se encontravam de pé, agarrados ao cordame na proa. — Virá o tempo em que desejarão estar sofrendo as provações mais convencionais do Mar Fervente. Esta jornada, Elric, pode não beneficiar nenhum de nós, mesmo que as riquezas de R'lin K'ren A'a ainda estejam lá.

Elric, porém, não respondeu. Estava perdido em pensamentos estranhos, pensamentos incomuns para ele, pois lembrou-se de sua infância e do pai, que fora o último governante verdadeiro do Império Brilhante, orgulhoso, indiferente e cruel. Seu pai esperava que ele, talvez por causa de seu estranho albinismo, restaurasse as glórias de Melniboné. Em vez disso, Elric ameaçava destruir o que restava dela. Assim como o filho, o pai não tinha um lugar real na nova era dos Reinos Jovens, mas se recusara a reconhecer o fato. Aquela jornada para o Continente Ocidental, para a terra de seus ancestrais, tinha uma atração peculiar para ele. Ali, nenhuma nova nação emergira. O continente tinha, até onde ele sabia, continuado o mesmo desde que R'lin K'ren A'a fora abandonada. As selvas seriam as que seu povo conhecera, a terra seria a terra que dera à luz sua raça peculiar, moldara o caráter de seu povo com seus prazeres sombrios, artes melancólicas e delícias tenebrosas. Teriam os ancestrais dele sentido essa agonia do conhecimento, essa impotência face à compreensão de que a existência não tinha sentido, nem propósito, nem esperança? Seria por isso que haviam construído sua civilização daquela forma em particular, por isso haviam desdenhado os valores mais plácidos e espirituais dos filósofos da humanidade? Elric sabia que muitos dos intelectuais dos Reinos Jovens tinham pena do poderoso povo de Melniboné, julgando-o louco. Mas, se eles eram loucos, e se tinham imposto uma loucura sobre o mundo que durara uma centena de séculos, o que os deixara assim? Talvez o segredo estivesse mesmo em R'lin K'ren A'a, não em uma forma tangível, mas no ambiente criado pelas selvas escuras e os rios antigos e profundos. Talvez ali, finalmente, ele fosse capaz de se sentir uno consigo mesmo.

Correu os dedos pelos cabelos brancos. Havia um tipo de angústia inocente em seus olhos escarlates. Ele podia ser o último de sua espécie e, no entanto, era diferente de todos. Smiorgan estava errado. Elric sabia que tudo o que existia possuía seu oposto. Sendo uma criatura imperfeita num mundo imperfeito, ele sempre conheceria o paradoxo. E era por isso que, no paradoxo, sempre haveria um tipo de verdade. Era por isso que filósofos e videntes prosperavam. Num mundo perfeito, não haveria lugar para eles. Num mundo imperfeito, os mistérios são sempre sem solução e, portanto, sempre haveria várias opções para as soluções.

Na manhã do terceiro dia, avistaram a costa e guiaram a escuna por entre os bancos de areia do grande delta, ancorando, por fim, na foz do rio escuro e sem nome.

3

A noite caiu, e o sol começou a se pôr sobre os contornos negros das enormes árvores. Um odor antigo e opulento vinha da selva, e, ao longo do crepúsculo, ecoavam os gritos de aves e estranhos animais. Elric estava impaciente para começar a jornada rio acima. O sono, nunca bem-vindo, tornara-se impossível de alcançar. Ele se postava no convés, imóvel, com os olhos quase sem piscar e o cérebro quase inativo, como se esperando que algo acontecesse. Os raios do sol tingiam seu rosto e lançavam sombras sobre o convés, e então, tudo ficou escuro e imóvel sob a luz e as estrelas. Ele queria que a selva o absorvesse. Queria ser uno com as árvores, os arbustos e os animais rastejantes. Queria que a razão desaparecesse. Inspirou o ar fortemente perfumado para os pulmões como se isso bastasse para fazer com que se transformasse naquilo que, no momento, desejava ser. O zumbido dos insetos se tornou uma voz murmurante que o chamava para o coração da floresta muito, muito antiga. E, no entanto, ele não conseguia se mover, não conseguia responder. Após algum tempo, o conde Smiorgan subiu ao convés, tocou seu ombro, disse algo e, passivamente, Elric desceu para seu catre, enrolou-se em seu manto e ficou ali deitado, ainda ouvindo a voz da floresta.

Até o duque Avan parecia mais introspectivo do que de costume quando levantaram âncora na manhã seguinte e começaram a remar contra a correnteza lenta. Havia poucos vãos na folhagem acima, e eles tinham a impressão de estar entrando num túnel imenso e lúgubre, deixando a luz do sol para trás junto ao mar. Plantas claras se contorciam em torno dos cipós que pendiam da cobertura folhosa e se prendiam nos mastros do navio conforme eles se moviam. Animais que lembravam ratos com braços compridos se balançavam entre os galhos e os observavam com olhos brilhantes e inteligentes. O rio fez uma curva, e o mar saiu de vista. Raios de sol se infiltravam até o convés, e a luz tinha uma tonalidade esverdeada. Elric ficou mais alerta do que jamais estivera desde que concordara em acompanhar o duque Avan. Interessou-se agudamente por cada detalhe da selva e do rio negro, sobre o qual se moviam enxames de insetos como nuvens de névoa agitadas, e no qual flores boiavam tais quais gotas de sangue sobre tinta. Em todo lugar havia farfalhares, guinchos repentinos, ganidos e ruídos úmidos feitos por peixes ou animais do rio enquanto caçavam as presas, perturbados pelos remos do navio, que penetravam nos grandes amontoados de algas e faziam com que as coisas que se escondiam por lá fugissem depressa. Os outros começaram a reclamar de picadas de insetos, mas Elric não foi incomodado, talvez porque nenhum inseto desejasse seu sangue deficiente.

O duque Avan passou por ele no convés. O vilmiriano deu um tapa na própria testa.

— O senhor parece mais alegre, príncipe Elric.

Elric sorriu, distraído.

— Talvez esteja.

— Devo admitir que eu, pessoalmente, acho isto tudo um pouco opressivo. Ficarei contente quando chegarmos à cidade.

— Ainda está convencido de que a encontrará?

— Ficarei convencido do contrário depois de explorar cada centímetro da ilha para a qual nos dirigimos.

Elric tornara-se tão absorto na atmosfera da selva que mal tinha ciência do navio ou de seus companheiros. A embarcação subia o rio muito lentamente, movendo-se numa velocidade pouco maior do que a de uma caminhada a pé.

Alguns dias se passaram, mas Elric mal notou, pois a selva não mudava. Então o rio se alargou, a cobertura das árvores se partiu e o céu, vasto e quente, subitamente se encheu de pássaros enormes, que se amontoavam acima, perturbados pelo navio. Todos, exceto Elric, ficaram felizes por estar sob o céu aberto outra vez, e os ânimos se elevaram. O melniboneano desceu para a cabine.

Quase de imediato, o navio foi atacado. Houve um assovio, um grito, e um marinheiro se retorceu e tombou agarrando um semicírculo cinza e fino de algo que se enterrara em sua barriga. Uma verga superior caiu no convés com um estrondo, trazendo consigo a vela e o cordame. Um corpo decapitado deu quatro passos na direção do tombadilho até desmoronar, o sangue espirrando do buraco obsceno que era seu pescoço. O assovio soava por todo lugar. Elric ouviu os ruídos de baixo e voltou no mesmo instante, afivelando a espada. O primeiro rosto que viu foi o de Smiorgan. O homem careca parecia perturbado ao se agachar contra uma amurada a estibordo. Elric vislumbrou borrões cinzentos passando com assovios, atravessando carne e cordame, madeira e lona. Alguns caíram no convés, e ele viu que se tratavam de discos finos de rocha cristalina com cerca de trinta centímetros de diâmetro. Estavam sendo lançados de ambas as margens do rio, e não havia proteção contra eles.

Tentou enxergar quem arremessava os discos e vislumbrou algo se movendo nas árvores ao longo da margem direita. Então os discos cessaram de súbito e fez-se uma pausa, que alguns marujos aproveitaram para correr pelo convés e buscar uma proteção melhor. O duque Avan apareceu na popa, apressado. Tinha desembainhado a espada.

— Vão lá para baixo. Peguem seus escudos e quaisquer armaduras que encontrarem. Tragam arcos. Armem-se, homens, ou morrerão.

Enquanto ele falava, os agressores irromperam das árvores e entraram na água. Não vieram mais discos, e parecia provável que eles tivessem esgotado seu suprimento.

— Por Chardros! — exclamou Avan, arfando. — Aquelas são criaturas reais ou conjurações de algum feiticeiro?

As coisas eram essencialmente reptilianas, mas com cristas emplumadas e papos coriáceos, embora seus rostos fossem quase humanos. As pernas dianteiras eram como os braços e mãos de homens, mas as traseiras eram incrivelmente compridas, lembrando as de cegonhas. Equilibrados naquelas pernas, os corpos se elevavam acima da água. Carregavam grandes porretes nos quais tinham sido abertas fendas e, sem dúvida, era isso o que tinham usado para arremessar os discos cristalinos. Ao encarar seus rostos, Elric ficou horrorizado. De alguma forma sutil, eles o lembravam do rosto característico de seu próprio povo, o povo de Melniboné. Seriam aquelas criaturas suas primas? Ou seriam uma espécie da qual seu povo tinha evoluído? Ele parou de fazer essas perguntas quando um ódio intenso pelas criaturas o acometeu. Elas eram obscenas: avistá-las trazia bile à garganta do albino. Sem pensar, sacou Stormbringer da bainha.

A Espada Negra começou a uivar, e a radiância negra familiar se derramou dela. As runas entalhadas na lâmina pulsaram num escarlate vívido que lentamente se tornou um roxo profundo, e então voltou ao tom preto.

As criaturas vinham pela água sobre aquelas pernas de estaca, mas pararam ao ver a espada, olhando umas para as outras. Não foram as únicas alarmadas pela visão, pois o duque Avan e seus homens também empalideceram.

— Deuses! — gritou Avan. — Não sei qual aparência é pior, a de quem nos ataca ou de quem nos defende!

— Fiquem bem longe daquela espada — alertou Smiorgan. — Ouvi dizer que tem o hábito de matar mais do que o seu mestre deseja.

Então, os selvagens reptilianos investiram contra eles, agarrando-se às amuradas do navio enquanto os marinheiros armados voltavam correndo ao convés para repelir o ataque.

Porretes agrediram Elric de todas as direções, mas Stormbringer berrou e aparou todos os golpes. Ele segurava a espada com as duas mãos, rodopiando-a para lá e para cá, abrindo grandes cortes nos corpos escamosos.

As criaturas sibilavam e abriam as bocas vermelhas em agonia e fúria, enquanto seu sangue espesso e negro afundava nas águas do rio. Apesar de, das pernas para cima, serem pouco maiores do que um homem alto e robusto, tinham mais vitalidade do que qualquer ser humano, e os cortes mais profundos mal pareciam afetá-las, mesmo quando feitos por Stormbringer. Elric ficou perplexo com aquela resistência ao poder da espada. Com frequência, uma incisão bastava para que a lâmina sorvesse a alma de alguém. Aquelas coisas pareciam imunes. Talvez não tivessem almas...

Ele seguiu lutando, seu ódio dando-lhe forças.

Contudo, em outro ponto do navio, os marinheiros estavam sendo derrotados. Amuradas eram arrancadas, e os grandes porretes esmagaram tábuas e derrubaram mais cordames. Os selvagens estavam decididos a destruir o navio, assim como a tripulação, e restava pouca dúvida de que seriam bem-sucedidos.

Avan gritou para Elric.

— Em nome de todos os deuses, príncipe Elric, será que não pode invocar mais feitiços? Ou estamos condenados!

Elric sabia que Avan dizia a verdade. Por toda parte, o navio era gradualmente destruído pelas criaturas reptilianas sibilantes. A maioria tinha sofrido ferimentos horríveis desferidos pelos defensores, mas apenas uma ou duas haviam tombado. Elric começava a suspeitar de que, de fato, estavam enfrentando inimigos sobrenaturais.

Ele recuou e buscou abrigo debaixo de uma porta meio destruída, então tentou se concentrar num método de invocar ajuda sobrenatural.

Ofegava de exaustão e se agarrou a uma trave do navio, que oscilava para lá e para cá sobre a água. Esforçou-se para concentrar-se.

E então o feitiço lhe ocorreu. Ele não tinha certeza se era apropriado, mas era o único de que conseguia se lembrar. Seus ancestrais haviam feito pactos, milhares de anos antes, com todos os elementais que controlavam o mundo animal. No passado, ele invocara ajuda de vários desses espíritos, mas nunca daquele que buscava invocar naquele momento. De sua boca começaram a emergir as palavras antigas, belas e convolutas da Linguagem Culta de Melniboné.

— Rei com Asas! Senhor de tudo o que trabalha e não é visto, de cujos labores tudo o mais depende! Nnuuurrrr'c'c do Povo Inseto, eu vos invoco!

Exceto pelo movimento do navio, Elric deixara de perceber tudo o mais que acontecia à sua volta. Os sons da luta esmaeceram e sumiram, enquanto ele enviava sua voz para longe, para além daquele plano na Terra em direção a outro; o plano dominado pelo rei Nnuuurrrr'c'c dos insetos, senhor primordial de seu povo.

Em seus ouvidos, Elric passou a escutar um zumbido e, aos poucos, o zumbido se tornou palavras.

— Quem és tu, mortal? Que direito tens de me invocar?

— Sou Elric, governante de Melniboné. Meus ancestrais vos ajudaram, Nnuuurrrr'c'c.

— Sim, mas há muito tempo.

— E foi há muito tempo que vos invocaram em busca de vossa ajuda!

— Verdade. Que ajuda tu demandas agora, Elric de Melniboné?

— Olhai para o meu plano. Vereis que estou em perigo. Não podeis abolir este perigo, amigo inseto?

Uma silhueta velada se formou e podia ser vista como se através de várias camadas de seda nebulosa. Elric tentou manter os olhos nela, mas a forma ficava saindo de seu campo de visão e voltando por alguns momentos. Ele sabia que estava olhando para outro plano da Terra.

— Não podeis me ajudar, Nnuuurrrr'c'c?

— Não tens um patrono da tua própria espécie? Algum Senhor do Caos que te ajude?

— Meu patrono é Arioch, e ele é um demônio temperamental, na melhor das hipóteses. Ultimamente, pouco faz por mim.

— Então devo enviar-te aliados, mortal. Mas não me chame mais quando isto estiver terminado.

— Não vos invocarei novamente, Nnuuurrr'c'c.

As camadas de seda desapareceram e, com elas, a silhueta.

O ruído da batalha mais uma vez se chocou contra a consciência de Elric, que ouviu com uma nitidez maior do que antes os gritos dos marinheiros e o sibilar dos selvagens reptilianos e, ao espiar para fora de seu abrigo, viu que pelo menos metade da tripulação estava morta.

Quando subiu ao convés, Smiorgan chegou correndo.

— Pensei que estivesse morto, Elric! O que aconteceu? — Ele estava claramente aliviado por ver seu amigo ainda vivo.

— Procurei ajuda em outro plano, mas ela não parece ter se materializado.

— Acho que estamos condenados. Talvez seja melhor tentar nadar correnteza abaixo, para longe daqui, e buscar um esconderijo na selva — argumentou Smiorgan.

— E o duque Avan? Está morto?

— Está vivo. Mas aquelas criaturas são praticamente invulneráveis às nossas armas. Este navio vai afundar em breve. — Smiorgan quase caiu quando o convés se inclinou, e estendeu a mão para se agarrar a uma corda solta, deixando a espada longa pendurada no pulso por seu cordão de couro. — Eles não estão atacando a popa no momento. Podemos entrar discretamente na água por lá...

— Eu fiz um trato com o duque Avan — Elric relembrou ao habitante da ilha. — Não posso desertá-lo.

— Então todos vamos perecer!

— O que é isso?

Elric abaixou a cabeça, ouvindo com atenção.

— Não escuto nada.

Era um lamento cujo tom ficou mais grave até se tornar um zunido. Então Smiorgan também ouviu e olhou ao redor, à procura da fonte do som. De súbito ele ofegou, apontando para cima.

— É essa a ajuda que você buscou?

Havia uma vasta nuvem deles, pretos contra o azul do céu. De quando em quando, o sol faiscava sobre uma cor deslumbrante, um azul, verde ou vermelho. Eles desceram espiralando na direção do navio, fazendo os dois lados ficarem em silêncio, encarando o céu.

As coisas voadoras eram como libélulas imensas, e a riqueza e o brilho de sua coloração eram de tirar o fôlego. Eram as asas delas que faziam o zunido, que começou a aumentar de volume e se intensificar conforme os enormes insetos se aproximavam velozmente.

Dando-se conta de que eram o objeto desse ataque, os homens répteis recuaram, trôpegos, sobre as pernas compridas, na tentativa de alcançar a margem antes que os insetos gigantescos estivessem sobre eles.

Mas era tarde demais para fugir.

As libélulas liquidaram os selvagens. Logo nada podia ser visto dos corpos deles. O chiado aumentou e soou quase patético enquanto os insetos carregavam suas vítimas para a superfície do rio e lhe infligiam fosse lá que morte horrível era aquela. Talvez os picassem com suas caudas; não era possível aos espectadores discernir.

Às vezes uma perna de cegonha emergia da água e se debatia no ar por um momento. Em pouco tempo, porém, bem quando os répteis foram totalmente cobertos pelas hordas de insetos, seus gritos foram afogados pelo zumbido estranho e de gelar o sangue que surgira de todos os lados.

O duque Avan, suado, com a espada ainda na mão, subiu pelo convés correndo.

— Isso é coisa sua, príncipe Elric?

Elric observava com satisfação, mas os outros estavam claramente enojados.

— Foi — disse ele.

— Então eu lhe agradeço por sua ajuda. Este navio está esburacado numa dúzia de lugares, e a água se infiltra numa velocidade terrível. É um espanto que ainda não tenhamos afundado. Dei ordens para começar a remar e espero que consigamos chegar à ilha a tempo. — Ele apontou rio acima. — Ali, já dá para vê-la.

— E se houver mais desses selvagens por lá? — indagou Smiorgan.

Avan deu um sorriso sombrio, indicando a margem mais distante.

— Olhem. — Em suas pernas peculiares, uma dúzia ou mais dos répteis fugiam para dentro da selva, após testemunharem a sina de seus camaradas. — Eles estarão relutantes em nos atacar outra vez, penso eu.

As libélulas imensas tornavam a se elevar, e Avan virou de costas ao vislumbrar o que haviam deixado para trás.

— Pelos deuses, o senhor pratica uma feitiçaria feroz, príncipe Elric! Argh!

O albino sorriu e deu de ombros.

— Ela é eficaz, duque Avan. — Embainhou a espada rúnica, que parecia relutante em entrar na bainha e gemia, soando ressentida.

Smiorgan olhou de relance para ela.

— Essa espada parece que vai querer se banquetear em breve, Elric, queira você ou não.

— Sem dúvida ela vai encontrar algo de que se alimentar na floresta — Ele passou por cima de um pedaço do mastro quebrado e desceu.

O conde Smiorgan Careca olhou para a nova espuma que havia na superfície da água e estremeceu.

4

A escuna destroçada estava quase inundada quando a tripulação pulou para fora e começou a tarefa de arrastá-la pela lama que formava as margens da ilha. Diante deles havia uma muralha de vegetação que parecia impenetrável. Smiorgan seguiu Elric, descendo até os baixios. Começaram a caminhar pela água para chegar à praia.

Ao saírem da água e pisarem na terra dura e rachada pelo sol, Smiorgan fitou a floresta. Nenhum vento movimentava as árvores, e um silêncio peculiar havia se instaurado. Nenhum pássaro piava, nenhum inseto zumbia, nada havia dos ganidos e gritos de animais que tinham ouvido na jornada rio acima.

— Aqueles seus amigos sobrenaturais parecem ter assustado mais do que os selvagens — disse o homem de barba. — Este lugar parece sem vida.

Elric assentiu.

— É estranho.

O duque Avan se juntou aos dois. Tinha descartado suas roupas finas, arruinadas na luta, e vestia um gibão de couro acolchoado e calças de camurça. Sua espada estava no quadril.

— Teremos que deixar a maioria dos homens para trás com o navio — disse, pesaroso. — Eles farão os reparos que puderem enquanto seguimos adiante para procurar R'lin K'ren A'a. — Puxou seu manto leve para junto do corpo. — É minha imaginação ou há uma atmosfera estranha aqui?

— Nós já tínhamos comentado a respeito. A vida parece ter fugido da ilha — comentou Smiorgan.

O duque Avan sorriu.

— Se tudo o que enfrentarmos for tímido assim, não temos mais nada a temer. Devo admitir, príncipe Elric, que se eu desejasse seu mal e o visse conjurar aqueles monstros do nada, pensaria duas vezes antes de me aproximar demais do senhor! Obrigado, aliás, pelo que fez. Nós teríamos perecido a esta altura se não fosse por você.

— Foi por meu auxílio que o senhor me convidou para acompanhá-lo — disse Elric, cansado. — Vamos comer e repousar. Depois continuaremos com a expedição.

Então uma sombra passou pelo rosto do duque Avan. Algo no comportamento de Elric o perturbara.

Entrar na selva não era uma questão fácil. Armados de machados, os seis membros da tripulação (o máximo que podia ser dispensado) começaram a cortar a vegetação rasteira. Mas o silêncio anormal ainda prevalecia...

Ao cair da noite, tinham adentrado menos de um quilômetro na floresta e estavam completamente exaustos. A mata era tão espessa que mal havia espaço para montar a tenda. A única luz no acampamento vinha da pequena fogueira crepitante do lado de fora. Os membros da tripulação dormiram onde podiam, a céu aberto.

Elric não conseguiu dormir, mas já não era a selva que o mantinha acordado. Estava intrigado pelo silêncio, pois tinha certeza de que não era a presença deles que tinha expulsado toda a vida dali. Não havia um único roedor pequenino nem pássaro ou inseto em lugar algum. Não havia nenhum traço de vida animal. Há muito tempo a ilha estava deserta de tudo, exceto vegetação... Talvez por séculos ou dezenas de séculos. Ele se lembrou de outra parte da antiga lenda de R'lin K'ren A'a. Dizia-se que, quando os deuses se reuniam lá, não apenas os cidadãos fugiam, mas também toda a vida selvagem. Nada ousava ver os Grão-Senhores ou ouvir a conversa deles. Elric estremeceu, virando a cabeça branca para cá e para lá no casaco enrolado que servia de apoio para ela, com os olhos escarlates torturados. Se havia perigos naquela ilha, seriam mais sutis do que aqueles que haviam enfrentado no rio.

O ruído da passagem deles pela floresta era o único som ouvido, conforme abriam caminho à força na manhã seguinte.

Com uma pedra-ímã numa das mãos e o mapa na outra, o duque Avan Astran buscava guiá-los, indicando a seus homens onde desmatar, mas o avanço ficou ainda mais lento, e estava claro que nenhuma outra criatura seguira naquela direção havia muitas eras.

No quarto dia, atingiram uma clareira natural de rocha vulcânica e encontraram uma nascente. Com gratidão, montaram o acampamento. Elric começara a lavar o rosto na água fria quando ouviu um berro atrás de si. Levantou-se num pulo. Um dos membros da tripulação pegava uma flecha e a encaixava no arco.

— O que foi? — gritou duque Avan.

— Eu vi alguma coisa, milorde!

— Bobagem, não tem...

— Veja!

O homem puxou a corda e fez a flecha voar em direção à copa das árvores mais altas da floresta. Algo pareceu mesmo se agitar naquele momento, e Elric achou ter visto algo cinzento entre as árvores.

— Você viu que tipo de criatura era? — perguntou Smiorgan ao sujeito.

— Não, mestre. Temi a princípio serem aqueles répteis de novo.

— Eles estão com medo demais para nos seguir pela ilha — afirmou o duque Avan, para tranquilizá-lo.

— Espero que o senhor esteja certo — disse Smiorgan, nervoso.

— Então o que poderia ter sido? — perguntou-se Elric.

— Eu... Eu achei que era um homem, mestre — gaguejou o marinheiro.

Elric encarou as árvores, pensativo.

— Um homem?

— Você esperava por isso, Elric? — perguntou Smiorgan.

— Não tenho certeza...

O duque Avan deu de ombros.

— É mais provável que fosse a sombra de uma nuvem passando sobre as árvores. Segundo meus cálculos, deveríamos ter chegado à cidade a esta altura.

— O senhor finalmente passou a achar que ela não existe? — disse Elric.

— Estou começando a não me importar, príncipe Elric. — O duque se recostou no tronco de uma árvore enorme, afastando uma trepadeira, que tocou seu rosto. — No entanto, não há mais nada o que fazer. O navio ainda não está pronto para navegar. — Ele levantou os olhos para os galhos. — Não pensei que sentiria falta daqueles malditos insetos que nos atormentaram no caminho para cá...

O tripulante que disparara a flecha subitamente gritou outra vez.

— Lá! Eu vi! É um homem!

Enquanto os outros procuravam, mas sem discernir nada, o duque Avan continuava apoiado na árvore.

— Você não viu nada. Não há nada aqui para se ver.

Elric se voltou para ele.

— Entregue-me o mapa e a pedra-ímã, duque Avan. Tenho um palpite de que possa encontrar o caminho.

O vilmiriano deu de ombros; uma expressão de dúvida em seu rosto belo e quadrado. Entregou as coisas para Elric.

Eles descansaram aquela noite e de manhã continuaram, com Elric liderando.

Ao meio-dia, saíram da floresta e viram as ruínas de R'lin K'ren A'a.

5

Nada crescia em meio às ruínas da cidade. As ruas estavam destruídas, e as paredes das casas tinham caído, mas não havia ervas daninhas crescendo por entre as rachaduras, e parecia que, pouco tempo antes, a cidade tinha sido acometida por um terremoto. Apenas uma coisa ainda se mantinha intacta, elevando-se acima das ruínas. Era uma estátua gigante de jade branco, cinza e verde; a estátua de um jovem nu com um rosto de beleza quase feminina, voltando os olhos desprovidos de visão na direção norte.

— Os olhos! — disse o duque Avan. — Sumiram!

Os outros não disseram nada ao fitarem a estátua e as ruínas que a cercavam. A área era relativamente pequena, e os edifícios tinham sido pouco decorados. Os habitantes pareciam ter sido um povo simples e abastado, muito diferente dos melniboneanos do Império Brilhante. Elric não podia acreditar que as pessoas de R'lin K'ren A'a eram seus ancestrais. Haviam sido sãos demais.

— A estátua já foi saqueada. Esta maldita jornada foi em vão! — prosseguiu o duque Avan.

Elric riu.

— O senhor achava mesmo que seria capaz de arrancar os olhos do Homem de Jade de suas órbitas, milorde?

A estátua era tão alta quanto qualquer torre da Cidade dos Sonhos, e só a cabeça devia ter o tamanho de um edifício razoavelmente grande. O duque Avan franziu os lábios e se recusou a dar ouvidos à voz zombeteira do albino.

— Ainda podemos fazer a viagem valer a pena — disse ele. — Havia outros tesouros em R'lin K'ren A'a. Venham...

Ele liderou o caminho para dentro da cidade.

Pouquíssimos edifícios estavam sequer parcialmente de pé, mas ainda eram fascinantes, no mínimo pela natureza peculiar dos materiais de construção, de um tipo que os viajantes nunca tinham visto.

As cores eram muitas, mas estavam desbotadas pelo tempo — vermelhos, amarelos e azuis suaves — e fluíam juntas para formar combinações quase infinitas.

Elric estendeu a mão para tocar uma das paredes e se surpreendeu com a sensação fria do material liso. Não era pedra, nem madeira, nem metal. Talvez tivesse sido trazido para a cidade de algum outro plano?

Tentou visualizar a cidade como fora antes de ficar deserta. As ruas eram amplas, sem muralhas em torno, e as casas haviam sido baixas e construídas ao redor de grandes pátios. Se aquele era, de fato, o lar original de seu povo, o que acontecera para que os cidadãos pacíficos de R'lin K'ren A'a se tornassem os construtores insanos das torres bizarras e oníricas de Imrryr? Elric pensava que talvez fosse encontrar a solução para um mistério ali; em vez disso, encontrara outro mistério. Era seu destino, pensou ele, dando de ombros.

Então o primeiro disco de cristal zuniu por sua cabeça e colidiu contra uma parede em ruínas.

O disco seguinte rachou o crânio de um marinheiro, e um terceiro beliscou a orelha de Smiorgan, antes que eles se jogassem de bruços em meio aos detritos.

— São vingativas, aquelas criaturas — declarou Avan, com um sorriso severo. — Arriscarão muito para nos fazer pagar pela morte de seus companheiros!

O terror tomou o rosto de cada marinheiro sobrevivente, e o medo começara a transparecer nos olhos de Avan.

Mais discos se chocaram por perto, mas estava claro que o grupo se encontrava temporariamente fora da vista dos répteis. Smiorgan tossiu quando uma poeira branca subiu dos detritos e arranhou sua garganta.

— É melhor você invocar aqueles seus aliados monstruosos de novo, Elric.

Elric balançou a cabeça.

— Não posso. Meu aliado disse que não me serviria uma segunda vez.

Ele olhou para a esquerda, onde as quatro paredes de uma pequena casa ainda se mantinham de pé. Parecia não haver porta, apenas uma janela.

— Então chame alguma coisa — disse o conde Smiorgan, com urgência. — Qualquer coisa.

— Não tenho certeza...

Na sequência, Elric rolou e disparou para o abrigo, jogando-se pela janela e aterrissando numa pilha de alvenaria que arranhou suas mãos e joelhos.

Ele se levantou, trôpego. A distância, podia ver a imensa estátua cega do deus dominando a cidade. Dizia-se que aquela era uma imagem de Arioch, embora não parecesse em nada com a imagem do Arioch de quem Elric se recordava. Será que aquela estátua protegia R'lin K'ren A'a ou será que a ameaçava? Alguém gritou. Ele olhou de relance pela abertura e viu que um disco tinha cortado fora o antebraço de um homem.

Sacou Stormbringer e a levantou, de frente para a estátua de jade.

— Arioch! — gritou ele. — Arioch, me ajude!

Uma luz negra irrompeu da lâmina, que começou a cantar, como que se estivesse se juntando ao feitiço de Elric.

— Arioch!

Será que o demônio viria? Com frequência o patrono dos reis de Melniboné se recusava a materializar-se, declarando que outras questões mais urgentes o chamavam, questões concernentes à eterna luta entre a Ordem e o Caos.

— Arioch!

Espada e homem estavam agora envoltos numa palpitante névoa negra, e o rosto de Elric, jogado para trás, parecia se contorcer conforme a névoa se contorcia.

— Arioch! Eu vos imploro que me ajude! É Elric quem vos chama!

E então uma voz alcançou seus ouvidos. Era suave, ronronante, racional. Uma voz terna.

— Elric, tenho muita estima por ti. Eu amo-te mais do que a qualquer outro mortal... Mas auxiliar-te eu não posso... Ainda não.

Elric gritou, desesperado:

— Então estamos condenados a perecer aqui!

— Tu podes escapar desse perigo. Foge sozinho para a floresta. Deixa os outros enquanto há tempo. Tens um destino a cumprir em outro lugar, em outro momento...

— Eu não os abandonarei.

— Tu és tolo, doce Elric.

— Arioch... Desde a fundação de Melniboné vós ajudais os reis dela. Ajudai seu último rei neste dia!

— Não posso dissipar minhas energias. Uma grande luta se aproxima. E me custaria muito retornar a R'lin K'ren A'a. Fuja agora. Tu serás salvo. Apenas os outros morrerão.

E o Duque do Inferno se foi. Elric sentiu a passagem de sua presença. Franziu o cenho, mexendo no estojo em seu cinto, na tentativa de se lembrar de algo que ouvira falar certa vez. Devagar, embainhou a espada relutante. Ouviu-se um baque, e Smiorgan estava diante dele, ofegante.

— Bem, alguma ajuda a caminho?

— Temo que não. — Elric balançou a cabeça em desespero. — Mais uma vez, Arioch nega meu pedido. Mais uma vez, fala de um destino maior... Uma necessidade de preservar sua força.

— Seus ancestrais podiam ter escolhido um demônio mais maleável como patrono. Nossos amigos reptilianos estão fechando o cerco. Veja...

Smiorgan apontou para os arredores da cidade. Um bando com cerca de uma dúzia de criaturas com pernas de estaca avançava, os porretes enormes já de prontidão.

Barulhos de briga vieram dos detritos do outro lado da parede, e Avan apareceu, liderando seus homens pela abertura. Ele estava praguejando.

— Temo que não há nenhuma ajuda a caminho — declarou Elric a ele.

O vilmiriano abriu um sorriso amargo.

— Então os monstros lá fora sabiam mais do que nós!

— Parece que sim.

— Teremos que tentar nos esconder deles — disse Smiorgan, sem muita convicção. — Não sobreviveríamos a uma luta.

O pequeno grupo deixou a casa em ruínas e começou a avançar aos poucos pela cobertura que conseguia encontrar, movendo-se cada vez mais para o centro da cidade, para perto do Homem de Jade.

Um sibilo nítido vindo de trás indicou que os guerreiros répteis os haviam avistado de novo, e outro vilmiriano tombou com um disco de cristal cravado em suas costas. Eles irromperam numa corrida desenfreada.

Adiante avistaram um edifício vermelho de vários andares que ainda tinha telhado.

— Lá dentro! — gritou o duque Avan.

Com algum alívio, correram sem hesitar por degraus desgastados e atravessaram uma série de passagens empoeiradas até parar para recuperar o fôlego num salão espaçoso e escuro.

O lugar se encontrava completamente vazio, e um pouquinho de luz se infiltrava pelas fissuras da parede.

— Este lugar resistiu mais do que os outros. Pergunto-me qual era sua função. Uma fortaleza, talvez — disse o duque Avan.

— Eles não parecem ter sido uma raça afeita à guerra — apontou Smiorgan. — Suspeito que o edifício tinha alguma outra função.

Os três marinheiros sobreviventes olhavam ao redor, temerosos. Aparentavam preferir ter encarado os guerreiros répteis lá fora.

Elric começou a atravessar o local, mas parou quando viu algo pintado na parede mais distante.

Smiorgan também viu.

— O que é aquilo, amigo Elric?

Elric reconheceu os símbolos pertencendo à Linguagem Culta escrita da antiga Melniboné, mas essa era sutilmente diferente, e ele levou um certo tempo para decifrar seu significado.

— Sabe o que diz ali, Elric? — murmurou o duque Avan, juntando-se a eles.

— Sei, mas é um tanto enigmático. Diz: "Se viestes para me matar, então és bem-vindo. Se viestes sem os meios para despertar o Homem de Jade, então retira-te...".

— Será que se dirige a nós? É o que me pergunto — cogitou Avan. — Ou será que está ali há muito tempo?

Elric deu de ombros.

— Poderia ter sido escrito em qualquer momento ao longo dos últimos dez mil anos...

Smiorgan foi até a parede e estendeu a mão para tocá-la.

— Eu diria que é bem recente. A tinta ainda está fresca.

Elric franziu a testa.

— Então ainda há habitantes. Por que não se revelam?

— Será que aqueles répteis lá fora poderiam ser os cidadãos de R'lin K'ren A'a? — conjecturou Avan. — Não há nada nas lendas dizendo que eram humanos aqueles que fugiram deste lugar...

O rosto de Elric se anuviou, e ele estava prestes a dar uma resposta raivosa quando Smiorgan interrompeu.

— Talvez exista apenas um habitante. É isso que você está pensando, Elric? A Criatura Condenada a Viver? Esses sentimentos podem ser os dele...

Elric levou as mãos ao rosto e não respondeu.

— Venham. Não temos tempo para debater lendas — disse Avan.

Ele atravessou o salão com passos firmes e entrou por outra passagem, começando a descer alguns degraus. Quando chegou ao fim da escada, ouviram-no ofegar.

Os outros se uniram a ele e viram que estava no limiar de outro salão. Este, porém, tinha um acúmulo até a altura dos tornozelos de fragmentos de algo que já tinha sido folhas de um material metálico com a flexibilidade de pergaminho. Nas paredes ao redor, havia milhares de pequenos buracos, fileiras e fileiras deles, cada um com uma letra pintada logo acima.

— O que é isso? — indagou Smiorgan.

Elric se abaixou e apanhou um dos fragmentos. Havia metade de uma letra melniboneana gravada nele. Haviam tentado obliterar aquilo.

— Era uma biblioteca — disse, em voz baixa. — A biblioteca dos meus ancestrais. Alguém tentou destruí-la. Esses rolos deviam ser praticamente indestrutíveis, e, no entanto, muito empenho foi dedicado para torná-los indecifráveis. — Ele chutou os fragmentos. — É óbvio que, nosso amigo, ou amigos, é um inimigo consistente do aprendizado.

— Claramente — disse Avan, amargo. — Ah, o valor destes rolos para um estudioso! Tudo destruído!

Elric deu de ombros.

— Ao limbo com os estudiosos... O valor deles para mim era deveras considerável!

Smiorgan colocou a mão no braço do amigo, e Elric o afastou com um gesto.

— Eu tinha esperança...

Smiorgan inclinou a cabeça careca.

— Aqueles répteis nos seguiram para o interior do edifício, pelo que posso ouvir.

Eles escutaram ao longe passos estranhos nos corredores atrás deles.

O pequeno bando de homens se moveu tão silenciosamente quanto conseguiu pelos pergaminhos arruinados e atravessou o salão até entrar em outro corredor que levava a uma subida abrupta.

Então, de súbito, viram a luz do dia.

Elric olhou adiante.

— O corredor desmoronou à nossa frente e está bloqueado, pelo que posso ver. O teto desabou, e talvez nos seja possível escapar pelo buraco.

Eles escalaram sobre as pedras caídas, olhando cautelosamente para trás em busca de sinais dos seus perseguidores.

Por fim, emergiram na praça central da cidade. Nas extremidades dela estavam os pés da grande estátua, que se assomava bem acima da cabeça deles.

Diretamente em frente dos seis, havia duas construções peculiares que, ao contrário do resto dos edifícios, estavam inteiras. Eram abobadadas e facetadas, feitas de alguma substância semelhante a vidro e que difratava os raios do sol.

Abaixo, ouviram os homens répteis avançando pelo corredor.

— Buscaremos abrigo na abóbada mais próxima — disse Elric.

Ele disparou num trote, mostrando o caminho.

Os outros o seguiram pela abertura de formato irregular na base da abóbada.

Contudo, uma vez lá dentro, hesitaram, cobrindo os olhos e piscando ao tentarem discernir para onde ir.

— É como um labirinto de espelhos! — comentou Smiorgan, arfando. — Pelos deuses, nunca vi um melhor. Eu me pergunto qual seria a função disto...

Parecia haver corredores em todas as direções, contudo, podiam não passar de reflexos da passagem em que os seis se encontravam. Com cautela, Elric começou a avançar mais no labirinto, seguido pelos outros cinco.

— Isso me cheira à feitiçaria — resmungou Smiorgan. — Será que fomos forçados a entrar numa armadilha?

Elric sacou a espada. Ela murmurava baixinho, quase ranzinza.

Tudo mudou subitamente, e as silhuetas de seus companheiros se tornaram vagas.

— Smiorgan! Duque Avan!

Ele ouviu vozes sussurrando, mas não eram as dos seus amigos.

— Conde Smiorgan!

Então o corpulento lorde dos mares se desvaneceu de vez, e Elric se viu sozinho.

6

Ele se virou, e uma muralha de esplendor vermelho atingiu seus olhos e o cegou.

Elric gritou, mas sua voz foi transformada num lamento funesto que escarneceu dele.

Tentou se mover, porém não conseguia dizer se ainda estava no mesmo lugar ou se tinha caminhado uma dúzia de quilômetros.

Agora havia alguém a alguns metros dele, aparentemente obscurecido por uma tela de gemas multicoloridas transparentes. Elric deu um passo adiante para atacar a tela, mas esta desapareceu, e ele estancou.

Estava olhando para um rosto de pesar infinito.

O rosto era o dele mesmo, exceto pela coloração, que era normal, e o cabelo, que era preto.

— O que é você? — perguntou Elric, a voz embargada.

— Eu já tive muitos nomes. Um deles é Erekosë. Já fui muitos homens. Talvez eu seja todos os homens.

— Mas você é como eu!

— Eu sou você.

— Não!

A aparição segurava as lágrimas ao fitar Elric com pena.

— Não chore por mim! — rugiu Elric. — Não preciso da sua compaixão!

— Talvez eu chore por mim mesmo, pois conheço nosso destino.

— E qual destino é esse?

— Você não compreenderia.

— Conte-me.

— Pergunte a seus deuses.

Elric levantou a espada e disse, ferozmente:

— Não! Terei minha resposta de você!

A aparição desvaneceu.

Elric estremeceu. O corredor foi povoado por mil aparições iguais. Cada uma murmurava um nome diferente. Cada uma vestia roupas diferentes. Mas todas tinham o seu rosto, se não sua coloração.

— Retirem-se! — gritou ele. — Ah, deuses, o que é este lugar?

A seu comando, eles desapareceram.

— Elric?

O albino deu meia-volta, a espada a postos. Mas era o duque Avan Astran, da Velha Hrolmar. Ele tocou o próprio rosto com dedos trêmulos, mas falou, com calma:

— Devo lhe dizer que acredito estar perdendo minha sanidade, príncipe Elric...

— O que o senhor viu?

— Muitas coisas. Não posso descrevê-las.

— Onde estão Smiorgan e os outros?

— Sem dúvida cada um seguiu o próprio rumo, como nós fizemos.

Elric levantou Stormbringer e bateu com a lâmina contra uma parede de cristal. A Espada Negra gemeu, mas a parede meramente trocou de posição.

Mas, através de um vão, Elric via a luz diurna comum.

— Venha, duque Avan... Há como escapar!

Avan, atordoado, o seguiu e ambos saíram do cristal para a praça central de R'lin K'ren A'a.

Entretanto, havia sons ali. Carroças e carruagens se moviam pelo lugar. Barracas tinham sido erigidas em um dos lados. Pessoas caminhavam tranquilamente. E o Homem de Jade não dominava o céu acima da cidade. Ali, não havia nenhum Homem de Jade.

Elric olhou para os rostos. Eram as feições sobrenaturais do povo de Melniboné. Todavia, tinham uma expressão diferente, algo que ele não conseguiu definir a princípio. Até que reconheceu. Era tranquilidade. Ele estendeu a mão para tocar uma das pessoas.

— Diga-me, amigo, que ano...?

Mas o homem não o ouviu. Continuou sua caminhada.

Elric tentou parar vários dos transeuntes, mas ninguém conseguia vê-lo ou ouvi-lo.

— Como eles perderam esta paz? — perguntou o duque Avan, admirado. — Como se tornaram parecidos com o senhor, príncipe Elric?

Elric quase rosnou ao se voltar bruscamente para encarar o vilmiriano.

— Silêncio!

O duque Avan deu de ombros.

— Talvez isto seja meramente uma ilusão.

— Talvez — disse Elric, triste. — Mas tenho certeza de que era assim que eles viviam... até a chegada dos Grãos.

— O senhor culpa os deuses, então?

— Culpo o desespero que os deuses trouxeram.

O duque Avan assentiu, sério.

— Entendo.

Ele se voltou de novo para o grande cristal e ficou prestando atenção.

— Está ouvindo essa voz, príncipe Elric? O que está dizendo?

Elric ouviu. Parecia vir do cristal. Falava a língua antiga de Melniboné, mas com um sotaque estranho.

— Por aqui — dizia ela. — Por aqui.

Elric parou.

— Eu não desejo voltar para lá.

— Que escolha nós temos? — perguntou Avan.

Eles passaram juntos pela entrada.

Mais uma vez, estavam no labirinto que poderia ser um corredor ou muitos, e a voz ficou mais nítida.

— Dê dois passos para a sua direita — instruiu ela.

Avan olhou de esgueio para Elric.

— O que foi isso?

Elric explicou a ele.

— Devemos obedecer? — perguntou Avan.

— Sim.

Havia resignação na voz do albino.

Eles deram dois passos para a direita.

— Agora quatro para a esquerda — disse a voz.

Eles deram quatro passos para a esquerda.

— Agora um para frente.

Emergiram na praça arruinada de R'lin K'ren A'a.

Smiorgan e um marujo vilmiriano se encontravam lá.

— Onde estão os outros? — indagou Avan.

— Pergunte a ele — respondeu Smiorgan, cansado, gesticulando com a espada em sua mão direita.

Eles fitaram o homem que ou era um albino, ou um leproso. Ele estava completamente nu e possuía uma distinta semelhança com Elric. No começo, o melniboneano achou que fosse outra aparição, mas logo viu que havia várias diferenças no rosto de ambos. Algo se projetava da lateral do sujeito, logo acima da terceira costela. Com um choque, Elric reconheceu o cabo quebrado de uma flecha vilmiriana.

O homem nu assentiu.

— Sim, a flecha encontrou seu alvo. Mas não pôde me matar, pois eu sou J'osui C'reln Reyr...

— Você acredita ser a Criatura Condenada a Viver — murmurou Elric.

— Eu sou a criatura. — O homem abriu um sorriso amargo. — Acha que estou tentando enganá-lo?

Elric olhou para o cabo da flecha e balançou a cabeça.

— Você tem dez mil anos de idade? — perguntou Avan, encarando-o.

— O que ele diz? — perguntou J'osui C'reln Reyr a Elric, que traduziu.

— Só se passou isso? — O sujeito suspirou. Em seguida, olhou atentamente para Elric. — Você é de minha raça?

— Parece que sim.

— De que família?

— Da linhagem real.

— Então você veio, por fim. Também sou dessa linhagem.

— Acredito em você.

— Noto que os Olab os procuram.

— Os Olab?

— Aqueles seres primitivos com os porretes.

— Sim. Nós os encontramos em nossa jornada rio acima.

— Eu os guiarei para a segurança. Venham.

Elric permitiu que J'osui C'reln Reyr os levasse para o outro lado da praça, onde uma parte de uma parede vacilante ainda estava de pé. O homem ergueu uma laje, revelando degraus que desciam para a escuridão. Eles o seguiram, descendo com cautela, mas antes J'osui C'reln Reyr fez com que a laje se abaixasse acima da cabeça deles. Então o grupo viu-se numa sala iluminada por rústicos lampiões a óleo. Exceto por uma cama de grama seca, o local estava vazio.

— Você vive frugalmente — apontou Elric.

— Não sinto necessidade de mais nada. Minha cabeça já se ocupa de muita coisa...

— De onde vêm os Olab? — perguntou Elric.

— Faz pouco tempo que eles chegaram a esta região. Mal faz mil anos, ou talvez metade desse tempo, desde que vieram de algum lugar rio acima, depois de alguma disputa contra outra tribo. Geralmente não vêm até a ilha. Vocês devem ter matado muitos deles para que lhes desejem tanto mal.

— Nós matamos muitos.

J'osui C'reln Reyr gesticulou em direção aos outros, que o encaravam com algum desconforto.

— E esses? Primitivos, também, hein? Não são do nosso povo.

— Restam poucos do nosso povo.

— O que ele está dizendo? — perguntou o duque Avan.

— Diz que aqueles guerreiros répteis são chamados de Olab — explicou Elric.

— E foram esses Olab que roubaram os olhos do Homem de Jade?

Quando Elric traduziu a pergunta, a Criatura Condenada a Viver ficou atônita.

— Vocês não sabem, então?

— O quê?

— Oras, vocês estiveram dentro dos olhos do Homem de Jade! Aqueles grandes cristais nos quais vagaram... É isso o que eles são!

7

Quando Elric deu essa informação ao duque Avan, o vilmiriano irrompeu em gargalhadas. Jogou a cabeça para trás e urrou de tanto rir, enquanto os outros observavam, taciturnos. A nuvem que caíra sobre suas feições nos últimos tempos desapareceu de repente, e ele novamente se tornou o homem que Elric conhecera.

Smiorgan foi o próximo a sorrir, e até Elric reconheceu a ironia do que acontecera.

— Aqueles cristais caíram do rosto dele como lágrimas pouco depois de os Grãos partirem — continuou J'osui C'reln Reyr.

— Então os Grãos vieram mesmo para cá.

— Sim. O Homem de Jade trouxe a mensagem, e todo o povo foi embora, após terem feito sua barganha com ele.

— O Homem de Jade não foi construído por nosso povo?

— O Homem de Jade é o duque Arioch do Inferno. Ele saiu da floresta certo dia, se postou na praça e contou para as pessoas o que aconteceria: que nossa cidade ficava no centro de alguma configuração particular e que era apenas ali que os Senhores dos Mundos Superiores podiam se encontrar.

— E a barganha?

— Em troca de sua cidade, nossa linhagem real poderia no futuro ampliar seu poder com Arioch como patrono. Ele lhes daria grande conhecimento e os meios para construir uma nova cidade em outro lugar.

— E eles aceitaram essa barganha sem questionar?

— Havia pouca escolha, parente.

Elric abaixou os olhos para o chão empoeirado e murmurou:

— E assim eles foram corrompidos.

— Apenas eu recusei o pacto. Não desejava deixar a cidade e não confiava em Arioch. Quando todos os outros partiram rio abaixo, permaneci aqui, onde estamos agora, e ouvi os Senhores dos Mundos Superiores chegarem e os ouvi falar, impondo as regras segundo as quais a Ordem e o Caos lutariam dali em diante. Quando se foram, eu emergi. Mas Arioch, o Homem de Jade, ainda estava aqui. Ele olhou para mim através dos olhos de cristal e me amaldiçoou. Quando isso foi feito, os cristais caíram exatamente onde vocês os veem agora. O espírito de Arioch foi embora, mas sua imagem de jade ficou para trás.

— E você ainda retém toda a lembrança do que aconteceu entre os Senhores da Ordem e do Caos?

— Essa é minha sina.

— Talvez seu destino tenha sido menos severo do que aquele que se abateu sobre quem partiu — disse Elric, em voz baixa. — Sou o último herdeiro dessa sina em particular...

J'osui C'reln Reyr pareceu confuso e encarou os olhos de Elric, então uma expressão de piedade cruzou seu rosto.

— Eu não tinha pensado que existisse sina pior, mas agora acredito que talvez exista...

Elric disse, com urgência:

— Pelo menos tranquilize minha alma. Preciso saber o que aconteceu entre os Grão-Senhores naqueles dias. Preciso compreender a natureza da minha existência como você, ao menos, entende a sua. Conte-me, eu lhe imploro!

J'osui C'reln Reyr franziu o cenho e fitou profundamente os olhos de Elric.

— Você não conhece toda a minha história, então?

— Há mais?

— Eu posso apenas me lembrar do que se passou entre os Grão-Senhores; quando tento contar o que sei em voz alta ou escrever a respeito, não consigo...

Elric agarrou o ombro do homem.

— Você precisa tentar! Precisa tentar!

— Eu sei que não consigo.

Vendo a tortura na expressão de Elric, Smiorgan se aproximou.

— O que foi, Elric?

Elric apertava a própria cabeça.

— Nossa jornada foi inútil. — Inconscientemente, ele usou a língua melniboneana antiga.

— Não precisa ser — disse J'osui C'reln Reyr. — Para mim, pelo menos. — Ele fez uma pausa. — Diga-me, como vocês encontraram esta cidade? Havia algum mapa?

Elric mostrou o mapa.

— Este aqui.

— É, é este mesmo. Muitos séculos atrás, eu o pus num escrínio, que coloquei num baú pequeno. Joguei o baú no rio, torcendo para que seguisse meu povo e eles soubessem do que se tratava.

— O escrínio foi encontrado em Melniboné, mas ninguém se incomodou em abri-lo — explicou Elric. — Isso lhe dá uma ideia do que aconteceu com o povo que partiu daqui...

O estranho homem assentiu gravemente.

— E ainda havia um selo sobre o mapa?

— Havia. Eu o tenho.

— Uma imagem de uma das manifestações de Arioch, incrustada num pequeno rubi?

— Isso. Pensei ter reconhecido a imagem, mas não conseguia me lembrar de onde.

— A Imagem na Gema — murmurou J'osui C'reln Reyr. — Como rezei, ela retornou, e trazida por alguém da linhagem real!

— Qual a importância dela?

Smiorgan interrompeu.

— Esse camarada nos ajudará a fugir, Elric? Estamos ficando um tanto impacientes...

— Esperem — disse o albino. — Eu lhes contarei tudo depois.

— A Imagem na Gema poderia ser o instrumento da minha libertação — explicou a Criatura Condenada a Viver. — Se aquele que a possui for da linhagem real, então pode comandar o Homem de Jade.

— Mas por que você não a utilizou?

— Por causa da maldição que foi lançada sobre mim. Eu tinha o poder de comandar o demônio, mas não de invocá-lo. Foi uma piada, pelo que entendo, dos Grão-Senhores.

Elric percebeu uma tristeza amarga nos olhos de J'osui C'reln Reyr. Ele olhou para a pele branca e desnuda, o cabelo branco e o corpo que não era nem velho, nem jovem, para o cabo da flecha espetada acima da terceira costela do lado esquerdo.

— O que preciso fazer? — perguntou.

— Você deve invocar Arioch e ordenar que ele entre na estátua outra vez e recupere seus olhos, para que possa partir de R'lin K'ren A'a.

— E quando ele se for...?

— A maldição vai com ele.

Elric ficou pensativo. Se invocasse Arioch, que estava claramente relutante em vir, e ordenasse que fizesse algo que não desejava, corria o risco de transformar aquela entidade poderosa, apesar de imprevisível, em um inimigo. Entretanto, estavam presos ali pelos guerreiros Olab, sem meios para escapar. Se o Homem de Jade caminhasse, os Olab quase certamente fugiriam, e haveria tempo para retornar ao navio e alcançar o mar. Ele explicou tudo a seus companheiros. Tanto Smiorgan quanto Avan pareciam em dúvida, e o restante da tripulação vilmiriana estava decididamente aterrorizada.

— Preciso fazer isso — resolveu Elric —, pelo bem deste homem. Devo chamar Arioch e retirar a desgraça que caiu sobre R'lin K'ren A'a.

— E trazer uma desgraça ainda maior sobre nós! — afirmou o duque Avan, levando a mão automaticamente ao punho da espada. — Não. Acho que deveríamos nos arriscar com os Olab. Deixe esse homem. Ele é maluco. Delira. Vamos seguir nosso caminho.

— Vá, se assim quiser — retrucou Elric. — Eu ficarei com a Criatura Condenada a Viver.

— Então ficará aqui para sempre. Não pode acreditar na história dele!

— Mas acredito.

— Você precisa vir conosco. Sua espada ajudará. Sem ela, os Olab certamente nos destruirão.

— Você viu que Stormbringer tem pouco efeito contra os Olab.

— Mas, mesmo assim, tem algum efeito. Não me abandone, Elric!

— Eu não o estou abandonando. Devo invocar Arioch. Essa invocação beneficiará vocês, se não a mim.

— Não estou convencido.

— Era minha feitiçaria que você queria nesta empreitada. Agora a terá.

Avan recuou. Parecia temer algo mais do que os Olab, mais do que a invocação. Parecia ler uma ameaça no rosto de Elric da qual nem mesmo o albino estava ciente.

— Devemos ir lá para fora — disse J'osui C'reln Reyr — e nos colocar debaixo do Homem de Jade.

— E quando isto estiver terminado, como deixaremos R'lin K'ren A'a? — perguntou Elric, subitamente.

— Há um barco. Não tem provisões, mas boa parte do tesouro da cidade está nele. Fica na extremidade oeste da ilha.

— Isso já serve de algum conforto. E você não poderia usá-lo por sua própria conta?

— Eu não podia partir.

— Faz parte da maldição?

— Sim. Da maldição de minha covardia.

— A covardia o manteve aqui por dez mil anos?

— Sim...

Eles deixaram a câmara e saíram para a praça. A noite caíra, e uma lua imensa estava no céu. De onde Elric se encontrava, ela parecia emoldurar a cabeça cega do Homem de Jade como um halo. Tudo estava completamente em silêncio. Elric tirou a Imagem na Gema de seu estojo e a segurou entre o indicador e o polegar da mão esquerda. Com a direita, sacou Stormbringer. Avan, Smiorgan e a tripulação vilmiriana se afastaram.

Ele olhou para cima, para as imensas pernas de jade, os genitais, o tronco, os braços, a cabeça, levantou a espada nas duas mãos e gritou:

— Arioch!

A voz de Stormbringer quase sufocou a dele. Dava trancos nas mãos de Elric; ameaçava deixar sua empunhadura por completo enquanto uivava.

— Arioch!

Tudo o que os espectadores viam agora era a espada radiante latejando, o rosto e as mãos brancas do albino e seus olhos escarlates ferozmente fixos na escuridão.

— Arioch!

E então uma voz que não era a de Arioch chegou aos ouvidos de Elric, e parecia que a própria espada falava.

— *Elric... Arioch deve receber sangue e almas. Sangue e almas, milorde...*

— Não. Esses são meus amigos, e os Olab não podem ser feridos por Stormbringer. Arioch deve vir sem o sangue, sem as almas.

— Apenas essas duas coisas podem invocá-lo com certeza! — disse uma voz, tornando-se mais nítida, sardônica e que parecia vir de trás dele.

Elric se virou, mas não havia nada ali.

Viu o rosto nervoso do duque Avan e, enquanto seus olhos se prendiam às feições do vilmiriano, a espada golpeou, virando-se contra a empunhadura de Elric e mergulhando na direção do duque.

— Não! — gritou Elric. — Pare!

Mas Stormbringer não parou até ter se enfiado bem fundo no coração do duque Avan e saciado sua sede. O marinheiro ficou ali, hipnotizado, enquanto assistia a seu mestre morrer.

O duque Avan se contorceu.

— Elric! Mas que traição você...? — gritou ele. — Ah, não!

O corpo dele se sacudiu.

— Por favor...

Estremeceu.

— Minha alma...

Morreu.

Elric recolheu a espada e cortou o marujo quando ele correu para ajudar seu mestre. O ato fora feito sem pensar.

— Agora Arioch tem seu sangue e suas almas — disse ele, friamente. — Que Arioch venha!

Smiorgan e a Criatura Condenada a Viver tinham recuado, fitando Elric possuído, horrorizados. O rosto do albino era cruel.

— Que Arioch venha!

— Estou aqui, Elric.

Elric girou e viu que algo estava na sombra das pernas da estátua; uma sombra dentro de uma sombra.

— Arioch, tu deves retornar a essa sua manifestação e fazer com que ela deixe R'lin K'ren A'a para sempre.

— Eu escolho não fazê-lo, Elric.

— Então eu devo ordernar-lhe a isso, duque Arioch.

— Ordernar? Só aquele que possuir a Imagem na Gema pode comandar Arioch e, mesmo assim, apenas uma vez.

— Eu tenho a Imagem na Gema. — Elric levantou o objeto minúsculo. — Vê.

A sombra no interior da sombra rodopiou por um momento, como se de raiva.

— Se eu obedecer ao seu comando, você desencadeará uma série de eventos que talvez não deseje — Arioch disse em melniboneano comum, como que para dar mais seriedade às suas palavras.

— Que seja. Eu ordeno que entre no Homem de Jade e apanhe seus olhos, para que ele possa voltar a andar. Em seguida, ordeno que vá embora daqui e leve com você a maldição dos Grão-Senhores.

Arioch retrucou:

— Quando o Homem de Jade cessar de proteger o local onde os Grão-Senhores se reúnem, então a grande luta dos Mundos Superiores começará neste plano.

— Eu ordeno, Arioch. Vá para o Homem de Jade!

— Você é uma criatura obstinada, Elric.

— Vá! — Elric ergueu Stormbringer. A espada parecia cantar num júbilo monstruoso e, naquele momento, aparentava ser mais poderosa do que o próprio Arioch, mais poderosa do que todos os Senhores dos Mundos Superiores.

O chão tremeu. Fogo subitamente ardeu em torno da silhueta da grande estátua. A sombra no interior da sombra desapareceu.

O Homem de Jade se abaixou.

Sua enorme forma se debruçou sobre Elric, e suas mãos se esticaram para além dele e buscaram os dois cristais caídos no chão. Em seguida, ele os encontrou e pegou um em cada mão, aprumando as costas.

Elric foi vacilante até o canto mais distante da praça, onde Smiorgan e J'osui C'reln Reyr se agachavam, cheios de terror.

Uma luz intensa ardia nos olhos do Homem de Jade, e os lábios de jade se abriram.

— *Está feito, Elric!* — exclamou uma voz imensa.

J'osui C'reln Reyr começou a soluçar.

— Então vá embora, Arioch.

— Eu vou. A maldição de R'lin K'ren A'a e de J'osui C'reln Reys está suspensa, mas uma maldição ainda maior jaz agora sobre todo o seu plano.

— Como assim, Arioch? Explique-se! — gritou Elric.

— Em breve você terá sua explicação. Adeus!

As enormes pernas de jade se moveram de súbito e, num único passo, saíram das ruínas e começaram a abrir caminho pela selva, esmagando-a. Num instante, o Homem de Jade havia sumido.

E então a Criatura Condenada a Viver riu. Era um júbilo estranho a que ele dava voz. Smiorgan tapou os ouvidos.

— E agora! — gritou J'osui C'reln Reyr. — Agora sua lâmina deve tirar minha vida. Posso morrer, afinal!

Elric passou a mão pelo rosto. Mal estivera ciente dos eventos que haviam se sucedido.

— Não — disse ele, num tom atordoado. — Não posso...

Então Stormbringer voou de sua mão para o corpo da Criatura Condenada a Viver e se enterrou em seu peito.

Ao morrer, J'osui C'reln Reyr riu. Caiu no chão e seus lábios se moveram. Um murmúrio veio deles. Elric chegou mais perto para ouvir.

— A espada tem meu conhecimento agora. Meu fardo me deixou.

Os olhos se fecharam.

A vida de dez mil anos de J'osui C'reln Reyr tinha terminado.

Fraco, Elric retirou Stormbringer do corpo e a embainhou. Encarou o cadáver da Criatura Condenada a Viver e a seguir levantou os olhos inquisitivos para Smiorgan.

O robusto lorde dos mares deu-lhe as costas.

O sol começou a nascer. A aurora cinzenta chegou. Elric assistiu ao cadáver de J'osui C'reln Reyr virar pó, que foi agitado pelo vento e misturado à poeira das ruínas. Atravessou a praça, voltou para onde o corpo contorcido do duque Avan jazia e caiu de joelhos ao lado dele.

— Você foi avisado, duque Avan Astran da Velha Hrolmar, que o mal caía sobre aqueles que ligavam sua sorte à de Elric de Melniboné. Mas pensou o contrário. Agora você sabe.

Com um suspiro, ele se pôs de pé.

Smiorgan estava ao seu lado. O sol tocava as partes mais altas das ruínas. Smiorgan estendeu a mão e segurou o amigo pelo ombro.

— Os Olab sumiram. Acho que já se cansaram de feitiçaria.

— Outro homem foi destruído por mim, Smiorgan. Será que estarei para sempre preso a esta espada amaldiçoada? Preciso descobrir um jeito de me livrar dela, ou minha consciência pesada vai me oprimir a tal ponto que não serei mais capaz de me levantar.

Smiorgan pigarreou, mas, tirando isso, manteve-se em silêncio.

— Prepararei o descanso do duque Avan — disse Elric. — Volte para onde deixamos o navio e avise que estamos indo.

Smiorgan começou a atravessar a praça a passos largos na direção leste.

Elric ternamente pegou o corpo de duque Avan no colo e foi no sentido oposto da praça, para a sala subterrânea onde a Criatura Condenada a Viver tinha vivido por dez mil anos.

Parecia tão irreal para Elric naquele momento, mas ele sabia que não tinha sido um sonho, que o Homem de Jade se fora. Seus rastros podiam ser vistos pela selva. Grandes segmentos da mata estavam achatados.

Chegou ao local, desceu a escada e depositou o duque Avan na cama de grama seca. Em seguida, pegou a adaga do amigo e, na falta de qualquer outra coisa, molhou a ponta no sangue e escreveu na parede acima do cadáver:

Este foi o duque Avan Astran, da Velha Hrolmar. Ele explorou o mundo e levou muito conhecimento e tesouros de volta para sua terra, Vilmir. Ele sonhou e se perdeu no sonho de outra pessoa, e assim morreu. Ele enriqueceu os Reinos Jovens, e assim encorajou outro sonho. Ele morreu para que a Criatura Condenada a Viver pudesse morrer, como ela desejava...

Elric fez uma pausa. Então jogou a lâmina no chão. Não podia justificar seus próprios sentimentos de culpa compondo um epitáfio altissonante para o homem que havia matado.

Ficou ali, ofegante, depois tornou a pegar a adaga.

Ele morreu porque Elric de Melniboné desejava uma paz e um conhecimento que jamais poderia encontrar. Morreu pela Espada Negra.

Lá fora, no meio da praça, ao meio-dia, ainda se encontrava caído o corpo solitário do último tripulante vilmiriano. Ninguém ficara sabendo seu nome. Ninguém lamentava por ele nem comporia um epitáfio. O vilmiriano tinha morrido por nenhum propósito maior, não seguira nenhum sonho fabuloso. Até na morte, seu cadáver não cumpriria função alguma. Na ilha, não havia nenhum carniceiro a alimentar. Na poeira, não havia terra a fertilizar.

Elric voltou para a praça e viu o cadáver. Por um momento, para Elric, ele simbolizou tudo o que ocorrera ali e que ocorreria mais tarde.

— Não existe propósito — murmurou.

Talvez seus ancestrais remotos tivessem se dado conta disso, afinal, mas não se importaram. Fora preciso o Homem de Jade para fazer com que se importassem e a seguir enlouquecessem de angústia. O conhecimento fizera com que fechassem suas mentes a muita coisa.

— Elric!

Era Smiorgan, que voltava. Elric levantou a cabeça.

— Encontrei o único sobrevivente na trilha. Antes de morrer, ele me disse que os Olab tinham acabado com a tripulação e o navio antes de virem atrás de nós. Estão todos mortos. O barco está destruído.

Elric se lembrou de algo que a Criatura Condenada a Viver lhe dissera.

— Há um barco — afirmou ele. — Está no extremo oeste da ilha.

Eles levaram o resto do dia e aquela noite inteira para descobrir onde J'osui C'reln Reyr havia escondido seu barco. Puxaram-no para a água sob a luz difusa da manhã e o inspecionaram.

— É um barco robusto — disse conde Smiorgan, aprovando. — Pelo visto, é feito daquele mesmo material estranho que vimos na biblioteca de R'lin K'ren A'a.

Ele subiu a bordo e fez uma busca pelos compartimentos.

Elric olhava fixamente para a cidade, pensando num homem que poderia ter se tornado seu amigo, da mesma forma que o conde Smiorgan. Ele não tinha amigos, exceto por Cymoril, em Melniboné. Suspirou.

Smiorgan havia aberto vários compartimentos e sorria diante do que via.

— Rezo aos deuses para que eu regresse a salvo para as Cidades Púrpuras. Temos mais do que eu procurava! Veja, Elric! Tesouros! Acabamos nos beneficiando desta empreitada, no final das contas!

— Sim... — A mente de Elric estava em outras coisas. Ele se forçou a pensar em questões mais pragmáticas. — Mas as joias não nos alimentarão, conde Smiorgan. Será uma longa viagem para casa.

— Casa? — Smiorgan endireitou as costas enormes, segurando um punhado de colares em cada mão. — Melniboné?

— Os Reinos Jovens. Você se ofereceu para me hospedar em sua casa, segundo me lembro.

— Pelo resto de seus dias, se quiser. Você salvou minha vida, amigo Elric; agora me ajudou a salvar minha honra.

— Esses eventos recentes não o perturbaram? Você viu o que minha lâmina é capaz de fazer, tanto a amigos quanto a inimigos.

— Não ficamos ruminando, nós das Cidades Púrpuras — disse o conde Smiorgan, sério. — E não somos volúveis em nossas amizades. Você conhece uma angústia, príncipe Elric, que eu jamais sentirei ou compreenderei, mas já lhe entreguei minha confiança. Por que deveria tomá-la de volta? Não é assim que somos ensinados a nos comportar no lugar de onde venho. — O conde Smiorgan cofiou a barba preta e deu uma piscadela. — Deve haver algumas caixas de provisões em meio aos destroços da escuna de Avan. Navegaremos em torno da ilha e as apanharemos.

Elric tentou afastar aquele humor sombrio de si, mas era difícil, pois havia matado um homem que confiara nele, e a conversa de Smiorgan sobre confiança só deixara a culpa mais pesada.

Juntos, lançaram o barco na água espessa de algas e, quando Elric olhou para trás mais uma vez para a floresta silenciosa, um tremor o atravessou. Ele pensou em todas as esperanças que nutrira na jornada rio acima e se amaldiçoou pela tolice.

Tentou lembrar, decifrar como tinha chegado àquele lugar, mas muito de seu passado estava confuso graças àqueles sonhos singularmente vívidos que ele tendia a ter. Será que Saxif D'Aan e o mundo do sol azul haviam sido reais? Mesmo naquele momento, eles já esmaeciam. Será que aquele lugar era real? Havia uma qualidade de sonho em tudo. Parecia que ele navegara em muitos mares fatídicos desde que fugira de Pikarayd. Depois de tudo, a promessa da paz das Cidades Púrpuras tornara-se muito querida a ele.

Logo chegaria o momento em que Elric deveria retornar para Cymoril e a Cidade dos Sonhos, para decidir se estava preparado para assumir as responsabilidades do Império Brilhante de Melniboné. Mas, até lá, ele se hospedaria com seu novo amigo, Smiorgan, e aprenderia os costumes mais simples e diretos do povo de Menii.

Ao levantarem a vela e começarem a se mover com a corrente, Elric disse para Smiorgan, de súbito:

— Você confia em mim, então, conde Smiorgan?

O lorde dos mares ficou um pouco surpreso pela franqueza da pergunta. Penteou a barba com os dedos.

— Confio — respondeu, enfim —, como homem. Mas vivemos em tempos cínicos, príncipe Elric. Até os deuses perderam sua inocência, não foi?

Elric ficou confuso.

— Você acha que eu algum dia o trairei, como... como... traí Avan, naquele instante?

Smiorgan balançou a cabeça.

— Não é da minha natureza especular sobre essas questões. Você é leal, príncipe Elric. Finge cinismo, mas acho que raramente encontrei um homem que precisasse tanto de um pouco de cinismo de verdade. — Ele sorriu. — Sua espada o traiu, não foi?

— Para me servir, suponho.

— Sim. Aí é que reside a ironia da coisa. Um homem pode confiar em outro, príncipe Elric, mas talvez jamais tenhamos um mundo realmente são até que os homens aprendam a confiar na humanidade. Isso ocasionaria a morte da magia, acho.

E pareceu a Elric, naquele momento, que sua espada rúnica tremeu ao seu lado, e gemeu debilmente, como se perturbada pelas palavras do conde Smiorgan.

A estranheza do Lobo Branco

À memória de Ted Carnell, editor das revistas New Worlds e Science Fantasy, *que publicou todas as primeiras histórias de Elric e cuja sugestão me levou a começar a escrever a série. Um homem gentil e generoso, que me deu muito encorajamento em meus anos iniciais e sem o qual estas histórias jamais teriam sido escritas.*

A estranheza do Lobo Branco

Sumário

Livro três: a Cidadela Cantante

Prólogo

O sonho do conde Aubec

Em que aprendemos um pouco sobre como a Era dos Reinos Jovens emergiu e sobre o papel desempenhado pela Dama Sombria, Myshella, cujo destino posteriormente se entrelaçaria ao de Elric de Melniboné...

Da janela sem vidraças da torre de pedra era possível ver o largo rio serpenteando entre margens marrons e amplas ao longo do terreno repleto de bosques verdes e sólidos, que se misturavam bem aos poucos à massa da floresta propriamente dita. E, despontando da floresta, erguia-se o penhasco, cinza e verde-claro, alto e escuro, com as rochas cobertas de líquen fundindo-se às pedras mais baixas, e ainda maiores, do castelo. Este dominava a paisagem em três direções, distraindo o olhar do rio, das rochas e da floresta. Suas muralhas eram altas e de granito espesso, com torres; um denso campo de torres, agrupadas de forma a sombrear umas às outras.

Aubec de Malador se maravilhou e perguntou-se como construtores humanos podiam ter feito aquilo, senão por feitiçaria. Taciturno e misterioso, o castelo parecia ter um ar desafiador, pois se postava bem na borda do mundo.

Naquele momento, o céu sombrio lançava uma luz amarelada estranha e profunda contra o lado oeste das torres, intensificando a parte escura intocada por ela. Imensos vagalhões de céu azul rasgavam o cinza que corria no alto, e montes de nuvens vermelhas moviam-se vagarosamente, misturando-se e produzindo outras colorações mais sutis. No entanto, embora o céu fosse impressionante, não conseguia fazer com que o olhar se desviasse da portentosa série de rochedos artificiais que era o castelo Kaneloon.

O conde Aubec de Malador só deu as costas para a janela quando estava completamente escuro lá fora, e floresta, despenhadeiro e castelo haviam se tornado apenas tons de sombras contra a escuridão generalizada. Ele passou a mão pesada e cheia de calos pelo escalpo quase careca e, pensativo, dirigiu-se para o amontoado de palha que pretendia usar como cama.

A palha estava empilhada num nicho criado por um contraforte e a parede externa, e o quarto era bem-iluminado pelo lampião de Malador. Porém, o ar estava frio quando ele se deitou na palha com a mão próxima da espada de lâmina larga de tamanho prodigioso, que precisava ser empunhada com as duas mãos. Essa era sua única arma. Parecia ter sido forjada por um gigante — o próprio Malador era praticamente um deles —, com sua guarda ampla e pesada, o punho incrustado de pedras e a lâmina de um metro e meio, lisa e larga. Ao lado, encontrava-se a armadura de Malador, antiga e pesada, o elmo equilibrado no topo com as plumas um tanto esfarrapadas oscilando de leve graças à corrente de ar vinda da janela.

Malador dormiu.

Seus sonhos, como sempre, foram turbulentos; de exércitos poderosos atravessando cenários ardentes, estandartes ondulantes ostentando os brasões de uma centena de nações, florestas feitas de pontas de lanças reluzentes, oceanos de elmos em movimento, os estampidos bravos e selvagens das cornetas de guerra, a algazarra dos cascos e as canções, gritos e berros dos soldados. Esses eram sonhos de eras passadas, de sua juventude, quando, em nome da rainha Eloarde, de Klant, ele conquistara todas as nações do sul, quase até a extremidade do mundo. Apenas Kaneloon, precisamente nessa extremidade, ele não conquistara, e isso porque nenhum exército o seguiria até lá.

Para alguém com uma aparência tão marcial, aqueles sonhos eram surpreendentemente indesejados, e Malador acordou diversas vezes naquela noite, balançando a cabeça para tentar se livrar deles.

Ele preferiria sonhar com Eloarde, embora ela fosse a causa de sua inquietude, mas não viu nem sombra dela durante seu sono, nem sinal de seu cabelo preto e macio, que ondulava em torno do rosto pálido, nada de seus olhos verdes, lábios vermelhos e postura orgulhosa e desdenhosa. Eloarde o designara para aquela missão, e ele não fora por vontade própria, embora não tivesse escolha, pois, além de sua amante, ela era também sua rainha. O campeão era, tradicionalmente, o amante da soberana, e era impensável para o conde Aubec que pudesse existir qualquer outra condição. Cabia a ele, como campeão de Klant, obedecer e partir sozinho do palácio em busca do castelo Kaneloon, para conquistá-lo e declará-lo parte do império, de modo que se pudesse dizer que os domínios da rainha Eloarde se estendiam desde o Mar do Dragão até os Confins do Mundo.

Nada havia depois dos Confins do Mundo; nada, exceto o material rodopiante do Caos amorfo que se estendia dos Desfiladeiros de Kaneloon para a eternidade, agitando-se e fervendo, multicolorido, cheio de silhuetas malformadas e monstruosas, pois apenas a Terra pertencia à Ordem e era constituída de matéria ordenada, flutuando no mar de matéria do Caos como fizera por eras.

De manhã, o conde Aubec de Malador apagou o lampião que havia deixado aceso, pôs as grevas e a cota de malha, vestiu o elmo de plumas pretas na cabeça, colocou sua espada de lâmina larga sobre o ombro e saiu da torre de pedra, que era só o que permanecia inteiro naquela antiga construção.

Seus pés, calçados em couro, tropeçaram em pedras que pareciam em parte dissolvidas, como se o Caos em algum momento tivesse batido ali, em vez de contra os imponentes Desfiladeiros de Kaneloon. Isso, é óbvio, era impossível, já que era sabido que as fronteiras da Terra eram estáveis.

O castelo Kaneloon parecia mais próximo na noite anterior, e isso, ele se dava conta, devia-se ao fato de ser tão imenso. Ele seguiu o rio, os pés se afundando no solo lodoso, os grandes galhos das árvores protegendo-lhe do sol cada vez mais quente, conforme seguia rumo aos desfiladeiros. Kaneloon havia saído de vista, bem acima dele. De quando em quando, ele usava sua espada como machado para abrir uma picada nos locais onde a vegetação era particularmente espessa.

Parou para descansar várias vezes, tomando a água fria do rio e passando um pano no rosto e na cabeça. Não estava com pressa, não tinha desejo algum de visitar Kaneloon, se ressentia da interrupção de sua vida com Eloarde, a qual julgava ter feito por merecer. Além disso, também tinha um temor supersticioso do misterioso castelo, que diziam ser habitado por apenas um ocupante humano: a Dama Sombria, uma feiticeira sem piedade que comandava uma legião de demônios e outras criaturas do Caos.

Ele chegou aos desfiladeiros ao meio-dia e analisou o caminho que levava ao topo com um misto de cansaço e alívio. Esperava ter que escalar os desfiladeiros, mas não era alguém que pegava uma rota difícil quando uma mais fácil se apresentava, portanto, cingiu uma corda em torno da espada e a pendurou nas costas, já que era comprida e pesada demais para ser carregada na lateral do corpo. Em seguida, ainda de mau humor, começou a subir a trilha cheia de curvas.

As rochas cobertas de líquen eram evidentemente antigas, ao contrário do que especulavam certos filósofos que perguntavam por que só se ouvira falar de Kaneloon havia poucas gerações. Malador acreditava na resposta genérica a essa pergunta: exploradores nunca tinham se aventurado tão longe até pouco tempo atrás. Olhou para trás e viu as copas das árvores abaixo, a folhagem se movendo de leve na brisa. A torre na qual passara a noite estava visível a distância e, além dela, ele sabia que não havia civilização, nenhum posto avançado da humanidade por muitos dias de jornada a norte, leste ou oeste... e o Caos jazia ao sul. Nunca estivera tão perto das extremidades do mundo, e se perguntava como a visão da matéria amorfa afetaria seu cérebro.

Por fim, escalou até o topo do desfiladeiro e ficou ali de pé, com os braços abertos, fitando o castelo Kaneloon, que se elevava a um quilômetro e meio dali, com as torres mais altas escondidas nas nuvens e as muralhas imensas enraizadas na rocha e se estendendo para longe, limitadas dos dois lados pelo desfiladeiro. Malador observou a substância do Caos agitada e saltitante, predominantemente cinza, azul, marrom e amarela naquele momento, embora suas cores mudassem constantemente, respingando como a água de ondas do mar, a poucos metros do castelo.

Foi tomado por uma sensação de profundidade tão indescritível que tudo o que conseguiu fazer foi permanecer naquela posição por um longo tempo, esmagado pela noção da própria insignificância. Ocorreu-lhe, a certa altura, que se alguém morasse mesmo no castelo Kaneloon, essa pessoa deveria ter uma mente robusta ou ser insana, então suspirou e avançou para seu objetivo, notando que o chão era plano, sem defeitos, verde, obsidiano e que refletia imperfeitamente a substância do Caos dançante da qual ele desviava os olhos sempre que podia.

Kaneloon tinha muitas entradas, todas escuras e hostis, e se não fossem todas de tamanho e formato regular, podiam ser tomadas por entradas de cavernas.

Malador fez uma pausa para escolher por qual passaria, e então caminhou com visível propósito para uma delas. Entrou numa escuridão que parecia se estender eternamente. Estava fria e vazia, e ele, sozinho.

Logo ele se perdeu. Seus passos não faziam eco, o que era inesperado; então, a escuridão começou a dar lugar a uma série de contornos angulares, como as paredes de um corredor cheio de reviravoltas; paredes que não chegavam até o teto invisível, mas que terminavam vários metros acima de sua cabeça. Era um labirinto, uma confusão. Ele parou, olhou para trás e viu, com horror, que tal labirinto serpenteava em muitas direções, embora ele tivesse certeza de haver seguido uma trilha reta do exterior até ali.

Por um instante, sua mente se tornou difusa, e a loucura ameaçou engolfá-lo, mas ele a conteve e soltou sua espada, tremendo. Para qual lado? Ele prosseguiu, incapaz de dizer se ia para a frente ou para trás.

A loucura que espreitava as profundezas de seu cérebro escoou de lá e se tornou medo, e, imediatamente após a sensação de medo, vieram as silhuetas. Silhuetas se movendo depressa, dardejando de várias direções, algaraviando, diabólicas, absolutamente pavorosas.

Uma dessas criaturas saltou sobre ele, e o conde a golpeou com sua lâmina. Ela fugiu, mas parecia ilesa. Outra veio, e mais uma, então ele se esqueceu de seu pânico enquanto golpeava ao redor, empurrando-as para trás até que todas tivessem fugido. Fez uma pausa e, ofegante, apoiou-se na espada. Em seguida, enquanto fitava o entorno, o medo voltou a inundá-lo, e mais criaturas apareceram; criaturas de ardentes olhos grandes e garras ávidas, criaturas de rostos malévolos, troçando dele, criaturas de rostos semifamiliares, alguns reconhecíveis como os de velhos amigos e parentes, contudo, pervertidos em paródias horripilantes. Ele gritou e as atacou, girando a enorme espada, acutilando e cortando, passando rapidamente por um grupo delas para virar uma curva no labirinto e logo encontrar outro.

Uma risada maliciosa percorreu os corredores sinuosos, seguindo o conde e o precedendo conforme ele corria. Malador tropeçou e caiu contra uma parede. A princípio, a parede parecia de pedra sólida, mas lentamente tornou-se mole, e ele afundou, atravessando-a, com metade do corpo em um corredor e metade em outro. Forçou seu corpo para o outro lado, ainda de quatro, levantou a cabeça e viu Eloarde, mas uma Eloarde cujo rosto envelhecia aos poucos.

"Estou louco", pensou ele. "Isto é realidade ou fantasia? Ou serão os dois?"

Estendeu a mão.

— Eloarde!

Ela desapareceu, mas foi substituída por uma horda de demônios que se aproximavam. Levantou-se e tentou atingi-los com a lâmina, mas as criaturas saltavam para fora do alcance, e ele rugia para a horda enquanto investia. Por um momento, o medo deixou-o mais uma vez e, com o desaparecimento do medo, as visões também se foram, até que ele se deu conta de que o medo precedia as manifestações e tentou se controlar.

Quase foi bem-sucedido na tentativa de relaxar, mas o medo se impôs outra vez, e as criaturas borbulharam para fora das paredes, suas vozes esganiçadas cheias de uma hilaridade maliciosa.

Desta vez, ele não as atacou com a espada, mas defendeu sua posição com toda a calma que conseguiu, concentrando-se na própria condição mental. Conforme o fazia, as criaturas começaram a desaparecer, as paredes do labirinto se dissolveram e ele teve a impressão de estar em um vale tranquilo, calmo e idílico. Entretanto, pairando nos limites de sua consciência, o conde parecia ver leves contornos das paredes do labirinto e silhuetas repulsivas se movendo aqui e ali pelas muitas passagens.

Ele percebeu que a visão do vale era tão ilusória quanto o labirinto e, ao chegar a essa conclusão, vale e labirinto desapareceram, e ele viu-se no enorme salão de um castelo que só podia ser Kaneloon.

O salão estava desocupado, apesar de bem mobiliado, e ele não conseguia ver a fonte da luz, que era forte e uniforme. Foi até uma mesa onde havia pergaminhos empilhados, e seus pés produziram um eco satisfatório. Diversas portas grandes e cravejadas de metal davam saída do salão, mas naquele momento ele não as investigou, decidido a estudar os pergaminhos e ver se podiam ajudá-lo a decifrar o mistério de Kaneloon.

Apoiou a espada na mesa e pegou o primeiro rolo.

Era uma coisa linda de velino vermelho, mas as letras pretas nada significavam para ele, e o conde ficou atônito, pois, embora dialetos variassem de um lugar para o outro, havia apenas uma linguagem em todos os territórios da Terra. Outro pergaminho trazia símbolos diferentes, e o terceiro que ele desenrolou carregava uma série de imagens bastante estilizadas que se repetiam aqui e ali, de modo que ele supôs formarem algum tipo de alfabeto. Desgostoso, deixou o pergaminho de lado, apanhou sua espada, respirou bem fundo e gritou:

— Quem mora aqui? Pois saiba que Aubec, conde de Malador, campeão de Klant e Conquistador do Sul, reivindica este castelo em nome da rainha Eloarde, imperatriz de todas as terras do sul!

Ao gritar essas palavras familiares, ele se sentiu um tanto mais confortável, mas não recebeu resposta alguma. Levantou o elmo um pouco e coçou o pescoço. Em seguida, apanhou a espada, equilibrou-a sobre o ombro e foi até a porta maior.

Antes de alcançá-la, a porta se abriu sozinha, e uma coisa enorme semelhante a um homem, com mãos que mais pareciam arpéus de abordagem, sorriu para ele.

O conde deu um passo para trás, e então outro, até que, ao notar que a coisa não avançava, manteve sua posição, observando-a.

Ela tinha mais ou menos meio metro a mais do que ele, com olhos ovais e multifacetados que, pela própria natureza, pareciam inexpressivos. O rosto era anguloso e tinha um brilho cinzento e metálico. A maior parte do corpo era composto de metal polido, com juntas semelhantes às de uma armadura. Sobre a cabeça havia um capuz apertado e cravejado de latão. A criatura tinha um ar de poder tremendo e disparatado, embora não se movesse.

— Um golem! — exclamou Malador, pois aquilo o lembrava das lendas de tais criaturas feitas pelo homem. — Que feitiçaria criou você?

O golem não respondeu, mas suas mãos, que eram, na realidade, compostas de quatro pontas de metal cada, começaram a se flexionar; e o golem ainda sorria.

Malador sabia que aquela coisa não tinha a mesma qualidade amorfa de suas primeiras visões. Era sólida, real e poderosa, e por maior que fosse a força máscula de Malador, sabia que não podia derrotar tal criatura. Entretanto, ele também não podia ignorá-la.

Com um grito das juntas metálicas, o golem entrou no salão e estendeu as mãos polidas na direção do conde.

Malador podia atacar ou fugir, mas fugir seria inútil. Ele atacou.

Segurando a grande espada com as duas mãos, ele a girou de lado mirando o tronco do golem, que parecia ser seu ponto mais fraco. A criatura bloqueou com o braço e, com um estrondo poderoso, a espada estremeceu contra o metal, fazendo todo o corpo de Malador vibrar. Ele recuou, trôpego. Sem remorso, o golem o seguiu.

Malador olhou para trás e vasculhou o salão na esperança de encontrar uma arma mais poderosa do que sua espada, mas viu apenas escudos de um tipo ornamental na parede à direita. Ele se virou e correu para lá, arrancando um deles e deslizando-o para o braço. Era um objeto oblongo, muito leve e composto por várias camadas de uma madeira repleta de veios. Era inadequado, mas o fez sentir-se minimamente melhor quando deu meia-volta para enfrentar o golem.

A criatura avançou, e Malador pensou notar algo familiar nela, da mesma forma que os demônios do labirinto haviam parecido familiares, mas a impressão era vaga. Ele concluiu que a estranha feitiçaria de Kaneloon estava afetando sua mente.

O golem ergueu as pontas de ferro no braço direito e desferiu um golpe rápido na cabeça de Malador. Este evitou o ataque, bloqueando com a espada. As pontas se chocaram contra a lâmina, e então o braço esquerdo do inimigo estocou como um pistão contra a barriga de Malador. O escudo conteve o golpe, apesar de as pontas o perfurarem profundamente. O conde arrancou o broquel das estacas e golpeou as juntas das pernas do golem.

Ainda com o olhar perdido, aparentemente sem interesse real em Malador, o golem avançou como um cego, ao que o conde se virou e subiu na mesa, esparramando os pergaminhos. Ele atacou com a enorme espada o crânio da criatura, fazendo os pinos de latão faiscarem e amassando o capuz e a cabeça sob ele. O golem titubeou e agarrou a mesa, levantando-a do chão, de modo que Malador foi forçado a saltar. Desta vez, ele correu até a porta e puxou o anel do trinco, mas ela não abriu.

Sua espada estava lascada e cega. Ele se virou de costas para a porta, e o golem o alcançou e golpeou de cima para baixo, com a mão metálica, a borda superior do escudo. Este se despedaçou, e uma dor terrível subiu pelo braço de Malador. O conde revidou, mas não tinha o costume de lidar com a espada daquela forma, então o golpe foi desajeitado.

Malador sabia que estava condenado. Força e habilidade de combate não bastavam contra a força bruta do golem. No golpe seguinte da criatura, ele girou para o lado, mas foi pego por uma das pontas da mão, que rasgou sua armadura e arrancou sangue, embora naquele momento ele não sentisse nenhuma dor.

Levantou-se atabalhoadamente, chacoalhando o braço para largar a empunhadura e os fragmentos de madeira que restavam do escudo e segurou sua espada com firmeza.

“O demônio desalmado não tem ponto fraco”, pensou ele, “e, já que não possui uma inteligência verdadeira, não é possível apelar para ela. O que um golem temeria?”

A resposta era simples. O golem só teria medo de algo tão forte quanto ele, ou mais forte ainda.

Malador precisava usar de astúcia.

Correu até a mesa virada com o golem em seu encalço, saltou por cima dela e girou quando a criatura tropeçou, mas não caiu, como ele torcera para que ocorresse. Contudo, o golem desacelerou por causa do choque, e Aubec tirou vantagem disso para correr até a porta pela qual o monstro tinha entrado. Ela se abriu. Malador viu-se num corredor sinuoso, sombrio e escuro, não muito diferente do labirinto que encontrara ao chegar a Kaneloon. A porta se fechou, mas ele não conseguiu encontrar nada com o que bloqueá-la. Disparou pelo corredor, enquanto o golem despedaçava a porta e o seguia desajeitada, mas rapidamente.

O corredor se contorcia em todas as direções e, embora ele nem sempre enxergasse o golem, podia ouvi-lo, e tinha o medo nauseante de que, em algum ponto, dobraria uma esquina e daria de cara com a criatura. Isso não aconteceu, mas ele chegou a uma porta e, ao abri-la e passar, encontrou-se outra vez no salão do castelo Kaneloon.

Quase deu boas-vindas àquela visão familiar quando ouviu a criatura, com suas partes metálicas guinchando, ainda a persegui-lo. Precisava de outro escudo, mas a parte do salão na qual estava não tinha nenhum nas paredes, só um espelho grande e redondo de metal brilhante e polido. Seria pesado demais para manusear, mas ele o pegou, puxando-o do gancho. O espelho caiu com um retinido, e o conde o ergueu, arrastando-o consigo ao se afastar aos tropeços do golem, que tinha emergido mais uma vez no salão.

Usando as correntes que mantinham o espelho pendurado, ele o segurou diante de si e, bem no momento em que o gigante vinha correndo até ele, o conde levantou seu escudo improvisado.

O golem berrou.

Malador ficou perplexo. O monstro parou de súbito e se encolheu para longe do espelho. Malador o empurrou na direção do golem, e a coisa virou de costas e fugiu com um uivo metálico, atravessando a porta por onde viera.

Aliviado e confuso, Malador se sentou no chão e estudou o espelho. Certamente não havia nada de mágico nele, embora fosse de boa qualidade. Ele sorriu e disse em voz alta:

— Então a criatura de fato tem medo de alguma coisa. Tem medo de si mesma!

Jogou a cabeça para trás e riu alto de alívio. Então franziu o cenho.

— Agora vou encontrar os feiticeiros que o criaram e me vingar deles!

O conde se forçou a ficar de pé, torceu as correntes do espelho para ficarem mais seguras em torno do braço e foi para outra porta, preocupado que o golem completasse o circuito do labirinto e voltasse por onde tinha saído. A porta não se moveu, então ele levantou a espada e golpeou a fechadura por alguns momentos até ela ceder. Entrou numa passagem bem-iluminada com o que parecia ser outra sala na extremidade... e a porta que levava até ela estava aberta.

Um odor almiscarado atingiu suas narinas conforme progrediu pela passagem; o cheiro o fez lembrar-se de Eloarde e dos confortos de Klant.

Quando chegou à câmara circular, viu que era um quarto; um quarto de mulher, cheio do perfume que ele sentira na passagem. Controlou a direção que sua mente tomava, pensou em lealdade e em Klant, e foi para outra porta que levava para fora do quarto. Abriu-a com dificuldade e viu uma escadaria curva de pedra que levava para cima. Subiu, passando por janelas que pareciam envidraçadas com esmeralda ou rubi, para além das quais formas de sombras oscilavam, de modo que soube estar do lado do castelo que dava para o Caos.

A escadaria parecia levar a uma torre e, quando ele finalmente alcançou a pequena porta no topo, estava sem fôlego, então fez uma pausa. Em seguida, abriu a porta com um empurrão e entrou.

Havia uma janela imensa numa das paredes, com uma vidraça transparente e límpida pela qual podia ver o agourento material do Caos dançando lá fora. Uma mulher postava-se junto a essa janela como se esperasse por ele.

— Você, de fato, é um campeão, conde Aubec — disse ela, com um sorriso que poderia ter sido irônico.

— Como sabe meu nome?

— Não o descobri por meio de nenhuma feitiçaria, conde de Malador. Você o gritou alto o bastante quando viu o salão em sua forma verdadeira pela primeira vez.

— E aquilo não foi feitiçaria, então? — disse ele, deselegante. — O labirinto, os demônios, até o vale? O golem não foi produzido por feitiçaria? Todo este maldito castelo não é de natureza mágica?

Ela deu de ombros.

— Chame assim, se prefere ignorar a verdade. A feitiçaria, ao menos na sua mente, é algo grosseiro que apenas insinua os verdadeiros poderes existentes no multiverso.

Ele não respondeu, um tanto impaciente com esse tipo de declaração. Tinha aprendido, ao observar os filósofos de Klant, que palavras misteriosas amiúde disfarçavam coisas e ideias banais. Em vez disso, olhou para ela emburrado e com um excesso de franqueza.

Ela era loira, com olhos azuis-esverdeados e pele clara. Seu longo manto era de uma cor parecida com a dos olhos. Era muito bela, de um jeito meio misterioso, e, como todos os cidadãos de Kaneloon com quem ele se encontrara, um tanto familiar.

— Você reconhece Kaneloon? — indagou ela.

Ele ignorou a pergunta.

— Já basta disso. Leve-me aos mestres deste lugar!

— Não há nenhum outro mestre além de mim, Myshella, a Dama Sombria. E eu sou a mestra.

Ele ficou decepcionado.

— Enfrentei tantos perigos apenas para conhecê-la?

— Foi. E perigos ainda maiores do que você pensa, conde Aubec. Aqueles eram apenas os monstros de sua própria imaginação!

— Não me provoque, milady.

Ela riu.

— Estou falando de boa-fé. O castelo cria suas próprias defesas a partir da mente das pessoas. Raro é o homem que consegue enfrentar e derrotar a própria imaginação. Por duzentos anos ninguém assim me encontrou aqui. Todos desde então pereceram diante do medo... até agora.

Ela sorriu para ele. Era um sorriso cálido.

— E qual é o prêmio para uma façanha tão grandiosa? — perguntou ele bruscamente.

Ela tornou a rir e gesticulou para a janela, que dava para a borda do mundo e o Caos mais além.

— Lá fora, nada existe por enquanto. Se você se aventurar a entrar ali, será confrontado novamente por criaturas de seus caprichos ocultos, pois não há nada mais a ser contemplado.

Ela o fitou com admiração e ele tossiu, envergonhado.

— De vez em quando — disse ela —, chega a Kaneloon um homem que pode suportar tal provação. E então as fronteiras do mundo podem se estender, pois, quando um homem se opõe ao Caos, este deve recuar, e novos territórios brotam e passam a existir!

— Então esta é a sina que você tem em mente para mim, feiticeira?!

Ela olhou de relance para ele, quase recatadamente. Sua beleza parecia aumentar conforme ele a observava. O conde agarrou o punho da espada, segurando com força enquanto ela se movia graciosamente até ele e o tocava, como por acaso.

— Há uma recompensa por sua coragem. — A mulher o encarou nos olhos e não falou mais nada sobre a recompensa, pois estava claro o que ela oferecia. — E depois... faça minha vontade e enfrente o Caos.

— Dama, você não sabe que o ritual demanda que o campeão de Klant seja o fiel consorte da rainha? Não trairei minha palavra e minha confiança! — Ele soltou uma risada oca. — Vim até aqui para remover uma ameaça ao reino da minha rainha, não para ser seu amante e lacaio!

— Não existe ameaça alguma aqui.

— Isso parece ser verdade...

Ela recuou um passo, como se o avaliasse de novo. Para ela, aquela era uma situação sem precedentes; nunca tivera sua oferta recusada. Estava gostando daquele homem robusto, que também combinava coragem e imaginação em seu caráter. Era incrível, pensou ela, como em poucos séculos tais tradições podiam crescer, tradições que prendiam um homem a uma mulher que ele provavelmente nem sequer amava. Olhou para Aubec ali de pé, com o corpo rígido e um tanto nervoso.

— Esqueça Klant — disse ela. — Pense no poder que poderia ter. O poder da verdadeira criação!

— Dama, reivindico este castelo para Klant. Foi isso o que vim fazer, e é isso o que faço agora. Se sair daqui vivo, serei considerado o conquistador, e você deverá consentir..

Ela mal o escutou. Pensava em vários planos para convencê-lo de que sua causa era superior à dele. Talvez ainda pudesse seduzi-lo? Ou usar alguma droga para enfeitiçá-lo? Não, ele era forte demais para qualquer um dos dois; ela precisava pensar em algum outro estratagema.

Sentiu os seios subindo e descendo involuntariamente enquanto olhava para ele. Teria preferido seduzi-lo. Essa sempre fora a recompensa tanto para ela quanto para os heróis que anteriormente haviam vencido os perigos de Kaneloon. Então, julgou saber o que dizer.

— Pense, conde Aubec — sussurrou ela. — Pense. Novas terras para o império da sua rainha!

Ele franziu o cenho.

— Por que não ampliar mais as fronteiras do império? — prosseguiu ela. — Por que não *criar* novos territórios? — Com expectativa, ela o observou retirar seu elmo e coçar a cabeça calva e pesada.

— Finalmente você tem um bom argumento — disse ele, ainda em dúvida.

— Pense nas honrarias que receberia em Klant se obtivesse sucesso em conquistar não apenas Kaneloon, mas aquilo que jaz além!

Ele coçou o queixo.

— Sim — disse ele. — De fato...

Suas sobrancelhas vastas se franziram profundamente.

— Novas planícies, novas montanhas, novos mares... Até mesmo novos povos...! Novas cidades, cheias de pessoas recém-criadas e ainda assim com a lembrança de gerações de ancestrais que vieram antes! Tudo isso pode ser feito por você, conde de Malador! Para a rainha Eloarde e por Klant!

Ele sorria de leve, com a imaginação finalmente instigada.

— Sim! Se consigo derrotar tais perigos aqui, então posso fazer o mesmo lá! Será a maior aventura da história! Meu nome se tornará uma lenda: Malador, o Mestre do Caos!

Ela lançou-lhe um olhar terno, embora o tivesse enganado de certa forma.

Aubec girou a espada e levou-a ao ombro.

— Tentarei fazer isso, dama.

Ambos se postaram juntos na janela, assistindo ao material do Caos cochichar e rolar pela eternidade. Para ela, aquilo nunca fora totalmente familiar, pois mudava o tempo todo. Naquele momento, as cores agitadas eram predominantemente vermelhas e pretas. Gavinhas em malva e laranja espiralavam para fora e se afastavam contorcendo-se.

Silhuetas estranhas esvoaçavam, seus contornos nunca definidos, nunca reconhecíveis.

— Os Senhores do Caos governam este território. O que terão a dizer? — perguntou ele.

— Eles não podem dizer nada nem fazer muito. Até eles têm que obedecer à Lei do Equilíbrio Cósmico, que ordena que se um homem consegue enfrentar o Caos, então o Caos a ele pertencerá para torná-lo Ordem. É assim que a Terra cresce, lentamente.

— Como eu entro?

Ela aproveitou a oportunidade para agarrar seu braço musculoso e apontar pela janela.

— Está vendo... Ali... Uma passagem elevada leva desta torre para o desfiladeiro. — Ela olhou rapidamente para ele. — Está vendo?

— Ah... Sim... Eu não tinha visto, mas agora vejo. Sim, uma passagem elevada.

Colocando-se atrás dele, ela sorriu um pouco consigo mesma e disse:

— Vou remover a barreira.

Ele endireitou o elmo na cabeça.

— Por Klant e Eloarde, e apenas por eles, eu embarco nesta aventura.

Ela caminhou até a parede e levantou a janela. Não olhou para Myshella ao descer pela passagem e adentrar a névoa multicolorida.

Ela sorria enquanto o observava desaparecer. Como era fácil iludir o homem mais forte, fingindo fazer o que ele queria! Malador poderia acrescentar territórios a seu império, mas talvez descobrisse que seus habitantes não estavam dispostos a aceitar Eloarde como imperatriz. De fato, se Aubec fizesse bem seu serviço, então estaria criando uma ameaça a Klant maior até do que Kaneloon tinha sido.

Entretanto, ela o admirava, sentia-se atraída por ele, talvez, pelo conde não ser tão acessível; um pouco mais do que se sentira por aquele herói anterior que reivindicara do Caos os territórios do próprio Aubec, cerca de duzentos anos antes. Ah, aquele tinha sido um homem e tanto! Mas ele, como a maioria que havia chegado antes, não precisava de nenhum outro tipo de persuasão além da promessa do corpo da mulher.

A fraqueza do conde Aubec jazia em sua força, pensou ela. Àquela altura, ele tinha desaparecido nas brumas agitadas.

Ela se sentiu um pouco triste que desta vez a execução da tarefa dada a ela pelos Senhores da Ordem não lhe trouxera o prazer usual.

No entanto, talvez, pensou ela, sentisse um prazer mais sutil na firmeza do duque e nos meios que utilizara para convencê-lo.

Por séculos, os Senhores da Ordem haviam lhe confiado Kaneloon e seus segredos. Porém, o progresso era lento, pois havia poucos heróis que conseguiam sobreviver aos perigos do castelo, e poucos que podiam derrotar perigos autogerados.

Todavia, ela concluiu, com um leve sorriso nos lábios, a tarefa tinha suas várias recompensas. Passou para outra câmara para se preparar para a transição do castelo para a nova borda do mundo.

Assim foram plantadas as sementes da Era dos Reinos Jovens, a Era dos Homens, que produziria a queda de Melniboné.

Livro um

A Cidade dos Sonhos

Em que se conta como Elric voltou a Imrryr, o que ele fez por lá, e como, finalmente, sua estranheza recaiu sobre ele...

1

— Que horas são?

O homem de barba preta arrancou seu elmo folheado a ouro e o jogou longe, sem prestar atenção em onde cairia. Tirou as manoplas de couro e aproximou-se do fogo crepitante, deixando o calor embeber seus ossos congelados.

— Já passa, e muito, da meia-noite — rosnou outro dos homens de armadura que se reuniam ao redor das chamas. — Ainda tem certeza de que ele virá?

— Se isso o conforta, dizem que ele é um homem de palavra.

Foi um jovem alto e de rosto pálido quem falou. Seus lábios finos formavam as palavras e as cuspiam com malícia. Ele abriu um sorriso lupino e encarou o recém-chegado nos olhos, zombando dele.

O recém-chegado se virou, dando de ombros.

— É isso mesmo... a despeito de toda a sua ironia, Yaris. Ele virá.

Falava como alguém que queria se tranquilizar.

Havia seis homens em torno do fogo. O sexto era Smiorgan, o conde Smiorgan Careca, das Cidades Púrpuras. Era um homem baixo e atarracado de cinquenta anos, com um rosto marcado por cicatrizes em parte cobertas por uma barba preta e espessa. Os olhos morosos ardiam, e os dedos curtos mexiam nervosamente na espada longa de bainha adornada. Sua cabeça não tinha cabelo algum, o que lhe dava aquele nome, e sobre a armadura ornamentada e folheada a ouro pendia um manto de lã frouxo, tingido de púrpura.

Smiorgan disse, a voz rouca:

— Ele não tem amor algum pelo primo. Tornou-se amargo. Yyrkoon se senta no Trono de Rubi em seu lugar e o declarou um fora da lei e um traidor. Elric precisa de nós se pretende retomar seu trono e sua noiva. Podemos confiar nele.

— Você está cheio de confiança esta noite, conde — retrucou Yaris, sorrindo de leve —, algo raro de se encontrar nestes tempos conturbados. Só digo uma coisa...

Ele fez uma pausa e respirou fundo, fitando seus camaradas, analisando-os. Seu olhar passou do rapaz de rosto fino, Dharmit de Jharkor, para Fadan de Lormyr, que franzia os lábios gorduchos e olhava para o fogo.

— Fale, Yaris — insistiu petulantemente Naclon, o vilmiriano de feições patrícias. — Vamos ouvir o que você tem a dizer, rapaz, se vale a pena.

Yaris olhou para Jiku, o Dândi, que bocejou sem polidez e coçou o nariz comprido.

— Bem! — Smiorgan estava impaciente. — O que diz, Yaris?

— Digo que deveríamos começar agora e não perder mais tempo esperando pelo bel-prazer de Elric! Ele está rindo de nós em alguma taverna a cem quilômetros daqui, ou tramando com os Príncipes Dragões para nos prender. Planejamos este ataque por anos. Temos pouco tempo para executá-lo: nossa frota é grande demais, perceptível demais. Mesmo que Elric não tenha nos traído, espiões em breve correrão para o leste para alertar os Dragões de que há uma frota reunida contra eles. Podemos conquistar uma fortuna fantástica... Conquistar a maior cidade mercante do mundo... Colher riquezas incomensuráveis... Ou receber uma morte horrível nas mãos dos Príncipes Dragões, se esperarmos demais. Chega de aguardar o momento certo, vamos zarpar antes que nosso prêmio fique sabendo de nossos planos e convoque reforços!

— Você sempre foi predisposto a desconfiar das pessoas, Yaris. — O rei Naclon de Vilmir falou devagar e com cuidado, olhando com desgosto para o jovem de feições retesadas. — Não poderíamos alcançar Imrryr sem o conhecimento de Elric sobre os canais labirínticos que levam a seus portos secretos. Se ele não se juntar a nós, então nossa empreitada será inútil, sem esperança alguma. Precisamos dele. Devemos esperar ou então desistir dos nossos planos e voltar para nossos territórios.

— Ao menos estou disposto a correr o risco — gritou Yaris, a raiva dardejando dos olhos oblíquos. — Vocês estão ficando velhos, todos vocês. Tesouros não são conquistados por cuidado e previdência, mas sim por matança rápida e ataque temerário.

— Tolo! — trovejou a voz de Dharmit pelo salão inundado pelo fogo. Ele riu, desgastado. — Já falei assim em minha juventude, e perdi uma bela frota pouco depois. A astúcia e o conhecimento de Elric conquistarão Imrryr para nós. Isso, e a frota mais poderosa a navegar pelo Mar do Dragão desde que os estandartes de Melniboné balançaram sobre todas as nações da Terra. Aqui estamos, os mais poderosos lordes do mar no mundo, cada um de nós mestre de mais de cem navios velozes. Nossos nomes são temidos e famosos, nossas frotas assolam os litorais de nações inferiores. Nós temos poder!

Ele cerrou seu grande punho e o chacoalhou no rosto de Yaris. Seu tom se tornou mais calmo, e ele sorriu maldosamente, olhando feio para o jovem e escolhendo as palavras com precisão.

— Mas tudo isso não tem valor algum, sentido algum, sem o poder que Elric detém. E esse é o poder do conhecimento, da feitiçaria aprendida nos sonhos, se é que preciso usar essa palavra maldita. Os pais dele sabiam do labirinto que protege Imrryr de ataques marítimos. E os pais passaram esse segredo adiante para ele. Imrryr, a Cidade dos Sonhos, sonha em paz... E continuará a fazê-lo, a menos que tenhamos um guia que nos ajude a encontrar um caminho pelas traiçoeiras passagens que levam a seus cais. Precisamos de Elric. Nós sabemos disso e ele também. Essa é a verdade!

— Tanta confiança, cavalheiros, é de aquecer o coração.

Havia ironia na voz pesada que veio da entrada do salão. Os seis lordes do mar se voltaram para a porta de supetão.

A confiança de Yaris o abandonou quando ele encontrou os olhos de Elric de Melniboné. Eram olhos velhos num rosto jovem, de feições finas. Yaris estremeceu e deu as costas para o albino, preferindo olhar para o clarão ofuscante do fogo.

O melniboneano deu um cálido sorriso quando o conde Smiorgan agarrou seu ombro. Havia certa amizade entre os dois. Ele assentiu para os outros quatro, condescendente, e andou com elegância ágil até o fogo. Yaris se afastou para deixá-lo passar. Elric era alto, de ombros largos e quadris estreitos. Estava com os cabelos compridos presos num coque na nuca e, por alguma razão obscura, vestia-se como um bárbaro sulista. Calçava botas altas que lhe chegavam aos joelhos feitas de camurça macia, e usava um peitoral de prata forjada de maneira exótica, um gibão de linho quadriculado em azul e branco, calças de lã escarlate e um manto de veludo verde farfalhante. Ao quadril, repousava sua espada rúnica de ferro preto, a temida Stormbringer, forjada por feitiçaria antiga e estranha.

Seus trajes bizarros eram de mau gosto e espalhafatosos, e não combinavam com o rosto sensível e as mãos de dedos longos, quase delicados; contudo, ele os ostentava, já que enfatizavam o fato de que ele não se encaixava na companhia de ninguém: era um forasteiro e um pária. Na realidade, porém, tinha pouca necessidade de usar vestimentas tão extravagantes; seus olhos e pele bastavam para defini-lo.

Elric, o último senhor de Melniboné, era um albino puro, que retirava seu poder de uma fonte secreta e terrível.

Smiorgan suspirou.

— Bem, Elric, quando é que atacaremos Imrryr?

Elric deu de ombros.

— Assim que quiserem; eu não me importo. Só me deem um pouco de tempo para fazer certas coisas.

— Amanhã? Devemos zarpar amanhã? — disse Yaris, hesitante, ciente do estranho poder latente no homem a quem acusara mais cedo de deslealdade.

Elric sorriu, ignorando a declaração do jovem.

— Daqui a três dias. Três, ou mais — disse.

— Três dias! Mas Imrryr será alertada de nossa presença até lá! — falou o gordo e cauteloso Fadan.

— Cuidarei para que sua frota não seja descoberta — prometeu Elric. — Tenho que ir até Imrryr primeiro e voltar.

— Você não fará a viagem em três dias. O navio mais rápido não conseguiria fazer essa viagem — argumentou Smiorgan, surpreso.

— Estarei na Cidade dos Sonhos em menos de um dia — afirmou Elric suavemente e com tom definitivo.

Smiorgan deu de ombros.

— Se você diz, eu acredito. Mas por que essa necessidade de visitar a cidade antes do ataque?

— Tenho minhas próprias aflições, conde Smiorgan. Mas não se preocupe: não os trairei. Liderarei o ataque pessoalmente, tenham certeza disso. — Seu rosto branco feito a morte estava estranhamente iluminado pelo fogo, e os olhos vermelhos ardiam. A mão esguia agarrou com firmeza o punho da espada rúnica, e ele pareceu respirar mais pesadamente. — Imrryr caiu, em espírito, quinhentos anos atrás... Cairá por completo em breve... Para sempre! Tenho uma pequena dívida a acertar. Essa é toda a minha razão para ajudá-los. Como sabem, fiz apenas algumas exigências: que destruam a cidade por completo e que certo homem e certa mulher não sejam feridos. Eu me refiro a meu primo Yyrkoon e sua irmã, Cymoril...

Os lábios finos de Yaris ficaram desconfortavelmente secos. Muito de seu comportamento fanfarrão era resultado da morte prematura de seu pai. O velho rei do mar havia falecido e deixado o jovem Yaris como o novo governante de suas terras e suas frotas. Yaris não tinha muita certeza de que era capaz de comandar um reino tão vasto e tentava parecer mais confiante do que se sentia na verdade.

— Como esconderemos a frota, lorde Elric? — inquiriu ele.

O melniboneano considerou a pergunta.

— Eu a esconderei para vocês — prometeu. — Parto agora para fazer isso, mas certifiquem-se de que todos os seus homens estejam fora dos navios primeiro. Você cuida disso, Smiorgan?

— Cuido — afirmou o conde atarracado.

Ele e Elric partiram do salão juntos, deixando os cinco homens para trás; cinco homens que sentiram o ar gelado da ruína pendendo sobre o salão superaquecido.

— Como ele poderia esconder uma frota tão poderosa se nós, que conhecemos este fiorde melhor do que qualquer um, não encontramos como fazê-lo? — disse Dharmit de Jharkor, confuso.

Ninguém respondeu.

Eles aguardaram, tensos e nervosos, enquanto o fogo tremulou e morreu, sem ninguém para cuidar dele. Por fim, Smiorgan retornou, pisando duro e ruidosamente no chão de tábuas. Havia uma névoa assombrada de medo a cercá-lo; uma aura quase tangível, e ele tremia muito. Calafrios violentos e visíveis varriam seu corpo, e sua respiração era rápida e curta.

— E então? Elric escondeu a frota toda de uma vez? O que ele fez? — Dharmit falava impacientemente, escolhendo não dar atenção à condição agourenta de Smiorgan.

— Ele a escondeu.

Isso foi tudo o que Smiorgan disse, com a voz soando fraca como a de um homem doente, debilitado pela febre.

Yaris foi até a entrada e tentou enxergar além das encostas do fiorde onde muitas fogueiras de acampamentos ardiam. Tentou discernir os contornos dos mastros e cordames dos navios, mas não conseguiu ver nada.

— A neblina noturna está espessa demais — murmurou. — Não consigo dizer se nossos navios estão ancorados no fiorde ou não. — Ele arquejou involuntariamente quando um rosto branco emergiu da bruma pegajosa. — Saudações, lorde Elric — gaguejou ele, notando o suor nas feições cansadas do melniboneano.

Elric passou por ele, trôpego, e entrou no salão.

— Vinho — sussurrou ele. — Fiz o que era preciso e me custou muito.

Dharmit pegou um jarro de vinho cadsandriano forte e, com a mão trêmula, serviu um pouco num cálice de madeira entalhada. Sem dizer nada, passou o cálice para Elric, que rapidamente o drenou.

— Agora eu vou dormir — disse ele, estirando-se numa cadeira e enrolando-se na capa verde.

Ele fechou os desconcertantes olhos escarlates e caiu num sono nascido da fadiga extrema.

Fadan correu até a porta, fechou-a e puxou a pesada barra de ferro para baixo.

Nenhum dos seis dormiu muito naquela noite e, pela manhã, a porta estava sem a barra, e Elric não se encontrava na cadeira. Quando saíram, a neblina estava tão densa que logo perderam de vista um ao outro, embora nem meio metro os separasse.

Elric estava de pé, com as pernas separadas, sobre o cascalho da praia estreita. Olhou para trás, para a entrada do fiorde, e viu, com satisfação, que a neblina ainda se adensava, embora repousasse apenas sobre o próprio fiorde, escondendo a frota portentosa. Fora dali, o tempo estava limpo e, no alto, um sol pálido de inverno brilhava sobre as rochas negras dos desfiladeiros escarpados que dominavam a orla marítima. Adiante, o mar subia e descia, monótono, como o peito de um gigante aquático adormecido, cinza e puro, faiscando sob a luz fria do sol. Elric deslizou os dedos pelas runas que se elevavam na empunhadura de sua longa espada preta, e um constante vento norte soprou o interior das dobras volumosas de sua capa verde-escura, fazendo-a rodopiar em torno de sua silhueta alta e esguia.

O albino se sentia mais em forma do que na noite anterior, quando despendera toda a sua força para conjurar a névoa. Era versado nas artes da feitiçaria natural, mas não tinha as reservas de poder que os Imperadores Feiticeiros de Melniboné possuíam quando governavam o mundo. Seus ancestrais haviam repassado o conhecimento para ele, mas não sua vitalidade mística, e muitos dos feitiços e segredos que ele detinha eram inutilizáveis, já que ele não dispunha da força, fosse da alma ou do corpo, para colocá-los em prática. Entretanto, apesar de tudo isso, Elric sabia de apenas outro homem que se equiparava a ele em conhecimento: seu primo Yyrkoon. Sua mão segurou o punho da espada com mais força ao pensar no primo, que havia traído sua confiança duas vezes, e ele forçou-se a se concentrar na tarefa presente: dizer os feitiços que o ajudariam em sua viagem à Ilha dos Mestres de Dragões cuja única cidade, Imrryr, a Bela, era o objetivo da concentração dos lordes do mar.

Arrastado para a praia, jazia um barco minúsculo. Era a embarcação do próprio Elric, robusta, de fabricação estranha e muito mais forte, muito mais antiga do que aparentava. O mar soturno quebrava em torno de suas tábuas conforme a maré recuava, e Elric se deu conta de que tinha pouco tempo para realizar seu feitiço.

Ele tensionou o corpo e esvaziou a mente consciente, invocando segredos das profundezas sombrias de sua alma. Oscilando, com os olhos fitando sem enxergar e os braços indo para frente do corpo de súbito e fazendo sinais profanos no ar, ele começou a falar num tom monótono e sibilante. Devagar, o tom de sua voz se elevou, lembrando o guincho raramente ouvido de um vendaval distante conforme se aproxima, e então, muito de repente, a voz se elevou ainda mais até uivar de forma louca para os céus e o ar começar a tremular e bruxulear. Sombras começaram a se formar aos poucos e se moviam sem cessar, dardejando em torno do corpo de Elric, enquanto, com as pernas rígidas, ele começou a se mover adiante, na direção de seu barco.

Sua voz soou inumana ao uivar insistentemente, invocando os elementais do vento, os *sylphs* da brisa; os *sharnahs,* arquitetos das ventanias; e os *h'Haarshanns,* construtores de redemoinhos. Nebulosos e sem forma, eles iam e vinham ao redor de Elric, que invocava seu auxílio com as palavras estranhas de seus antepassados que, eras antes, em jornadas nos sonhos, haviam feito pactos impossíveis e impensáveis com os elementais, a fim de poder contratar seus serviços.

Ainda com os membros rígidos, Elric entrou no barco e, feito um autômato, correu os dedos pela vela e prendeu suas cordas, amarrando-se ao leme. Com uma elevação e uma pancada, a água se chocou com o barco, levantou-o e o carregou para o mar. Sentado, de olhos vidrados na popa, o albino ainda cantava sua canção medonha e mística conforme os espíritos do ar inflavam a vela e faziam o barco voar sobre a água mais depressa do que qualquer navio mortal velejaria. E o tempo todo, o berro profano e ensurdecedor dos elementais libertados enchia o ar ao redor do barco, à medida que a praia desaparecia e o mar aberto tomava completamente a paisagem.

2

Foi assim, com demônios do vento como companheiros, que Elric, o último príncipe da linhagem real de Melniboné, regressou à última cidade ainda governada por sua própria raça; a última cidade e o último resquício existente da arquitetura melniboneana. Todas as outras grandes cidades jaziam em ruínas e abandonadas, exceto por ermitões e solitários. Após poucas horas da partida de Elric do fiorde, os tons de rosa enevoado e amarelo sutil das torres mais próximas da antiga cidade ficaram à vista e, ao largo da Ilha dos Mestres de Dragões, os elementais deixaram o barco e voaram de volta para seus refúgios secretos em meio aos picos das montanhas mais altas do mundo. Elric acordou, então, de seu transe, e observou com assombro renovado a beleza das torres delicadas de seu local de nascimento, visíveis mesmo de tão longe, ainda guardadas pela formidável muralha quebra-mar com seu grande portão, o labirinto com cinco portas e os canais tortuosos de paredes altas, dos quais apenas um levava ao porto interno de Imrryr.

Elric sabia que não ousaria entrar no porto pelo labirinto, embora compreendesse a rota perfeitamente. Decidiu, em vez disso, atracar o barco um pouco mais acima na costa, numa pequena enseada da qual tinha conhecimento. Com mãos firmes e capazes, guiou a pequena embarcação para a enseada oculta, escondida por um trecho de arbustos carregados de bagas azuis de um tipo sem dúvida venenoso para os homens, já que seu suco primeiro cegava a pessoa para, em seguida, enlouquecê-la aos poucos. Essa baga, que se chamava *noidel*, crescia apenas em Melniboné, assim como outras plantas raras e mortais cuja mistura sustentava o frágil príncipe.

Fiapos de nuvens leves e baixas passavam lentamente pelo céu pintado pelo sol, como teias de aranhas pegas numa brisa repentina. Todo o mundo parecia azul, dourado, verde e branco, e Elric, ao puxar seu barco para a praia, inspirou o ar limpo e cortante do inverno e saboreou o cheiro de folhas em decomposição e arbustos apodrecendo. Em algum lugar, uma raposa ganiu de prazer para seu companheiro, e Elric lamentou o fato de que seu povo decadente não mais apreciasse a beleza natural, preferindo se manter próximo de sua cidade e despender seus dias em um sono dopado, ou em estudo. Não era a cidade que sonhava, mas seus habitantes ultracivilizados. Ou tinham se tornado uma coisa só? Elric, sentindo os odores ricos e limpos do inverno, estava plenamente feliz por ter renunciado ao seu direito de nascença e não governar mais a cidade como havia nascido para fazer.

Em vez disso, seu primo, Yyrkoon, escarranchava-se sobre o Trono de Rubi de Imrryr, a Bela, e odiava Elric porque sabia que o albino, apesar de toda a sua repulsa por coroas e governança, ainda era o rei por direito da Ilha Dragão e que ele, Yyrkoon, era um usurpador, não eleito por Elric para o trono, como a tradição melniboneana exigia.

Mas Elric tinha motivos melhores para odiar o primo. Por esses motivos, a antiga capital cairia, em todo o seu esplendor magnífico, e o último fragmento de um império glorioso seria obliterado quando as torres rosa, amarela, púrpura e branca desmoronassem — isso se Elric cumprisse sua vontade vingativa e os lordes do mar fossem bem-sucedidos.

A pé, o albino avançou para o interior da ilha, em direção a Imrryr e, enquanto cobria os quilômetros de grama macia, o sol lançava um manto ocre sobre a terra e afundava, dando lugar a uma noite escura e sem lua, melancólica e cheia de maus presságios.

Por fim, chegou à cidade. O lugar se destacava numa silhueta preta e nítida, uma cidade de magnificência fantástica, na concepção e na execução. Era a mais antiga do mundo, construída por artistas e concebida como uma obra de arte, em vez de um local de moradia funcional, mas Elric sabia que a miséria se esgueirava em muitas ruelas e que os lordes de Imrryr deixavam muitas das torres vazias e desabitadas, em vez de permitirem que a população bastarda nelas residisse. Restavam poucos Mestres de Dragões; poucos que reivindicassem sangue melniboneano.

Construída para acompanhar o formato do solo, a cidade tinha uma aparência orgânica, com ruas sinuosas que espiralavam até o cume da colina, onde ficava o castelo, alto, orgulhoso e cheio de pináculos, a obra-prima final que coroava o trabalho do artista antigo e esquecido que o construíra. Mas nenhum som de vida emanava de Imrryr, a Bela; havia apenas uma sensação de desolação soporífica. A cidade dormia, e os Mestres de Dragões, suas damas e seus escravizados especiais tinham sonhos induzidos por drogas, sonhos de grandeza e de um horror incrível, aprendendo habilidades inutilizáveis, enquanto o restante da população, seguindo a ordem de recolher, se revirava sobre pedra coberta de palha e tentava não sonhar nada.

Com a mão sempre perto do punho da espada, Elric passou despercebido por um portão sem vigias na muralha da cidade e começou a caminhar cautelosamente pelas ruas mal-iluminadas, avançando por vias tortuosas na direção do grande palácio de Yyrkoon.

O vento suspirava pelas salas vazias das torres do Dragão e, às vezes, Elric tinha que se recolher a locais onde as sombras eram mais profundas quando ouvia o ruído de passos e um grupo de guardas passava com a incumbência de cuidar para que o toque de recolher fosse obedecido rigidamente. Amiúde, ouvia risos selvagens ecoando de uma das torres, ainda ardendo com o clarão de tochas que lançavam sombras estranhas e perturbadoras nas paredes; também era frequente ouvir um grito assustador ou um berro frenético e tolo, quando algum pobre coitado escravizado morria em agonia obscena para agradar ao seu mestre.

Elric não se consternou com os sons e as visões obscuras. Ele os apreciava. Ainda era um melniboneano, seu líder por direito, se escolhesse retomar seus poderes como rei, e, embora sentisse um ímpeto desconhecido de vagar e provar dos prazeres menos sofisticados do mundo lá fora, havia dez mil anos de uma cultura cruel, brilhante e maliciosa às suas costas, uma sabedoria adquirida enquanto ele dormia, e a pulsação de sua linhagem batia forte em suas veias deficientes.

Ele bateu à porta pesada de madeira preta, impaciente. Tinha alcançado o palácio e se postava junto a uma pequena entrada nos fundos, olhando cautelosamente ao redor, pois sabia que Yyrkoon dera ordens aos guardas para que o matassem se ele entrasse em Imrryr.

Uma tranca guinchou do lado de dentro, e a porta se abriu um pouco, silenciosamente. Um rosto magro e marcado o confrontou.

— É o rei? — cochichou o homem, espiando a noite do lado de fora. Era um indivíduo alto e extremamente magro, de membros compridos e nodosos que se moveram de forma desajeitada ao que ele se aproximou, forçando os olhos desconfiados para ter um vislumbre de Elric.

— É o príncipe Elric — disse o albino. — Mas você se esquece, Tanglebones, meu amigo, que um novo rei se senta no Trono de Rubi.

O doutor Tanglebones balançou a cabeça, e seus parcos cabelos caíram sobre o rosto. Com um movimento brusco, ele os jogou para trás e se postou de lado para Elric passar.

— A Ilha Dragão tem apenas um rei, e seu nome é Elric, por mais que um usurpador deseje o contrário.

Elric ignorou essa declaração, mas sorriu de leve e esperou o homem colocar a tranca de volta no lugar.

— Ela ainda dorme, senhor — murmurou Tanglebones, ao subir as escadas escuras, com Elric logo atrás.

— Supus que assim fosse — disse Elric. — Não subestimo os poderes de feitiçaria do meu bom primo.

Para o alto, já em silêncio, os dois homens seguiram até finalmente chegarem a um corredor iluminado pelo clarão dançante das tochas. As paredes de mármore refletiam as chamas e mostravam a Elric, agachado com Tanglebones atrás de uma pilastra, que o cômodo em que estava interessado era guardado por um enorme arqueiro, um eunuco, a julgar pela aparência, que se encontrava alerta e vigilante. O sujeito era gordo e imberbe, sua armadura preto-azulada era justa contra a carne, mas seus dedos estavam curvados em torno da corda do arco curto feito de osso, com uma flecha esguia pousada na corda. Elric supôs que se tratasse de um dos excelentes arqueiros eunucos membros da Guarda Silenciosa, a melhor companhia de guerreiros de Imrryr.

Tanglebones, que ensinara ao jovem Elric as artes da esgrima e do arco e flecha, sabia da presença do guarda e se preparara de acordo. Mais cedo, colocara um arco atrás da pilastra. Em silêncio, ele o apanhou e, dobrando-o contra o joelho, encordoou-o. Encaixou uma flecha na corda, mirou no olho direito do guarda e a disparou, bem quando o eunuco se virava para olhar para ele. A seta errou. Chocou-se contra o elmo do homem e caiu, inofensiva, nas pedras cobertas de junco do piso.

Então Elric agiu depressa, saltando adiante, com a espada rúnica em riste e sentindo-se preencher por seu poder exótico. Ela uivou num golpe lancinante de aço negro e cortou o arco de osso que o eunuco esperava conseguir defletir o ataque. O guarda ofegava, e seus lábios grossos estavam úmidos quando ele tomou fôlego para gritar. Ao que ele abriu a boca, Elric viu o que esperava: o homem não tinha língua. O eunuco desembainhou uma espada e conseguiu aparar a arremetida seguinte de Elric. Faíscas voaram do ferro, e Stormbringer mordeu a lâmina de bordas requintadas do guarda; ele tropeçou e recuou ante a espada necromante que parecia dotada de vida própria. O retinir do metal ecoou pelo corredor, e Elric amaldiçoou a sina que fez o homem se virar no momento crucial. Sombria e silenciosamente, ultrapassou a guarda atrapalhada do eunuco.

O eunuco teve apenas um vago vislumbre de seu oponente atrás da lâmina negra em turbilhão, que parecia ser tão leve e tinha o dobro da extensão de sua espada, feita apenas para apunhalar. Perguntou-se, em frenesi, quem poderia ser o agressor e pensou reconhecer aquele rosto. Então, uma erupção escarlate obscureceu sua visão, ele sentiu uma agonia aguda no rosto e, filosoficamente, pois eunucos são dados a certo fatalismo, deu-se conta de que iria morrer.

Elric ficou de pé sobre o corpo inchado e arrancou sua espada do crânio do cadáver, enxugando a mistura de sangue e cérebro no manto do oponente falecido. Tanglebones, sabiamente, havia desaparecido. Elric podia ouvir o som de pés calçados em sandálias apressando-se escada acima. Abriu a porta com um empurrão e entrou no quarto iluminado por duas velas pequenas, colocadas em pontas opostas de uma cama ampla e coberta por ricas tapeçarias. Foi até ela e olhou para a garota com cabelos negros que lá repousava.

A boca de Elric se torceu e lágrimas brilhantes se derramaram de seus estranhos olhos vermelhos. Ele tremia enquanto virou-se para a porta, embainhou a espada e recolocou as trancas no lugar. Voltou para junto da cama e se ajoelhou ao lado da garota adormecida. Suas feições eram tão delicadas quanto as dele, e seguiam um molde semelhante, mas ela possuía uma beleza requintada que o albino não tinha. Respirava devagar, num sono induzido não por cansaço natural, mas pela feitiçaria malévola do próprio irmão.

Elric ternamente apanhou uma das mãos de dedos longos. Levou-a aos lábios e a beijou.

— Cymoril — murmurou ele, e uma saudade agonizante latejava naquele nome. — Cymoril... Acorde.

A garota não se moveu, a respiração continuou superficial e seus olhos permaneceram fechados. As feições pálidas de Elric se contorceram, e seus olhos vermelhos faiscaram enquanto ele tremia tomado por uma fúria terrível e impetuosa. Ele segurou aquela mão, frouxa e inerte como a de um cadáver; agarrou-a até ter que se conter por medo de esmagar os dedos delicados.

Um soldado aos gritos começou a bater à porta.

Elric recolocou a mão no peito da garota e se levantou. Olhou de soslaio para a porta, sem entender.

Uma voz mais cortante e fria interrompeu os berros do soldado.

— O que está havendo? Quem perturba minha pobre irmã adormecida?

"Yyrkoon, aquela cria do Inferno!", disse Elric, consigo mesmo.

Balbucios confusos do soldado e a voz de Yyrkoon se elevaram quando ele gritou para a porta:

— Seja lá quem estiver aí, será destruído mil vezes quando for pego. Não tem como escapar. Se minha boa irmã for ferida de alguma forma... Então você não morrerá nunca, isso eu lhe prometo, mas rezará aos deuses para que isso fosse possível!

— Yyrkoon, seu falastrão vil... Não pode ameaçar alguém de estatura equivalente à sua nas artes sombrias. Sou eu, Elric, seu mestre por direito. Volte para sua toca de coelho antes que eu invoque todos os poderes da terra, acima e abaixo dela, para destruí-lo!

Yyrkoon riu, hesitante.

— Então você voltou para tentar despertar minha irmã. Qualquer tentativa nesse sentido não apenas a matará, como enviará a alma de Cymoril para o inferno mais profundo... Onde você poderá se unir a ela, com prazer!

— Yyrkoon, seu filhote de um verme purulento! Terá motivos para se arrepender desse feitiço torpe antes que seu tempo se acabe. E, pelos seis seios de Arnara, será você quem provará as mil mortes muito em breve.

— Basta disto. — Yyrkoon ergueu sua voz. — Soldados! Eu ordeno que derrubem esta porta e capturem esse traidor vivo. Elric, há duas coisas que você nunca mais terá: o amor da minha irmã e o Trono de Rubi. Faça o que puder com o pouco tempo que lhe resta, pois logo estará rastejando diante de mim e orando pelo alívio da agonia em sua alma!

Elric ignorou as ameaças de Yyrkoon e olhou para a janela estreita do quarto. Tinha tamanho suficiente apenas para o corpo de um homem passar. Ele se abaixou e beijou Cymoril nos lábios, depois foi até a porta e, silenciosamente, abriu as trancas.

Houve um estrondo quando um soldado jogou seu peso contra a porta, que se abriu de supetão, lançando-o adiante aos tropeços até ele cair de cara. Elric sacou sua espada, levantou-a bem alto e a desceu no pescoço do guerreiro. A cabeça saltou dos ombros, e o albino gritou alto numa voz grave e retumbante.

— *Arioch! Arioch!* Eu lhe dou sangue e almas, basta me ajudar agora! Este homem eu lhe dou, poderoso Duque do Inferno! Auxilie seu servo, Elric de Melniboné!

Três soldados entraram no quarto em grupo. Elric atacou um e cortou-lhe metade do rosto. O homem berrou horrendamente.

— Arioch, Senhor da Escuridão, eu lhe dou sangue e almas. Auxilie-me, ó grandioso!

No canto mais distante do quarto sombrio, uma névoa mais negra começou lentamente a se formar. Entretanto, os soldados se aproximavam, pressionando, e Elric teve dificuldades para contê-los.

Ele gritava incessantemente o nome de Arioch, Lorde do Inferno Superior, quase de forma inconsciente, enquanto era forçado a recuar ainda mais pela quantidade de guerreiros. Atrás deles, Yyrkoon vociferava de ira e frustração, ainda instando seus homens a capturar seu primo vivo, o que dava a Elric uma pequena vantagem. A espada rúnica brilhava com uma estranha luz negra, e seu uivo estridente irritava os ouvidos. Mais dois cadáveres cobriram o piso atapetado da câmara, seu sangue empapando o tecido elegante.

— *Sangue e almas para meu senhor Arioch!*

A névoa escura ondulou e começou a tomar forma; Elric lançou um olhar para o canto e estremeceu, apesar de estar acostumado a horrores nascidos no Inferno. Os guerreiros estavam de costas para a coisa no canto, enquanto Elric estava junto à janela. A massa amorfa, uma manifestação nada agradável do volúvel deus patrono de Elric, ondulou outra vez, e o albino conseguiu discernir aquela massa intoleravelmente bizarra. Bile inundou sua boca e, enquanto empurrava os soldados na direção da coisa que sinuosamente escorria adiante, ele lutava contra a loucura.

De repente, os soldados pareceram sentir que havia algo às suas costas. Quatro se viraram e gritaram como loucos, ao que o horror negro fez uma derradeira investida para engolfá-los. Arioch os envolveu, sugando suas almas. Em seguida, os ossos começaram a ceder e quebrar e, ainda berrando de modo bestial, os homens se debateram no chão feito invertebrados detestáveis; com as colunas quebradas, ainda viviam. Elric deu as costas, grato pelo menos uma vez por Cymoril ainda estar dormindo, e saltou para o peitoril da janela. Olhou para baixo e percebeu, desesperado, que não escaparia por aquela rota no fim das contas. Várias centenas de metros se encontravam entre ele e o chão. Correu para a porta onde Yyrkoon, com os olhos esbugalhados de medo, tentava fazer Arioch recuar. O Senhor do Caos já estava desvanecendo.

Elric passou pelo primo com um empurrão, lançou um último olhar para Cymoril e correu pelo mesmo caminho pelo qual viera; seus pés escorregando no sangue. Tanglebones o encontrou no topo da escadaria escura.

— O que aconteceu, rei Elric? O que há lá dentro?

Elric o puxou pelo ombro magro e o fez descer as escadas.

— Não há tempo — disse, arfando. — Precisamos nos apressar enquanto Yyrkoon ainda está às voltas com o problema atual. Daqui a cinco dias, Imrryr vai passar por uma nova fase em sua história, talvez a última. Quero que você se certifique de que Cymoril fique a salvo. Fui claro?

— Sim, milorde, mas...

Quando chegaram à porta, Tanglebones a destrancou e abriu.

— Não tenho tempo de dizer mais nada. Devo escapar enquanto posso. Retornarei em cinco dias, com companheiros. Você saberá do que estou falando quando o momento chegar. Leve Cymoril para a Torre de D'a'rputna, e espere por mim lá.

Em seguida, Elric se foi, pisando leve, correndo noite adentro com os berros dos moribundos ainda ressoando pela escuridão às suas costas.

3

Elric postava-se, taciturno, na proa da nau capitânia de conde Smiorgan. Desde seu retorno ao fiorde e a subsequente partida da frota para mar aberto, falara apenas para emitir ordens, e essas, nos termos mais sucintos. Os lordes do mar murmuravam que um grande ódio repousava nele, algo que infestava sua alma e o tornava um homem perigoso de se ter como camarada ou inimigo; e até o conde Smiorgan evitava o albino temperamental.

As proas dos saqueadores se voltavam para o leste, e o mar estava negro de navios leves dançando na água reluzente em todas as direções; pareciam a sombra de algum pássaro marinho enorme sobre a água. Mais de quinhentas embarcações de ataque manchavam o oceano, todas de formato similar, compridas, esguias e construídas para velocidade, em vez de batalha, já que eram para invadir litorais e fazer comércio. Velas eram iluminadas pelo sol pálido; cores vivas de lona nova, laranja, azul, preto, púrpura, vermelho, amarelo, verde-claro ou branco. Cada navio tinha dezesseis remadores ou mais; cada homem, um combatente. As tripulações também eram compostas de guerreiros que participariam do ataque a Imrryr; não havia desperdício de boa mão de obra, já que as nações marinhas eram subpovoadas, perdendo centenas de homens todo ano em suas invasões regulares.

No centro da grande frota, velejavam alguns navios maiores. Eles levavam nos conveses catapultas enormes, que seriam utilizadas para atacar a muralha marinha de Imrryr. Smiorgan e os outros lordes olhavam para suas naus com orgulho, mas Elric apenas fitava adiante, sem dormir e quase sem se mexer, com o rosto branco chicoteado pelos respingos de sal e vento e a mão cerrada sobre o punho da espada.

Os navios saqueadores seguiram firmes rumo a leste, na direção da Ilha Dragão e de riquezas fantásticas, ou de horrores infernais. Guiados pelo destino, avançaram implacavelmente, com os remos respingando em uníssono e as velas infladas e retesadas por um bom vento.

Adiante navegaram, para Imrryr, a Bela, para estuprar e saquear a cidade mais antiga do mundo.

Dois dias após a frota ter zarpado, a linha costeira da Ilha Dragão foi avistada, e o retinir das armas substituiu o som dos remos, enquanto a portentosa frota avançava e se preparava para realizar o que homens em sã consciência julgavam impossível.

Ordens foram gritadas de navio a navio, e a frota começou a se agrupar em formação de batalha; em seguida, os remos rangeram nos sulcos e, laboriosamente, com as velas agora recolhidas, tornaram a avançar.

Era um dia claro, frio e fresco, e havia uma excitação tensa em todos os homens, desde os lordes do mar até os cozinheiros, conforme pensavam no futuro imediato e no que este poderia trazer. Serpentes nas proas se curvavam na direção da grande muralha de pedra que bloqueava a primeira entrada para o cais. Ela tinha quase trinta metros de altura, e havia torres construídas sobre ela, mais funcionais do que os pináculos da cidade que quase lembravam renda, cintilando a distância, mais atrás. Os navios de Imrryr eram os únicos com permissão para passar pelo grande portão no centro da muralha, e a rota pelo labirinto, até mesmo sua entrada exata, era um segredo bem escondido de forasteiros.

Na muralha marinha, que se avultava acima da frota, guardas pasmados corriam atrapalhados e freneticamente para seus postos. Para eles, a ameaça de um ataque era quase impensável e, no entanto, ali estava: uma grande frota, a maior que já tinham visto, lançando-se contra Imrryr, a Bela! Eles tomaram seus postos com os mantos e kilts amarelos farfalhando e as armaduras de bronze chocalhando, mas se moviam com uma relutância desnorteada, como que se recusassem a aceitar o que viam. E foi com um fatalismo desesperado que ocuparam seus postos, sabendo que, mesmo que os navios jamais entrassem no labirinto em si, eles próprios não estariam vivos para testemunhar o fracasso dos saqueadores.

Dyvim Tarkan, comandante da muralha, era um homem sensível que amava a vida e seus prazeres. Tinha a fronte alta e era bonito, com a leve sombra de uma barba e um bigode minúsculo. Ficava bem na armadura de bronze e com seu elmo de plumas altas; não queria morrer. Emitiu comandos sucintos a seus homens, que, com precisão bem-ordenada, obedeceram. Ele escutou com preocupação os gritos distantes vindos dos navios e se perguntou qual seria o primeiro movimento dos saqueadores. Não teve que esperar muito pela resposta.

A catapulta de um dos navios principais vibrou guturalmente, e seu braço de arremesso subiu depressa, atirando uma grande rocha que viajou com elegância tranquila na direção da muralha, mas caiu um pouco antes, respingando água do mar, que espumava contra as pedras da parede.

Engolindo seco e tentando controlar o tremor na voz, Dyvim Tarkan ordenou o disparo da própria catapulta. Com um baque surdo, a corda de liberação foi cortada, e uma bola de ferro retaliatória se lançou na direção da frota inimiga. Tão próximos estavam os navios uns dos outros que o projétil não tinha como errar; atingiu em cheio o convés da nau capitânia de Dharmit de Jharkor e esmigalhou as tábuas. Em segundos, acompanhado pelos gritos dos homens feridos e se afogando, o navio havia afundado, e Dharmit com ele. Alguns da tripulação foram levados a bordo de outras embarcações, mas os feridos foram deixados para morrer.

Outra catapulta soou e, desta vez, uma torre cheia de arqueiros foi atingida em cheio. A alvenaria irrompeu para fora, e aqueles ainda vivos caíram para morrer de forma repugnante no mar encoberto de espuma que açoitava a muralha. Enraivecidos pelas mortes dos camaradas, arqueiros imrryrianos responderam com um voleio de setas esguias contra os inimigos. Saqueadores uivaram quando setas sedentas e de penachos vermelhos se enterraram na carne, mas outros devolveram as flechas enfaticamente e, logo, apenas um punhado de homens restava na muralha, enquanto mais rochas lançadas por catapultas colidiam com torres e homens, destruindo a única máquina de guerra de Melniboné e parte da muralha.

Dyvim Tarkan ainda estava vivo, embora o sangue vermelho manchasse sua túnica amarela e a haste de uma flecha se projetasse do ombro esquerdo. Ainda vivia quando o primeiro navio-aríete se moveu, irrefreável, até o grande portão de madeira e colidiu contra ele, enfraquecendo-o. Um segundo navio navegava ao lado e, juntos, arrombaram o portão e deslizaram pela entrada. Talvez tenha sido o horror ultrajado por conta de ver a tradição ser quebrada que fez com que o pobre Dyvim Tarkan perdesse o equilíbrio na beira da muralha e caísse aos gritos, quebrando o pescoço no convés da nau capitânia do conde Smiorgan, enquanto esta navegava triunfante pelo portão.

Os navios-aríetes haviam aberto caminho para a nau do conde Smiorgan pois Elric tinha de liderar a passagem pelo labirinto. Adiante, cinco entradas altas se assomavam, goelas negras escancaradas, todas semelhantes em formato e tamanho. Elric apontou para a segunda a partir da esquerda e, com remadas curtas, os remadores começaram a conduzir o navio para a bocarra. Por alguns minutos, navegaram na escuridão.

— Sinalizadores! — gritou Elric. — Acendam os sinalizadores!

Tochas já tinham sido preparadas e foram acesas. Os homens viram que se encontravam num vasto túnel escavado na rocha natural, retorcendo-se em todas as direções.

— Fiquem próximos — ordenou Elric, e sua voz foi amplificada dezenas de vezes pelos ecos da caverna.

A luz das tochas ardia, e o rosto de Elric era uma máscara de sombras e luz penetrante, enquanto as tochas lançavam longas línguas de fogo para o teto sombrio. Atrás dele, podiam-se ouvir homens murmurando de assombro, e, conforme mais embarcações adentravam o labirinto e acendiam as próprias tochas, Elric viu algumas delas oscilarem, pois seus portadores tremiam de medo supersticioso. O albino sentiu certo desconforto ao olhar de relance pelas sombras bruxuleantes, e seus olhos, sob o clarão das tochas, cintilaram, febris.

Com monotonia pavorosa, os remos seguiram respingando enquanto o túnel se alargava e várias outras aberturas de cavernas ficavam à vista.

— A entrada do meio — ordenou Elric.

O timoneiro na popa assentiu e conduziu o navio para a abertura indicada. Tirando o murmúrio baixo de alguns homens e o ruído dos remos na água, havia um silêncio sombrio e agourento na imponente caverna.

Elric encarou a água escura e fria e estremeceu.

Em pouco tempo, voltaram a sair para a brilhante luz do sol, e os homens olharam para cima, maravilhando-se com a altura das grandes paredes. Sobre elas, acocoravam-se mais arqueiros vestidos de amarelo, com armaduras de bronze. Enquanto o navio do conde Smiorgan os conduzia para fora das cavernas escuras, as tochas ainda queimando no ar frio do inverno, flechas começaram a ser disparadas pelo cânion estreito, mordendo gargantas e membros.

— Mais depressa! — uivou Elric. — Remem mais depressa! A velocidade é nossa única arma agora.

Curvados, os remadores imprimiram uma energia frenética a seus movimentos longos, e os navios começaram a ganhar velocidade, apesar de as flechas imrryrianas cobrarem um preço alto da tripulação dos saqueadores. Então o canal de paredes altas se tornou uma linha reta, e Elric viu os cais de Imrryr logo adiante.

— *Mais rápido! Mais rápido! Nosso prêmio está à vista!*

Súbito, o navio passou pelos muros e estava nas águas calmas do porto, encarando os guerreiros reunidos no cais. A embarcação parou, à espera de que reforços saíssem do canal e se juntassem a ela. Quando vinte navios haviam passado, Elric deu o comando de atacar o cais, e Stormbringer uivou de dentro da bainha. O lado de bombordo da nau capitânia se chocou com um baque contra o cais sob uma chuva de flechas. Hastes assoviavam ao redor de Elric, que, miraculosamente, permaneceu incólume ao liderar um grupo de saqueadores aos berros até terra firme. Imrryrianos com machados se adiantaram numa formação compacta e enfrentaram os saqueadores, mas estava claro que tinham pouco ânimo para a luta; estavam desconcertados demais pelo rumo que os eventos haviam tomado.

A lâmina negra de Elric golpeou com força frenética a garganta do líder dos defensores, arrancando-lhe a cabeça. Uivando como um demônio após provar sangue outra vez, a espada começou a se contorcer nas mãos do albino, sedenta por carne fresca. Havia um sorriso severo e sombrio nos lábios descorados de seu portador, cujos olhos estavam estreitados ao arremeter sem discriminação contra os guerreiros.

Ele planejava deixar o combate para aqueles a quem liderara até Imrryr, pois tinha outras coisas a fazer, e rápido. Atrás dos soldados trajados de amarelo, as altas torres da cidade se elevavam, lindas em suas cores suaves e cintilantes: rosa coral e azul suave, dourado e amarelo-claro, branco e verde sutil. Uma dessas torres era o objetivo de Elric; a Torre de D'a'rputna, para onde ordenara que Tanglebones levasse Cymoril, sabendo que, na confusão, isso seria possível.

Abriu uma trilha ensopada de sangue em meio àqueles que tentavam contê-lo, e os homens tombavam, gritando horrivelmente quando a espada rúnica sorvia suas almas.

E então Elric passou por eles, deixando-os para as lâminas reluzentes dos saqueadores que polvilhavam o cais, e correu pelas ruas sinuosas, com a espada matando qualquer um que tentasse impedi-lo. Ele era como um carniçal de cara branca, com a roupa esfarrapada e suja de sangue, e a armadura lascada e arranhada, passando velozmente pelas pedras do pavimento das ruas tortuosas até, por fim, chegar à torre esbelta de um azul difuso e dourado suave, a Torre de D'a'rputna. A porta estava aberta, mostrando que havia alguém lá dentro, e Elric a atravessou e chegou à grande câmara do térreo. Ninguém o recebeu.

— Tanglebones! — gritou, a voz rugindo alto até para seus próprios ouvidos. — Tanglebones, você está aqui? — Subiu os degraus em grandes passadas, chamando o nome de seu criado. No terceiro andar, parou repentinamente ao escutar um grunhido baixo vindo de um dos quartos. — Tanglebones, é você?

Foi até o quarto, ouvindo um arquejo estrangulado. Empurrou a porta, e seu estômago pareceu se revirar ao ver o velho estirado sobre o piso desnudo da câmara, tentando em vão conter o fluxo de sangue que vertia de um grande ferimento na lateral do corpo.

— O que aconteceu, homem? Onde está Cymoril?

O rosto velho de Tanglebones se contorceu de dor e pesar.

— Ela... Eu... Eu a trouxe aqui, mestre, como o senhor ordenou. Mas... — Ele tossiu, e sangue escorreu pelo queixo enrugado. — Mas... o príncipe Yyrkoon... Ele me prendeu... Deve ter nos seguido. Ele... me derrubou e levou Cymoril... Disse que ela estaria... a salvo na Torre de B'aal'nezbett. Mestre, eu lamento...

— E deveria lamentar mesmo — retrucou Elric, selvagemente. Em seguida, seu tom se suavizou. — Não se preocupe, velho amigo: eu vingarei você e a mim mesmo. Ainda posso alcançar Cymoril agora que sei aonde Yyrkoon a levou. Obrigado por tentar, Tanglebones. Que sua longa jornada pelo último rio seja tranquila.

Virou-se abruptamente e deixou a câmara, correndo escada abaixo e saindo para a rua.

A Torre de B'aal'nezbett era a mais alta do Palácio Real. Elric a conhecia bem, pois era lá que seus ancestrais tinham estudado suas feitiçarias sombrias e conduzido experimentos pavorosos. Estremeceu ao pensar no que Yyrkoon podia estar fazendo com a própria irmã.

As ruas da cidade estavam quietas e estranhamente desertas, mas ele não tinha tempo para ponderar o porquê. Disparou para o palácio, onde encontrou o portão principal desprotegido e a entrada principal do edifício deserta. Isso também era singular, mas Elric enxergou o fato como simples sorte e subiu as escadas por caminhos familiares até a torre mais alta.

Finalmente alcançou uma porta de cristal preto brilhante que não tinha tranca nem maçaneta. Em frenesi, Elric a golpeou com a lâmina mística, mas o cristal pareceu apenas fluir e se reformar. Seus golpes não tinham efeito algum.

Elric vasculhou sua mente, tentando se lembrar da única palavra estrangeira que faria a porta se abrir. Não ousava se colocar no transe que teria, com o tempo, trazido a palavra a seus lábios; teria que dragar seu subconsciente e trazer a palavra à tona. Era perigoso, mas não havia muito mais que pudesse fazer. Todo o corpo estremeceu enquanto seu rosto se contorcia e seu cérebro vibrava. Suas cordas vocais se retorceram e seu peito se encheu quando o vocábulo lhe veio à mente.

Ele arrancou a palavra da garganta, e sua mente e seu corpo doeram pelo esforço. Em seguida, gritou:

— Eu vos ordeno: abre!

Sabia que, uma vez que a porta se abrisse, seu primo estaria ciente da sua presença, mas precisava arriscar. O cristal se expandiu, pulsando e fervendo, e então começou a fluir para fora. Fluiu para o nada, para algo além do universo físico, além do tempo. Elric respirou, agradecido, e passou para o interior da Torre de B'aal'nezbett. Porém, um fogo arrepiante, assustador e espantoso dançava ao redor do albino, que lutava para subir os degraus que levavam à câmara central. Uma música estranha o cercava, uma canção incomum que latejava, soluçava e martelava em sua cabeça.

Acima de si, viu Yyrkoon à espreita, com uma espada rúnica negra também na mão, a companheira daquela empunhada por Elric.

— Cria infernal! — disse, com voz pastosa e fraca. — Vejo que recuperou Mournblade... Bem, teste os poderes dela contra sua irmã, se assim ousar. Eu vim para destruí-lo, primo.

Stormbringer emitia um gemido peculiar que suspirava acima da música estridente e sobrenatural que acompanhava o movimento do fogo apavorante. A espada rúnica se contorceu no punho de Elric, que teve dificuldade de controlá-la. Invocando todas as suas forças, ele subiu os últimos degraus e desferiu um golpe enlouquecido contra Yyrkoon. Além do fogo assustador, uma lava amarela-esverdeada borbulhava por todo lado, acima e abaixo. Os dois homens estavam cercados apenas pelo fogo enevoado e pela lava que se esgueirava além dele; estavam fora da Terra, enfrentando-se numa batalha final. A lava borbulhou e começou a vazar para dentro da realidade, dispersando o fogo.

As duas lâminas se encontraram, e um terrível rugido penetrante se elevou. Elric sentiu o braço todo adormecer e formigar de forma nauseante. Sentia-se uma marionete. Não era mais seu próprio mestre; a lâmina decidia por ele. A espada, com Elric atrás dela, passou bramindo pela irmã e abriu um ferimento profundo no braço esquerdo de Yyrkoon. Ele uivou e seus olhos se arregalaram de agonia. Mournblade contra-atacou Stormbringer, ferindo Elric no mesmo ponto em que ele tinha atingido o primo. O albino soluçou de dor, mas continuou a golpear, machucando Yyrkoon do lado direito com um ataque forte o bastante para matar qualquer outro homem. Mas Yyrkoon riu como um demônio balbuciante das profundezas mais imundas do Inferno. Sua sanidade finalmente se rompera, e Elric tinha a vantagem. Mas o grande feitiço que seu primo havia conjurado ainda estava em ação, e o albino sentiu como se um gigante o tivesse agarrado e o esmagasse enquanto ele tentava aproveitar sua vantagem, com o sangue de Yyrkoon escorrendo pelo ferimento e cobrindo o próprio Elric. A lava se recolhia aos poucos, e Elric viu a entrada para a câmara central. Atrás do primo, outra forma se moveu. Elric arfou. Cymoril havia despertado e, com horror em seu rosto, gritou para ele.

A espada avançou num arco negro, descerrando sobre a lâmina irmã de Yyrkoon e quebrando a guarda do usurpador.

— Elric! — gritou Cymoril, desesperada. — Salve-me! Salve-me agora, ou estaremos condenados por toda a eternidade.

Elric ficou intrigado pelas palavras da garota. Não conseguia entender o sentido delas. Empurrou ferozmente Yyrkoon na direção da câmara.

— Elric, guarde Stormbringer. Embainhe sua espada ou nos separaremos outra vez.

Contudo, mesmo que pudesse controlar a lâmina sibilante, Elric não a recolheria. O ódio dominava seu ser, e ele a embainharia no coração malévolo de seu primo antes de guardá-la.

Cymoril chorava, implorando. Elric, porém, não podia fazer nada. A coisa idiota e salivando que havia sido Yyrkoon de Imrryr se virou ante os gritos da irmã e a fitou com malícia. Riu e estendeu a mão trêmula para segurar a garota pelo ombro. Ela lutou para escapar, mas Yyrkoon ainda detinha sua maligna força. Tirando vantagem da distração do oponente, Elric cortou fundo o corpo do usurpador, quase separando o tronco da cintura.

No entanto, inacreditavelmente, Yyrkoon continuava vivo, extraindo sua vitalidade da lâmina que ainda se chocava contra a espada com runas entalhadas de Elric. Com um último movimento, ele empurrou Cymoril para a frente, e ela morreu gritando na ponta de Stormbringer.

Yyrkoon soltou uma derradeira gargalhada estridente, e sua alma sombria desceu uivando para o Inferno.

A torre retomou as proporções anteriores, e todo o fogo e lava sumiram. Elric estava aturdido, incapaz de organizar os pensamentos. Olhou para baixo, para os cadáveres dos primos, irmão e irmã. Ele os viu, a princípio, apenas como cadáveres de um homem e de uma mulher.

A verdade sombria penetrou seu cérebro, que começava a clarear, e ele gemeu de pesar, feito um animal. Havia matado a mulher que amava. A espada rúnica caiu de sua mão, manchada pelo sangue vital de Cymoril, retinindo nos degraus. Soluçando, Elric desabou ao lado da moça morta e a tomou nos braços.

— Cymoril — gemeu ele, com o corpo todo latejando. — Cymoril... Eu matei você.

4

Elric olhou para trás em direção às ruínas de Imrryr, que rugiam, desmoronavam e cuspiam chamas, e incentivou seus remadores suados a ir mais depressa. O navio, com a vela ainda desdobrada, quicou quando uma corrente de vento contrária o acertou, e Elric foi forçado a se agarrar à lateral da embarcação para não ser jogado para fora. Olhou para trás, para Imrryr, e sentiu um aperto na garganta ao perceber que estava de fato desarraigado; um renegado e um assassino de mulheres, apesar de este último ser involuntário. Havia perdido a única pessoa que amara numa sede cega por vingança. Estava acabado... tudo estava acabado. Ele não conseguia visualizar futuro algum, pois seu futuro estivera preso ao passado e, agora, esse passado efetivamente ardia em ruínas às suas costas. Soluços secos iam e vinham em seu peito, e ele agarrou a amurada do navio com mais firmeza.

Sua mente relutantemente remoía sobre Cymoril. Ele deitara o cadáver dela em um divã e ateara fogo na torre. Em seguida, voltara para descobrir que os saqueadores haviam sido bem-sucedidos, retornando aos poucos para seus navios carregados com pilhagens, garotas escravizadas e jubilosamente ateando fogo a edifícios altos e belos ao passar por eles.

Elric causara a destruição do último sinal tangível de que o grandioso e magnífico Império Brilhante já existira. Sentia que a maior parte de si tinha desaparecido com ele.

Olhando para Imrryr, sentiu subitamente uma tristeza maior sobrepujá-lo, quando uma torre, tão delicada e bela quanto uma renda elegante, rachou e desmoronou, sendo devorada pelas chamas.

Ele havia despedaçado o último grande monumento à raça anterior, sua própria raça. Os homens poderiam aprender, um dia, a construir torres fortes e esguias como as de Imrryr, mas, naquele exato momento, tal conhecimento estava morrendo com o caos trovejante da queda da Cidade dos Sonhos e o rápido declínio da raça de Melniboné.

Mas e os Mestres de Dragões? Nem eles nem suas barcas douradas haviam enfrentado os saqueadores; apenas seus soldados rasos estavam lá para defender a cidade. Será que tinham escondido as barcas em algum canal secreto e fugido para o interior quando os saqueadores chegaram? Haviam oferecido uma resistência breve demais para terem sido vencidos de verdade. Tinha sido fácil demais. Agora que os navios batiam em retirada, estariam planejando alguma retaliação súbita? Elric sentiu que eles podiam ter um plano assim, talvez um que envolvesse dragões. Estremeceu. Não havia contado nada aos outros sobre as feras que os melniboneanos controlaram por séculos. Naquele exato momento, alguém podia estar destrancando os portões das Cavernas-Dragão subterrâneas. Ele desviou sua mente dessa possibilidade angustiante.

Enquanto a frota seguia para mar aberto, o olhar de Elric ainda mirava com tristeza Imrryr, ao prestar uma homenagem silenciosa à cidade de seus antepassados e à falecida Cymoril. Sentiu uma amargura abrasiva o dominar outra vez quando a lembrança da morte dela pela ponta de sua própria espada o acometeu em detalhes. Ele se lembrou do aviso da jovem, de quando a deixara para partir em aventuras nos Reinos Jovens, de que, ao colocar Yyrkoon no Trono de Rubi como regente, ao abrir mão de seu poder por um ano, condenaria a ambos. Amaldiçoou a si mesmo. Foi quando um resmungo, feito o estrondo de um trovão longínquo, espalhou-se pela frota, e ele se virou bruscamente, decidido a saber a causa da consternação.

Trinta barcas douradas de batalha melniboneanas tinham aparecido dos dois lados do porto, saídas de duas bocas do labirinto. Elric se deu conta de que deviam ter se escondido nos outros canais, esperando para atacar a frota quando esta voltasse, saciada e esgotada. Eram grandes galeões de guerra, os últimos navios de Melniboné, e o segredo de sua construção era desconhecido. Passavam uma impressão de antiguidade e de poder adormecido ao avançarem velozmente, cada um com quatro ou cinco conjuntos de grandes remos em movimento, para circundarem os navios saqueadores.

A frota de Elric pareceu se encolher diante dos olhos do albino, como se fosse uma coleção de lascas de madeira contra o imponente esplendor das barcas de batalha cintilantes. Elas estavam bem-equipadas e descansadas para o combate, enquanto os saqueadores fatigados se encontravam intensamente cansados de lutar. O albino sabia que só havia um jeito de salvar uma pequena parte da frota. Ele teria que conjurar um vento místico para dar poder às velas. A maioria das naus capitânias estava em volta dele, e o albino ocupava a de Yaris, pois o jovem se embebedara loucamente e morrera na faca de uma melniboneana escravizada. Ao lado do navio de Elric estava o do conde Smiorgan, e o lorde dos mares atarracado franzia o cenho, sabendo muito bem que ele e seus navios, apesar da superioridade numérica, não resistiriam a uma luta marinha.

Mas a conjuração de ventos fortes o bastante para mover tantas embarcações era perigosa, pois libertaria um poder colossal, e os elementais que controlavam os ventos tendiam a se voltar contra o próprio feiticeiro se este não fosse muito cauteloso. Contudo, era a única chance, ou os aríetes que enviavam ondulações das proas douradas esmagariam os saqueadores até estes virarem madeira flutuante.

Preparando-se, Elric começou a pronunciar os nomes antigos, terríveis e cheios de vogais dos seres que existiam no ar. Mais uma vez, não podia arriscar o estado de transe, pois precisava ficar atento aos sinais dos elementais se virando contra ele. Chamou-os numa fala que era às vezes aguda como o grito de uma ave marinha, às vezes trovejante como o rugido da arrebentação na praia, e as vagas silhuetas dos Poderes do Vento começaram a piscar diante da sua visão borrada. Seu coração latejava horrivelmente contra as costelas e as pernas estavam bambas. Com todas as suas forças, ele conjurou um vento que berrava selvagem e caoticamente ao redor, balançando até mesmo os imensos navios melniboneanos de um lado para o outro. Em seguida, dirigiu o vento e o enviou para as velas de cerca de quarenta navios de seus aliados. Muitos ele não pôde salvar, pois se encontravam fora até do seu amplo alcance.

Porém, quarenta embarcações escaparam dos aríetes esmagadores e, em meio ao som do uivo do vento e de tábuas se separando, saltaram nas ondas, com os mastros estalando conforme as golfadas de ar sopravam em suas velas. Remos foram arrancados das mãos dos remadores, deixando um rastro de madeira quebrada na trilha branca e salgada que borbulhava atrás de cada um dos navios saqueadores.

De maneira um tanto repentina, eles estavam fora do círculo da frota melniboneana que se fechava devagar, e dispararam loucamente pelo mar aberto, enquanto todas as tripulações sentiam uma diferença no ar e captavam vislumbres de formas estranhas e indistintas à sua volta. Havia uma impressão desconfortável de maldade, uma estranheza assombrosa, nos seres que os auxiliavam.

Smiorgan acenou para Elric e sorriu, agradecido.

— Estamos a salvo graças a você, Elric! — gritou ele. — Eu sabia que você nos traria sorte!

Os Senhores dos Dragões, determinados a se vingarem, os perseguiram. Quase tão rápidas quanto a frota de saqueadores auxiliada pela magia eram as barcas douradas de Imrryr, e alguns galeões invasores, cujos mastros racharam e se partiram sob a força do vento que os empurrava, foram pegos.

Elric viu poderosos arpéus de abordagem de metal meio fosco serem lançados dos conveses dos galeões imrryrianos se chocarem com um gemido de madeira retorcida contra os integrantes da frota que jaziam quebrados e impotentes atrás dele. O fogo saltou das catapultas dos navios dos Senhores dos Dragões e voou na direção de muitas das embarcações em fuga. Chamas ardentes e fétidas sibilaram como lava pelos conveses e devoraram tábuas como ácido devora papel. Homens berraram, batendo em vão nas roupas chamejantes, e alguns pularam na água, que não extinguia o fogo. Outros afundaram no mar, e era possível acompanhar sua descida enquanto, queimando mesmo sob a superfície, homens e navios tremulavam para o fundo como mariposas ardentes e cansadas.

Conveses intocados pelo fogo ficaram vermelhos com o sangue dos saqueadores conforme os guerreiros imrryrianos enfurecidos desciam pelas cordas dos arpéus e pulavam em meio aos invasores, empunhando espadas longas e machados de batalha, criando um caos terrível entre os rapinadores do mar. Flechas e dardos imrryrianos choviam dos conveses altaneiros dos galeões imrryrianos, rasgando os homens em pânico nos navios menores.

Tudo isso Elric viu enquanto ele e suas embarcações começavam lentamente a deixar para trás o navio imrryriano na liderança, o galeão capitânia do almirante Magum Colim, comandante da frota melniboneana.

Elric finalmente dirigiu a palavra ao conde Smiorgan.

— Escapamos deles! — gritou ele, acima do uivo do vento, para o navio vizinho, onde Smiorgan se encontrava fitando o céu de olhos arregalados. — Mas mantenha seus navios na direção oeste, ou estaremos acabados!

Smiorgan não respondeu. Ainda observava o céu, e havia horror em seus olhos; os olhos de um sujeito que, antes daquilo, jamais conhecera a mordida trêmula do medo. Inquieto, Elric permitiu que seus olhos acompanhassem os de Smiorgan. Foi então que os viu.

Eram dragões, sem dúvida! Os grandes répteis estavam a alguns quilômetros, mas Elric conhecia o formato das imensas feras voadoras. A envergadura média da asa daqueles monstros quase extintos era de cerca de nove metros de lado a lado. Seus corpos de serpente, começando com uma cabeça de focinho estreito e terminando numa cauda que era um chicote apavorante, tinham doze metros de comprimento e, embora não soltassem fogo e fumaça como nas lendas, Elric sabia que o veneno deles era inflamável e podia atear fogo à madeira ou tecido ao mínimo contato.

Guerreiros imrryrianos montavam nas costas dos dragões. Armados com aguilhões compridos que lembravam lanças, sopravam cornetas de formatos estranhos que soavam notas curiosas sobre o mar turbulento e o céu azul e calmo. Aproximando-se da frota dourada, já a cerca de dois quilômetros e meio de distância, o dragão na liderança desceu em círculos na direção do imenso galeão capitânia dourado, suas asas gerando um som como o estrondo de um relâmpago ao bater no ar.

O monstro escamoso verde-acinzentado pairou sobre o navio dourado, que saltava no mar turbulento de espuma branca. Emoldurado contra o céu sem nuvens, o animal estava em clara perspectiva, o que possibilitou que Elric tivesse uma visão desobstruída dele. O aguilhão que o Mestre de Dragão agitava para o almirante Magum Colim era uma lança longa e esguia sobre a qual era notável, mesmo àquela distância, o galhardete de linhas pretas e amarelas em zigue-zague. Elric reconheceu a insígnia do galhardete.

Dyvim Tvar, amigo da juventude de Elric, Senhor das Cavernas-Dragão, liderava o ataque para clamar vingança por Imrryr, a Bela.

Elric uivou para Smiorgan por sobre a água.

— Esse é seu perigo principal agora. Faça o que puder para mantê-los a distância! — Ouviu-se o retinido de ferro conforme os homens se preparavam, quase sem esperança, para repelir a nova ameaça. O vento mágico oferecia pouca vantagem contra aqueles dragões que voavam depressa. Dyvim Tvar tinha evidentemente conferenciado com Magum Colim, e seu aguilhão atingiu a garganta do dragão. O imenso réptil deu uma guinada para cima e começou a ganhar altitude. Onze outros dragões o seguiram, juntando-se em um bando.

Com uma aparente lentidão, os dragões começaram a bater as asas incansavelmente na direção da frota saqueadora, cujos tripulantes rezavam a seus deuses por um milagre.

Estavam condenados. Não havia como escapar. Todos os navios saqueadores estavam condenados, e a invasão tinha sido inútil.

Elric podia ver o desespero no rosto dos homens, enquanto os mastros das embarcações continuavam a entortar sob a tensão do vento místico. Não podiam fazer nada além de morrer...

Elric lutou para livrar sua mente da incerteza que a preenchia. Sacou sua espada e sentiu o poder pulsante e maléfico à espreita na lâmina rúnica Stormbringer. Porém, depois de tudo, odiava aquele poder; fora ele que o fizera matar o único ser humano que lhe era querido. Percebia o quanto de sua força devia à espada negra de ferro de seus pais e o quanto poderia ser fraco sem ela. Elric era um albino, e isso queria dizer que lhe faltava a vitalidade de um ser humano normal. De maneira fútil e feroz, enquanto a névoa em sua mente era substituída pelo medo escarlate, ele amaldiçoou as pretensões de vingança a que se agarrara, amaldiçoou o dia em que concordara em liderar a invasão a Imrryr e, acima de tudo, vilipendiou amargamente o falecido Yyrkoon e sua inveja perversa, que fora a causa de todos aqueles eventos carregados de ruína.

Mas era tarde demais para maldições de qualquer tipo. O ruidoso bater de asas de dragão preencheu o ar, e os monstros assomaram sobre as embarcações saqueadoras em fuga. Ele precisava tomar alguma decisão; embora não tivesse amor à vida, recusava-se a morrer nas mãos do próprio povo. Quando morresse, prometera a si mesmo que seria pela própria mão. Tomou uma decisão, odiando a si mesmo.

Anulou o vento místico enquanto a peçonha de dragão caía ardendo e atingia o último navio da fila.

Dedicou todos os seus poderes a enviar um vento mais forte para as velas da própria embarcação, enquanto seus companheiros, confusos com os navios subitamente em calmaria, gritavam, questionando em desespero o motivo de seu ato. O navio de Elric se movia mais ligeiro ainda, e talvez conseguisse escapar das feras. Ele esperava conseguir.

Desertou o homem que confiara nele, o conde Smiorgan, e assistiu ao veneno se derramar do céu e engolfá-lo em chamas ardentes verde e carmim. Elric fugiu, expulsando de sua mente pensamentos sobre o futuro, e soluçou alto, aquele altivo príncipe arruinado; amaldiçoou os deuses malévolos pelo dia sombrio em que, de forma indolente, para a própria diversão, tinham criado criaturas sencientes como o próprio Elric.

Atrás dele, os últimos navios saqueadores se acenderam num clarão súbito e horrendo, e, embora semiagradecida por ter escapado da sina de seus camaradas, a tripulação olhava de modo acusatório para Elric. Este seguia soluçando, sem dar atenção, sentindo um luto profundo devastar sua alma.

Uma noite depois, na costa de uma ilha chamada Pan Tang, quando o navio estava a salvo das terríveis recriminações dos Mestres de Dragões e suas feras, Elric se encontrava na popa, ruminando, enquanto os homens o olhavam com temor e ódio, resmungando sobre traição e covardia desalmada. Pareciam ter se esquecido do próprio medo e da subsequente segurança.

Elric meditava, segurando a espada rúnica negra com ambas as mãos. Stormbringer era mais do que uma lâmina de batalha, isso ele sabia há anos, mas naquele momento se dava conta de que ela possuía mais senciência do que imaginara. Entretanto, Elric era terrivelmente dependente dela; percebeu isso com uma certeza de rasgar a alma. Mas temia e se ressentia do poder da espada; ele a odiava amargamente pelo caos que causava ao seu cérebro e espírito. Numa agonia de incerteza, enquanto a segurava, forçou-se a sopesar os fatores envolvidos. Sem a espada sinistra, perderia o orgulho, talvez até a vida, mas poderia conhecer a tranquilidade acalentadora do descanso puro; com ela, teria poder e força, mas a espada o guiaria para um futuro fadado à ruína. Ele iria saborear o poder, mas nunca a paz.

Elric inspirou fundo, ainda soluçando e, com o receio cego a influenciá-lo, arremessou a espada no mar encharcado pela lua.

Inacreditavelmente, a lâmina não afundou. Nem mesmo flutuou na água. Caiu de ponta no mar e ficou ali presa, estremecendo como se tivesse se incrustado na madeira. Continuou pulsando na água, com quinze centímetros de sua lâmina submersos, e começou a emitir um estranho grito demoníaco, um uivo de terrível malevolência.

Praguejando e arfando, Elric estendeu a mão branca, fina e brilhante, tentando recuperar a lâmina infernal senciente. Esticou um pouco mais, debruçando-se por cima da amurada, mas não conseguiu agarrá-la; ela ainda estava a alguns metros. Ofegante, com uma sensação repugnante de derrota a esmagá-lo, saltou sobre a amurada e mergulhou na água de gelar os ossos, nadando com braçadas tensas e grotescas em direção à espada que pairava ali. Estava derrotado; a lâmina vencera.

Ele a alcançou e fechou os dedos ao redor do punho. Na mesma hora, ela se assentou em sua mão, e Elric sentiu a força retornar lentamente para o corpo dolorido. Então se deu conta de que ele e a espada eram interdependentes, pois embora Elric precisasse da lâmina, Stormbringer, um parasita, precisava de um hospedeiro. Sem um homem para empunhá-la, também não tinha poder.

— Devemos estar presos um ao outro — murmurou Elric, em desespero. — Presos por correntes forjadas no Inferno e pelas circunstâncias assombradas pelo destino. Bem, então... Que assim seja... e os homens terão motivo para tremer e fugir quando ouvirem os nomes de Elric de Melniboné e Stormbringer, sua espada. Somos iguais, gerados por uma era que nos abandonou. Vamos dar a esta era motivos para nos odiar!

Forte outra vez, Elric embainhou Stormbringer, e a espada se aquietou contra a lateral de seu corpo; e então, com braçadas poderosas, ele começou a nadar na direção da ilha enquanto os homens que deixara no navio respiravam aliviados e especulavam se ele viveria ou pereceria nas águas sombrias daquele mar estranho e sem nome...

Livro dois

Enquanto os deuses riem

Eu, enquanto os deuses riem, vórtex do mundo sou;
Turbilhão de paixões naquele mar oculto
Em cujas costas quebram as ondas de todas as eras
E, em pequenos círculos, as escuras águas se congregam.

— Mervyn Peake,
Shapes and Sounds, 1941

1

Certa noite, enquanto Elric, mal-humorado, bebia sozinho numa taverna — sempre o melhor lugar para se informar —, uma mulher sem asas vinda de Myyrrhn, saída da tempestade do lado de fora, repousou seu corpo leve contra o dele.

Tinha o rosto magro, de ossatura frágil, quase tão pálido quanto a pele albina de Elric, e vestia uma túnica verde-claro muito fina, que fazia um bom contraste com seu cabelo ruivo-escuro.

A taverna ardia com as chamas das velas e estava animada com o zumbido de conversas e gargalhadas, mas as palavras da mulher de Myyrrhn soaram límpidas e líquidas, por cima da algazarra alegre.

— Há vinte dias procuro por você — disse ela para Elric, que a encarou, insolente, com os olhos escarlates semicerrados, relaxado numa cadeira de espaldar alto, com um cálice de vinho na mão direita e a esquerda no pomo de sua espada rúnica feiticeira, Stormbringer.

— Vinte dias — murmurou suavemente o melniboneano, como se consigo mesmo, em tom rude e zombeteiro. — Um longo tempo para uma mulher linda e solitária vagar pelo mundo. — Ele abriu os olhos um pouco mais e se virou para ela para dizer: — Eu sou Elric de Melniboné, como você, evidentemente, sabe. Não cedo nenhum favor e não peço favor algum. Com isso em mente, diga-me por que procurou por mim durante vinte dias.

Sem se abalar, a mulher retrucou, intrépida, ante o tom altivo do albino.

— Você é um homem amargo, Elric; eu também sei disso. E é atormentado pelo luto, por motivos que já são lendários. Não lhe peço nenhum favor, mas trago a você uma proposta e a mim mesma. O que você mais deseja no mundo?

— Paz — respondeu Elric, simplesmente. Então abriu um sorriso irônico e completou: — Sou um homem maligno, dama, e meu destino é ser condenado ao Inferno, mas não sou insensato nem injusto. Deixe-me lembrá-la um pouco da verdade. Chame isso de lenda se assim preferir, eu não me importo. Há um ano, uma mulher morreu pela lâmina da minha espada de confiança.

Ele deu tapinhas em Stormbringer e seus olhos subitamente se tornaram severos e zombeteiros em relação a si próprio.

— Desde então, não cortejei nem desejei mulher alguma. Por que romperia hábitos tão seguros? Se me pedir, poderia lhe recitar poesias, e afirmo que você tem uma graça e beleza que me levam a especulações interessantes, mas eu não depositaria nenhuma parte do meu fardo sombrio sobre alguém tão deslumbrante quanto você. Qualquer relacionamento entre nós, tirando o formal, necessitaria transferir relutantemente parte desse fardo. — Ele pausou por um instante e então disse, devagar: — Devo admitir que grito durante o sono às vezes, e com frequência sou torturado por uma autoaversão incomunicável. Vá embora enquanto pode, milady, e se esqueça de Elric, pois ele pode trazer apenas o pesar para sua alma.

Com um movimento ligeiro, ele desviou o olhar do dela e levantou o cálice prateado, drenando-o e tornando a enchê-lo com o líquido do jarro ao seu lado.

— Não — disse a mulher sem asas de Myyrrhn, calmamente. — Não o farei. Venha comigo.

Ela se levantou e gentilmente tomou a mão de Elric. Sem saber o motivo, Elric se permitiu ser conduzido para fora da taverna, para a tempestade selvagem e sem chuva que uivava pela cidade filkhariana de Raschil. Um sorriso protetor e cínico pairava em sua boca quando ela o atraiu para o cais lavado pelo mar, onde disse seu nome. Shaarilla da Bruma Dançante, filha sem asas de um necromante morto; uma mutilada em sua própria terra estranha e uma pária.

Elric se sentiu desconfortavelmente atraído por aquela mulher de olhos calmos que desperdiçava poucas palavras. Sentiu uma grande onda de emoção se elevar dentro de si, emoção que jamais pensara experimentar outra vez, e quis pegar os ombros finamente moldados da jovem e pressionar aquele corpo delgado contra o seu. Entretanto, sufocou o impulso e estudou aquela delicadeza de mármore e seus cabelos selvagens, que fluíam ao vento em torno da cabeça dela.

O silêncio repousava de modo confortável entre eles, enquanto o vento caótico uivava lamentosamente sobre o mar. Ali, Elric conseguia ignorar o fedor morno da cidade e sentia-se quase relaxado. Por fim, desviando o olhar dele para o mar rodopiante, com a túnica verde se enrolando ao vento, ela disse:

— Você já ouviu falar, é claro, do Livro dos Deuses Mortos.

Elric assentiu. Estava interessado, a despeito da necessidade que sentia de se desassociar o máximo possível de seus companheiros. Acreditava-se que o Livro mítico contivesse conhecimento que podia resolver muitos problemas que atormentavam a humanidade havia séculos; que continha uma sabedoria sagrada e poderosa da qual todo feiticeiro desejava um pouco. No entanto, acreditava-se que o Livro havia sido destruído, lançado ao sol quando os Deuses Antigos estavam morrendo nos ermos cósmicos que jaziam além dos confins mais extremos do sistema solar. Outra lenda, aparentemente de origem posterior, falava um pouco dos seres sombrios que haviam interrompido o curso do Livro rumo ao sol e o roubado antes de sua destruição. A maioria dos eruditos descartava essa lenda, argumentando que o tomo já teria vindo à luz se ainda existisse.

Elric se forçou a falar de maneira inexpressiva e aparentar desinteresse quando respondeu a Shaarilla.

— Por que você menciona tal livro?

— Eu sei que ele existe — disse ela, com ênfase —, e sei onde está. Meu pai adquiriu o conhecimento pouco antes de morrer. Eu mesma, e o Livro, podemos ser seus se me ajudar a obtê-lo.

Elric se perguntou se o tomo poderia conter o segredo da paz. Se, caso o encontrasse, seria capaz de abrir mão de Stormbringer. Por fim, perguntou:

— Se o deseja tanto a ponto de buscar minha ajuda, por que não quer ficar com ele?

— Porque eu teria medo de possuir algo assim perpetuamente sob minha custódia. Não é um livro para ficar em posse de um mortal comum, mas é provável que você seja o último nigromante poderoso que resta no mundo, e é apropriado que fique com ele. Além do mais, obtê-lo poderia me matar. Eu jamais estaria a salvo com tal tomo em minhas mãos. Preciso apenas de uma pequena parte da sua sabedoria.

— E que parte é essa? — inquiriu Elric, estudando a beleza patrícia dela com um novo pulso se agitando em seu interior.

Ela apertou os lábios e semicerrou os olhos.

— Quando tivermos o Livro em nossas mãos, você terá sua resposta. Não antes.

— Essa resposta é boa o bastante — comentou o albino, vendo que não teria mais nenhuma informação por enquanto. — E tal resposta me atrai.

Em seguida, quase antes que percebesse, Elric tomou os ombros dela em suas mãos esguias e pálidas e pressionou os lábios sem cor contra a boca escarlate da mulher.

***

Elric e Shaarilla cavalgaram para oeste, para a Terra Silenciosa, atravessando as planícies verdejantes de Shazaar, onde o navio deles tinha atracado dois dias antes. A área que fazia fronteira entre Shazaar e a Terra Silenciosa consistia em um trecho solitário de território, destituído até de moradias camponesas; uma terra de ninguém, apesar de fértil e farta em riquezas naturais. Os habitantes de Shazaar haviam deliberadamente se abstido de estender suas fronteiras mais além, pois, embora os residentes da Terra Silenciosa raramente se aventurassem para fora dos Pântanos da Névoa, a linha fronteiriça natural entre os dois territórios, os habitantes de Shazaar guardavam um temor quase supersticioso de seus vizinhos desconhecidos.

A jornada fora sem percalços e rápida, embora agourenta, com diversas pessoas que nada sabiam sobre o propósito dos viajantes alertando-os de um perigo iminente. Elric ruminava, reconhecendo os sinais fatídicos, mas optando por ignorá-los e não comunicar nada a Shaarilla, que por sua vez parecia contente com o silêncio dele. Ambos falavam pouco durante o dia, poupando o fôlego para os jogos amorosos selvagens da noite.

O baque dos cascos dos dois cavalos sobre o gramado fofo e o estalido e retinido abafado das rédeas e da espada de Elric eram os únicos sons a romper a quietude do dia claro de inverno, enquanto o par cavalgava com firmeza, aproximando-se das trilhas traiçoeiras e trêmulas dos Pântanos da Névoa.

Numa noite tenebrosa, eles chegaram às fronteiras da Terra Silenciosa, marcadas pelo pântano, pararam e montaram acampamento, levantando sua tenda de seda numa colina que dava para os descampados envoltos pela bruma.

Empilhadas como almofadas pretas contra o horizonte, as nuvens eram lúgubres. A lua se esgueirava por trás delas, às vezes perfurando-as para iluminar com um feixe de luar hesitante o pântano reluzente lá embaixo ou seus limites irregulares, cobertos pela relva. Em dado momento, um raio de luar brilhou, prateado, iluminando a silhueta escura de Elric; porém, como se repelido pela visão de uma criatura viva naquela colina desolada, a lua mais uma vez se escondeu atrás de seu escudo de nuvens, o que deixou o albino pensativo, na escuridão que ele desejava.

O trovão ribombou nas montanhas distantes, como o riso de deuses. Elric estremeceu, puxou seu manto azul mais para junto do corpo e continuou a encarar os baixios enevoados.

Shaarilla foi até ele pouco depois e se postou ao seu lado, enrolada num manto espesso de lã que não conseguia isolar de todo o frio úmido no ar.

— A Terra Silenciosa — murmurou ela. — Todas as histórias são verdade, Elric? Eles as ensinaram para você na antiga Melniboné?

Elric franziu a testa, aborrecido por ela ter perturbado seus pensamentos. Virou-se abruptamente para olhar para a mulher, fitando-a fixamente sem expressão com seus olhos de íris escarlate por um momento, e então disse, sem emoção:

— Os habitantes são não humanos e são temidos. Isso eu sei. Poucos homens se aventuraram a adentrar o território deles. Ninguém jamais retornou, até onde sei. Mesmo nos dias em que Melniboné era um império poderoso, essa foi uma nação que meus ancestrais nunca governaram nem desejaram governar. Também não fizeram nenhum tratado com ela. Dizem que os cidadãos da Terra Silenciosa são uma raça moribunda, muito mais egoísta do que meus ancestrais foram um dia, e que desfrutaram do domínio da Terra bem antes que os melniboneanos ganhassem qualquer tipo de poder. Raramente se aventuram para além dos limites de seu território hoje em dia, ladeado como é por terra pantanosa e montanhas.

Shaarilla riu, sem muito humor.

— Então eles são não humanos, Elric? E quanto ao meu povo, que é parente deles? E quanto a mim, Elric?

— Você é não humana o bastante para mim — respondeu displicentemente, encarando os olhos da jovem.

Ela sorriu.

— Um elogio? Aceitarei como um, até que sua língua leviana encontre outro melhor.

Naquela noite, eles dormiram um sono inquieto e, como havia previsto, Elric gritou agoniado durante seu sono turbulento e cheio de terror, clamando por um nome que fez os olhos de Shaarilla se encherem de dor e ciúmes. De olhos arregalados em seu sono cruel, Elric parecia fitar aquela a quem chamara, falando outras palavras numa linguagem sibilante que fez Shaarilla tapar os ouvidos e estremecer.

Na manhã seguinte, enquanto desmontavam o acampamento, dobrando o tecido farfalhante da tenda de seda amarela, Shaarilla evitou olhar diretamente para Elric; depois, porém, como ele não tomou a iniciativa de falar, ela lhe fez uma pergunta numa voz um tanto trêmula. Era uma questão que precisava fazer, mas que lhe vinha aos lábios com dificuldade:

— Por que deseja o Livro dos Deuses Mortos, Elric? O que acredita que encontrará nele?

O melniboneano deu de ombros, descartando a pergunta, mas ela repetiu as palavras com menos lentidão e mais insistência.

— Muito bem, então — disse ele, enfim. — Mas não é fácil responder em poucas frases. Eu desejo, se assim preferir, saber uma de duas coisas.

— E o que seria, Elric?

O albino alto largou a tenda dobrada sobre a grama e suspirou. Seus dedos mexeram nervosamente com o pomo da espada rúnica.

— Pode existir um deus supremo ou não? É isso o que preciso saber, Shaarilla, se quero que minha existência tenha alguma direção, afinal. Os Senhores da Ordem e do Caos governam nossas vidas agora. Mas existe algum ser maior do que eles?

Shaarilla colocou a mão no braço de Elric.

— Por que precisa saber? — perguntou ela.

— Eu busco, às vezes desesperadamente, o conforto de um deus benigno, Shaarilla. Minha mente vagueia, quando fico acordado à noite, buscando em meio à escuridão infecunda alguma coisa, qualquer coisa, que me leve até esse deus, que me aqueça, me proteja, me diga que existe ordem nas reviravoltas caóticas do universo; que essa precisão dos planetas é consistente e não apenas uma breve centelha de sanidade numa eternidade de anarquia malévola.

Elric suspirou e seu tom grave era tingido de desesperança.

— Sem alguma confirmação da ordem das coisas, meu único conforto é aceitar a anarquia. Dessa forma, posso me regozijar no caos e saber, sem medo, que todos nós estamos condenados desde o princípio; que nossa breve existência é sem sentido e maldita. Posso aceitar, então, que estamos mais do que abandonados, porque nunca houve nada para nos abandonar. Sopesei as provas, Shaarilla, e devo acreditar que a anarquia prevalece a despeito de todas as leis que parecem governar nossas ações, nossa feitiçaria, nossa lógica. Vejo apenas o caos no mundo. Se o Livro que buscamos me disser o contrário, então acreditarei de bom grado. Até então, depositarei minha confiança apenas em minha espada e em mim mesmo.

Shaarilla encarava Elric de maneira estranha.

— Será que essa filosofia não teria sido influenciada por eventos de seu passado recente? Teme as consequências de seus assassinatos e traições? Não é mais reconfortante para você acreditar em desertos, que raramente são justos?

Elric se virou para ela, os olhos escarlates ardendo de ira, mas, ao abrir a boca para falar, a raiva o abandonou e ele baixou os olhos para o chão, evitando os da mulher.

— Talvez — disse, sem convicção. — Eu não sei. Essa é a única verdade real, Shaarilla. Eu não sei.

Ela assentiu, o rosto iluminado por uma compaixão enigmática. Todavia, Elric não viu o olhar que ela lhe lançou, pois seus próprios olhos estavam cheios de lágrimas cristalinas que escorriam pelo rosto branco e magro e que, por um momento, tiraram dele sua força e sua vontade.

— Sou um homem possuído, e sem essa lâmina demoníaca que carrego, não seria sequer um homem — lamentou.

2

Eles montaram em seus cavalos pretos e velozes, e os esporearam com selvageria e impetuosidade ao descer a encosta em direção ao pântano, os casacos sendo chicoteados atrás deles ao que o vento os açoitava para o alto. Ambos cavalgavam com uma expressão severa, recusando-se a reconhecer a incerteza dolorida que espreitava em seu âmago.

E os cascos dos cavalos atingiram o pântano trêmulo antes que pudessem parar.

Praguejando, Elric puxou com força as rédeas, levando seu animal de volta à terra firme. Shaarilla também lutou com seu garanhão em pânico e o guiou à segurança da grama.

— Como atravessaremos? — perguntou Elric a ela, impaciente.

— Havia um mapa... — Shaarilla começou a dizer, hesitante.

— *Onde está?*

— Ele... Ele se perdeu. Eu o perdi. Mas me esforcei muito para memorizá-lo. Acho que conseguirei nos levar em segurança até o outro lado.

— Como você o perdeu? E por que não me contou isso antes? — retrucou Elric, furioso.

— Desculpe, Elric... Mas por um dia inteiro, imediatamente antes de encontrá-lo naquela taverna, minha memória se foi. De algum jeito, vivi um dia todo sem saber. E, quando acordei, o mapa tinha sumido.

Elric franziu o cenho.

— Existe alguma força trabalhando contra nós, tenho certeza — resmungou. — O que é, eu não sei. — Ele ergueu a voz e afirmou. — Vamos torcer para que sua memória esteja melhor agora. Estes pântanos são infames no mundo inteiro, mas, segundo todos os relatos, apenas perigos naturais esperam por nós. — Ele fez uma careta e colocou os dedos em torno da empunhadura da espada rúnica. — É melhor você ir primeiro, Shaarilla, mas fique por perto. Mostre o caminho.

Ela assentiu em silêncio e virou a cabeça do cavalo para o norte, galopando ao longo da margem até chegar a um lugar onde uma grande rocha cônica se elevava. Dali, uma trilha gramada com largura de pouco mais de um metro levava para dentro do pântano enevoado. Eles conseguiam enxergar poucos metros adiante por causa da neblina que se acumulava, mas a trilha parecia continuar firme por um bom pedaço. Shaarilla encaminhou seu cavalo para a trilha e seguiu em frente num trote lento, com Elric imediatamente atrás.

Pela bruma pesada e rodopiante que cintilava branca, os cavalos se moviam com hesitação, e seus cavaleiros tinham que mantê-los a rédeas curtas. A névoa estofava o pântano com silêncio, e os charcos reluzentes e aquosos fediam com putrescência vil. Nenhum animal passava correndo, nenhum pássaro gritava acima. Em todo lugar havia um silêncio assombrado, carregado de medo, que deixava tanto cavalos quanto cavaleiros inquietos.

Com pânico em suas gargantas, Elric e Shaarilla prosseguiram, penetrando cada vez mais nos sobrenaturais Pântanos da Névoa, com os olhos desconfiados e até as narinas estremecendo pelo cheiro de perigo no lodaçal fedorento.

Horas mais tarde, quando o sol já tinha passado muito de seu zênite, o cavalo de Shaarilla empinou, relinchando e berrando. Ela gritou por Elric, com as feições requintadas contorcidas de medo ao fitar a neblina. Ele esporeou adiante seu cavalo, também agitado, e se juntou a ela.

Algo se movia lenta e ameaçadoramente na brancura persistente. A mão direita de Elric voou para o lado esquerdo do corpo e agarrou o punho de Stormbringer.

A lâmina saiu da bainha com um guincho e fogo negro ardente ao longo de sua extensão, então um poder não natural fluiu dela para o braço de Elric, percorrendo o corpo do albino. Uma luz estranha e profana tomou seus olhos, e a boca se abriu num esgar medonho, enquanto ele forçava o cavalo assustado ainda mais para dentro da névoa furtiva.

— Arioch, Senhor dos Sete Escuros, esteja comigo agora! — gritou Elric ao notar a silhueta que mudava de forma à sua frente.

Era branca como a névoa e, no entanto, de alguma forma, *mais escura*. Estendia-se bem acima da cabeça de Elric. Tinha quase três metros de altura e o mesmo de largura. Mas ainda era apenas um contorno, sem rosto nem membros, apenas movimento; movimentos dardejantes, malévolos! Porém Arioch, seu deus patrono, escolheu não escutá-lo.

Elric sentia o grande coração do cavalo batendo entre suas pernas conforme o animal mergulhava adiante sob o controle férreo do cavaleiro. Shaarilla gritou algo às suas costas, mas ele não conseguia entender as palavras. Golpeou a silhueta branca, mas sua espada encontrou apenas brumas, que uivaram raivosas. O cavalo, enlouquecido de pavor, não aceitava ir além, e Elric foi forçado a desmontar.

— Segure meu cavalo — gritou ele para Shaarilla, e se moveu silenciosamente na direção da silhueta dardejante que pairava à frente, bloqueando o caminho.

Conseguiu identificar algumas de suas saliências. Dois olhos da cor de vinho ralo amarelado estavam localizados no alto do corpo da coisa, embora ela não tivesse uma cabeça à parte. Uma fenda obscena e balbuciante, cheia de presas, encontrava-se logo abaixo deles. Elric não conseguia distinguir nem nariz, nem orelhas naquilo. Quatro apêndices brotavam das partes superiores, e a parte inferior do corpo deslizava pelo chão sem o suporte de nenhum membro. Os olhos do albino doeram ao encararem a coisa. Era incrivelmente repulsiva de contemplar, e seu corpo amorfo emitia um miasma de morte e decomposição. Lutando para conter seu medo, ele avançou aos poucos, atento, a espada empunhada no alto para aparar qualquer arremetida que a coisa pudesse fazer com os braços. Elric reconheceu a criatura de uma descrição de um de seus grimórios. Era um Gigante das Brumas, possivelmente o único Gigante das Brumas, Bellbane. Até os bruxos mais sábios não tinham certeza de quantos existiam, se um ou vários. Era um carniçal das terras pantanosas que se alimentava das almas e do sangue de homens e animais. Entretanto, aqueles pântanos ficavam bem a leste da área que Bellbane supostamente assombrava.

Elric parou de se espantar com o porquê de tão poucos animais habitarem aquele trecho do pântano. Lá no alto, o céu começava a escurecer.

Stormbringer pulsou na mão de Elric, que invocava os nomes dos antigos deuses-demônios de seu povo. O carniçal nauseabundo obviamente os reconheceu. Por um instante, vacilou e recuou. Elric forçou as pernas a se moverem na direção da coisa. Percebeu que não era branca, de forma alguma, no entanto, não tinha nenhuma cor que ele pudesse reconhecer. Havia uma sugestão de laranja manchada por um amarelo esverdeado repugnante, mas ele não via as cores com seus olhos, apenas sentia os matizes exóticos e profanos.

Naquele momento, Elric correu na direção da criatura, gritando nomes que já não tinham significado algum para sua consciência imediata.

— *Balaan! Marthim! Aesma! Alastor! Saebos! Verdelet! Nizilfkm! Haborym!* Haborym dos Fogos que Destroem!

Toda a sua mente estava cindida. Parte dele queria fugir e se esconder, mas Elric não tinha nenhum controle sobre o poder que o possuía no momento, forçando-o a confrontar o horror. A lâmina de sua espada cortava e acutilava a silhueta. Era como tentar cortar água; água senciente, pulsante. Mas Stormbringer fazia efeito. Toda a silhueta do carniçal estremeceu, como que em agonia. O melniboniano sentiu-se erguido no ar e sua visão se foi. Não conseguia enxergar nada, fazer nada... Nada além de cortar e atacar a coisa que agora o segurava.

Suor escorria enquanto, às cegas, ele continuava lutando.

Uma dor que não era física, mas mais profunda, mais aterrorizante, encheu seu ser, enquanto ele gritava, agora de agonia, e golpeava sem parar a massa maleável que o abraçava e puxava aos poucos na direção da bocarra escancarada. Ele lutou e se contorceu nas garras obscenas da coisa. Com braços poderosos, ela o segurou quase lascivamente, trazendo-o mais para perto como um amante violento faria com uma moça. Nem o grande poder intrínseco na espada rúnica parecia suficiente para matar o monstro. Embora seus esforços fossem um tanto mais fracos do que antes, ele ainda arrastava Elric para a fenda bucal, que rangia cheia de saliva.

Elric tornou a gritar os nomes enquanto Stormbringer dançava e entoava uma canção maldosa em sua mão direita. Em agonia, ele se retorceu, orando, implorando e fazendo promessas, mas continuava sendo puxado, centímetro a centímetro, para a bocarra escancarada.

Selvagem e severamente, ele lutava, e novamente gritou por Arioch. Uma mente tocou a sua, sardônica, poderosa e má, e ele soube que Arioch enfim respondia! Quase de forma imperceptível, o Gigante das Brumas enfraqueceu. Elric aproveitou a vantagem, e saber que o carniçal perdia suas forças lhe deu mais poder. Às cegas, sentindo todos os nervos de seu corpo em agonia, ele golpeou e golpeou.

E então, de súbito, estava caindo.

Pareceu cair por horas, lentamente, sem peso algum, até aterrissar sobre uma superfície que cedeu sob seus pés. Começou a afundar.

Bem ao longe, fora do tempo e do espaço, ouviu uma voz distante chamá-lo. Não queria ouvi-la; estava contente em ficar onde estava, enquanto a coisa fria e reconfortante em que jazia o arrastava lentamente para dentro de si.

Mas logo, algum sexto sentido o fez perceber que era a voz de Shaarilla que o chamava, e se forçou para compreender o significado das palavras.

— *Elric, o pântano! Você está no pântano. Não se mova!*

Sorriu para si mesmo. Por que deveria se mover? Ele estava afundando, lenta e calmamente... Descendo para o interior do pântano convidativo... *Teria havido outra ocasião como essa? Outro pântano?*

Com um sobressalto mental, a consciência total da situação retornou e ele abriu os olhos. Acima, havia apenas neblina. De um lado, uma poça de coloração inominável evaporava lentamente, emanando um odor medonho. Do outro, ele mal conseguiu discernir uma silhueta humana gesticulando freneticamente. Para além da silhueta havia as formas quase indiscerníveis de dois cavalos. Shaarilla estava ali. E sob ele...

Sob ele estava o pântano.

Um limo espesso e fétido o puxava para baixo, ao que Elric jazia caído, pernas e braços abertos, já meio submersos. Stormbringer ainda estava em sua mão direita. Ele podia vê-la se virasse a cabeça. Com cuidado, tentou erguer a parte superior do corpo do atoleiro. Conseguiu, apenas para sentir as pernas afundarem ainda mais. Endireitando-se, ele gritou para a garota.

— Shaarilla! Rápido, uma corda!

— Não há corda alguma, Elric! — Ela estava arrancando a parte de cima da túnica e rasgando-a em tiras.

Elric ainda afundava, sem encontrar apoio para os pés.

Shaarilla amarrou depressa as tiras e jogou a corda improvisada desajeitadamente para o albino. Ela caiu longe. Atrapalhando-se na pressa, a garota tornou a jogar. Desta vez, a mão esquerda de Elric, apalpando ao redor, encontrou a corda. Shaarilla começou a recolher o tecido, e o albino chegou a sentir que se ergueu um pouco, mas então parou.

— Não adianta, Elric. Eu não tenho força.

Praguejando contra ela, o melniboneano gritou:

— O cavalo! Amarre a corda no cavalo!

Ela correu até um dos cavalos e atou a tira de tecido em torno do pomo da sela. Em seguida, puxou as rédeas do animal e começou a conduzi-lo para longe.

Rapidamente Elric foi arrastado para fora do charco que o imobilizara e, ainda agarrado a Stormbringer, chegou à segurança relativa da faixa de grama.

Ofegante, tentou ficar de pé, mas sentiu as pernas incrivelmente fracas. Levantou-se, vacilou e caiu. Shaarilla se ajoelhou ao lado dele.

— Está ferido?

Ele sorriu a despeito da fraqueza.

— Acho que não.

— Foi pavoroso. Eu não conseguia enxergar direito o que estava acontecendo. Você sumiu e daí... daí gritou aquele... aquele nome!

Ela tremia, o rosto retesado e pálido.

— Que nome? — Elric ficou genuinamente confuso. — Que nome eu gritei?

Ela balançou a cabeça.

— Não importa. Mas seja lá o que for, aquilo o salvou. Você reapareceu pouco depois e caiu no charco...

O poder de Stormbringer ainda fluía para o albino. Ele já se sentia mais forte.

Com esforço, avançou trôpego até seu cavalo.

— Tenho certeza de que o Gigante das Brumas não costuma assombrar este pântano... Ele foi enviado para cá. Por que, ou por quem, não sei, mas precisamos chegar a solo mais firme enquanto podemos.

— Para onde? Para trás ou adiante? — perguntou ela.

Elric fez uma careta.

— Oras, adiante, é claro. Por que pergunta?

Ela engoliu seco, balançou a cabeça e disse:

— Vamos depressa, então.

Eles montaram e cavalgaram com pouca cautela até que o pântano e seu manto de neblina estivessem às suas costas.

A jornada assumia uma urgência renovada ao que Elric se dava conta de que alguma força tentava impor obstáculos no caminho. Repousaram pouco e cavalgaram selvagemente, forçando as montarias até que estas quase não aguentassem mais.

No quinto dia, avançaram sobre um território estéril e pedregoso, sob uma chuva leve.

O chão duro estava escorregadio e eles foram forçados a seguir com mais lentidão, encolhidos sobre os pescoços molhados dos cavalos, abafados em mantos que mal os protegiam do chuvisco. Cavalgavam em silêncio havia algum tempo, quando ouviram uma gargalhada sinistra e estridente mais adiante e o estrépito de cascos.

Elric indicou um rochedo, que se erguia à direita.

— Há um abrigo ali — disse. — Algo vem em nossa direção, possivelmente mais inimigos. Com sorte, passarão por nós.

Shaarilla o obedeceu em silêncio e, juntos, os dois esperaram enquanto aquele som medonho se aproximava.

— Um cavaleiro e outros animais — disse Elric, ouvindo atentamente. — Os animais ou estão seguindo, ou perseguindo o cavaleiro.

Então eles entraram no campo de visão, correndo pela chuva. Um homem esporeando freneticamente um cavalo igualmente assustado... E, atrás, cada vez mais perto, um bando do que, a princípio, pareciam ser cães. Mas aqueles não eram cães; eram metade cães, metade pássaros, com os corpos e pernas esguios e peludos dos cães, mas possuindo garras como as de pássaros no lugar das patas e bicos selvagens recurvados, estalando onde deveriam estar os focinhos.

— Os cães de caça dos dharzi! — arfou Shaarilla. — Pensei que eles, assim como seus mestres, estivessem extintos há muito tempo!

— Eu também — disse Elric. — O que fazem por estas bandas? Nunca houve contato entre os dharzi e os moradores desta terra.

— Foram trazidos para cá... por *alguma coisa* — cochichou Shaarilla. — Esses cães-demônios vão nos farejar, com certeza.

Elric levou a mão à espada rúnica.

— Então não perdemos nada ajudando a presa deles — disse ele, instando a montaria adiante. — Espere aqui, Shaarilla.

Àquela altura, a matilha demoníaca e o homem perseguido passavam em disparada pelo rochedo que os abrigava, descendo a toda velocidade por um desfiladeiro estreito. Elric esporeou seu cavalo encosta abaixo.

— Ei, você aí! — gritou para o cavaleiro desvairado. — Vire-se e defenda-se, meu amigo! Estou aqui para ajudá-lo!

Com a espada rúnica gemendo e erguida bem alto, Elric trovejou na direção dos cães-demônios, que uivavam e tentavam morder, e os cascos de seu cavalo atingiram um deles com um impacto que quebrou a coluna da besta antinatural. Restavam uns cinco ou seis das estranhas feras. O cavaleiro virou seu cavalo e sacou um longo sabre de uma bainha na cintura. Era um homem pequeno com uma boca feia e larga. Sorriu de alívio.

— Um acaso feliz, este encontro, meu bom mestre.

Isso foi tudo o que o cavaleiro teve tempo de comentar antes que dois dos cães o atacassem aos saltos e ele fosse forçado a dedicar toda a atenção a se defender de suas garras cortantes e bicos ávidos.

Os outros três cães concentraram seu violento ataque em Elric. Um saltou alto, o bico mirando a garganta do albino que, ao sentir o hálito fétido no rosto, desferiu um arco descendente com Stormbringer, cortando o animal em dois. O sangue imundo respingou sobre Elric e seu cavalo, e o odor pareceu aumentar a fúria do ataque dos outros animais. Porém, o sangue fez a espada rúnica negra cantar quase em êxtase, e Elric a sentiu se contorcer em sua mão e apunhalar outro dos cães horrendos. A ponta atingiu a fera logo abaixo do esterno quando ele empinou para atacar. O bicho gritou numa agonia terrível e virou o bico para tomar a lâmina. Quando o bico se conectou com o metal negro cintilante da espada, um fedor terrível, parecido com o cheiro de queimado, alcançou as narinas de Elric, e o grito do animal foi bruscamente interrompido.

Às voltas com o cão-demônio remanescente, Elric teve um vislumbre do cadáver calcinado. Seu cavalo empinava alto, golpeando a última fera com os cascos agitados. O cão evitou o ataque e se achegou pelo flanco esquerdo desprotegido de Elric. O albino girou na sela e trouxe sua espada para baixo velozmente para penetrar o crânio do animal e derramar cérebro e sangue no chão molhado e reluzente. Ainda vivo, de alguma forma, o cão mordeu debilmente na direção de Elric, mas o melniboneano ignorou o ataque fútil e voltou sua atenção para o homenzinho que havia acabado com um de seus adversários, mas estava tendo dificuldades com o segundo. O cão pegara o sabre com o bico, perto do punho.

Garras miravam a garganta do homenzinho, que lutava para se livrar. Elric arremeteu com a espada rúnica apontada como uma lança para o ponto em que o cão-demônio oscilava em pleno ar, suas garras cortando, na tentativa de alcançar a carne de sua presa. Stormbringer acertou a fera na parte baixa do abdômen e rasgou para cima, sulcando a área inferior da virilha até a garganta. O cão relaxou o aperto sobre o sabre do homenzinho e caiu, retorcendo-se. O cavalo de Elric o pisoteou no solo pedregoso. Ofegante, o albino embainhou Stormbringer e, cansado, perscrutou o homem que havia salvado. Desgostava de contatos desnecessários com qualquer um e não desejava ser embaraçado por uma demonstração de emoção por parte do homenzinho.

E não se desapontou, pois a boca feia e larga se partiu num sorriso alegre e o homem fez uma mesura na sela ao devolver sua lâmina curva para a bainha.

— Obrigado, bom senhor — disse ele, com leveza. — Sem sua ajuda, a batalha poderia ter durado mais. O senhor me privou de uma boa diversão, mas tinha boas intenções. Moonglum é meu nome.

— Eu sou Elric de Melniboné — respondeu o albino, mas não viu reação alguma no rosto do homem. Isso era estranho, pois o nome de Elric havia se tornado infame na maior parte do mundo. A história de sua traição e o assassinato de sua prima Cymoril tinham sido contadas e debatidas em tavernas por todos os Reinos Jovens. Por mais que ele odiasse isso, estava acostumado a receber alguma indicação de reconhecimento daqueles a quem conhecia. Seu albinismo era o bastante para identificá-lo.

Intrigado pela ignorância de Moonglum e sentindo-se estranhamente fascinado pelo arrogante cavaleiro, Elric o analisou num esforço para descobrir de que terra ele tinha vindo. Moonglum não trazia armadura, e suas roupas eram de um tecido azul desbotado, manchado e desgastado pelas viagens. Um cinto robusto de couro carregava o sabre, um punhal e uma bolsa de lã. Moonglum calçava botas na altura dos tornozelos, feitas de couro já rachado. Os equipamentos em seu cavalo eram muito usados, mas obviamente de boa qualidade. O homem em si, sentado muito alto sobre a sela, mal passava de um metro e meio de altura, com pernas compridas demais em comparação ao resto do corpo delgado. O nariz era curto e empinado sob olhos cinza-esverdeados, grandes e de aparência inocente. Uma farta cabeleira de um ruivo vívido caía sobre a testa e escorria por seu pescoço, solta. Ele se sentava confortavelmente sobre o cavalo, ainda sorridente, mas havia voltado o olhar para além de Elric, em direção a Shaarilla, que cavalgava para se unir aos dois.

Moonglum fez uma reverência elaborada quando a moça fez seu cavalo parar.

— Dama Shaarilla, este é mestre Moonglum de...? — disse Elric, friamente.

— De Elwher — completou Moonglum. — A capital mercantil do Oriente, e a melhor cidade do mundo.

Elric reconheceu o nome.

— Então você é de Elwher, mestre Moonglum. Já ouvi falar desse lugar. Uma cidade nova, não é? Com apenas alguns séculos. Você cavalgou para longe.

— De fato, cavalguei, sir. Sem o conhecimento da linguagem utilizada por estas partes, a jornada teria sido mais difícil, mas, por sorte, o escravizado que me inspirou com histórias de sua terra natal me ensinou a fala minuciosamente.

— Mas por que viaja por estas bandas? Não ouviu as lendas? — questionou Shaarilla, incrédula.

— Foram exatamente tais lendas que me trouxeram para cá, e eu tinha começado a desconsiderá-las até esses cãezinhos desagradáveis se lançarem sobre mim. O motivo pelo qual decidiram me perseguir, eu não sei, pois não lhes dei causa nenhuma para antipatia. Esta é, de fato, uma terra bárbara.

Elric estava desconfortável. Conversas leves do tipo que Moonglum parecia gostar eram contrárias à sua natureza taciturna. A despeito disso, porém, descobriu que gostava cada vez mais do sujeito.

Foi Moonglum quem sugeriu que viajassem juntos por algum tempo. Shaarilla se opôs, lançando um olhar de alerta para Elric, mas ele a ignorou.

— Muito bem, então, amigo Moonglum, já que três são mais fortes do que dois, nós apreciaríamos sua companhia. Cavalgamos para as montanhas.

O próprio Elric sentiu-se com um humor mais alegre.

— E o que vocês procuram lá? — inquiriu Moonglum.

— Um segredo — disse o melniboneano, e seu companheiro recém-encontrado foi discreto o bastante para não perguntar mais nada.

3

E assim eles cavalgaram, enquanto a chuva aumentava, salpicava e cantava entre as rochas, com um céu como aço fosco e o vento cantarolando um hino fúnebre em seus ouvidos. Três figuras pequenas seguindo velozmente em direção à barreira da montanha negra que se elevava sobre o mundo como um deus melancólico. E talvez fosse um deus que ocasionalmente ria conforme eles se aproximavam dos sopés das encostas da cordilheira, ou o vento assoviando pela escuridão misteriosa dos cânions e precipícios e a queda de basalto e granito do alto dos picos solitários. Nuvens de trovão se formavam ao redor desses picos, e o relâmpago caía como um dedo monstruoso vasculhando a terra em busca de larvas. O trovão estrondava sobre a cordilheira, até que Shaarilla finalmente verbalizou seus pensamentos para Elric, assim que as montanhas surgiram à vista.

— Elric... vamos voltar, eu imploro. Esqueça o Livro. Há forças demais trabalhando contra nós. Preste atenção aos sinais, Elric, ou estaremos condenados!

Mas o albino estava silencioso e inflexível, pois tinha consciência de que a garota vinha perdendo o entusiasmo pela missão que iniciara.

— Elric, por favor. Jamais alcançaremos o Livro. Dê meia-volta.

Ela cavalgava ao lado dele, puxando suas roupas até que, impaciente, ele se livrou dela com um puxão do braço e disse:

— Agora estou intrigado demais para parar. Ou continue a me mostrar o caminho, ou conte o que sabe e fique por aqui. Você desejava provar da sabedoria do Livro antes, mas, agora, alguns contratempos sem importância em nossa jornada a assustaram. O que era que precisava descobrir, Shaarilla?

Ela não respondeu, dizendo apenas:

— E o que você desejava, Elric? Paz, você me disse. Bem, eu o aviso que não encontrará paz alguma naquelas montanhas sombrias, se é que conseguiremos alcançá-las.

— Você não tem sido franca comigo, Shaarilla — retorquiu ele friamente, ainda olhando adiante para os picos negros. — Sabe de alguma coisa sobre as forças que tentam nos impedir.

Ela deu de ombros.

— Não importa. Sei pouca coisa. Meu pai deu alguns alertas vagos antes de morrer, apenas isso.

— O que ele disse?

— Que Aquele que Guarda o Livro usaria todo o seu poder para impedir a humanidade de usar sua sabedoria.

— O que mais?

— Mais nada. Mas é o bastante, agora que vejo que o aviso de meu pai era verdadeiro. Foi esse guardião que o matou, Elric... Ou um de seus asseclas. Não desejo sofrer aquele destino, a despeito do que o Livro possa fazer por mim. Eu o julgava poderoso o bastante para me ajudar, mas agora tenho dúvidas.

— Eu a protegi até aqui — disse o melniboneano, como se isso bastasse. — Agora me diga o que você quer com o Livro.

— Estou envergonhada demais.

Elric não pressionou, mas, depois de algum tempo, ela falou suavemente, quase sussurrando:

— Eu buscava minhas asas.

— Suas... asas? Quer dizer que o Livro poderia lhe dar um feitiço para que você crie asas? — Elric sorriu, irônico. — É por isso que procura o receptáculo da sabedoria mais poderosa do mundo!

— Se o considerassem deformado em sua própria terra, você acharia isso importante o bastante — gritou ela, desafiadora.

Elric voltou seu rosto para a jovem, seus olhos de íris escarlate ardendo com uma emoção estranha. Ele colocou a mão sobre sua pele branca como os mortos e um sorriso torto curvou seus lábios.

— Eu também me senti como você — disse ele, em voz baixa, depois permaneceu em silêncio.

Shaarilla ficou para trás outra vez, envergonhada.

Eles cavalgaram quietos até que Moonglum, que ia discretamente à frente, inclinou a cabeça desproporcional para um lado e de repente puxou as rédeas.

Elric se juntou a ele.

— O que foi, Moonglum?

— Ouço cavalos vindo para cá — disse o homenzinho. — E vozes perturbadoramente familiares. Mais daqueles cães-demônios, Elric; e, desta vez, acompanhados por cavaleiros!

Elric também ouviu, e gritou um aviso para Shaarilla.

— Talvez você tivesse razão. Há mais problemas a caminho.

— E agora? — retrucou Moonglum, franzindo o cenho.

— Para as montanhas — respondeu Elric —, e talvez ainda consigamos nos distanciar deles.

Eles esporearam as montarias a um galope desenfreado rumo às montanhas, mas a fuga era impossível. Em pouco tempo, uma matilha preta surgiu no horizonte, e o som nítido dos cães-demônio, igual ao de pássaros, aproximava-se. Elric olhava para trás, para seus perseguidores. A noite começava a cair, e a visibilidade se reduzia a cada momento que passava, mas era possível ter um vago vislumbre dos cavaleiros que vinham atrás da matilha. Vestiam mantos escuros e carregavam lanças compridas. Seus rostos estavam invisíveis, perdidos na sombra dos capuzes que cobriam as cabeças.

Elric e seus companheiros forçaram os cavalos a subir um aclive íngreme, à procura de abrigo nas rochas mais acima.

— Vamos parar aqui e tentar detê-los — ordenou Elric. — Em campo aberto, eles poderiam nos cercar com facilidade.

Moonglum assentiu, concordando com o bom senso naquelas palavras. Eles frearam as montarias suadas e se prepararam para travar a batalha contra a matilha uivando e seus mestres de mantos escuros.

Logo os primeiros cães-demônios começaram a correr aclive acima, seus bicos-mandíbulas soltando baba e as garras raspando a pedra. De pé entre dois rochedos, bloqueando a passagem com seus corpos, Elric e Moonglum enfrentaram o primeiro ataque e rapidamente despacharam três animais. Vários outros tomaram o lugar dos mortos, e o primeiro dos cavaleiros ficou visível logo atrás, conforme a noite se fechava aos poucos.

— Arioch! — praguejou Elric, reconhecendo de repente os cavaleiros. — Estes são os Lordes dos Dharzi, mortos há dez séculos! Estamos combatendo homens mortos, Moonglum, e os fantasmas tangíveis de seus cães. A menos que eu consiga pensar num feitiço para derrotá-los, estamos arruinados!

Os homens-zumbis pareciam não ter intenção alguma de tomar parte no ataque, ao menos naquele instante. Esperaram, seus olhos mortos inquietantemente luminosos, enquanto os cães-demônios tentavam irromper pela rede de aço em movimento com a qual Elric e seu companheiro se defendiam. Elric vasculhava seu cérebro, tentando dragar da memória um feitiço falado que dispensaria aqueles mortos-vivos. E então um lhe ocorreu e, torcendo para que as forças que precisava invocar decidissem ajudá-lo, começou a entoar:

— *Que as leis que a tudo governam*
Não sejam ignoradas de forma tão leviana;
Que Aqueles que aviltam os Reis da Terra
Recebam um beijo renovado da morte.

Nada aconteceu.

— Eu falhei — murmurou Elric, sem esperanças, enquanto enfrentava o ataque de um cão-demônio que tentava mordê-lo, estocando a criatura com sua espada.

Então... o chão sacudiu e pareceu borbulhar sob as patas dos cavalos sobre cujos lombos os mortos se sentavam. O tremor durou poucos segundos e cessou.

— O feitiço não foi potente o bastante — disse Elric, com um suspiro.

A terra tornou a tremer, e pequenas crateras se formaram no solo da encosta onde os Lordes dos Dharzi aguardavam, impassíveis. Pedras rolavam e os cavalos pisoteavam o solo, nervosos. Então a terra retumbou.

— Para trás! — gritou Elric, alarmado. — Para trás, ou iremos com eles!

Os dois recuaram na direção de Shaarilla e dos cavalos, enquanto o solo afundava sob seus pés. As montarias dos dharzi empinavam e resfolegavam, e os cães remanescentes se viravam, nervosos, para encarar seus mestres com olhos confusos e incertos. Um gemido baixo veio dos lábios dos mortos-vivos. De súbito, toda uma área da encosta em torno deles se rachou, e fendas cada vez maiores surgiram na superfície. Elric e seus companheiros se jogaram sobre as montarias, enquanto, com um grito apavorante de múltiplas vozes, os lordes mortos foram engolidos pela terra, retornando às profundezas de onde tinham sido invocados.

Um riso grave e profano ergueu-se do fosso aberto. Era a gargalhada zombeteira do elemental da terra, o rei Grome, levando seus súditos legítimos de volta a seus cuidados. Ganindo, os cães-demônios se esgueiraram para a borda do precipício, farejando. A seguir, em comum acordo, a matilha preta se lançou no abismo, seguindo seus mestres para fosse lá qual destino profano os esperava.

Moonglum estremeceu.

— Você cultiva amizades com as pessoas mais estranhas, amigo Elric — disse ele, trêmulo, e virou seu cavalo novamente para as montanhas.

Eles chegaram às montanhas negras no dia seguinte, e Shaarilla os conduziu nervosamente pela rota pedregosa que havia memorizado. Já não implorava mais a Elric para retornar, pois tinha se resignado à sina que os aguardava, qualquer que fosse ela. A obsessão de Elric queimava em seu âmago, e ele se sentia impaciente, certo de que encontraria, enfim, a verdade derradeira da existência no Livro dos Deuses Mortos. Moonglum estava alegremente cético, enquanto Shaarilla se consumia em presságios.

A chuva ainda caía e a tempestade rosnava e estrondeava acima. Quando o aguaceiro aumentou com insistência renovada, eles chegaram finalmente à bocarra aberta e escura de uma caverna imensa.

— Não posso guiá-los além daqui — disse Shaarilla, exausta. — O Livro jaz em algum lugar além da entrada desta caverna.

Elric e Moonglum se olharam incertos, e nenhum dos dois sabia muito bem o que fazer em seguida. Ter alcançado o objetivo parecia, de alguma forma, anticlimático, pois nada bloqueava a entrada da caverna e nada parecia guardá-la.

— É inconcebível — disse Elric — que os perigos que nos assediaram não tenham sido projetados por algo, e, no entanto, aqui estamos, e ninguém busca nos impedir de entrar. Tem certeza de que esta é a caverna *certa*, Shaarilla?

A garota apontou para o alto, para a rocha acima da entrada. Entalhado nela havia um símbolo curioso, que Elric reconheceu no mesmo instante.

— O Signo do Caos! — exclamou ele. — Talvez eu devesse ter adivinhado.

— O que isso significa, Elric? — perguntou Moonglum.

— Aquele é o símbolo da eterna ruptura e anarquia — explicou Elric. — Estamos em um território presidido pelos Senhores da Entropia ou um de seus lacaios. Então, eis quem é nosso inimigo! Isso só pode significar uma coisa: o Livro é de extrema importância para a ordem das coisas neste plano e talvez até para a miríade de planos do multiverso. Foi por isso que Arioch estava relutante em me ajudar; ele também é um Senhor do Caos!

Moonglum o encarou, confuso.

— Como assim?

— Você não sabe que duas forças governam o mundo, lutando uma batalha eterna? — retrucou Elric. — Ordem e Caos. Os seguidores do Caos afirmam que num mundo como o que governam, todas as coisas são possíveis. Os opositores do Caos, aqueles que se aliam às forças da Ordem, dizem que sem a Ordem, nada material é possível. Alguns se colocam à parte, acreditando que um equilíbrio entre os dois é o estado adequado das coisas, mas nós não podemos. Acabamos envolvidos numa disputa entre as duas forças. O Livro é inestimável para ambas as facções, obviamente, e posso supor que os lacaios da Entropia estão preocupados com o poder que talvez libertemos se o obtivermos. Ordem e Caos quase nunca interferem de forma direta nas vidas dos humanos; é por isso que apenas seus partidários têm plena consciência da sua presença. Agora talvez eu descubra, afinal, a resposta para a única questão que me preocupa: alguma força suprema governa sobre as facções opostas da Ordem e do Caos?

Elric passou pela entrada da caverna, espiando para dentro das sombras, e os outros o seguiram, hesitantes.

— A caverna se estende por um bom trecho. Tudo o que podemos fazer é continuar adiante até encontrarmos a parede mais distante — disse Elric.

— Vamos torcer para que sua parede mais distante não fique mais abaixo — ponderou Moonglum, com ironia, ao gesticular para Elric ir na frente.

Seguiram aos tropeços, com a caverna ficando cada vez mais escura. Suas vozes soavam amplificadas e ocas para os próprios ouvidos à medida que o chão se inclinava drasticamente para baixo.

— Isto aqui não é uma caverna — murmurou Elric. — É um túnel, mas não tenho como supor para onde leva.

Por várias horas seguiram adiante na escuridão total, segurando um no outro, incertos de onde pisavam, mas ainda cônscios de que se moviam num declive gradual. Perderam toda a noção do tempo, e Elric começou a sentir como se estivesse vivendo num sonho. Os eventos pareciam ter se tornado tão imprevisíveis e fora do seu controle que ele não suportava mais pensar neles em termos ordinários. O túnel era longo, escuro, largo e frio. Não oferecia conforto algum e, a determinada altura, o solo se tornou a única coisa que ainda conservava alguma realidade. Continuava firme sob seus pés. Elric começou a sentir que era possível que não estivesse se movendo, que o chão, no final das contas, era o que se movia, enquanto ele permanecia estacionário. Seus companheiros se agarravam a ele, mas Elric não tinha consciência dos dois. Estava perdido, e seu cérebro, entorpecido. Às vezes oscilava, sentindo-se à beira de um precipício. Noutras, tropeçava, e seu corpo gemia ao encontrar a pedra dura, desmentindo a proximidade do tal abismo no qual esperava cair.

Mas ele obrigava as pernas a caminharem sem parar, apesar de não ter a menor certeza de estar, de fato, seguindo adiante. O tempo não queria dizer nada, havia se tornado um conceito sem sentido.

Por fim, percebeu um leve brilho azulado à sua frente e soube que se movia em frente. Começou a correr pelo declive, mas, ao ver que ia depressa demais, teve de conter sua velocidade. Havia um odor de estranheza no ar frio do túnel, e o medo era uma força fluida que o inundava, algo apartado dele mesmo.

Os outros obviamente também sentiam isso, pois, embora nada dissessem, Elric percebia. Os três desceram devagar, atraídos como autômatos na direção do pálido brilho azul.

E então estavam fora do túnel, fitando assombrados a visão sobrenatural que os confrontava. Acima, o ar em si parecia ser daquela estranha cor azul que os atraíra. Eles se encontravam numa laje saliente de rocha e, embora ainda estivesse escuro, de alguma forma, o sinistro brilho azul iluminava um trecho de praia prateada e cintilante abaixo. A praia era banhada por um mar escuro que se movia inquieto, como um gigante líquido num sono agitado. Esparramadas pela orla prateada estavam as silhuetas vagas de naufrágios; os ossos de barcos com desenhos peculiares, cada um num padrão diferente do resto. O mar se perdia na escuridão, e não havia horizonte, apenas trevas. Atrás deles, podiam enxergar um desfiladeiro enorme que também ficava indistinto no escuro, após certo ponto. E estava frio, terrivelmente frio, com uma agudeza inacreditável. E, embora o mar se debatesse abaixo deles, não havia umidade no ar, nenhum cheiro de maresia. Era uma visão assombrosa e desolada, e, exceto pelo mar, eles eram as únicas coisas que se moviam e emitiam som, pois o mar era horrivelmente silencioso.

— E agora, Elric? — murmurou Moonglum, tremendo.

Elric meneou a cabeça, e eles continuaram ali por um longo tempo, até que o albino, com o rosto e as mãos brancos e assustadores sob a luz exótica, disse:

— Como é impraticável retornar, devemos nos aventurar no mar.

A voz dele soava oca, como a de alguém que não tinha consciência das próprias palavras.

Degraus esculpidos na própria rocha viva levavam para a praia lá embaixo, e Elric começou a descer. Olhando ao redor, com os olhos brilhando com fascínio terrível, os outros permitiram que ele os guiasse.

4

Seus pés profanavam o silêncio conforme eles se aproximavam da praia prateada de pedras cristalinas e a atravessavam com o som dos passos sobre as pedras. Os olhos escarlates de Elric se fixaram em um dos objetos espalhados pela praia, e ele sorriu. Sacudiu firme a cabeça, como se para clarear a mente. Tremendo, apontou para um dos barcos, e o par viu que estava intacto, ao contrário dos outros. Era amarelo e vermelho, vulgarmente alegre naquele ambiente, e, quando os três se aproximaram, viram que era feito de madeira, mas de uma diferente de qualquer outra que já tivessem visto. Moonglum correu os dedos curtos ao longo da embarcação.

— Duro feito ferro — sussurrou. — Não é de se espantar que não tenha apodrecido como os outros. — Ele olhou dentro e estremeceu. — Bem, o dono não vai discutir se nós o pegarmos — comentou, irônico.

Elric e Shaarilla o compreenderam quando viram o esqueleto contorcido de maneira antinatural, caído no fundo do barco. Elric enfiou o braço dentro da nau e puxou a coisa para fora, jogando-a nas pedras. Ela estrepitou e rolou sobre o cascalho reluzente, desintegrando-se e espalhando ossos por uma área ampla. O crânio foi repousar na beira da praia, parecendo fitar, mas sem ver, o oceano perturbador.

Enquanto Elric e Moonglum lutavam para arrastar o barco da praia até o mar, Shaarilla andou adiante e se agachou, colocando a mão no terreno molhado. Levantou-se de repente e balançou a mão para se livrar da substância.

— Isto não é água como eu a conheço — disse ela.

Eles a ouviram, mas não falaram nada.

— Precisaremos de uma vela — murmurou Elric. A brisa fria soprava sobre o oceano. — Um manto deve servir.

Ele tirou sua túnica e a amarrou ao mastro da embarcação.

— Dois de nós terão de segurar cada um uma ponta — instruiu Elric. — Assim teremos algum controle sobre a direção que o barco tomará. É improvisado, mas é o melhor que podemos fazer.

Eles partiram com um empurrão, tomando cuidado para não pôr os pés no mar.

O vento inflou a vela e empurrou o barco, movendo-o a um passo mais acelerado do que Elric se deu conta a princípio. A embarcação acelerou como se possuísse vontade própria, e os músculos de Elric e de Moonglum doeram enquanto se agarravam às pontas inferiores da vela.

Em pouco tempo, a praia prateada estava fora da vista, e eles não conseguiam enxergar muita coisa; a pálida luz azul acima mal penetrava a escuridão. Foi então que ouviram o bater seco de asas sobre suas cabeças e olharam para o alto.

Descendo em silêncio vinham três enormes criaturas simiescas, carregadas em grandes asas coriáceas. Shaarilla as reconheceu e ofegou.

— *Clakares!*

Moonglum deu de ombros e sacou a espada, apressado.

— Isso é apenas um nome. O que são eles?

No entanto, não recebeu resposta, pois o macaco alado na liderança desceu ligeiro, mordendo e balbuciando, exibindo longas presas num focinho babado. Moonglum largou sua parte da vela e golpeou a fera, mas esta se desviou, batendo as asas enormes, e tornou a subir.

Elric desembainhou Stormbringer e ficou aturdido. A lâmina continuou em silêncio, seu uivo familiar de júbilo emudecido. Ela estremeceu em sua mão e, em vez da onda de poder que normalmente fluía por seu braço, Elric sentiu apenas um leve formigamento. Foi atingido pelo pânico por um instante; sem a espada, em breve perderia toda a vitalidade. Suprimindo de forma soturna seu medo, usou a espada para proteger-se do ataque veloz de um dos macacos alados.

O animal agarrou a arma, derrubando Elric, mas gritou de dor quando a lâmina atravessou-lhe a mão nodosa, decepando dedos que caíram, contraídos e sangrentos, no convés estreito. Elric segurou firme na lateral do barco e pôs-se de pé mais uma vez. Esganiçando sua agonia, o macaco alado tornou a atacar, mas com mais cautela. Elric reuniu todas as forças e brandiu a pesada espada num golpe com as duas mãos, arrancando uma das asas coriáceas e fazendo a besta mutilada tombar no convés. Julgando onde o coração da criatura deveria estar, enfiou a lâmina sob o esterno. Os movimentos do símio cessaram.

Moonglum golpeava selvagemente para se defender de dois macacos alados que o atacavam de ambos os lados. Estava sobre um dos joelhos, golpeando em vão de maneira aleatória. Tinha aberto toda a lateral da cabeça de uma das criaturas; porém, apesar da dor, ela ainda o atacava. Elric arremessou Stormbringer pela escuridão, e sua ponta atingiu o animal ferido na garganta. O macaco agarrou o aço com os dedos e caiu pela lateral do barco. Seu cadáver flutuou no líquido, mas começou a afundar aos poucos. Elric tentou alcançar o punho da espada com dedos frenéticos, esticando-se muito além da amurada da embarcação. Incrivelmente, a lâmina estava afundando com a fera; conhecendo as propriedades de Stormbringer como ele conhecia, Elric estava atônito. A arma estava sendo arrastada para baixo como qualquer lâmina comum seria. Ele agarrou o punho e retirou a espada da carcaça do macaco alado com um puxão.

Sua força se esvaía rapidamente. Era inacreditável. Que leis estranhas governavam o mundo daquela caverna? Ele não tinha como adivinhar, e sua única preocupação passou a ser recobrar sua força decrescente. Sem o poder da espada rúnica, aquilo era impossível!

A lâmina curva de Moonglum havia eviscerado a fera restante, e o homenzinho estava ocupado jogando o cadáver por cima da amurada. Ele se virou, sorrindo triunfante para Elric, e disse:

— Uma boa luta.

Elric assentiu e respondeu:

— Precisamos cruzar este mar rapidamente, senão estamos perdidos, acabados. Meu poder se foi.

— O quê? Mas como?

— Não sei. A menos que as forças da Entropia governem com mais firmeza aqui. Depressa, não há tempo para especularmos.

Os olhos de Moonglum pareciam perturbados. Ele nada podia fazer além de agir como Elric dizia.

O albino tremia de fraqueza, segurando a vela inflada à medida que sua força se esgotava. Shaarilla o ajudou, suas mãos magras perto das dele e os olhos fundos brilhando de compaixão.

— O que *eram* aquelas coisas? — perguntou Moonglum, ofegante, com os dentes à mostra e brancos sob os lábios recolhidos e a respiração curta.

— Clakares — respondeu Shaarilla. — São os ancestrais primevos de minha raça, com uma origem mais antiga do que o registro histórico. Acredita-se que meu povo seja os habitantes mais antigos deste planeta.

— Seja lá quem deseja impedir nossa missão, é melhor encontrar algum... meio original. — Moonglum sorriu. — Os métodos antigos não funcionam.

Entretanto, os outros dois não sorriram, pois Elric estava quase desmaiando e a mulher se preocupava apenas com a condição dele. Moonglum deu de ombros, fitando à frente.

Quando tornou a falar, algum tempo depois, sua voz estava empolgada.

— Estamos chegando à terra firme!

E terra firme era, de fato, e eles rumavam depressa para lá. Depressa demais. Elric forçou-se a ficar sentado e falou, pesadamente e com dificuldade:

— Solte a vela!

Moonglum obedeceu. A embarcação seguiu em alta velocidade, atingiu outro trecho de praia prateada e subiu nela, a proa abrindo uma cicatriz escura no cascalho reluzente. O barco parou de súbito, inclinando-se violentamente para um lado, de modo que os três foram jogados contra a amurada.

Shaarilla e Moonglum se levantaram e arrastaram o albino inerte e sem energia para a praia. Lutaram para avançar pela praia, até que o cascalho cristalino deu lugar a um musgo espesso e fofo, acolchoando seus passos. Eles o deitaram e fitaram com preocupação, incertos sobre o que fazer a seguir.

Elric se empenhou para se levantar, mas foi incapaz disso.

— Deem-me algum tempo — disse ele, arquejando. — Eu não vou morrer, mas minha visão já está sumindo. Posso apenas torcer para que o poder da lâmina retorne em terra firme.

Com um esforço tremendo, ele puxou Stormbringer da bainha e sorriu de alívio quando a espada rúnica gemeu de leve, e então, lentamente, sua canção aumentou em potência conforme chamas negras tremeluziram por sua extensão. Já o poder fluía para o corpo de Elric, dando-lhe vitalidade renovada. Entretanto, enquanto a força retornava, os olhos escarlates de Elric se dilataram em sofrimento terrível.

— Sem esta lâmina negra, não sou nada, como veem — disse ele, em voz baixa. — Mas o que isso faz de mim? Será que estou preso a ela para sempre?

Os outros não responderam e ambos foram tocados por uma emoção que não conseguiam definir, um misto de medo, ódio e piedade, conectada a outra coisa...

Após algum tempo, Elric se levantou, trêmulo, e silenciosamente os guiou na subida da encosta coberta de musgo rumo a uma luz mais natural que era filtrada do alto. Dava para ver que vinha de uma chaminé larga, que levava, aparentemente, para maiores altitudes. Por causa da luz, logo puderam discernir uma forma escura e irregular que se erguia na sombra da abertura.

Conforme se aproximavam dela, viram que era um castelo de rocha negra; um enorme amontoado de pedras revestido por um líquen verde-escuro que se curvava sobre a grande construção quase como se a protegesse de forma consciente. Torres pareciam brotar aleatoriamente daquela enormidade, que cobria uma área vasta. Parecia não haver janelas em nenhuma parte, e o único orifício era uma passagem ereta bloqueada por barras espessas de um metal que brilhava com uma vermelhidão fosca, mas sem calor. Acima desse portão, num âmbar chamativo, estava o Signo dos Senhores da Entropia, representado por oito setas que irradiavam de um ponto central em todas as direções. Parecia pender no ar sem tocar a pedra preta e coberta de líquen.

— Acho que nossa missão termina aqui — disse Elric, severo. — Aqui, ou em lugar nenhum.

— Antes que eu vá além, Elric, gostaria de saber o que é que você procura — murmurou Moonglum. — Acho que conquistei esse direito.

— Um livro — disse Elric, displicente. — O Livro dos Deuses Mortos. Ele está no interior das paredes desse castelo, disso estou certo. Chegamos ao fim da nossa jornada.

Moonglum deu de ombros.

— Eu poderia nem ter perguntado, já que suas palavras mal fazem sentido para mim — disse ele, rindo. — Espero que me seja permitido ficar com alguma pequena parte de qualquer tesouro que isso represente.

Elric sorriu, a despeito do frio que tomava conta de suas entranhas, mas não respondeu, em vez disso afirmando:

— Primeiro precisamos entrar no castelo!

Como se os portões o tivessem ouvido, as barras metálicas se acenderam num verde-claro, então o brilho voltou ao vermelho e finalmente deixou de existir. A entrada estava aberta, e o caminho, aparentemente, desimpedido.

— Não gosto disso — rosnou Moonglum. — Fácil demais. Uma armadilha nos espera. Devemos acioná-la ao bel-prazer de seja lá quem more dentro dos limites do castelo?

— O que mais podemos fazer? — falou Elric, com suavidade.

— Voltar... ou ir adiante. Evitem o castelo; não tentem Aquele que Guarda o Livro! — Shaarilla agarrou o braço direito do albino com o rosto contorcido de medo e os olhos suplicantes. — Esqueça o Livro, Elric!

— Agora?! — Elric riu, sem achar nenhuma graça. — Agora, depois desta jornada? Não, Shaarilla, não quando a verdade está tão perto. Melhor morrer do que nunca ter tentado conseguir a sabedoria do Livro, quando ele se encontra tão próximo.

Os dedos dela relaxaram o aperto, e seu ombros descaíram, sem esperança.

— Não podemos lutar contra os lacaios da Entropia...

— Talvez não precisemos.

Elric não acreditava nas próprias palavras, mas sua boca se retorceu para expressar alguma emoção sombria, intensa e terrível. Moonglum olhou de esguelha para a garota.

— Shaarilla tem razão — disse ele, convicto. — Você não encontrará nada além de amargura, possivelmente até a morte, depois das paredes daquele castelo. Vamos, em vez disso, subir aqueles degraus mais além e tentar alcançar a superfície.

Ele apontou para alguns degraus sinuosos que levavam para o vão escancarado no teto da caverna.

Elric balançou a cabeça.

— Não. Vão vocês, se quiserem.

Moonglum fez uma careta, perplexo.

— Você é teimoso, amigo Elric. Bem, se é tudo ou nada... Então estou com você. Porém, pessoalmente, sempre preferi um meio-termo.

O melniboneano começou a avançar lentamente para a entrada escura do castelo desolado e imponente.

Num pátio amplo e cheio de sombras, uma figura alta, envolta em fogo escarlate, encontrava-se à espera deles.

Elric seguiu marchando e passou pelo portão. Moonglum e Shaarilla o acompanharam, nervosos.

Rajadas de riso ressoaram da boca do gigante, e o fogo escarlate tremulou ao seu redor. Ele estava nu e desarmado, mas o poder que fluía de sua figura quase forçou os três a recuar. Sua pele era escamosa e de uma cor roxa esfumaçada. Seu enorme corpo era musculoso, e ele descansava levemente na ponta dos pés. Seu crânio era longo, inclinado agudamente para trás na altura da testa, e os olhos eram como lascas de aço azulado, sem nenhuma pupila à mostra. O corpo todo tremia de um júbilo potente e malicioso.

— *Saudações a você, lorde Elric de Melniboné! Eu o parabenizo por sua notável tenacidade!*

— Quem é você? — rosnou Elric, com a mão na espada.

— *Meu nome é Orunlu, o Guardião, e esta é uma fortaleza dos Senhores da Entropia.* — O gigante sorriu cinicamente. — *Você não precisa dedilhar tão nervosamente sua lâmina insignificante, pois deve saber que não posso feri-lo agora. Obtive poder para permanecer em seu reino apenas porque fiz um juramento.*

A voz de Elric entregou seu entusiasmo crescente.

— Você não pode nos impedir?

— *Eu não ouso, já que meus esforços oblíquos falharam. Mas sua tola empreitada me deixa um tanto perplexo, devo admitir. O Livro é importante para nós, mas o que pode significar para vocês? Eu o protegi durante trezentos séculos e nunca fiquei curioso o bastante para tentar descobrir por que meus mestres depositam tanta importância nele, por que haviam se dado ao trabalho de resgatá-lo em seu curso para o sol e encarcerá-lo nesta entediante bola de terra, povoada pelos palhaços saltitantes e de vida curta chamados Homens.*

— Eu busco nele a Verdade — disse Elric, cautelosamente.

— *Não existe verdade além daquela sobre a Eterna Luta* — disse o gigante da chama escarlate com convicção.

— O que governa acima das forças da Ordem e do Caos? — perguntou Elric. — O que controla seus destinos, assim como controla o meu?

O gigante franziu a testa.

— *Essa pergunta eu não posso responder. Eu não sei. Existe apenas o Equilíbrio.*

— Então talvez o Livro nos conte quem detém esse poder — disse Elric, cheio de propósito. — Deixe-me passar. Diga-me onde ele está.

O gigante recuou, sorrindo ironicamente.

— *Está numa pequena câmara na torre central. Jurei nunca me aventurar lá, senão eu poderia até ir na frente. Vá, se quiser. Meu dever está terminado.*

Elric, Moonglum e Shaarilla dirigiram-se para a entrada do castelo, porém, antes que passassem, o gigante, já atrás deles, os alertou:

— *Disseram-me que o conhecimento contido no Livro poderia forçar o Equilíbrio para o lado das forças da Ordem. Isso me perturba... mas, pelo visto, existe outra possibilidade que me perturba ainda mais.*

— E qual é? — perguntou Elric.

— *Ele poderia criar um impacto tão tremendo no multiverso que a entropia completa seria o resultado. Meus mestres não desejam isso, pois poderia significar a destruição de toda a matéria no final. Existimos apenas para lutar; não para vencer, mas para preservar a Eterna Luta.*

— Eu não me importo — retrucou o albino. — Tenho pouco a perder, Orunlu, o Guardião.

— *Então vá.*

O gigante atravessou o pátio, adentrando a escuridão.

Dentro da torre, luz de uma qualidade pálida iluminava a escadaria em espiral para cima. Elric começou a subi-la em silêncio, movido pelo próprio propósito condenado. Hesitantes, Moonglum e Shaarilla seguiram seu rastro, com os rostos numa expressão de aceitação desesperançada.

Os degraus subiam, contorcendo-se tortuosamente rumo ao objetivo deles, até enfim chegarem a uma câmara, repleta de uma luz ofuscante, multicolorida e cintilante que não se expandia para fora, sendo confinada ao cômodo que a abrigava.

Piscando e escudando seus olhos vermelhos com o braço, Elric prosseguiu e, com pupilas contraídas, viu a fonte da luz sobre uma pequena plataforma de pedra no centro da sala.

Igualmente incomodados pela luz ofuscante, Shaarilla e Moonglum o seguiram para dentro da sala e estancaram, assombrados com o que viam.

O Livro dos Deuses Mortos era imenso, e sua capa era incrustada com gemas estranhas, fonte daquela luminosidade. Ele cintilava, *palpitava* com luz e cor intensas.

— Finalmente — disse Elric, com um suspiro. — Finalmente... a Verdade!

Ele cambaleou adiante como um homem estupidificado pela bebida, suas mãos pálidas se estendendo para o objeto que havia buscado com tanta amargura selvagem. Tocou a capa pulsante do Livro e, tremendo, virou-a.

— Agora, vou descobrir — disse ele, gabando-se.

Com um estrondo, a capa caiu no chão, fazendo as gemas brilhantes saltarem e dançarem pelas pedras do piso.

Sob as mãos contraídas de Elric, jazia nada mais do que uma pilha de poeira amarelada.

— Não! — O grito dele foi angustiado e incrédulo. — Não!

As lágrimas escorriam por seu rosto contorcido enquanto ele passava as mãos pela poeira fina. Com um gemido que abalou todo o seu ser, tombou para a frente e seu rosto atingiu o pergaminho desintegrado. O tempo havia destruído o Livro, que ficara intocado, possivelmente esquecido, por trezentos séculos. Até os deuses sábios e poderosos que o criaram haviam perecido e, naquele momento, seu conhecimento os acompanhava para o oblívio.

***

Eles estavam de pé nas encostas da montanha alta, fitando os vales verdes lá embaixo. O sol brilhava, e o céu estava limpo e azul. Às suas costas, encontrava-se o buraco que levava para a fortaleza dos Senhores da Entropia.

Elric voltou os olhos tristes para o mundo ao redor, e sua cabeça se abaixou com o peso do cansaço e de um desespero sombrio. Não havia falado desde que seus companheiros o tinham arrastado, soluçando, da câmara do Livro. Então, ele ergueu o rosto pálido e se expressou numa voz tingida de zombaria a si mesmo, cortante de amargura... uma voz solitária como o chamado de pássaros marinhos famintos circulando nos céus frios sobre praias desoladas.

— Agora viverei sem jamais saber o porquê, se a vida tem algum propósito ou não. Talvez o Livro pudesse ter me dito. Mas será que eu teria acreditado, mesmo então? Eu sou o cético eterno, nunca certo de que sou de fato o agente das minhas ações, nunca seguro de que não haja uma entidade superior me guiando. Eu invejo aqueles que sabem. Tudo o que posso fazer agora é continuar minha missão e desejar, sem nenhuma esperança, que, antes que minha vida termine, a verdade me seja revelada.

Shaarilla tomou as mãos vacilantes dele nas suas, e seus olhos estavam marejados de lágrimas.

— Elric... permita que eu o console.

O albino abriu um esgar amargo.

— Queria que jamais tivéssemos nos encontrado, Shaarilla da Bruma Dançante. Por algum tempo, você me deu esperança... Pensei que finalmente estaria em paz comigo mesmo. Porém, por sua causa, fiquei mais desesperançado do que antes. Não existe salvação neste mundo, apenas o fardo malévolo. Adeus.

Ele retirou as mãos das dela e partiu montanha abaixo.

Moonglum dardejou um olhar para Shaarilla e então para Elric. Tirou algo de seu embornal e colocou na mão da garota.

— Boa sorte — disse ele, e então correu atrás de Elric até o alcançar.

Ainda a passos largos, o albino se virou com a aproximação de Moonglum e, apesar de seu sofrimento e melancolia, disse:

— O que foi, amigo Moonglum? Por que me segue?

— Eu o segui até aqui, mestre Elric, e não vejo razão para parar. — O homenzinho sorriu. — Além do mais, ao contrário de você, sou um materialista. Precisaremos comer, sabe?

Elric franziu o cenho, sentindo um calor crescer dentro de si.

— O que você quer dizer, Moonglum?

Moonglum riu.

— Eu me aproveito de todo tipo de situação, sempre que posso — respondeu ele. Procurou no embornal e mostrou algo na mão estendida que reluzia com um brilho deslumbrante. Era uma das joias da capa do Livro. — Tem mais em meu embornal. E cada uma vale uma fortuna. — Ele pegou o braço de Elric. — Vamos, Elric. Quais novas terras visitaremos para trocar essas bugigangas por vinho e companhia agradável?

Atrás deles, parada e imóvel na encosta, Shaarilla os observou, miserável, até os dois sumirem de vista. A joia que Moonglum lhe dera escapou de seus dedos e caiu, quicando e cintilando, até se perder em meio à urze. Então se virou, e a entrada escura da caverna se escancarou diante dela.

Livro três

A Cidadela Cantante

Em que Elric tem seu primeiro contato com Pan Tang, Yishana de Jharkor, o feiticeiro Theleb K'aarna, e aprende um pouco mais sobre os Mundos Superiores...

1

O mar turquesa estava pacífico à luz dourada do início da noite e os dois homens na amurada do navio se encontravam em silêncio, olhando ao norte para o horizonte nevoento. Um era alto e magro, e estava enrolado num pesado manto preto, com o capuz jogado para trás, revelando seu cabelo comprido e branco como leite; o outro era baixo e ruivo.

— Ela era uma bela mulher e o amava — disse o menor deles, depois de algum tempo. — Por que a deixou tão de repente?

— Ela era uma bela mulher — retrucou o mais alto —, mas teria me amado à custa de si mesma. Que ela busque a própria terra e fique por lá. Já matei uma mulher a quem amava, Moonglum. Não matarei outra.

Moonglum deu de ombros.

— Às vezes eu me pergunto, Elric, se esse seu destino terrível é um produto de sua própria disposição à culpa.

— Talvez — respondeu Elric, displicente. — Mas não me disponho a testar a teoria. Não falemos mais disso.

O mar espumava e passava célere por eles, enquanto os remos rompiam a superfície, levando o navio rapidamente para o porto de Dhakos, capital de Jharkor, um dos mais poderosos entre os Reinos Jovens. Menos de dois anos antes, Dharmit, o rei de Jharkor, tombara na incursão malfadada a Imrryr, e Elric ouvira falar que os homens daquela terra o culpavam pela morte do rei, embora não fosse o caso. Ele se importava pouco se o culpavam ou não, pois ainda era desdenhoso da maior parte da humanidade.

— Mais uma hora e o anoitecer chegará... e é improvável que velejemos à noite — disse Moonglum. — Vou para a cama, acho.

Elric estava prestes a responder quando foi interrompido por um grito estridente vindo do cesto da gávea.

— *Vela a bombordo, na popa!*

O vigia devia estar meio adormecido, pois o navio que se lançava contra eles já podia ser avistado com facilidade do convés. Elric se afastou quando o capitão, um tarkeshita de rosto escuro, surgiu correndo.

— O que é o navio, capitão? — perguntou Moonglum.

— Um trirreme de Pan Tang; um vaso de guerra. Estão em curso de colisão. — O capitão continuou correndo, berrando ordens para o timoneiro virar o navio de lado.

Elric e Moonglum cruzaram o convés para enxergar melhor o trirreme. Era um navio de velas escuras, pintado de preto e pesadamente folheado a ouro, com três remadores em cada remo, contra dois no navio em que estavam. Era grande, mas mesmo assim, elegante, com uma popa alta e recurvada e proa baixa. Era possível ver as águas sendo rompidas pelo grande aríete, envolto em latão. A embarcação tinha velas triangulares, e o vento estava a seu favor.

Os remadores, em pânico, suavam para virar o navio segundo as ordens do timoneiro. Remos subiam e desciam em confusão, e Moonglum virou-se para Elric com um meio-sorriso.

— Eles nunca vão conseguir. Melhor preparar sua lâmina, amigo.

Pan Tang era uma ilha de feiticeiros totalmente humanos que buscavam emular o antigo poder de Melniboné. Suas frotas estavam entre as melhores dos Reinos Jovens e faziam incursões indiscriminadamente. O teocrata de Pan Tang, chefe da aristocracia sacerdotal, era Jagreen Lern, que tinha a reputação de ter um pacto com os poderes do Caos e um plano para governar o mundo.

Elric considerava os homens de Pan Tang arrivistas, que jamais poderiam sequer espelhar a glória dos antepassados do albino, mas mesmo ele era obrigado a admitir que aquele navio era impressionante e venceria facilmente um combate com o galeão tarkeshita.

Logo o grande trirreme se lançou contra eles, e o capitão e o piloto ficaram em silêncio ao se darem conta de que não conseguiriam escapar da colisão. Com um som áspero de madeira sedo esmagada, o aríete se chocou com a popa, abrindo um buraco no galeão abaixo da linha da superfície.

Elric ficou imóvel, assistindo aos arpéus de abordagem do trirreme serem lançados em direção ao convés do galeão. Um tanto desanimados, sabendo que não eram páreos para a tripulação bem-treinada e bem-equipada de Pan Tang, os tarkeshitas correram para a popa, preparando-se para resistir aos invasores.

Moonglum gritou com urgência:

— Elric, temos que ajudar!

Com relutância, Elric anuiu. Odiava sacar a espada rúnica da bainha em seu quadril. Ultimamente, o poder dela parecia ter aumentado.

Os guerreiros de armadura escarlate investiram contra os tarkeshitas, que os aguardavam. A primeira onda, armada com espadas largas e machados de batalha, atingiu os marinheiros, forçando-os a recuar.

A mão de Elric desceu para o punho de Stormbringer. Quando a segurou e desembainhou, a lâmina emitiu um gemido estranho e perturbador, como se estivesse ansiosa, e uma radiância negra e exótica lampejou por sua extensão. A lâmina pulsava como algo vivo na mão de Elric, que partiu para ajudar os marinheiros tarkeshitas.

Metade dos defensores já tinha sido talhada e, enquanto o restante recuava, Elric, com Moonglum em seu encalço, adiantou-se. A expressão dos guerreiros de armadura escarlate mudou de triunfo sombrio para espanto quando a grande lâmina negra de Elric guinchou e fendeu a armadura de um homem do ombro até as costelas inferiores.

Era evidente que reconheciam Elric e a espada, pois ambos eram lendários. Embora Moonglum fosse um espadachim habilidoso, praticamente o ignoraram quando se deram conta de que precisavam concentrar toda a força em derrotar Elric se quisessem sobreviver.

A antiga e selvagem sede de matança de seus ancestrais dominou o melniboneano, cuja lâmina colhia almas. Ele e sua espada se tornaram um só, e era a espada, e não Elric, quem estava no controle. Homens tombavam por todos os lados, gritando mais de horror do que de dor ao perceberem o que a espada arrancava deles. Quatro o atacaram com os machados assoviando. O albino decepou a cabeça de um, abriu um rasgo profundo na barriga de outro, cortou fora um braço e enfiou a lâmina no coração do último. Os tarkeshitas começaram a comemorar, seguindo Elric e Moonglum ao que eles livravam os conveses do galeão afundando dos agressores.

Uivando feito um lobo, Elric agarrou uma corda — parte do cordame do trirreme preto e dourado — e se balançou para a nau do inimigo.

— Sigam-no! — gritou Moonglum. — É nossa única chance. Este navio está condenado!

O trirreme tinha conveses elevados na proa e na popa. No convés de proa encontrava-se o capitão, esplêndido em escarlate e azul, com o rosto consternado ante a reviravolta dos eventos. Esperava capturar sua presa sem esforço, mas, naquele momento, parecia que ele é quem era a presa!

Enquanto Elric avançava em direção ao convés de proa, Stormbringer cantou uma canção lamentosa; uma canção que era ao mesmo tempo triunfante e extática. Os guerreiros remanescentes haviam parado de atacá-lo e se concentraram em Moonglum, que liderava a tripulação tarkeshita, deixando o caminho de Elric livre até o capitão.

Este, um membro da teocracia, seria mais difícil de derrotar do que seus homens. Conforme Elric se movia até ele, reparou que a armadura do sujeito tinha um brilho peculiar; havia sido enfeitiçada.

O capitão era típico de sua laia: atarracado, com uma barba espessa e olhos pretos e maliciosos sobre um nariz adunco e forte. Tinha os lábios grossos e vermelhos, e sorriu ligeiramente quando, com um machado numa das mãos e a espada na outra, preparou-se para enfrentar Elric, que subia os degraus correndo.

Ele segurava Stormbringer com as duas mãos e golpeou a barriga do capitão, mas o homem deu um passo para o lado, aparou o ataque com a espada e girou o machado com a mão esquerda, visando a cabeça desprotegida de Elric. O albino teve que se esquivar para a lateral, mas se desequilibrou e caiu no convés, rolando, enquanto a espada larga de seu adversário chocou-se com a madeira, após ter errado seu ombro por pouco. Stormbringer pareceu se erguer por conta própria para bloquear outro golpe do machado e então golpeou para cima, excisando a cabeça do machado perto do cabo. O capitão praguejou, descartou a arma e, segurando a espada com as duas mãos, a levantou. Mais uma vez Stormbringer agiu uma fração de segundo antes dos reflexos do próprio Elric. Ele ergueu a lâmina na direção do coração do sujeito. A armadura tratada com magia o defendeu por um segundo;

então Stormbringer estridulou uma canção lamuriosa de gelar o sangue, estremeceu como se invocasse mais forças, e estocou a armadura outra vez. Esta se partiu como uma casca de noz, deixando o oponente de Elric com o peito desnudo e os braços ainda erguidos para o ataque. Os olhos dele se arregalaram. Ele recuou, a espada esquecida, o olhar fixo na maligna lâmina rúnica que o atingira abaixo do esterno e lá estava mergulhada. Fez uma careta, gemeu e largou a espada, agarrando a lâmina que sugava sua alma.

— Por Chardros... Não... Não... Aaah!

Ele morreu sabendo que nem mesmo sua alma estava a salvo da lâmina infernal empunhada pelo albino de rosto lupino.

Elric arrancou Stormbringer do cadáver, sentindo a própria vitalidade aumentar conforme a espada repassava a energia roubada, recusando-se a reconhecer que, quanto mais a utilizava, mais precisava dela.

No convés do trirreme, apenas os escravizados da galeria foram deixados com vida. Mas o deque se inclinava muito, pois o aríete e arpéus ainda prendiam o trirreme ao navio tarkeshita que afundava.

— Cortem as cordas dos arpéus e revertam a direção, depressa! — gritou Elric.

Os marinheiros, ao perceberem o que acontecia, saltaram à frente para cumprir a ordem. Os escravizados reverteram a direção, remando para trás, e o aríete se soltou com um rangido de madeira rachada. Os arpéus foram cortados e o galeão condenado, deixado à deriva.

Elric contou os sobreviventes. Menos da metade da tripulação estava viva, e seu capitão havia morrido na primeira onda do massacre. Ele dirigiu-se aos escravizados:

— Se quiserem sua liberdade, remem bem para Dhakos.

O sol se punha, mas, já que estava no comando, Elric decidiu navegar à noite seguindo as estrelas.

Moonglum gritou, incrédulo:

— Por que oferecer liberdade para eles? Poderíamos vendê-los em Dhakos e assim receber pelo esforço de hoje!

Elric deu de ombros.

— Ofereço-lhes a liberdade porque assim escolhi fazer, Moonglum.

O ruivo suspirou e se virou para supervisionar o descarte dos mortos e feridos pela amurada. Chegou à conclusão de que jamais entenderia o albino. O que provavelmente era melhor.

E foi assim que Elric veio a entrar em Dhakos com certo estilo, quando a princípio pretendera se esgueirar para a cidade sem ser reconhecido.

Deixando Moonglum para negociar a venda do trirreme e dividir o dinheiro entre a tripulação e ele mesmo, Elric puxou o capuz por cima da cabeça e abriu caminho em meio à aglomeração que havia se juntado, indo para uma estalagem de que tinha ouvido falar, junto ao portão oeste da cidade.

2

Mais tarde naquela noite, quando Moonglum tinha ido dormir, Elric estava no salão da taverna, bebendo. Até os fanfarrões noturnos mais entusiasmados haviam ido embora quando notaram com quem compartilhavam o recinto, então ele se encontrava sozinho, a única fonte de luz sendo uma tocha fulgente de caniço acima da porta externa.

A porta se abriu, e um jovem ricamente vestido se postou ali, olhando para dentro.

— Procuro o Lobo Branco — disse ele, a cabeça num ângulo questionador. Não enxergava Elric com clareza.

— Às vezes sou chamado assim por estas bandas — respondeu o albino, calmamente. — Você procura Elric de Melniboné?

— Isso. Tenho uma mensagem.

O jovem entrou sem tirar seu manto, pois o salão estava frio, apesar de Elric não reparar nisso.

— Eu sou o conde Yolan, subcomandante da guarda da cidade — disse o jovem, em tom arrogante, aproximando-se da mesa que Elric ocupava e perscrutando-o de modo rude. — Você é corajoso de vir aqui tão abertamente. Acha que a memória do povo de Jharkor é tão curta a ponto de termos esquecido de que você levou nosso rei para uma armadilha, há menos de dois anos?

Elric bebericou seu vinho e disse a seguir, por trás da borda de seu cálice:

— Isso é retórica, conde Yolan. Qual é a sua mensagem?

A atitude confiante de Yolan desapareceu; ele fez um gesto um tanto fraco.

— Retórica para você, talvez... Mas eu, de minha parte, tenho sentimentos fortes a respeito disso. O rei Dharmit não estaria aqui hoje se você não tivesse fugido da batalha que rompeu o poder dos lordes do mar e de seu próprio povo? Você não utilizou feitiçaria para ajudar a si próprio a fugir em vez de usá-la para ajudar os homens que pensavam serem seus camaradas?

Elric suspirou.

— Eu sei que seu propósito aqui não é me provocar desse jeito. Dharmit morreu a bordo de sua nau capitânia durante o primeiro ataque ao labirinto de Imrryr, não na batalha subsequente.

— Você zomba das minhas perguntas e então profere mentiras claudicantes para encobrir os próprios feitos covardes — retrucou Yolan, amargo. — Se eu tivesse algum poder, você seria dado como alimento para essa sua lâmina infernal. Ouvi dizer o que aconteceu há pouco.

Elric se levantou devagar.

— Suas provocações me cansam. Quando estiver pronto para dar sua mensagem, entregue-a para o estalajadeiro. — Ele deu a volta na mesa, indo na direção das escadas, mas parou quando Yolan se virou e puxou sua manga.

O rosto branco feito cadáver de Elric encarou o jovem nobre. Seus olhos escarlates faiscaram com uma emoção ameaçadora.

— Não estou habituado a tamanha familiaridade, rapazinho.

A mão de Yolan o soltou.

— Perdão. Eu fui autoindulgente e não deveria ter deixado minhas emoções se sobreporem à diplomacia. Vim tratar de um assunto que demanda discrição: uma mensagem da rainha Yishana. Ela busca sua ajuda.

— Sou tão relutante em ajudar outrem quanto a explicar minhas ações — respondeu Elric, impaciente. — No passado, minha ajuda nem sempre foi vantajosa para aqueles que a buscaram. Dharmit, o meio-irmão de sua rainha, descobriu isso.

— Você ecoa meus próprios alertas para a rainha, sir. Apesar disso, ela deseja vê-lo em privado, esta noite... — disse Yolan, mal-humorado. Fez uma carranca e desviou o olhar. — Eu destacaria que posso mandar prendê-lo, caso recuse.

— Talvez. — Elric se moveu outra vez para os degraus. — Diga a Yishana que eu passo a noite aqui e sigo viagem ao amanhecer. Ela pode me visitar, se seu pedido for tão urgente assim.

Então subiu as escadas, deixando um Yolan boquiaberto, sozinho na quietude da taverna.

***

Theleb K'aarna fechou a cara. Apesar de toda a sua habilidade nas artes sombrias, era um tolo apaixonado, e Yishana, esparramada em sua cama cheia de peles, sabia disso. Agradava-lhe ter poder sobre um homem que poderia destruí-la com um encantamento simples, não fosse por sua fraqueza, o amor. Embora Theleb K'aarna ocupasse um posto elevado na hierarquia de Pan Tang, estava claro para ela que não corria perigo vindo do feiticeiro. De fato, sua intuição lhe dizia que aquele homem, que amava dominar outras pessoas, também precisava ser dominado. Ela satisfazia essa necessidade dele, e com prazer.

Theleb K'aarna continuou a encará-la, a expressão fechada.

— Como aquele recitador decadente de feitiços pode ajudá-la no que eu não posso? — murmurou ele, sentando-se na cama e afagando o pé cheio de joias dela.

Yishana não era jovem, tampouco bonita. Entretanto, havia algo de hipnótico em seu corpo alto e farto, os cabelos pretos abundantes e seu rosto absolutamente sensual. Poucos homens que escolhera para seu prazer haviam sido capazes de resistir a ela.

Também não era meiga, justa, sábia ou abnegada. Os historiadores não adicionariam nenhuma alcunha nobre ao seu nome. Contudo, ela tinha algo tão autossuficiente, algo que renegava os padrões costumeiros segundo os quais as pessoas eram julgadas, que todos que a conheciam a admiravam, além de ser muito amada por aqueles a quem governava; amada como uma criança, mas amada com firme lealdade.

Ela riu baixo, caçoando de seu amante feiticeiro.

— Você provavelmente está correto, Theleb K'aarna, mas Elric é uma lenda. O homem mais falado e menos conhecido do mundo. Esta é a minha oportunidade de descobrir o que outros apenas especularam a respeito: o caráter verdadeiro dele.

Theleb K'aarna fez um gesto petulante. Afagou a longa barba preta e se levantou, indo até uma mesa com frutas e vinho. Serviu a bebida para os dois.

— Se procura me deixar com ciúmes outra vez, está sendo bem-sucedida, é claro. Tenho poucas esperanças de que seu desejo seja cumprido. Os ancestrais de Elric eram semidemônios; sua raça não é humana e não pode ser julgada segundo nossas leis. Para nós, a feitiçaria é aprendida após anos de estudo e sacrifício; para a raça de Elric, a feitiçaria é intuitiva, natural. Você pode não viver para descobrir os segredos dele. Cymoril, a amada prima do melniboneano, morreu sob a espada daquele homem... e era sua prometida!

— Sua preocupação é comovente. — Ela aceitou preguiçosamente o cálice que ele lhe entregou. — Porém, continuarei com meu plano mesmo assim. Afinal, você não pode afirmar que obteve muito sucesso na descoberta da natureza da cidadela!

— Existem sutilezas que eu ainda não sondei adequadamente!

— Então talvez a intuição de Elric forneça respostas que você não conseguiu. — Ela sorriu. Em seguida, levantou-se e olhou pela janela, para a lua que pendia num céu límpido sobre as torres de Dhakos. — Yolan está atrasado. Se tudo tivesse corrido bem, já deveria ter trazido Elric para cá a esta altura.

— Yolan foi um equívoco. Você não deveria ter enviado um amigo tão próximo de Dharmit. Até onde sabemos, ele desafiou Elric e o matou!

Mais uma vez, ela não resistiu ao riso.

— Ah, você deseja demais; isso nubla o seu raciocínio. Mandei Yolan porque sabia que ele seria grosseiro com o albino e talvez enfraquecesse a indiferença costumeira dele... Despertasse sua curiosidade. Yolan foi meio que uma isca para trazer Elric até nós!

— Então talvez Elric tenha pressentido isso?

— Eu não sou muito inteligente, meu amor... Mas acho que meus instintos raramente me enganam. Veremos em breve.

Pouco depois, houve um discreto arranhado na porta, e uma serva entrou.

— Vossa Alteza, o conde Yolan retornou.

— Apenas o conde Yolan?

Havia um sorriso no rosto de Theleb K'aarna. Um sorriso que desapareceria muito em breve, quando Yishana deixou o quarto, vestida para sair à rua.

— Você é uma tola! — rosnou ele, quando a porta bateu.

Atirou seu cálice no chão. Já tinha sido malsucedido na questão da cidadela e, se Elric o desalojasse, poderia perder tudo. Ele começou a pensar muito profundamente, com muito cuidado.

3

Embora declarasse não ter consciência, os olhos atormentados de Elric traíam essa afirmação quando ele se sentou junto à janela, tomando um vinho forte e pensando no passado. Desde o saque de Imrryr, viajara pelo mundo em busca de algum propósito para sua existência, algum significado para sua vida.

Fracassara em encontrar a resposta no Livro dos Deuses Mortos. Fracassara em amar Shaarilla, a mulher sem asas de Myyrrhn; fracassara em esquecer Cymoril, que ainda habitava seus pesadelos. E havia memórias de outros sonhos... de um destino no qual não ousava pensar.

Paz, pensou, era tudo o que buscava. Entretanto, até a paz na morte lhe fora negada. Nesse humor Elric continuou a se remoer, até que seu devaneio foi interrompido por uma batida suave na porta.

De imediato, suas feições se tornaram severas. Seus olhos escarlates assumiram uma expressão reservada, e os ombros se ergueram, de modo que, quando ele se levantou, sua postura era de pura arrogância indiferente. Colocou o cálice na mesa e disse, com leveza:

— Entre!

Uma mulher entrou, envolta num manto vermelho escuro, irreconhecível na penumbra do quarto. Fechou a porta e ficou ali, imóvel, sem dizer nada.

Quando finalmente falou, sua voz era quase hesitante, embora houvesse nela também alguma ironia.

— Você se senta na escuridão, lorde Elric. Pensei que o encontraria dormindo...

— Dormir, madame, é a ocupação que mais me entedia. Mas acenderei uma tocha se a senhora acha a escuridão desagradável.

Ele foi até a mesa e retirou a tampa do pequeno pote de carvão que estava ali. Procurou uma lasca de madeira e colocou uma ponta dentro do pote, soprando gentilmente. Logo o carvão reluziu e o pavio se acendeu; ele o encostou a uma tocha de junco pendurada num suporte na parede acima da mesa.

A tocha faiscou e fez sombras saltitarem pelo pequeno cômodo. A mulher afastou o capuz, e a luz captou suas feições sombrias e severas, além da massa de cabelos negros que as emolduravam. Ela fazia um contraste forte com o albino mais esguio e estético, que era uma cabeça mais alto e a olhava impassivelmente.

A mulher não estava acostumada a olhares impassíveis, e a novidade a agradou.

— Você mandou me chamar, lorde Elric... e, como vê, estou aqui. — Fez uma mesura zombeteira.

— Rainha Yishana.

Ele respondeu à mesura com uma leve reverência. Ao enfim confrontá-lo, ela sentia o poder do albino, um poder que talvez tivesse uma atração ainda mais intensa do que o dela. E, no entanto, ele não demonstrava qualquer reação. Ela refletiu que uma situação que esperara que fosse interessante poderia, ironicamente, tornar-se frustrante. Mesmo isso a divertia.

Elric, por sua vez, estava involuntariamente intrigado por aquela mulher. Suas emoções embotadas insinuavam que Yishana poderia devolver a elas seu gume. Isso o excitava e perturbava ao mesmo tempo.

Ele relaxou um pouco e deu de ombros.

— Ouvi falar de você, rainha Yishana, em outras terras fora de Jharkor. Sente-se, se quiser. — Ele indicou um banco e se sentou na beirada da cama.

— Você é mais cortês do que sua convocação sugeria. — E sorriu ao se sentar, cruzando as pernas e dobrando os braços diante de si. — Isso significa que vai ouvir uma proposta minha?

Ele correspondeu ao sorriso. Era um sorriso raro para ele, um tanto sombrio, mas sem a amargura de sempre.

— Acho que sim. Você é uma mulher incomum, rainha Yishana. De fato, eu desconfiaria que tem sangue melniboneano, se não soubesse a verdade.

— Nem todos os seus "arrivistas" dos Reinos Jovens são tão desprovidos de sofisticação quanto acredita, milorde.

— Talvez.

— Agora que eu finalmente o vejo cara a cara, acho sua lenda sombria um pouco difícil de acreditar, em partes... E, no entanto, por outro lado... — Ela inclinou a cabeça para o lado e o avaliou com franqueza. — Parece-me que as lendas falam de um homem menos sutil do que este que vejo à minha frente.

— É como as lendas são.

— Ah, que força poderíamos ser juntos, você e eu...

— Especulações desse tipo me irritam, rainha Yishana. Qual é seu propósito ao vir até aqui?

— Muito bem, eu não esperava que você sequer fosse me ouvir.

— Ouvirei, mas não espere nada mais.

— Então ouça. Acho que a história será apreciada, mesmo por você.

Elric ouviu e, como Yishana suspeitara, a história que contou começou a prender seu interesse...

Yishana contou ao albino que, vários meses antes, os camponeses na província gharaviana de Jharkor haviam começado a falar de cavaleiros misteriosos que estavam levando moças e rapazes dos vilarejos.

Desconfiando de bandidos, Yishana enviara um destacamento de seus Leopardos Brancos, os melhores combatentes de Jharkor, para a província para acabar com os bandoleiros.

Nenhum dos Leopardos retornara. Uma segunda expedição não encontrara nenhum sinal deles; porém, num vale próximo da cidade de Thokora, acharam uma cidadela estranha. Descrições de tal fortaleza eram confusas. Suspeitando que os Leopardos Brancos tivessem atacado e sido derrotados, o oficial no comando usara de discrição, deixando alguns poucos homens para vigiar o lugar e relatar qualquer coisa que vissem, e voltou de imediato a Dhakos. Uma coisa era certa: a fortaleza não estava no vale alguns meses antes.

Yishana e Theleb K'aarna lideraram uma grande força para o vale. Os homens deixados para trás tinham desaparecido; porém, assim que viu a cidadela, Theleb K'aarna alertou Yishana para não atacar.

— Era uma visão maravilhosa, lorde Elric — continuou Yishana. — A fortaleza cintilava com cores brilhantes, um arco-íris; cores que constantemente mudavam. O edifício todo parecia irreal; às vezes se destacava drasticamente, noutras parecia nebuloso, como se prestes a desaparecer. Theleb K'aarna disse que sua natureza era feiticeira, e não duvidamos. Algo do Reino do Caos, disse ele, e pareceu provável.

Ela se levantou. Abriu as mãos.

— Não estamos habituados a manifestações de feitiçaria em larga escala por estas bandas. Theleb K'aarna é familiarizado o bastante com magia. Ele vem da Cidade das Estátuas que Gritam, em Pan Tang, e tais coisas são vistas com frequência por lá... mas até ele ficou surpreso.

— Então vocês bateram em retirada — completou Elric, impaciente.

— Íamos fazer isso... De fato, Theleb K'aarna e eu já estávamos cavalgando de volta na frente do exército quando a música surgiu... Era doce, linda, sobrenatural e dolorosa. Theleb K'aarna gritou para que eu cavalgasse o mais depressa possível para longe dela. Eu me demorei, atraída pela música, mas ele deu um tapa no flanco do meu garanhão, e nós cavalgamos, ligeiros como dragões, para longe. Aqueles mais próximos de nós também escaparam, mas vimos o restante se virar e retornar para a cidadela, atraídos pela música. Quase duzentos homens voltaram... e desapareceram.

— O que vocês fizeram depois? — indagou Elric

Yishana atravessou o cômodo e se sentou ao lado dele. O albino se mexeu para lhe dar mais espaço.

— Theleb K'aarna tem tentado investigar a natureza da cidadela, seu propósito e quem a controla. Até agora, suas divinações disseram pouca coisa além do que ele tinha suposto: que o Reino do Caos enviou a fortaleza para o Reino da Terra e está lentamente estendendo o alcance dela. Mais e mais dos nossos rapazes e moças estão sendo abduzidos pelos lacaios do Caos.

— E esses lacaios?

Yishana se aproximou um pouco mais, e, desta vez, Elric não se afastou.

— Ninguém que tenha buscado impedi-los obteve sucesso, e poucos sobreviveram.

— E o que você quer de mim?

— Ajuda. — Ela olhou atentamente para o rosto dele e estendeu a mão para tocá-lo. — Você tem conhecimento tanto do Caos quanto da Ordem. Conhecimento antigo, instintivo, se Theleb K'aarna está correto. Ora, seus próprios deuses são Senhores do Caos.

— Essa é a verdade mais pura, Yishana. E porque nossos deuses patronos são do Caos, não é de meu interesse lutar contra nenhum deles.

Ele se moveu na direção dela e sorriu, olhando nos olhos da mulher. Súbito, tomou-a em seus braços.

— Talvez você seja forte o bastante — disse ele, enigmático, então os lábios deles se encontraram. — Quanto à outra questão, podemos discuti-la depois.

***

No verde profundo de um espelho sombrio, Theleb K'aarna viu algo da cena no quarto de Elric e encarou aquilo impotente e zangado. Puxou sua barba, enquanto a cena se apagava pela décima vez em um minuto. Nenhum de seus resmungos conseguia restaurá-la. Ele se sentou em sua cadeira de crânios de serpente e planejou vingança. Aquela vingança poderia levar algum tempo amadurecendo, decidiu. Se Elric podia ser útil na questão da cidadela, não fazia sentido destruí-lo ainda...

4

Na tarde seguinte, três cavaleiros partiram para a cidade de Thokora. Elric e Yishana iam bem juntos, mas Theleb K'aarna, o terceiro, mantinha uma distância desaprovadora. Se Elric se sentia minimamente embaraçado por aquela exibição da parte do homem a quem ele destituíra das afeições de Yishana, não demonstrou.

Por achar Yishana mais do que atraente, ainda que a contragosto, concordara em ao menos inspecionar a cidadela e sugerir o que poderia ser e como se poderia combater aquilo. Trocou algumas palavras com Moonglum antes de partir.

Cavalgaram pelos lindos prados de Jharkor, dourados sob o sol quente. Eram dois dias a cavalo até Thokora, e Elric pretendia aproveitá-los.

Sentindo-se menos miserável, galopou com Yishana, rindo com ela ao testemunhar seu prazer. Entretanto, enterrado mais fundo do que normalmente estaria, sentiu um mau pressentimento no âmago de seu coração quando se aproximaram da misteriosa fortaleza e ele reparou que Theleb K'aarna de vez em quando parecia satisfeito quando deveria estar descontente.

Às vezes Elric gritava para o feiticeiro.

— Ei, velho fazedor de encantamentos, você não sente nenhuma alegria ao livrar-se dos cuidados da corte aqui, em meio às belezas da natureza? Está com uma cara triste, Theleb K'aarna... Inspire o ar imaculado e ria conosco!

Então Theleb K'aarna fechava a cara e resmungava, e Yishana ria dele e olhava luminosamente de esgueio para Elric.

Assim chegaram a Thokora e encontraram-na um fosso ardente que fedia feito um monturo do Inferno.

Elric farejou.

— Isso é obra do Caos. Você tinha razão nisso, Theleb K'aarna. Seja lá qual incêndio tenha destruído uma cidade tão grande, não foi natural. O responsável está claramente aumentando seu poder. Como sabe, feiticeiro, os Senhores da Ordem e do Caos em geral estão em equilíbrio perfeito, e nenhum dos dois manipula diretamente nossa Terra. É nítido que o Equilíbrio está pendendo um pouco mais para um dos lados aqui, como faz às vezes, favorecendo os Senhores da Desordem... permitindo-lhes acesso ao nosso reino. Um feiticeiro terreno costuma invocar ajuda do Caos ou da Ordem por um breve período, mas é raro que um dos lados se estabeleça tão firmemente como nosso amigo na cidadela fez. O mais perturbador, ao menos para vocês dos Reinos Jovens, é que uma vez que tal poder é obtido, é possível ampliá-lo, e os Senhores do Caos poderiam com o tempo conquistar o Reino da Terra aumentando sua força aqui aos poucos.

— Uma possibilidade terrível — murmurou o feiticeiro, genuinamente temeroso. — Apesar de ele conseguir ocasionalmente invocar a ajuda do Caos, não era do interesse de nenhum ser humano ser governado por ele.

Elric tornou a se sentar na sela.

— É melhor descermos logo para o vale — disse.

— Tem certeza de que isso é sábio depois de testemunhar o que há aqui? — perguntou Theleb K'aarna, nervoso.

Elric riu.

— O quê? E você, um feiticeiro de Pan Tang, a ilha que afirma saber tanto de magia quanto meus ancestrais, os Imperadores Brilhantes! Não, não... Além do mais, não estou para cautela hoje!

— Nem eu — gritou Yishana, dando tapas nas laterais da sua montaria. — Vamos, cavalheiros! Para a Cidadela do Caos!

Ao final da tarde, tinham chegado ao topo do conjunto de colinas que cercava o vale e olhavam para a fortaleza misteriosa lá embaixo.

Yishana a descrevera bem, mas não perfeitamente. Os olhos de Elric doeram quando a fitou, pois ela parecia se estender para além do Reino da Terra e entrar num plano diferente. Talvez vários planos.

Reluzia e cintilava, dotada de todas as cores terrestres, assim como várias que Elric reconhecia como pertencentes a outros planos. Até a silhueta básica do lugar era incerta. Em contraste, o vale que o cercava era um mar de cinzas escuras que às vezes parecia recuar, ondular e formar gêiseres que expeliam pó, como se os elementos básicos da natureza tivessem sido perturbados e distorcidos pela presença da fortaleza sobrenatural.

— E então? — Theleb K'aarna tentava acalmar seu cavalo ansioso, que queria se afastar da cidadela. — Você já viu algo semelhante neste mundo?

Elric balançou a cabeça.

— Não neste mundo, com certeza; mas já a vi. Durante minha iniciação final nas artes de Melniboné, meu pai me levou com ele na forma astral para o Reino do Caos, para receber a audiência de meu patrono, lorde Arioch dos Sete Escuros...

Theleb K'aarna estremeceu.

— Você já esteve no Caos? É a fortaleza de Arioch, então?

Elric riu, desdenhoso.

— Como seria?! Não. É um casebre comparado aos palácios dos Senhores do Caos.

— Então quem mora *lá?* — retrucou Yishana, impaciente.

— Segundo me lembro, quem morava na fortaleza quando passei pelo Reino do Caos em minha juventude... não era um Senhor do Caos, mas algo como um servo deles. E, no entanto — disse ele, franzindo o cenho —, não exatamente um servo...

— Bah! Você fala em enigmas. — Theleb K'aarna virou seu cavalo para descer as colinas, para longe da cidadela. — Eu conheço vocês, melniboneanos! Passando fome, prefeririam obter um paradoxo em vez de comida!

Elric e Yishana o seguiram a alguma distância, e então o albino parou e apontou para trás de si.

— Aquele que mora mais além é um sujeito um tanto paradoxal. É como um bobo na Corte do Caos. Os Senhores do Caos o respeitam, talvez até o temam um pouco, apesar de ele os entreter. Ele os deleita com charadas cósmicas, com sátiras farsescas, cujo propósito é explicar a natureza da Mão Cósmica, que mantém o Caos e a Ordem em equilíbrio. Ele faz malabarismos com enigmas como se fossem bugigangas, ri do que o Caos mais preza, leva a sério aquilo de que ela caçoa... — Elric fez uma pausa e deu de ombros. — Foi o que ouvi dizer, pelo menos.

— Por que ele estaria aqui?

— Por que estaria em qualquer lugar? Eu poderia supor quais os motivos do Caos ou da Ordem e provavelmente acertaria. Mas nem mesmo os Senhores dos Mundos Superiores podem compreender os motivos de Balo, o Bobo. Dizem que é o único com permissão para se mover entre os reinos do

Caos e da Ordem como lhe aprouver, embora eu nunca tenha ouvido falar de ele ter vindo para o Reino da Terra. Aliás, também nunca ouvi falar de ele ser creditado por tais atos de destruição como aqueles que testemunhamos. É um quebra-cabeça para mim, um que, sem dúvida, o agradaria se ele soubesse.

— Haveria um jeito de descobrir o propósito da visita dele — disse Theleb K'aarna, com um leve sorriso. — Se alguém entrasse na cidadela...

— Vamos lá, feiticeiro — zombou Elric. — Eu tenho pouco amor à vida, é certo, mas existem algumas coisas às quais valorizo. Minha alma, por exemplo!

Theleb K'aarna continuou a cavalgar encosta abaixo, mas Elric permaneceu, pensativo, com Yishana a seu lado.

— Você parece mais preocupado com isso do que deveria, Elric — apontou ela.

— É perturbador. Há mais do que um indício aqui de que, caso investiguemos mais a fortaleza, nos envolveremos em alguma disputa entre Balo e seus mestres. Talvez até com os Senhores da Ordem. Envolvermo-nos poderia facilmente significar nossa destruição, já que as forças em ação aqui são mais perigosas e poderosas do que qualquer coisa com que estamos familiarizados na Terra.

— Mas não podemos simplesmente assistir enquanto esse tal Balo devasta nossas cidades, leva embora os mais belos entre nós e ameaça governar a própria Jharkor dentre em pouco!

Elric suspirou, mas não respondeu.

— Você não conhece os feitiços necessários para mandar Balo de volta ao Caos, que é o lugar dele, e selar a fenda que ele abriu em nosso reino, Elric?

— Mesmo os melniboneanos não podem se equiparar ao poder dos Senhores dos Mundos Superiores, e meus antepassados sabiam muito mais de feitiçaria do que eu. Meus melhores aliados não servem nem ao Caos, nem à Ordem, pois são elementais: Senhores do Fogo, da Terra, do Ar e da Água, entidades com afinidades com animais e plantas. Bons aliados numa batalha terrena, mas não muito úteis contra alguém como Balo. Tenho que pensar... Ao menos, se eu me opuser a ele, isso não necessariamente incorrerá na ira de meus lordes patronos. Suponho que já seja alguma coisa...

As colinas se desvelavam verdes e luxuriantes ao longo dos prados aos pés da dupla; o sol brilhava em um céu límpido sobre o infinito relvado que se estendia até o horizonte. Acima, um grande pássaro de rapina rodopiava, e

Theleb K'aarna parecia uma figura minúscula, virando na sela para chamá-los com uma voz fraca, mas suas palavras não podiam ser ouvidas.

Yishana parecia desanimada. Curvou levemente os ombros para dentro e não olhou para Elric ao começar a conduzir seu cavalo devagar em direção ao feiticeiro de Pan Tang. O melniboneano a seguiu, cônscio da própria indecisão, e, no entanto, sem se incomodar muito com isso. O que lhe importava se...?

A música começou, baixa a princípio, mas então cresceu com uma doçura atraente e pungente, evocando lembranças nostálgicas, oferecendo paz e dando à vida um significado nítido, tudo ao mesmo tempo. Se vinha de instrumentos, estes não eram terrenos. Gerou em Elric uma ânsia de dar meia-volta e descobrir sua fonte, mas ele resistiu. Já Yishana não achou tão fácil resistir à canção. A mulher havia se virado por completo, com o rosto radiante, os lábios trêmulos e lágrimas brilhando nos olhos.

Em suas andanças por reinos sobrenaturais, Elric tinha ouvido uma música assim; ela ecoava muitas das sinfonias bizarras da antiga Melniboné, então não o atraía da mesma forma que fazia com a mulher. Logo reconheceu que ela estava em perigo e, quando esta ia passar por ele, esporeando seu cavalo, o albino estendeu a mão para agarrar as rédeas.

O chicote dela estalou na mão de Elric, que praguejou diante da dor inesperada e largou a tira de couro. A rainha passou por ele galopando até o topo da colina e desapareceu do outro lado em um instante.

— Yishana!

Ele gritava desesperado, mas sua voz era encoberta pela música pulsante. Olhou para trás, torcendo para que Theleb K'aarna o ajudasse, mas o feiticeiro cavalgava depressa para longe. Era evidente que, ao ouvir a música, tinha tomado uma decisão rápida.

Elric disparou atrás de Yishana, gritando para que ela voltasse. Seu cavalo alcançou o topo da colina, e ele a viu curvada sobre o pescoço de sua montaria, enquanto a instava na direção da fortaleza brilhante.

— *Yishana! Você está correndo para sua destruição!*

Ela tinha alcançado os limites externos da cidadela, e os cascos do animal pareciam soltar ondas tremeluzentes de cor ao tocarem o solo perturbado pelo Caos ao redor do local. Embora ele soubesse que era tarde demais para impedi-la, continuou a cavalgar, esperando alcançar a rainha antes que ela entrasse na fortificação em si.

Contudo, enquanto ele penetrava no redemoinho de arco-íris, viu o que parecia ser uma dúzia de Yishanas passando por uma dúzia de passagens para dentro da fortaleza. A luz bizarramente refratada criava a ilusão e tornava impossível dizer qual era a real.

Com o desaparecimento da rainha, a música parou, e Elric pensou ter ouvido um leve sussurro de riso a seguir. Àquela altura, seu cavalo estava ficando cada vez mais difícil de ser controlado, e Elric já não confiava seu destino a ele. Desmontou, as pernas envoltas na névoa radiante, e liberou o animal, que saiu galopando, baforando de terror.

O albino moveu a mão para o punho da espada rúnica, mas hesitou em desembainhá-la. Uma vez retirada da bainha, a lâmina exigiria almas antes de permitir que a devolvessem ao lugar. Entretanto, era sua única arma. Ele retirou a mão, e a lâmina pareceu estremecer, zangada, em seu quadril.

— Ainda não, Stormbringer. Pode haver forças lá dentro ainda mais poderosas do que você!

Começou a atravessar os redemoinhos de luz levemente resistentes. Quase não enxergava devido às cores cintilantes ao redor, que às vezes brilhavam azul-escuro, prateado e vermelho, noutras dourado, verde-claro e âmbar. Também sentia a ausência enjoativa de qualquer tipo de orientação; distância, profundidade, largura... nada tinha significado. Reconheceu o que havia vivenciado apenas na forma astral: a qualidade estranha, atemporal e sem espaço definido que marcava um reino dos Mundos Superiores.

Vagou, forçando o corpo na direção em que supunha que Yishana tinha ido, pois àquela altura já perdera de vista a passagem e qualquer uma das imagens ilusórias.

Deu-se conta de que, a menos que estivesse condenado a vagar por ali até morrer de fome, deveria empunhar Stormbringer, pois a lâmina rúnica podia resistir à influência do Caos.

Desta vez, quando agarrou a empunhadura da espada, sentiu um choque percorrer seu braço e infundir seu corpo com vitalidade. A espada se libertou da bainha. Da imensa lâmina, entalhada com runas antigas e estranhas, despejou-se um brilho negro que enfrentou as cores em mutação do Caos e as dispersou.

Elric berrou a ululação milenar de seu povo e atacou, adentrando a cidadela cortando as imagens intangíveis que giravam de todos os lados. A passagem encontrava-se adiante, e Elric sabia distingui-la porque sua espada lhe mostrara quais eram as miragens. A passagem estava desimpedida quando alcançou o portal. Ele pausou por um instante, os lábios se movendo enquanto lembrava uma invocação da qual talvez precisasse mais tarde. Arioch, Senhor do Caos, deus-demônio patrono de seus ancestrais, era uma potência caprichosa e negligente; não poderia depender dele para ajudá-lo aqui, a menos que...

Em passadas lentas e elegantes, uma fera dourada com olhos de fogo rubi se aproximava pela passagem que levava ao portal. Embora os olhos fossem brilhantes, pareciam cegos, e seu focinho enorme, que lembrava o de um cão, estava fechado. No entanto, era óbvio que ia em direção a Elric e, conforme se aproximava, escancarou a boca, exibindo presas rubras. Em silêncio, parou de repente, seus olhos cegos sem recair sobre o albino nem uma única vez, e então saltou!

Elric recuou, trôpego, erguendo a espada em defesa. Foi jogado ao chão pelo peso da fera e sentiu o corpo dela cobrir o seu. Era frio, muito frio, e não fez nenhuma tentativa de o destroçar; apenas se deitou sobre Elric e deixou o frio permear seu corpo.

Ele começou a tremer enquanto empurrava o corpo gelado da fera. Stormbringer gemeu e murmurou em sua mão, e Elric conseguiu cravá-la em alguma parte da criatura. Uma força fria horrenda começou a preencher o albino. Reanimado pela força vital do monstro, tentou se levantar. A criatura continuou a reprimi-lo, embora tivesse começado a emitir um som baixo, quase inaudível. Elric supôs que a pequena ferida aberta por Stormbringer a tivesse ferido.

Desesperado, pois tremia e sentia dor de tanto frio, ele apunhalou outra vez. De novo veio o som fraco da fera; de novo, a energia fria o inundou; e de novo ele tentou se levantar. Desta vez, a besta foi jogada para longe e rastejou para trás, na direção do portal. Elric se levantou de um pulo, ergueu Stormbringer no alto e desceu a espada no crânio da criatura dourada, que se despedaçou como se fosse gelo.

Ele avançou para a passagem e, uma vez lá dentro, o lugar se encheu de rugidos e gritos que ecoavam, amplificados. Era como se a voz que a fera gelada não possuía lá fora estivesse gritando seus estertores mortais ali.

O chão começou a se inclinar até ele estar correndo por uma rampa em espiral. Ao olhar para baixo, estremeceu, pois viu um precipício infinito de cores sutis e perigosas que nadavam de tal forma que ele mal podia desviar os olhos.

Até mesmo sentiu o corpo começar a deixar a rampa e se mover na direção do precipício, mas reforçou o aperto na espada e se disciplinou a continuar subindo.

Ao olhar para cima, viu o mesmo que embaixo. Apenas a rampa tinha algum tipo de constância, e ela começou a assumir a aparência de uma pedra preciosa finamente cortada, por meio da qual era possível enxergar o precipício e na qual ele se refletia.

Verdes, azuis e amarelos predominavam, mas também havia traços de vermelho-escuro, preto e laranja, e muitas outras cores que não estavam no espectro humano comum.

Elric sabia que estava em alguma província dos Mundos Superiores e supôs que não demoraria muito até que a rampa o levasse a um novo perigo.

O perigo não parecia esperá-lo quando finalmente chegou ao final da rampa e deparou-se com uma ponte de material similar, que conduzia sobre um poço cintilante até um arco que fulgurava com uma luz azul constante.

Atravessou a ponte cautelosamente e, com a mesma cautela, entrou pelo arco. Tudo era tingido de azul ali, até mesmo ele; e o albino seguiu caminhando, enquanto o azul se tornava cada vez mais escuro.

Foi quando Stormbringer começou a murmurar e, alertado pela espada ou por algum sexto sentido próprio, ele se virou para a direita. Outra passagem em arco aparecera ali e, dela, surgiu uma luz tão profundamente vermelha quanto a outra era azul. Onde as duas se encontravam, havia um púrpura de riqueza fantástica, e Elric encarou aquilo fixamente, vivenciando uma atração hipnótica similar à que sentira ao subir a rampa. De novo sua mente foi mais forte, e ele se obrigou a entrar pelo arco vermelho. De imediato, outro arco surgiu à esquerda, lançando um feixe de luz verde para se fundir com a vermelha, e outro à esquerda lançava luz amarela, outro adiante, malva, até que ele se viu preso dentro do cruzamento de feixes. Tentou cortá-los com Stormbringer, e a radiância negra os reduziu por um momento a feixes mais finos de luz, que logo reassumiam a forma. Elric continuou a avançar.

Uma silhueta apareceu, erguendo-se em meio à confusão de cores, e Elric pensou que era um homem.

Homem era no formato, mas, aparentemente, não no tamanho. Contudo, quando se aproximou, não era gigante algum; tinha altura menor que a de Elric. Ainda assim, dava uma impressão de vastas proporções, como se fosse gigantesco, e parecia que Elric havia crescido até alcançar seu tamanho.

Ele avançou na direção do albino e passou através dele. Não que o homem fosse intangível, foi Elric quem se sentiu um fantasma. A massa da criatura parecia ter uma densidade inacreditável. Ela se virou e estendeu as mãos imensas; o rosto um esgar zombeteiro. Elric golpeou com Stormbringer e ficou atônito quando a espada rúnica foi travada, sem causar dano algum à massa da criatura.

No entanto, quando esta tentou agarrá-lo, suas mãos o atravessaram. Elric recuou, sorrindo de alívio. Em seguida viu, com algum terror, que a luz brilhava através dele. O albino estava certo: *ele* mesmo era o fantasma!

A criatura tentou pegá-lo outra vez, agarrá-lo, mas fracassou.

Consciente de que não corria perigo físico, mas também bastante cônscio de que sua sanidade estava prestes a ser prejudicada de maneira permanente, Elric se virou e fugiu.

Chegou a um salão, cujas paredes eram das mesmas cores mutantes e instáveis que o restante do local. Porém, sentado num banco no centro do cômodo, segurando algumas criaturas ínfimas que pareciam correr por suas palmas, havia uma figura pequena que olhou para cima, para Elric, e sorriu, alegre.

— Bem-vindo, rei de Melniboné. Como vai o último governante da minha raça terrena favorita?

A figura vestia trajes multicoloridos cintilantes. Em sua cabeça havia uma coroa alta e eriçada com pontas; uma caricatura e uma crítica acerca das coroas dos poderosos. Seu rosto era anguloso, e a boca, ampla.

— Saudações, lorde Balo — Elric fez uma mesura debochada. — Estranha hospitalidade o senhor oferece em suas boas-vindas.

— Hah, hah... Não o diverti, hein? Os homens são muito mais difíceis de agradar do que os deuses... Você não imaginaria isso, não é?

— Os prazeres dos homens raramente são tão elaborados. Onde está a rainha Yishana?

— Permita-me também meu prazer, mortal. Aqui está ela, penso eu. — Balo apanhou uma das criaturas minúsculas na palma da mão. Elric deu um passo adiante e viu que Yishana estava, de fato, ali, assim como muitos dos soldados perdidos. Balo olhou para ele e piscou. — Eles são muito mais fáceis de lidar neste tamanho.

— Não duvido, embora eu me pergunte se não somos nós que estamos maiores, em vez de eles estarem menores...

— Você é astuto, mortal. Mas consegue adivinhar como isso aconteceu?

— Sua criatura lá atrás... Seus desfiladeiros, cores e passagens em arco... De alguma forma distorcem... o quê?

— A massa, rei Elric. Mas você não compreenderia tais conceitos. Até os lordes de Melniboné, mais divinos e inteligentes entre os mortais, aprenderam apenas a manipular os elementos em invocações e feitiços rituais, mas jamais compreenderam o que estavam manipulando... É nisso que os Senhores dos Mundos Superiores vencem, a despeito de suas diferenças.

— Mas eu sobrevivi sem precisar de feitiços. Sobrevivi disciplinando minha mente!

— Isso ajudou, com certeza. Mas você se esquece de seu maior recurso: essa lâmina perturbadora. Você a utiliza em seus problemas menores para auxiliá-lo e nem se dá conta de que é como usar um poderoso galeão de guerra para pescar uma sardinha. Essa espada representa poder em *qualquer* reino, rei Elric!

— Sim, pode ser. Isso não me interessa. Por que está aqui, lorde Balo?

Balo deu sua risada rica e musical.

— Hoh, hoh, estou em desgraça. Briguei com meus mestres, que não gostaram de uma piada minha sobre sua insignificância e egoísmo, sobre seu destino e orgulho. É de mau gosto para eles, rei, qualquer insinuação do próprio oblívio. Fiz uma piada de mau gosto. Fugi dos Mundos Superiores para a Terra, onde, a menos que sejam invocados, os Senhores da Ordem ou do Caos raramente podem interferir. Você apreciará minha intenção, Elric, como qualquer melniboneano apreciaria: pretendo estabelecer meu reino na Terra, o Reino do Paradoxo. Um pouco da Ordem, um pouco do Caos; um reino de contrastes, de curiosidades e piadas.

— Estou pensando que já temos um mundo como o senhor descreve, lorde Balo, sem a necessidade de que o crie!

— Uma ironia sincera, rei Elric, de um homem despreocupado de Melniboné.

— Ah, isso pode ser. Sou rústico em ocasiões assim. O senhor libertará Yishana e a mim?

— Mas você e eu somos gigantes. Eu lhe dei o status e a aparência de um deus. Você e eu poderíamos ser parceiros nesta minha empreitada!

— Infelizmente, lorde Balo, meu humor não possui a mesma amplitude que o seu, e sou inadequado para um papel tão excelso. Além disso — Elric sorriu subitamente —, minha mente me diz que os Senhores dos Mundos Superiores não deixarão passar com tanta facilidade a questão de sua ambição, já que parece se chocar tão intensamente com a deles.

Balo riu, mas não disse nada.

Elric também sorriu, mas numa tentativa de esconder seus pensamentos acelerados.

— O que o senhor pretende fazer se eu recusar?

— Ora, Elric, você não recusaria! Posso pensar em muitas travessuras sutis que poderia aplicar em você...

— É mesmo? E a Espada Negra?

— Ah, sim...

— Balo, em sua hilaridade e obsessões, o senhor não considerou tudo por completo. Deveria ter empenhado mais esforços para me derrotar antes que eu chegasse aqui.

Os olhos de Elric arderam e ele ergueu a espada, gritando:

— Arioch! Mestre! Eu o invoco, Senhor do Caos!

Balo tomou um susto.

— Pare com isso, rei Elric!

— Arioch, eis aqui uma alma para o senhor reivindicar!

— Quieto, já disse!

— Arioch! Ouça-me! — A voz de Elric soava alta e desesperada.

Balo deixou seus brinquedos pequeninos caírem e se levantou apressado, saltitando na direção de Elric.

— Sua invocação não foi ouvida!

Ele riu, tentando apanhar o albino. Contudo, Stormbringer gemeu e estremeceu na mão de Elric, e Balo se recolheu. Seu rosto ficou sério, com o cenho vincado.

— Arioch dos Sete Escuros, seu servo o chama!

As paredes de chamas tremeluziram e começaram a se apagar. Os olhos de Balo se arregalaram e dardejaram para cá e para lá.

— Ó, lorde Arioch, venha reivindicar Balo, seu desgarrado!

— Você não pode fazer isso!

Balo correu para o outro lado do recinto, onde uma área das chamas tinha se apagado por completo, revelando a escuridão mais além.

— Infelizmente para você, Bobo, ele pode, sim...

A voz era sardônica e, ainda assim, linda. Da escuridão, surgiu uma figura alta, não mais a coisa amorfa e balbuciante que havia sido, nos últimos tempos, a manifestação preferida por Arioch quando visitava o Reino da Terra. Entretanto, a grande beleza do recém-chegado, plena como estava com algo como compaixão misturada a orgulho, crueldade e tristeza, demonstrava de imediato que ele não podia ser humano. Vestia seu gibão de um escarlate pulsante e calças de um tom eternamente mutante, e levava uma espada longa dourada nos quadris. Seus olhos eram grandes, mas oblíquos, o cabelo comprido e tão dourado quanto a espada, os lábios eram fartos e o queixo pontudo, como as orelhas.

— Arioch! — Balo recuou aos tropeços conforme o Senhor do Caos avançava.

— O erro foi seu, Balo — disse Elric, de trás dele. — Você não percebeu que apenas os reis de Melniboné podem invocar Arioch e trazê-lo para o Reino da Terra? Tem sido um privilégio deles desde a antiguidade.

— E eles abusaram muito de tal privilégio — retrucou Arioch, sorrindo de leve enquanto Balo rastejava. — Entretanto, esse serviço que você nos prestou, Elric, compensará por maus usos do passado. Não achei graça nenhuma naquela questão com o Gigante das Brumas...

Até Elric estava assombrado pela presença incrivelmente poderosa do Senhor do Caos. Também se sentia muito aliviado, pois não tinha certeza se Arioch poderia ser invocado daquela maneira.

O Senhor do Caos esticou um braço na direção de Balo e o ergueu pelo colarinho, fazendo-o sacudir-se e pelejar no ar, com o rosto contorcido de medo e consternação.

Arioch pegou a cabeça de Balo e a espremeu. Chocado, Elric assistiu à cabeça começar a encolher. Então ele apanhou as pernas do Bobo e as torceu para dentro, dobrando-o e amassando-o em suas mãos esguias e inumanas, até que ele fosse uma bola pequena e sólida. Por fim, Arioch jogou-a em sua boca e a engoliu.

— Eu não o comi, Elric — disse, com outro sorriso leve. — Este é apenas o jeito mais fácil de transportá-lo de volta aos reinos de onde veio. Ele cometeu transgressões e será punido. Tudo isso... — ele agitou um braço para indicar a cidadela — ...é uma infelicidade e contradiz os planos que nós do Caos temos para a Terra. Planos que envolverão você, nosso servo, e o tornarão poderoso.

Elric fez uma mesura para seu mestre.

— Fico honrado, lorde Arioch, embora não busque favor algum.

A voz prateada de Arioch perdeu um pouco da beleza, e seu rosto pareceu nublar por um segundo.

— Você está jurado para servir ao Caos, Elric, assim como seus ancestrais o fizeram. E ao Caos *servirá*, sem dúvida! O momento se aproxima em que tanto Ordem quanto a Entropia entrarão em batalha pelo Reino da Terra... e a Entropia vencerá! A Terra será incorporada ao nosso reino, e você se unirá à hierarquia do Caos e se tornará imortal como nós!

— A imortalidade me oferece muito pouco, milorde.

— Ah, Elric, será que os homens de Melniboné se tornaram como esses quase símios que agora dominam a Terra com suas débeis "civilizações"? Você não é melhor do que aqueles arrivistas dos Reinos Jovens? Pense no que oferecemos!

— Pensarei, milorde, quando o momento que o senhor menciona chegar. — A cabeça de Elric ainda estava abaixada.

— Deve pensar, de fato. — Arioch levantou os braços. — Agora, cabe a mim transportar este brinquedo de Balo para seu reino apropriado, e reparar o problema que ele causou, evitando que alguma insinuação disso chegue a nossos oponentes antes do momento certo.

A voz de Arioch se avolumou como o canto de um milhão de sinos de bronze, e Elric embainhou a espada, cobrindo as orelhas com as mãos para conter a dor.

Em seguida, sentiu como se seu corpo estivesse sendo *retalhado*, inchando e se esticando até ser como fumaça pairando no ar. Então, mais depressa, a fumaça começou a ser reunida, adensando-se aos poucos, e Elric pareceu encolher. Tudo ao redor dele um acúmulo de cores em movimento, lampejos e barulhos indescritíveis. A seguir, veio uma vasta escuridão, e ele fechou os olhos contra as imagens que pareciam refletidas naquele negror.

Quando tornou a abri-los, estava de pé no vale, e a Cidadela Cantante tinha desaparecido. Apenas Yishana e alguns soldados aparentando surpresa se encontravam ali. A rainha correu até ele.

— Elric, foi você quem nos salvou?

— Devo assumir apenas parte do crédito — disse ele.

— Nem todos os meus soldados estão aqui — respondeu ela, inspecionando os homens. — Onde está o resto e os aldeões abduzidos antes?

— Se o gosto de Balo é parecido com o dos seus mestres, então temo que eles agora têm a honra de fazer parte de um semideus. Os Senhores do Caos não são comedores de carne, claro, por serem dos Mundos Superiores, mas há algo que apreciam no sabor dos homens que os satisfaz...

Yishana abraçou o próprio corpo como se estivesse com frio.

— Ele era imenso! Não posso acreditar que aquela cidadela continha todo o seu volume!

— A fortaleza era mais do que um local de residência, isso era óbvio. De alguma forma, mudava de tamanho, formato e outras coisas que não posso descrever. Arioch do Caos a transportou, assim como Balo, de volta para o lugar deles.

— Arioch! Mas ele é um dos Seis Maiores! Como veio para a Terra?

— Um pacto antigo com meus ancestrais mais distantes. Ao invocá-lo, é permitido que Arioch passe um breve período em nosso reino, e ele paga por isso com algum favor. Isso foi feito.

— Venha, Elric — disse ela, pegando o braço dele. — Vamos embora do vale.

Elric estava fraco e debilitado devido aos seus esforços para invocar Arioch e as experiências que tivera antes e depois do episódio. Mal conseguia andar e, logo, era Yishana quem o sustentava conforme progrediam devagar, com os guerreiros atordoados seguindo na esteira deles, na direção do vilarejo mais próximo, onde poderiam obter descanso e cavalos para levá-los de volta a Dhakos.

5

Enquanto passavam aos tropeços pelas ruínas calcinadas de Thokora, Yishana apontou subitamente para o céu.

— O que é aquilo?

Uma grande silhueta batia as asas na direção deles. Tinha a aparência de uma borboleta, mas de asas tão gigantescas que tapavam o sol.

— Pode ser alguma criatura de Balo deixada para trás? — especulou ela.

— Muito improvável — respondeu ele. — Isso tem a aparência de um monstro conjurado por um feiticeiro humano.

— Theleb K'aarna!

— Ele se superou — disse Elric, sardônico. — Eu não o julgava capaz disto.

— É a vingança dele contra nós, Elric!

— Parece razoável. Mas estou fraco, Yishana, e Stormbringer precisa de almas para poder repor minhas forças.

Ele voltou um olhar calculista para os guerreiros às suas costas, que encaravam boquiabertos a criatura cada vez mais próxima. Agora podiam ver que ela tinha o corpo de um homem, coberto de pelos ou plumas com as mesmas cores de um pavão.

O ar assoviou quando ela desceu, as asas de quinze metros fazendo os dois metros de corpo e a cabeça parecerem pequenos. Da cabeça brotavam dois chifres curvados, e seus braços terminavam em longas garras.

— Estamos condenados, Elric! — gritou Yishana. Ela viu que os guerreiros estavam fugindo e berrou para que voltassem. Elric ficou ali, passivo, sabendo que sozinho não conseguiria derrotar a criatura-borboleta.

— É melhor ir com eles, Yishana — murmurou. — Acho que ela se satisfará comigo.

— Não!

Ele a ignorou e deu um passo rumo à criatura quando esta aterrissou e começou a deslizar pelo chão em sua direção. Elric desembainhou uma Stormbringer silenciosa, que parecia pesada em sua mão. Um pouco de força fluiu para dentro dele, mas não o bastante. Sua única esperança era acertar um golpe bom nos órgãos vitais da criatura e sugar parte da energia vital dela.

A criatura guinchou para ele, e o rosto estranho e insano se contorceu, enquanto ele se aproximava. Elric percebeu que aquele não era um verdadeiro ser sobrenatural dos mundos inferiores, mas uma criatura que já fora humana, pervertida pela feitiçaria de Theleb K'aarna. Ao menos, ela era mortal, e ele teria que enfrentar apenas sua força física. Em condições melhores, teria sido fácil, mas naquele momento...

As asas bateram no ar enquanto mãos com garras tentavam agarrá-lo. Ele segurou Stormbringer com as duas mãos e brandiu a lâmina rúnica contra o pescoço da coisa. Rapidamente, as asas se dobraram para dentro para se proteger, e a espada se enroscou numa carne estranha e grudenta. Uma garra atingiu o braço de Elric, rasgando-o até o osso. Ele gritou de dor e arrancou a espada da asa dobrada.

Tentou se estabilizar para um novo ataque, mas o monstro agarrou seu braço ferido e começou a puxá-lo para sua cabeça, agora abaixada, e para os chifres curvos que se projetavam dela.

Ele lutou, cortando sem parar os braços da coisa com a força extra que vinha da ameaça de morte.

Então, ouviu um grito atrás de si e viu uma figura pelo canto do olho, que saltou adiante com duas lâminas reluzindo, uma em cada mão. As espadas cindiram as garras e, com um berro, a criatura se virou para o pretenso salvador de Elric.

Era Moonglum. O albino caiu para trás, ofegante, e assistiu a seu amigo ruivo se atracar com o monstro.

Porém, Moonglum não sobreviveria muito tempo, a menos que recebesse ajuda.

Elric vasculhou o cérebro por algum feitiço, contudo, mesmo que conseguisse pensar em um, estava fraco demais para reunir a energia necessária para invocar ajuda sobrenatural.

Foi quando lhe ocorreu: Yishana! Ela não estava tão exausta quanto ele. Mas será que conseguiria fazer o que era preciso?

Ele se virou, enquanto o ar gemia com as batidas das asas da criatura. Moonglum conseguia apenas mantê-la em guarda ao aparar todos os esforços da fera de agarrá-lo, com movimentos ágeis das duas espadas faiscantes.

— Yishana! — gritou o albino.

Ela se aproximou e colocou a mão na de Elric.

— Poderíamos ir embora, Elric. Talvez nos esconder daquela coisa.

— Não, eu preciso ajudar Moonglum. Escute, você se dá conta do quanto nossa situação é desesperadora, não? Então tenha isso em mente enquanto recita esta runa comigo. Talvez juntos possamos ter sucesso. Há muitos tipos de lagartos por estas bandas?

— Sim, muitos.

— Então isso é o que você deve dizer, e lembre-se que todos vamos perecer nas mãos do servo de Theleb K'aarna se você não for bem-sucedida.

Nos semimundos, onde moravam os tipos-mestres de todas as criaturas que não o Homem, uma entidade se agitou, ouvindo seu nome. Era chamado de Haaashaastaak; era escamoso e frio, sem um intelecto real, como os deuses e homens possuíam, mas com uma *consciência* que lhe servia tão bem quanto, se não melhor. Ele era irmão, naquele plano, de entidades como Meerclar, o Senhor dos Gatos; Roofdrak, o Senhor dos Cães; Nuru-ah, o Senhor do Gado; e muitas, muitas outras. Aquele era Haaashaastaak, o Senhor dos Lagartos. Não ouvia realmente palavras no sentido mais exato, mas ouvia ritmos que significavam muito para ele, embora não soubesse o motivo. Os ritmos estavam sendo repetidos várias vezes, mas pareciam distantes demais para merecer muita atenção. Ele se moveu e bocejou, mas não fez nada...

— Haaashaastaak, Senhor dos Lagartos,
Seus filhos foram pais dos homens,
Haaashaastaak, Príncipe dos Répteis,
Venha ajudar um neto agora!
Haaashaastaak, Pai das Escamas,
Aquele que traz a vida de sangue frio...

A cena era bizarra, com Elric e Yishana entoando desesperadamente a runa sem parar, enquanto Moonglum seguia lutando e, aos poucos, perdia as forças.

Haaashaastaak estremeceu e ficou mais curioso. Os ritmos não estavam mais fortes, mas pareciam mais insistentes. Ele viajaria, decidiu, para o local onde aqueles de quem cuidava moravam. Sabia que se atendesse aos ritmos, teria que obedecer à sua fonte. Claro, não tinha consciência de que tais decisões haviam sido implantadas nele numa era muito distante, a época anterior à criação da Terra, quando os Senhores da Ordem e do Caos, então habitantes de um único reino e conhecidos por outro nome, haviam presidido sobre a formação das coisas e imposto a maneira e a lógica segundo as quais elas deveriam se comportar, seguindo seu grande édito da voz do Equilíbrio Cósmico, a voz que nunca mais falara desde então.

Haaashaastaak se conduziu, um tanto preguiçosamente, para a Terra.

Elric e Yishana ainda entoavam a evocação, roucos, quando Haaashaastaak fez sua súbita aparição. Ele tinha a aparência de um iguana enorme, e seus olhos eram gemas de muitas faces e cores. As escamas pareciam ser de ouro, prata e outros metais preciosos. Um contorno levemente nebuloso o cercava, como se ele tivesse trazido parte de seu próprio ambiente consigo.

Yishana ofegou, e Elric soltou um suspiro profundo. Quando criança, aprendera as linguagens de todos os mestres-animais e, naquele momento, precisava se recordar da linguagem simples do mestre-lagarto, Haaashaastaak.

A necessidade incitou seu cérebro, e as palavras lhe vieram subitamente.

— *Haaashaastaak* — gritou, apontando para a criatura-borboleta —, *mokik ankkuh!*

O lorde lagarto voltou os olhos como pedras preciosas para a criatura, e sua grande língua disparou rapidamente na direção dela, enrolando-se em torno do monstro. A criatura se esganiçou, aterrorizada, ao ser atraída para as grandes mandíbulas do lorde lagarto. Pernas e braços se agitaram, enquanto a boca se fechava à sua volta. Depois de alguns movimentos de sua garganta, Haaashaastaak engoliu a maior criação de Theleb K'aarna. Em seguida, virou a cabeça ao redor por alguns momentos e desapareceu.

A dor começou a latejar pelo braço rasgado de Elric, e Moonglum tropeçou em sua direção, sorrindo de alívio.

— Eu o acompanhei a distância, como solicitou, já que desconfiava de uma traição de Theleb K'aarna. Mas aí vi o feiticeiro vindo para cá e o segui até uma caverna naquelas encostas para lá. — Ele apontou. — Mas quando o falecido emergiu da caverna — ele riu ao dizer aquilo —, resolvi que seria melhor perseguir a *coisa*, pois tive a sensação de que ela viria em sua direção.

— Estou contente por você ser tão astuto — disse Elric.

— Foi coisa sua, na realidade — respondeu Moonglum. — Pois se não tivesse previsto uma traição de Theleb K'aarna, eu poderia não estar aqui no momento certo.

Moonglum subitamente caiu na grama, debruçou-se para trás, sorriu e desmaiou.

O próprio Elric sentia-se bem tonto.

— Acho que não precisamos temer mais nada de seu feiticeiro por enquanto, Yishana — apontou ele. — Vamos repousar e nos recuperar. Talvez então seus soldados covardes retornem e possamos enviá-los para um vilarejo em busca de cavalos para nós.

Eles se esticaram na grama e, deitados nos braços um do outro, adormeceram.

Elric ficou atônito ao acordar numa cama, uma cama macia. Abriu os olhos e viu Yishana e Moonglum sorrindo para ele.

— Há quanto tempo estou aqui?

— Mais de dois dias. Você não acordou quando os cavalos chegaram, então mandamos os guerreiros construírem uma maca para trazê-lo para Dhakos. Você está em meu palácio.

Elric moveu cautelosamente seu braço rígido e coberto por um curativo. Ainda estava dolorido.

— Meus pertences ainda estão na estalagem?

— Talvez, se não foram roubados. Por quê?

— Tenho uma pequena bolsa com ervas que curarão este braço depressa e me fornecerão um pouco de energia, da qual preciso muito.

— Vou verificar se ainda estão por lá — disse Moonglum, saindo da câmara.

Yishana acariciou o cabelo branco como leite de Elric.

— Tenho muito a lhe agradecer, Lobo — observou ela. — Você salvou meu reino, talvez todos os Reinos Jovens. A meus olhos, está redimido da morte de meu irmão.

— Ah, eu lhe agradeço, madame — respondeu Elric, num tom de troça.

Ela riu.

— Você ainda é um melniboneano.

— Ainda sou, sim.

— Uma mistura estranha, contudo. Sensível e cruel, sardônico e leal ao seu amigo Moonglum. Anseio por conhecê-lo melhor, milorde.

— Quanto a isso, não tenho certeza se terá a oportunidade.

Ela lançou-lhe um olhar duro.

— Por quê?

— Seu resumo do meu caráter foi incompleto, rainha Yishana; você deveria ter acrescentado "indiferente ao mundo e, ainda assim, vingativo". Eu desejo me vingar do seu bruxo de estimação.

— Mas ele está exausto, com certeza. Você mesmo disse isso.

— Ainda sou, como você comentou, um melniboneano! Meu sangue arrogante exige vingança sobre aquele arrivista!

— Esqueça Theleb K'aarna. Eu mandarei meus Leopardos Brancos o caçarem. Nem a feitiçaria dele dará conta daqueles selvagens!

— Esquecê-lo? Ah, não!

— Elric, Elric... Eu lhe darei meu reino e o declararei governante de Jharkor, se você me deixar ser sua consorte.

Ele acariciou o braço nu dela com sua mão boa.

— Você não é realista, rainha. Tomar tal ação trará rebeliões em peso para sua terra. Para seu povo, eu ainda sou o Traidor de Imrryr.

— Agora não. Agora é o Herói de Jharkor.

— Como? Eles nem sabiam do perigo que corriam e, portanto, não sentem gratidão alguma. Seria melhor se eu acertasse minha dívida com seu bruxo e seguisse meu caminho. As ruas devem estar cheias de boatos de que você levou o assassino de seu irmão para a cama. Sua popularidade com os súditos deve estar no ponto mais baixo, madame.

— Eu não me importo.

— Se importará se os nobres liderarem o povo na insurreição e a crucificarem nua na praça da cidade.

— Você é familiarizado com nossos costumes.

— Nós, melniboneanos, somos um povo estudado, rainha.

— Versados em todas as artes.

— Todas elas.

Novamente ele sentiu o sangue ferver quando ela se levantou e barrou a porta. Naquele momento, não sentiu necessidade alguma das ervas que Moonglum tinha ido buscar.

Quando ele saiu do quarto na ponta dos pés naquela noite, encontrou Moonglum esperando pacientemente na antecâmara. O amigo ofereceu a pequena bolsa com uma piscadela. O humor de Elric, porém, não estava leve. Ele pegou punhados de ervas da bolsa e selecionou o que precisava.

Moonglum fez uma careta ao assistir Elric mastigar e engolir aquilo. Depois, juntos, saíram às escondidas do palácio.

Armado com Stormbringer e montado, Elric cavalgava um pouco atrás de seu amigo, que ia à dianteira, rumo às colinas além de Dhakos.

— Se eu conheço os feiticeiros de Pan Tang — murmurou o albino —, então Theleb K'aarna estará mais exausto do que eu estava. Com sorte, o encontraremos dormindo.

— Nesse caso, esperarei do lado de fora da caverna — disse Moonglum, pois agora tinha alguma experiência em relação a como Elric concretizava suas vinganças e não apreciaria assistir à morte lenta de Theleb K'aarna.

Eles galoparam ligeiros até as colinas serem alcançadas, e Moonglum mostrou a abertura da caverna para Elric.

O albino deixou seu cavalo e entrou silenciosamente, com a espada rúnica em punho.

Moonglum aguardou pelos primeiros gritos de Theleb K'aarna com nervosismo, mas não ouviu grito algum. Esperou até a alvorada começar a trazer a primeira luz suave, e então Elric, o rosto petrificado de raiva, emergiu da caverna.

Agarrou selvagemente as rédeas de seu cavalo e se lançou sobre a sela.

— Está satisfeito? — perguntou Moonglum, hesitante.

— Satisfeito? Não! O cão desapareceu!

— Foi embora? Mas...

— Ele tem mais astúcia do que eu pensava. Há diversas cavernas, e eu o procurei em todas. Na mais distante, encontrei traços de runas de feitiçaria nas paredes e no piso. Ele se transportou para algum lugar, e não pude descobrir onde, apesar de decifrar a maioria das runas! Talvez tenha ido para Pan Tang.

— Ah, então nossa jornada foi em vão. Vamos regressar a Dhakos e desfrutar um pouco mais da hospitalidade de Yishana.

— Não. Nós vamos para Pan Tang.

— Mas Elric, os feiticeiros do irmão de Theleb K'aarna residem em peso por lá; e Jagreen Lern, o teocrata, proíbe visitantes!

— Não importa. Desejo encerrar meus negócios com K'aarna.

— Você não tem prova de que ele esteja lá!

— Não importa!

Elric esporeou seu cavalo para longe, cavalgando feito um homem possuído ou fugindo de um perigo terrível; e talvez estivesse ambos, possuído e fugindo. Moonglum não o seguiu de imediato. Observou meditativo enquanto o amigo saía a galope. Não era introspectivo com frequência, mas se perguntou se Yishana talvez tivesse afetado o albino mais intensamente do que ele gostaria. Não achava que a vingança sobre Theleb K'aarna fosse o desejo principal de Elric ao recusar-se a voltar a Dhakos.

Dando de ombros, bateu com os calcanhares nos flancos de sua montaria e correu para alcançar o amigo, enquanto o alvorecer frio se erguia, imaginando se eles continuariam seguindo para Pan Tang quando Dhakos estivesse longe o bastante.

Mas a cabeça de Elric não continha pensamento algum, apenas a emoção o preenchia; emoção que ele não desejava analisar. Com o cabelo branco esvoaçando atrás dele, o rosto belo e branco feito a morte decidido e as mãos esguias segurando firme as rédeas do garanhão, ele cavalgou. Apenas seus estranhos olhos escarlates refletiam o sofrimento e o conflito em seu interior.

Em Dhakos, naquela manhã, outros olhos continham sofrimento, mas não por muito tempo. Yishana era uma rainha pragmática.

Continua no volume 2.

ELRIC

A Saga de Elric: um guia para leitores

Por John Davey

(Nota do editor: visto que a publicação de Elric envolve dezenas de antologias ao longo de um amplo período de tempo, optamos por manter o título original de todos os livros listados a seguir, assim mantendo a coesão do texto original e facilitando a compreensão da cronologia do personagem pelo leitor brasileiro.)

Elric de Melniboné, orgulhoso príncipe de ruínas ou matador de parentes, chame-o como preferir. Ele continua, junto a, talvez, Jerry Cornelius, a ser o personagem mais duradouro, mesmo que nem sempre o mais cativante, de Michael Moorcock.

Este guia tenta fornecer uma análise detalhada, título a título, dos livros e antologias nas quais cada um apareceu, de acordo com uma sequência cronológica, listando antologias como títulos individuais, em vez de incluí-las nas descrições dos livros principais.

Elric iniciou sua vida sessenta anos atrás, em resposta a um pedido de John Carnell, editor da revista *Science Fantasy*, por uma série semelhante às histórias de *Conan, o Bárbaro*, de Robert E. Howard. O que Carnell recebeu, apesar de embebido nas imagens de espada e feitiçaria, foi algo bem diferente. No final das contas, nove novelas de Elric apareceram na *Science Fantasy* entre junho de 1961 e abril de 1964. Nesse período, as cinco primeiras foram reunidas e lançadas como *The Stealer of Souls* (1963). Estas foram posteriormente separadas e mais uma vez reunidas, ou absorvidas, em *The Weird of the White Wolf* e *The Bane of the Black Sword* (ambos de 1977, vide adiante) e, como resultado dessa assimilação, levemente revisadas. Colecionadores devem notar que a verdadeira primeira edição de *The Stealer of Souls* (com o subtítulo "*...And Other Stories*", dado pelos editores contra a vontade de Moorcock) foi encadernada em capa dura laranja; há uma segunda impressão de capa dura verde que, exceto por isso, é idêntica, porém menos colecionável.

Stormbringer (1965), concebida como um romance, foi publicada pela primeira vez como tal quando revisada e abreviada a partir das quatro novelas remanescentes da revista *Science Fantasy*. Mais tarde, a história foi restaurada à sua extensão original e revisada outra vez, em 1977. As abreviações originais basicamente condensavam as duas primeiras novelas (e parte da terceira) em uma seção longa chamada "The Coming of Chaos".

The Singing Citadel (1970) foi uma coleção de quatro outras novelas originalmente publicadas em diversas antologias e periódicos entre 1962 e 1967. Foram depois separadas e todas, exceto uma, acabaram reunidas ou absorvidas em *The Weird of the White Wolf* e *The Bane of the Black Sword*, já que seus eventos se interconectam com aqueles presentes em *The Stealer of Souls*. Também foram, como resultado dessa assimilação, levemente revisadas. A novela que não foi utilizada, "The Greater Conqueror" (às vezes listada erroneamente como "The Great Conqueror"), foi subsequentemente incluída em *Moorcock's Book of Martyrs* (1976, também conhecido como *Dying for Tomorrow*, 1978), *Earl Aubec and Other Stories* (1993), *Elric: To Rescue Tanelorn* (2008) e *Elric: The Sleeping Sorceress* (2013).

The Sleeping Sorceress (1971) foi expandida de uma novela de mesmo nome, embora tivesse sido originalmente encomendada como uma série para a revista *Sword and Sorcery*, de Kenneth Bulmer, em que nunca apareceu. Uma de suas seções reconta, sob a perspectiva de Elric, uma parte do livro de Corum, *The King of the Swords*. Em 1977, *The Sleeping Sorceress*, com pequenas correções textuais, foi rebatizada como *The Vanishing Tower* (vide adiante).

Elric of Melniboné (1972) é uma prequela a todos os outros livros de Elric. *The Dreaming City* (1972) foi uma versão de *Elric of Melniboné* publicada com alterações não autorizadas. Colecionadores devem notar que, em 1977, *Elric of Melniboné* foi um dos três livros sobre Elric vendidos em caixas como edições ilustradas. Essa primeira (numa caixa vermelha) também teve uma edição menor, limitada (numa caixa marrom), autografada pelo autor, pelo artista (Robert Gould) e pelo editor. Em 2003, *Elric of Melniboné* foi o primeiro livro de Moorcock a se tornar um audiolivro com o texto integral.

Elric: The Return to Melnibone (sic, 1973) permanece, a despeito de sua comparativa irrelevância para a série de modo geral, um dos livros mais raros e mais procurados de Elric. Isso é resultado de sua história cheia de altos e baixos, uma saga complexa o bastante para rivalizar com a do próprio Elric. Trata-se, na verdade, de pouco mais do que uma vitrine para a arte requintada de Philippe Druillet, começando sua trajetória em 1966 como ilustrações de página dupla para o único número de uma revista francesa chamada *Moi Aussi*, com texto de Maxim Jakubowski. Em 1969, Druillet ilustrou uma coletânea chamada *Elric le Necromancien*, e, em 1972, algumas dessas artes (e outras novas) foram usadas num portfólio de 21 obras chamada *La Saga d'Elric le Necromancien*, desta vez com texto de Michel Demuth. Todo esse trabalho era, até então, não autorizado, mas quando o portfólio foi reimpresso e encadernado (com exceção de uma arte) no Reino Unido como *Elric: The Return to Melnibone* (texto de Moorcock), Druillet ameaçou um processo. Moorcock foi forçado a interferir em nome dos editores britânicos, destacando que nunca fora concedida permissão para que Druillet desenhasse Elric, para começo de conversa. Para evitar uma complicada litigação, foi decidido que seria permitido à pequena tiragem que se esgotasse sem nunca ser reimpressa. Entretanto, finalmente foi acordada uma republicação, e o livro voltou a ser disponibilizado em 1997 como *Elric: The Return to Melniboné*, mais tarde reunido (junto à adaptação em *graphic novel* de *Stormbringer* feita por James Cawthorn, de 1976) em *Elric: The Eternal Champion Collection*, de 2021.

The Jade Man's Eyes (1973) foi uma novela à parte que, para poder se alinhar com a série em desenvolvimento, foi revisada e incluída em *The Sailor on the Seas of Fate* como "Sailing to the Past".

The Sailor on the Seas of Fate (1976) a princípio se encaixava, cronologicamente, entre os eventos de *Elric of Melniboné* e *The Weird of the White Wolf.* Uma de suas seções conta, sob o ponto de vista de Elric, uma parte do livro de Hawkmoon/conde Brass, *The Quest for Tanelorn.* Em 2006, *The Sailor on the Seas of Fate* também se tornou um audiolivro com o texto integral.

The Weird of the White Wolf (1977) é um arranjo cronológico de conteúdos selecionados de *The Stealer of Souls* e *The Singing Citadel,* compilados para alinhá-los com a série em desenvolvimento.

The Vanishing Tower (1977) é uma mudança de título de *The Sleeping Sorceress,* com pequenas emendas textuais. Colecionadores devem notar que, em 1981, *The Vanishing Tower* foi o segundo de três livros de Elric vendidos em caixas como edições ilustradas. Essa edição (numa caixa vermelha ilustrada) também tinha uma menor, limitada (numa caixa marrom), autografada pelo autor, pelo artista (Michael Whelan) e pelo editor.

The Bane of the Black Sword (1977) é um arranjo cronológico de conteúdos selecionados de *The Stealer of Souls* e *The Singing Citadel,* compilados para alinhá-los com a série em desenvolvimento.

Six Science Fiction Classics from the Master of Heroic Fantasy (1979), de título um tanto enganoso, foi uma caixa reunindo seis livros brochura estadunidenses: *Elric of Melniboné, The Sailor on the Seas of Fate, The Weird of the White Wolf, The Vanishing Tower, The Bane of the Black Sword* e *Stormbringer.*

Elric at the End of Time (1984) foi uma coleção de histórias curtas de ficção e não ficção que na realidade continha apenas três itens relacionados a Elric entre suas sete narrativas (excluindo a introdução). A história do título também foi publicada separadamente em 1987 como uma novela em formato grande (vide adiante), ilustrada por Rodney Matthews.

The Elric Saga Part One (1984) foi a primeira antologia do personagem, e continha *Elric of Melniboné*, *The Sailor on the Seas of Fate* e *The Weird of the White Wolf*. *The Elric Saga Part Two* (1984) foi a segunda, e continha *The Vanishing Tower*, *The Bane of the Black Sword* e *Stormbringer*.

Elric at the End of Time (1987) foi uma novela à parte em formato grande ilustrada por Rodney Matthews, para quem a história foi escrita originalmente alguns anos antes. Colecionadores devem notar que ela foi publicada simultaneamente nos formatos capa dura e brochura.

The Fortress of the Pearl (1989), o primeiro livro de Elric em treze anos, expandiu a saga e se encaixa, cronologicamente, entre os eventos descritos em *Elric of Melniboné* e *The Sailor on the Seas of Fate*.

The Revenge of the Rose (1991) se encaixa entre os eventos descritos em *The Sleeping Sorceress/The Vanishing Tower* e as histórias em *The Bane of the Black Sword*.

Em 1992, Moorcock começou um projeto ambicioso de reorganização, revisão e republicação no Reino Unido da maioria de seu catálogo num grande conjunto de antologias sob o título coletivo de "The Tale of the Eternal Champion". A primeira dessas a apresentar o príncipe albino foi *Elric of Melniboné* (1993), que trazia *Elric of Melniboné*, *The Fortress of the Pearl*, *The Sailor on the Seas of Fate* e conteúdos selecionados de *The Weird of the White Wolf*. A antologia foi rebatizada nos Estados Unidos como *Elric: Song of the Black Sword* (1995) quando a série "Eternal Champion" começou a sair por lá.

A segunda antologia britânica a apresentar Elric foi *Stormbringer* (1993), contendo *The Sleeping Sorceress*, *The Revenge of the Rose*, conteúdos selecionados de *The Bane of the Black Sword* e *Stormbringer*. Essa antologia foi rebatizada nos EUA como *Elric: The Stealer of Souls* (1998); não confundir com o volume de mesmo nome publicado posteriormente (vide adiante). Colecionadores devem notar que, no Reino Unido, as antologias de "The

Tale of the Eternal Champion" foram publicadas simultaneamente nos formatos capa dura e brochura. Nos EUA, as edições em capa dura apareceram antes das versões brochura.

Elric: Tales of the White Wolf (1994) foi uma antologia original de histórias de Elric por Moorcock e outros, editada por Edward E. Kramer & Richard Gilliam.

Michael Moorcock's Multiverse (1999) foi uma *graphic novel* ilustrada por Walter Simonson, Mark Reeve e John Ridgway, originalmente dividida em uma série com doze partes (1997/98). Continha três histórias interconectadas (cada uma ilustrada por um artista diferente), uma das quais — a de Ridgway — é "Duke Elric".

The Dreamthief's Daughter (2001) foi o primeiro volume de uma nova trilogia — de fato, a única trilogia preconcebida de Elric —, ligando o albino a alguns dos muitos e variados membros da Família von Bek. (Quando revisava seus livros para as antologias de "Eternal Champion", Moorcock teve a oportunidade de mudar o nome de diversos personagens para alinhá-los à série "Von Bek", então em desenvolvimento e que começara em 1981, com *The War Hound and the World's Pain*, embora a derivação do nome venha de longe, de Katinka van Bak, em *The Champion of Garathorm*, de 1973.) Colecionadores devem notar que, também em 2001 (após a verdadeira primeira edição), *The Dreamthief's Daughter* se tornou o último dos três livros de Elric vendidos em caixas como edições ilustradas. Essa edição limitada, autografada pelo autor e pelos artistas (Randy Broecker, Donato Giancola, Gary Gianni, Robert Gould, Michael Kaluta, Todd Lockwood, Don Maitz & Michael Whelan), foi seguida dois anos depois — ainda datada como "2001" — por uma edição limitada menor, encadernada em couro e vendida em um estojo pequeno e rígido. Em 2013, *The Dreamthief's Daughter* foi revisado e rebatizado (no Reino Unido) como *Daughter of Dreams* (vide adiante).

Elric (2001) foi outra antologia, contendo *The Stealer of Souls* (ou melhor, as cinco novelas que compõe esse título) e *Stormbringer*, como parte de uma série chamada "Fantasy Masterworks". Em 2008, foi repaginada como parte da série "Ultimate Fantasies", mais exclusiva, da mesma editora.

The Elric Saga Part Three (2002) foi outra antologia, contendo *The Fortress of the Pearl* e *The Revenge of the Rose.*

The Skrayling Tree: The Albino in America (2003) é a segunda parte da trilogia começada em *The Dreamthief's Daughter.* Em 2013, *The Skrayling Tree* foi revisada e rebatizada (no Reino Unido) como *Destiny's Brother.*

The White Wolf's Son: The Albino Underground (2005) é a terceira e última parte da trilogia. Embora essa subsérie de Elric possa ser lida separadamente (assim como, de fato, cada volume também pode), é feita uma breve menção a eventos que se encaixam cronologicamente com aqueles descritos em *Stormbringer.* Em 2013, *The White Wolf's Son* foi revisado e rebatizado (no Reino Unido) como *Son of the Wolf.*

The Elric Saga Part IV (2005), outra antologia, continha *The Dreamthief's Daughter, The Skrayling Tree* e *The White Wolf's Son.*

Elric: The Making of a Sorcerer (2007) foi uma *graphic novel* ilustrada por Walter Simonson, originalmente uma série em quatro partes (2004-06) e é uma prequela para o título *Elric of Melniboné.*

Elric: The Stealer of Souls (2008) foi o primeiro volume numa série de antologias em seis partes (na ordem em que os títulos principais foram escritos) chamadas "Chronicles of the Last Emperor of Melniboné", cada qual contendo ficção e não ficção. A parte de ficção do primeiro volume inclui *The Stealer of Souls* e *Stormbringer. Elric: To Rescue Tanelorn* (2008) foi o segundo volume, uma coleção de histórias curtas sobre Elric ou relacionadas a ele. *Elric: The Sleeping Sorceress* (2008) foi o terceiro, incluindo os títulos *The Sleeping Sorceress* e *Elric of Melniboné. Duke Elric* (2009) foi o quarto, incluindo *The Sailor on the Seas of Fate*, o roteiro da *graphic novel Duke Elric* e uma novela, "The Flaneur des

Arcades de l'Opera". *Elric in the Dream Realms* (2009) foi o quinto, incluindo *The Fortress of the Pearl*, o roteiro da *graphic novel Elric: The Making of a Sorcerer* e um conto, "A Portrait in Ivory". *Elric: Swords and Roses* (2010), o sexto e último volume, incluía *The Revenge of the Rose*, o roteiro para um filme (que não foi feito) intitulado *Stormbringer*, e as duas primeiras novelas novas, "Black Petals" (2008) e "Red Pearls" (2011).

Elric: Les Buveurs d'Âmes (2011) foi um romance original e colaborativo (em francês) escrito por Moorcock e Fabrice Colin, para o qual não parece haver nenhum sinal iminente de uma edição em língua inglesa.

Daughter of Dreams (2013) foi uma revisão e alteração no título de *The Dreamthief's Daughter*; *Destiny's Brother* (2013) foi uma revisão e alteração no título de *The Skrayling Tree*; e *Son of the Wolf* (2013) foi uma revisão e alteração no título de *The White Wolf's Son*.

Elric of Melniboné and Other Stories (2013) foi o primeiro volume num conjunto de sete antologias de Elric publicadas (em ordem cronológica da narrativa) como parte de uma série maior, "The Michael Moorcock Collection", cada volume contendo histórias longas e curtas, de ficção e não ficção, similar a "Chronicles of the Last Emperor of Melniboné". Foi seguido de *Elric: The Fortress of the Pearl* (2013), *Elric: The Sailor on the Seas of Fate* (2013), *Elric: The Sleeping Sorceress and Other Stories* (2013), *Elric: The Revenge of the Rose* (2014), *Elric: Stormbringer!* (2014) e *Elric: The Moonbeam Roads* (2014), contendo *Daughter of Dreams, Destiny's Brother* e *Son of the Wolf*.

Em 2019, a Centipede Press começou a publicar edições limitadas de nove novelas de Elric — todas (até o momento) esgotadas antes de seu lançamento oficial —, cada qual acompanhada pela ficção mais curta relevante necessária para criar uma cronologia narrativa geral. No momento da escrita deste livro, esses volumes foram *Elric of Melniboné, The Fortress of the Pearl* e *The Sailor on the Seas of Fate* (todos em 2019), *The Sleeping Sorceress* (2020) e *The Revenge of the Rose* (2021), com *Stormbringer, The Dreamthief's Daughter, The Skrayling Tree* e *The White Wolf's Son* programados para vir em seguida. Os três primeiros volumes também foram produzidos como edições em capa dura, em tamanho maior do que o padrão, com caixas, oferecidas apenas para assinantes.

O que nos traz, finalmente, aos volumes de *A Saga de Elric*. Ilimitadas e, portanto, disponíveis para todos, as três edições antológicas uniformes da Saga Press — publicadas em 2021 para comemorar sessenta gloriosos anos desde a primeiríssima aparição do personagem por impresso — contêm onze romances seguindo a ordem cronológica da narrativa: *Elric de Melniboné, A Fortaleza da Pérola, O navegante nos mares do destino* e *A estranheza do Lobo Branco* em *A Saga de Elric Vol. 1*; *A torre desaparecida, A vingança da rosa, A ruína da Espada Negra* e *Stormbringer* em *A Saga de Elric Vol. 2*, e *A filha da ladra de sonhos, A árvore Skrayling* e *O filho do Lobo Branco*, em *A Saga de Elric Vol. 3*.

Primeiras edições e primeiras aparições

The Stealer of Souls:

"The Dreaming City", originalmente em *Science Fantasy* 47 (editada por John Carnell), Reino Unido, jun. 1961

"While the Gods Laugh", em *Science Fantasy* 49, out. 1961

"The Stealer of Souls", em *Science Fantasy* 51, fev. 1962

"Kings in Darkness", em *Science Fantasy* 54, ago. 1962

"The Flame Bringers", em *Science Fantasy* 55, out. 1962

Neville Spearman, capa dura, Reino Unido, 1963

Lancer, brochura, EUA, 1967

Stormbringer:

"Dead God's Homecoming", orig. em *Science Fantasy* 59, jun. 1963

"Black Sword's Brothers", em *Science Fantasy* 61, out. 1963

"Sad Giant's Shield", em *Science Fantasy* 63, fev. 1964

"Doomed Lord's Passing", em *Science Fantasy* 64, abr. 1964

Herbert Jenkins, capa dura (abreviado & revisado das novelas), Reino Unido, 1965

Lancer, brochura (idem), EUA, 1967

DAW, brochura (completo & revisado), EUA, 1977

Granada, brochura (idem), Reino Unido, 1985

The Singing Citadel:

"The Singing Citadel" (novela), orig. em *The Fantastic Swordsmen* (antologia editada por L. Sprague de Camp), EUA, 1967

"Master of Chaos", em *Fantastic* vol. 13, nº 5 (ed. Cele Goldsmith), EUA, mai. 1964

"The Greater Conqueror" (não Elric), em *Science Fantasy* 58, abr. 1963
"To Rescue Tanelorn...", em *Science Fantasy* 56, dez. 1962
Mayflower, brochura, Reino Unido, 1970
Berkley, brochura, EUA, 1970

The Sleeping Sorceress:
"The Sleeping Sorceress" (novela), orig. em *Warlocks and Warriors* (antologia, ed. Douglas Hill), Reino Unido, 1971
New English Library, capa dura (expandido da novela), Reino Unido, 1971
Lancer, brochura (idem), EUA, 1972
DAW, brochura (como *The Vanishing Tower*), EUA, 1977
Archival Press, capa dura (como *The Vanishing Tower*, sem sobrecapa, em caixa ilustrada vermelha [também limitada, em caixa marrom]), EUA, 1981
Granada, brochura (como *The Vanishing Tower*), Reino Unido, 1983

Elric of Melniboné:
Hutchinson, capa dura, Reino Unido, 1972
Lancer, brochura (alteração não autorizada, como *The Dreaming City*), EUA, 1972
DAW, brochura (sem alterações, como *Elric of Melniboné*), EUA, 1976
Blue Star, capa dura (idem, sem sobrecapa, em caixa ilustrada vermelha [também limitada, em caixa marrom]), EUA, 1977

Elric: The Return to Melnibone (ilustrado por Philippe Druillet):
Unicorn, brochura tamanho grande, Reino Unido, 1973
Jayde Design, brochura tamanho grande (como *Elric: The Return to Melniboné*), Reino Unido, 1997

The Jade Man's Eyes:
Unicorn, brochura, Reino Unido, 1973

The Sailor on the Seas of Fate:
Quartet, capa dura, Reino Unido, 1976
DAW, brochura, EUA, 1976

The Weird of the White Wolf:

DAW, brochura, EUA, 1977, contendo:

"The Dream of Earl Aubec" (também conhecido como "Master of Chaos")

"The Dreaming City"

"While the Gods Laugh"

"The Singing Citadel"

Granada, brochura, Reino Unido, 1984

The Bane of the Black Sword:

DAW, brochura, EUA, 1977, contendo:

"The Stealer of Souls"

"Kings in Darkness"

"The Flamebringers" (também conhecido como "The Flame Bringers")

"To Rescue Tanelorn..."

Granada, brochura, Reino Unido, 1984

Six Science Fiction Classics from the Master of Heroic Fantasy:

DAW, seis brochuras, em caixa, EUA, 1979, contendo:

Elric of Melniboné

The Sailor on the Seas of Fate

The Weird of the White Wolf

The Vanishing Tower

The Bane of the Black Sword

Stormbringer

Elric at the End of Time (coleção):

NEL, capa dura, Reino Unido, 1984, composto pelos seguintes itens relacionados a Elric:

"Elric at the End of Time", orig. em *Elsewhere* (antologia, ed. Terri Windling & Mark Alan Arnold), EUA, 1981

"The Last Enchantment", em *Ariel* 3 (ed. Thomas Durwood), EUA, abr. 1978

"The Secret Life of Elric of Melniboné" (não ficção), em *Camber* 14 (fanzine, ed. Alan Dodd), Reino Unido, jun. 1964

DAW, brochura, EUA, 1985

The Elric Saga Part One:

Doubleday (Science Fiction Book Club), capa dura, EUA, 1984, contendo:

Elric of Melniboné

The Sailor on the Seas of Fate

The Weird of the White Wolf

The Elric Saga Part Two:

Doubleday (SFBC), capa dura, EUA, 1984, contendo:

The Vanishing Tower

The Bane of the Black Sword

Stormbringer

Elric at the End of Time (novela, ilustrada por Rodney Matthews):

Paper Tiger, capa dura & brochura em formato grande, Reino Unido, 1987

The Fortress of the Pearl:

Gollancz, capa dura, Reino Unido, 1989

Ace, capa dura, EUA, 1989

The Revenge of the Rose:

Grafton, capa dura, Reino Unido, 1991

Ace, capa dura, EUA, 1991

Elric of Melniboné (antologia):

Orion/Millennium, capa dura e brochura, Reino Unido, 1993, contendo:

Elric of Melniboné

The Fortress of the Pearl

The Sailor on the Seas of Fate

"The Dreaming City"

"While the Gods Laugh"

"The Singing Citadel"

White Wolf, capa dura (como *Elric: Song of the Black Sword*), EUA, 1995

Stormbringer (antologia):

Orion/Millennium, capa dura e brochura, Reino Unido, 1993, contendo:

The Sleeping Sorceress

The Revenge of the Rose

"The Stealer of Souls"

"Kings in Darkness"

"The Caravan of Forgotten Dreams" (também conhecida como "The Flame Bringers")

Stormbringer

"Elric: A Reader's Guide" (não ficção de John Davey)

White Wolf, capa dura (como *Elric: The Stealer of Souls*), EUA, 1998

Elric: Tales of the White Wolf:

White Wolf, capa dura, EUA, 1994, contendo os seguintes itens de Moorcock:

"Introduction to *Tales of the White Wolf*" (não ficção)

"The White Wolf's Song"

Mais histórias de Elric escritas por Tad Williams, David M. Honigsberg, Roland J. Green & Frieda A. Murray, Richard Lee Byers, Brad Strickland, Brad Linaweaver & William Alan Ritch, Kevin T. Stein, Scott Ciencin, Gary Gygax, James S. Dorr, Stewart von Allmen, Paul W. Cashman, Nancy A. Collins, Doug Murray, Karl Edward Wagner, Thomas E. Fuller, Jody Lynn Nye, Colin Greenland, Robert Weinberg, Charles Partington, Peter Crowther & James Lovegrove, Nancy Holder e Neil Gaiman.

Michael Moorcock's Multiverse:

DC Comics, brochura formato grande, EUA, 1999

"Moonbeams and Roses" (não Elric), ilustrada por Walter Simonson

"The Metatemporal Detective" (não Elric), ilustrada por Mark Reeve

"Duke Elric", ilustrada por John Ridgway

The Dreamthief's Daughter:

Earthlight, capa dura, Reino Unido, 2001

American Fantasy, capa dura (em estojo [também limitada em caixa rígida]), EUA, 2001

Gollancz, brochura (como *Daughter of Dreams*), Reino Unido, 2013

Elric:

Gollancz, brochura, Reino Unido, 2001, contendo:

"The Dreaming City"

"While the Gods Laugh"

"The Stealer of Souls"

"Kings in Darkness"

"The Caravan of Forgotten Dreams"

Stormbringer

The Elric Saga Part Three:

SFBC, capa dura, EUA, 2002, contendo:

The Fortress of the Pearl

The Revenge of the Rose

The Skrayling Tree: The Albino in America:

Warner, capa dura, EUA, 2003

Gollancz, brochura (como *Destiny's Brother*), Reino Unido, 2013

The White Wolf's Son: The Albino Underground:

Warner, capa dura, EUA, 2005

Gollancz, brochura (como *Son of the Wolf*), Reino Unido, 2013

The Elric Saga Part IV:

SFBC, capa dura, EUA, 2005, contendo:

The Dreamthief's Daughter

The Skrayling Tree

The White Wolf's Son

Elric: The Making of a Sorcerer (ilustrada por Walter Simonson):

DC Comics, brochura formato grande, EUA, 2007

Elric: The Stealer of Souls: Chronicles of the Last Emperor of Melniboné: Volume 1:

Del Rey, brochura, EUA, 2008, contendo:

"Putting a Tag on It" (não ficção), orig. em *Amra* vol. 2, nº 15 (fanzine, ed. George Scithers), EUA, mai. 1961

The Stealer of Souls

"Mission to Asno!" (não Elric), em *Tarzan Adventures* vol. 7, nº 25 (ed. Moorcock), Reino Unido, set. 1957

Stormbringer

"Elric" (não ficção), em *Niekas* 8 (fanzine, ed. Ed Meskys), EUA, 1964

"The Secret Life of Elric of Melniboné" (não ficção)

"Final Judgement" (não ficção de Alan Forrest), em *New Worlds* 147 (ed. Moorcock, como "Did Elric Die in Vain?"), Reino Unido, fev. 1965

"The Zenith Letter" (não ficção de Anthony Skene), em *Monsieur Zenith the Albino*, Reino Unido, 2001

Elric: To Rescue Tanelorn:

Del Rey, brochura, EUA, 2008, contendo:

"The Eternal Champion", orig. em *Science Fantasy* 53, jun. 1962

"To Rescue Tanelorn..."

"The Last Enchantment" (também conhecida como "Jesting with Chaos")

"The Greater Conqueror"

"Master of Chaos" (também conhecida como "Earl Aubec")

"Phase 1: A Jerry Cornelius Story", em *The Final Programme*, EUA, 1968 (Reino Unido, 1969)

"The Singing Citadel"

"The Jade Man's Eyes"

"The Stone Thing", em *Triode* 20 (fanzine, ed. Eric Bentcliffe), Reino Unido, out. 1974

"Elric at the End of Time"

"The Black Blade's Song" (também conhecida como "The White Wolf's Song")

"Crimson Eyes", em *New Statesman & Society* 333, Reino Unido, 1994

"Sir Milk-and-Blood", em *Pawn of Chaos: Tales of the Eternal Champion* (antologia, ed. Edward E. Kramer), EUA, 1996

"The Roaming Forest", em *Cross Plains Universe: Texans Celebrate Robert E. Howard* (antologia, ed. Scott A. Cupp & Joe R. Lansdale), EUA, 2006

Elric: The Sleeping Sorceress:

Del Rey, brochura, EUA, 2008, contendo:

The Sleeping Sorceress

"And So the Great Emperor Received His Education...", orig. introdução falada para *Elric of Melniboné* (audiolivro), EUA, 2003

Elric of Melniboné

"Aspects of Fantasy (1): Introduction" (não ficção), orig. em *Science Fantasy* 61, out. 1963

"Introduction to *Elric of Melniboné*", adaptação gráfica (não ficção), em *Elric of Melniboné* (de Roy Thomas, P. Craig Russell & Michael T. Gilbert), EUA, 1986

"El Cid and Elric: Under the Influence!" (não ficção), em *Comiqueando* 100, Argentina, ago./set. 2007

Duke Elric:

Del Rey, brochura, EUA, 2009, contendo:

"Introduction to the AudioRealms version of *The Sailor on the Seas of Fate*" (audiolivro), EUA, 2006

The Sailor on the Seas of Fate

Duke Elric (roteiro)

"Aspects of Fantasy (2): The Floodgates of the Unconscious" (não ficção), orig. em *Science Fantasy* 62, dez. 1963

"The Flaneur des Arcades de l'Opera", em *The Metatemporal Detective*, EUA, 2008

"Elric: A Personality at War" (não ficção de Adrian Snook)

Elric in the Dream Realms:

Del Rey, brochura, EUA, 2009, contendo:

The Fortress of the Pearl

Elric: The Making of a Sorcerer (roteiro)

"A Portrait in Ivory", orig. em *Logorrhea: Good Words Make Good Stories* (antologia, ed. John Klima), EUA, 2007

"Aspects of Fantasy (3): Figures of Faust" (não ficção), em *Science Fantasy* 63, fev. 1964

"Earl Aubec of Malador: Outline for a Series of Four Fantasy Novels"

"Introduction to the Taiwanese Edition of Elric" (não ficção), em *Elric of Melniboné*, Taiwan, 2007

"One Life, Furnished in Early Moorcock" (de Neil Gaiman), em *Elric: Tales of the White Wolf*, EUA, 1994

Elric: Swords and Roses:

Del Rey, brochura, EUA, 2010, contendo:

The Revenge of the Rose

Stormbringer: First Draft Screenplay

"Black Petals", orig. em *Weird Tales* 349 (ed. Stephen H. Segal & Ann VanderMeer), EUA, mar./abr. 2008

"Aspects of Fantasy (4): Conclusion" (não ficção), em *Science Fantasy* 64, abr. 1964

"Introduction to *The Skrayling Tree*" (não ficção), escrito para Borders, Inc., 2003

"Introduction to the French Edition of Elric" (não ficção), em *Le Cycle d'Elric*, França, 2006

"Elric: A New Reader's Guide" (não ficção de John Davey)

Elric: Les Buveurs d'Âmes (com Fabrice Colin):

Fleuve Noir, brochura, França, 2011

Elric of Melniboné and Other Stories:

Gollancz, brochura, Reino Unido, 2013, contendo:

"Putting a Tag on It" (não ficção)

"Master of Chaos"

Elric: The Making of a Sorcerer (roteiro)

"And So the Great Emperor Received His Education..."

Elric of Melniboné

"Aspects of Fantasy (1)" (não ficção)

"Introduction to *Elric of Melniboné*, adaptação gráfica (não ficção)

"El Cid and Elric: Under the Influence!" (não ficção)

Elric: The Fortress of the Pearl:

Gollancz, brochura, Reino Unido, 2013, contendo:

The Fortress of the Pearl

"Aspects of Fantasy (2)" (não ficção)

"Introduction to the Taiwanese Edition of Elric" (não ficção)

"One Life, Furnished in Early Moorcock" (de Neil Gaiman)

Elric: The Sailor on the Seas of Fate:

Gollancz, brochura, Reino Unido, 2013, contendo:

"Introduction to the AudioRealms version of *The Sailor on the Seas of Fate* (audiolivro)

The Sailor on the Seas of Fate

"The Dreaming City"

"A Portrait In Ivory"

"While the Gods Laugh"

"The Singing Citadel"

"Aspects of Fantasy (3)" (não ficção)

"Elric: A Personality at War" (não ficção de Adrian Snook)

Elric: The Sleeping Sorceress and Other Stories:

Gollancz, brochura, Reino Unido, 2013, contendo:

"The Eternal Champion"

"The Greater Conqueror"
"Earl Aubec of Malador: Outline for a Series of Four Fantasy Novels"
The Sleeping Sorceress
"The Stone Thing"
"Sir Milk-and-Blood"
"The Roaming Forest"
"The Flaneur des Arcades de l'Opera"
"Aspects of Fantasy (4)" (não ficção)

Elric: The Revenge of the Rose:
Gollancz, brochura, Reino Unido, 2014, contendo:
The Revenge of the Rose
"The Stealer of Souls"
"Kings in Darkness"
"The Caravan of Forgotten Dreams"
"The Last Enchantment"
"To Rescue Tanelorn..."
"Introduction to the French Edition of Elric" (não ficção)

Elric: Stormbringer!:
Gollancz, brochura, Reino Unido, 2014, contendo:
Stormbringer
"Elric" (não ficção)
"The Secret Life of Elric of Melniboné" (não ficção)
"Final Judgement" (não ficção de Alan Forrest)
"The Zenith Letter" (não ficção de Anthony Skene)
"Elric: A New Reader's Guide" (não ficção de John Davey)

Elric: The Moonbeam Roads:
Gollancz, brochura, Reino Unido, 2014, contendo:
Daughter of Dreams
Destiny's Brother
Son of the Wolf

Centipede Press (capa dura de edição limitada, EUA):

Elric of Melniboné, 2019, contendo:

"Master of Chaos"

"And So the Great Emperor Received His Education..."

Elric of Melniboné

The Fortress of the Pearl, 2019, contendo:

The Fortress of the Pearl

"The Black Blade's Song"

The Sailor on the Seas of Fate, 2019, contendo:

"Introduction to the AudioRealms version of *The Sailor on the Seas of Fate* (audiolivro)

The Sailor on the Seas of Fate

"The Dreaming City"

"A Portrait In Ivory"

The Sleeping Sorceress, 2020, contendo:

"While the Gods Laugh"

"The Singing Citadel"

The Sleeping Sorceress

The Revenge of the Rose, 2021, contendo:

The Revenge of the Rose

"The Stealer of Souls"

Stormbringer, em produção, contendo:

"Kings in Darkness"

"The Caravan of Forgotten Dreams"

"The Last Enchantment"

"To Rescue Tanelorn..."

Stormbringer

The Dreamthief's Daughter, The Skrayling Tree, The White Wolf's Son (todos em produção).

Elric of Melniboné, The Elric Saga Vol. 1:

Saga Press, capa dura, EUA, 2021, contendo:

Elric of Melniboné

The Fortress of the Pearl
The Sailor on the Seas of Fate
The Weird of the White Wolf

Stormbringer, The Elric Saga Vol. 2:
Saga Press, capa dura, EUA, 2022, contendo:
The Vanishing Tower
The Revenge of the Rose
The Bane of the Black Sword
Stormbringer

The White Wolf, The Elric Saga Vol. 3:
Saga Press, capa dura, EUA, 2022, contendo:
The Dreamthief's Daughter
The Skrayling Tree
The White Wolf's Son
"The Elric Saga: A Reader's Guide" (não ficção de John Davey).

Minúcias

Em ambas as variantes das edições antológicas chamadas *Elric: The Stealer of Souls*, assim como em todas as aparições subsequentes, a versão de *Stormbringer* é apresentada numa forma definitiva e revisada novamente, retendo sua extensão plena de quatro novelas, mas também incorporando algumas das alterações pertinentes de sua abreviação em 1965, que foram perdidas durante sua restauração ao tamanho integral, em 1977.

Itens não relativos a Elric contidos dentro da coleção *Elric at the End of Time* incluem "Sojan the Swordsman" (uma combinação de histórias curtas que apresentam o primeiro herói de fantasia escrito por Moorcock), "Jerry Cornelius & Co." (dois ensaios sobre esse personagem) e o conto "The Stone Thing".

O ensaio "The Secret Life of Elric of Melniboné" — entre sua primeira aparição em fanzine (1964) e sua inclusão na antologia *Elric at the End of Time* — também estava em *Sojan* (Savoy Books, brochura, Reino Unido, 1977). Essa coleção continha, adicionalmente, outra obra de não ficção, "Elric", que apareceu originalmente nos fanzines *Niekas* 8 (ed. Ed Meskys, 1963, como uma carta) e *Crucified Toad* 4 (ed. David Britton, 1974).

A antologia francesa *Elric le Necromancien* (Éditions Opta, capa dura, 1969), reuniu *The Stealer of Souls* e a versão integral de *Stormbringer* — além das novelas "The Singing Citadel" e "To Rescue Tanelorn..." —, todos organizados em ordem cronológica cerca de oito anos antes de qualquer equivalente em língua inglesa. Mais recentemente, na França, a gigantesca antologia *Le Cycle d'Elric* reuniu num único volume *Elric of Melniboné, The Fortress of the Pearl, The Sailor on the Seas of Fate, The Weird of the White Wolf, The Sleeping Sorceress, The Revenge of the Rose, The Bane of the Black Sword*, "The Last Enchantment", *Stormbringer* e "Elric at the End of Time". Também há uma coletânea francesa de histórias de Elric escritas por outras mãos que não as de Moorcock (embora ele faça a introdução desse volume), *Elric et la Porte des Mondes*, mas parece improvável que ela algum dia receba uma edição em língua inglesa (ainda que algumas histórias tenham sido traduzidas para a coletânea de 2017 chamada *Michael Moorcock's Legends of the Multiverse*).

Ao longo dos anos, surgiram muitas adaptações gráficas da saga de Elric, a maioria começando como quadrinhos. O próprio Moorcock, junto a James Cawthorn, roteirizou uma HQ em duas partes, em 1972, na qual Elric e Conan, o Bárbaro, unem forças ("A Sword Called Stormbringer!" & "The Green Empress of Melniboné" em *Conan the Barbarian* 14 e 15). Cawthorn também produziu uma adaptação gráfica isolada de *Stormbringer* para a Savoy Books (1976). Várias outras edições isoladas de Elric apareceram ao longo dos anos, desenhadas por diversas mãos, mas as séries mais amplamente disponíveis por algum tempo foram aquelas editadas pela Pacific/First Comics: *Elric of Melniboné* (seis partes), *Elric: Sailor on the Seas of Fate* (sete partes), *Elric: Weird of the White Wolf* (cinco partes), *Elric: The Vanishing Tower* (seis partes) e *Elric: The Bane of the Black Sword* (seis partes), todas serializadas ao longo dos anos 1980. Os três primeiros títulos também foram compilados como *graphic novels* encadernadas. A sequência foi interrompida por Moorcock antes de *Stormbringer* devido à deterioração na qualidade da arte, embora uma nova versão gráfica desse título, adaptado por P. Craig Russell, tenha sido finalmente serializada nos EUA pela Topps/Dark Horse Comics, em 1997 (e compilada como uma *graphic novel* encadernada um ano depois). Todas essas adaptações, e outras, foram mais recentemente publicadas pela Titan Comics.

As duas histórias roteirizadas por Moorcock, *Duke Elric* e *Elric: The Making of a Sorcerer*, obviamente desenvolveram a saga ainda mais, e mais recentemente surgiram tanto *Elric: The Balance Lost* (2011/12, uma série gráfica em doze partes de Chris Roberson & Francesco Biagini) quanto uma sequência francesa de adaptações livres compostas por *Elric: Le Trône de Rubis*, *Elric: Stormbringer*, *Elric: Le Loup Blanc* e *La Cité Qui Rêve* (2013-21) e de autoria de vários criadores: Julien Blondel, Didier Poli, Robin Recht, Jean Bastide, Jean-Luc Cano e Julien Telo.

Também profusos e ricamente ilustrados são os vários livros de regras e suplementos para os RPGs relacionados a Elric lançados pelas empresas estadunidenses Chaosium (cuja versão mais famosa, *Stormbringer*, foi também revisada e enormemente expandida várias vezes) e, mais recentemente, pela Mongoose Publishing com seu *Elric of Melniboné*.

Produtos variados de Elric se tornaram uma indústria bem ampla e, se um muito aguardado filme algum dia se concretizar, pode-se esperar apenas que tais objetos prosperem ainda mais. Já houve cards colecionáveis, miniaturas de metal, bonecos, quebra-cabeças, kits de modelagem, pôsteres, camisetas, réplicas de espada e, é claro, álbuns de música.

O envolvimento musical de Moorcock com diversas bandas de rock, como a dele mesmo, é bem conhecido. Ele escreveu uma canção relacionada a Elric, "Black Blade", para o grupo Blue Öyster Cult, mas foi a Hawkind que usou o príncipe albino da melhor forma. Em 1985, lançaram o álbum *The Chronicle of the Black Sword,* e saíram em uma turnê teatral para acompanhar o lançamento — às vezes apresentando Moorcock no palco com a banda —, o que também gerou um disco ao vivo, *Live Chronicles*, e um vídeo/DVD, cujas certas versões incluem apresentações com Moorcock.

O que o eternamente taciturno Elric acharia de toda essa atenção, não sei muito bem. Por sessenta anos, ele já tem aturado muito mais do que aquelas nove primeiras novelas publicadas pela *Science Fantasy* nos fariam crer ser possível. Apenas o tempo vai nos dizer para onde ele irá...

PIPOCA&
NANQUIM